光文社古典新訳文庫

未来のイヴ

ヴィリエ・ド・リラダン

高野 優訳

kobunsha classics

光文社

Title : L'ÈVE FUTURE
1886
Author : Auguste de Villiers de L'Isle-Adam

未来のイヴ　目次

読者に　14

第一巻　エジソン氏

第1章　メンロパーク　20
第2章　蓄音機のパパ　25
第3章　エジソンの嘆き　28
第4章　ソワナ　37
第5章　独り言の中身　44
第6章　〈超自然の物音〉について　48
第7章　電報！　54

第8章　夢想の断片　60
第9章　過去に向かう想い　67
第10章　世界史を記録する写真　77
第11章　エウォルド卿　92
第12章　アリシア　104
第13章　影　112
第14章　形式が変われば、内容も変化するということ　121
第15章　分析　125
第16章　仮定　132
第17章　解剖　146
第18章　影像との対決　164
第19章　忠言　174

第二巻　契約

第1章　白魔術　186
第2章　安全装置　197
第3章　出現　201
第4章　奇蹟《きせき》の序幕　208
第5章　茫然《ぼうぜん》自失　228
第6章　さらなる高みを！　232
第7章　おお！　学者は手まわしがいい！　254
第8章　小休止！　261
第9章　はたしてこれは冗談なのか？　278
第10章　女はみんなこんなもの《コシ・ファン・トゥッテ》　304
第11章　騎士道的な話　309

第12章　岐路——理想に向かう旅人たち　313

第三巻　地下の楽園《エデン》

第1章　地獄に降りるは易し《ファチーリス・デシェンスス・サウェールニ》　320
第2章　魔法の国　324
第3章　鳥たちの歌声　328
第4章　神　334
第5章　電気　339

第四巻　秘密

第1章　ミス・イヴリン・ハバル　352
第2章　浮気の代償　365
第3章　ウパスの木陰　379

第4章　死の舞踏　408
第5章　遺体の掘りだし　418
第6章　悪意を抱く者に災いあれ！　429
第7章　驚嘆　435

第五巻　ハダリー

第1章　人類初の機械人間の出現　442
第2章　日のもとに新しきものなし　460
第3章　歩行　477
第4章　永遠の女性　496
第5章　平衡　502
第6章　衝撃　514
第7章　わたしは黒い《ニーグラ・スム》、けれども美しい《セド・フォルモーザ》　521

第8章　肉　526
第9章　薔薇《ばら》の唇と真珠の歯　537
第10章　体臭　540
第11章　ウラニア　545
第12章　精神の眼　552
第13章　肉体の眼　560
第14章　毛髪　567
第15章　皮膚　570
第16章　〈時〉は来たり　573
第六巻　幻あれ！
第1章　魔法使いの家の夜食　584
第2章　催眠暗示　596

第3章　栄光の陰に雑事あり　631
第4章　日食の日の夕方に　646
第5章　人間の姿をしたスフィンクス　666
第6章　夜に潜む影たちが示すもの　671
第7章　天使との格闘　679
第8章　助けに来た女　685
第9章　抵抗　698
第10章　呪文　701
第11章　夜の牧歌　706
第12章　沈思の人《ペンセローソ》　710
第13章　手短な説明　722
第14章　別れ　756
第15章　運命《ファトゥム》　763

解説　　海老根龍介　770
年譜　798
訳者あとがき　812

未来のイヴ

移ろいゆくものを通じて、永遠なるものを求めよ[1]

1　ジャン・レノ『地上と天上』。

読者に

この小説の主人公はトーマス・エジソンである。だが、この小説を読んだ読者は、この主人公について、誤解を抱くことがあるかもしれない。そこで、最初にその誤解を解いておくことはきわめて理に適《かな》ったことだと思われる。

今さら言うまでもなく、トーマス・エジソンは現代のアメリカが生んだ、非常に有名な発明家である。実際、エジソンはここ十数年にわたって、電話や蓄音機、マイクロフォンをはじめとする、奇妙かつ独創的な発明を次々と世に送りだしてきた。そういった素晴らしい発明は百にも及び、なかでも電球の発明は人々を驚嘆せしめ、電球は今や世界じゅうの夜を照らしているほどである。

そんな偉大な人物であるから、生まれ故郷のアメリカでも、あるいはヨーロッパでも、エジソンは人々の想像力を刺激し、ある種、〈伝説〉の人物となった。人々はエジソンを〈世紀の奇術師〉とか、〈メンロパークの魔法使い〉とか〈蓄音機のパパ〉などと呼び、きわめて自然に、「エジソンであれば、どんな不思議なことでも、どんな神秘的なことでもやってのける」と、それこそ熱狂的に信じ込むようになったのである。

さて、そこで最初の話に戻るのであるが、エジソンがまだ存命であるとはいえ、このように〈伝説〉となった人物というのは、もはや文学《フィクション》の世界の住人だと見なしても差しつかえないと思われる。たとえば、ゲーテは十六世紀のドイツの占星術師、ドクトル・ファウストゥス[2]の伝説をもとに、戯曲『ファウスト』を書いたが、そのドクトル・ファウストゥスが仮にゲーテと同じ時代に生きていたとしても、ゲーテが戯曲のなかで、ファウストという登場人物を創作してもまったく問題がない――それと同じことである。

すなわち、この小説に出てくるエジソンは、その性格についても、習慣についても、使用している言語についても、また信奉している理論についても、実在の人物とはある程度――おそらくは許される範囲で――ちがってはいると思うが、その点については異議をさしはさまないでほしいということだ。

2 ヨハネス（ヨハン）・ファウスト（独 Johann Faust）。錬金術師でもあった。一五八七年の民衆本 *Historia von D. Johann Fausten*（『実伝ファウスト博士』）で有名になった。

結局のところ、私は自分が着想した、この形而上学的な小説を書くために、エジソンの〈伝説〉を利用しただけなのであるし、この小説の主人公は、何よりも〈メンロパークの魔法使い〉としてのエジソンであって、我々の同時代に生きる、実在のエジソンではないのである。

私があらかじめ読者に言っておきたいことは、それだけである。

夢見る人に、

嘲弄《ちょうろう》する人に。

第一巻　エジソン氏

第1章　メンロパーク

青く開かれた空に向かって　瞼《まぶた》を閉じ
心地よくまどろむ　美しき女
その姿に似て
庭園は　円環に咲く〈光の花〉の輪のなかに
空の青さを閉じ込める
アイリスよ
その青き葉にきらめく　露の雫《しずく》は
夕暮れの　群青《ぐんじょう》の空に瞬く　輝かしき星々を想わせる

――ジャイルズ・フレッチャー

ニューヨークから四十キロメートルほど離れたところに、その館はあった。電線が張りめぐらされた、その中央――ひとけのない庭園の奥に、ひっそりと佇《たたず》むように……。目の前は青々とした芝生で、砂を固めた小道が何本か伸びているが、その小道のひとつは離れの研究所に通じている。研究所の南と西には長い並木道が通っていて、道の両脇に植えられた古い大木が葉叢《はむら》の影を落としていた。館の住所はメンロパーク・シティ一番地——ここそが、あの〈音響《こだま》を捕《つか》まえた男〉、トーマス・アルヴァ・エジソンの住まいである。

エジソンは今、四十二歳であるが、数年前だったら、その顔はフランスの有名な画家、ギュスターヴ・ドレの顔を思い起こさせていたことだろう。それはちょうど芸術家の顔を発明家の顔に翻訳したようなもので、天才であることは同じだが、その出方がちがっている——そういった類《たぐい》の似方《にかた》だった。まさに不思議な双生児で、顔自体がよく似ていたわけではない。では、何歳の時だったら、ふたりの顔が本当に似ていたのかと言うと——そんなことは、おそらく一度もなかったのである。ふたりはある共通の印象を放っていただけなのだ。実際、数年前のふたりの写真をステレオスコープに入れて立体視してみると、その印象がはっきりしたかたちで浮かびあがる。それはある種の知的な印象——人類の歴史のさまざまな時代に活躍して、その肖像が貨幣に刻印されるような人物が共通に放つ知的な印象、いや、そんな人物しか放つことができない知的な印象である。

ちなみに、そういった意味で、もしエジソンの顔を古代の貨幣に刻まれた肖像に比べてみるならば、シラクサの貨幣に刻印されたアルキメデスの肖像が、生きて、そのまま貨幣から抜けでてきたと言えばよいだろう。

さて、ある秋の夕暮れ時のことであった。時刻は午後の四時頃である。魔法のように発明を生みだす天才的な科学者で、耳の魔術師とも呼ばれたエジソンは（実はエジソンは、ベートーベンのように耳がほとんど聞こえず、補聴器という小さな器具を発明していた。この器具を耳にはめると、聞こえにくさが解消するだけではなく、健康だった頃よりももっとよく聞こえるようになるのであるが）、一日の研究を終えると、今、館から独立した研究所のいちばん奥にある、自分の実験室にようやく身を落ち着けたところだった。

今日はもう工房で主任を務める五人の助手は帰してしまっている（ちなみに、この助手たちは、いずれも専門的な知識に富んだ有能な者たちで、献身的に働いてくれている。また、給料をたっぷり払っているので、発明の秘密を洩《も》らされることもなかった）。その助手たちが帰ると、エジソンは自分の実験室に置いたアメリカ製の肘掛椅子に腰をおろし、口にハバナの葉巻をくわえ、肘を掛けて、足を組んだ（煙草《タバコ》は雄大な構想をただの夢物語に変えてしまうと言って、普段はほとんど吸わなかったのだが……）。そうして、もはや伝説となった、あの紫がかった房のついた黒い絹の部屋着姿で、どこまでも続く夢想に耽《ふけ》りはじめた。

エジソンが座っている右手には、西向きのガラス戸があり、いっぱいに開かれたそのガラス戸からは、風とともに夕暮れの気配が忍びこんできて、赤みがかった金色の光で部屋のなかのあらゆる物を照らしている。それは電気という不思議な魔力が支配する、この魔物たちの殿堂《パンデモニウム》を、茜《あかね》色の靄《もや》が包んでいるように見えた。

その靄のなかでおぼろげに見えるものは、さまざまな形の計測器、どんな仕掛けになっているのかわからない歯車だらけの装置、電気器具、望遠鏡、反射鏡、巨大な磁石、中世の錬金術師の使うような長首フラスコ、謎の液体の入った小瓶、方程式で埋めつくされた石板などで、そういったものが実験室のいくつものテーブルの上に、乱雑に置かれているのだ。

並木の間から見える遠くの地平線には、夕日が最後の光を放って、楓《かえで》や樅《もみ》が鬱蒼《うっそう》と繁《しげ》る、ニュージャージーの丘を赤く染めている。そして、実験室のなかでは、日が傾くにつれて、光のあたった金属やガラスの器具が鈍く光り、歯車もフラスコも試験管も血に染まっていくように見えた。

風は冷えてきていた。昼間の嵐で庭園の草花は濡れ、ガラス戸の外で咲くアジアの花も水気を含んで、緑のプランターのなかで強烈な香りを発していた。梁《はり》から滑車で吊りさがっているドライフラワーも、温かい雨のせいで生気を取り戻して、かつて故郷《ふるさと》の森で香気を放っていたことを思い出したかのように、草の匂いを振りまいていた。この黄昏《たそがれ》の光と雨に濡れた草花の香りがかもしだす、えも言われぬ雰囲気に誘われて、エジソンは、普段のように頭を活発に働かせて考えごとをするのをやめ、自分でも気がつかないうちに夢想に身を任せていたのである。

第2章　蓄音機のパパ

「ああ……」闇に目を凝《こ》らしながらぼくは言った。「あれは砂男だ！　あの男だ！」

――ホフマン『夜曲集』

鬢《びん》のあたりに白いものが交じっていても、エジソンは常に〈永遠の少年〉のイメージを会う人に与えている。だが、その初心《うぶ》な印象とは反対に、実はかなりの懐疑主義者である。神の存在をはじめ、あらゆるものを疑い、発明についても自分の才能を疑って、「私の発明など特別なものではなく、麦が自然に成長するようなものにすぎない」と言っているほどだ。

いつも冷静で、経歴の初期に辛い思いをしたからか、その苦労の代償としてしか得られないような笑みを持っている。誰かが何かに挑戦しようとしている時、ただそばにいるだけで、「やってみなさい。私が見守っているから……」と励ますような笑みである。また、いかにも懐疑主義者らしく、実証的で、どんな理論もきちんとした事実の裏付けを得るまでは評価をくださない。そうして、〈人間性〉に優れ、自分が天才であることよりは、努力家であることを誇りに思っている。だが、そのいっぽうで、人と比べてみたら自分が天才なのは明らかなので、その事実に愕然《がくぜん》とするのである。それでも、ある種の自惚《うぬぼ》れから――こういった自惚れは許されてしかるべきものであるが――自分は〈無知な人間〉だと思いたがるところがあった。

そういったことから、エジソンは人と接する時、率直で、時には親しげに見えるほど、気さくな態度を示すのだが、実はそれは真実を覆うヴェールで、その裏にはエジソンの冷徹で、現実的な判断力が隠されているのである。実際、エジソンは、今は天才として認められているが、かつては〈貧しさという栄誉〉を味わった人間として、自分に話しかけてくる者たちの本性をひと目で判断することができた。誰かが賞賛の言葉を口にして近づいてきても、その裏にどんな動機が隠されているのか、まるで宝石商人がその手でダイヤの重さを感じとるように見抜き、その人物がどのくらい正直か、どのくらい誠実か、細かいところまでかなり正確に見きわめてしまうのである。もちろん、そういった判断をくだしたことが、相手に気づかれることはほとんどない。

だが、こうして、普段は見事な人づきあいを見せているものの、その分だけ、エジソンはひとりで夢想に耽《ふけ》っている時くらいは、ふざけたことを言ってもいいのではないかと考えていた。すなわち、人がちょうど砥石《といし》でナイフを研ぐように、辛辣《しんらつ》な嘲《ちょう》弄《ろう》を砥石にして、みずからの科学的精神を鋭く研ぐのである。そこで生じた皮肉の火花は自分自身の発明に降りかかることもあった。別の言い方をすれば、エジソンは科学を嘲弄することによって、いわば自軍の兵士たちに銃弾を浴びせているようなものなのだが、もちろんそれは浴びせるふりをしているだけで、たいていの場合は空砲である。しかもそれは、結局のところ、科学に奉仕する兵士たちを鍛えるために行なっていることなのである。

というわけで、茜《あかね》色の光と雨の匂いに満ちた、この魅惑的な夕方、エジソンは甘い葉巻の香りを心ゆくまで味わいながら、すっかりくつろいだ気分で、詩情にあふれた、この孤独な時間に――凡愚《ぼんぐ》の徒なら恐れるにちがいない、この〈貴重な孤独〉に身をあずけていた。

そうして、いずれは死すべき、ごく普通の人間として、ほんのちょっとした気晴らしから、科学の歴史と自分自身の発明を嘲弄する、奇想天外な独り言をつぶやきはじめたのだ。

第3章　エジソンの嘆き

悲しみとは自分に価値がないと思った時に抱く感情である。
――スピノザ

エジソンは自分に向かって、小さな声でつぶやきはじめた。

「おお、私は生まれてくるのが遅すぎた！〈人類の歴史〉が始まった頃に、この世界にいられたら、どれほどよかったことか！そうしたら、その当時に発せられた偉大な言葉の数々が、そっくりそのまま、発音されたとおりに、私が発明した蓄音機の原盤――銅製の円筒に巻いた錫箔《すずはく》の上に刻まれたことだろう。なにしろ、私の蓄音機は改良を重ねた結果、今や離れたところの音でさえ、正確に拾うことができるのだから……。そうなったら、その偉大な言葉は、発せられたとおりの言葉つきで、口調やアクセントもそのままに、場合によっては発音の不確かなところまで、録音されたことだろう。

いや、私は自分の蓄音機の原盤に、今から七千二百年前の天地創造のおりに神が最初に口にしたとされる言葉、『光あれ《フィアット・ルクス》』を刻みたかったとまでは思っていない。[1]神がそう言ったというのは作り話かもしれないし、第一、天地創造の前とあっては、私の蓄音機も存在しているはずがないからだ。だが、いったん天地創造がなされたあとなら――たとえば、アダムの最初の妻であったリリスの死後、[2]もし私が蓄音機とともにエデンの園の繁《しげ》みの奥に身を潜めていたとすれば、やもめ暮らしのアダムを見て神がつぶやいた言葉、『人がひとりでいるのはよくないな』という言葉を原盤に刻むことができただろう。あるいは、アダムを創った時に神が言った『生めよ、増えよ！』だとか、〈善悪を知る木《エリティス・シクート・ディー》〉の実を食べさせようと、蛇がイヴに言った言葉、『あなた方も神と同じになる』だとか、その実を食べたあと、神がアダムに言った皮

1　『旧約聖書』「創世記」第一章。この作品が書かれた当時、一般の人々は天地創造からは七千年ほどしかたっていないと考えていた。ただし、ヴィリエ・ド・リラダン自身がそう信じていたということではない。聖書からの引用部分の訳は訳者が行なった。

2　ユダヤ教の聖典とされるタルムードによると、リリスはアダムの最初の妻だということになっており、その祖型は古代バビロニアの吸血鬼のような精霊だとも言われている。

肉、『見よ、人は神と同じになった』も、録音できたかもしれない。[3]
また、そのあとも、私の蓄音機の秘密が世に知られ、ギリシアやローマの神々が活躍していた時代に蓄音機をつくった人々がいたとしたら、その人々は神々の声を録音して、密《ひそ》やかな愉《たの》しみを味わったにちがいない。たとえば、ギリシアの三人の女神、ヘラとアテネとアフロディーテは、誰がいちばん美しいかを競い、トロイアの王子パリスの審判を仰いだが、その争いのもとになった不和の女神エリスが祝宴に黄金のリンゴを投げこんで言った言葉、『いちばん美しい女に！』――この言葉を録音できたとしたら……。あるいは、その〈パリスの審判〉が原因で引き起こされたトロイア戦争で、海神ポセイドンがトロイの英雄アエネーアスに味方して、吹きあれる風に怒り、海の波を鎮める時に言った言葉、『おまえたちを私は《クオス・エゴ》！』――この言葉を録音できたら……。[4]いや、そういった故事にまつわるものでなくても、ドドナの神託所[5]で託宣されたゼウスの言葉や、アポロンの神託を告げる巫女《シビュラ》たちの朗吟《メロペ》を蓄音機の原盤に刻むことができたら……。ああ、もしその時代に私の蓄音機があったなら、その後、何世紀にもわたって〈人類〉や〈神々〉が口にした重要な言葉を蓄音機の原盤――円筒形をした銅製の記録保管器に、いわば消えることのないかたちで保存することができたろう。そうであったら、その言葉の信憑性《しんぴょうせい》はもはや決して疑いのないものになっていたはずなのだ。

言葉だけではない。これまで人類は数多くの不思議な音を耳にして、その音を文字の記録に残してきたが、音自体は空気中に霧散し、闇に消えていた。だが、私の蓄音機があれば、その音をすべてそのまま、この世界にとどめることができたのだ。たとえば、モーセの後継者ヨシュアがイスラエルの民を率いてエリコの町に進攻した時、町の城門が固く閉ざされていたため、中に入ることができなかった。だが、主の言葉にしたがって、ヨシュアたちが角笛を鳴らすと、城壁が崩れて、中に攻めこむことができた。[6]そのエリコの角笛がどんな音色でどんなふうに吹き鳴らされたか？　もしその時代に蓄音機があったら、私たちは正確に知ることができたのだ。あるいは、シチリア島アグリジェントの僭主《せんしゅ》ファラリスは、アテネの鋳物師《いものし》ペリロスに命じて、真《しん》

3　いずれも、『旧約聖書』「創世記」第一章から第三章。
4　ウェルギリウス『アエネーイス』第一巻一三五。ちなみに、ヘラ、アテネ、アフロディーテは、ローマ神話ではユーノー、ミネルヴァ、ヴィーナス。ポセイドンはネプトゥヌス。エリスはディスコルディア。
5　ゼウスが祀《まつ》られていたギリシア最古の神託所。デルポイに次いで有名だった。
6　『旧約聖書』「ヨシュア記」第六章。

鍮《ちゅう》の雄牛をつくらせ、その雄牛のなかに罪人を入れ、下から火を焚《た》いて処刑することにしたが、この地獄の釜のような熱さに悶《もだ》え苦しむ罪人たちの叫び声も、私たちは耳にすることができたろう。ほかにもある。ローマの政治家キケロはやはり政治家であった大カトーの言葉として、《卜占官《ぼくせんかん》[7]がふたり顔を合わせれば必ず笑い声を洩《も》らす》と書いているが、その笑い声だって、私たちは聞くことができたし、あるいはトロイア戦争で息子メムノーンを失った悲しみに暮れた暁《あかつき》の女神のエーオースの嘆きの声だって、耳にすることができたのだ。

だが、これまで蓄音機が存在しなかった以上、こういった言葉や音は失われ、忘れられ、空気を震わせながら〈無限の世界〉に飛び去って、今ではもう捕《つか》まえることができない。姿を消した鳥たちを射止める矢はどこにもないのだ！」

そこまでつぶやくと、エジソンは近くの壁に取りつけてあった陶製のスイッチを何気なく押した。すると、肘掛椅子から十歩ほど離れたところにあったファラデー電池から発した青い火花が、電池につながれた水晶の塊のなかを通りぬけた。その火花は百頭の象を撃ち殺すほどの威力があったが、わずか十万分の一秒で消えた。

「そうだ。私にはこの火花がある」あいかわらず夢想に耽《ふけ》りながら、エジソンは続けた。「この電気のきらめきがあれば、ちょうどグレーハウンドの若い雌がいとも簡単に亀に追いつくように、たちどころに言葉や音に追いつくことができる。電気があれば、五千年前に消え去った言葉や音や叫び声を、〈無限の世界〉まで追いかけて、捕まえることができるのだ。だが、そのためにはどんな電線をどこに向かって延ばせばよいのだろう？　言葉や音が残した、どんな痕跡をたどればよいのだろう？　また、仮にそういった言葉や音を捕まえたとして、その言葉や音がもう一度、耳に聞こえるようにするには、この電気という猟犬にどんな訓練を施したらよいのだろう？　電気仕掛けのどんな装置を使って、言葉や音を再現したらよいのだろう？　そう考えると、この問題を解決するのは不可能に思える」

そうつぶやくと、エジソンは物憂げに小指の先で葉巻の灰を落とした。それから、黙って立ちあがると、実験室のなかを歩きはじめたが、その顔にはかすかな笑みが浮かんでいないわけではなかった。

「それにしても、人類とは救いがたいものだ」しばらくして、エジソンは言った。「無関心にも程《ほど》がある。これまで六千年以上も、蓄音機が存在しないという不利益を甘んじて受け入れてきたくせに、いざ私が最初の蓄音機を発表すると、嘲笑で迎えた

7　古代ローマの公的な占い師。おもに鳥の飛び方、鳴き声などで神意を探る。

のだ！『こんなものは子供のおもちゃだ』などと言って……。もちろん、発表の場にいた人々は、私の思いがけない発明にびっくりして、野卑な冗談で私を罵倒するしかなかったのだろう。気持ちを落ち着けて、態勢を立て直すにはそれが必要だったのだ。だが、もしそうなら、私のほうも相手に合わせて冗談を返してやればよかった。ただし、その冗談は奴らが恥知らずにも私の発明を貶《おとし》めたものより、はるかに気のきいたものでなければならないが……。

そうだ！　私は、たとえばこう言い返してやればよかったのだ。『私の蓄音機は確かに音を保存し、再生することができますが、それができない音もあります。たとえば、〈ローマ帝国が崩壊する音〉とか、〈世間の噂〉とか、〈雄弁な沈黙〉とか……。〈良心の声〉などというものも、もちろん録音できません。子供たちの心にある〈母への賛歌〉も原盤に刻むことはできませんし、蓄音機を通じて〈偉人たちの声〉に耳を傾け、そこから教訓を学ぶこともできません。〈白鳥の歌〉を聞くこともできなければ、銀河が奏でる〈星々の調べ〉を錫箔に記すこともできません。笑い声は録音できますが、〈アルプス越え〉や〈ピレネー越え〉は絶対に無理です！』と……。いや、それはちょっと駄洒落《だじゃれ》が過ぎたか……。いずれにしろ、奴らを満足させるためには、私はもっと進化した機械を発明する必要がある。相手が何か言う前に、その言葉を言ってみせる機械だとか、実験者が『こんにちは、お元気ですか?』と言うと、『ありがとう。あなたはいかがですか?』と答える機械だとか……。あるいは、その場にいた誰か暇な奴がくしゃみをしたら、『お大事に!』とか、『神があなたを祝福されますように!』と言う機械でもよい。

ああ、人間とはなんと要求の多いものか!

確かに、私の蓄音機の声は、人形使いがブリキの板を口に含んで出す〈良心〉の声の声色のようだ。それは認めよう。だが、今はまだそうだとしても、なんだかんだとお手軽に嘲笑する前に、〈進歩〉が機械を改良してくれるのを待てばよいではないか! ちょうど〈進歩〉によって、ニセフォール・ニエプスやルイ・ダゲールの発明した写真原版が現代の感光板に改良されたのと同じように、機械の進化を待てばよい。

いや、実はその進化は起きているのだ! だが、人間の疑い深さというのは、これまた度しがたい。発明家が何を言っても、その価値を容易に認めてはくれないだろう。だから、私は自分が発明したあれはしかるべき段階がくるまで、秘密にしておくつもりなのだ。もう少し改良を施《ほどこ》して、完璧なものにするまで……。この敷地の地下にあるあれは……。そうしておけば、あれを発表するまでの間に、私はまだ旧型の蓄音機を五、六百万台、売ることができる。その間、笑いたい奴は笑うがいい。最後に笑うのは私なのだ」

そう言うと、エジソンは立ち止まって、しばし考えた。それから、肩をあげて言った。

「ということは、つまり、人間の常軌を逸した欲望にもいいところがあるというわけか。では、つまらない冗談はこのくらいにしておこう」

と、その時、すぐ近くで、はっきりと自分に囁《ささや》きかける、低い女性の声が聞こえた。

「エジソンさん？」

第4章　ソワナ

何かに驚くなんて、そんなことがあるのだろうか？

——ストア派の哲学

「エジソンさん？」

確かに女性の声だ。だが、姿は見えない。

エジソンはびくっとした。しかし、すぐに気づいて、声を大きくして尋ねた。

「ああ、ソワナ、君か？」

「ええ。今夜は〈眠りの世界〉にいたものですから……。それで、あの〈指環《ゆびわ》〉もつけたのです。今はわたしの指にありますわ。ですから、声を大きくなさる必要はありません。どうぞ、普通の声でお話しになって……。わたし、ずっとおそばにいましたのよ。もうしばらく前から……。あなたが子供のように、言葉遊びをなさるのを聞いていましたの」

「そうか、私のそばに……。だが、身体はどこにいるのだ？」

「地下ですわ。小鳥のいる花壇の奥で毛皮の上に横になっています。ハダリー[8]は活動が停止しかかっていましたわ。いえ、ご心配なく。錠剤と純水をあげておきましたから……。また元気に……生き返るように……」そうあいかわらず小さく控えめな調子で続けると、この最後の言葉とともに、声は含み笑いに変わった。

声は――エジソンがソワナと呼んだ姿の見えない女性の声は、紫がかったカーテンの留め金から聞こえていた。この留め金は振動板になっていて、遠くで女性が囁《ささや》くと、いったん電気に変えられた声の振動を再現し、音や響きもそのままに、再び声にして伝える役割を果たしていた。エジソンが最近発明した受話スピーカーのひとつである。

「だが、ミセス・アンダーソン」と、エジソンは一瞬、考えたあと、先程呼んだ〈ソワナ〉という名ではなく、〈ミセス・アンダーソン〉という名で、女性に話しかけた。

「もし、今ここで私が誰か別の人間と会話をしていたら、その人間の言ったことも君にはわかるのだろうか？」

「ええ。あなたがその方の言葉をほとんど声に出さずに口のなかでつぶやいてくださったら、それだけでわかります。あなたがその方にお返事をなさる時に、イントネーションを変えてくだされば、どちらが話しているかもわかります。この〈指環〉を通じて……。そう、わたしは『千夜一夜物語』の〈指環の精〉のようなものですのよ」

「では、もしあの娘《こ》の身体に――私たちのハダリーの身体に電話線をつないでもらったら、今、話した〈指環〉の作用で、私たちが考えていた〈驚異の出来事〉は起きるのだろうか？」

「まちがいありませんわ。ハダリーはあなたやあなたと一緒にいる人と話ができることになります。びっくりするほど素晴らしいアイデアで、まさに理想の状態ですわ。ええ、それならとっても自然に見えますし……。つまり、こういうことですわ。あなたはわたしと同じ〈指環〉をつけていらっしゃいますけれど、それをつけているかぎり、わたしはいつでもあなたの言葉を聞くことができます。あなたの〈指環〉のなかで、素晴らしい〈混合体〉であるわたしが、その〈指環〉を満たしている〈動物磁気〉とひとつになっているからです。ですから、わたしがあなたの言葉を聞くのに、電話はいりません。けれども、あなたやあなたと一緒にいる方がわたしの言葉を聞く

8　ハダリーとは、ペルシア語で「理想」を意味する。

ためには、わたしが今、手にしている送話器とつながった振動板——受話スピーカーが必要なのです。たとえ、そのスピーカーがハダリーの身体に隠されて、目には見えなくとも……」

「それでは、ミセス・アンダーソン……」

「ああ、わたしのことは、〈眠りの世界〉の名で呼んでくださいな。ソワナと……。ここではもう、わたしはただのミセス・アンダーソンではありません。それ以上のものです。実際、ここで、わたしはミセス・アンダーソンであったことは忘れています。また、その時の苦しみも忘れています。それなのに、ミセス・アンダーソンと呼ばれると、そちらの世界にいた時の苦しかったことを思い出してしまうのです」

「では、ソワナ。あらためて訊《き》くが、ハダリーのことは絶対に大丈夫なのだろうな？」

「ええ、あなたがきちんと教えてくださいましたから……。わたし、ハダリーについては、しっかり学習して、あの娘《こ》の行動には完璧に責任を持てますのよ。鏡に映るわたし自身の行動に責任が持てるように……。本当のことを申しましたら、わたし、このなかにいるよりも、ハダリーのなかにいる時のほうが好きですの。生きいきと動く、あの娘《こ》のなかにいる時のほうが……。ああ、でも、その時のハダリーはなんと素晴らしい被造物《クレアチュール》となることでしょう。まさに至高の女性《クレアチュール》ですわ。今のわたしと同じように、高次の状態で存在するということになるのですから……。あの娘《こ》のなかには、わたしたちのふたつの意志がひとつになって溶けあっています。〈身体〉と〈精神〉がひとつになって……。ええ、〈精神〉ですわ。〈意識〉ではなく……。それにしても、最近はあの娘《こ》の口から、『わたしはまだ〈影〉のままだわ』という言葉がよく出てきて、そのたびにわたしは戸惑っておりますわ。わたしには予感があります。あの娘《こ》は、もうすぐ誰かに変身すると……。その人の肉体をまとうようになると……」

それを聞くと、エジソンははっと驚いたような顔をしたが、すぐに考え深げに言った。

「よろしい。ソワナ。もう休みなさい。だが、変身については……。そうなったら、私たちは錬金術並みの偉業を成し遂げることになるが、そのためには生きたもうひとりの人間が必要だ。しかし、あの娘《こ》にふさわしい肉体を持つ人間が、はたしてこの地上にいるものだろうか？」

「いずれにしろ、今晩はいつでもハダリーがあなたの前に姿を見せるよう、準備をしておきます。もちろん、まだ変身前の姿ですが……。例の火花をひとつ散らしてくだされば、ハダリーが現れます……」そう最後は眠たそうに言うと、声はそれきりしなくなった。

そして――この奇妙な、また事情を知らない者にとっては理解不能なやりとりが終わると、実験室は不思議な静けさに包まれた。

「いや、実際、ソワナという現象には十分慣れたと思ったのに、こうして話をするたびに、頭がくらくらしてくるな。ソワナというのは、まったく〈不思議な現象〉だとしか言いようがない」エジソンは自分に向かってつぶやいた。「だが、この〈不思議な現象〉がどういうことなのか突きつめて考えるよりも、私としてはもう少し先程の夢想に浸りたい。つまり、私より前に蓄音機を発明した者がいなかったせいで、人類がどれほど貴重な機会を失ったかということについて……。文字として記録に残っている言葉が、実際にはどんな語調で口にされたか、わからないままになってしまったということについてだ」そう言うと、エジソンはいったん口をつぐんだ。

もしこの場で、このつぶやきを聞いていた人がいたら、「そんな〈不思議な現象〉を前にしながら、エジソンのような偉大な発明家が、どうしてその現象を解明しようとしないのだろう？」と疑問に思うかもしれない。

だが、天才とはそういうものなのである。天才は時おり、自分が探求している真理のことは、なるべく考えないようにしていると見えることがある。だが、実際に、一瞬にして炎が燃えあがるように、天才がその真理に到達したさまを覗《のぞ》き見することがあれば、なるべく考えないようにしていたのはただの見せかけで、天才はたとえ見ている人が誰もいなくても、真理に到達するためにわざと、真理のことを考えないふりをしていることに気づくだろう。

第5章　独り言の中身

ああ、黙れ！　生者たちの不吉な声よ！

——ルコント・ド・リール『夷狄《いてき》詩集』

「ああ、イエスの生きた時代——あの〈霊験あらたかな時代〉のことを思うと、その時代の音声を録音できなかったことが、つくづく残念に思われる」エジソンは夢想を続けた。「たとえば、最初の福音——大天使ガブリエルが聖母マリアに受胎を告げた『アヴェ・マリア《おめでとう、マリア》』の言葉の響き、その声音《こわね》は世紀の彼方に失われ、今では《お告げの祈り《アンジェラス》》のなかにかろうじてその面影をとどめているにすぎない。イエスが《山上の垂訓》で口にした『心の貧しき者は幸いなるかな。天国はその人のものなり』で始まる数多くの言葉も、弟子のひとりであるイスカリオテのユダがオリーヴ山にある《ゲッセマネの園》でイエスを裏切った時に発した『師よ、ご機嫌よう』という言葉も（確か、『サレム・ラボニ』だったか）、またユダが大祭司たちに罪人《つみびと》は誰かを知らせるためにイエスにした接吻《せっぷん》の音も[10]、イエスの無罪を知りながら、処刑を認めたユダヤ総督ピラトが悲痛な調子で言った言葉、『この人を見よ』も[11]――そういったものはすべて消えてしまって、もう二度と耳にすることはできないのだ。もちろん、この時の裁判で交わされた言葉も……。もっとも、それについては、検事総長で、フランス議会の議長も務めたアンドレ・デュパン師が一八二八年に書いた『イエスの裁判』という本のなかで、この裁判の様子を明らかにしているが……。そのなかでデュパン師は、裁判に携わったユダヤ総督ポンテオ・ピラトや大祭司カイアファ、イスラエルの領主へロデ・アンティパスが、純粋に当時の法律的な見地からしても問題のある、手続きのまちがいや遺漏《いろう》、事実の取り違えや見落とし、無視など、あってはならない過ちを犯したことを指摘しているのだ」

そう言うと、エジソンは口をつぐんだ。しばらく考えた末におもむろに続ける。

「神の御言葉であるイエス・キリストは、物を書くにしろ、話すにしろ、意味として

9　『新約聖書』「マタイによる福音書」第五章。
10　いずれも、『新約聖書』「マタイによる福音書」第二十六章。
11　『新約聖書』「ヨハネによる福音書」第十九章。

はっきりした形で外に表れ、目や耳で明白に知覚される側面にはほとんど頼ることはなかった。これは注目に値《あたい》する。とりわけ、書くことに関しては、イエスが文字を書いたのは、たった一度きりで、それも地面に記したのだ。話し言葉にしても、イエスは発せられた言葉のなかにある、あの感知しがたい〈来世〉の響きにしか、重きを置かなかった。その言葉を発した瞬間に、〈信仰の磁気〉が――すなわち、神を信じることによって生まれる不思議な力が、その語句にすべりこませることができる、あの〈来世〉の響きにしか……。実際、その響き以外に大切なものがあると、誰が言えるだろう？　だが、それでも、あの時代に蓄音機がなかった以上、イエスは〈自分の教え《エヴァンジル》〉が文字として書かれ、やがては印刷されることを許すしかなかった。蓄音機に吹きこむことは、許したくてもできなかったのだ。ああ、『〈聖書〉を読みなさい！』と言うかわりに、『〈聖なる言葉〉を聞きなさい』と言うことができたら……。だが、それはもう遅すぎる……」

そうつぶやきながら、エジソンは実験室のなかを歩きまわった。床のタイルに足音が響く。黄昏《たそがれ》は、ますます深く、濃くなっていた。

「いったい、今、私はこの地上で、何を録音すればよいというのだ？」エジソンは自嘲するように呻《うめ》いた。「これではまるで、私の蓄音機は、録音して保存すべき言葉がもう何もない時代になって、初めて現れたと思われそうではないか！　そういう運命だと……」

だが、そこで思いなおしたように、こう続けた。

「いや、そうではない。大切なのは、私が蓄音機を発明したことだ。発明こそが重要なのだ。文字で保存するか、音で保存するかは、どちらも結局は同じことだからだ。口にされた言葉にはある考え――ある思想が含まれているが、その思想は、それを表す言葉がどの時代に、どの瞬間に、どんな声で、どんな口から出てきたかには関係ない。いくらその言葉を正確に再現したとしても、その思想が理解されるかどうかは、言葉そのものではなく、その言葉を聞く者にかかっているからだ。この点は大昔から変わっていない。もしそうなら、文字で読んで理解できない者は、音で聞いても理解できないことになる。大切なのは、実際に発せられた声なのではなく、その声の震えに含まれて、その声のヴェールの内側で、声の震えそのものをつくりだしている、〈声に内在する本質〉なのだ。そして、それが理解されるかどうかは、聞く者にかかっているのだ」

第6章 〈超自然の物音〉について

聞く耳のあるものは聞くがよい。

——『新約聖書』[12]

そこで、エジソンは二本目の葉巻に静かに火をつけた。

「そう考えると、イエスの教えが録音できなかったからと言って、おおげさに嘆くことはないな」

日が落ちて、薄暗くなった部屋のなかを歩きまわりながら、続ける。

「いや、確かに、あの有名な言葉をそっくりそのまま、本人の声で録音することができなかったのは残念なのではあるが……。だが、その残念な気持ちを、さきほど夢想した〈エリコの城壁を崩したヨシュアの角笛〉のような〈超自然の物音〉にまで広げてしまう必要はまったくない。〈超自然の物音〉が録音できなくて残念だったというところまで広げてしまう必要は……。というのも、その音を聞く者が必ずしもその本質を聞き取れるわけではないというのであれば――とりわけ言葉とちがって音の場合は――録音ができなかったことを嘆く必然性はないからだ。

だって、そうではないか！　失われてしまって残念なのは、音そのものではない。その音を聞いた当時の人に感動を与える、その音に内在する本質なのだ。聞いた人の耳のなかで、またその耳によって、何の意味もない、ただの音を感動的なものに変える、その音の本質――それが失われてしまったのだ。なぜなら、その本質を聞き取る力は、当時の人にしかないからだ。もしそうなら、当時でも現代でも、私はその音を正確には録音することができないと言える。その音の本質を理解できるかどうかは聞く者の耳にかかっていて、それを聞き取る力が時代によって変わる以上、いくら正確にその音を蓄音機の原盤に刻んだとしても、その音の本質を伝えることはできないからだ。

たとえば、こう考えてみよう。私が発明したメガフォンは、人間の聴覚の範囲を広げてくれて――これはこれで科学的には大きな進歩だと言えるが、しかし、そこで拡大された音を聞いた人の耳のなかで、聞いたものの価値を高めてくれるわけでは決し

12　『新約聖書』「マタイによる福音書」第十一章。

てない。

したがって、私がメガフォンを使って、いわば人々の耳たぶを大きくして、音がよく聞こえるようにしてやったうえで、原盤に録音した昔の音を聞かせたとしても、現代に生きる人々の耳には、その音に秘められた大切なもの――つまり、何度も言うように、その音の本質が聞こえないだろう。とりわけ、〈超自然の物音〉に含まれる〈超自然である〉という性質は……。分析的な精神を身につけてしまったせいで、現代の人々は、そういった性質を聞き取ることができなくなってしまったからだ。だとしたら、私が原盤に刻んだものは、現代の人々にとっては、死んだ音にしかならない。真実の音とは別物の――録音してあるとラベルに謳《うた》っているものとは別物の音にしかならない。なぜなら、私たちの側に、その音を聞く力がないからだ。

もしそうなら、ヨシュアの角笛のような〈超自然の物音〉を録音して後世に残したとしても、〈超自然〉であるというその角笛の音の本質《ね》が伝えられるのは、それを聞く人々の耳に、その角笛の音が〈超自然〉の音として響く時代の間だけということになる。いや、待てよ。そうなると……」

そこで、エジソンは突然、口調を変えて、つぶやきはじめた。

「そうだ。私はあらゆる出来事は何かの力が作用した結果起きるということを忘れていた！　つまり、ヨシュアの角笛によって、エリコの城壁が崩壊したのだとしたら、それはエリコの壁に〈超自然〉の音が作用したということだ。ところが、この時、エリコの町を包囲していたイスラエル人たちの耳にも、町に籠城していたカナンの人々の耳にも、この角笛の音が不思議なものとしては響いていない。ということは、ヨシュアの角笛に含まれる〈超自然である〉という性質を聞き取ったのは、エリコの壁だけだったのだ。人間はひとりもその音の本質を聞き取れなかったのだ。

それは喩《たと》えて言うなら、こういうことだ。仮に私がしかるべき教養のない者たちに、レオナルド・ダ・ヴィンチの『モナ・リザ』を見せたとしよう。この時、どんなに優れたルーペや眼鏡《めがね》を用いてその者たちの視力をよくしてやったとしても、『モナ・リザ』の本当の姿を見せてやることはできない。そうではないか？

だから、音でも声でも文字でも、結局は同じことなのだ。その本質が伝わらないという点で言えば、まったく残念がることはない。そうだ！　確かに、現代にあっては、〈超自然の物音〉を録音することはできない。だが、たとえば大音量の物音を録音することはできる。雪崩《なだれ》の音、嵐の音、強風、雷鳴、大波、火山の爆発、ナイアガラの滝が流れ落ちる音、群衆の叫び声、証券取引所の喧騒、数トン級の大砲の砲声、戦闘の音……。そうだ！　私はそれを録音すれば……」

そこまで言うと、エジソンは口をつぐんだ。急にある考えにとらわれたのだ。

「いや、やっぱりそれでは面白くない」悲しげに続ける。「今、私は自分が発明した蓄音機のスピーカーをひとつ用いるだけで、そういった大音量の音より、はるかに大きな音を出すことができる。しかし、そういった音はたまたま耳にするから興味を惹《ひ》かれるのだ。いつでも聞けるなら、つまらないだろう。

　そうなったら、また振り出しに戻って、『私の蓄音機は人類の歴史に登場するのが遅すぎた』と言わざるを得ない。残念なことにな。もし私がこれほど活動的な男でなかったら、今頃は失望のあまり、森の木陰に寝ころんで、ウェルギリウスの詩に出てくるティテュルス[13]を気取っていたことだろう。ティテュルスの言葉のままに、『この徒然《つれづれ》は、神に等しき人が我に与えしもの[14]』と、心のなかでつぶやきながら……。そうして、補聴器を通して草が生長する音を聞き、日々の無聊《ぶりょう》を慰めていたはずだ」

と、その時、澄みきった電話のベルの音が闇を震わせ、エジソンは夢想から覚めた。

13 古代ローマの詩人、ウェルギリウスの『牧歌』に出てくる牧童。
14 『牧歌』「第一歌」。

第7章　電報！

「気をつけろ！　あれは……」
「よく見えない」
「入ってこい！」

――リュブネ『幽霊』

電気式の点灯スイッチより、水素ガスのライターのほうが近くにあったので、エジソンはそのライターを手にとり、バネ式のレバーを押しさげた。ガスが噴出して、ライターの先にある柔らかい白金海綿に触れると、たちまち火が燃えあがった。その火で、部屋のランプに明かりをともす。と、広い実験室は、たちどころに明るくなった。

実験室には蓄音機があって、その隣には電話が置いてある。蓄音機に近づくと、エジソンは電話の受話器をラッパの形をした伝声管に近づけ、円筒形のレコードを再生するスイッチを入れた（というのも、エジソンは独り言を口にする時以外は、極力、肉声でしゃべらないようにしていたからだ）。

「それで？　私になんの用だね？」電話機に向かって、録音されたエジソンの声が言った。声はほんの少し苛立《いらだ》たしげな口調で、こう続けた。「マーチンか？」

すると、誰の姿も見えないのに、部屋の中央に大きな声が鳴りひびいた。

「そうです。私です。エジソン所長。私は今、ニューヨークにいます。ブロードウェイの所長のお部屋です。ここにいたら、所長宛ての電報が届きましたんで……。二分くらい前のことです」

声は実験室の天井から吊るされたスピーカーから聞こえていた。まだ発売はされていないが、球状の多面体でできた高性能のスピーカーだ。

「電報」と聞いて、エジソンは蓄音機のそばの台に置いてあった小型のモールス信号受信機のほうを見た。そこには電信を受けるための紙が挟んであった。

まもなく、二重になった電線を伝わって、ほとんど聞き取れないような、〈精霊たちのつぶやき〉がした。エジソンは受信機から飛びだしてきた紙を手に取り、ランプの明かりを近づけた。そこには、今、届いたばかりの電文がくっきりと印刷されていた。

ニューヨーク、ブロードウェイ発。メンロパーク・シティ一番地宛て。一八八三年十一月八日午後四時三十五分。[15]技師トーマス・アルヴァ・エジソン殿。今朝、到着した。今夜、訪問したい。エウォルド卿

発信者の名前を読むと、エジソンはびっくりして、思わず喜びの声をあげた。

「エウォルド卿だって？　あの青年が？　あの青年は合衆国に戻ってきたのか？　そうか、戻ってきたんだな。あの大切な友が……。これは嬉しい知らせだ」

そう言うと、エジソンは、先程までの懐疑的な表情が嘘のように、静かな笑みを浮かべた。

「そうだ！　私があの素晴らしい青年を忘れるはずがない。なにしろ、私の命を救ってくれたのだから……。二年前、絶望のあまり、私が通りに倒れて、死にかけていた時に……。そう、ボストンの近くで……。

あの時、通りを歩いていた人々は、誰もが私を見て、『かわいそうに！』と言いながら、そばを通りすぎていった。だが、あの青年は――エウォルド卿だけは、善きサマリア人《びと》[16]のように、嫌《いや》な顔ひとつせず、通りに膝をついて、私を抱きおこし、手にた

くさんの金貨を握らせて、救ってくれたのだ。私の命と、そして事業を！　そうか！　ということは、エウォルド卿は私のことを覚えていてくれたわけだな。もちろん、私は卿を喜んで迎えよう。発明家としての名声を含めて、今の私があるのは、すべて卿のおかげなのだから……」

そう口にすると、エジソンは勢いよく壁ぎわまで歩いていった。壁掛けの間に取りつけられていた呼び鈴のボタンを押す。

すると、館に隣接した庭園の奥で、かすかに鐘の鳴る音がした。

それと同時に、部屋の隅の、象牙の丸椅子が置いてあるあたりから、元気そうな子供の声が聞こえてきた。エジソンの息子の声だ。

「どうしたの？　パパ」

エジソンは、やはり壁掛けの間に取りつけられている電話の送話器をはずした。

「ダッシュか？[17]　今夜はエウォルド卿というお客様が来るから、その方が見えたら、

15　原文は一八八三年一月八日。だが、小説の最初の設定では今は晩秋である。そちらの設定に合わせた。以後も同様。

16　『新約聖書』「ルカによる福音書」第十章。

通してくれ。私だと思って、大切におもてなしをするんだよ。卿には自分の家にいるような気分で過ごしていただきたいのだ」

「わかったよ、パパ」声が答えた。

おそらくちがうスピーカーから出たものか、その声は今度は部屋の隅にあるマグネシウム灯の反射鏡のあたりから聞こえた。

「お客様が私と一緒にこちらで夜食を召しあがるようだったら、また連絡する。その場合は私を待つ必要はないので、よい子にして寝なさい。じゃあな」

すると、部屋の隅の薄暗がりのなかから、いかにも子供らしい、かわいらしい笑い声が聞こえた。それは空気中に潜んで姿の見えない〈妖精《エルフ》〉[18]が、魔法使いの言葉に返事をしたかのように思えた。

エジソンは手にしていた送話器をそのあたりに放りだすと、微笑を浮かべながら、また部屋のなかを歩きまわりはじめた。

そうして、実験道具の並んだ黒檀《こくたん》のテーブルの近くまで来た時、そのテーブルに向かって、電報を印刷した紙を何気なく放り投げた。

だが、紙はテーブルにはのらず、ひらひらと舞うと、ある物の上に落ちた。この場にはふさわしくない、誰が見ても、ぎょっとするような物の上に……。

その思いがけない光景に、エジソンは思わず足をとめた。そして、深く考えこむような顔つきで、じっとその物を眺めた。

17 エジソンには六人の子供がいたが、そのうちのふたりにはモールス信号のドットとダッシュというニックネームがついていた。

18 elf。ゲルマン神話に起源を持つ、北ヨーロッパの民間伝承に登場する妖精の種族。森や泉、井戸や地下などに住むとされる。不老不死、あるいは長命であり、魔法の力を持つ。

第8章　夢想の断片

そうしたからと言って、なんの問題がある？
　　　　　　　　　　　　　　——現代人のモットー

　それは腕であった。テーブルのそばの紫がかったクッションの上に置かれた、切断された人間の腕であった。上腕部の切断面は血が固まっているが、ガーゼにまだ真っ赤な染《しみ》がついているところからすると、切断されて、まだ間もないと見える。若い女の左腕であった。

　手首のまわりには毒蛇を模した七宝焼きの金の腕輪がはめてあり、薬指にはサファイアの指環《ゆびわ》が輝いている。手は青白く、薬指と小指を形よくたたんで、真珠色の手袋を握っている。そのほかの指は美しく伸びていた。手袋は新品ではなく、すでに何度もはめているらしい。

　腕はまだ生きているようだった。肌は透明で、繻子《サテン》のようなつやがある。そのせいで、この切断された腕は、残酷であると同時に幻想的な印象だった。だが、この腕はどうして切り落とされてしまったのだろう？　何か未知の病によるものか？　これほど上品で優しく、若々しく、健康な生命力にあふれているというのに……。

しかも、どうして、こんなところに？　いや、偶然、この場でこの光景を見た者がいたとしたら、ある恐ろしい考えに背筋を凍らせたかもしれない。

実際、メンロパークの一帯は鬱蒼《うっそう》とした木立に覆われ、エジソンの館は、まるで森のなかに打ち捨てられた古城のように、周囲から孤立している。また、エジソンが自分が信頼した少数の友人にしか情を示さず、実験のためならどんな非情なことでもする人物であることはよく知られている。これまでにしてきた数多くの発明にしても、比較的まっとうなのは、世間に知られているものだけで、その大半は怪しげなものである。その発明が役に立つかどうかというより、純粋に科学的な興味から、恐ろしい実験をして生みだされたものも、たくさんあるのだ。たとえば、エジソンは人体実験を繰り返しながら、ある強力な麻酔薬をつくったことがあるが、エジソンの讃美者たちによると、それは「大罪を犯して地獄に堕ちる者が、幸運にもそれを数滴吸飲したら、完全に無感覚になって、きわめて残忍な拷問にも耐えられる」ようなものだったという。すなわち、科学にあらたな知識をもたらす実験を前にしたら、エジソンは他人の命や自分の命を危険にさらすことを、まったくためらわないのである。

そもそも、科学者というものは、真にその名に値する者なら、発明発見のために、どんな犠牲も厭《いと》わないものである。そのためならどんなひどいことをしても、一瞬たりとも後悔しない。また、そのことを不名誉だとも思わない。はたして、エジソンはその例外であろうか？　もちろん、そんなことは決してない！

その証拠に、ヨーロッパではエジソンの実験がどんな性格のものだったのか、さまざまな新聞や雑誌で報じられている。それによると、エジソンは実験の壮大な目的にしか興味がなく、それ以外のことは歯牙《しが》にもかけなかったという。実験の細部については、ちょうど哲学者が〈偶然だとわかりきった事象〉に注意を払わないように、いや、それ以上に興味を示さないのだ。

それについては、こんな逸話もある。これは数年前にアメリカの新聞がいっせいに書きたてたことだが、その時期に、エジソンは列車の急ブレーキのシステムを開発して、このシステムを使えば、全速力で走ってきて間近に迫ったふたつの列車を衝突寸前で止められると考えていた。そこで、このシステムの特許を取るために、ウエスタン鉄道の支社長に話して、実際に運行している列車で実験をする許可を取りつけたのである。

実験は、ある美しい月の晩に行なわれた。乗客をいっぱいに乗せた列車が時速百二十キロメートルで線路を走っていると、反対側から、やはり乗客をいっぱいに乗せた列車が時速百二十キロメートルで走ってくる。[19] 支社長から命令を受けた作業員たちが、転轍機《てんてつき》のレバーを操作して、本来は隣の線路を走ってすれちがうはずの列車をその線路に導き入れたのだ。

いっぽうエジソンは、衝突を避けるために必要な指示を両方の列車の機関士に出すと、自分はレガリアの葉巻の端を嚙《か》みながら、近くの高台からこの実験を見守っていた。ところが、そこで予定外のことが起こった。間近に迫る相手の列車を見て動揺してしまったのだろう、機関士たちがエジソンの指示とはちがう操作をして、急ブレーキをかけそこなってしまったのである。

その結果、稲妻のように走ってきたふたつの列車は、恐ろしい勢いで正面衝突を

19　エジソンは子供の頃から危険な人体実験や、残酷な動物実験をしているが、さすがにこの実験は行なっていない。「科学のためなら、エジソンはどんな恐ろしいことでもする」という印象を与えようとして、作者が創作したものと思われる。

した。

列車はたちまち横転し、火を噴《ふ》いた。乗客は男も女も老人も子供も窓から投げだされ、骨折し、車両に押しつぶされ、焼けこげになった。そのなかには、ふたつの列車の機関士やボイラーマンたちもいたが、機関車からあがった火に包まれて黒こげになったのか、衝突の衝撃でばらばらになったのか、付近を捜索しても遺体を見つけることはできなかった。

しかし、この惨劇を見ても、エジソンは顔色ひとつ変えず、「へたくそめ！　操作をしくじって！」と言っただけだったという。

ということだから、たとえエジソンがこの惨事に哀悼の言葉を述べたとしても、それはかたちばかりのものにしかならなかっただろう。もともと、言葉を巧みに扱うのは、エジソンの仕事ではないのである。そして——この不幸な出来事のあと、エジソンがいちばん不思議に思ったのは、「アメリカ人たちは、どうしてもう一度、この実験をしないのか？」ということだったという。エジソンが繰り返し口にした言葉によれば、「必要なら三回でも」、いや「それが成功するまで」、この実験は行なわれるべきだったからである。

したがって、エジソンがこうした実験をこれまでに何度も行なっていると知っている者なら、この時、たまたまメンロパークを訪れて、この切断された美しい腕を目にした時、エジソンがまた新しい発明のために、恐ろしい実験をしたと疑っても不思議はない。

さて——黒檀《こくたん》のテーブルの近くで足を止めると、エジソンは切断された腕の指先を見つめた。指はそのうちの二本で、落ちてきた電報をつかんでいるように見えた。その不思議な腕に触れると、エジソンは、突然、何かを思いついたように身震いした。

「そうか。もしかしたら、この電報の主《ぬし》がハダリーを目覚めさせてくれることになっているのか」声に出してつぶやく。

その語調には、奇妙なためらいが含まれていた。だが、エジソンはすぐに肩をすくめると、微笑を浮かべた。

「こんな偶然を気にするなんて、どうやら迷信深くなっているようだ」

そうして、テーブルを離れると、また部屋のなかを歩きはじめた。

おそらく、先程の夢想を続けるには暗いほうがよかったのだろう、ランプのそばまで来ると、明かりを消す。それから、また歩きはじめた。

おりしも、ニュージャージーの丘の上には、灰色の雲間から三日月が顔を覗《のぞ》かせたところだった。三日月は、実験室の開かれたガラス戸から、黒檀のテーブルに向かって、不吉な光を投げかけた。

青白い光が切断された腕の上を這《は》って、動かなくなった手を愛撫する。と、その光に突然、サファイアの指環が青くきらめき、手首にはまった黄金の毒蛇の目が閃光《せんこう》を放った……。

それから、すべてが闇に包まれた。

第9章　過去に向かう想い

栄光とは死者たちの太陽である。

——オノレ・ド・バルザック

こうして、エジソンはしばらくの間、先程までのように、歴史を嘲弄《ちょうろう》し、科学を愚弄する、暗い夢想に耽《ふけ》っていたが、まもなく声に出して、独り言を始めた。

「人類の歴史でまったく不思議なのは――いや、あり得ないとさえ思うのは、これまで数十世紀にわたって、たくさんの偉大な科学者がこの世に生を受けてきたというのに、そのうちの誰ひとりとして蓄音機を発明しなかったということだ。しかも、その科学者たちの大半は、蓄音機よりもはるかに手の込んだ、複雑な発明をしているのだ。蓄音機などというものは、本当に単純なもので、〈科学的〉だと言える材料なんて、ひとつも使ってはいない。神の言葉に従って、約束の地カナンを目指したアブラハム[20]にだって、これくらいのものは簡単につくれただろう。そうしたら、アブラハムは神から託された言葉を録音できたろうに……。なにしろ、鋼鉄の針が一本とチョコレートを包む銀紙みたいなもの、それに銅製の円筒があれば、天地に響く、どんな声や物音でも記録できるのだから……。

ああ、こんな単純なものを思いつかなかったなんて、バビロニアの神官であり、天文学者であったベロッソスは、いったい何を考えていたのだろう？　ベロッソスは今から四千二百年前に、日時計を研究していたくらいなのだ。[21] ベロッソスがもう少しセンスに恵まれ、考える力を持っていたら、日時計の研究などはあとまわしにして、蓄音機を発明していたろうに……。ギリシア人の天文学者で、エジプトのアレクサンドリア図書館の館長を務めたエラトステネスだってそうだ。エラトステネスは今から二千年も前に、南北回帰線の間の子午線弧を調べ、そこから地球の大きさを割りだしたのだが（その計算は非常に正確だったが）、そんな研究に五十年もかける前に、音の振動を金属の板に刻みつけることを考えていたら、蓄音機をつくることなど、簡単だったはずなのに……。

それから、二千五百年前にバビロンの空中庭園をつくった新バビロニア王国のカルデア人たちだって……。いや、カルデア人たちはむしろ空想のほうがお得意だったか……。いや、それなら、〈幾何学の父〉と呼ばれる、アレクサンドリアのユークリッドは？　論理学をあみだし、〈万学の祖〉と言われるアリストテレスは？　数学者で、詩人でもあったピタゴラスは？

おお、そして、あの偉大なるギリシアの発明家、アルキメデスは？　アルキメデスは、今から二千年以上前にローマの艦隊がシラクサの町に押し寄せた時、岸に設置したクレーンの先につけた鉄の爪を敵船に引っ掛け、滑車を使った梃子《てこ》の原理を応用して敵船を転覆させ、町を守ったという。また、沿岸に並べた巨大な鏡を使って太陽の光を集め、沖合にいる敵船を焼きはらったともいう。つまり、アルキメデスは私と同じくらい発明の才能と、鋭い観察力を持っていたということだ。そうだ、観察力だ。私は帽子の内側に向かって声を出した時、その声が裏地を震わせているのを見て、蓄音機の原理を発見したのだが、アルキメデスだって風呂に入っている時に、あの有名な〈浮力の原理〉を発見したのではないか？　だとしたら、私より前にこの〈録音の

20　『旧約聖書』「創世記」第十二章。

21　ベロッソスはバビロニアの神官、著述家、天文学者。著書に『バビロニア誌』がある。ただし、生まれたのは紀元前三三〇年頃。したがって、四千二百年前というのは、作者の勘違い。

原理〉に気づいてもよかったろう。身の回りで発生する音は、その振動を何かに写しとることによって、文字のように記録できると……。

ああ、ローマの将軍マルケルスによって、シラクサが陥落した時、ローマ軍の荒くれ兵士たちにアルキメデスが殺されなかったら——その時、アルキメデスは砂の上に方程式を書いて、まだ答えのわからない数学の問題を解いていたのだが——そこで死なずにすんでいたら、アルキメデスは私より先に蓄音機を発明していたにちがいない。

それから、そうだ！ エジプトのカルナック神殿やアブ・シンベル神殿をつくった建築技師たちはどうだ？ あるいは、アンコールワットを建てた、異国のミケランジェロたちとも言うべき、あの名前も知られていない建築技師たちは？ アンコールワットはカンボジアの北部にある実在の寺院だ。そこを訪れた者なら、誰でも見ることも触ることもできる本物の建物だ。広さはルーブル美術館が一ダースか二ダース入るくらいあって、高さは確か、クフ王のピラミッドの半分以上にもなるだろうか？ 装飾も手が込んでいて、各建物の正面の柱廊や回廊の列柱、その上の軒縁《のきぶち》には、そのひとつひとつに浮彫りがなされている。まわりはどこまでも続く荒れ野で、その荒れ野を見おろすように、小高い丘の上に建っているのだが、あまりに古い時代につくられたので、歴史の闇に紛れて、どんな縁起で、どんな神が祀《まつ》られているのかもわからない。建立した国家の名前もわからない。だが、それはまるで巨大な奇蹟として、その地にあるのだ！　そんな壮大な寺院をつくることに比べたら、蓄音機を思いつくのは簡単なことではないか！

ほかにもあるぞ。今から六千年前[22]にメソポタミアで死んだラガシュ王グデアは科学に関心のある王で、アッカド語で書かれた碑文にはこう書かれている。《我、科学技術のおおいなる発展に尽くす》と……。ならば、その王のもとにいた技師たちが蓄音機を発明できないなどということがあるだろうか？

それから、アッシリアの首都コルサバードを建設した技師たちはどうだ？　トロイをつくった技師たちは？　レバノンのバールベックの神殿を築いた技師たちは？

あるいは、小アジアのミュシアの太守たちに仕えた博士たちは？　はたまた、紀元前六世紀にアナトリア半島を支配したリュディア王クロイソスのもとに参じ、一夜にして王の物の見方を変えてしまったという物理学者たちは？　アッシリアの女王セミラミス[23]の命で、ユーフラテス川の流れを変えたバビロンの土木技師たちは？　エジプ

22　グデア王は紀元前二一二四年頃に死んでいるので、実際は四千年前。また碑文はアッカド語ではなくシュメール語で書かれている。

トのメンフィス、シリアのパルミラ、ギリシアのシキュオン、メソポタミアのニネヴェ、北アフリカのカルタゴをつくった建築家たちは？　そして、バベルの塔を建てた建築家たちは？　イスやパルミラ、それから、リビアのプトレマイスの技術者たちは？　フリュギアのアンカラやエジプトのテーベ、メディア王国の首都エクバタナ、リュディア王国の首都サルディス、フェニキアの主要都市シドン、シリアのアンティオキア、ギリシアのコリントス、そしてエルサレムの技術者たちは？　あるいは、エジプトのサイスやフェニキアのティルスの数学者たちは？　それから、アレキサンダー大王によって焼かれたペルシアのペルセポリスの数学者や、ビザンティウムやローマの数学者、パレスチナのカイサリア、インドのベナレス、ギリシアのアテネやエレウシスの数学者たちは？

それだけではない。人類はこれまで数えきれないほどの古代文明を生みだしてきたが、そういった文明のなかには、人類最古の歴史書を書いたヘロドトスの時代にはすでに名前も忘れられ、建造物の礎石ひとつ残らず、煙となって消えてしまったものも多いはずだ。だが、そういった文明が存在し、その文明を素晴らしい技術で支えた何千何万という人々がいたことは――それは事実なのだ。ならば、その人々はまず手始めに、どうして蓄音機を発明しなかったのだろう？　そうすれば、少なくともその文明の名前やそこで話された言葉を、現代に生きる私たちがそっくりそのまま発音することができたのに……。

だいたい、今、残っている文明だって、その名前は当時のまま永久に不滅だと思われているが、それはただの文字にすぎない。いわば、当時発音されていた名前の幽霊のようなもので、実際に口にされていた音とはなんの関わりもないのだ。まったく、人類はどうしてこれまで蓄音機なしにすませることができたのだろう？　私にはさっぱり理由《わけ》がわからない。だが、今はもう忘れられてしまった古代文明を築いた国々にも学者と呼ばれる者はいたはずだろう。その学者たちは何をしていたのだ？　してみると、学者というものはいつの時代も同じで、誰かの発明や発見を確かめ、分類し、完成させることくらいしか能がないと見える。自分で何かを発明するということはないのだ。

いや、それはともかく、私が言おうとしていたのは、優れた技術者は五千年前にも無数にいて――そう、たとえば、エジプト第十一王朝のランプシニトス王[24]の技術者た

23　アッシリアの伝説上の女王。紀元前九世紀のアッシリア王シャムシ・アダド五世の王妃サンムラマートをモデルとしている。

ちはどうだ？　かの技術者たちは、銅を焼き入れして、素晴らしい剣をつくっていた。現在、刀剣の鍛造《たんぞう》で有名なスペインのアルバセテの職人が鋼《はがね》を焼き入れしてつくる剣よりも優れた剣を……。ところが、銅を鍛えるその技術は失われてしまって、現代の我々には鍛造工場でどれほど強力なドロップハンマーを使っても、ランプシニトス王の技術者のように優れた銅剣をつくることはできない。つまり、私の言いたいのは、それほど素晴らしい鍛造技術を持っていた者たちのなかに、ただひとりとして、自分の声を保存して、いつでも聞けるようにすることを思いついた人間がいなかったということだ。これは驚くべきことではないか！

だが、待てよ。そう考えると、蓄音機についても、私より前に誰かが発明していたのかもしれない。ただ、その発明は誰にも顧みられることのないまま、放置され、忘れられてしまった——そういう可能性だってあるぞ。そうだ。私が発明した〈電話〉だって、実は今から九百年も前に中国で発明され、実用化されないままゴミ箱に捨てられていたのかもしれない。なんと言ってもあの国は、数千年という歴史のなかで、気球や印刷、電気や火薬を発明してきたのだから……。いや、今は忘れられてしまっただけで、私たちがまだ発明していない物だって、一度はつくりあげたかもしれない。そう、今は忘れられてしまっただけで……。知ってのとおり、カルナックの神殿からだって、三千年前に敷かれたレールの跡が見つかったくらいだからな。民族同士が侵略のことしか考えていなかった時代に、エジプトの技術者たちは、すでにレールを敷いて、物を運んでいたのだ。

しかし、そうなると、『誰々によってこれこれのものが発明された』と永遠に記憶にとどめられる〈現代〉という時代は、人類にとって幸せなのかもしれない。もちろん、バビロニアでローマ紀元に代わる、あらたな紀元が制定されたナボナッサル王の時代にも、それよりさらに前――私のまちがいでなければ、今から七、八千年前のバビロニア王クシストロス[25]の時代にも、同様のことが言われていたかもしれないが……。

だが、現代において、『誰々によってこれこれのものが発明された』と永遠に記憶されることは、ことのほか重要なのかもしれない。少なくとも、現代がそういう時代

24　ランプシニトスはヘロドトスの『歴史』のなかで、クフ王の先代のファラオ（王）として紹介されているが、実在は否定されている。実際、エジプト第十一王朝のファラオ（王）たちのなかにも、この名前を持つ者はいない。

25　バビロニアの神官、著述家、天文学者であるベロッソスの『バビロニア誌』によると、クシストロスは大洪水の起きる前に、クロノス神の予告を受けて船を建造し、一族や動物たちと難を逃れたという。

だということは認めなければならない。どうしてか？　その理由はわからないが、おそらく自分の発明であることに、発明家が確信を持ちたいせいだろう。そうでなければ、ある発明によってひとたび財産を築いたら、もうそれ以上、何かを発明しようとはしなくなるからだ。私だってそうするだろうからな」

第10章　世界史を記録する写真

スピード写真

紳士　（写真屋に入って来ながら）こんにちは、私は写真を一枚撮って欲し……。

写真屋　（急いで）最後までおっしゃらずに。ほら、もうここにできていますよ。

――シャム[26]の風刺漫画

そこで、エジソンはふと足を止めて、先程、我が子の声が聞こえてきたあたりに目をやり、マグネシウム灯の反射鏡を見つめた。

「そう言えば、写真機もまた発明されるのが遅すぎた。ある場面やそこにいた人物、景色や眺望、写真があれば残されていたはずの、そういった光景がすべて失われてし

26　フランスの風刺漫画家（一八一九―一八七九）。本名アメデ・ノエ。

まったというのは、きわめて残念なことではないだろうか？　もちろん、そういった光景を画家が想像で描くことはできる。だが、写真が伝えるのは、紛れもない真実なのだ。これは大きなちがいだ。しかし、そんなことを今さら言ってもしかたがない。かつて存在した人や物、場面をそっくりそのまま、目で見ることはできないのだ。いや、もちろん、この宇宙で起きた出来事は星間に光の残響として永久に存在しているはずだから、その残響を電気とか、あるいはさらに有効な媒体を用いて捕捉《ほそく》する方法を人類が発見できれば話は別だが……。だが、将来、そんな方法が発見されるにしても、私たちが昔の出来事をありのままに見るという夢は叶《かな》わない確率のほうが高いだろう。なぜなら、現在、我々の太陽系は刻一刻とヘルクレス座のほうに引き寄せられているので、そんな方法が発見される前に、私たちはかまどのように燃えさかるヘルクレス座のゼータ星によって焼きつくされてしまうことになるからだ。さもなければ、そうした発見がなされる前に、月が地球に落ちてきて――いや、確かに地球の殻は十キロメートルから四十キロメートルの厚さがあるが、しかし、さすがに月が落ちてきたら、地球は粉々に砕かれて、コールサック[27]のようなガスや塵《ちり》の塊になってしまうだろう。あるいは、地軸が今より二十分の一度から二十五分の一度、傾いただけで、かつて起こった大洪水の時のように、地球は一万キロメートルから一万五千キロメートルにわたる範囲で水没してしまう。その前に、どんな方法であれ、星間に存在している光の残響を捕捉することができなければ、私たちは過去の出来事をそっくりそのまま見ることはできないのだ。

まったく残念なことだ。

そう考えると、過去に特別な出来事があった時に、写真機が存在していたらと思わざるを得ない。写真機があれば、その決定的な瞬間を紙に焼きつけて、後世に残すことができたのだから……。たとえば〈ヨシュアが太陽に命じて、その動きを停止させた瞬間〉[28]とか……。あるいは、決定的な瞬間ではなくても、エデンの園の風景を何枚かでも……。神はアダムをエデンの園から追放した時に、〈善悪を知る木〉の実を食べた人間が〈命の木〉の実を食べて、永遠の命を得ることを心配して、〈燃える剣〉を置いて木を守らせたが、その剣や、〈善悪を知る木〉、イヴをそそのかした蛇の姿も、写真に撮っていたら、見ることができたのだ[29]。

27　南十字星の近くに見える暗黒星雲。
28　『旧約聖書』「ヨシュア記」第十章。
29　『旧約聖書』「創世記」第三章。

ほかにもある。ノアの方舟《はこぶね》が漂着したアララト山[30]から見た洪水の写真というのはどうだ？（ノアの息子のなかでも、気がまわるヤペテのことだ。もしその時、写真機が存在していたら、まちがいなく方舟のなかに持ち込んでいたにちがいない！）それから、のちにモーセに率いられて、イスラエルの民がエジプトを脱出する時、それを助けるため、神はエジプトに〈七つの災い〉をもたらしたが[31]、その光景が写真に撮られていたとしたら……。あるいは、モーセたちの一行がエジプト人に追われて紅海に追いつめられた時、神の言葉に従ってモーセが杖をあげると、海がふたつに割れて、歩いて渡れるようになった場面[32]。いや、そのもっと以前に、そもそも〈燃える柴〉のなかから、神がモーセの前に現れて、イスラエルの民を率いて、エジプトから出るように命じる場面[33]……。そんな場面を写真で見ることができたら……。はたまた、そのずっとあとに起きたこんな事件も……。紀元前六世紀に、バビロニアでネブカドネザル王の息子ベルシャザルが大宴会をしていた時のこと、突然、壁に指が現れて、『メネ・メネ・テケル・ウパルシン』と綴《つづ》るという出来事があった。そこで、ベルシャザルがダニエルという神官を召して、その言葉を解読させると、それは『数えたり、量られたり、分けられたり』という意味で、『王の器量が量られた結果、その治世の年月はすでに数えられ、王国が分割される』ことを示しているのだという[34]。その夜、ベルシャザルは殺されるのだが、その場面だって……。そのほかにも、〈アッシリア王アッシュールバニパルが敗北に際し、みずから宮殿を燃やして、炎に包まれる場面〉[35]とか、〈ミルウィウス橋の戦いで、コンスタンティヌス帝が軍旗として掲げたラバルム旗〉とか、その時に写真機が発明されていたら、見ることができたのに……。

あるいはもっと前にさかのぼれば、ギリシア神話に出てくる髪の毛が蛇の怪物メドゥーサとか、牛頭人身の怪物ミノタウロスの姿とか……。そうだ。神から火を盗んだ罪で、毎日、禿鷲に肝臓をついばまれるプロメテウスとか、アポロンから神託を受

30　『旧約聖書』「創世記」第八章。

31　『旧約聖書』「出エジプト記」第七章から第十一章。ただ、聖書では〈十の災い〉。

32　『旧約聖書』「出エジプト記」第十四章。

33　『旧約聖書』「出エジプト記」第三章。

34　『旧約聖書』「ダニエル書」第五章。

35　この場面はドラクロワの絵画『サルダナパールの死』に描かれている。サルダナパールはアッシュールバニパルを伝説化した人物であるが、史実としては、宮殿を焼きはらって、みずから炎に包まれたのはアッシュールバニパルと敵対して城を包囲されたアッシュールバニパルの兄のシャマシュ・シュム・ウキンである。

ける巫女たちとか、父王の命を受けて夫を殺した罪で地獄で永遠に水汲みをさせられるアルゴス王ダナオスの娘たちとか、はたまたヘラクレスに退治された人間を襲う怪鳥ステュムパリデスとか、冥界に住む復讐の女神エリニュスとか、そういった神や人、怪鳥の姿を写真に撮って絵葉書にしたら、さぞや楽しめただろうに……。

それから、一気に時代を下れば、『新約聖書』に出てくるエピソードだって……。あれをみんな写真で見ることができたら、どれほど素晴らしいだろう！

かつて存在した東や西の帝国にまつわる逸話だって、その時の写真が残されていれば、見事なコレクションができあがるだろう。殉教や処刑の写真も面白い。『旧約聖書の外典』の「マカバイ記」によると、紀元前二世紀にエルサレムに攻めいったセレウコス朝シリアのアンティオコス四世は、ユダヤの習慣をないがしろにし、七人の兄弟に豚肉を食べさせようとしたが、兄弟たちはこれを拒否して、殉教したという。そのすぐあとには兄弟たちの母親もまた殉教したのだが、この一家の殉教の場面から始めて、十六世紀の神聖ローマ帝国で宗教改革運動を指導したヤン・ファン・ライデンが処刑された場面とか、十八世紀にフランス王ルイ十五世を暗殺しようとして逮捕されたロベール＝フランソワ・ダミアンが八つ裂きにされた場面とか……。あるいは、それよりずっと前に、ローマやリヨンの円形闘技場で、キリスト教徒たちが猛獣の餌食となって殉教した場面も、写真機があったら、興味深い記録が残っていたはずだ。

　もちろん、拷問も忘れてはならない。拷問は社会が誕生した時から存在してきたが、そう、たとえば十五世紀にスペインの女王イサベル一世が創設した《聖なる友愛団体《サンタ・エルマンダー》》という名の警察で行なわれた拷問はどうだろう？　イサベル一世は熱狂的なカトリック信者であったため、《聖なる異端審問所《サンタ・インキシシオン》》も設立し、異端とみなした人々やキリスト教に改宗したイスラム教徒やユダヤ教徒を迫害したが、女王の命を受けた異端審問官たちは、身につけた監獄の鍵をじゃらじゃら言わせながら、気晴らしとして、投獄されていた人々を拷問した。その写真があったら……。いや、スペインだけではない。ドイツでもイタリアでもフランスでも、オリエントの世界でも、監獄があるかぎり、そこでは世界じゅうで拷問が行なわれていたのだ。写真機がもっと早く発明されていたら、そういった拷問の様子もつぶさに見られたのに……。

　おお、そうだ！　写真機と同時に蓄音機も発明されていたら、拷問されていた人々の様子を見るだけではなく、ひとりひとりがどんな叫び声をあげたのか、そのちがいを聞きわけることもできて――それこそ迫真の記録が残されていただろうに……。そ

36　『旧約聖書の外典』「マカバイ記二」第七章。

の写真と録音をセットにして高等学校で幻灯会を開いたら、道徳を教える絶好の機会になる。悪いことをしたら、こんなに恐ろしい目にあうと、現代の子供たちにもよくわかるだろうからな。いや、子供だけではなく、現代の大人にもだ。素晴らしい幻灯ショーができるぞ。

それ以外のものだと、ふむ、肖像写真というのもあるな。ノアの曽孫で、メソポタミアを支配したニムロデ[37]からナポレオンまで、モーセからアメリカの初代大統領ワシントンまで、孔子からイスラム教の創始者ムハンマドまで、政治や宗教や文化において大いなる指導力を発揮した人々の顔を写真で見ることができたら……。あるいは、歴史に名を残す女性たちの姿でもいい。アッシリアの女王セミラミスから、カトリーヌ・ダルファンデル[38]まで、あるいはアマゾネスの女王タレストリスからジャンヌ・ダルクまで、三世紀のパルミラ王国の女王ゼノビアから十七世紀のスウェーデンの女王クリスティーナまで――そんな女性たちの姿を写真で見ることができたら……。

女性と言うなら、美女たちの姿も写真で見たかったものだ。ギリシア神話に登場するアフロディーテやエウロペ、プシュケ、ヘラクレスの妻デイアネイラ、トロイア戦争の原因となったヘレネ、ホメロスの『オデュッセイア』に出てくる魔女キルケ……。『旧約聖書』からはサムソンの愛人デリラ、ヤコブの妻ラケル、外典に出てくるユディト……。それから、エジプトのクレオパトラ、ギリシアの娼婦アスパシア、同じくタイス、フリュネ……。北欧神話に登場するフレイヤ、インドの女王アケディセリル、[39]マネカ、[40]シバの女王バルキス……。もう少し近世になってからは、オスマン帝国の皇后ロクセラーナ、フランソワ一世から美女《ラ・ベル》ポールと呼ばれ、あまりの美しさに週に二度は屋敷を出て、市民に姿を見せるようにとトゥールーズ市当局から命じられたポール・ド・ヴィギエ。それとは反対に、美貌を隠すために、ヴェールの着用を法律で命じられたギリシアの女性もいたな。最後にネルソン提督の愛人で、その美しさで幾人もの男を魅了したレディ・エマ・ハート・ハミルトン……。こういった美女たちの姿がすべて写真で残っていたとしたら……。

ついでに〈理性の女神〉や〈存在の神〉、〈自然の神〉といったものまで含めた、あ

37　『旧約聖書』「創世記」第十章。

38　作者の残した草稿の断片によると、十八世紀のロシアの女帝エカチェリーナ二世のことらしい。ヴォルテールはエカチェリーナ二世のことを「北方のセミラミス」と呼んでいる。

39　インドの伝説中の女王。作者はこの女性を主人公にした「アケディセリル」という短篇を書いている。

40　未詳。

りとあらゆる神々の姿が写真に撮られていたとしたら……。

まったく、つい最近まで写真機が発明されていなかったというのは残念なことだ。発明されていたら、素晴らしいアルバムができていたのに！

そうだ！　自然の歴史だって、写真で見ることができたら……。とりわけ、古生物史は……。たとえば、メガテリウム[41]などは、奇妙な厚皮《こうひ》動物ということだけで、実際にどんな姿をしていたかはよくわかっていない。あの大型のコウモリのプテロダクティルス[42]だって、爬虫類の親玉である、首長竜のプレシオサウルス[43]だって……。こういった古生物の姿を私たちは想像することしかできないのだ。だが、化石をもとにして作った骨格標本が証明するとおり、この生物たちは地上に存在していた。わずか数万年前には、今、私が夢想を続けているこの場所で、大地を踏みしめたり、大空を飛びまわったりしていたのだ。そう、わずか数万年前には……。数万年と言ったら、私が石板に物を書く時に使う白亜《チョーク》[44]の年齢の四分の一か、五分の一だ。

それなのに、〈自然〉は地球規模で起こった大洪水によって、まるで石板に描かれた絵を水をたっぷり含んだスポンジで消してしまうように、この奇妙な姿の生物たちを絶滅させてしまう。〈生命〉が誕生した頃に地球が見た悪夢のようなこの生物たちを……。だから、写真機さえあれば、その生物たちの姿を湿板《しっぱん》に記録して、興味深く眺めることができたのに……。ああ、残念ながら、その姿は永久に失われてしまったのだ！」

そうつぶやくと、エジソンはため息をついた。口調を変えて、続ける。

「いや、たとえ写真機があっても、湿板に焼きつけられた画像はいつかは消えてしまうだろう。錫箔《すずはく》に刻まれた音がいつかは消えてしまうように……。すべては消えてし

41　第四紀更新世（約二百五十八万年前から一万年前）の間に生息した巨大なナマケモノ。全長六メートルから八メートル。

42　ジュラ紀（約一億九千九百六十万年前から一億四千五百五十万年前）後期に生息した最古の翼竜。ヴィリエ・ド・リラダンの時代には爬虫類説、哺乳類説（コウモリ説）、鳥類説があったが、現在は爬虫類説が支持されている。

43　三畳紀（約二億五千百万年前から一億九千九百六十万年前）後期からジュラ紀の前期にかけて生息した水棲の恐竜。

44　未固結の石灰岩の一種。白亜紀（約一億四千五百五十万年前から六千六百年前）にできたとされる。作者は当時の科学的知識をもとに、この時期よりずっと現在に近い年代（数万年前）にメガテリウムやプテロダクティルス、プレシオサウルスが生息していたと考えている。ただし、このことは、第三章の天地創造を七千二百年前としたエジソン自身の言葉と矛盾する。

まうのだ！　空《くう》の空、いっさいは空なのだ。[45]もしそうなら、写真機などはたたきつぶしてしまったほうがいいのかもしれない。蓄音機だって壊してしまったほうが……。そうして、頭上を覆う、この丸天井に目を向けて（もちろん、空のことを言っているのだ、私は……）、この丸天井で囲まれた〈ホール〉がはたして無料で貸してもらえているものか、考えてみるがよいだろう。このホールの照明代は誰が支払っているのかと……。要するに、我々がいるこのホールの費用を出してくれているのは誰かと？骨組みがぐらぐらしていて、〈時間〉と〈空間〉という室内装飾も古びてしまい（だいたい、〈時間〉と〈空間〉などもはや誰も信じていない）、つぎはぎだらけになってしまった、このホールの費用を出してくれているのは誰かと？　それは神かと？おお、そうだ！　神の存在を絶対的に信じている人たちに、私は訊《き》いてやりたいことがある。もちろん、そういう人たちからすれば、あまりにも素朴で、不真面目《ふまじめ》で、皮相な質問だと思われるかもしれないが、これしかないといった本質的な質問でもある。つまり、神は——至高の存在であり、全能の存在である神は、古来、アブラハムやモーセをはじめとする多くの人々の前に現れ、その人々は確かに神の姿を見たと言っていて、そのことに疑義をさしはさんだりしたら、異端の疑いをかけられてしまうくらいだが、実際にその姿が残っているのは、下手くそな画家や凡庸な彫刻家が

『神とはこういう姿をしているであろう』と、勝手な空想で描いたり、つくったりした絵画や彫刻としてだけだ。

そこで、私の質問だが、私は絶対的に神の存在を信じている人たちにこう訊きたい。『もし神がどんな小さなものでもよいから、ほんの一枚でもそのお姿を写真に撮ることを許してくださったら、さらには、アメリカの技師であり、蓄音機の発明者である、このトーマス・エジソンに——イエスの復活を疑った使徒トマス[46]と同じ名前のこのエジソンに、ほんの数秒でよいから、そのお声を蓄音機に吹きこむことを許してくださったら、その翌日にこの地上から、ただのひとりも無神論者はいなくなるだろう。それなのに、どうして神はそうなさらないのか?』と……。なにしろ、フランクリンが雷——つまり神鳴《かみな》りが電気であることを発見して以来、神の声は変わってしまったのだから……。しかし、神はそうなさらない。そう考えると、悲しくなるではないか！　それなのに、神を深く信じる者はあいかわらず『〈神の霊性〉とはおのれのなかに神を映すことであり、またそうすれば、神は生きいきとした姿で目の前に現れ

45　『旧約聖書』「伝道の書」第一章。
46　『新約聖書』「ヨハネによる福音書」第二十章。

る』とのたもうて、平然としているのだ（もともとエジソンは、〈神の霊性〉に関する、そんな考えは漠然としすぎているし、どうでもよいことだと考えていた。だからこそ、今、写真機と蓄音機の話を出して、神の存在について触れた時、こうした〈神の霊性〉の観念を揶揄《やゆ》したのだ）。おのれのなかに神を映せば、目の前に神が現れるだと？　だが、心のうちでいくら神を映しても、神が現れるのは、信仰心が預言者ほどに高まった時にかぎられているではないか！　しかもまた、人間が抱くほかのあらゆる観念と同じように、〈神という観念〉はひとりひとりちがう。ある人が〈神という観念〉を抱いた時、そのどこまでが〈現実〉で、どこからが〈幻想〉なのか、誰にもわからないのだ」

それから、また口調を変えて続けた。

「だが、そのいっぽうで、〈神という観念〉は至高の観念だ。それに、ほかの観念と同様、〈神という観念〉の現実性は、それを現実にしようという〈意志〉と、それを見きわめる〈知性〉の問題で、個人個人でちがう。したがって、たとえ神を信じなくても、自分の抱くあらゆる観念のなかから、〈神という観念〉をまるごとひとつ切り捨ててよいということはない。それは、さしたる理由もなくおのれの〈精神〉を抹殺することに等しいのだから……」

そう言うと、エジソンは開いたガラス戸の前でふと足を止めて、月明かりに霞《かす》む庭園の草むらを凝視しながら、こう口にした。

「よろしい。私はある意味で挑戦されたのだ。ならば、この挑戦、受けて立とう。〈生命〉というのは、いつも尊大に構えて、『生命とは何か？』と尋ねても、思わせぶりの深い沈黙でしか答えない。だから、我々のほうは、その深い沈黙のなかから〈生命〉を取り出すことができないかどうか、見てやろうというのだ。いや、こちらはもう『我々にとって生命とはどんなものか』、〈生命〉に対して見せてやることができる」

と、その時、何かが視界に入ったような気がして、エジソンははっとした。見ると、月光に照らされて、ガラス戸の向こう、庭と自分との間に、人影がひとつ立っている。

「誰だ？」

闇に向かって、エジソンは大声で叫んだ。紫がかった房のついた黒い絹の部屋着のポケットに手を入れながら……。その手には小型のピストルがそっと握られていた。

第11章　エウォルド卿

その若い女はみずからの影で、若い男の心をすっぽりと覆ってしまったのだ。

――バイロン卿『夢』

「ぼくです。エウォルドです。セリアン・エウォルド伯爵です」

そう言うと、影はガラス戸をあけて、入ってきた。

「ああ、エウォルド卿でしたか。これは大変失礼しました」エジソンは手探りで電気式の点灯スイッチを探すと、ボタンを押しながら答えた。「列車の速度はまだまだ遅いですからね。いらっしゃるまでに、あと四十五分はかかると思っていました」

「ええ、ですから、特別列車を仕立てて、ボイラーの圧力計の針が振り切れるほど、石炭を焚《た》かせて、やってきたのです」エウォルド卿は言った。「なにしろ、今夜じゅうにニューヨークに戻りたいので……」

その時、突然、天井のライムライト[47]のガス灯に明かりがともった。電気式の点灯スイッチを入れたことによって酸水素ガスが高温になり、放射状に伸びた三つの吹きだし口から高熱の炎を出して、そこに配置された三つのランプの石灰片《ライム》を熱しはじめたのだ。青みがかったランプのガラスの覆いを通して、ライムライトの強烈な光が室内を照らした。実験室はさながら夜の太陽が輝いているかのようになった。

エジソンはあらためてエウォルド卿を見つめた。年の頃は二十七歳から八歳――背が高く、きりりとした美しい若者である。

装いは洗練されていて、なんとも言えない優雅な雰囲気が漂っている。おそらくはケンブリッジかオックスフォードのボートレースで鍛えられたのだろう、身体つきはたくましく、服の上からでも素晴らしい筋肉が見てとれた。顔つきは少し冷ややかだが、何かの拍子に優しく、感じのよい表情を見せることもあった。微笑《ほほえ》みには絶えず物憂げな影がつきまとっていて、生来の気高さを表している。目鼻立ちはギリシア彫刻のように整っていて、その端正な顔だちにもかかわらず、逆に果断な性格であるこ

47　石灰片を熱し、強い白色光を生じさせる装置。また、その光。十九世紀後半、欧米の劇場で使われた。石灰光とも。

とが察せられた。髪は豊かで柔らかく、流麗なブロンドの口髭《くちひげ》と長い頬髯《ほおひげ》が、真珠のように白く、若々しい肌に陰影を与えている。眉はまっすぐで、その下には薄いブルーの大きな瞳が輝いている。その気品にあふれる落ち着いた瞳で、エヴォルド卿はエジソンを見つめ返した。その手にはきちんと黒い手袋がはめられ、指の間には消えた葉巻が挟まれていた。

この姿を見れば、その神々しいまでの魅力に、おそらく大半の女性が理想の男性を前にしていると感じるだろう。エヴォルド卿はその美しさで、話し相手に自然に恵みを与えているように見えた。そのような外見から、最初に卿に会った人は、冷静なんの憂《うれ》いもないドン・ファンを思い浮かべるにちがいない。だが、そんな人でも、ちょっと気をつけてみれば、卿の瞳に深い悲しみが宿っていることに気づくだろう。その奥に絶望の影さえ読みとれる、深く高潔な悲しみが……。

「エヴォルド卿。以前、私を救ってくださったことは忘れていませんよ！」卿に向かって歩みよると、両手を差しだしながら、エジソンは気持ちを込めて言った。「ボストンの近くで行き倒れになっていた時、あの親切な青年が助けてくれなかったら……。私は何度、そう思ったことでしょう。私の命は、栄光は、財産は、その青年――つまり、あなたのおかげなのです。私はあなたに心から感謝します」

「いや、エジソンさん」微笑みを浮かべて、卿は答えた。「感謝するのは、ぼくのほうですよ。その後のことを考えますとね。なにしろ、あなたをお助けしたことで、ぼくは人類の役に立てたわけですから……。あなたが人類のためになさった発明のことを考えたら……。それに比べたら、あの時、あなたに差しあげた金貨など――そのことをあなたはおっしゃっているのだと思いますが――なんの価値もありません。ですから、あのお金は私の手のなかにあるより、あなたの手のなかにあったほうが、ずっとふさわしかったのです。とりわけ、あの時、あなたにはそれが必要だったのですから……。いえ、これは〈公共の利益〉という観点から申しあげているのです。〈公共の利益〉のために何かをすることは最小限の義務で、少なくとも良心のある人間なら、絶えずそのことを頭の隅に置いておかなければなりませんからね。ぼくはあの時、あなたに巡り合えるよう導いてくれた〈運命〉に感謝していますよ。それによって、財産を持っていることの良心の呵責《かしゃく》が多少なりとも軽減されるのですから……。今回、アメリカに来ることになった時、どうしてもあなたをお訪ねしたいと思ったのは、それを言うためだったのです。私はあの時、ボストンに向かう路上であなたを見つけたことを感謝しています。私はあなたにその感謝の言葉を伝えに来たのです」

言葉の合間にきらめくような笑みを浮かべると（それはまるで、太陽の光がきらきらと鏡に反射するようであった)、卿は深くお辞儀をして、エジソンの両手を握った。

その言葉と笑みに少しばかり驚きながらも、エジソンは卿の手を握り返した。肘掛椅子を勧めながら言う。

「エウォルド卿、それにしても、ご立派になられましたね」

「それを言うなら、あなたのほうがずっとご立派になられましたよ」椅子に腰をおろしながら、卿が答えた。

エジソンは、卿の顔を眺めた。まばゆいばかりの明かりのもとで、あらためて見ると、表情には暗い影が差していて、その美しい顔を沈ませているのがわかった。

「卿!」エジソンはあわてて尋ねた。「もしかしたら、一刻も早くこのメンロパークに来ようと、お急ぎのあまり、気分が悪くなられたとか? そこに気つけ薬がありますが、よかったら……」

「その必要はありません」卿は答えた。「でも、どうして、そんなことを?」

エジソンはちょっと黙ってから言った。

「いえ、そんな気がしただけです。失礼しました」

「ああ! いや、どうしてそんなことをお尋ねになったか、わかりますよ」エウォルド卿は言った。「どうぞ、ご心配なく。身体の問題ではありません。実は、なんと言いますか、気持ちのほうの問題でして……。このところ、ずっと悲しい気分が続いていまして、それでなんとなく浮かぬ顔をしているだけですから……」

そう説明すると、卿は片眼鏡《かためがね》をかけなおして、部屋のなかを見まわした。話題を変えて、言葉を続ける。

「これほどの成功を収めるとは……。エジソンさん、心からお祝い申しあげます。あなたは選ばれた方です。そして、ここはいわば〈未来〉を展示する博物館で、ここから新しい発明が次々と生まれていくわけですね。この素晴らしい照明の仕掛けも、あなたが考えたのでしょう？　まるで真夏の午後のようだ」

「おお、エウォルド卿、それもこれも、あなたのおかげです」

「いや、エジソンさん、あなたは神のようです。もしかしたら、先程、『光あれ《フィアット・ルクス》』と叫ばれたのでは？」

「このようなつまらない仕掛けでしたら、もう二百も三百も発明していますよ。だから と言って、もう発明をやめようというわけではありません。私はいつまでもこの道を行きたいと思っています。ええ、私は常に仕事をしています。眠りながらもね！　夢を見ながらも！　『千夜一夜物語』のなかでシェヘラザードが言う〈目を覚まして眠っている男〉ですよ、私は……。そんなようなものです」

「ぼくはあの時、ボストンに向かう途中の道で、あなたにお会いしたことを本当に誇らしく思っているんですよ。あの時、ぼくたちは出会うべくして出会った——今ではそう思っているくらいです。《偶然などではまったくない！　我々は出会うべきだった。そして、出会ったのだ》『ペレグリヌス・プロテウス』のなかで、ドイツの詩人ヴィーラントはそう書いていますが、まさにそんな心境です」

だが、こういった友情にあふれる言葉を口にしている最中でも、エウォルド卿が何かで心を悩ませているのは容易に見てとれた。ふたりの間に、沈黙が流れた。

その沈黙を破るようにして、エジソンは言った。

「エウォルド卿。あなたの古くからの友人として、今度は私があなたのことをお尋ねしてよろしいでしょうか？　先程、あなたはお顔を暗くさせているお気持ちのことを言ってらしたが——そう、なんと申しあげたらよいのか、こんなお願いをするのは性急にすぎるかもしれませんが、悩みというのはどんな重大なものでも、心から心配してくれる友と分かてば軽くなるものです。単刀直入に申しあげますが、私をその友とお考えになって、そのことを試してみてはいかがでしょう？　やって悪いことはありませんよ。私は医者に喩《たと》えるなら、治療のできない病気はないと考える、珍しいタイプの医者ですから……。ええ、きわめて奇妙なタイプのね」

エジソンのこの突然の申し出に、エウォルド卿のほうはちょっと驚いたような仕草をした。

「いや、悩みと言っても、よくあるようなことでして……。ええ、恋の悩みで……。ただ、それがあまりに不幸な恋なので、今はこれ以上はないというほど落ち込んでいるだけなのです。つまり、私の悩みはしごくありきたりなものだというわけで……。だから、この話はやめにしましょう」

「あなたが不幸な恋を?」エジソンは思わず大声を出した。

だが、それをさえぎるようにして、エウォルド卿が言った。

「いや、エジソンさん、そんな話であなたの貴重なお時間を奪うわけにはいきません。それは人類にとって損失ですから……。それよりもあなたの話に戻りましょう。そのほうが、ずっと有益だと思いますが……」

「私の時間ですって?」エジソンは答えた。「それが貴重だと言うなら、そうなったのはあなたのおかげです。つまり、人類はすでにいくばくかはあなたの恩恵を受けていることになる。今でこそ私は大勢の人に支持されて、その人たちは一億ドルもの資本を投じて、私の特許や、過去や未来の発明をもとにした会社をいくつも設立してくれているくらいですが――誓ってもいい！　その人たちが、もしあの時、ボストンの近くで行き倒れになっている私を見かけたとしたら、きっとそのまま通りすぎて、犬ころのように私を死なせてしまったでしょう。あの時、道行く人がどれほど冷淡だったかは、よく覚えていますからね。大丈夫。人類は待たせておきましょう。あるフランス人が言うように、人類はみずからの利益など超越しているのです。つまり、心のこもった友情は人類の利益と同じくらい大切だということで……。その友情からして、私はあなたが悩んでいらっしゃることについて、ぜひうかがいたい。私にはあなたが苦しんでいらっしゃることがわかるからです」

それを聞くと、エウォルド卿は葉巻に火をつけながら言った。

「なんという気高いおっしゃりようでしょう。これほどご親切なお言葉に接したら、もはや抵抗することはできますまい。わかりました。正直なところ、つい先程、この椅子に腰をおろした時には、こんなふうにあなたを打ち明け話の相手に選ぶなんて、思ってもみなかったのですが……。電気技師のお宅では、何事も電光のように話が進むのですね。では、たってのお望みということで、お話ししましょう。

要するに、ぼくは生涯で初めての辛い恋をしたのです。そして、エウォルド家では、〈初めての恋〉というのは、ほとんどの場合、〈最後の恋〉も意味します。つまり、ぼくは〈ただ一度の恋〉をして、その恋に破れたのです。非常に美しい女性に恋をして……。ええ、世界でいちばん美しい――とぼくは思います――そんな女性に恋をして……。その女性は今、ニューヨークの《グランド・シアター》のエウォルド家のボックス席にいます。そこで耳につけた宝石をきらめかせながら、ウェーバーの『魔弾の射手』を聴いているふりをしているでしょう。それだけです。どうです、エジソンさん。これだけ知れば、あなたの旺盛な好奇心も、十分満足なさったことと思いますが……」

その言葉に、エジソンは返事もせずに、ただエウォルド卿をじっと見つめた。それから、しばらくの間、心ここにあらずといった、何か考えこむような顔をした。

「確かに……。それは辛いとしか言いようがありませんね」おざなりな口調で言う。

そして、また放心したような顔で、エウォルド卿を見つめた。

「辛いなどというものではありませんよ」エウォルド卿はすぐに答えた。「それがどれほど辛いか、あなたにはおわかりにならないでしょう」

「おお、エウォルド卿」ほんの一瞬、間《ま》を置いてから、エジソンは口にした。「その話はもっと詳しくしていただかないといけません」

「なんですって？　そんなことをして、なんになるんです？」

「そうお願いする理由が、私にはあるからです」

「理由ですって?」

「そうです。つまり、私はあなたの恋の病を治すことができる——そう思っているからです。少なくとも……」

「それは不可能だ!」エジソンの言葉を最後まで待たず、エウォルド卿が言った。その顔には苦しげな笑みが浮かんでいた。「科学はまだそこまで行っていません」

「科学ですか?」エジソンは答えた。「その科学の力によって、私は何も知らないところから始めて、時には事の本質を見抜き、発見を重ね、最後にはいつも人を驚かせてきたのです」

「しかし、私が抱えている恋の悩みとは普通のものではありません。世の中の人が誰も想像できないような、そんな奇妙な悩みなのです」

それを聞くと、エジソンはますます興味を持ったように、目を大きく見開いた。

「結構、結構。ともかく、もう少し詳しいことを教えてください」

「いや、しかし……。お話ししても、おそらく意味のわからないものになると思いますよ。あなたにとってもね」

「意味のわからない?」エジソンは叫んだ。「それを言うなら、ヘーゲルだって、こう言っているではありませんか? 《意味のわからないものは、意味のわからないままに理解しなければならない》[48] と……。まずは話してくださることです。そうすれば、〈意味のわからないもの〉も次第にはっきりしてきて、最後には一点の曇りもなく、あなたの悩みがわかるでしょう。もしそれをお嫌《いや》だというなら、私のほうは――そうだ、ボストンの近くで助けていただいた時のお金をそっくりお返しすることにしますよ！」

「わかりました。お話ししましょう」遠慮なく厚意を押しつけてくるエジソンの熱気におされたのか、卿自身も興奮した面持ちで言った。

48　作者は、この言葉を同時代の作家エルネスト・ルナンの『哲学的対話と断章』（一八七六年）から引用したらしい。

第12章　アリシア

美しきかな　あの人の　歩む姿は
雲ひとつなき　星空のごと

――バイロン卿『ヘブライの旋律』

　卿は脚を組むと、消えた葉巻に火をつけて軽く煙を吐き、もう一服するまでの間に話しはじめた。

「数年前にアビシニア遠征から戻ってきてからというもの[49]、ぼくはついこの間まで、エウォルド家の領地のひとつであるスタッフォードシャー州のエセルウォルドに住んでいました。大変霧深く、ほとんど人気《ひとけ》のない地方で、館は湖や松の林や岩山に囲まれています。ええ、ニューキャッスル・アンダー・ライムから数キロメートルほど離れたところにある、エウォルド家に残された最後の館のひとつです。遠征から戻ったあと、その館でぼくは、もう両親や家族もいないので、昔からいる老僕たちとともに、ひっそりと暮らしていたのです。

遠征軍に参加するというかたちで国家に対する義務は果たしたわけですから、そこから解放されると、あとは自分の好きなように暮らしてもかまいません。そこでぼくは夢想に耽《ふけ》りながら静かに暮らすという生活を始めたわけですが、今のこの世の中で立身出世することには興味がありませんでしたし、遠征で旅をする間にもともと持っていた孤独に対する嗜好がいっそう強くなっていたので、この静かな生活はぼくにとっては大変幸せなものでした。

しかし、その生活が一変したのは、ヴィクトリア女王がインドの皇帝になって、その戴冠を記念する式典がロンドンで開かれた時のことです。女王からの勅書で、ほかの貴族と同じように、ぼくにもお召しがあったので、その日の朝早く、ぼくは館と狩

49　一八六八年にイギリス帝国軍がアビシニア（現エチオピア）に向けて行なった遠征。ただし、この小説の舞台が一八八三年で、あとの記述によるとエウォルド卿は今、二十七歳なので、遠征に参加したのは、十二歳ということになり、小さな齟齬《そご》が生じる。ちなみにこのあとに出てくるヴィクトリア女王のインド皇帝戴冠は一八七七年のことである。こちらも小説の設定には合わない。

猟場のある領地を離れ、ロンドンに向かいました。いえ、それだけでしたら、どうということのない、ありふれた話にすぎません。ところが、その機会に、ぼくはやはりロンドンに行きたいという、ある人物と知り合ったのです。そこで何があったのか、これからお話ししましょう。

ニューキャッスルの駅に着いた時のことです。ロンドンに向かう列車は、車両の数が少なくて、どれも混雑していました。ふとホームを見ると、列車に乗れずに困ったような――というより、悲しそうな顔をしている若い女性がいることに気がつきました。その女性はしばらくホームに立ちつくしていましたが、列車が出る直前になって、突然、意を決したようにぼくのところにやってくると、まったく面識がないのに、ロンドンまでぼくの部屋に同席させてもらえないだろうかと訊《き》いてきたのです。ええ、ぼくは列車のなかに自分専用の特別室を用意させていましたので……。そう言われたら、断ることもできず、ぼくは純粋な厚意から、『いいですよ』と答えました。

エジソンさん、ここで言っておきますが、ぼくはそれまでこういった機会があっても、それを利用しようとは思いませんでした。つまり、世間で言う〈大人の恋〉の機会があっても……。

もともと社交的ではないこともあって、どれほど絶好のと言われる機会があったとしても、足を踏みだすことができないのです。それに、ぼくは当時、〈将来、妻となるべき女性以外には恋をすることも、欲望を抱くこともできない〉と頑《かたく》なに信じ込んでいました。まあ、これは生まれつきなので、今でもそうは思っているのですが、当時はなおさらで、だから、それまで婚約者もいなかったのです。そんな女性とはまだ知り合っていませんでしたので……。

いや、〈時代遅れ〉と言われるかもしれませんが、ぼくはそれほどまでに夫婦の愛を真剣に考えていたのです。館を訪ねてくる友人たちのなかには、そんなぼくの考えを馬鹿げていると一笑に付す者たちがいましたが、ぼくにしてみれば、その友人たちのしていることのほうがよほど不埒《ふらち》です。そういった青年たちは、『まだ知り合っていない』という卑劣な口実を使って、将来、妻になる女性をあらかじめ裏切っているのではないか？　もしそうなら、哀れとしか言いようがない――ぼくにはそう思えるのです。しかし、まあ、そんなことから、ぼくの数少ない親友たちは、ぼくが〈堅物〉だと言って、『あの男にはロシア女性やイタリア女性、はては植民地生まれ《クレオール》の女性まで勧めてみたが、まったく心を動かさなかった』などと、あらぬ噂を流して、それが最後には女王陛下のお耳にまで入ってしまうくらいでした。

ところが、その日、ニューキャッスルを列車が出発すると、それからわずか数時間の間に、ぼくはホームで初めて出会って特別室に同席した女性に、心の底から魅せられてしまったのです。そうして列車がロンドンに着いた時には、そうとははっきりわからないうちに、その女性がぼくにとって最初で最後の恋人だと確信する状態にまでなったのです。ええ、これが我がエウォルド家の伝統である〈生涯一度の恋〉だと……。そのあとは、わずか数日の間に、ぼくと彼女の間には親密な関係ができあがっていました。そして、その関係は今夜まで続いているというわけです。

エジソンさん、ぼくにとって、今のあなたは、『治せない病気はない』とおっしゃるお医者様です。そこで、何事も包みかくさずお話ししなければならないと思うのですが、それに免じて、どうかひとつだけお許しください。それは——これから悩みをご相談するにあたって、ぼくはまず恋人であるミス・アリシア・クラリーの外見の描写から始めなければならないということです。その描写はもちろん恋人としてのものですが、できることなら、詩人としてのものでありたいとも願っています。なぜなら、この女性を見たら、どれほど公正な目を持った詩人でも、まちがいなく『美しい！』と言うでしょうし、いや、それどころか、『これほど美しい人は見たことがない！』とまで言うでしょうからです。

さて、そのミス・アリシアですが、年齢は二十歳そこそこです。身体つきはしなやかで、銀色のハコヤナギのようにほっそりしています。仕草は優雅で、どんな時でも素晴らしい調和を保っています。彼女が動くと、あらゆる身体の線が協調して、快い調べを奏でだすのです。それを見たら、どれほど偉大な彫刻家でも驚嘆せずにはいられないでしょう。そして、その身体の線は月下香《げっかこう》[50]を思わせる白く熱い肌に包まれているのです。それはまさに《勝利のヴィーナス》[51]がそのまま人間になったような素晴らしさです。少し鳶色《とびいろ》がかった豊かな黒髪は南国の夜を思わせる光沢を放ち、水に濡れても、なお美しくカールしています。入浴のあと、彼女は髪をきらめかせながら、まるでマントの裾をひるがえすように、そのたっぷりとした黒髪を振り払い、右肩から左肩へとなびかせたりするのです。

顔は美しい卵形で、細い顎《あご》の上では、夜露に酔いしれて、血のように赤く染まったカーネーションのような唇が残酷に花開いています。彼女が笑みを浮かべて、若い

50　チューベローズのこと。原産地はメキシコ。フローラル系の甘い香りをもち、とくに夜間は強く匂う。

51　第十七章の記述を見ると、この《勝利のヴィーナス》には両腕がないので、ルーヴル美術館にある《ミロのヴィーナス》のことだと思われる。

獣《けもの》のような真っ白な歯を見せると、その唇には濡れた光が宿ります。それから、ほんのちょっとしたことに反応して、寄せたり、ひそめたり、吊りあげたりする眉……。四月の薔薇《ばら》を思わせる冷たい耳たぶ……。透きとおった鼻孔を持つ、形のよい鼻は、額からまっすぐに下りています。髪の生え際は横一文字《よこいちもんじ》ではなく、七つの小さな波をつくりながら、優雅な曲線を描いています。手は貴族的というよりは、異教徒的です。そして、脚はあのギリシアの大理石のように優美なのです。

けれども、この容姿をいっそう輝かせているのは、東洋の空より深い、青いふたつの瞳でしょう。その瞳は長い睫毛《まつげ》の奥から、夢見るように遠くを見つめるのです。彼女は人間ではありません。花です。その胸からは、熱帯の草原のような熱く芳醇《ほうじゅん》な香りが立ちのぼり、あたりを包みます。その香気はこちらの胸を焼き、気持ちを陶然とさせ、心を魅惑するのです。そして、あの声……。

彼女が話をすると、その声の響きは深く心に沁《し》みいります。そして、悲劇の一節を暗誦したり、気高い詩を朗読したり、あるいは素晴らしいアリオーソ[52]を歌う時には、その声が美しい抑揚を持ち、それがあまりに深く、感動的なので、ぼくは賛嘆のあまり――実際にその声を聞いたら、あなたにもおわかりになると思いますが――自分でも信じられないほど、心を震わせずにはいられないのです」

52 曲想を表す音楽用語。「歌うように」。レチタティーヴォ（＝叙唱）よりも旋律的で、アリア（＝独唱）ほど旋律的でない。

第13章　影

たいしたことじゃない……

——人間の慣用句

「さて、ロンドンに着いて、宮廷でさまざまなパーティが開かれると、そこには白鳥のように優雅な女性たちが集まってきました」エウォルド卿は話を続けた。「けれども、そのなかのひときわ美しい女性たちの誰ひとりにも、ぼくは目を惹《ひ》かれることがありませんでした。ミス・アリシアがいない以上、そんなパーティは苦痛でしかなかったからです。ぼくは彼女の虜《とりこ》になっていたのです。

しかし、そのいっぽうで、出会った最初の日から、彼女が何かをしたり、何かを話したりするたびに、明白な違和感として心に引っ掛かるものがあって、それは否定しようにも否定できない事実でした。といっても、ぼくは最初、その違和感の意味を深く追求しようとはせず、相手を理解しようとする気持ちが足りないのだと考えました。

そうして、『こんなことをしたり、言ったりしたのは、彼女が女性だからだ』と考えて、いわば理性の力で、心にまとわりつく違和感を振り払おうとしました。そう、すべてを彼女が女性であるせいにして……。

だって、そうではありませんか！ 女性というのは、まわりの状況に押し流されて、常に不安な思いをしているものです。だから、女性に対する時は、いつでも優しく、寛容の心を持って、最良の笑みを浮かべながら、その気まぐれな行動や、移り気な嗜好を受け入れなければなりません。なにしろ、女性の心は羽毛のきらめきのように、ほんのちょっとしたことで変わるのですから……。いや、むしろ、この変わりやすさが女性の魅力だと言ってよいでしょう。したがって、ぼくたちは、かよわく、デリケートで、なんの責任も持てない、そうして自分自身でも本能的に支えを求めている、この女性というものを優しく注意し、少しずつよいほうに導いて、気高く変貌させるしかないのです。それがまたぼくたち男性にとって、自然な喜びでしょう。また、それに気づけば、女性のほうも、いっそうぼくたちを愛するようになるのです。だから、もし彼女の言動に違和感を覚えたとしても、『それはおかしい』と即座に、なんのためらいもなく決めつけないで、愛の力で（それはぼく次第ということになりますが）、彼女の考えを望ましいほうに導いていって、ぼくの考えと同じものにしたほうがいいのではないか？　ぼくはそう思ったのです。

けれども、人間には誰しも、消し去ることのできない本質的な部分があります。その本質的部分は、その人間のあらゆる考えに――また、あらゆる感覚に、影響を及ぼします。それがどんなにつまらない考えでも、どんなに不安定な感覚でも関係ありません。ともかく、その本質的部分が、その人間の考えや感覚に固有の色や外観、質、性格を与えるのです。その結果、その人間の考えや感覚は、表面的に変えることはできても、本質的なところでは変えることはできません。つまり、人間はその本質的な部分のもとでしか、考えたり、感じたりすることができないのです。その本質的な部分は、お望みなら、〈魂〉と呼んでもさしつかえありません。

そこで、ミス・アリシアの話に戻るのですが、最初、ぼくはミス・アリシアの言動を通じて、その〈魂〉に疑念を抱き、ミス・アリシアの〈肉体〉と〈魂〉はバランスがとれていないのではないかと怪しみ、また心配しました。でも、そうではありませんでした。ミス・アリシアの〈肉体〉と〈魂〉はあまりにちがいすぎて、バランスなど最初から存在しなかったのです」

この言葉を聞くと、エジソンははっとしたように、エウォルド卿を見つめた。だが、平静を取り繕って、何も口にしなかった。

「実際、そのとおりなのです」卿が続けた。「彼女の女神のような美しさは、彼女の魂に似つかわしくありません。彼女の話す言葉は、その声にそぐわしくありません。言葉の内容と声の美しさが一致しないのです。彼女の内面は、いつでも彼女の外見と矛盾をきたしています。ある哲学者たちは〈肉体〉と〈魂〉を結びつける媒介として、確か《形成的媒質《メディアトゥール・プラスティック》》[53]というものを想定したと思いますが、ミス・アリシアにはその〈媒介〉が欠けているのです。その結果、彼女は、〈凡庸な魂〉を持ちながら、それに相反する〈理想的な肉体〉に閉じ込められることによって、人知れず罰を受けているとさえ言えます。ああ、そんなふうに彼女の〈肉体〉と〈魂〉が一致しないと感じることはしょっちゅうあって（その感じをわかっていただくために、あとで事実をもとに詳しく分析してご覧に入れますが）、最初は目立たなかった違和感がだんだんはっきりしてきて、今ではまちがいないとほとんど確信できるくらいのところまで来ているのです。ですから、ぼくは時々、とっても真剣に考えることがあります。『〈肉体〉と〈魂〉が一致する〈ひとりの人間〉として生まれる前の段階で、彼女はま

53　ラルフ・カドワースをはじめとする十七世紀のケンブリッジ・プラトン学派の仮説。その起源はプラトンの《宇宙霊魂》に求められるという。

ちがって今の身体に入ってしまったのではないか？　その身体は彼女のものではないのではないか？』と……」

　そこで、ようやくエジソンは口をはさんだ。

「それは少し極端な考えではありませんか？　女性というのは、若く美しい間は——その時期はすぐに過ぎ去ってしまうのですが——誰でもそのような印象を与えるものです。とりわけ、初めて女性を恋する男性にとっては……」

「ああ、それはもう少しぼくの話を聞いてから、おっしゃってください」エウォルド卿は答えた。「この話の場合、事態はもっと複雑だということがわかりますから……。ミス・アリシア・クラリーは人間として〈常軌を逸している〉というほどではありませんが、その異常さはかなり深刻で——そう言ってもいいと思いますが——ぼくの目には度を越しているように思われるのです。

　それに、あなたがおっしゃるとおり、女性の美しさとは一瞬のもので、今の彼女は雷光のように一瞬の輝きを放っているだけなのかもしれません。しかし、ぼくは今、その雷に打たれて死にそうなのですから、その美しさは永遠だということになりませんか？　いったん美しい姿で現れてしまった以上、その美しさが続くかどうかは、もはや問題ではないのです。

それはともかく、ぼくはせっかく理性が冷たく距離をとって、疑いの目を向けているのに、どうして自分の心や頭や感覚がこれほどまでに混乱してしまうのか、ぼくを混乱させているものについて、もう少し真剣に考えてみたいと思います。というのも、エジソンさん、あらかじめ言っておきますが、ぼくが今、こうしてあなたにお話を聞いていただいているのは、『ミス・アリシアは神経症的な錯乱状態にある。そのせいで言動がおかしい』と、いわば精神医学のどんな教科書にでも載っているような例を持ちだして、悦に入ろうとしているからではありません。その点はどうぞぼくを信じて、ご安心ください。事はもっと複雑なのです。これは、〈肉体〉と〈精神〉が有機的に結びついていないという意味で、いわば生理学的な問題なのです。そう、驚くほど生理学的な……」

「それはつまり、あなたのおっしゃる美しい女性が不貞を働くかもしれないということですか？」エジソンは尋ねた。「それがあなたの悩みの原因だと？」

それを聞くと、エウォルド卿は大声で叫んだ。

「彼女が不貞を働く？　ああ、それだったら、どんなによかったことか！　少なくとも、ぼくには不平を言う種がなくなりますからね。なにしろ、『彼女は今とはちがう女性になる』ということですから……。だいたい、女性に裏切られるような男にはそれなりの理由があるものです。相手の気持ちをとどめておくことができなかったからと言って、どうしてその女性を恨んでよいと言えるでしょう！　哀れにも妻に裏切られたと言って嘆いている男が滑稽だと思われるのは、みんなそのことが直感的にわかっているからです。それに、もしミス・アリシアが気まぐれに浮気をして、お互いに貞節を守るというぼくたちの誓いを無にするようなことがあったら、その気配を察しただけで、ぼくは自尊心から、まったくなんでもないような顔をして、彼女の恋を助けてやったでしょう。それは保証します。でも、そんなことはないのです。彼女は、自分なりのやり方でできる、ただひとつの愛をぼくに捧げてくれています。まちがいありません。そして、その愛は彼女には関係なく、彼女の心のうちに生じたものなのですから、それだけに彼女の愛が〈真剣〉なものだと、ぼくは信じざるを得ないのです。まあ、〈愛〉と言えるかどうかはわからないくらい利己的なものですが……」

「わかりました」エジソンは言った。「女性というのは、みんなそういうものだなどと言って、どうやら話の腰を折ってしまったようです。どうぞ、ミス・アリシアと出会った、その後のことをお聞かせねがえませんか？　起こったことの筋道を追って……」

「いいでしょう。何度か一緒に夕食をともにしたあと、ぼくは彼女が最近貴族に列せられた、スコットランドの良い家の出身だと知りました。ただ、不幸なことに、財産目当ての男に誘惑されて、婚約までしながら、その男がもっと資産家の娘に乗り換えたため、捨てられたのです。そうなると、故郷にはいられないので、彼女は家出同然に親元を離れることにしました。ええ、その時に、ニューキャッスルの駅でぼくと出会ったのです。

最初、彼女は独立した歌手として、世界各地を公演してまわろうと思ったらしいのですが——彼女の歌は名人芸《ヴィルチュオジテ》と言っていいですからね、が、結局、その道はあきめることになりました。けれども、舞台関係の人たちから、『それだけの声や容姿、演技の才能があれば、歌手や女優として、どこかの劇場に所属してやっていける』とアドバイスをもらって、彼女自身は別に贅沢《ぜいたく》な生活も望まないので、そうすることにしたというのです。ぼくに関しては、家出をしてロンドンに出ることにした、その最初の時期にニューキャッスルの駅で出会えてよかったと言っていました。そうして、ぼくが彼女に恋したのを知ると、自分は一度、婚約に失敗しているので、妻にはなれないが、ぼくが強く望んでいるので、ぼくの愛を受け入れる。そうすれば、自分もじきにぼくのことを愛せるようになるだろうし、そうなりたいと思う、とそんなようなことを口にしたのです」

「しかし、それなら……」エジソンは思わず言った。「今の言葉を聞くかぎり、その女性はなかなか気高い心の持ち主ではありませんか？　私はそう思いますが……。ちがうのですか？」

すると、エヴォルド卿はなんとも言えない目つきで、エジソンを見つめた。それはまるで、エジソンの言葉が卿の悩みのいちばん辛いところを衝《つ》いてしまったかのようだった。

第14章　形式が変われば、内容も変化するということ

どちらも同じ教訓。

その場にいない者は、常に悪者にされる。

——世界各国のことわざ

君には忠実な友がいると？　ならば……ちょっと席をはずしてみたまえ。

——ゲーテ

だが、エウォルド卿は口調を変えず、平然と続けた。

「いや、そのとおりです。しかし……。今のは最初の頃にミス・アリシアが言ったことをぼくが勝手に解釈して表現したものです。いわば、〈翻訳〉です。今のがミス・アリシア自身の言葉だというわけではありません。

形式が変われば、印象も変わります。したがって、ぼくは〈翻訳〉ではなく、〈原文〉のほうをあなたに伝える必要があります。というのも、彼女の言葉を別の人間が

解釈して、『彼女はだいたいこんなことを口にしていた』と言ってしまったら――あまつさえ、彼女がどんな人間であるのか説明してしまったら、とんでもないことになるからです。それは、夜、道に迷った旅人が犬だと思って狼《おおかみ》を撫《な》でてしまうくらい危険です。

ですから、ここは彼女の言葉をそのまま使うかたちで、状況を再現してみましょう。

彼女はこんなふうに言ったのです。

『あたくしの不幸の原因になった人というのは――ええ、いったん婚約したうえで、あたくしを捨てた人ですけれど――つまらない実業家で、財産を増やすことにしか興味のない人でした。

あたくしはその人を愛してはいませんでした。ええ、絶対に……。けれども、しつこくその人に迫られて、それが結婚の近道だと考えると、その誘いに乗ってしまったのです。つまり、なるべく早く独身生活を終わりにしたくて、その人に身を任せることにしたわけです。ええ、そのためでしたら、相手はその人でなくても、誰でもよかったのです。それに、その人と結婚すればまずまずの暮らしができるとわかっていましたし……。でも、そんな計算って、うまくいかないものですね。男の人の言葉なんて、簡単に信じるものじゃないって、あたくしにもいい教訓になりました。実際、あの人はあたくしに子供ができなかったのをいいことに、これ幸いと、あたくしを捨てたのです。あたくしのほうも、この出来事が世間に知られなければ、そのことは秘密にして、ほかの人と結婚していたでしょうけれど……。

でも、あたくしの親族のなかに、ちょっと考えの足りない人たちがいて、この出来事を知ると、たいそう怒って、相手の非を言いたて、世間に広めてしまったのです。あたくしはもう、それですっかり嫌《いや》になってしまって……。しかたなく家を出ることにしたのですが、でも、何をして暮らしていけばいいのか……。そこで、とりあえず、歌手か女優になろうと思って、ロンドンに出ることにしたのです。幸い、少しばかりの蓄《たくわ》えがあったので、それでしのいでいるうちに、どこかの劇場で雇ってもらえるのではないかと考えて……。もちろん、そんな職業につけば、女性として悪い評判が立つのは避けられません。でも、故郷でしてしまった〈失敗〉のことを考えたら、そんな評判など、もう気にかける必要はなかったのです。それに、あたくしは芸名を使うことにしましたし……。ええ、舞台の上でうまくやっていく自信はありました。その道の名だたる方たちが、《君は顔も声もきれいなので、オペラでも芝居でも絶対にうまくいく》と保証してくれましたので……。ですから、初めから〈成功〉すると思っていたのです。で、そのあとは……。世の中というのは、お金さえあればなんとでもなるものですからね。舞台の成功でお金が貯まったら、引退して、何かの商売でも始め、やがては結婚して、人並みに立派な暮らしをしていくつもりでした。でも、そんな時に、あなたがあたくしに声をかけていらしたのです。あたくしはあなたに強い興味を持ちました。だって、あなたは大貴族でいらっしゃるもの。そうなったら、話は全然ちがいますわ。そう、あなたは貴族でいらっしゃる。何と言っても、それは大きいことですわ』

というわけで、あとは推して知るべし、というところです。

どうです？　エジソンさん。この話を聞いたあとでは、ミス・アリシアの印象は変わったのでは？」

「変わりましたとも！　ふたつのお話はまるでちがう。〈翻訳〉と〈原文〉では……。そうですね。〈翻訳〉のほうはフィクションだとしか言いようがありません」

そうエジソンが言うと、ふたりの間には一瞬、沈黙が流れた。

第15章　分析

大猪《おおいのしし》が住むエリュマントス山に赴き、森の巣窟に入って、その獰《どう》猛《もう》な獣《けもの》の首をつかむと、ヘラクレスは大猪をひきずりだし、その泥まみれの鼻づらを眩《まばゆ》い太陽の光にさらした。大猪は目がくらんだ。

——ギリシア神話

やがて、あいかわらず平然とした口調で、エウォルド卿が続けた。

「それでは、彼女の言葉をもとに、彼女がどんな人間で、どんなふうに物を考えているのか分析してみたので、その分析の結果を筋道たててお話ししましょう。

まず言えることは、ミス・アリシアはあれほど輝くばかりの美しさを持っているのに——その美しさはまさに神が直接、その肉体をおつくりになったとしか思えないほど人間として理想の域に達しているのに——そのことにはまったく気づいていないらしいということです。いいえ、気づいていないことはほかにもあります。オペラでも芝居でも、素晴らしい作品は〈天才の霊感〉から生まれるものですが、彼女はその〈天才の霊感〉のことは気にもかけず、ただ職業として、与えられた役を演じるのです。〈天才の霊感〉に触発されて演技をするわけではなく、見た目は華やかな身振りで、名人《ヴィルチュオジテ》芸を見せるように、ただ職業として演じるのです。そもそも、〈人間の魂〉にとって、〈天才の霊感〉というものは、唯一の現実です。これほど偉大なものはありません。ええ、そのことは心ある人なら、誰でも知っています。けれども、彼女にはそれって、何か詩的で、霊気のようなものなのか、はなからわかっていません。そうして、『その〈天才の霊感〉がどういうものなのかしら?』と、無邪気な笑みを浮かべながら言うのです。だから、舞台の上で演じる時にも、自分が〈天才の霊感〉を観客に伝えているという誇りなどまったく持たず、彼女自身の言葉を借りて言えば、身を落としたつもりで演じているというのです。演技をするなんて幼稚で恥ずかしいことだけど、自分は女優をするしかないので、しかたなく、顔を赤らめながらしていると……。したがって、もしこれで彼女が金持ちであったなら、職業として演技をすることさえなかったでしょう。するとしたら、ただの暇つぶしです。ええ、ぼくたちがトランプをするようなものです。容姿や才能だけではなく、彼女は声についても、自分の持っているものの価値を知りません。彼女の口から出る言葉のひとつひとつに魔法をかけて金色に輝かせる、あの美しい声……。その声も彼女にとってはただの道具でしかないのです。生活費を稼ぐための道具でしか……。それも、彼女に言わせれば、『ほかのものより劣った道具』でしか……。ほかにないので、しかたなく使っているが、この道具でうまく財産をつくりあげたら、すぐに捨てたいと思っている――そんな道具なのです。

そういうわけですから、観客が熱狂して、彼女の声や演技に心を震わせ、女神のようだと彼女を褒《ほ》めたたえても、彼女にとっては、『暇人が大騒ぎしている』ようにしか思えないのです。『芸術家というのは、暇な観客のおもちゃにすぎない』彼女はそう考えているのです。

彼女は悪い男に身を任せ、そのあげくに捨てられて舞台に立つようになったわけですが、そこで彼女が残念に思っているのは〈純潔〉を奪われて、女性としての名誉を失ったことではありません（彼女にとって、名誉などというのは、もう時代遅れのものですから……）。そうではなく、『〈純潔〉を用心深く守っていたら、さぞかしたくさんの利益が得られたのに！』ということなのです。

『もし、故郷で犯した、あの〈失敗〉が世間に広まらず、今でも秘密のままにしておけたとしたら、いっそのこと、まだ〈純潔〉を保っていると嘘を言ってしまおうか？

もしそんな嘘をついたとしたら、どれだけ得をするだろう？』彼女はそんな計算までしてしまう女性なのです。『〈純潔〉を保っていたら、得をしたのに』と残念に思うのは、まさにそれこそが不名誉なことです。不名誉と言うなら、それしかないというほどの不名誉です。けれども、彼女にはそのことがまったくわかりません。〈純潔を失う〉というのは、病気で肉体的な外見が変わってしまうといった、それくらいのことだと考えているのです。病気で外見が変わるのは、体質によって、生まれる前からそうなるように、いわばどうしようもなく運命づけられているのですから、もちろん不名誉なことではありません。しかし、彼女はそれと同じことだと思っているのです。自分が失ったのが〈純潔〉を失ったことによる〈名誉〉ではなく、〈利益〉だと考えている以上――あるいは、そう信じ込んでいる以上、〈純潔〉というのは意味のないものになってしまいます。いや、確かに、彼女にとっては意味がないのです。それは自分ではどうすることもできない肉体的な問題と同じことなのですから……。

それでは、彼女は故郷であんな不始末をしたせいで、〈堕落〉したのでしょうか？いいえ、ちがいます。彼女はあの事件が起きる前から、すでに〈堕落〉していたのです。少なくとも、ぼくはそう思います。たとえば、彼女は何かあるとすぐに『自分は身を落とした』と言いますが、それは自分を責めているようで、実は自慢しているようにも思えるのです。もしそうなら、〈過ちを犯した〉ことより、〈自分は身を落としたと自慢する〉ほうが、よっぽど不道徳ですから、彼女はその心性において、最初から〈堕落〉していたのです。その意味からすると、彼女が失ったとされる〈純潔〉についても、ぼくはそんなものは初めからなかったと考えます。相手の男に身を任せた時、彼女は〈相手を愛している〉という言い訳さえ、自分にしなかったのですから……。

いいですか？　〈清純な娘〉が男に騙《だま》されて〈純潔を失った〉というのと、〈堕落した娘〉が相手に〈純潔を差しだした〉というのは、まったくちがうことです。このふたつははっきりと世界が分かれている。でも、彼女にはそのちがいがわからないのです。だからこそ、〈本来、女性にとって不名誉とされること〉を〈病気で肉体的な外見が変わったなどという、純粋に表面的で二次的なこと〉と同一視したりするわけです。けれども、〈病気で肉体的な外見が変わる〉などということは、〈道徳〉とか〈堕落〉とかいうものとは、まったく関係のないものです。永久かつ普遍的に、はっきりとちがったものなのです。

　ということなので、彼女は最初から〈堕落〉していました。だって、そうでしょう？　片方に、悪い男に誘惑されて〈純潔〉を失った時、そのこと自体を女性として不名誉なことだと考える女性がいて、もう片方に〈純潔〉を失うと〈損〉になるので、損得勘定から〈純潔〉を守っている女性がいたとします（実に多くの女性がそうなのですが……）。この時、いったいどちらの女性が道徳的に、非難されるべきでしょうか？

そして、彼女はもちろん、心性としては、〈ちょうど漫画の似顔絵を本物の顔だと見なすように、損得勘定を女性としての名誉だと見なす〉多くの女性のほうに属しているのです。そういった女性たちは、この〈女性としての名誉〉――つまり〈純潔〉を値段をつけて買うことができる、金持ちだけが享受できるものだと、心の底から考えています。したがって、表面上はいくら取り繕って、〈純潔〉を叫んでみても、彼女たちにとって、いつだってその〈純潔〉は競《せ》りにかけて高値で売るものなのです。そういったわけですから、彼女たちはミス・アリシアを自分たちと同じ考え方をする、自分たちの仲間だとたちどころに認めるでしょう。そうして、ミス・アリシアの話を聞いて、ため息をつきながら、こう言うのです。『かわいそうに！　それはちょっと〈失敗〉しちゃったわね』と……。いや、実際、ミス・アリシアなら、そういったおぞましい同情を引くのは簡単だし、そんな言葉を聞いて、心のなかでは満足もしていたでしょう。要するに、ミス・アリシアも含めて、損得勘定で〈純潔〉を考える女性たちの間では、〈純潔〉を失ったことに対する非難は、〈あまりに初心《うぶ》なせいで、馬鹿みたいに騙されてしまったこと〉にしか向けられないのです。

いいえ、これはただの想像ではありません。彼女は実際にぼくに向かって、そんな話をしたのです。逆に言うと、ミス・アリシアはそんなことをぼくに聞かせるくらい、〈羞恥心《しゅうちしん》〉に欠けていたわけです。そうです。彼女は、それほどあからさまに計算高いところを見せても、ぼくが彼女のことを嫌いにならないと――彼女に対する憧れが消えないと、無邪気というか、恥知らずにも思っていたのです。そんなことをしたら、男に愛想をつかされるはずだという〈女の勘〉が――そんなものが残っていたとしても――まったく働かなかったのです。ああ、彼女はあれほど美しい身体を持っているのに、心は貧しいとしか言いようがありません。それも、信じられないほどに……。だから、ぼくはあきらめることにしたのです。『あの女は何も考えていない、軽率で、恥知らずな女だ。そんな女は軽蔑して、一刻も早く別れよう』と考えて……。だって、ぼくは前にもお話ししたとおり、ある女性の〈魂〉を拒否しているのに、〈肉体〉だけを受け入れることができない人間なのですから……。

そこで、ぼくはひとつの結論に達しました。千ギニーの手切れ金を用意して、きっぱりした別れの言葉とともに、あの女に渡そうと……」

第16章　仮定

「おお　汝《なんじ》！」など。
——詩人たちがよく使う言葉

「こうして、ぼくはミス・アリシアをあきらめて、ただちに別れることにしたのですが……」エウォルド卿は続けた。「ところが、いよいよそれを実行に移そうとした時、あることに気づいて、ためらってしまったのです。というのも、アリシアが話すのをやめると、それまで彼女の下品でつまらないおしゃべりのために曇っていた顔が急に輝きだすのです。そう、いったん言葉が消えてしまうと、あとには大理石の女神のような神々《こうごう》しい姿だけが残るのです。

非常に美しいと言われる女性がいても、その美しさの程度が人間として完璧なくらいであれば、こんな不思議な感覚を抱くことはありません。そう、ミス・アリシア・クラリー以外の女性でしたら、どれほど美しくても、身体の線や髪の硬さ、肌のきめ、手首や足首の細さ、ちょっとした仕草を見ただけで、〈外見〉に隠されたその女性の本質が見えるものなのです。その女性がどんな人であるか、その女性の〈人格〉を見てとれるのです。

しかし、ミス・アリシアの場合、〈人格〉は〈外見〉と一致しません。このふたつは矛盾していると言ってよいほど、相反しているのです。彼女の美しさには、非の打ちどころがありません。それはどれほど厳しい検証にも耐えるものです。頭のてっぺんから足の爪先まで、その外見は〈海から生まれたヴィーナス《ウェヌス・アナデュオメネ》[54]〉にも比べられるでしょう。ところが、内面に目を移すと、その〈人格〉は美しい〈外見〉にはまったくそぐわないものなのです。この状態を踏まえたうえで、ミス・アリシアを形容するなら、次の言葉がふさわしいでしょう。〈ブルジョワの女神〉――ミス・アリシアは、〈ブルジョワの女神〉なのです。

54 ローマ神話によると、ヴィーナスは大人の姿で海から生まれたことになっている。この主題は古来、絵画や彫刻で何度も繰り返されてきた。有名なボッティチェッリの『ヴィーナスの誕生』もそのひとつである。ただし、ここでは、ギリシアの彫刻家プラクシテレスが高級娼婦のフリュネをモデルに作成した『クニドスのアフロディーテ』のことを指す。

ひとりの人間のなかで、これほど〈外見〉と〈人格〉が矛盾しているという現象を考えた時、ぼくは『この女性のなかでは、生理学の法則が根底からひっくり返されている』と思いました。さもなければ、『誇り高い女性が〈純潔〉を奪われた悲しみに、本来の〈人格〉を出せなくなってしまったのではないか？――つまり、ミス・アリシアがそれほど誇り高く、また、その悲しみがあまりにも大きかった結果、彼女はわざと世の中を軽蔑したようなひどい言葉を言って、自分が〈堕落〉したようにふるまい、〈外見〉とはちがう〈人格〉を演じているのではないか？』と……。そうです。もし『〈肉体〉と〈精神〉は有機的に結びついている』という生理学の法則が根底から覆《くつがえ》されたのでなければ、この〈外見〉と〈人格〉の矛盾は、彼女が故郷での出来事によって、心に深い傷を負ったという〈甘いセンチメンタリズム〉でしか説明できないのです。たとえば、次のように仮定した〈甘いセンチメンタリズム〉でしか……」

そう言うと、エウォルド卿はしばらく黙想した。それから、また話を続けた。

「故郷で起きたあのおぞましい出来事のせいで、おそらく彼女は深く傷つき、その出来事からいまだに立ち直ることができずに、恐怖を感じているのではないでしょうか？　そこで、彼女はそういったひどい目にあったら、どんな気高い精神の持ち主でもそうなってしまうように、〈冷たく、世の中を軽蔑するような態度〉をとるようになった。そうして、またそんなひどい目にあうのではないかという強い猜疑心《さいぎしん》から（こういった猜疑心はある種の人たちにとっては振り払うことができないものです）、その〈外見〉の下に〈辛辣《しんらつ》な皮肉〉を隠すようになったのです。それはたぶん、あの出来事によって自分が抱いた〈深い悲しみ〉を伝えようとしても、その悲しみは誰にも理解されないと思ったからでしょう。こうして、ぼくは、彼女の〈外見〉と〈人格〉の不一致は、彼女がわざと、そうなるようにしていると考えるようになりました。

もしこの仮定が正しければ、ぼくが彼女に愛を打ち明けた時、彼女は心のなかでこう考えたのではないでしょうか？

『この人は優しく、情熱的にわたくしに愛を語ってくれる。でも、今の世の中に生きる人たちは、快楽のほうにばかり目を向けて、崇高な感情はおろそかにしている（いったいに、今の人たちは崇高なものより、卑俗なもののほうに目を向けすぎるのよ。ほんの一時期、わたくしもそうだったけれど……）。だから、今、わたくしに神聖な愛を語るこの人だって、今の時代の人たちとそんなに変わりはないはずだわ。そう、この人が考えていることは、きっとまわりの人と同じ……。快楽に逃げ込むという堕落した生き方をしながら、世の中を斜《はす》に見て、《この世の中の悲しみなんて、所詮たいしたものではない》と、見当はずれに信じているの。世の中には決して癒《いや》されない悲しみがあるとは、想像もできないのよ！　わたくしを愛しているですって！　今の世の中、人はまだ愛することができるものなのかしら？　この人はまだ若いから、身体のなかで血が騒いでいるだけ。ひとたび興奮が収まったら、欲望は消えてしまう。だから、もし今夜、わたくしがこの人の言うことを聞いたら、明日にはひとりぼっちで放りだされてしまう。だめよ、だめ！　いくらいい話だからと言って、望みをかけて、すぐに飛びついてしまわないで、わたくしは悲しみに閉じこもったふりをしていなければ……。それが、残念だけど、最初の経験でわかったこと……。まずはこの人が嘘をついているのではないか、確かめよう。だって、わたくしがこれほど苦しんでいるのに、その不幸を鼻で笑われたりしたら嫌《いや》だもの。それに、わたくしがその不幸をもう忘れてしまったと思われるのは、絶対に嫌だから……。

わたくしは確かに〈純潔〉を奪われた。けれども、愛なしに身を任せることなんてできない。それがわたくしに残された、たったひとつの〈純潔〉だから……。そうよ。この〈純潔〉がなくなってしまうくらいなら、すべてがなくなってしまうがいい！　それが傷つけられたわたくしの最後の誇り。わたくしはそういう気持ちで、この人を選んだの。だから、この人にとって、簡単に忘れられる女にはなりたくない。いつまでも心に残る女になりたいの。だめよ、だめ！　わたくしが身を任せても、この人が受け入れてくれると安心できるまでは、たとえ接吻《せっぷん》ひとつも許さない。優しい言葉をかけたりもしない。もし、わたくしを愛しているという、この人の誓いがその場かぎりの嘘だとしたら、そんな誓いは自分だけのためにとっておくがいい！　わたくしにくれたプレゼントとともに返してやる！　だって、そのプレゼントも、言葉巧みに押しつけるから、断るのにも疲れて、しかたなくもらったのだから……。わたくしは愛されたい！　これ以上ないほど……。それはわたくしがきれいだからではなく、不幸だと思うから……。

そんなふうに愛されないのだったら、そのほかのことは、もうどうでもいい。わたくしのすべきことはひとつだけ。ただ自分が似ているという〈大理石の女神〉のように、自分がどれほど美しく、また特別かということを近づいてくる男たちに感じさせるの。ええ、すべての男に……。とりわけ、下品でなれなれしい男たちに……。そうして、内面的には、わたくしはその男たちの妻たちにそっくりになるの。その男たちに気に入られ、その男たちが欲望を抱く女たちにそっくりに……。わたくしが内面に秘めている、生まれながらの輝きは外には出さない。そう、わたくしは平凡でつまらない女の仮面をかぶるの。そうすれば、わたくしの言葉は蜜のように甘くなる。わたくしは女優なのだから……。女優として演技するのよ。自分のために。わたくしはわたくしのために演技するの。もしわたくしが素晴らしい女優でこの演技に成功したら、そこで得られるのは〈栄光〉じゃない。〈愛〉よ。この人からの愛……。そのためにはわたくしの演技で、この人を一度、騙《だま》すことになるけれど、それをしたら、〈愛〉が得られる可能性が生まれてくる。さあ、この役を演じなさい。このおぞましい役を……。これは現代の女たちが無理やりやらされている役よ。《これが今の流行《はや》りだ》と強制されて……。

そんなわたくしを見て、この人がどうするか? これは試験よ。この人にとっての試験。わたくしはこれから情けも容赦もなく〈恥知らずな女〉のふりをして、〈魂の貧しさ〉を見せつけてやるわ。それなのに、もしこの人があいかわらず《愛している》と言って、わたくしを求めてきたら、この人はほかの男と同じように、わたくしにはふさわしくない男だということになる。だって、もしそうなら、この人はちょうどお酒に酔いを求めるように、ただ快楽だけを求めて、わたくしに恋していたことになるのだから……。そう、たとえ、この人がわたくしの演技の奥に〈本当のわたくし〉の姿を感じていたとしても、結局はそれを無視して、〈本当のわたくし〉を嘲弄《ちょうろう》したことになるのだから……。

もしそうなったら、わたくしはこう言ってやるわ。

《あなたはご自分が愛せる、月並な女たちのもとにいらっしゃるといいわ。打算的な恋をして、それとはちがう運命を選びとる勇気をなくしてしまった女たちのもとに……。ごきげんよう》と……。

でも、その反対に、この人がわたくしを自分のものにしようともせずに、わたくしを捨てたら——わたくしが誘惑して《夢を見させてあげる》と言っても、その誘惑をふりきって、わたくしから離れていったら……。その時は、ああ、その時こそは、この人がわたくしと同じ世界に生きているのがわかるでしょう。だって、その時には、清らかな涙に潤《うる》んだ、この人の目に、そのことを示す——世の中でたったひとつ大切なそのことを示す、かすかな光が宿るはずだから……。そうしたら、わたくしはこの人がわたくしの愛のすべてを捧げるのにふさわしい相手だと認めて、わたくしたちはたちどころに天上の世界に行くことになる。その時、初めて、わたくしは〈愛〉を得られることになる。

ああ、試験の結果はどうなるかしら？　その結果、心配していたように、この人が嘘つきだとわかって、わたくしのほうは、これからずっとひとりぼっちで生きていかなければならないことになったら？　ええ、それでもいいわ。嘘よりは孤独のほうがマシよ！　わたくしはもう裏切られたくない！　ああ、わたくしの耳にはもう、通常の気持ちや感覚よりもずっと崇高なものの呼びかけが聞こえてくる。〈芸術〉の呼びかけが……。そうよ。〈芸術〉だけがわたくしの苦しみを消し、わたくしを苦しみから解放してくれるの。もしこの人の愛が嘘だとわかったら、わたくしは〈本当の愛〉などとひとりよがりに称される〈現世的なもの〉はきっぱりとあきらめ、〈想像〉のなかで〈天才〉がつくりだしたオペラや芝居のヒロインたちのなかで生きることにしよう。舞台の上で永遠の命を与えられた、あのヒロインたちのなかで……。そこで、わたくしはこの神秘の歌声で、ヒロインたちに魂を吹きこむのよ。だって、彼女たちだけが、わたくしの唯一の仲間であり、友人であり、姉妹なのだから……。そうしたら、偉大な詩人が詩を捧げた、あのマリア・マリブラン[55]のように、誰かがわたくしの姿や声、魂、そして死を美しい言葉にして、一篇の詩のなかで、わたくしに永遠の命を与えてくれるかもしれない。だから、わたくしはその栄光の陰に自分の悲しみを隠そう。そうして、人々の中傷の届かない〈理想〉の国に行こう』
どうでしょう? エジソンさん。彼女はそう考えたのではないか——と、ぼくは推測したのです」
「いや、まさか、そんなことは……」エジソンは言った。
すると、エウォルド卿は悲しげな笑みを浮かべて言った。

「ええ、おっしゃるとおりです。まさか、そんなことはありません。これは彼女の〈外見〉と〈中身〉を一致させようとして、ぼくが無理やりそう思い込もうとした、いわばあり得ない推測です。彼女の〈外見〉と〈中身〉が一致しているとしたら、彼女はこんな秘密を心に隠しているはずだ——そういった仮定をもとに、彼女の心のうちを飾ってみせた、ぼくの夢想なのです。エジソンさん、彼女のために、ぼくがこんな仮定までしたくらいですから、彼女の美しさがどれほど卓越しているものか、どれほど奇蹟《きせき》的なものか、きっとおわかりいただけるのではないでしょうか？」

「エウォルド卿、今のお話を聞いて、イギリスの貴族は皆、バイロン卿だと——つまり、詩人だとよくわかりましたよ」エジソンは笑いながら言った。「今のお話は確かに〈詩〉としては美しいが、現実にはあり得ない。真実をごく平凡に、ありのままに

55　一八〇八—一八三六。フランス生まれの声楽家。その美貌と幅広い音域で一世を風靡《ふうび》した。偉大な詩人というのはアルフレッド・ド・ミュッセのことで、ミュッセは「ラ・マリブランに捧げるスタンザ」という詩のなかで、マリア・マリブランを讃《たた》えた。ちなみに、この詩の一行はヴィリエ・ド・リラダンの『処女詩集』のなかの「哀悼の歌」のエピグラフに使われている。また、ヴィリエは短篇集『残酷物語』に収められた「未知の女」という短篇のなかで、マリア・マリブランにオマージュを捧げている。

受けとめずに、そういった〈詩〉に助けを求めるとは、よほどその女性に幻滅したくないんですね。しかし、お話のなかのその女性の心情は、まさにオペラの登場人物のものではありませんか？　はたして、現代の女性で、そんな心情を持つ女性がどれほどいるものでしょうか？　もちろん、今、なお残る、一部の妄信的な女たちは別にしてですが……。そんな心情は、何かの神を絶対的に信じる人にしか持てないものでしょう」

「そのとおりです。エジソンさん、やはり、あなたは鋭いお方だ。そんな仮定をしてみたものの、ぼくはもちろん、あとになって、彼女がそんな心情など持ちあわせていないことを思い知りました。残念ながら、その時にはもう手遅れでしたが……。スフィンクスには謎がなかったのです！　ありもしない彼女の気持ちを夢想したことによって、ぼくは罰せられたのです」

「しかし、エウォルド卿」エジソンは言った。「ここまで分析していながら、どうして、まだその女性のことを愛しているのです？」

「ああ、それは夢から覚めても、まだ夢の内容は覚えているのと同じことですよ。人間というのは、自分の空想に縛《しば》られるものなのです」

そう苦々しげに答えると、エウォルド卿は話を続けた。

「それでは、そこで起こったことをお話ししましょう。こんなふうに彼女の気持ちを美化して解釈したせいで、ぼくは彼女が愛するのにふさわしい女性だと考えることができるようになりました。その結果、ぼくたちはすぐに結ばれることになったのです。しかし、そのうちに彼女がわざと〈外見〉と〈中身〉が一致していないように見せているのではないことが——つまり、彼女が演技をしているわけではないことが、ぼくにもわかりました。そんな証拠は、いくらでもあったからです。そして、そのことがはっきりと理解できた時、ぼくはあらためて、彼女から——恋の幻想から解放されたいと思いました。

ああ、ですが、白状しますと、ぼくは〈女性の美しさ〉というのが、これほど強く、人を縛る力を持っているとは知りませんでした。ええ、先程のあの〈空想〉によって、情熱に身を任せるまで、それがどれほど恐ろしい力を秘めているか、知らなかったのです。それに気づいた時には、彼女の美しさは、すでにぼくを縛っていました。そうして、ぼくが彼女の〈魂〉に幻滅して、その縛《いまし》めを解こうと思った時には、拷問用の細紐《ほそひも》のように、ぼくの身体に食い込んでいたのです。そうです。ぼくはある朝、気づいてみると、ちょうどリリパット王国に行ったガリバーのように、無数の紐でがんじがらめに縛られた状態で目を覚ましたのです。その瞬間に、ぼくは敗北を悟りました。アリシアの熱い抱擁《ほうよう》に、全身の感覚が麻痺して、ぼくはもう抵抗する力を失っていたのです。自分の怪力の秘密が髪にあることを、ペリシテ人に買収された愛人のデリラに打ち明けたために、眠っている間にデリラに髪を剃《そ》られたイスラエルの士師《しし》サムソンのように――ぼくは力をなくしてしまったのです。あとは無気力に関係を続けるだけでした。勇気を持って、〈肉体〉を放棄するのではなく、〈魂〉をヴェールで覆ってしまったのです。ぼくは口を閉ざしたのです。

　しかしながら、そのいっぽうで、ぼくは彼女に対して、激しい怒りを感じています。怒りは激流となって、ぼくの血管を巡っています。けれども、ぼくはその怒りを身体のなかに閉じ込めて、外に出さないようにしているので、彼女のほうはぼくがそんな激しい感情を抱いていることを知りません。そんなことは疑ってもいないでしょう。ああ、でも、ぼくは……。これまで、何度、彼女を殺して、自分も死のうと思ったことか！　でも、そこで彼女の美しい姿を見るたびに、また幻想を抱いて、してはいけない妥協をして、〈ふたりとも死ぬ〉という、この素晴らしい方法をとれませんでした。ああ、今のぼくにとって、ミス・アリシアはただ習慣的にそこにいる存在にすぎません。そして、ぼくはもう神に誓って、アリシアの肌に触れる気持ちもなくなっているのです」

この最後の言葉を発すると同時に、卿の目には閃光《せんこう》が走った。エジソンのほうも、その言葉に一瞬、はっとしたような顔をしたが——それでも、何も言わなかった。

「したがって、ぼくと彼女は今、一緒にいながら、同時に離れて暮らしているのです」そう言って、エウォルド卿は話を締めくくった。

第17章　解剖

頭の悪い人たちには、悪人を許してしまうという、許しがたい欠点がある。

――ジャン・マラス

それっきり、卿が口を開かないのを見て、エジソンは尋ねた。

「さしつかえなければ、いくつかはっきりさせたい点があるのですが……。というのも、このお話では、まず何よりもニュアンスが大切だと思いますので……。第一に、ミス・アリシア・クラリーはなんと言いますか……その……〈愚かな〉女性というわけではないんですね？」

「ええ」エウォルド卿は答えた。その顔には、また悲しげな笑みが浮かんでいた。「〈愚かさ〉というのはついには聖性を帯びるもので、そういった極限までいった〈愚かさ〉は〈知性〉と同じく、現代では稀少《きしょう》なものになっています。けれども、彼女には愚かなところがまったくないのです。だいたい、愚かなところがひとつもない女性なんて、怪物でしかないでしょう。ええ、〈才女〉と呼ばれる怪物でしか……。不愉快なだけではなく、見ていてうんざりする存在——よほどのお調子者でなければ、誰もが相手にしたくないと思うような存在です。今のこの世の中では、〈才気〉というのは〈知性〉と対立するものです。ねえ、そうは思いませんか？　内省的で信心深く、少し〈愚か〉で、謙虚な女性は、その素晴らしい直観で、聞いた言葉の真実の意味を了解します。薄布を通して、光を感じることができるように……。それだけに、こういった女性は本物の伴侶にふさわしい至極《しごく》の宝で——また、それだけにその対極に位置する〈才女〉というのは、避けなければならない災厄なのです。

ミス・アリシアについて言えば、〈愚か〉ではありません。ほかの凡庸な女性と同じく、ただ〈頭が悪い〉だけです。つまり、〈知性〉に欠けるという意味で……。なにしろ、彼女の夢というのは、誰からも〈才女〉だと思われることなのですから……。そうすれば、体裁もいいし、いろいろと得になると考えているのです。

ええ、もともとブルジョワ趣味のところがありますから、〈才女〉の仮面は気に入っているようで、彼女はちょっとした気晴らしに、まるで化粧でもするように、その仮面をつけるのです。まあ、そんなおかしな夢を抱いて、〈才気〉のあるところを見せようとするので、いつまでたっても凡庸な女のままなのですが……」

「ミス・アリシアの〈頭の悪さ〉というのは、普段の生活では、どんなふうに出てくるのですか?」エジソンは尋ねた。

「彼女は常識というものに囚《とら》われているのです」エウォルド卿は答えた。「何事にも否定的で、あらゆることを単純に矮小化《わいしょうか》してしまう、あのくだらない常識というものに……。常識というのは、平凡な現実にしか目を向けません。現実信奉主義者たちが、『地に足がついている』と言って、熱狂的に支持している平凡な現実にしか……。彼女はいつどこで誰が決めたかもわからない、そのうんざりするような常識を守っていれば、現実の悩みはすべて解消されると信じているのです。

ええ、常識というくだらないものと、現実主義者というつまらない人々は、目に見えない不思議な力で結びついているのです。このふたつは磁石が引き合うように、自然にくっついてしまう。常識と現実主義者は、お互いに呼び合い、引き合って、ひとつに溶け合うのです。こういった人たち――常識を持った現実主義者たちは、金を儲けることはできますが、それ以上のものは得られません。華やかな見かけとは反対に、この人たちは生まれながらの下劣な品性に息を詰まらせながら、密《ひそ》かに苦しみ、死んでいくのです。こういった手合いは、最近ますます増えてきているのですが、生理学的な見地からすると、この手の現実主義というのは、《心気症》の変わった出方《でかた》にすぎないと言えます。つまり、身体的な病気や死を異常に恐れるあまり、つまらない現実主義に走るのです。まあ、一種の精神病なのですが、この病気に罹《かか》ると、患者はたとえ眠っている間でも、なにやら〈意味ありげ〉な言葉を口にするようになります。そう、それを言っただけで、人生に〈重みを与える〉と思い込んでいる言葉を……。たとえば、『もっと真面目《まじめ》に考えて』とか『それは実際の役に立つ』とか『そんなのは常識だ』とかいう言葉です。しかも、この人たちはこういった言葉を深い考えもなく、いきあたりばったりに口にするのです。そうすればまるで、その言葉の持つ力によって——ただ、それだけで自分たちが立派な人間に見えると考えて……。そして、そのやり方は実際に成功することもあるのです。まあ、だからこそ、この人たちは自分の利益のために、ほとんど機械的に、絶えず『それは実際の役に立つ』とか『そんなのは常識だ』とかいう言葉を口にするようになったわけですが、そういったことを続けているうちに、長い目で見ると、今度はその言葉が身体に染《し》みついてしまって、思考能力が失われていきます。その結果、ただ熱狂的にその言葉を繰り返すようになるのですが、そこでいちばん驚くべきは、この人たちのそんな言葉に騙《だま》される人々が大勢いて、この人たちがいろいろな国の政府の要職に就いて、権力を持ってしまっているということです。この連中は思いあがっているだけで、笑ってしまうほど能力がありません。まさに無能を絵に描いたようなもので、政府の要職に就けるよりは、病院に送ってしまったほうがいいような連中なのに……。ええ、残念ながら、ぼくの愛する女性も、〈魂〉を見れば、こういった連中のひとりです。そうです。これがミス・アリシアの普段の姿です。彼女は〈常識〉の女神なのです」

「わかりました。では、第二の質問です。私の理解したところでは、ミス・アリシアは〈可愛《かわい》らしい〉女性だというわけでもありませんね？」エジソンは尋ねた。

「ちがいます」エウォルド卿は答えた。「実際のところ、彼女が〈可愛らしい〉女性だったとしたら、その〈可愛らしさ〉がたとえ世界でいちばんだとしても、ぼくはまったく興味を惹《ひ》かれませんでした。こんな格言はご存じですね？《可愛らしさを厭《いと》うこと――それが美を愛することだ》という格言を……。ぼくは先程、ミス・アリシアを讃《たた》えるのに、《勝利のヴィーナス》を持ちだしました。では、端的にうかがいますが、《勝利のヴィーナス》を見て『可愛らしい』と言う男がいたら、その男の言葉にうなずくことができるでしょうか？　だから、生身の人間なのに、大理石の彫像である《勝利のヴィーナス》に堂々と比較されるだけの女性がいたら――永遠にではなくても、今はそうなのですから――その女性は〈可愛らしい〉という印象など、決して与えないはずだと思います。少なくとも、まともな精神を持つ者がそんな印象を抱くことはないでしょう。要するに、ぼくが何を言いたいかと言うと、〈可愛らしさ〉というのは、復讐の女神たち《エウメニデス》の持つ〈醜さ〉と同じくらい、〈美〉の対極に位置するものだということです。〈可愛らしさ〉と〈醜さ〉を二等辺三角形の底辺のふたつの点だとすると、〈美〉はその三角形の頂点に位置するのです。

というわけで、ミス・アリシアは《勝利のヴィーナス》に比せられるわけですが、そこでひとつだけ残念なのは、ミス・アリシアが〈考える〉ことです。ああ、彼女が何も考えないでいてくれたら、ぼくは彼女を受け入れることができるのに……。実際、《勝利のヴィーナス》は〈考える〉ことはしません。冷たい大理石のなかで沈黙を守り、見る者に〈考えさせる〉だけです。そうして、その美しい外観を通じて、こう言っているのです。『私は美しいだけの存在――〈美〉そのものなのです。〈美〉は考えることをしません。私を見つめる者が考えること――それをそのまま自分のなかに取り込むだけです。そうして、私という〈絶対的な美〉のなかでは、あらゆる〈考え〉はまるごと消えてなくなります。それぞれを分かつ境界がなくなり、ひとつになって、ちょうど大海に注ぐいくつもの川のように、同じものになり、見分けがつかなくなって、私という〈絶対的な美〉のなかに溶けこむのです。こうして、私はただ、私について考える者にとってのみ、私のことを深く追求できる存在になるのです。〈美〉について考える者にとってのみ……』

つまり、《勝利のヴィーナス》はその美しい身体の線で、そういったことを伝えているわけですが、ミス・アリシアもたとえば、打ち寄せる波を後ろに、砂の上に立っていたとしたら、その姿で《勝利のヴィーナス》と同じことを伝えることができると思います。ただし、瞼《まぶた》を閉じて、口を閉ざしていたらの話ですが……。そう、瞼を閉じて……。というのも、もし《勝利のヴィーナス》が〈時の暗闇〉のなかから、古代に失った両腕を取り戻し、[56]人間の姿をして現代に現れ、この女神の出現に驚愕《きょうがく》して賛辞を贈る群衆に対して、どこかの下品な中年女のような、ずる賢く、卑しい視線を送ったとしたら、それはもはや《勝利のヴィーナス》ではなくなってしまうからです。それから、もちろん、口も閉ざして……。というのも、この人間の姿をしたヴィーナスの頭のなかには、我々が先程こきおろしてやった、あのくだらない〈常識〉が満ちていて、何かあったらすぐに、やはり下品な中年女のように、『もっと真面目になりなさいな』とか、『そんなのはちっとも実際的ではないわ』とか、つまらない忠告を口にするからです」

「なるほど」エジソンは言った。「では、話を先に進めましょう。第三に、ミス・アリシアは〈芸術家〉というわけでもありませんね？」

「もちろん、ちがいます！」エウォルド卿は答えた。「絶対にちがいます。ぼくは彼女の歌が名人芸《ヴィルチュオジテ》だと言いましたね？〈名人芸〉は、〈芸術〉に真っ向から対峙《たいじ》する、不倶戴天《ふぐたいてん》の敵です。同様に、〈天才〉の敵でもあります。

エジソンさん、あなたもご存じのように、〈芸術〉と〈名人芸〉の間には、なんの関わりもありません。それは〈天才〉と〈才人〉の間に、なんの関わりもないのと同じです。このふたつの溝は決して埋めることができないのです。〈芸術家〉の名に値するのは、何かを創造する人間だけです。これまでにない、卓越したものをつくりだし、強烈な印象を与える人間だけです。それ以外の者は？　それ以外の者には意味がありません。まあ、それでも落穂拾いのように、他人の創造したものを踏襲しているだけの連中はよしとしましょう。けれども、〈名人芸〉というものは、〈天才〉の創造した崇高な作品を潤色し、愚劣なものにしてしまうのです。そういった〈名人芸〉を発揮する、忌々しい連中中は、音楽の世界で言えば、たとえば《最後の審判》のラッパ——すなわち、至極単純な音を演奏するのに、技芸を凝らし

56　この記述から、《勝利のヴィーナス》は《ミロのヴィーナス》のことだと思われる。

て、奇抜な音符をたくさん入れ、さまざまな変奏をして、演奏を飾りたてることに夢中になるのです。まったくなんという見世物芸でしょう。エジソンさん、あなたもこういった連中を演奏会でご覧になったことはありませんか？　こういった連中は、一曲、演奏が終わるごとに、二本の指を長い髪に突っ込み、もう片方の手で拍子をとりながら、まるで霊感でも受けているかのように、天井を見あげるのです。まさに三文芝居としか言いようがありません。もう見ているほうが恥ずかしくなりますよ。この連中に〈魂《アーム》〉と言ったものはありません。あるとしたら、せいぜい、ヴァイオリンの表板と裏板の間に立てる〈魂柱《アーム》〉のようなものでしょう。虫けらみたいな連中ですから……。

ええ、そうです。ミス・アリシアもそのくらいの〈魂〉しか持っていません！　いや、もっとひどいかもしれません。というのも、さっきの連中はそれでも一応、『音楽とは素晴らしいものだ』と思ってはいたわけです。まあ、連中にそんなことを思う資格はないと思いますが……。けれども、ミス・アリシアは、ともかく凡庸な女なので、そんなことも思いません。彼女には〈音楽の素晴らしさ〉がわからないのです。だから、自分のあの神秘的な声質《せいしつ》や、千変万化《せんぺんばんか》の声調《せいちょう》や、聴衆に魔法をかける理想的な声音《こわね》について語る時にも、その価値がわかっておらず、『自分には大衆受けする才能がある』などと言うのです。そうして、自分の声に熱狂する人々を見ると、『あの人たちは少し頭がおかしいのじゃないかしら』と言ったりします。彼女にとっては、〈熱狂などというのは、紳士や淑女に似合わない〉ものなので、〈熱狂〉そのものを軽蔑しているのです。その点では、自分の〈名人芸〉に酔いしれる、さっきのあの連中の上を行っていると言っていいでしょう。ええ、彼女は音楽に興味がないのです。だから、ぼくが無理に頼んで歌ってもらう場合でも（彼女は自分には向いていないとい う理由で、歌うのが嫌いなのです。それで、仕事としてしかたなくする場合を除いて、歌うのを嫌がるのですが）、ぼくが頼んで歌ってもらう場合でも、時々、歌をやめてこう言うのです。そう、彼女の声の素晴らしさに、ぼくが目を閉じていたりすると、『あなたは貴族でいらっしゃるのですから、こんなつまらないものに夢中になるなんて、おかしなことですわ。あたくし、とうてい信じられません。貴族なら貴族らしく、もっと格調の高いことに興味をお持ちになるべきですのに……』と……。ああ、エジソンさん、おわかりになりますでしょうか？　これを〈精神の発育不全〉と言わずに、なんと言いましょう？」

「では、第四の質問です」エジソンは尋ねた。「ミス・アリシアは〈善人〉というわけでもないんですね？」

「〈善人〉なわけがあるでしょうか？　なにしろ、彼女は〈頭が悪い〉だけなのですから……」エウォルド卿は答えた。「〈善人〉であるためには、〈愚か〉でなければなりません。彼女が〈善人〉ですって？　それを言うなら、『彼女はローマの皇后たちのように、残虐な悪人か？』と訊《き》かれたほうが、まだわかりますよ。そして、実際に彼女がそんな〈悪人〉だったら、どれほどいいかと思うくらいです。けれども、彼女は〈善人〉でないだけではなく、ローマの皇后たちが持つ、あの並外れた高慢さからくる、残虐な獣《けもの》のような嗜好《しこう》も持ち合わせていないのです。ええ、彼女は〈善人〉ではまったくありません。もし彼女が〈善人〉だとすれば、彼女のなかには醜い欠点を正し、その魔法の芳香で魂の傷を癒《いや》す〈善意〉という薬があるはずですが、そんなものはひとかけらも見あたりません。

ともかく、彼女は凡庸なので、〈悪人〉でさえないのです。〈善人〉でも〈悪人〉でもなく、ただ心が弱いせいで、〈善人〉らしく見えるだけです。吝嗇《けち》なのではなく、〈頭が悪い〉からなのですが……。それはもちろん、〈愚か〉だからなのではなく、吝嗇くさいのと同じように……。また、彼女の心は枯れ木のように乾いているので、誰かに何かを与えることも、人から何かを受け取ることもできません。そうして、心が弱く、また乾いた、ほかの〈善人〉らしく見える人たちと同じように、彼女には偽善的なところがあります。そうなのです。こういった人々は、感情を少しおおげさに表現するせいで、まわりには情に厚いように見えるのですが、その実、人に対《こと》しては無関心なのです。というより、無関心だとわかっているからこそ、それを糊塗するために、わざとおおげさに感動してみせるのです。

そのことでミス・アリシアに関して言えば、エジソンさん、ある晩、こんなことがありました。ふたりで、大衆演劇を見に行った時のことですが、舞台には偽物の言葉で文学を騙《かた》る、あの三流劇作家のくだらないセリフが飛びかっていました。客が入って儲かれば何をやってもいいという口実のもとに、絵空事《えそらごと》を並べ、低俗な風刺を散りばめ、観客を騙して芸術的な高みから遠ざける、凡庸なセリフが……。ところが、そこでふと彼女のほうを見ると――その低劣なセリフを聞いて、ミス・アリシアは目に涙を浮かべていたのです！　ぼくは雨が降るのを眺めるように、その涙が流れるのを見ていました。ああ、そんなセリフで涙を流す、ミス・アリシアの〈内面〉を思うと、雨を眺めるほうがずっとマシです。けれども、〈外見〉的には、エジソンさん、彼女の頬に流れる涙は、それはそれは素晴らしかったのです。そのことは認めないわけにはいきません。彼女の白く美しい頬の上を、涙はダイヤモンドのようにきらめきながら、静かに流れていきました。けれども、その涙の下にあるのは、愚劣な感動だけなのです。彼女の涙に見とれながらも、そのあまりに単細胞な涙腺の緩み方に、ぼくは悲しい気持ちにならざるを得ませんでした。

「わかりました」エジソンは言った。「それでは第五に、ミス・アリシアは宗教に関心がないわけではないと思うのですが、ちがいますか？」

「ええ、関心がないわけではありません」エウォルド卿は答えた。「ぼくは以前、彼女がどんな宗教心を持っているか、ちょっと心配になって、考えてみたことがあります。その結果、わかったのは、彼女は非常に熱心な信者だということです。それはもちろん、贖罪者《しょくざいしゃ》にして、人々の魂に命を与えるイエス・キリストの愛の力によってそうなったわけではなく、そのほうが便利で、常識にかなっているからです。ああ、日曜日に彼女がどんなふうに祈禱書《きとうしょ》を手にミサから戻ってくるかと言ったら！　それはちょうど、彼女が『あなたは貴族でいらっしゃるのですから』とぼくに言う時の感じにそっくりなのです。思い出すだけで、恥ずかしくて顔が赤くなりますよ。要するに、彼女は崇高で光り輝く、これぞ神だという、わかりやすい神を信じているのです。その神のいる天国には、まさに殉教者としか言いようがない殉教者がいて、いかにもそれらしい選良の民がいます。聖人は真面目くさっていて、乙女たちは実用的な仕事をして、智天使たちもしかるべく働いている。ええ、彼女は天国を信じているのです。

しかし、その天国はわかりやすく、合理的なものなのです。彼女の理想は、この世のような天国でしょうか。地に足のついた天国……。というのも、彼女にとっては、太陽でさえ——雲のなかにいても、あるいは蒼穹《そうきゅう》で輝いていても——地上から遠くに離れすぎているのですから……。

では、彼女は〈死〉についてはどう考えているでしょう? 彼女にとって、〈死〉はただひたすら不快なもののようです。〈死〉というのは、どうやら自分の理解の及ばない度を越えたもののような気がするらしいのです。そうして、彼女は〈死〉について、『それはどうも、今の時代にはそぐわないものじゃないかしら?』などと言うのです。まあ、それはともかく、エジソンさん。彼女が〈非常に熱心な信者〉だというのは、そういったことなのです。

というわけで、結局のところ、彼女の持っているちぐはぐな感じというのは、神のヴェールに覆われた、その超人的な美しさの内側に、退屈で凡庸な人格や、通俗的な精神が隠されていることによるものです。あるいは、偏狭で軽率な物の見方が潜んでいるせいです。そう、〈黄金〉や〈信仰〉や〈愛〉や〈芸術〉など、大切なものについて、上っ面しか見ない——つまり、どうでもいい見せかけの部分にしか目を向けない、偏狭で軽率な物の見方が隠れているせいなのです。南アメリカのオリノコ川の両岸に住む人々は、子供たちがあまり高尚なことを考えないように、板で頭を挟んで締めつけると言いますが、ちょうどそんなふうにされたように、彼女の頭のなかでは知性が縮んでいるのです。こうした基本的な性格を〈揺るぎのない自己満足〉で飾ってやれば、エジソンさん、おそらくあなたにもミス・アリシア・クラリーがどんな印象を与えているのか、おわかりになるでしょう」

そう言うと、エウォルド卿はいったん口をつぐんだ。それから、しばらくして、また話を続けた。

「こんなふうに、彼女はふたつに分かれているので、彼女と一緒にいても、ぼくは喜びを感じることができないのです。彼女の美しい顔を見ながら、そのくだらない話を聞いていると、ぼくは冒瀆《ぼうとく》された神殿にいるような気がします。といっても、その冒瀆は、神を信じない人々が暴動を起こしたり、野蛮な人々が真っ赤に燃える松明《たいまつ》を手に襲撃したりするというものでなく——見栄を張ったり、善人であるふりをしたり、心のこもっていない、おざなりのお祈りをしたり、無意識に人に冷たくしたり、神を疑ったりする冒瀆です。そして、その冒瀆を行なうのは、その神殿の巫女なのです。その巫女はかつての罪を改悛《かいしゅん》した女で、いっぽうその神殿に飾られた類《たぐい》まれな偶像は、いくら冒瀆を受けても、その美しさにいささかの揺るぎもないのですが、しかし、巫女のほうは、もったいぶった、鈍重な言葉で、絶えずその偶像について語り、偶像の伝説を台無しにしてしまうのです」

「エウォルド卿、最後にもうひとつだけ、うかがいしたいのですが……」エジソンは訊いた。「どうやらミス・アリシアには精神のきらめきといったものが欠けているように思いますが、卿は最初に、ミス・アリシアが高貴な女性だとおっしゃいましたね？」

その言葉を聞くと、エウォルド卿の頬に一瞬、赤みが差した。

「ぼくが？　ですか？　そんなことは口にした覚えはありません」卿は答えた。

「でも、確か、ミス・アリシアは最近貴族に列せられた、スコットランドの良い家の出身だと……」

「ああ、それなら、確かに申しあげました」エウォルド卿は言った。「けれども、それはちがうことです。『貴族に列せられた』というのは、決して褒《ほ》め言葉ではありません。高貴になるためには、貴族に列せられただけでは十分ではありません。そんな時代は、もうとっくに過ぎ去ったのです。高貴になるためには、今は、高貴な性格でいるか、高貴な性格に生まれるしかありません。現代のイギリスでは、爵位などというものは、金持ちに対して微笑とともに半分馬鹿にして贈られるものです。まあ、怪しげなワクチンのようなものですが、たいていのブルジョワの家系は、この爵位というワクチンを与えられても、軽い貴族病の症状が出るだけで、しぶとく生き残ります。けれども、ある種の家系は一応、抵抗はするのでしょうが、結局は貴族病に感染してしまって、家系そのものが危機に陥るのです」

そう口にすると、何を思ったのか、卿はしばらく瞑想に耽《ふけ》った。それからふっと笑うと、つぶやくように言った。

「彼女がああなのは、それが原因かもしれませんね」

エジソンは自分が天才なので（天才というのは、平等主義者が尻尾《しっぽ》を巻いて逃げ出すくらいの特別な気高さを備えているので）、やはり笑いながら答えた。

「競馬場に入ったからといって、それだけでは純血種の馬になれないということですね。ところで、今のお話をうかがって、ひとつ興味深く思ったのですが、卿は〈ミス・アリシアが現代に生きる大半の人々にとって、理想の女性である〉ことに気づいていらっしゃらないんですね？　ああ、卿のように、若く、美しく、お金持ちで、そのうえミス・アリシアのような素敵な恋人がいたら、大半の人はこれ以上の幸せはないと感じるでしょうに！」

「いや、ぼくはそう感じませんね」そう言うと、エウォルド卿は自分に向かって言うように、こうつけ加えた。「ぼくなら死にます。先程の競馬に喩《たと》えて言うなら、ぼくにとっては、そこで死ぬかどうかが、純血種の馬と雑種の馬のちがいです」

第18章　彫像との対決

この鉛でできた重いマントを身につけて、絶望した男は、ただこう言っていた。「もう、これ以上は無理だ！」

——ダンテ『神曲』「地獄篇」[57]

その言葉をきっかけに、エウォルド卿はそれまでの落ち着いた態度をかなぐり捨て、青年らしい苛《いら》立《だ》ちに身を任せて、大声で叫んだ。

「ああ、誰かが、あの〈魂〉をあの〈肉体〉からひきはがしてくれたらいいのに！　あれはどこかの神がまちがってつくったものだ。あんな女に心を縛《しば》りつけられるなんて、思ってもみなかった。そもそも、ぼくは〈どんな卑しい心の持ち主でもいいから、絶世の美女が欲しい〉と望んだろうか？　そんなことはない！　ぼくには文句を言う権利があるんだ！　もしぼくが恋した相手の女性が、頭は単純だけれど、素直で魅力的な目を持つ、生きいきとした表情の子供のような人なら、ぼくは自分の人生を受け入れるだろう。その人のことで、こんなに頭を悩ませたりはしない。ぼくはただ率直にその人を愛するだろう。普通の人がそうするように……。でも、あの女は！　あの女には手の施しようがない！　あんなに美しいのに、どうしてあの女は天才ではないのだろう？　いくら美しくても、心が卑しければ、〈至上の恋〉など望むべくもないのに、あの女の美しさはぼくの心の奥底にあった〈至上の恋〉を呼びさましてしまった。まさに、その〈至上の恋〉を否定するために……。いったい、どうしてそんなひどいことがあるのだろう？　あの女を見る時、ぼくの目はいつもこう言っている。『ぼくを裏切るなら、裏切ってくれてもかまわない。でも、きちんと存在してほしい。その美しい〈肉体〉にふさわしい〈魂〉を持つことによって……』でも、あの女にはその視線の意味がわからない。つまり、あるべきかたちでは存在してくれないんだ！　そうだ！　ある神を呼びだして、その神が現れたとしよう。その時、この神に対する愛で、気持ちが燃えあがり、興奮の絶頂に達した時、当のその神が小声で、『実は私は存在しないのだ』と囁《ささや》いたとしたら、どうだろう？　あの女を見ていると、ぼくはいつもそんな不可解な気持ちになるんだ。

57　ダンテの『神曲』「地獄篇」第二十三歌。ただし、この引用は正確ではない。

ぼくはもはやあの女の恋人だとは言えない。あの女の囚人だ。ぼくにはただ落胆しかない！　その落胆がどれほど恐ろしいものか……。あの女は恋の喜びをふんだんに与えてくれるけれど、ぼくにとって、その喜びは苦しみにしかならない。死よりも大きな苦しみだ。あの女の接吻《せっぷん》を受けると、ぼくは自殺したくなる。そう、ぼくはもう死を選ぶしか、この苦しみから解放されるすべはないんだ！」

そこまで言うと、エウォルド卿は大きく息をついた。それから、しばらくすると、また落ち着いた口調を取り戻して、続けた。

「エジソンさん、ぼくは彼女を連れて、よく旅に出ました。なぜそうしたほうがいいと思ったのか、それはよくわかりません。まあ、国境を越えれば、考えも変わりますし、おそらく、旅をして刺激を受ければ、気晴らしにもなり、精神の健康によいとでも考えたのでしょう。本人には悟られないようにしましたが、ぼくは彼女を病人扱いしていたのです。

ところが、ドイツもイタリアも、ロシアの草原も、あの素晴らしいスペインも、それから活気に満ちたアメリカも、彼女の興味を惹《ひ》きませんでした。彼女は感動はおろか、楽しんだ様子もないのです。傑作の前に立つと、彼女はそれを妬《ねた》ましげに見ます。一瞬でも、そんなものに注意を奪われたことを損だと思っているのです。彼女は自分自身がそういった傑作のひとつで、ぼくが見せているのは彼女の姿を映した鏡だということには気づきもしないのです。

美しい景色の前に立った時もそうです。スイスに行って、曙光《しょこう》に輝くモンテローザを目にした時、彼女は雪渓に映える、その夜明けの光と同じくらい美しい笑みを浮かべて、こう言ったのです。『あたくし、山は嫌いですのよ。なんだか、押しつぶされるような気がするんですもの』と……。

フィレンツェでは、イタリア・ルネサンスが最盛期を迎えた、教皇レオ十世の時代の素晴らしい芸術品を見て、ふわーとあくびをしながら、こう言うのです。『なかなか、面白いですわね。どれもみんな……』

ドイツではワグナーを聴いて、こう言いました。『この曲には旋律というものがないのかしら？　とうていついていけやしない。こんな曲をつくるなんて、正気の沙汰とは思えませんわ』

そうなのです。彼女は通俗的なものしか理解できません。そうして、少しでも高尚なものに触れると、〈お星様みたいなもの〉と呼ぶのです。

その結果、旅行中、どこかに行こうとするたびに、彼女はあの神秘的な声で、こうつぶやくのです。

『お好きなところに。でも、あの〈お星様みたいなもの〉のところはだめですわ。だって、おわかりでしょう？　ああいったものは、地に足がついたものではないのですもの。実際の役には立たないのですから……』

ええ、〈実際の役に立つかどうか〉——これが彼女のお気に入りの判断基準なのです。そのため、彼女は自分の現世的な価値観では測れない、高尚なものに接すると、ただそれを貶《おとし》め、地上にひきずりおろしたいという一心で、機械的に『それは実際の役に立たない』と口にするのです。それはもう生まれつきのものだと言っていいでしょう。

では、〈愛〉についてはどうか？　〈愛〉などという言葉を聞いたら、彼女はそれこそ馬鹿にするだけです。社交上、もちろん顔には出さず……。でも、顔の筋肉がその軽薄な心に従うのであれば、彼女はその美しい眉をひそめることでしょう。

ええ、軽薄なものとはいえ、彼女は心を持っているのです！　ただし、その心が率直に姿を現すのは、ぼくが観察したところ、どうやら彼女が自分の美しさが脅かされるのではないかと、本能的な恐怖を覚えた時だけのようなのです。それがどんな恐怖なのかは、ぼくにはよくわかりませんが、そういった時、彼女は激しい反応を示すのです。

ぼくは一度、パリで実際にそのことを試してみたことがあります。ある時のこと、ぼくは彼女の〈肉体〉と〈魂〉があまりにかけ離れていることに、自分の目を疑い、あるいは自分の理性を疑って――ああ、なんという冒瀆的《ぼうとくてき》なことを考えたのでしょう、正直、どうかしていたとしか言いようがありませんが――彼女を連れてルーヴル美術館に行き、彼女の似姿である、あの偉大な大理石の彫像《勝利のヴィーナス》と、彼女を対決させたのです。ええ、ぼくは彼女が《勝利のヴィーナス》を見て、その美しさに耐えられるかどうか、知りたかったのです。そこで、ぼくは冗談半分にこう言って、彼女をルーヴルに誘いました。『ねえ、アリシア。君をちょっと驚かせたいことがあるんだけど……』

ぼくたちはルーヴルに行き、いくつもの展示室を抜けて、あの永遠の美しさを誇る、大理石の女神の前に立ちました。そこで、ミス・アリシアは帽子のヴェールをあげたのですが、彫像を見ると、びっくりしたような顔をして、しばらく茫然《ぼうぜん》としたあと、子供のようにこう叫んだのです。

『あら、あたくしじゃないの！』

そして、一瞬、押し黙ると、こうつけ加えました。

『ええ。あたくしだわ。でも、あたくしには腕があるわ。それに、あたくしのほうが上品じゃないかしら？』

それから、ちょっと身を震わせ、手すりに置いていた手を引っ込めると、その手を来た時と同じようにぼくの腕に絡ませて、ほとんど聞きとれないくらいの声で、こう言いました。

『石の彫像と石の壁……。ここは寒いわ。さあ、行きましょう』

その言葉と同時に、ぼくたちは展示室をあとにしたのですが、外に出ても彼女が黙っているので、〈これからどんな言葉が聞けるのだろう？　彼女の口からは、今までに聞いたことのない言葉が出てくるはずだ〉と、ぼくは期待しました。

ええ、その期待は裏切られませんでしたよ。ミス・アリシアはおそらくずっと考えていたのでしょう。ところが、ふと立ち止まって、ぼくにぴったりと身体をくっつけると、先程のショックは忘れたように、こう言ったのです。

『ねえ、あの彫像をつくるのにはずいぶん費用がかかっているんでしょう？　でしたら、あたくしだって成功しますわね』

正直に言いましょう。ぼくはこの言葉を聞いて、眩暈《めまい》に襲われました。〈頭の悪さ〉もここまで来れば、天にも届くほどです。その反対に、ぼくのほうは地獄に突き落とされました。どうしていいかわからなくなって、ぼくは下を向いて答えました。

『そうなると、いいね』

それから、礼儀上、ぼくは彼女を家まで送っていき、それがすむと、ルーヴルに引き返しました。

そうして、また展示室に行って、《勝利のヴィーナス》の前に立ったのです。女神の影像は〈星をちりばめた夜〉のように、美しく輝いていました。その姿をじっと見つめていると――ああ、そんなことは生まれて初めてのことでしたが――なんとも言えない悲しみで胸が張り裂けそうになって、ぼくはいつしか激しくむせび泣いていたのです。

というわけで、ぼくは彼女に反発しながらも惹かれ、その二重性によってさらに彼女に囚《とら》われていたのです。ちょうど磁石がふたつの極に分かれていながらも、どちらも鉄片を引き寄せるように……。

しかし、ぼくは性格的に、ある人の半面にどれほど惹かれていても（その魅力がどれほど大きなものであっても）、残りの半面が軽蔑しかできないものなら、長い間、その人に我慢していることはできません。相手を抱きたいという気持ちだけがあって、相手を尊敬することも、理解することもできない恋は、ぼく自身に対する侮辱のように思えるのです。ぼくは心の奥底で、『そんな恋は魂を穢《けが》すことになる』と自分の良心が叫ぶのを聞きました。けれども、ぼくにとって〈最初の恋〉は〈最後の恋〉でもあります。それを考えると、ぼくはもうほかの女性と交際するわけにはいかず、決して浮きあがることのできない〈深い憂愁〉のなかに沈みました。

それと同時に、美しい身体の線や、神秘的な声、魅惑的な芳香など、彼女の外見的な魅力も、激しい官能を呼び起こすものではなくなり、ぼくの恋はプラトニックなものに向かうようになりました。彼女の貧しい心を見せられているうちに、官能が凍りついてしまったのです。彼女の美しい身体の線や、神秘的な声や、魅惑的な芳香は、もはや官能を刺激するためのものではなく、眺めたり、聴いたり、嗅《か》いだりして、愛でるものになったのです。彼女を生身の女性として愛することはもうできません。そんな気にはとうていなれません。ぼくはただ〈苦しさに耐えながら、彼女の美しさに見とれる〉というかたちで、彼女に結びついているのです。ぼくの今の望みは、〈死んだミス・アリシアを見つめる〉ことです。もちろん、死が彼女の美しい容姿を損なったりしなければ、の話ですが……。要するに、彼女の心に騙《だま》されて、ひからびたぼくの心には、彼女が精神的に存在しなくても、その容姿さえあれば十分なのです。何があろうと、彼女を〈恋するのにふさわしい女性〉に変えることはできないのですから……。

彼女に頼まれたので、ぼくは彼女がロンドンの劇場で仕事がしやすくなるよう、便宜をはかることに決めました。それはつまり、別の言葉で言うと、この世に心残りはなくなったということです。

実は今日、ここに来たのはそのためなのです。ぼくがまったく世の中の役に立たない人間ではなかったということをもう一度、確かめてから、この世にお別れをするために——そのために、あなたの手を握りたかったのです。

これがぼくの恋の顚末《てんまつ》です。あなたが聞きたいとおっしゃるのでお話ししたのですが、この恋の病を治す薬がないことは、あなたにもよくおわかりになったことと思います。さあ、お手を……。そして、さようなら。もう二度とお目にかかることはないでしょう」

第19章　忠言

この煩悶《はんもん》から立ち直ることはできまい。

——モンテーニュ『随想録』

「エウォルド卿……」卿の最後の言葉を聞くと、エジソンはゆっくりと話しはじめた。「なんということを……。たかが女性のために——そうです、たかがそんな女性のために、命を……。本気ですか？　私は夢を見ているのだろうか？」「ぼくも夢を見ているような気がします」あいかわらず悲しげな笑みを浮かべながら、卿は言った。その笑みは凍りついていた。「いったい、どうしたらいいと言うのです？　ぼくにとって、彼女は太陽の光が降りそそぐ国で、こんこんと涌《わ》きでる、澄んだ泉のようなものです。けれども、その泉は古代から続く、暗く不吉な森の陰にあって、もし誰かが、ある春の一日に、死の影を映す、その泉の美しさに惹《ひ》かれて、樹液の滴《したた》りおちるような緑の若葉をそこに浸したら、その葉はたちまち石化《せきか》してしまう——彼女はそんな泉なのです」

「その喩《たと》えはよくわかります」

そう考え深げに言うと、エジソンはエウォルド卿を見つめた。卿の目は深い洞穴のようにうつろで、そこにははっきりと自殺の影が揺らめいていた。

「エウォルド卿、あなたは青春の病に取り憑《つ》かれているのですよ。この病は自然に治るものです。〈すべては忘れられる〉ということを、あなたはお忘れではありませんか？」

「おお、エジソンさん」エウォルド卿は片眼鏡《かためがね》をかけなおしながら言った。「青春の病に取り憑かれる？　あなたはそれほどぼくがひ弱な人間だとでも思っていらっしゃるのですか？　ぼくは彼女に恋をしてまもなく、それがどれほど空《むな》しいものなのか、はっきりと理解しました。それでも、なお彼女をあきらめられず、いわば積極的に苦痛や煩悶に耐えたのです。そのくらいの強さは、生まれつきの性格として持っているのです。でも、ぼくは今、自分がどれほど傷ついているか知っています。もうだめです。エジソンさん、もうぼくの悩みはお話ししました。だから、これで終わりにしましょう」

それを聞くと、エジソンは顔をあげて、あらためて卿を見つめた。この高貴すぎる、青年を……。まるで、外科医が見捨てられた患者を見るように……。だが、その間、実はエジソンは真剣に考えていたのである。そして、迷っていた。〈人類がかつて経験したことのない、奇抜な計画——その計画を今こそ、打ち明けるべきか?〉と……。

そうして、はたして結論を出したのだろうか——静かに話しはじめた。

「エウォルド卿、あなたはイギリスで最も由緒ある貴族のおひとりです。そういったお生まれでしたら、伴侶としてふさわしい、美しく若い娘が大勢いることでしょう。この娘たちは、生涯でただ一度の恋をあなたにして、清らかな心を捧げる、理想的な存在です。この娘たちが、その曙色《あけぼのいろ》の光で、どれほどあなたの人生を輝かせてくれるか。それはあなたもご存じのはずです。それに、あなたは知性に優れ、心も気高く、力も財産も、そして、あなたがお望みなら、輝かしい将来も持っていらっしゃる。そのあなたが、お話にうかがったような女性のせいで、生きる気力をなくしていらっしゃるとは! ちょっとあなたがその気になって、合図を送れば、その女性と同じくらい美しく、魅力的な女性が千人も現れることでしょうに……。そのうちの百人は思い浮かべるだけで、心が暖まり、幸せな気持ちになるという、優しい性格をしています。そして、そのうちのさらに十人は、高貴な家柄の、しっかりした心の持ち主で、最後にそのうちのひとりは、あなたの家の名を持つにふさわしい女性です。アルゴス王ダナオスは、エジプト王アイギュプトスの五十人の息子に、自分の五十人の娘を嫁がせ、初夜の床で夫を殺すように命じました。けれども、長女のヒュペルムネストラだけは、夫を殺すのを思いとどまりました。そうです。五十人のダナオス《ダナイデス》の娘のなかには、ひとりのヒュペルムネストラがいるのです！

　ですから、そういった千人の魅力的な女性のなかでも、いちばん素敵な女性を伴侶になさったら、この先、三十年も四十年も、高貴な喜びに満ちた、輝かしい人生が送れるでしょう。喜びに満ちた毎日が……。どうぞ、そんな人生をご想像ください。あなたはイギリスに、あなたの血に恥じず、あなたの名にふさわしい、立派な子孫を残し、『いい人生だった』、いや、『素晴らしい人生だった』と過去を振り返ることになるのです。ところが、そういった運命から贈られた数多くの幸福をないがしろにして、あなたは……。

　そうです。あなたはこの地上で運命に甘やかされて、特別な未来を約束されています。あなたと同じような未来を手に入れるためには、この地球にイヴの息子として生まれたほかの男たちが、何千回も命を懸けながら、苦難の戦いを続ける必要があるのですが――しかし、それでも失敗するものなのです。それなのに、そんな素晴らしい未来をないがしろにして、あなたはこの世からいなくなるとおっしゃる。生きるのをあきらめて、みずからの存在を消そうとおっしゃる。それも、ひとりの女性のために……。よろしいですか？　ミス・アリシアは悪い偶然に悪い偶然が重なった結果、数百万という若い女性のなかから、たまたま選ばれたにすぎないのです。今度の不幸はそんなふうにしてもたらされたのです。ですから……。

エウォルド卿、あなたはこの恋を真剣に考えていらっしゃいますが、ミス・アリシアは陽炎《かげろう》のようなものなのです。その証拠に、何年かたてば忘れてしまうはずです。彼女の思い出は、大麻を燃やした怪しげな香炉から立ちのぼる、甘ったるい、黒い煙のようなもので、いつかは消えてしまうものなのです。ああ、エウォルド卿、失礼ですが、ひとつ言わせてください。実は、私は心配なのです。ミス・アリシアは〈良貨〉より〈悪貨〉のほうがお好きなようです。だから、その嗜好《しこう》があなたにも伝染しまいかと……。そうなったら、それがいちばんの不幸です」

それを聞くと、エウォルド卿は口をはさんだ。

「エジソンさん、あまりぼくを責めないでください。ぼくはもっと自分を責めているのですから……。といっても、それで何かが変わるわけではありませんが……」

「いや、私はいずれあなたの伴侶となる若い女性のために言っているのです。その女性をほかの誰かのものにしてしまってよいのでしょうか？　その女性はあなたの〈救い〉となります。せっかく幸福になる機会があるのに、それをしないで不幸になるなら、その不幸の責任はご自分にあるとは思われませんか？」

「今も言ったように、ぼくはもっといろいろなことに責任を感じて、自分を責めているのです」エウォルド卿は答えた。「それに、何度もお話ししたとおり、ぼくは生涯に一度しか、女性を愛さないのです。これは家訓です。そして、もうひとつの家訓を申しあげれば、エウォルド家では、不幸になった者は、嘆くことも、文句を言うこともなく、ただちに消えていなくなることになっています。これが我が家の決まりです。事情を考慮に入れて、安易に妥協したりはしません。そんなものは、ほかの家に任せているのです」

その言葉に、エジソンは医師が患者の病気の重さを量るように、エウォルド卿を見つめた。それから、自分に話すようにつぶやいた。

「そうだな。確かにこれは重大だ。いやはや……」

そうして、しばらく考えたあとに、言葉を続けた。

「最初に申しあげたように、私はこの地上で、ただひとり、あなたの恋の病を治せる医者です。その確信に変わりはありません。私はあなたをミス・アリシアから自由にしてみせます。ええ、これはあなたに対する深い感謝の気持ちからすることなのです。だから、その前にひとつ、ミス・アリシアとの恋について、はっきりとしたことをお聞かせください。ミス・アリシアとの恋は、社交界でよく見られる〈その場かぎりの恋〉ではないということですね？　激しく、情熱的かもしれないが、そのために命までは投げ出したりしない――そのような〈一時的な恋〉ではないと……。ほかの人からはいくら堅物だと言われても、あなたにはそういう恋はできない。だから、この恋は特別なものなのだと……。あなたはもう一度、それをここで断言できますか？」

「もちろんです。ミス・アリシアのほうは、明日の夜にでも、誰かほかの男と〈その場かぎりの恋〉をすることになるかもしれません。その可能性はあります。でも、ぼくは……。この先、もう二度と恋をすることはありません。ぼくは全身全霊をかけて、彼女の姿を見つめるだけです」

「ミス・アリシアの心を軽蔑していても、その美しさは賞賛しているわけですね。そして、それはある意味では、あなたの理想だと……。というのも、卿は先程、こうおっしゃいましたね。ミス・アリシアに対しては官能が凍りついてしまったので、これからはもうその美しい姿を見つめることだけが望みだと……」

「官能が凍りついてしまったので、あとはその美しい姿を見つめるだけ……。まさにそのとおりです！」エウォルド卿は言った。「ぼくは彼女にまったく欲望を感じません。ただ、彼女の姿がぼくの精神に取り憑いてしまったのです。その姿がぼくに呪いをかけたのです。ちょうど中世の魔女たちがしたように……」

「もうひとつ。あなたはもうこの社会で生きていくことに興味はないのですね？」

「もちろんです」エジソンの言葉に、卿は立ちあがって答えた。「エジソンさん、その点に関してはぼくのほうからも言っておきたいことがあります。あなたは生きてください！　そして有名になってください。人類全体のために役に立ってください！

ぼくは退場します。『そのくらいのことで』とは言わないでください。アキレスは踵《かかと》の怪我で死んだのですから……。では、最後にもう一度。さようなら。このような個人的なおしゃべりで、これ以上、あなたの時間を無駄にすることはできません。なにしろ、それは人類にとって貴重な時間なのですから……」

そう口にすると、エウォルド卿はあいかわらず、礼儀正しく、平然とした態度で、椅子の近くの大きな望遠鏡に掛けてあった帽子を手にとった。

だが、その時にはすでに、エジソンも立ちあがっていた。

「エウォルド卿、あなたがこれから自殺をしようというのに、私が黙ってあなたを行かせるとお思いですか？　あなたの命を救おうともせずに……。私のほうはあなたに命を救われて、そのおかげでこのような充実した人生を送っているというのに……。これまで私はあなたにいろいろと質問してきましたが、私がなんの理由も、なんの考えもなく、そうした質問をしたとお思いですか？　理由はちゃんとあるのです。ああ、エウォルド卿、あなたは重大な病に罹《かか》っていらっしゃいます。この病は薬では治りません。毒をもって治すしかありません。これまでなんとかあなたのお気持ちを変えようと、忠言を口にしてきましたが、そのための言葉はもう尽きました。ですから、私はこれからあなたの病に対して、毒を処方したいと思います。あなたの病は特別なので、そういった恐ろしいやり方をしなければ、治らないのです。ただし、この治療法がうまくいけば、あなたはお望みの状態を手に入れることができます。いや、それにしても、ここであなたのために、初めての実験をすることになるとは！」最後は独り言のようにそうつぶやくと、エジソンは続けた。「私がある意図を持っている時に、それを望む人がやってくる——〈人間の魂〉と〈意図〉というのは、そんなふうに引きあうものなのでしょうか？　これは一度、調べてみる必要がありますね。しかし、確かに、私は今夜、無意識のうちにあなたをお待ちしていたようです。ならば、やはり引きあっていたのでしょう。これはどうしても、あなたの〈魂〉をお救いしなければならなくなりました。私の治療法は、あなたの病態を極限まで悪化させることです。

これは、そうしなければ治らない病気なのです。私はミス・アリシアに対するあなたの夢を——つまりは、病的な願望をまるごと叶《かな》えてさしあげようと思います。エウォルド卿、先程、あなたは、『ああ、誰かが、あの〈魂〉をあの〈肉体〉からひきはがしてくれたらいいのに!』とおっしゃいましたね?」

「ええ」エウォルド卿は、少し呆気《あっけ》にとられたような顔で返事をした。

「ならば、私がその役を引き受けましょう」

「なんと?」

「私がその役をお引き受けします。ですが、エウォルド卿」そこで、エジソンはこれまでとはちがって、威厳に満ちた、重々しい口調で言った。「私があなたの昏《くら》い夢を叶えるのは、それが必要だから、、、、、、、です。そのことをお忘れにならないでください」

第二巻　契約

第1章　白魔術

気をつけよ。幽霊のふりをして戯れていると、幽霊になる。
——カバラの戒律

このエジソンの言葉を聞いて、またその視線に捉《とら》えられると、エウォルド卿のほうは、身体に戦慄《せんりつ》が走るのを覚えた。エジソンの言葉があまりに威厳に満ちて、またその眼光があまりに鋭かったからである。エウォルド卿は、ただエジソンを見つめた。そして、思った。

〈この男は頭がおかしくなったのだろうか？　この男の提案はまったく理解の範囲を超えている。ならば、ここはおとなしく説明を待ったほうがいいのではないか？〉

だが、そのいっぽうで、エジソンの提案はあらがいがたい磁力に満ちていたので、エウォルド卿はこれから驚くべき出来事が起こるという予感を、嫌《いや》でも抱かざるを得なかった。

けれども、エジソンはそのまま口を開かない。エウォルド卿はいったんエジソンから目を離すと、静かに部屋のなかにある物に注意を向けた。エジソンが発明した多くの品物に……。

〈ここにあるのはすべて、科学が生みだした怪物だ〉卿は思った。青白いランプの光の下で見ると、その怪物たちは不気味に光り、その奇妙な形で見る者を不安にさせた。それを眺めているうちに、〈ここは魔法の場所だ。ここでは異常なことが自然なことなのだ〉という感慨がひとりでにわきおこってきた。

〈おそらく、ここにある発明品の大半は、まだ世の中に知られていないのだろう〉エウォルド卿は考えた。話に聞くかぎり、エジソンの発明は、常に〈不可能を可能にする〉ものだという。そう思うと、ここにある発明品からは知的な光が出て、エジソンを包んでいるように見えた。エジソンは科学がつくる、その光の暈《かさ》のなかにいるのだ。

〈この人は《電気の王国》の住人なのだ〉卿はひとりごちた。

そのうちに、卿の心には、驚きと興味、そして新奇なものに対する期待といった、さまざまなものが混じりあった不思議な気持ちが生まれてきた。その結果——卿の〈魂〉は、すでに少しばかり、生気を取り戻していたのである。

「何、ただ……〈実体変化[1]〉をさせてやればいいのですよ」エジソンが言った。「だが、そのためにはすぐにでも準備を始めなければなりません。それで、〈ミス・アリシアの《魂》を、その美しい《肉体》からひきはがす〉という、さっきのご提案ですが……。ご承諾なさいますか？」

「あなたは真面目《まじめ》にお話しなさっていたのですか？」

「もちろんです。ご承諾なさいますか？」

「わかりました。エジソンさん、あなたに〈白紙委任〉いたしましょう」あいかわらず悲しげな笑みを浮かべると、エウォルド卿は言った。だが、その表情は、もはや人を完全に拒否するものではなかった。

いっぽう、エジソンのほうはドアの上に掛けた電気時計にちらっと目をやりながら、話を続けた。

「それでは、さっそく始めましょう。時間は貴重ですからね。なにしろ、すべてをやりおえるまでに、三週間は必要ですから……」

「三週間ですか？」エウォルド卿は答えた。「ぼくのほうは、一カ月先でもいいですよ」

「その必要はありません。三週間で大丈夫です。そうですね。私は時間に正確なので、今から三週間後の今とちょうど同じ時間、午後八時三十五分ではいかがでしょう？

その時にはミス・アリシア・クラリーはすっかり実体が変わって、気高い精神を持つ、魅力的な伴侶になっていることでしょう。しかも、ある意味では不死《イモルテル》の存在になって……。ミス・アリシアはもはや女性ではなく、天使になります。欲望の対象ではなく、恋の対象になります。〈現実〉ではなく、〈理想〉になるのです」

それを聞くと、エウォルド卿はびっくりした顔で、心配そうにエジソンを見つめた。と、エジソンが続けた。

「それでは、どんなふうにしてそれをするのか、これから実際にお目にかけましょう。実はもうその原型はできているのですが、なかなか素晴らしい出来だと思いますよ。といっても、ここでいくら科学的な説明をしてもわかりにくいだけでしょうから、実際に見てください。実物を見るのがいちばんです。それに——そうしてくだされば、少なくとも、私の頭がおかしくなったのではないことがおわかりいただけると思います。ですから、今夜、これから私の秘密をお見せしましょう。いや、そんなことを

1　カトリックのミサで、パンとぶどう酒を聖別した時、外観は変わらないまま、パンの実体がイエス・キリストの身体に、ぶどう酒の実体がイエス・キリストの血に変化すること。ここではもちろん、比喩的な意味で使っている。

言っているより早く仕事に取りかかりましょう。何が起こるかは、その過程でわかりますから……。〈説明〉はできあがった〈作品〉のなかにあります。そうだ！　ミス・アリシア・クラリーは今、確かニューヨークの《グランド・シアター》にいらっしゃるということでしたね？」

「ええ」

「ボックス番号は？」

「七番です」

「あなたはここに来るために、ミス・アリシアをひとりでオペラの観劇に行かせたのですね。ここに来ることは、ミス・アリシアには？」

「伝えていません。彼女には興味がないと思いましたので、その必要はないかと……」

「ミス・アリシアは私の名前を耳にしたことがあるでしょうか？」

「話したことはあると思いますが……。でも、忘れてしまっているでしょう」

「それなら大丈夫です。これは大切なことなのです」

そう考え深げな顔で言うと、エジソンは蓄音機に近づき、針を持ちあげた。それから、円筒盤の錫箔《すずはく》に刻まれた線に目をやると、適当なところまで円筒盤を回し、ちょうどいい位置に針を置いた。そうして、ラッパの形をした伝声管のところに電話の受話器を近づけ、蓄音機のスイッチを入れた。

「マーチン、そこにいるのか？」蓄音機の声が電話に話しかけた。

だが、返事はなかった。

「まったく、どうしようもない男だ」エジソンは苦笑を浮かべながら、つぶやいた。

「きっと私のベッドで眠りこんでしまったんでしょう。今頃はいびきをかいているにちがいありません」

それから、受話器を耳にあてると、言葉を続けた。

「やっぱりそうだ。いびきが聞こえる。デザートのあとでグロッグ[2]を飲むと、どうも居眠りをしたくなるらしいんですね。それで、気持ちよく眠れるようにと、電話のベルを鳴らないようにしてしまうことがあるんです」

「今、お話ししようとなさっている相手はどこにいるんです？」エウォルド卿は尋ねた。「ここは、どのくらい距離があるのです？」

「いや、それほど距離はありません。この男はニューヨークにいるのですから……。ブロードウェイの私のマンションに……」

2　ラム酒を水で割った飲み物。

「なんですって? あなたには、ここから四十キロメートル離れた場所にいる人間のいびきが聞こえるんですか?」

「北極にいる人間のいびきだって、聞こえますよ」エジソンは答えた。「この受話器のスピーカーの性能がさらによくなれば……。信じられませんか? 確かに、お伽《とぎ》話《ばなし》に出てくる〈遠耳男《とおみみおとこ》〉が、『おれは、北極にいる人間のいびきだって聞くことができる』と言ったら、そのお伽話を聞かされている子供たちだって、そんな言葉を信じないでしょう。『そんなのは嘘だ!』、『そんなことは不可能だ』と叫びはじめるに決まっています。あなたもそうお思いですね。ところが、それは可能なのです。そして、しばらくたつと、そのことに誰も驚かなくなっているはずです。

それはともかく、マーチンが眠っていて連絡がとれないという今の状況に戻りますと、幸い、私はこういった場合に備えて、必要な手を打ってあるのです。あの部屋にある電気の誘導コイルを使うのですが……。といっても、もちろん、電気の火花でマーチンをくすぐって起こそうというわけではありません。枕元のスピーカーの音を増幅してやるのです。見てください。こちらの電話は、あちらのベッドの枕元にあるスピーカーと直接つながっています。だから、そのスピーカーから大きな音を出してやるのです。これなら、マーチンの目を覚まさせるには十分でしょう。いや、もしかしたら、あの界隈《かいわい》全体の人を起こしてしまうかもしれません」

そう言うと、エジソンは最初の電話の隣にあったもうひとつの電話の受話器をはずした。音量を最大にして、送話口を蓄音機の伝声管に近づける。

「この音を聞いて、あの界隈を走っている馬車の馬たちが暴れないといいのですが……」

その言葉とともに、蓄音機のスイッチを入れる。と、蓄音機が先程の質問をもう一度、繰り返した。

「マーチン、そこにいるのか？」

すると、その三秒後、近くで男の声がした。夕方、エウォルド卿から電報が来たことを知らせたマーチンの声だ。大きな音で起こされたので、あわてている。声はくぐもっていて、どうやらエウォルド卿の手に持った帽子のなかから聞こえてくるようだ。だが、それは別に不思議なことではなかった。ちょうどその時、天井から吊るされたスピーカーに、たまたまエウォルド卿の帽子が触れていたのである。

「どうしたんです？　火事ですか？」怯《おび》えたような声で、マーチンが繰り返した。

エジソンは笑いながら、卿に言った。

「ようやく目が覚めたようですな」

それから、最初の電話を手に取ると、受話器を耳にあてて、話しはじめた。

「いや、マーチン。大丈夫だ。火事ではない。そちらの室温を知らせる温度計は十八度にしかなっていないからね。安心してくれ。それより、ひとつ頼みたいことがあるのだが……。これからエウォルド卿を差出人にして、そちらに電報を送るから、それを電報の宛先に届けてくれないか？ それも今すぐに、君自身の手で……」

「わかりました、エジソンさん」マーチンのほうは、もうすっかり落ち着いた声で答えた。「電報が来るのをお待ちしています」

エジソンはモールス信号の機械の前に座り、すばやい指の動きで、力強く電文を打ちはじめた。それが終わると、また受話器をとって尋ねた。

「電報は届いたか？ 内容は読んだな？」

「はい、私自身が届けます」声が返ってきた。

が、不思議なことに、その声は部屋のあちらこちらから聞こえてきた。うっかりか、あるいはいたずら心でそうしたものか、エジソンがスイッチを入れたため、マーチンの声が部屋じゅうのスピーカーから出てくることになったのだ。それはちょうど、部屋のなかに十人くらい人がいて、同じ言葉を少し間《ま》をおいて、いっせいにしゃべっているように思えた。エウォルド卿は思わず、まわりを見まわした。

「届けたら、すぐに返事をくれ！」エジソンのほうは、まるでマーチンが部屋にいて、ドアから出ていこうとしている、その後ろ姿に声をかけるように言った。

それから、卿のほうを向くと、こう続けた。

「順調ですよ」

そうして、卿を見つめると、これまでとは打ってかわった冷たい口調で言った。

「エウォルド卿、私たちは今、普通の世界にいます。この世界ではすべての謎が解決されたわけではありませんが、その謎を含めて、私たちはその在り方に慣れています。ええ、別の言い方をすれば、私たちは〈現実の世界〉にいます。けれども、エウォルド卿、あらかじめ申しあげておきますと、私たちはこれから、その〈現実の世界〉を離れて別の世界に行きます。驚くべき現象が起きる、奇妙な世界に……。そして、私はその現象をつかさどる〈鍵〉をあなたにお渡しします。けれども、どうしてそういった現象が起きるのか、その原理をあなたに説明することはできません。さしあたって、人類がこの現象を理解することはできないのです。いや、残念なことですが、もしかしたら、永遠にかもしれません。

では、実際にその現象を見ていただきましょう。ただ、それだけです。今からあなたがご覧になる〈存在〉は、まだ〈精神〉が定まっていません。また、〈外見的〉には私たちにとって親しみのある姿をしていますが、それでもびっくりなさることはまちがいないでしょう。もちろん、こちらに危害を加えるようなことはありません。ただし、これは私の義務として申しあげておきますが、最初にそれをご覧になった時、精神に動揺をきたさないように、あらかじめ心の準備をなさっておいてください。冷静さを保てるように……。場合によっては、少しばかり勇気をふりしぼれるように……」

このエジソンの忠告に、エウォルド卿は一瞬の間《ま》をおいてから、うなずいた。

「わかりました。冷静でいられるように努めましょう」

第2章　安全装置

私は誰かのためにいるわけではありません。ええ、誰のためにでも……。

――巷《ちまた》の言葉

エジソンは庭に面したガラス戸のほうに行くと、格子の入った、その大きな戸を閉めた。鎧戸《よろいど》をおろして、下で固定する。それから、重たいカーテンを閉めると、今度はドアのところまで行って、錠を差した。

それが終わると、部屋の真ん中に戻って、警告灯のボタンを押す。警告灯は実験室のある建物の屋根に取りつけられていて、危険な実験をする時に、誰もこの建物に近づかないよう、赤く点灯されることになっていた。

こうして、部屋に誰も入ってこないようにすると、エジソンは最後に、電話とスピーカーの電源をすべて切った。これでニューヨークのマンションとつながっている呼び鈴を除いて、外からは連絡も入ってこない状態になった。こちらから連絡することもできない。

「私たちは今、〈現実の世界〉から切り離されました」エジソンは言った。

それから、また電信機の前に座ると、左手でいくつかの線をつないだ。そうして、何事かぶつぶつとつぶやきながら、右手を力強く動かし、ダッシュとドットのモールス符号を打ちはじめた。

「ところで、エウォルド卿。ミス・アリシアの写真をお持ちではありませんか？」キーを叩（たた）きながら尋ねる。

「そうでした。すっかり忘れていました」ポケットから手帳を取りだすと、エウォルド卿は中に挟んでいた写真をエジソンに差しだした。「どうです？　大理石の彫像のようでしょう？　これで、ぼくが現実を誇張してお伝えしていたわけではないとおわかりいただけると思います」

写真を受け取ると、エジソンは一瞥《いちべつ》して言った。

「素晴らしい！　まさにルーヴルにある《勝利のヴィーナス》だ。いや、素晴らしいなどというものではない！　奇蹟《きせき》としか言いようがありません。息を呑《の》むとはこのことです」

そうして、また机のほうを向くと、電信機の隣にあった装置のスイッチを入れた。電気を発生させる装置だ。

するとたちまち、その装置の二本のプラチナ棒の間に火花が散った。火花は最初、「どちらの方向に飛んでいって、この二本の棒の間から逃げだそうか」とでも言うように、棒の間でバチバチ音を立てていた。だが、その時、エジソンが床から伸びている青い電線を近づけたので、あっというまにその電線を伝って、地下に消えていった。それは知らせを急ぐ、火花の〈使者〉が、愛馬である銀線の〈妖精《エルフ》〉に飛びのって、冥府《めいふ》に向かって駆けていくように見えた。

その瞬間、今度は足もとから、鈍い、地鳴りのような物音が聞こえてきた。それは地の底から――深い淵から響いてくるように思えた。低い、耳ざわりな音だ。まるで、地中深く眠っていた霊廟《れいびょう》が〈地の霊〉たちによって闇からひきはがされ、地上にひきずりだされるような――そんな物音だった。

その間、エジソンはあいかわらずミス・アリシアの写真を手に、心配そうな顔で、向かいの壁を見つめていた。エジソンは何かを待っているように見えた。

物音がやんだ。

と、エジソンが目の前の機械のボタンを押した。だが、それが何かは、エウォルド卿にはわからなかった。

「ハダリー！」エジソンがとうとう大声で呼びかけた。

第3章　出現

そのヴェールの後ろには、誰が隠れているのか？

——シラー「ヴェールをかぶったザイスの像」

この不思議な名前をエジソンが口にすると、研究所のいちばん南の端にある壁の一部が動き、隠し蝶番《ちょうつがい》を中心にして扉のように開いた。音はしない。その向こうには美しい石の天井と床に囲まれた、小さな奥の間《ま》があった。

と、突然、眩《まばゆ》いばかりの光が、その奥の間を照らした。壁は半円形に窪《くぼ》んでいて、その壁に沿って、大きな襞《ひだ》のある、黒いモワレ模様[3]の豪華な天幕が、翡翠《ひすい》の天井から大理石の床まで垂れさがっていた。襞の奥にはところどころ、美しい金の蛾《が》のブロー

3　moiré。干渉縞。規則正しく繰り返される模様を重ね合わせた時に、互いの模様が干渉しあって、目に見える縞模様のこと。

チが留められている。

そして、この天幕の前には、人間の女性の姿をした——しかし、これまでに見たこともない印象を与える、不思議な〈存在〉が立っていた。

顔は暗くて、よく見えない。額を取り巻く真珠のヘアバンドで留められた黒い喪のヴェールが顔全体を覆っていたからだ。

身体は全体に燻《いぶ》した銀箔《ぎんぱく》を貼った、細身の甲冑《かっちゅう》のようなもので覆われていて、その白く、くすんだ光沢が、たおやかな女性らしい身体の線を際立たせていた。首のあたりには、〈喉当て〉のようなものがついていた。

その喉当ての下では、顔を覆う黒いヴェールの両端が交差し、その両端は肩の後ろでひとつに結ばれ、長いおさげの髪のように垂れ、最後は床まで伸びて、彼女自身の影とひとつになっていた。

腰には薄いリネンの黒い布が巻かれ、それは腰布《パーニュ》のようにおなかの前で結ばれていた。腰布にはダイヤモンドを散りばめた黒い房がついていて、その房は彼女が足を動かすたびに静かに揺れた。

そうして、彼女の腰には腰布の薄い生地を通して、抜き身の三日月刀がきらめいているのが見えた。彼女は右手で、この刀の柄《つか》を握っていた。いっぽう左手は下に垂らしていて、その先には純金製の不死花《イモルテル》が握られていた。両手の指にはすべて指環《ゆびわ》がはまり、その指環についた宝石はひとつとして同じものがなかった。そして、その指環は、どれも彼女がはめている薄い手袋に固定されているように見えた。

この不思議な〈存在〉は、しばらくの間、その場に立っていたが、やがて一歩足を踏みだしただけで奥の間を出ると、不吉な美しさを身にまといながら、ふたりのほうに歩いてきた。

足取りは軽やかだったが、それでも足音は床に響いた。そうして、彼女が歩を進めるたびに、照明ランプの強烈な光が彼女の銀色の肌をきらめかせた。まもなく、ふたりのもとにやってくると、彼女はどこか遠くのほうから聞こえるような、低い、魅力的な声で言った。

「エジソンさん、やってきました」

その言葉を聞きながら、何をどう考えたらよいのかわからず、エウォルド卿はただこの不思議な〈存在〉を見つめた。

「どうやら、生きはじめる時が来たようだね。ミス・ハダリー」エジソンが答えた。

「ああ！　わたしは特に生きたいと思っているわけではありませんが……」顔をすっぽりと覆う、黒いヴェールを通して、彼女は優しくつぶやいた。

「君が生きることを、今、この青年が承諾してくださったのだ」

そう言いながら、エジソンはミス・アリシアの写真をフォトスタンドに挟んだ。

いっぽう、「ハダリー」と呼ばれた不思議な〈存在〉は、一瞬、間《ま》をおいて、軽く会釈をしてから、エウォルド卿に言った。

「ご希望にかなえばいいのですが……」

その言葉に、エジソンは様子をうかがうよう、ちらっと卿のほうを眺めたが、すぐに部屋の隅にあるマグネシウム灯のスイッチを入れた。と、たちまちスポンジ状になったマグネシウムが燃えあがって、強烈な光を放ちはじめた。光はマグネシウム灯の後ろの反射鏡によってひとつに集められると、ミス・アリシアの写真を明るく照らしだした。反射鏡はフォトスタンドの下にもあって、マグネシウム灯の強い光が下から写真を照らす仕掛けになっていた。また、フォトスタンドの向かいには、前面にレンズのついた、撮影と現像、焼きつけが同時に行なえる装置が設置されていた。

さて、マグネシウムのライトが光ってしばらくすると、装置のなかから、色のついた画像を焼きつけたガラスの板が出てきた。板はひとりでに装置に取りつけられたレールの上をすべって、その隣にある金属の箱のなかに入っていった。その箱には前後にひとつずつ、丸い穴があいていて、前の穴にはレンズをつけた、ラッパの形をした部品が取りつけられていた――つまり、この金属の箱は映写機になっているのだ。

と、やはり反射鏡でひとつに集められた強烈な光線が穴のひとつから金属の箱に入り、ガラスの板を通過して、もうひとつの穴から出てきた。光はラッパの形をした部品の先にあるレンズを通ると、壁に掛けた白い絹のスクリーンに等身大の若い女性の画像を映しだした。スクリーンをぴんと張った額縁のなかで、明るく透明な女性の像が揺らめいた。それはまさに《勝利のヴィーナス》の彫像が、この〈幻影〉の世界で肉体をまとったかのように見えた。

「まさか、こんな光景が見られるとは！」エウォルド卿はつぶやいた。「ぼくは夢を見ているのだろうか？」

と、ハダリーに向かって、エジソンが言った。

「君はこの姿になるのだ」

その言葉に、ハダリーは白い絹のスクリーンに向かって一歩、足を踏みだすと、夜の闇のように黒いヴェールの下から、この美しい〈幻影〉に一瞥《いちべつ》をくれた。

「まあ、美しいこと！　これでしたら、わたし、やっぱり生きていこうという気持ちになってきましたわ」

そうあたかも自分に話しかけるように低い声で言うと、ハダリーは首《こうべ》を垂れて、深いため息をついた。そうして、こうつけ加えた。

「では、そうすることにしましょう」

その瞬間、マグネシウムのライトが消えて、スクリーンの画像も消えた。

それを待っていたかのように、エジソンがハダリーの額に腕を伸ばした。

すると、ハダリーはびくっと身を震わせ、それから何も言わずに、手に持っていた純金製の不死花《イモルテル》をエウォルド卿に渡した。その花を受け取りながら、卿のほうは心の震えのようなものを感じないわけにはいかなかった。この挨拶がすむと、ハダリーは背中を向け、来た時と同じように、夢のなかを歩くような足取りで、美しい石と天幕に囲まれた元の居場所に戻っていった。

やがて、奥の間の入口の前まで来ると、ハダリーはこちらを振り返り、顔を覆っていた黒いヴェールをほんの少し、両手であげた。そうして、いかにも娘らしい優しい仕草で、エジソンとエウォルド卿にキスを送ってよこした。

それから中に入って、黒い天幕の裾をあげると――その奥に消えた。

それと同時に、壁が閉まった。

と、また鈍い、地鳴りのような物音が聞こえてきた。だが、今度は地の底を目指して、地中深く潜っていくような音だった。しばらくすると、その音も消え、あたりはしんと静まりかえった。

実験室に残るのは、エジソンとエウォルド卿のふたりだけになった。

ハダリーからもらった不死花《イモルテル》――その名前は暗示的で、まさしくハダリーを象徴するようなものであったが――その金の造花を上着のボタンホールに挿すと、エウォルド卿は尋ねた。

「今の不思議な女性はいったい誰なのでしょう？」

「あれは生きている者ではありません」エウォルド卿の目をしっかりと見据えながら、エジソンは答えた。

第4章　奇蹟《きせき》の序幕

閃《ひらめ》くものがなければ、考えは生まれない。

――ヤーコプ・モレスホット[4]

その言葉を聞くと、エウォルド卿は自分の耳が信じられないといったように、恐怖の色を浮かべて、エジソンを見つめ返した。

「嘘ではありません」エジソンは繰り返した。「あれは歩いたり、話したり、返事をしたり、またこちらの指示に従ったりしますが、誰か人間が金属の衣装を身につけているわけではありません。あのなかには、誰もいないのです。ごく普通に使われる意味でね」

そうして、エウォルド卿があいかわらず、呆気《あっけ》にとられた様子で、自分を眺めているのを見ると、言葉を繰り返した。

「そう、誰もいない。なにしろ、ミス・ハダリーはまだ誰でもないのですから……。

物理的には、電磁気的な存在にすぎません。ひとつの可能性を持った、まだ生まれる前の存在なのです。もし、お望みなら、ミス・ハダリーがどれほど不可思議な存在であるのか、その秘密をお教えしましょう。しかし……」そう言うと、エジソンは自分についてくるよう、エウォルド卿に合図をした。「どんな言葉よりも、実際に見ていただいたほうがいいでしょう。こちらにいらしてください。ミス・ハダリーとはなんであるのか、よくおわかりになるものをお見せします」

実験室はいくつもの机や作業台で迷路のようになっていたが、その迷路を抜けていくと、エジソンはエウォルド卿を黒檀《こくたん》のテーブルのそばに案内した。エウォルド卿が訪ねてくる前に、青白い三日月が照らしていた、あのテーブルである。

「どうです？　これをご覧になって、どんな印象をお持ちでしょう？」

そう言いながら、エジソンはテーブルのそばの紫がかったクッションにのっている女の腕を示した。青ざめた、血のついた腕を……。

部屋の照明で、今は煌々《こうこう》と照らしだされた、その人間の腕をエウォルド卿は見つめた。あまりの思いがけなさに、驚きを隠すこともできない。

4　オランダの生理学者（一八二二―一八九三）。

「これは……」

「よくご覧になってください」エジソンが言った。

エジソンの言葉に、エウォルド卿は腕を手に取り、顔に近づけた。

「いったい、なんなのです？　どうしたのです？　この腕は……。いや、まだ生温かい……」

「よくご覧になってください」エジソンが繰り返した。「この腕には何か変わったところはありませんか？」

そう言われて、エウォルド卿は腕を仔細《しさい》に眺めた。そうして、突然、驚きの声をあげた。

「ああ、なんという素晴らしい出来栄えだ。先程の不思議な〈存在〉にも匹敵する。これを見たら、誰だって度胆《どぎも》を抜かれるでしょう。この傷口を見なければ、これが精巧なつくり物だとは気がつきませんでしたよ」

そう言うと、エウォルド卿は魅せられたように腕を調べて、自分の腕と比べた。

「重さといい、肉づきといい、血色といい……」呆《あき》れたような口調で続ける。「どう考えても、本物の腕としか思えない。触っているだけで、ぼくの腕が粟立《あわだ》つくらいですよ。まさに本物だ」

「いや、本物以上ですよ」あっさりとした口調で、エジソンが言った。「本物の腕は老化して、しなびますからね。この腕は化学が生みだした最上の物質によってつくられたものです。〈自然〉の思いあがりを叩《たた》きつぶすために……。よく《母なる自然》と言いますが——ここだけの話、私はその偉大なる母に、一度、お目にかかってみたいと思っているのですよ。だって、誰もが〈自然〉のことを口にしますが、実際に会った者は誰もいないのですから……。この腕のような、なんと言いましょうか、世間で使われる言葉で言えば、〈複製《コピー》〉ですかね、そう、〈自然の複製《コピー》〉は、原本《オリジナル》が消滅したあとでも、まだ若さを保って、生きつづけています。死ぬとしたら、雷に打たれて、突然、命を落とすくらいです。決して老いることはありません。ええ、この腕はいわゆる〈人造肉〉でできているのです。どうやってつくるかは、あとでご説明しましょう。詳しくはマルセラン・ベルテロの著書[5]をお読みください」

「なんですって？　今、なんと？」

5　マルセラン・ベルテロは、フランスの化学者（一八二七—一九〇七）。著書とは一八七六年に刊行された『化学総論』を指すらしい。ただし、ベルテロは実際に〈人造肉〉に言及したことはない。

だけですがね」


「〈人造肉〉です」エジソンは繰り返した。「まあ、これほど完璧につくれるのは、私だけですがね」

　それを聞くと、エウォルド卿は混乱して、もはや何も考えることができなくなった。かろうじて、この人工の腕を眺めながら言う。

「それにしても、この肌の微妙な色合いや、柔らかな肉感と弾力。まるで生きているとしか言いようがありません。あなたはどうやって、こんな奇蹟を起こしたのです。本物にそっくりすぎて、不気味なくらいです」

「ああ、それなら、簡単にお答えできます」微笑を浮かべながら、エジソンは答えた。「肌の色合いについては、単純に太陽の力を借りたのです」

「太陽……」エウォルド卿は口ごもった。

「ええ、太陽です。たとえば私たちの肌の白さは絶えず、微妙に変わりますね。それは太陽の光の揺らぎのせいなのです。そこで、私は最近目覚ましい発展を遂げたカラー写真の技術を使って、特別につくった皮膚の素材に肌の色をプリントしてみました。すると、思ったとおり、その素材はうまく太陽の光を反射するようになったのです。柔らかな肉感については、タンパク質をちょうどいい具合に凝固させることに成功しました。弾力は水圧によるものです。

そのほかで言うと、実はこれがいちばん大切なのですが、骨は中をくり抜いた象牙を使い、そのなかには骨髄《こつずい》としてガルバニ電池[6]が入っています。そうして、この電池の電極には電線がつながれ、その電線が神経となり、血管となって、腕のなかに張り巡らされているのです。電線からは少量の熱が放散されますので、〈人造肉〉は温かく、適度な硬さになります。腕が生温かく、本物と同じように曲げたり、伸ばしたりできるのは、そのためです。この電線――電気の神経がどんなふうに張り巡らされているのか、どんな仕掛けでひとりでに電流を通したり、遮断したりするのか、その電流がどんなふうに〈人造肉〉に刺激を与えて、生物的な動きをさせるのか――そういったことについては、解剖してご覧に入れることができます。もちろん、そんなふうにしてできたものが実際に動くかどうかは、職人の技《わざ》の問題になりますが……。そう、これは私の職人技がつくりあげた〈アンドロイド〉の腕なのです。〈電気〉という驚くべき〈生命力〉によって動く、初めてのアンドロイドの……。この〈電気〉が、微妙な肌の色合いや柔らかな肉感と弾力を持つ、この生きているとしか思えない腕の〈命の源《みなもと》〉になっているのです」

6　化学反応によって電気を生じさせる電池。ボルタ電池、ダニエル電池などがある。

「アンドロイドというのは？」エジソンの話のなかに、聞いたことのない言葉があったので、エウォルド卿は尋ねた。

「人造人間――つまり、人間の模造《イミテーション》です。ここまで完璧なものができてしまうと、あとはこの模造人間が本物の人間を超えてしまわないようにするだけです。そうなったら、危険ですからね。それはともかく、人間の模造品については、エウォルド卿、昔からたくさんの技術者が、人間と同じようなものをつくろうとしてきました。たくさんの技術者が……。はっ、はっ、は」

エジソンはエレウシス[7]の鍛冶場に姿を現した鍛冶の神カベイロスのような高笑いをした。

「ええ、アルベルトゥス・マグヌス、ジャック・ド・ヴォーカンソン、レオナール・メルツェル、ホーナー[8]といった、いわゆる自動人形《オートマタ》を製作した技術者たちです。ところが、不幸なことに、その連中のつくったものときたら、材料もなく、技術にも欠けていたので、中途半端なものにしかなりませんでした。できあがったものは案山子《かかし》みたいなもので、せいぜい雀を追い払うくらいの役にしか立ちません。どうしてもと言うなら、あの忌まわしい蠟《ろう》人形館に飾るくらいが関の山です。なにしろ、強い木の臭《にお》いと、すえた油やゴムの臭いしかしない、おぞましい代物なのですから……。あんな不格好な偽物を見せられたら、〈人類〉は自分たちの能力に誇りを持つどころか、〈混沌〉の神の前で、うなだれるしかないでしょう。ニュルンベルクの教会の仕掛け時計はご覧になったことがありますね？　一定の時刻になると動きだす、あの奇怪な人形たちを……。あの人形たちの身体の形や肌の色はどうでしょう？　かつら屋の店先に並んだような、あの間抜けな顔は……。そう、あの顔は醜悪だとしか言いようがありません。恥ずかしくて、鳥肌が立つくらいです。それに、あの動き……。ぎくしゃくとして、人形たちが動くたびに、ねじや歯車の音が聞こえてくるではありませんか？　動きも見た目も、人間らしい動きとは程遠い。見ているだけで、空《むな》しい気持ちになってきます。いくら荘厳に見せかけても、不気味で滑稽で、グロテスクなだけなのです。

7　古代ギリシアの都市。アテネの西にあり、豊穣《ほうじょう》の女神デメテルを祀《まつ》っていた。悲劇詩人アイスキュロスの生まれたところでもある。

8　アルベルトゥス・マグヌスは、十三世紀のドイツの神学者。自動人形《オートマタ》をつくったと言われているが、これは十九世紀になってからの作り話らしい。ジャック・ド・ヴォーカンソン（一七〇九―一七八二）はフランスのオートマタ製作者。レオナール・メルツェル（一七八三―一八五五）は、オーストリアのオートマタ製作者で、四十二体のオートマタから成るオーケストラ人形を作成した。ホーナーについては不詳。

これなら、オセアニアの島々やアフリカの部族が崇拝する偶像と変わりない。こういったものを『人間を真似《まね》てつくった』と言うなら、それは人類に対する侮辱でしょう。あれは人間ではなく、人間のカリカチュアです。ええ、自動人形《オートマタ》の製作者たちがつくった〈模造人間〉は、せいぜいその程度なのです」

話をしている間、エジソンの顔は、頰のあたりが激しく痙攣《けいれん》していた。その瞳はどこにも存在しない〈虚空の暗闇〉を凝視しているように見えた。と、まるで講義をするような、冷たい口調で、エジソンが続けた。

「しかしながら、時代は変わりました。〈科学〉は進歩を遂げ、さまざまな発見がなされました。〈存在〉や〈神〉、〈精神〉といった形而上学的概念についても、深い考察がなされるようになりました。すなわち、人間の真似をして、人間と同じものをつくる道具がそろい、技術も完璧なものになってきたのです。この新しい試みに対して、人類が使える道具や技術は、以前と比べると、まったくちがう——はるかにちがうものになっているのです。機械と人間がひとつになった〈人造人間〉など、そんな不思議な存在は、昔だったら、考えもつかないものだったでしょう。それを口にしただけで、『そんなものは不可能だ』と笑われるのがオチです。けれども、エウォルド卿、先程、ハダリーをご覧になった時、『こんなものは子供騙《だま》しだ』と、あなたはお笑いになったでしょうか？　しかも、あのハダリーは、申しあげておきますと、あれでもまだ〈原石〉なのです。あれはまだ〈原石〉で、これから磨かれて、美しくきらめくダイヤモンドになるのです。そう、ハダリーが人間の〈幻影〉だとしたら、今はまだその〈幻影〉の骨格なのです。しかし、それが完成した暁には……。その証拠に、先程、そこにあるアンドロイドの女性の腕にお触れになった時、その感覚は自動人形《オートマタ》の陶器の腕に触った時とは、まったく異なるものでしたでしょう？　ついでですから、もうひとつ確かめてください。そのアンドロイドの手を握っていただけますか？　きっとあなたの手を握りかえしてくれるはずですよ」

そう言われて、エウォルド卿はアンドロイドの腕を手に取って、その指先を軽く握った。

すると、驚いたことに、その手はほんのかすかに力を込めて、卿の手を優しく握りかえしてきた。それはまるで、その腕が見えない身体についているかのようだった。卿はびっくりして、この不気味な腕から手を放した。腕は床に落ちた。

「確かに……」卿は言った。

「しかしながら、これもまた、たいしたことではないのです」あいかわらず冷たい口調で、エジソンが続けた。「ええ、たいしたことではまったくない。といっても、もちろん、これからできあがる〈完成品〉に比べてということですが……。ああ、その〈完成品〉と言ったら……。いや、それがどんなものか、もしあなたが知ったら……。ええ、あなたが……」

が、そこで、突然、エジソンは話をやめた。急に恐ろしい考えに取り憑《つ》かれたように、じっと黙りこんでいる。

「なんということだ！」エウォルド卿のほうは、あらためて実験室のなかを見まわしながら、大声を出した。「ぼくはまるで中世の錬金術師の工房にいるみたいだ。フラメルやパラケルスス、ライムンドゥス・ルルスのような錬金術師の工房に……。でも、エジソンさん、あなたはいったい何をなさろうとしているのです？」

だが、エジソンは深刻そうな顔で、何事か考えこんでいる。そうして、あいかわらず黙りこんだまま、卿の顔を心配そうに見つめた。

やがて、沈黙を破って、エジソンが言った。

「私が何をしようとしているのか……。それをお話しする前に、ひとつ気になることが出てきましてね。ええ、たった今、気づいたのですが、私がしようとしていることは、あなたのような現実離れした人にとって、危険ではないかと思われるのです。私のほうはよかれと思ってするのですが、あなたには悪い結果をもたらす、そんなことになるのではないかと……。

たとえば、ここでちょっと製鉄工場のなかにいると考えてください。鳴り響くハンマーの音のなか、私たちの目の前では白い蒸気がもうもうとあがっていて、それを通して、炎で鉄を熱して叩く職人たちの姿が見えます。この鉄はバールになったり、武器になったり、ほかのさまざまな道具になったりするのですが、職人たちはそれが何になるのか知りません。また、何かになったあと、どんなふうに使われるかも知りません。とりあえず、その何かになる前のできあがったものをいつも呼びならわしている名で呼んでいるだけです。ええ、私たちはみんなそうなのです。自分たちがつくりあげたものの〈本当の性質〉を知りません。刃物がすべて短剣になるわけではないのです。ある物はその使い方次第で、まったく別の性質を持った、新しい物に生まれかわるのです。したがって、私たちは自分のつくった物がどう使われるか、その結果を知りません。だからこそ、どう使われても、そのことに責任を感じなくてもすむの

9　狭義には、化学的手段を用いて卑金属から貴金属（特に金）を製造しようとする試みのこと。広義では、金属にかぎらず様々な物質や、人間の肉体や魂をも対象として、それらをより完全な存在に錬成する試みを指す。

です。

結果を知らない――これは非常に大切なことです。さもなければ、物をつくろうとは誰もしなくなるからです。

ええ、仮に弾丸を鋳造している職人でさえ、結果を知らないせいで、自分を責めずにすんでいるのです。弾丸をつくりながら、おそらくこの職人は無意識にこう考えているのでしょう。〈この弾《たま》はろくに狙いもつけずに発射されるだろう。だから、きっとはずれるに決まっている〉と……。そうやって、弾丸が人を傷つけるという〈本質〉には目をつぶって、仕事を完成させるのです。けれども、もしこの職人が自分の目の前で、ほかならぬ自分の鋳造した弾丸が人に命中し、瀕死の傷を負わせるのを見たら、その弾丸はすでに鋳造の段階で、そうなるべく定められていたことを悟って――つまり、その人が瀕死の傷を負ったのは、自分が弾丸を鋳造したことによる必然の結果だとわかって――もしその職人が良心のある人間だったら、手に持っている弾丸の鋳型《いがた》を、思わず地面に落としてしまうでしょう。そうして、自分の子供たちに今夜のパンを食べさせるのに、弾丸を完成させることが必要だとしても――そうするしか、子供たちにパンを食べさせることができないとしても、むしろ仕事を中断することを選ぶでしょう。というのも、実際に結果を見て、自分の鋳造した弾丸が人を殺す可能性があると認識した以上、その殺人の共犯になることはためらわれるからです」

「それはわかりましたが……」エジソンの話に、エウォルド卿は口をはさんだ。「先程の質問に戻りますが、結局、あなたは何をなさろうとしているのです？」

「これからお話ししますので、もうしばらく聞いてください」エジソンは続けた。「今の私は坩堝《るつぼ》のなかで鉄を溶かしている、この鋳造職人と同じ状態にいるのです。いや、そのことに、さっき突然、気づいてしまったのです。あなたは妥協を知らない。また、恋愛の相手に高度な知性を求め、それが得られないと幻滅する。そういったあなたの気質や知性を考えると、私は自分のつくるものがあなたを傷つけるのではないかと思ってしまったのです。つまり、これからお話しする〈私のしようとしていること〉が、〈恋の病を治してあなたを救うのではなく、逆にあなたに致命傷を与える可能性もある〉と、そう気づいてしまったのです。もしそうなら、これはためらわれます。というわけで、それをしたほうがいいのかどうか、今は私のほうが迷っているのです。これからしようと思っていることは、私たちふたりでやっていくのですが、少なくともあなたにとっては、最初に思っていたより、ずっと危険が大きい――それがわかったのです。それこそ計り知れない危険があなたを脅かしている。あなただけを……。確かに、あなたは今、現在、絶望的な恋の結果、すでに死に向かう危険のなかにいらっしゃいます。ええ、あなたはそういった気質を持つ青年のおひとりなのです。そして、私のほうは、確かに、あなたを救うためなら、なんでもするつもりでいます。けれども、もし今回の治療の結果が私の予想どおりのものではなく、あなたに危険をもたらすものだとしたら、いっそのこと、この話はここでおしまいにしたほうがいいのではないかと思うのです」

「エジソンさん、あなたが危険だとおっしゃるので、あえてお知らせしますが……」気持ちを強くして、エウォルド卿は言った。「私は今夜にでもすべてを終わらせるつもりでいます。この耐えがたい人生とともに……」

その言葉に、エジソンは身体を震わせた。しかし、それにはかまわず、エウォルド卿は冷たく、断固とした口調で続けた。

「だから、どうかためらわないでください」

「賽《さい》は投げられたということですね」エジソンは口にした。それから、自分に向かって言うように、小声でつぶやいた。「そうか、結局はこの人が待っていた人だったか……。まさか、そんなこととは思いも寄らなかった……」

エウォルド卿は一段と声を張りあげて言った。

「ですから、最後にもう一度、うかがいします。どうか答えてください。あなたは何をなさろうとしているのです？」

　ほんの一瞬、沈黙が流れた。その瞬間、エウォルド卿は〈無限の世界〉から突然、風が吹いてきて、額のあたりを通りぬけていくのを感じた。

「ああ！」エジソンは顔をあげると、目をぎらぎらと輝かせながら、興奮した声で言った。「これは〈未知〉からの挑戦です。それなら、その挑戦を受けて立ちましょう。エウォルド卿、私は人類がこれまで試してみようともしなかったことを、あなたのために成し遂げてみせます。なにしろ、私はあなたに命を助けてもらっているのですから……。ええ、ですから、これくらいのことはなんでもありません。いただいた命をお返しするだけです。

　そこで、いよいよ本題に入りますが、あなたは身も心も、ひとりの女性の虜《とりこ》になっていますね？　その女性の素敵な微笑《ほほえ》みに、美しい顔に、優しい声に……。喜びも悲しみも、すべてがその女性からもたらされる。そうして、今、その女性は、かぎりないその魅力であなたを死に導こうとしている……。

　つまり、あなたにとって、その女性は命よりも大切なのですから、私はその女性から、あなたにとって、その女性をその女性たらしめている〈個性〉を写しとってみせましょう。つまり、その女性の〈美しい外見〉を……。

そのためには、まずその女性の〈外見的な美しさ〉を数学的に把握する必要があるのですが、現代科学の素晴らしい進歩によって、それは可能なのです。私はこの冷徹で、しかし確実な現代科学の方法を用いて、その女性の優美な仕草や豊満な身体つき、声の響き、ウエストのくびれ、瞳の輝き、その女性ならではの身のこなしや歩き方、独特の目つきや表情、はては地面に映る影まで――すなわち、その女性の〈外見的な特徴〉をすべて数学的に把握し、そっくりそのまま再現できるのです。それは今すぐにでも、証明してご覧に入れましょう。そうなったら、あとはこの女性から〈頭の悪さ〉を取り去り、〈野性〉を殺すだけです。お話に聞いた女性は、人間的というよりは、動物的ですからね。

いや、それはともかく、もう一度、最初から説明しますと、この数学的な分析によって、あなたが死ぬほどに恋をしていらっしゃる、その女性の〈外見〉を本人から写しとったら、私はまず、この〈外見〉を科学の力で出現させた〈新しい存在〉のなかで再現します。おお、その〈存在〉がどれほど人間にそっくりで、また人間的な魅力を備えているかは、あなたの期待を――あなたの理想をはるかに超えるものになるでしょう。

それから次に、あなたが嫌悪し、また拒絶している、その女性の〈魂〉のかわりに、私は別の〈魂〉を吹きこむのです。といっても、その〈新しい存在〉に自己意識があるかどうかは別ですが（あるかもしれないし、ないかもしれません。そのこと自体はあまり重要なことではありません）……。しかし、少なくとも、その〈存在〉は、モデルになった女性よりも〈千倍も知的で、高貴で、美しい《魂》を持っている〉と、あなたに感じさせることは確かでしょう。それがなければ、人間存在など喜劇にすぎなくなってしまう——そんな素晴らしい〈魂〉を持っていると感じさせることは……。

　そうです！　私はまずこの地上の崇高な〈光〉のもとで、その女性を正確に再現します。その女性とそっくり同じものをつくるのです。それから、今度は〈気体〉でも〈液体〉でも〈固体〉でもない、第四の状態と言われる〈放射体〉[10]のなかに〈この新

10　現代で言う〈プラズマ〉のこと。気体を構成している分子が電離して、電子と陽イオンが独立して運動している状態にある時、その状態、あるいは気体を〈プラズマ〉と言う。この状態を発見したのは、イギリスの化学者、物理学者であり、心霊科学の研究家でもあったウィリアム・クルックス（一八三二―一九一九）で、クルックスは放電管を使って実験している時に、この状態を認識し、〈放射体《レイディアント・マター》〉と名づけた。第五巻の第12章にも出てくるように、作者はこの状態を現実とはちがう位相にある神秘的なものと考えていた。

しい女性〉を入れて、天使たちをも驚かす、この女性の〈魂〉を輝かせるのです。あなたの憂愁が生みだした――つまり、あなたの幻想が生みだした〈現実には望むべくもない魂〉を……。私はあなたの〈幻想〉を幻想ではなくしてみせるのです。あなたの幻想が生みだした〈魂〉をこの〈新しい女性〉のなかに閉じこめてやるのです。あなたの〈理想の女性〉は、もはやあなたの〈幻想〉のなかにしかいないわけではありません。あなたは初めて現実的に、その女性に触り、その女性と話すことができるのです。ミス・アリシアに最初に会った頃の〈幸せな時間〉を、あなたはいつも蜃気楼《しんきろう》を追いかけるように、思い出のなかに空しく追い求めていらっしゃいます。けれども、私はその蜃気楼がどれほど遠くに逃げ去ろうと、この手で捕まえ、現実のひとりの女性の姿のなかに、ほとんど永久に留めおこうと考えています。あなたが先程、ご覧になった女性の完成された姿のなかに……。ええ、私はミス・アリシアの複製をつくって、あなたの望みどおりになるよう、〈魂〉を変えようとしているのです。

私はこの〈新しい女性〉に、ホフマンの『クレスペル顧問官』に出てくる女性歌手アントニエの歌をひとつ残らず与えましょう。それから、エドガー・アラン・ポーの「ライジーア」の主人公の情熱に満ちた神秘性を……。そうして、あの偉大な作曲家、ワグナーの歌劇『タンホイザー』に出てくるヴィーナスの焼けつくような魅力を……。

いかがでしょう？　あなたの命をお救いするために、最後に私はこうお約束します。神が大地の土を使って、自分の姿に似せた人間をつくったように、私は現代科学という土を使って、人間にそっくりな〈新しい存在〉――〈新しいイヴ〉をつくりだすと……。そして、それができることを、先程したようなかたちで、もう一度あなたにご覧に入れると……。ええ、あなたのご決断をいただく前に……」

そう言うと、エジソンは誓いのしるしに片手をあげた。

第5章　茫然自失《ぼうぜん》

私は驚きのあまり、ミイラになったかと思った。

――テオフィル・ゴーティエ

この言葉を聞きおわると、エウォルド卿は眉根にしわを寄せて、ただじっとしていた。その様子は、「エジソンの提案になど、まったく耳を貸したくない」と言っているようにも見えた。

その茫然自失の状態がしばらく続いたあと、エウォルド卿はとりあえず、何かを言おうと、質問した。

「しかし……。その〈新しい存在〉というのは、やはり、感覚も知性もない、ただの人形なのではありませんか？」

「エウォルド卿」エジソンは真顔《まがお》で答えた。「私がつくったアンドロイドを本物のミス・アリシアと並べて、その両方とお話をなさったら、本物のほうが人形だと思われるにちがいありません。保証しますよ」

　あいかわらず、夢から覚めやらない気持ちで、エウォルド卿はどうしていいのかわからず、困ったような笑みを浮かべた。

「この話はもうやめにしませんか？」おずおずと口にする。「あまりにも突飛《とっぴ》な考えで……。それにやっぱり、できあがったものは機械の臭《にお》いがすると思いますね。エジソンさん、あなたがその女性を産むわけではないんでしょう。いや、お話を聞いていると、よくわからなくなってきました。まったく、天才が考えることは……」

　と、その言葉をさえぎって、落ち着いた口調でエジソンが言った。

「エウォルド卿、私はあなたにはっきりとお約束します。モデルと複製が並んでいるのを見ても、あなたにはどちらが本物か区別がつかないでしょう。そして、先程も申しあげたように、それができることは、あらかじめ証明してご覧に入れます」

「いや、エジソンさん、そんなことは不可能ですよ」

「それではこれが三度目になりますが、もう一度、あなたにお約束します。あなたがお望みなら、これから今すぐにでも、私のアンドロイドがどれほど人間にそっくりか、細部に至るまでお見せしましょう。これは〈可能性〉の問題ではないのです。〈数学的〉な裏付けをもとに、事実として存在するものなのです」

「あなたは人間の女性とそっくり同じものをつくることができるとおっしゃるのですか？　人間の女性の腹から生まれたあなたが……」

「ええ、つくることができます。モデルになった本人よりも、千倍もそっくりなものを……。というのも、本人のほうは逆に変わってしまうからです。人間の身体の線というのは、日々刻々と変化していくものです。変化しない日は一日とてありません。そもそも、生理学の知見では、人間を構成する原子はおよそ七年で総入れ替えになるのだそうです。そう考えたら、人間の身体というのはいつまでも同じに存在するのでしょうか？　たとえ本人でも、いつも同じ身体を持っているとは言えないわけです。ミス・アリシアにしても、あなたにしても、私にしても、一時間二十分前の自分とまったく同じだと、誰が言えるのでしょう？　そんなことを言えるのは、湖上住居時代か、穴居《けっきょ》時代の先史人くらいのものです」

「では、あなたはミス・アリシアとそっくり同じ女性をつくれると、本気でおっしゃっているのですね？　あの美しさも含めて……。あの身体も、あの声も、あの歩き方も、要するに、あの容姿や仕草もすべて含めたうえで……」

「ええ、〈電磁気学〉と〈放射体〉を用いれば……。おそらくできたものは、実の母親でさえ、本物と見まちがうでしょう。恋人なら言わずもがなです。というわけで、私は今のミス・アリシアにそっくりなアンドロイドをつくってご覧に入れます。そのアンドロイドを今から十二年後に、本物のミス・アリシアが見たら、ミス・アリシアはきっと恐怖にとらわれ、それから悔しさのあまり、涙を流すでしょう。なにしろ、アンドロイドはそれだけ時間がたっても、今の若さを保っているのですから……」

そこまで言うと、エジソンは一瞬、押し黙った。エウォルド卿は額に手を当てながら言った。

「しかし、そういったものをつくるというのは……。私には神に対する……挑戦のような気がするのですが……」

「ええ、ですから、私も『この提案をお受けください』とは言わないのです」小さな声で、だが、きっぱりと、エジソンは言った。

「その〈新しい女性〉は知性を持つのですか？ 彼女独自の……」

「独自の知性は持ちません。けれども、普遍的な知性を持つことはまちがいありません」

その言葉の途方もなさに、エウォルド卿は呆気《あっけ》にとられて、エジソンを眺めた。ふたりは黙って、見つめあった。今や、ふたりの間で〈勝負〉が始まろうとしていた。〈科学〉と〈精神〉をめぐる議論の勝負が……。

第6章　さらなる高みを！

私が手を尽くしても、患者は命を失ってしまうことがある。だが、
私は決して、希望は失わない。

――ドクター・ライル[11]

「エジソンさん」エウォルド卿は言った。「あなたが善意でご提案くださったことは、よくわかります。けれども、これはいくらなんでも夢のような話ではありませんか？　とうてい実現不可能だ。しかも、恐ろしい……。いや、それでもあなたのご厚意は十分伝わりましたよ。ありがとうございます」

「いや、エウォルド卿、あなたは実現可能だと思っているはずですよ。だからこそ、ためらっていらっしゃるのです」

エウォルド卿は額の汗をぬぐった。

「しかし、ミス・アリシア・クラリーは、この計画に参加するとは言わないでしょう。

彼女は首を横にふるはずです。そして、私も——正直に言って、私もこの計画に参加するよう、彼女に勧めるつもりはありません」

「ええ、それは大切な問題です。私もそのことはずっと考えていました。実を言うと、この計画が成功するためには、ミス・アリシアは計画そのものを知らないほうがいいのです。つまり、この計画はミス・アリシアに秘密にしておかないと、意味がないのです」

　それを聞くと、エウォルド卿は大声を出した。

「でも、ぼくのほうは、この計画を知ったうえで、それに関わることになるのですよね？」

「ええ、深く……」エジソンは答えた。「どれほど深く関わるのか、ご自分でもご存じないくらいに……」

「では、どんな恐ろしい手を使って——どんな巧妙な手段を駆使して、その〈新しいイヴ〉が現実の女だと、ぼくを納得させようと言うのです。いえ、その〈新しいイヴ〉が完成したらということですが……」

11　実在しない人物。したがって、引用も作者の創作。

「あなたの感覚に訴えて、です。あなたを納得させるのに、理屈を使うつもりはありません。理屈は大切ですが、この場合は感覚の補助にすぎません。きわめて二次的なものです。あなたは何かに魅力を感じた時、その魅力を理屈で説明できるでしょうか？　あなたは表面的に否定はしても、必ず〈新しいイヴ〉に魅力を感じます。そうしたら、その魅力を理屈で説明することは、あなたが自分に隠そうとしている気持ちを長ったらしく代弁しているだけのことになります。あなたはすでに感覚で、その魅力を受け入れているのですから……。完成した〈新しいイヴ〉を見たら、理屈など関係なく、あなたにはおわかりになるでしょう。〈新しいイヴ〉はその存在を通して、あなたに答えるはずです。『わたしは人間です。我は人間なり《ホモー・スム》』と……」

「いや、それでも、説明はしてください。そうして、その説明の間、議論をすることをお許しください。それはできますね？」

「もちろんですとも。その議論の間に、あなたの反論にひとつでも答えられないことがあったら、その時点でこの計画は中止にしましょう」

エウォルド卿はしばらく考えた。そして、言った。

「あなたのつくるアンドロイドは、人間そっくりなんですね？　それは見ればわかると……。でも、最初に言っておきますと、ぼくの目はごまかせませんよ。観察眼は鋭いほうですから……」

「観察眼は鋭い？　なるほど……」そう言ってうなずくと、エジソンは顕微鏡のガラスの板に水を垂らして続けた。「この水はご覧になれますね。もしかしたら、はっきり見えるとお思いかもしれません。けれども、このガラスの板にもう一枚ガラスの板を重ねて、太陽顕微鏡の反射鏡の上に置き、その像を先程、ミス・アリシアの美しい姿を映写した白い絹のスクリーンに投射して見たらどうでしょう？　スクリーンには水に含まれていた、さまざまなものが拡大して映されますので、その詳細な光景を見て、あなたの目は最初とちがったものを見ていると判断しないでしょうか？　それはつまり、顕微鏡に身をさらすことによって、水がみずからの内部に隠している秘密を暴露したということですが、そこで顕微鏡の倍率を拡大すれば、さらなる秘密が暴露されることになります。すなわち、この水には無限の秘密が隠されているのです。そして、そう考えると、〈視覚の松葉杖〉とも言うべき、この顕微鏡でさえ、私たちに明かしてくれる秘密はかぎられているということです。すなわち、私たちがこの顕微鏡を使わないで見えるものと、この顕微鏡を使って見えるものの差は、この顕微鏡を使って見えるものと、この顕微鏡を使っても見えないものの差とほとんど変わらない。したがって、私たちには見えないもののほうがはるかに多いのです。

ということですから、私たちは物を見ても、それは目が見たと思っているものでしかないということを忘れてはいけません。私たちはその物が持っている無限の実体のうち、ほんの一部を垣間見《かいまみ》ているにすぎないのです。人間はそれぞれの感性にしたがって、自分が見たと思ったものを見るだけなのです。人間は〈自我〉という不安定な檻に閉じ込められた巨大なリスにほかなりません。そして、この巨大なリスは気まぐれな感覚に振りまわされるまま、その感覚がつくりだす〈幻覚〉から逃れることができないのです。だからこそ、もし〈新しいイヴ〉となったハダリーが、あなたの感覚を――あなたの目を騙《だま》しとおしたら、あなたにはハダリーがミス・アリシアにしか見えなくなるでしょう。そうして、あなたは、ミス・アリシアの時と同じように、ハダリーに夢中になるはずです」

「実際のところ、エジソンさん」エウォルド卿は言った。「あなたは、ぼくがミス・ハダリーに恋をすると、本気で思っていらっしゃるようですね？　人間の男が人間の女にするように……」

「いや、恋をすることはないでしょう。あなたがほかの人間と同じ普通の人間であれば、そんな心配もするでしょうが……」エジソンは答えた。「でも、それについては、先程、話をうかがったので、安心しています。あなたは、『ぼくはもう神に誓って、アリシアの肌に触れる気持ちもなくなっているのです』とおっしゃいました。そうですね？　もしそうなら、あなたはただ、ハダリーにいちばんふさわしいかたちで、ハダリーを愛することができるからです。それは男として女に恋をするより、素晴らしいことだと思います」

「ぼくがハダリーを愛するですって？　アンドロイドを？」

「もちろんです。ハダリーはあなたが抱く〈愛〉の観念そのもののかたちをしているのですよ。そして、〈肉体〉についても――ミス・アリシアの唯一の武器である〈肉体〉についても、一対一で勝負をするなら、ハダリーのほうが優れています。先程、人間の肉体は変わるという話をしましたね。同じ肉体がいつまでも続くというのは幻想だと……。ところが、ハダリーの肉体は科学の力でつくっているので、変わることがないのです。これは大きなアドバンテージだとは言えないでしょうか？」

「しかし、女性を愛するなら、ぼくは〈命〉のあるものしか愛せません。〈命の力〉によって動かされている女性しか……」エウォルド卿は言った。

「それがどうかしましたか？」エジソンは尋ねた。

「〈命〉というのは未知のものです。あなたはハダリーに、その未知のものを吹きこみ、その力で動かすことができますか？」

「弾丸は、速度xで飛んでいきます。xは未知数ですが、まるで命があるように飛んでいきますよ」

「ハダリーは自分が誰なのか、知っているのでしょうか？　いや、自分とは何かを――ということですが……」

「私たちは、自分が誰なのか、知っていますか？　自分とは何かを？　神がつくった人間にさえ、それがわからないのに、その人間の〈複製《コピー》〉であるハダリーにそれをわかれと言うのですか？　自分は誰かと？　自分とは何かと？」

「ぼくが質問したのは、ハダリーに〈自我〉があるかということなのですが……」

「もちろんですよ」エジソンはその質問に非常に驚いたかのように答えた。

「なんと？」エウォルド卿は仰天して叫んだ。

「もちろんです、と私は言ったのです。ただし、ハダリーが〈自我〉を持てるかどうかはあなた次第です。どんな〈自我〉を持てるかも……。その点で、この奇蹟《きせき》が実現するかどうか――この計画が成功するかどうかは、あなたひとりにかかっています。私はそのようにこの奇蹟を設計したのです」

「プロメテウスは神々に逆らって、天界の火を盗んで人間に渡し、その罪で毎日、禿鷲に内臓をついばまれることになりました」エウォルド卿は悲しげに言った。「そのプロメテウスの役をぼくにさせようと言うのですか？　それでしたら、エジソンさん、〈自我〉という〈精神の火〉をどこに行って盗んでくればいいか、教えてください。ぼくはプロメテウスではありません。セリアン・エウォルド伯爵です。ぼくは普通の人間なのです」

「いや、人間は誰しもプロメテウスなのですよ。そのことを知らないだけで……。そうして、誰もが禿鷲の嘴《くちばし》から逃れられないのです」エジソンは答えた。「実を言うと、これまであなたは〈自我〉という〈精神の火〉を自分のなかから引き出して、ミス・アリシアの〈精神の暗闇〉のなかで燃やそうとして、空《むな》しい努力を重ねていらっしゃいました。つまり、あなたの理想の女性の〈自我〉をミス・アリシアの〈精神の暗闇〉で燃やそうとして……。ですから、今度はその〈精神の火〉をハダリーのなかで燃やしてやればいいのです」

「そのことを論証してください」エウォルド卿は叫んだ。「そうしたら……」

「いいでしょう。ただちに論証します」エジソンは続けた。「ミス・アリシアを愛そうとなさった時、あなたはミス・アリシアの〈肉体〉にふさわしい〈精神〉を見ようとなさいました。それがあなたにとって、唯一、あり得べき〈精神〉だからです。その〈精神〉は実際のミス・アリシアのなかにあった〈精神〉とはちがいます。ミス・

アリシアのなかに、あなたの欲望が――つまりあなたの幻想がつくりだした〈精神〉です。

それは幻想ですから、もちろん存在しません。いや、それどころか、あなた自身も、それが存在しないことをご存じです。あなたの目はミス・アリシアがどんな〈精神〉を持っているのか、その本当の姿を見ていらっしゃるし、あなた自身の幻想にもごまかされていません。

そこで、あなたはみずから進んで、目を閉じることになさいました。あなたの〈知性〉の目を……。あなたは理性の声を押し殺し、ミス・アリシアのなかにあなたが望む姿を見ようとしたのです。あなたの欲望がつくりだした幽霊の姿を……。ということですから、あなたが考えるミス・アリシアの本来、ある、べ、き〈人格〉というのは、あなたの〈幻想〉でしかありません。ミス・アリシアの美しさに打たれて、あなたのなかに生まれた〈幻想〉でしか……。そして、この〈幻想〉をミス・アリシアのなかで〈現実〉のものとするために、あなたはミス・アリシアと話をするたびに、何度失敗しても――何度がっかりさせられても、空しい努力を続けました。実際のミス・アリシアが恐ろしく低俗で、つまらない人間であることには目をつむって……。

そうです！　ミス・アリシアのなかにあなたが見ようとしているのは、〈幻影〉なのです。そうあって欲しいとあなたが願う、ミス・アリシアの精神の、〈幻影〉。そして、この〈幻影〉をこそ、あなたは愛していらっしゃる！　また、この〈幻影〉のために、死のうとなさっていらっしゃる！　あなたはこの〈幻影〉こそが〈現実〉であるべきだと、頑《かたく》なに信じていらっしゃるのです。けれども、この〈幻影〉はあなたの頭のなかで生まれたものです。あなたはこの〈幻影〉を見て、この〈幻影〉にすがって、ミス・アリシアのなかでこの〈幻影〉を再生しようとしました。そして――さらに言うなら、この〈幻影〉とは、あなたの魂の複製にほかなりません。すなわち、あなたはご自分の魂の複製をミス・アリシアのなかにつくろうとなさったのです。エウォルド卿、これがあなたの〈愛〉です。でも、その〈愛〉は失敗しました。〈幻影〉が〈現実〉になることはなかったからです。あなたはミス・アリシアを愛するために、不毛な試みを続け、そのたびに罰を受けていたのです」

　そこでまた、ふたりの間に沈黙が流れた。

「ここまでの論証はよろしいですね？」エジソンが続けた。「それでは論証の次の部分にかかります。そこで、先程、私がご提案したことに話が戻るわけなのですが、今の話であなたはミス・アリシアと暮らしていたというより、あなたが頭のなかでつくりあげた〈幻影〉と暮らしていたことが証明されました。そして、その〈幻影〉とはあなたの魂の複製なのですから、あなたはご自分の〈精神〉をミス・アリシアに投影し、それがミス・アリシアの〈精神〉だということになさっていたわけです。でしたら、それと同じことをミス・ハダリーにしたらいいのではありませんか？　それが私のご提案したことです。いずれにしろ、その〈精神〉は〈幻影〉なのですから、これまでと変わりありません。ミス・アリシアの〈精神〉もハダリーの〈精神〉も、どちらの〈精神〉も〈幻影〉なのですから、〈精神〉についても、ミス・アリシアとハダリーは一対一で勝負できるわけです。

いかがでしょう？『ハダリーが〈自我〉を持てるかどうかはあなた次第です』と申しあげたのは、そういうことなのです。ハダリーと呼ばれる〈存在〉は、アンドロイドの〈肉体〉に、あなたの〈精神〉が合わさって、初めてできあがるのです――ハダリーが存在することをみずから進んで認め、ハダリーの肉体にみずからの〈精神〉を与えようとする者の〈精神〉が合わさって……。ですから、ハダリーにあなたの〈精神〉を吹きこんでください。そうして、ハダリーの〈存在〉を認めてください。あなたのまわりにいらっしゃる人たちの〈存在〉は、少なからず、あなたの〈幻影〉が投射されたものです。だから、そういった〈存在〉と同じように、ハダリーの〈存在〉を認めてください。美しく、理想的なハダリーの額に息を吹きかけ、あなたの

〈存在〉をハダリーに吹きこんでください。そうすれば、〈現実のミス・アリシア〉のなかで実現しようとして失敗した〈理想のミス・アリシア〉が——あなたのお望みのミス・アリシアがハダリーのなかで実現することになります。ええ、〈肉体〉と〈精神〉はひとつになり、〈理想〉と〈現実〉は一致します。そうして、ハダリーには〈命〉が吹きこまれ——ハダリーは〈命の力〉によって動かされることになるのです。

　だから、エウォルド卿、もしあなたがまだ何かに最後の望みを託すつもりなら、この計画のことを考えてみてください。確かに、ハダリーはアンドロイドで、人間の代用品にすぎません。普通の意味では、現実に存在するとは言えない、いわば〈幻《まぼろし》の女〉です。けれども、ミス・アリシアだって——現実に存在しているとはいえ——その現実はあまりにもみすぼらしく、その意味からしたら、〈生きる幽霊〉にすぎません。では、ここでちょっと比較してみてください。あなたに生きる希望を与える〈幻の女〉と、あなたを死へ誘うことしかしない〈生きる幽霊〉と、どちらが〈人間的〉でしょうか？　どちらが〈人間〉の名にふさわしい存在でしょうか？　そのことを胸の奥で、じっくりと考えてみてください」

　エウォルド卿はしばらく考えた。それから、かすかな笑みを浮かべて言った。

「深く考えた、見事な論証です。けれども、その先をさらに深く考えるなら、ぼくが与えないかぎり、ミス・ハダリーには〈精神〉がないということですね？　あなたのイヴには……。そんな存在と一緒にいて、はたしてぼくは孤独だと感じないでしょうか？」

「モデルになった女性と一緒にいるよりは、孤独だと感じないでしょう。あなたはミス・アリシアと一緒にいて、孤独だと感じませんでしたか？　それに、あなたがハダリーに〈精神〉を与えないのであれば、それはあなたの責任で、ハダリーの責任ではありません。ハダリーを人間にして、一緒にいても孤独を感じない存在にするためには、あなた自身が神になったつもりにならなければならないのです！」

そこまで言うと、エジソンは言葉を切った。それから、少し奇妙な口調で話を続けた。

「ああ、あなたはまだ知らないのですよ。初めてハダリーに会っておしゃべりをし、降りそそぐ太陽の光のもとで、ハダリーがあなたのそばを歩き、ちょっと日傘を傾けたりしたら、ご自分がどんな印象を持つかを……。ハダリーの話し方や仕草がどれほど自然で、生きいきとしているかを……。ミス・アリシアのアンドロイドがどれだけ本物にそっくりで、人間の女性にしか見えないかを――あなたはまだご存じないのです！　そう、どれほどハダリーがミス・アリシアにそっくりになるか、ひとつ例を挙げてご説明しましょう。ミス・アリシアはグレーハウンド犬とか、ニューファンドランド犬とか、犬を飼っていらっしゃいませんか？　そう特に猟犬を……。その猟犬と、あなた方は一緒に旅行なさったことはありませんか？」

エウォルド卿は答えた。

「犬なら、ぼくが飼っているダークという名の黒い猟犬がいます。とっても忠実な奴で、ぼくらはいつも旅行に連れていっていました」

「結構！　さて、猟犬というものはきわめて鼻がききますから、人間や動物の匂いはすべて覚えています。つまり、神経の中枢に七つか八つある、鋭敏な嗅覚《きゅうかく》細胞――いわば〈鼻の角膜〉といった嗅覚細胞に、あらゆる匂いの記憶を焼きつけているわけです。

したがって、もしあなたが飼っていらっしゃる、そのダークという猟犬が、暗闇のなかで千人もの女性のなかから、ミス・アリシアの匂いを嗅ぎわけられるかと訊《き》かれたら、あなたは『まちがいなく嗅ぎわけられる』とお答えになるでしょう。では、この犬を一週間ほど、あなた方から引き離して、それからミス・アリシアと同じ格好をさせたハダリーの前に連れていったら、ダークはどうすると思いますか？　おそらく、ハダリーのもとに駆けつけ、匂いを嗅ぐなり、嬉しそうにじゃれつくだろうと思います。なにしろ、本物と同じ匂いがするのですから……。いや、本物のほうはその一週間の間に、微妙に匂いが変わっているはずなので、ハダリーに会わせたあとで、本物のミス・アリシアに会わせたら、犬は本物のほうに吠《ほ》えつき、ハダリーの言うことしかきかなくなるでしょう。嘘だと思ったら、賭《か》けてごらんになりますか？」

「それはさすがに無理だと思いますが……」エウォルド卿は困惑したようにつぶやいた。

「いえ、私はただ実現可能なことを言っているだけです」エジソンは断言した。「これは生理学的な裏付けのある、科学的な事実なのです。実験の結果も、それを証明しています。ある人間と同じ匂いをアンドロイドにつけて猟犬に嗅がせたところ、犬は見事に騙されたのです。人間よりはるかに鋭い嗅覚を持つ犬が騙せるのですから、人間を騙すことができないはずがありません」

それを聞くと、エジソンの奇抜な発想に、エウォルド卿はもはや呆《あき》れたような笑みを浮かべるしかなかった。

「最後にもうひとつ」エジソンが続けた。「確かにハダリーは不思議な存在に思えるでしょうが、そのことをあまりおおげさに考えてはいけません。ハダリーは、モデルになるミス・アリシアよりもほんの少し電気を帯びているだけなのです」

「なんですって?!」エウォルド卿は思わず大声をあげた。「それはつまり、アリシアも電気を帯びているということですか?!」

「もちろんです」エジソンは答えた。「エウォルド卿、あなたは嵐の夜に、美しい黒髪の女性がカーテンを閉めきった薄暗い部屋で、青白い鏡を前に髪をとかしているのをご覧になったことはありませんか？　それは美しいものですよ。その女性が髪に櫛《くし》を入れると、べっこうの櫛の先から魔法のように火花が飛び散って、夜の海にまきちらされたダイヤモンドのように、きらきらした光を放つのです。ミス・アリシアは黒髪でしたね。もしミス・アリシアがこれまでにあなたにその光景を見せたことがなかったとしたら、ハダリーがお見せしますよ。黒髪の女性は普通より電気を帯びていますからね」

そう言うと、エジソンはいったん口をつぐんだ。それから、また口調を変えて、きっぱりと尋ねた。

「では、あらためてご提案します。ハダリーにミス・アリシアの〈肉体〉を与えてみますか？　先程、ハダリーはあなたに純金製の不死花《イモルテル》を渡しましたが、それは絶望的な恋の海で遭難したあなたを、ほんの少しでも悲しみから救いだそうという意味だったのです」

その言葉に、エウォルド卿はエジソンの顔を見た。ふたりは深刻な面持ちで、しばらくの間、黙って見つめあった。

「確かに、私は絶望しています」自分に向かって話しかけるように、エウォルド卿は言った。「その絶望した人間に持ちかけるのに、これほど恐ろしい魅力に満ちたご提案はないように思います。しかし、私はどうしても、このご提案がうまくいくとは思えないのです」

「きっとうまくいきますよ」エジソンは答えた。「ハダリーに任せておけば大丈夫です」

「ほかの男だったら、たとえ興味本位からにせよ、ご提案を受けるのかもしれませんが……」

「いや、これは誰にでもする提案ではありません」エジソンは笑みを浮かべながら言った。「世間一般に公表して、アンドロイドのつくり方を人類共有の財産にしたりしたら、それを使って金儲けをたくらむ連中が大勢、出てくるでしょうからね。そんなのはまっぴらです。正しく使えば、人類の救いになるというのに……」

「いやはや、人類の救いを金儲けにするなど、何やら話が冒瀆《ぼうとく》的になってきましたね。それはともかく、この〈試み〉は途中でやめられるのでしょうか？」

「もちろんです。たとえ、ハダリーが完成したあとでも……。あなたに差しあげたあとなら、あなたはハダリーを壊すなり、水に浸けるなり、好きなようになさってください。ハダリーを溺れさせるのに、洪水の助けを借りる必要はありません」

「なるほど」エウォルド卿はその時の様子を想像しながら言った。「しかし、いったん頂戴したら、決してそうはならないような気がするのですが……。それが恐ろしくて……」

「だから、『ぜひに』とは申しあげていないのです。あなたは恋の病に苦しんでいらっしゃる。だから、私は薬の話をした。その薬は効果は高いのですが、危険でもあるわけです。そう考えたら、あなたには千倍も拒否する自由があるのです」

それを聞くと、エウォルド卿は茫然《ぼうぜん》とした。しかし、その理由が自分にもわからなかったので、ますますどうしてよいかわからなくなった。

「ああ、ただ危険だということだけでしたら……」エウォルド卿は口にした。

すると、その言葉をさえぎって、エジソンが言った。

「それが肉体的な危険でしたら、私は『やってごらんなさい』とお勧めしているでしょう」

「ということは、私の〈理性〉が脅かされるということですか？」エウォルド卿は尋ねた。「私の頭がおかしくなるかもしれないと……」

一瞬、間《ま》があった。

「エウォルド卿」エジソンが続けた。「あなたはこの地上で私が出会った、いちばん高貴な方だと思います。ところが、〈悪い運命〉の星が、その光であなたを〈恋の世界〉に導いてしまった。その世界で、あなたの恋は理想の翼を広げて、空高く飛翔《ひしょう》するはずだったのに、〈失望の女神〉のひと吹きで、その翼が折れて、大地に墜落してしまった。美しい〈外見〉と貧しい〈内面〉の不一致で、あなたを絶えず落胆させる女性の愚にもつかない囁《ささや》きで……。その結果、あなたは悲しみに胸を引き裂かれ、死を決意するまでに至ったわけです。そう、あなたは病気や貧困、失恋などと闘いながら生きていく現代の若者とちがって、憂愁に囚《とら》われて、しまいには生きることには意味がないとうそぶく、前の時代の〈憂鬱《ロマンティック》な若者〉の生き残りなのです。あなたは一度、失望を味わっただけで、その痛みゆえに、ほかの若者たちが負っている〈生きる義務〉を免除されたと考えている。それはあなたが、ほかの若者たちを——運命の鞭《むち》に打たれて、生きることを甘受している、その若者たちを軽蔑しているからです。そこで、あなたは自分の思考に〈憂鬱《ゆううつ》の死装束〉を着せ、〈自殺〉という冷酷な助言者の言葉に耳を傾けたのです。その言葉に説得力があると感じて……。あなたは今、最悪の状態にいます。さっき、ご自身ではっきりとおっしゃったように、あとは時間の問題にすぎません。あなたが抱えている悩みの出口はもう決まっています。疑いすらさしはさめません。その出口の敷居をまたいだら、そこには〈死〉が待っています。いや、あなたの向こうには、もう〈死〉の姿が透けて見えます。〈死〉はもう、今や遅しとあなたに襲いかかろうとしているのです」

エウォルド卿は何も答えなかった。先程、火をつけた葉巻の灰を小指の先でそっと落とす。エジソンが続けた。

「そこで、私はあなたにもう一度、〈人生〉を提供しようと言うのです。それによってあなたが支払う代償は？　それは今はわかりません。けれども、少なくとも今の状態を言うなら、〈理想〉はあなたを裏切りました。〈真実〉はあなたの欲望を萎《な》えさせました。ひとりの女性によって、あなたの官能は凍りついてしまったのです。だとしたら、あなたはその〈現実〉に別れを告げるべきです。〈人生〉に別れを告げるのではなく……。〈現実〉などというのは、本当にそんなものがあるわけではなく、昔からまやかしにすぎないのですから……。

だから、私はいっそのこと、〈人工の現実〉を試してみないかと申し出ているのです。生きる意欲をその〈人工の現実〉から受け取って……。もちろん、あなたがその

〈人工の現実〉を統制できなくなれば、とんでもないことが起こりますが……。いや、その危険を承知なら、エウォルド卿、私と一緒に新しい世界をつくってみませんか？　その世界で、私たちは〈永遠の象徴〉になるのです。私はあらゆる〈空想〉を可能にする、〈万能の科学〉の象徴に……。あなたは神を失った〈人類〉の象徴に……」

その言葉に、エウォルド卿はようやく口を開いた。落ち着いた口調で言う。

「それでは、ぼくがあなたのご提案を受けるかどうか、どちらにすればよいのか、エジソンさん、あなたが決めてください」

エジソンは一瞬びくっとしたが、すぐに答えた。

「それは無理です」

「では、あなたがぼくの立場だったら、この提案をお受けになりますか？　これまでに聞いたこともなく、実現可能だとは思えない、それでいて、危険に満ちているという、この提案を……」

それを聞くと、エジソンはエウォルド卿を見つめた。その面持ちはこれまで以上に深刻で、その裏に何か言いたくない秘密が隠されているように見えた。

「私は提案している立場ですから、私が受けるとしたら、ほかの人とはちがう個人的な理由がありますす」しばらく考えたあと、エジソンが言った。「それに、どんな場合でも、私は『自分だったらこうする』という私の意見が、誰かの役に立つ模範的な解答になるとは思っていません」

「それでも、あなただったら、どうしますか？」

「この提案を受けるか、受けないか……。そのどちらかを選ばなければならないとしたら、危険が少ないと思えるほうにするでしょうね。ええ、私でしたら……」

「ですから、どちらを選ぶのです？」

「エウォルド卿、私はあなたに厚い友情を抱いています。心からあなたのためを思っています。そのことは信じてくださいますね。それでしたら、良心に誓って……」

「どちらを選ぶのです？」

「死を選ぶか、この計画をやってみることを選ぶか、そのどちらを選ぶかということですね？」

「そうです」

その言葉に、エジソンはぞっとするような表情で、エウォルド卿に顔を近づけて言った。

「私でしたら、頭に銃弾を撃ちこみますね」

第7章　おお！　学者は手まわしがいい！

古いランプと新しいランプを交換するよ。ランプを取り替えたい者はおらんかね？

――「アラジンと魔法のランプ」『千夜一夜物語』

　このエジソンの言葉を聞くと、エウォルド卿は一瞬、間《ま》を置いたあと、懐中時計を眺めた。それから、ここを訪ねてきた時のように、また憂いに満ちた表情になった。ふっと冷たくため息をつきながら言う。

「いろいろありがとうございました。しかし、今度こそはお暇《いとま》する時が来たようです」

　だが、そこで電話のベルが鳴った。すると、それを待っていたかのように、エジソンが言った。

「残念ながら、決断なさるのが遅すぎたようです。あなたが最初に〈白紙委任〉するとおっしゃったので、私は準備を始めていました。その返事が来てしまったのです」

そう言うと、エジソンは蓄音機のそばに行って、まるで足もとに寝そべっている愛犬を叩《たた》くように、ぽんと蓄音機のスイッチを叩いて押した。

「どうなった？」蓄音機は犬が吠《ほ》えるように、受話器に向かって大声を出した。

と、実験室の真ん中あたりから、今ここにたどりついたというような息せき切った声が聞こえてきた。だが、するのは声だけで、姿は見えない。

「ミス・アリシア・クラリーは、《グランド・シアター》の七番のボックス席を離れ、玄関ホールも抜けて、メンロパーク駅午前零時半着[12]の急行列車に乗ろうと、駅に向かっているところです」声は叫んだ。

それを聞くと、エウォルド卿はびくっとした。ミス・アリシアの名前が、思いがけなく、そんなふうにがさつな声で聞こえてきたからだ。

エウォルド卿はエジソンの顔を見た。ふたりはまた黙って見つめあった。ふたりの

12　原文は午前零時半発。しかし、そうすると、原文のほかの部分と整合性が取れなくなる。零時半着にしたほうが矛盾する箇所が少なくなるので、そちらでつじつまが合うようにほかの部分も調整した。

間に緊張が走った。その張りつめた雰囲気に、どちらも目が眩《くら》みそうになった。

最初に口を開いたのはエウォルド卿だった。

「今からアリシアが来るとなると……。メンロパーク・シティには部屋をとっておかなかったのですが……」

その言葉が終わらないうちに、エジソンはすでに電信機のキーを打ちはじめていた。

その勢いに、送信機のコードが震えた。

「少々、お待ちを……」エウォルド卿に言う。

それから、受信機のほうに四角い紙を挟んだ。十秒後、紙は通信文を印刷されて、機械から飛びだしてきた。

「部屋とおっしゃいましたね」通信文に目を走らせると、エジソンは冷静な口調で言った。「どうぞ、ご心配なく。こういったことはよくあるので……。今、この近くに素敵な別荘を予約しました。まわりには何もないところで、ここからは二十分くらいの距離にあります。フロントでは、あなた方の到着をひと晩じゅう、お待ちしているということです。でも、そちらに向かう前に、あなたはこの館で夜食をおとりになってください。もちろん、ミス・アリシアもご一緒に……。列車が駅に到着したら、すぐに顔がわかるように、迎えにやる者にはミス・アリシアの写真を渡しておくことにします。先程の写真の顔だけを引き伸ばしたものを……。そうすれば、その者はまちがいなくミス・アリシアを見つけて、あなたからのお使いだと言って、この館に連れてくるでしょう。ええ、私の馬車で……。大丈夫です。手ちがいや人ちがいなど、起きるはずがありません。だいたい、その時間にメンロパーク駅で降りる者など、ほとんどいないのですから……。だからどうぞ、大船に乗ったつもりでいてください」

そう言いながら、エジソンはすでに現像と焼きつけを行なう装置から、ミス・アリシアの顔の部分だけを印画した写真を取り出していた。それを封筒に入れると、鉛筆で何やら走り書きをし、壁に取りつけてあった箱に放りこむ。

その箱は空気圧式の伝送管につながっていて、しばらくすると、合図のベルが鳴って、封筒が届いたこと、エジソンの指示はこれから忠実に実行に移されることが知らされた。

その間に、エジソンは、おそらくどこかに別の指示を出しているにちがいない、また電信機に向かっていた。が、突然、キーを叩く手をとめると言った。

「これですべて、準備が終わりました」

それから、エウォルド卿を見つめて、続けた。

「しかしながら、もしあなたが先程の計画を中止したいとおっしゃるなら、もちろん、今からでも遅くありません。やはり、気が進まないということであれば、どうぞおっしゃってください」

エウォルド卿は顔をあげると、その青い瞳で、エジソンを見つめ返した。

「どうやら優柔不断が過ぎたようですね」簡潔に言う。「わかりました。今度こそ、エジソンさん、あなたのご提案をお受けしましょう」

その言葉に、エジソンは重々しくうなずいた。

「それでは、エウォルド卿、これから三週間――二十一日の間は、必ずこの世に、留まっていただくことをお約束ください。私のほうも、必ず約束を守りますので……」

「わかりました。でも、それ以上は、一日たりとも待てませんよ」エウォルド卿は答えた。その口調には、確かにイギリス人特有の、一度決めたら、もうあとには戻らないという、きっぱりしたものが感じられた。

と、エジソンが壁の電気時計の針を見ながら言った。

「今は九時ですね。それでは三週間後のこの同じ時間に、お約束したものができなかったら、私自身の手で、あなたにピストルをお渡ししましょう。もし、あなたがご自分の命を絶つのに、雷の力をお使いになりたいと言うのでなければ……。雷でしたら、古くからあるものですが、最近、科学の力で捕《つか》まえることができるようになりましたので……。そうです。電気の力を使えば、死に損なうことはありません」

それから電話機に向かうと、エジソンは続けた。

「では、私たちは、これからちょっと危険な旅に出かけることになります。大丈夫だとは思いますが、何があるかはわからないので、その前に子供たちにおやすみのキスをしてもよろしいでしょうか？　子供というのは、やはり愛《いと》おしいものですからね」

エウォルド卿はそれまでほとんど感情を見せずにいたが、その言葉を聞くと、さすがに身震いを覚えた。

その間に、エジソンはカーテンの奥から受話器のコードを引っ張りだしていた。受話器に向かって、子供たちの名前を呼ぶ。

すると、夜風の吹くなか、館に隣接した庭園の奥で、鐘の鳴る音がした。だが、その音はここまで来ると、カーテンの布に押し殺されて、くぐもった音にしか聞こえなかった。

「おまえたちにたくさんのキスを贈る《メニー・サウザンド・キス》よ！」そう受話器に向かって言うと、エジソンは送話口に何回もキスをした。

と、そこで不思議なことが起こった。

〈幻《まぼろし》の女〉を求めて、これから未知の世界に出発しようというふたりの冒険者——

エジソンとエウォルド卿のまわりのあちこちで、ランプが光りはじめたのだ。それと同時に、おそらく、エジソンが親指で何かのスイッチを押したのだろう、子供たちの魅力的なキスの雨が、楽しげな声とともに降りそそいできた。

「ほら、パパ！　ほら、パパ！　キスを送るよ。ほら、もうひとつ！　もうひとつ！」

それを聞くと、エジソンはそのキスを送ってくる受話口に、頬を押しあてた。そうして、受話器を置くと、おもむろにエウォルド卿に声をかけた。

「では、エウォルド卿、出かけましょうか？」

だが、卿のほうは悲しげな声で言った。

「いや、エジソンさん、その旅が危険だと言うなら、あなたはここに残ってください。ぼくは世の中の役に立たない人間です。だったら、その危険に立ち向かうのは、ぼくひとりで十分です。もし、それができるなら、ということですが……」

「行きましょう」エジソンは言った。その瞳には自信に満ちた〈天才の炎〉が輝いていた。

第8章　小休止!

別の考えを――裏から見た考えを持つ必要がある。

――パスカル『パンセ[13]』

こうして、契約は成立した。

壁の洋服掛けに掛かっていた熊の毛皮をふたつ手に取ると、エジソンはそのうちのひとつをエウォルド卿に渡した。シベリアのサモエード族[14]が着るような毛皮だ。「寒いところを通っていきますからね」顔をしかめながら言う。「どうぞ、これをはおってください」

おとなしくその毛皮を受け取ると、エウォルド卿は口元に曖昧な笑みを浮かべて尋

13　断章三一〇（ブランシュヴィック版）より。ただし、引用は正確ではない。

14　ロシア北部に住むウラル系民族。人種的にはモンゴロイドで、サモエード語を話す。

ねた。

「ぶしつけかもしれませんが、教えてください。ぼくたちはこれからどこに行くのですか？」

「ハダリーのところですよ！」毛皮を着るのに気をとられながら、エジソンは答えた。

「電気の国にです。時には三メートル七十センチの稲妻が光ることもある国に……」

「では、すぐに出かけましょう」ほとんど嬉しそうだと言ってもいい声で、エウォルド卿は言った。

「その前に……。エウォルド卿、この件について、あなたはもう特に確認なさりたいことはありませんね？」

「ありません。正直に言うと、それよりも、早く、あのヴェールをかぶった美しい女性と話してみたい気持ちでいっぱいです。あの女性は、言ってみれば〈無〉であるような気がします。そこに惹《ひ》かれるのです。もちろん、いくつか気になることはありますが、それは些細《ささい》なことなので、いずれうかがえばすむことだと思います」

だが、それを聞くと、エジソンの顔つきが変わった。煌々《こうこう》と輝くランプのもとで、エウォルド卿を見つめる。

と、エジソンがいきなり毛皮を脱いで、そばにあった椅子の上に置いた。

「いくつか気になっていることがあると？」大声で訊《き》く。「それはなんでしょう？　お忘れになっては困りますが、私は〈電気〉の専門家です。その私が〈電気《エレクトリシテ》〉を使って、あなたの〈思想《パンセ》〉と闘っているのです。あなたの〈思想〉にもとづいた、あなたの〈理想〉を実現しようと……。言い換えれば、これは〈電気〉と〈理想〉の闘いです。その闘いに足を踏みだすだけでも大変なのに、あなたの気になっていることがわからなければ――ええ、どんな些細なものでも――それがわからなければ、私はどう闘っていったらよいのか、見当もつかないではありませんか！　特にあなたの〈理想〉のようなものを相手に格闘する場合は……。これでは暗闇で突然、天使に襲われて、朝方まで格闘したヤコブ[15]のようなものです。いや、それよりもひどい。ヤコブだって、今の私のような状況に置かれたら、二の足を踏んだでしょう。なにしろ、今の私は相手とつかみあった感触すらないのですから……。私はあなたの悲しみを癒《いや》そうとしている医者です。ですから、エウォルド卿、その医者にすべてを打ち明けてください」

「いや、気になっていることがあると言っても……。本当に些細なことです」卿は答

15　『旧約聖書』「創世記」第三十二章。

えた。

「些細なことですって？」エジソンは叫んだ。「あなたはそうおっしゃるが、その〈些細なこと〉をおろそかにしたら、〈理想〉には到達しません。フランス人のパスカルも言っているでしょう？『もしクレオパトラの鼻がもう少し低かったら、歴史は変わっていただろう』と……。〈些細なこと〉？ 現代だって、それは同じことです。世界じゅうの重大な出来事がいかに些細なことからもたらされたか……。たとえば、一八三〇年のフランスのアルジェリア侵攻は、フランス領事に馬鹿にされたアルジェの太守が、蠅《はえ》を払う扇で領事の頰を打ったことに端を発していたのではありませんか？ ついこの間だって、プロイセン王国のヴィルヘルム一世が挨拶に来たフランス大使を追い返した[16]ために、普仏戦争が始まり、その戦争に敗れたことによって、フランスの第二帝政は終わりを告げ、フランス帝国は崩壊してしまった。そうではありませんか？ ええ、どちらも〈些細なこと〉がきっかけです。

ですから、私は〈些細なこと〉を大切にするのです。そして、もちろん、あなたがおっしゃった〈無〉も……。〈無〉というのは、大変有用なもので、神でさえ、世界を創造するのに、〈無〉を必要としたほどです。〈無〉がなければ、何かを存在させることはできませんからね。これは何よりも、毎日の生活のなかで私たちが気づいていることです。そう、日々の出来事を見ていると、『〈無〉がなければ、万物を生成し、また変転させることは不可能だ』と、神が暗黙のうちに宣言しているのがわかるのです。私たちは常に、〈もうそうではなくなったもの〉でしかありません。一瞬前の私はもう存在せず、新しい私ができているのです。だから、〈無〉は絶対不可欠の〈マイナス要素〉なのです。あらたなものを生みだす〈誘因〉なのです。〈無〉がなければ、今夜、私たちがここで一緒に話をしていることもなかったでしょう。〈無〉からは〈有〉が生まれ、〈些細なこと〉は〈大事〉を引き起こします。だから、私たちは〈無〉や〈些細なこと〉には警戒をしなければならないのです。ということですから、どうぞ、あなたの気にかかっていることをお話しください。出かけるのはそのあとにしましょう」

そう言うと、しかし、エジソンはこうつけ加えた。

16　一八七〇年にスペインの王位継承問題に関して、フランスの過大な要求をヴィルヘルム一世がはねつけた事件。その後、ヴィルヘルム一世が宰相のビスマルクにこの件を電報で知らせたところ、ビスマルクが電報の内容を改変して発表したため（いわゆる「エムス電報事件」）、両国の間が険悪となり、戦争に至った。

「といっても、あまり時間はありませんが……。ミス・アリシアが到着するまでに、もう三時間半もありません。時間はぎりぎりになっています。ミス・アリシアが到着したら、私はじっくり話を聞いて、その本性《ほんしょう》を突きとめないといけませんからね。孔雀《くじゃく》の尾羽をむしるようにして……」

だが、そう口にしながらも、エジソンは椅子の上の毛皮を床に落とし、そこに座った。近くにあった古いボルタ電堆《でんたい》[17]に肘をのせ、静かに脚を組む。その間も、視線はじっとエウォルド卿の目に注がれていた。そうして、エウォルド卿が口を開くのを待った。

いっぽう、エウォルド卿はエジソンと同じように、毛皮を脱いで、椅子に腰をかけると、エジソンに対して質問を始めた。

「まず初めに気になったのは、どうしてあなたがアリシアの〈知性〉について、あれほど詳しくお尋ねになったのか、ということです」

「それは、あなたご自身が〈知性〉というものをどう考えているか、知りたかったからです」エジソンは答えた。「アンドロイドを使って、ミス・アリシアの〈外見〉を再現することはそれほど難しくありません。ですから、そうやってまずハダリーを外見的にミス・アリシアとそっくりにしたうえで、問題はミス・アリ、い、い、シアとはちがって、ハダリーがその〈知性〉であなたを失望させないようにすることです。つまり、あなたから見て、ハダリーの〈知性〉がその美しい〈外見〉にふさわしいものになっていなければならない。そうでなければ、今のままで、状況を変える必要もないわけですから……」

「わかりました。では、次の質問ですが、この計画にはアリシアの協力が不可欠だと思いますが、その協力はどうやって取りつけるおつもりでしょう？　また、いつ？」

「このあと、すぐに……。今夜、あなたと三人で夜食をともにしている時に、私がそのように仕向けます。必要だったら、催眠術をかけてでも……。いや、そこまではしなくても、ある提案を持ちかけるだけで十分でしょう。たとえば、『あなたの彫像をつくる』と嘘の目的を設定して……。あとはそのための粘土を用意し、それをつくりながら、十回ほど採寸して、必要な肉体的な情報を得ればよいだけです。ミス・アリシアはハダリーを見ることもありません。私たちが何をしようとしているか、疑うこともないでしょう。

17　高電圧の電力を得るために電極板と食塩水の染《し》みた布や紙をいくつも重ねて、高く積みあげた電池。ガルバニ電池の一種であるボルタ電池はこれを発展させたもの。

ええ、採寸は絶対に必要です。ハダリーはミス・アリシアとぴったり同じサイズにならなければならないのですから……。また、ハダリーが身につけるものを準備するためにも……。なにしろ、今のハダリーは甲冑《かっちゅう》のようなものを身につけて、ヴァルハラの武装した乙女《ワルキューレ》のような格好をしていますからね。まさに科学のワルキューレです。いえ、もちろん、ハダリーという〈虚構の存在〉がこの世界で実体化するためには、あの姿が必要だったのですが、人間として暮らしていく以上、ハダリーはあの姿がかもしだす、ほとんど超自然的な雰囲気から抜けださなければなりません。これからは、今世紀を生きる女性として、流行《はや》りの服を身につけて、必要な装いをこらし――要するに、ほかの女性と同じような格好をしなければならないのです。そこで、先程も言ったように、ミス・アリシアの彫像をつくる時に、婦人服の仕立て屋や、手袋屋、下着屋やコルセット職人、帽子屋や靴屋を呼んで、ミス・アリシアが知らないうちに、身体の寸法を記録するのです。その結果、ハダリーがこの世界に生まれてくる時には、ハダリーはミス・アリシアの身体のサイズをそっくりいただくことになるわけです。そして、またこのように寸法さえとってあれば、服でも手袋でも帽子でも靴でも、ハダリーが身につけるものはなんでもつくることができるようになります。仮縫いの必要さえありません。ちなみに、靴は絶縁する必要がありますので、靴底と踵《かかと》を絶縁するための雲母板《うんもばん》を、いずれお渡しします。

そうそう、言うまでもありませんが、ハダリーはミス・アリシアと同じ香水を使うことになります。さっきお話しした体臭と混ざって、同じ匂いがするように……」

「なるほど……。それではまた別の質問です。ミス・ハダリーは旅行をするのですか？」

「もちろんです」エジソンは答えた。「ほかの女性と同じようにね。旅に出ると、風変わりな女性はたくさんいますが、ミス・ハダリーはそんなことはありません。旅に出ることをちゃんと知らせてやれば、まったく問題なく、ふるまってくれるはずです。あまり眠れなかったような顔をして、おしゃべりをせず、口を開く時もあなたにだけ、ふた言、三言、囁《ささや》くようにするだけにして……。あなたがそばにいて、うまくやってくだされば、ヴェールをおろしておく必要もありません。ええ、昼でも、夜でも！それに、あなたはいつもおひとりで旅行をなさるのでしょう？　それなら、まったく問題ありません。誰が見ても、ハダリーは普通の女性に見えるはずです」

「誰かに直接、話しかけられて、どうしても答えなければならないという状況に陥ったら？」

「ですから、その時はあなたがうまくやってくだされば……。たとえば、『この人は外国から来たので、この国の言葉がしゃべれないのです』とでも説明して……。そうすれば、この問題はそこで一件落着です。ただし、船で旅行する場合は事情が少し異なります。ええ、船酔いの問題が生じてくるのです。というより、船酔いをしないという問題が……。船酔いは平衡感覚の乱れによって生じるものですが、私たち人間にとっては大問題ですね。ところが、ハダリーは船酔いをするよう、設計されていないのです。したがって、船が激しく揺れて、乗客のほとんどが船室でぐったりし、強い吐き気に襲われて、悲惨としか言いようのない状態になっても、ハダリーのほうは、船酔いの機能がついていませんから、苦しんでいる人々を後目《しりめ》に、平然としているわけです。だから、ほかの乗客たちに不審の念を抱かせないためにも、船旅の場合は、ハダリーを死者として旅行させる必要があります」

「なんですって?」エジソンの言葉に、エウォルド卿はびっくりして叫んだ。「それはつまり、棺《ひつぎ》に入れて運ぶということですか?」

エジソンはそうだと言うように、ゆっくりとうなずいた。

「まさか、死装束を着せるわけではないでしょうね? それはないと思いますが……」つぶやくような声で、エウォルド卿は尋ねた。

「もちろん、そんなことはいたしません」エジソンは答えた。「ハダリーは、産着でくるまれたこともないのです！　ならば、どうして死装束の必要があるでしょう！　その意味では、棺というよりは、嫁入り道具を入れた箱と言ったほうがいいかもしれません。黒い繻子《サテン》で内張りをして、さまざまな宝飾品とともにハダリーを納めた黒檀《こくたん》の財宝箱……。そう、ハダリーは〈生きた芸術品〉と言ってよいのですから、これはまさに財宝箱なのです。箱の内側は、やがてハダリーがミス・アリシアに変身する、その姿のままに刳《く》りぬかれています。そして、この箱が嫁入り道具を入れるためのものならば、その姿こそが最大の持参財なのです。箱には両開きの扉がついていて、星の形をした黄金の鍵であけるようになっています。錠はこの財宝箱――お望みなら棺と言ってもいいですが――この棺の前面、ちょうど〈眠れる美女〉の枕の下あたりにあります。

その棺のなかで、ハダリーは服を着て、あるいは一糸まとわぬ姿で、おとなしくしています。棺のなかに横たわって、薄いリネンの帯で側面からしっかりと固定されて……。ええ、繻子《サテン》の布地が肩に触れることもないくらいに、しっかりと固定されて……。顔はヴェールで覆われ、頭は豊かな髪を広げた枕のクッションの上にそっと置かれます。額はヘアバンドで飾られて、そのヘアバンドは枕に固定されるので、頭は動くことがありません。普段と同じように、規則正しく、静かに呼吸していることを除けば、今朝、亡くなったばかりだと見えるでしょう。そう、ミス・アリシア・クラリーを知っている人ならば、亡くなったばかりのミス・アリシアの遺体を移送しているのだと……。

さて、この棺の扉には銀のプレートがはめこまれていて、そのプレートにはペルシア文字で『理想《ハダリー》』と記されています。プレートは、昔から続くエウォルド家の紋章のなかに象嵌《ぞうがん》されていますから、ハダリーがエウォルド卿の虜囚《りょしゅう》となったことが示されるわけです。まったく、見事なものでしょう？

といっても、棺自体は真綿でくるまれて、楠《くすのき》材でつくった箱に入れられますので、その四角い形を見ただけでは、何が入っているかわかりません。あなたの〈理想〉を閉じ込めるこの棺は、ハダリーの完成と同じく、三週間後にはできるようにしておきます。そうして、船がロンドンに到着したら、テムズ川の税関で、関税免除の手続きをなさってください。

イギリスに戻る時は、ミス・アリシアもご一緒ですね？　そのあとはミス・アリシアをロンドンに残して、あなたのほうはハダリーを連れて、スタッフォードシャー州のエセルウォルドの領地にお戻りください。ミス・アリシアにお別れの手紙を書くのはそこからでいいと思いますよ。そうして、あなたはエセルウォルドの館でハダリーを――ミス・アリシアの至高の身替《みがわ》りを目覚めさせるのです」

「ぼくの館でですか？　ええ、確かにそうですね。それなら可能だ」そうまるで自分自身に言うようにつぶやくと、エウォルド卿は深い憂愁に沈んだ。

「お話によれば、エセルウォルドの館は、大変霧深い地方にあって、まわりを湖や松の林や岩山に囲まれているとか……。その館なら、安心してハダリーを起こし、虜囚の縛《いまし》めを解くことができます。私が推測するに、あなたはその館に、エリザベス朝の家具をしつらえた、広くて豪奢《ごうしゃ》な部屋をお持ちだと思うのですが……」

「ええ、持っています」口元に苦笑を浮かべながら、エウォルド卿は答えた。「そう、広くて、豪奢な部屋が……。以前、その部屋を飾ろうと思って、家具や絵画や調度品など、貴重な品物を集めましたからね。古い居間、古い寝室……。その古い居間にはいにしえの心を伝えるアンティークの家具や調度がたくさんあります。ひとつしかない大きな窓には、金茶色の花模様のカーテンが掛かり、そのカーテンをあけると、床まであるステンドグラスを通して、聖《きよ》らかな光が差しこんできます。窓をあけると、そこは鉄製のバルコニーで、リチャード三世の時代につくられた手すりは、今もなお輝きを失っていません。そして、このバルコニーからは、苔むした石の階段を使って、館の古い庭園に降りられるようになっているのです。庭の先は雑草の生い茂る小道になっていて、その小道が尽きると、そこからはコナラの林が広がっています。ぼくはこの部屋を生涯でたったひとりの婚約者のために——もしそういう女性に出会えたとしたらですが、その人のために用意していたのです」

そう言うと、エウォルド卿は一瞬、暗い表情になった。それから、言葉を続けた。

「わかりました。それならいっそ、〈不可能〉に挑戦してみましょう。いいでしょう。ぼくはその部屋にハダリーを連れていきます。〈肉体化した幻影〉を……。〈電気による希望〉を……。ええ、ぼくの気持ちが、もうひとりの——もうひとりの〈幻影〉を、愛することも、欲望することも、所有することもできなくなっている以上、ぼくは電気仕掛けのこの空蟬《うつせみ》が、崖から見おろす悲しい虚空《こくう》となることを——恋の高みに目眩《くら》んだぼくが見おろす、悲しい虚空となることを願いましょう。そうして、ぼくは自分に残された最後の夢想とともに、その虚空に身を躍らせるのです」

「ええ。エセルウォルドのあなたの館は、アンドロイドにとっては、まさにうってつけの場所なのです。私はそう思います」重々しくうなずきながら、エジソンは言った。「私は夢想家ではありませんが、あなたが自分の夢を理想として追求することは素晴らしいことだと思っていますし、またそのお手伝いをしたいと思っています。そう、霧深いあなたの領地で、ハダリーは湖のまわりや、人の立ち入ることのできないヒースの荒野を夢遊病者のように彷徨《さまよ》いあるくことになるでしょう。館には老僕がいて、古い本や狩猟道具、楽器などとともに、ひっそりとあなたの帰りを待っています。その館にハダリーはすぐになじむでしょう。老僕や物たちも、ハダリーを自然に迎えてくれるはずです。

老僕たちには、ハダリーには決して話しかけないようにと、命令を与えておけばよいでしょう。そうすれば、老僕たちはハダリーに対して口をきかず、うやうやしく接することになりますので、その〈静かな敬意〉が不思議な光輪となってハダリーを包むことでしょう。話しかけてはいけない理由については――もしそれが必要ならばということですが――たとえば、以前、この女性を大変な危険から救ったことがあって、以来、この女性はあなた以外に口をきかないと誓ったからだ、とでも言っておけばよいと思います。

そう、エセルウォルドの館なら、あなたはハダリーの歌を、ミス・アリシアの声で――あなたが愛した声で、しかも永遠に、思うぞんぶん聴くことができるでしょう。オルガンの伴奏で――もしお望みなら、アメリカ製の強力なピアノの伴奏ででも……。秋の夜長に吹きぬける、哀しい風の音に交じって聞こえるハダリーの歌声は、それは素晴らしいものになるにちがいありません。また、その深みのある声の抑揚は、夏の夕暮れをいっそう魅力的にするはずです。あるいは、夜明けを……。美しい夜明けの空に、小鳥たちのコンサートに交じって聞こえるハダリーの歌声……。あなたはそれをいつでも、思いのままに聴くことができるのです。

ああ、日光が燦々《さんさん》と降りそそぐなか、長いドレスの裾をひきずりながら、庭園をひとりで歩くハダリーの姿は、エセルウォルドの伝説となるでしょう。あるいは、星明かりのなか、静かに歩く姿は……。それは思わず肌が粟立《あわだ》つ光景だと思いますが、この美しい女性の秘密は誰も知りません。想像をすることもできないでしょう。その秘密を知っているのは、あなただけなのです。

いつか、機会があったら、私はあなたがアンドロイドと暮らす、その孤独な館を訪ねてみようと思っています。あなたが、そこで永遠にふたつの危険に立ち向かっている館に……。そう、あなたはそこで、〈神〉と〈狂気〉というふたつの危険に立ち向かうことになるのです」

「エジソンさん、そうなったら、あなたはぼくが館にお迎えする、ただひとりの客人となることでしょう」エウォルド卿は答えた。「さて、これでこの計画の前提となる条件については、それが可能だと納得しました。その意味で、ぼくの抱いていた疑問の一部は解消したわけです。では、その次に、ハダリーがアリシアの身替りになるという奇蹟《きせき》がどうやって起きるのか、その奇蹟そのものについて説明していただけますか？　つまり、アンドロイドが何でできていて、どうやって人間そっくりに動くかについて……」

「いいでしょう」エジソンは言った。「しかし、あらかじめ申しあげておきますが、アンドロイドが何でできていて、どう動くのか、その秘密を知っても、それだけでは、ハダリーがミス・アリシアの身替りとして〈理想の女性〉になれるのか、その秘密まではわかりませんよ。それはミス・アリシアの骨格がどのようにできているかを知ったとしても、それがどんなふうに肉をまとって、どんなふうに動いたら、あなたが惹かれた、あの〈美しさ〉が生まれるのか、その秘密がわからないのと同じことです」

第9章　はたしてこれは冗談なのか？

謎の答えを！　さもなくば、そちを食らおう。

――スフィンクス

「たとえば、松明《たいまつ》には灯心が必要です」エジソンは続けた。「〈明かり〉を得るための方法としては、かなり原始的ですが、灯心に火をつけるだけで〈明かり〉が得られるなら、素晴らしい方法だと言っていいでしょう。しかし、この灯心を見せて、『これに火をつければ〈明かり〉が得られる』と説明してやっても、『それだけではよくわからない』と難癖をつけ、〈明かり〉がつく可能性そのものを疑って、この方法を試してみようともしない人がいたら、その人には〈明かり〉を見せてやる価値がないということになります。そうではありませんか？

これから私は、ご質問に答えてハダリーの説明をしますが、その場合も同じことが言えます。私の説明は、『松明には灯心が必要だ』というのと同じ意味で、『ハダリーが人間のように動くには、こういう機械の仕組みが必要だ』と言っているにすぎません。医者が〈機械としての人間の仕組み〉を説明するように、ハダリーの〈人間そっくりな機械としての仕組み〉を説明しているだけなのです。この時、すでにあなたがハダリーの魅力を知っていたら、その説明を聞いて、『これはやはり機械なのか』と幻滅を味わうことはないでしょう。ミス・アリシアの魅力を知っているように、あらかじめハダリーの魅力を知っていたら……。だって、そうでしょう？　あなたはたとえば、ミス・アリシアの人体模型を見て、〈機械としての仕組み〉を説明されても、そのことでミス・アリシアを嫌いになったりはしないでしょう？　そのあとで、ミス・アリシアがいつもの姿で現れたら、あいかわらず愛しつづけるでしょう。

私が言いたいのは、つまり、ハダリーの電気的なメカニズムは、ハダリーそのものではないということです。ミス・アリシアの骨格がミス・アリシアそのものではないのと同じです。要するに、私たちが女性を愛するとしたら、それは全体としての、その女性の存在を愛するのであって、関節や骨や筋肉を愛しているわけではありません。そうですね？　私たちを見つめる時、女性はその体内でひとつに溶け合った鉱物や金属や植物の総体を美しく昇華させて、生命力にあふれた〈全体としての存在〉として、自分を伝えてきます。私たちはその〈全体としての存在〉を愛するのです。

これと同じように、〈人間そっくりな機械〉としてハダリーが動く仕組みを細部にわたって理解しても、ハダリーの〈全体〉は理解できません。そして、〈謎〉と言うなら、この〈全体〉がハダリーの謎になるわけです。ですから、エウォルド卿、あなたのご質問に答えてハダリーが動く仕組みを説明するというのは、その〈謎〉とは関係のない、いわば些細《ささい》なことなのです。ただ、ハダリーの仕組みは私たちの仕組みとちがっているので、その点だけは物珍しいでしょうし、また衝撃的だとは思いますが……」

「わかりました」エウォルド卿は固い笑みを浮かべながら言った。「では、その些細な点について、いくつか質問させてください。まず初めに、ハダリーはどうして、あの甲冑《かっちゅう》のようなものを身につけているのです?」

「甲冑ですか?」エジソンは訊《き》きかえした。「先程、お話ししたように、ハダリーという虚構がこの世界で実体化するためには、あの甲冑が必要だったのです。あれは骨格というか、身体の基盤になるもので、その上に電流を受けたり、送ったりする装置としての肉体を張りつけていくのです。ええ、肉体的な意味であなたの理想の女性――ミス・アリシアにそっくりになるように……。また、この甲冑の内部には、普通の人間と同じように、いわば内臓にあたるものも固定されています。

もうしばらくしたら、実際にハダリーを詳しく見ていただくことになりますが、ハダリーは金属の輝きを放つ、その身体の内部を――その身体が動く不思議な仕組みの実体をちょっと面白がりながら、喜んで見せてくれるでしょう」

「では、もうひとつ」エウォルド卿は尋ねた。「ハダリーはいつもあんな声で話すのですか？　さっき、ぼくが聞いたような声で……」

「エウォルド卿、まさか、あなたがそんな質問をなさるとは！」エジソンは驚いたような声を出した。「いいえ、あのような声では話しません。絶対にちがいます。ハダリーはこれから声変わりするのです。その昔、ミス・アリシアが声変わりしたようにね。その意味で言うと、先程、あなたがお聞きになったハダリーの声は、まだ子供の声なのです。半睡の状態で、霊魂が囁《ささや》いているような……。まだ大人の女性の声になっていないのです。けれども、やがてハダリーはミス・アリシア・クラリーの声を持つようになります。ほかの部分で、ミス・アリシアにそっくりになるように……。ハダリーの歌や言葉は、ミス・アリシアが自分でも知らないうちに、そしてハダリーを前にすることもなく、直接、教えこんだものになるのです。つまり、ミス・アリシアは二台の黄金製の蓄音機の前で歌をうたったり、詩を朗読したりして、アクセントや声音《こわね》や抑揚もそのままに、百万分の一の狂いもなく、自分の声を蓄音機に内蔵された金属のリボンに記録するのです。ええ、私が改良して完璧にした〈奇蹟《きせき》の蓄音機〉に……。この蓄音機に録音して再生すると、その声は正確に——そう、まさに数学的に再現されるのです。

そして、よろしいですか？　エウォルド卿。この二台の蓄音機がハダリーの肺となるわけです。この肺は〈電気の火花〉が動かします。私たちの肺を〈生命の火花〉が動かすように……。それから、あらかじめ申しあげておきますと、ハダリーはこれまで誰も聴いたことがないくらい、素晴らしく歌をうたったり、びっくりするほど当意即妙な会話を交わしたり、誰にも真似《まね》のできないほど機智に富んだ言葉を口にしたりしますが、それは前もって、ミス・アリシアが発したものを録音し、ハダリーの肺で忠実に再現したものなのです。だからこそ、ハダリーがミス・アリシアに変身するという〈奇蹟〉が起きるのであり、その奇蹟を目の当たりにしたあなたは、ついさっきお話しした〈危険〉に立ち向かうことになるのです」

それを聞くと、エウォルド卿は身体が震えるのを感じた。アンドロイドがミス・アリシアの声でしゃべり、歌うと聞いた時、そんなことは不可能だと思っていたのに、いや、必ずしもそうではないとわかったからだ。確かにこの説明を聞くと、あまりに単純なやり方で、これなら決して不可能ではない。そう思うと、自然に顔がこわばった。それが本当にできるのかというと、まだ心から納得したわけではなく、問題も多いように思われた。だが、可能性としては……。エウォルド卿の前には、奇蹟の〈可能性〉が、この夜、初めて、はっきりと姿を現したのだ。

〈ここまで来たら、この人がどこまで深く研究を進めているか確かめよう。この恐るべき発明家が……〉そう決心すると、エウォルド卿は尋ねた。

「二台の黄金製の蓄音機がハダリーの肺になるとおっしゃいましたね？　そうなると、本物の肺より美しいものができるでしょうが、でも、どうしてわざわざ金をお使いになるのです？」

「ただの金ではありませんよ。純金を使うのです」エジソンは言った。

「どうしてです？」

「金属としてはいちばん女性的な響きがしますからね。音響を工夫してやれば、魅力的で、官能的な声音になります。それに金は錆《さ》びませんから……。女性を創造するのにいちばん稀少《きしょう》で高価な金属を使うことになったというのは、何やら象徴的ではありませんか？　それはつまり、肉体の一部に純金を使うことで、女性という魅力的な性に、賛辞を捧げることになるからです」そう女性を讃《たた》えると、エジソンはつけ加えた。「といっても、関節には鉄を使わなければなりませんでしたが……」

「え？　今、なんと？」黄金製の肺のことを考えて少しぼんやりしていたので、エウォルド卿は訊きかえした。「関節には鉄を使うと？」

「そのとおりです。鉄は血液の大切な構成要素ですからね。人間の身体には鉄分が必要です。だから、医者もことあるごとに、鉄分の入った薬を処方するでしょう。それと同じように、アンドロイドの身体にも鉄は必要なのです。それがなければ、ハダリーは人間らしい動きをできないでしょう」

「でも、どうして、特に関節なのです？」

「アンドロイドの関節は、可動部分とそれをくるむ部分で成り立っています。ハダリーの四肢の関節で〈くるむ部分〉は電磁石でできています。この電磁石が〈可動部分〉の金属を引きつけたり、遠ざけたりすることで関節が動く仕組みになっているわけですが、磁石がいちばん引きつける金属と言えば——そう、ニッケルよりもコバルトよりも、鉄ですね。だから、〈可動部分〉には、鋼鉄を用いることにしたのです」

「でも、本当にそれでいいのですか？」エウォルド卿は尋ねた。「鋼鉄は錆びるでしょう？　それでは関節が錆びて、動かなくなってしまうのでは？」

「ハダリーの関節については大丈夫です。ほら、そこの棚に磨《す》りガラスで栓をした、濃い琥珀色《こはくいろ》の重そうな瓶があるでしょう。その瓶には薔薇《ばら》油《ゆ》が入っているのですが、それが関節液になるのです。それによって、〈可動部分〉は錆びることがありません」

「薔薇油ですか？」エウォルド卿は尋ねた。

「ええ、その瓶に入れておくと、気が抜けないのですよ。それに香油や香水は女性の必需品ですからね。何カ月かに一回、あなたはこの薔薇油をだいたい小さじに一杯、ハダリーの唇の間から流しこんでやってください。ハダリーがまどろんでいる時に……。ちょうど医者が大切な患者の口に流しこむように……。おわかりでしょう？　ハダリーの世話は、ほとんど人間の世話をするのと、変わりないのですよ。唇から流しこまれた薔薇油は、電磁石と鋼鉄の〈可動部分〉でできている、全身の関節に行き渡ります。そうですね、この薔薇油の瓶が一本あれば、百年はもつでしょう。そうなったら、エウォルド卿、中身がなくなった時の予備はもういらないことになると思いますが……」

　そう最後は冗談めかして言うと、エジソンはにやりと笑った。

「ハダリーは呼吸をするのですか？」

「もちろんです。私たちと同じようにいつも……。でも、それは酸素を取り入れて、燃やすためではありません。私たちはそうしますけれどね。その意味では人間も蒸気で動く機械のようなものです。ハダリーの場合は、女性らしく見せるためです。息を吸って、息を吐いて、静かに胸を上下させて、健康な女性なら誰でもそうするような、理想的な息の仕方をして見せるためです。また、実際に呼吸をすることによって、ハダリーの吐息はいっそう女性らしくなります。唇の間から入った空気は、鼻から出てくる時には、電気でほんのり温められて、薔薇や龍涎香《りゅうぜんこう》[18]の香りがついていますからね。そう、東洋の練薬《ねりぐすり》のような香りが……。それがハダリーの吐息を魅惑的なものにするのです。

あなたの館で過ごす未来のミス・アリシアは――もちろん、本物のミス・アリシアのことではありませんよ、そうあるべき真実のミス・アリシアのことですが、普段、彼女は頻に手を当てて、ソファに腰をかけていることが多いと思います。それがいちばん自然な姿勢なのです。さもなければ、寝椅子かベッドに横になっているか……。ええ、女性がよくそうするように……。

そういった時、彼女は今、お話しした呼吸の動きしかしないのです。

もしそこで彼女を目覚めさせて、何か行動をさせたいと思ったら、両手にはめている指環《ゆびわ》のひとつに触れてください。そうすると、電流が通じますので……」

「指環のひとつにですか？」エウォルド卿は尋ねた。

「ええ。人差し指にはまっている指環に……。これがハダリーの結婚指環になります」

そう言うと、エジソンは黒檀《こくたん》のテーブルのそばのクッションにのっていた人工の腕を示した。

「エウォルド卿、先程、この手と握手をした時、あなたが指の先に触れたら、この手は握りかえしたでしょう？　どうしてそんなことができたのか、おわかりになりますか？」

「いいえ。まったくわかりません」エウォルド卿は答えた。

「それはあなたが握手をした時、そこの指環を軽く押したからです」エジソンは言った。「では、さっきハダリーに会った時、ハダリーが十本の指すべてに指環をはめていたことに気づいていらっしゃいましたか？　それぞれちがった宝石をのせた指環を……。あの指環はどれも軽く触れただけで反応するようになっていて、いわばスイッチとして、あの娘《こ》を動かす時に使うのです。いや、もちろん、おしゃべりをする時は別です。あなたがハダリーと、この地上を離れてふたりだけの世界で愛を語らい、その喜びに目の眩《くら》むような思いをする時、その指環は必要ありません。というのも、

18　マッコウクジラの腸内に発生する結石様の分泌物からつくる香料の一種。

ハダリーの話す言葉はいわば人格のようなものとして、すでにその身体のうちに刻まれていて、いったんおしゃべりが始まったら、あとはひとりでに出てくるので、あなたが何もしないでも、永遠に話しつづけることができるのです。けれども、そういった至上の時間以外に、ハダリーに何かをしてもらいたい時――あなたにだって、そういう時があるでしょう。おしゃべりをするのではなく、あれやこれや、ちょっとした何かをしてもらいたい時が……。

そんな時に、この指環が役に立つのです。たとえば、ハダリーが椅子に座っていたり、寝椅子に横になっていたりする時に、そばに来てほしかったら、右手をとって、人差し指にはまっている紫水晶の指環に軽く触れてください。それから、ちょっと離れたところで、『ハダリー、こっちにおいで！』と言ってください。そうすれば、ハダリーは静かに立ちあがって、あなたのそばまで来ます。ええ、ミス・アリシアよりはずっと素直に……。もちろん、指環に触れる時は、指は自然に構えて、目立たないようにやっていただいたほうがいいと思いますが……。優しく――そう、ちょうどハダリーのモデルであるミス・アリシアのお手をとるような感じで……。もっとも、これはハダリーが人間だという〈幻想〉を保つためだけにすることですが……。

あとはそうですね、ハダリーを歩かせたかったら、右手の中指にはまったルビーの指環に触れてください。ハダリーはひとりで歩くこともできますし、あなたの腕にすがって、恋人のようにしなだれかかりながら、あなたについてくることもできます。人間の女性のように……。より正確に言えば、ミス・アリシア・クラリーのようにです。こうしてハダリーは、人間の姿をした機械として、指環に書き込まれた命令を実行に移すのですが、そのためにはもちろん、あなたはハダリーの指に触れてやる必要があります。ああ、でも、だからと言って、『どうして、自分がわざわざそんなことをしなければならないのだ』とは思わないでください。男というものは、女からほんのわずかな愛情の印を受け取るためだったら、たとえば相手にひざまずくような、もっと屈辱的なことだってするではありませんか！　あのドン・ファンだって、つれない女をなんとかその気にさせるために、心とは裏腹に相手の言いなりになってみせたのです。相手が人間の女だったら、言うことをきいてもらうためにご機嫌をとる。ハダリーの場合は指環に触れる。それだけのちがいです。

　ハダリーが何か心に動揺をきたしても不思議ではない状況になったら、その時は薬指にはめてあるトルコ石に触れてください。ハダリーはショックに耐えられないかのように椅子に座りこみます。そうそう、指環ではありませんが、胸に掛けている三連の首飾りの珠《たま》は、そのひとつひとつが何かの行動を起こすスイッチになっています。

どの宝石に触れると何をするか、詳しく解説した手書きの説明書があるので、いずれハダリーからあなたにプレゼントさせましょう。まあ、非常にわかりやすい〈魔法の解説書〉といったようなものです。それを読めば、ハダリーの性格や行動習慣といったものがわかりますよ。少し慣れれば――女とうまくやるためには、相手を知って、慣れる必要がありますからね――ハダリーのすることは、すべてが自然に思えることでしょう」

そうこともなげに言うと、エジソンは表情を崩すこともなく続けた。

「それから、ハダリーの〈食物〉のことですが……」

「なんですって?!」思わずそう叫ぶと、エウォルド卿はエジソンの灰色の瞳をじっと見つめた。

「驚いたようですね」エジソンは言った。「けれども、エウォルド卿、あなたはまさかハダリーを栄養失調で死なせるつもりではないでしょうね？　せっかくこの世に生まれた愛らしい存在を……。だとしたら、それは殺人よりひどいことですよ」

「エジソンさん。〈食物〉とはなんのことです？　正直に言いますが、それによっては、ぼくはもうこのお話についていけないような気がします。突飛《とっぴ》にも程《ほど》がある！」

「では、ハダリーが何を食べるかについて、説明しましょう。ハダリーはこの〈食物〉を一週間か二週間に一度、口にします。その〈食物〉とは、錠剤やトローチで、私は大きな薬箱にその錠剤やトローチの入った小箱を何箱も用意しています。ハダリーはこの薬を飲んで、成分を吸収するのです。人間として見たら、ちょっと変わっていますがね。これを飲ませるには、ハダリーが座っている寝椅子の近くに小机を置いて、その机のいつも決まった場所に薬を入れた籠《かご》をのせておいてください。そのうえで、首飾りの珠のひとつに触れてやるのです。そうすれば、あとはハダリーがひとりで薬を飲みます。

いや、ハダリーは子供ですから、薬を飲ませるにも、ちゃんと教えてやらなければいけないのですよ。まあ、いろいろと学ぶ必要があるのは、私たち人間だって同じことですがね。ただ、ハダリーは少し物覚えが悪いかもしれません。だから、繰り返し、何度も教えてやらないと、薬を飲むことさえできないのです。もっとも、私たちも物覚えはあまりよいとは言えませんが……。なにしろ、信仰をおろそかにして、自分たちの魂を救済することさえ、忘れてしまうことがあるくらいですから……。

それはともかく、この薬を服用する時、ハダリーは薄い碧玉《へきぎょく》のグラスに入れた水と一緒に飲みます。その飲み方は、もちろん、モデルであるミス・アリシアとまったく同じです。水は炭で濾過《ろか》した純粋なものに数種類の塩《えん》を配合していますそのつくり方は、先程、お話しした手書きの説明書に書いてあります。薬については、亜鉛のトローチと二クロム酸カリウムの錠剤がおもで、時には酸化鉛《さんかなまり》の錠剤を飲むこともあります。[19] ええ、現代化学の発達ぶりは素晴らしいものですからね、私たちは何をするにも化学の力に頼っているのです。ハダリーも例外ではありません。そうですね。直接、口に入れる〈食物〉としてはそれくらいでしょうか。ハダリーは食費がかからないのです。必要なものしか、口にしません。節約を旨とする人にとっては、理想的な存在でしょう。そうそう、ハダリーがこの〈食物〉を口にしたいと思った時に、近くにこの錠剤やトローチが見つからない場合、ハダリーは気絶することになっています。あるいは、もっと正確に言えば、死ぬことになっています」

「アンドロイドは死ぬのですか?」皮肉な笑みを浮かべながら、エウォルド卿は訊《き》いた。

「ええ。愛する人に、生き返らせる喜びを与えるためにね」

「なるほど。憎いまでの心遣いですね」エウォルド卿はふざけて言った。

だが、エジソンは真面目《まじめ》に答えた。

「ハダリーが目を閉じて、ぐったりしている時には、純水を少しと、今言った錠剤やトローチを与えてやれば、それですみます。ハダリーは自分でそれを飲んで、我に返りますから……。けれども、錠剤やトローチを自分で飲む力も残っていない時には、左手の薬指にはまったトルマリンの指環に、別に用意したファラデー電池――すなわち、炭素棒を使った、電解電流を発生させる電池――から出ている電線をつないでください。それだけで、結構。ハダリーはたちどころに目を開きます。つまり、また身体に電流が通じるようになるわけです。

さて、ここで気をつけていただきたいのですが、この時、ハダリーは目を開いたとたんに、純水が欲しいと言います。ええ、この純水は、ハダリーの器官のひとつであるクリスタルガラスの瓶[20]を洗浄するために必要なのです。というのも、この器官には水を入れておくのですが、ハダリーが活動するうちに、その水は紫色に濁って、金属臭もついてくるのです。そこでまずその水を浄化して、それから蒸発させるのですが、そのためにはハダリーが目覚めて、最初に飲む純水には数種類の浄化剤を入れる必要

19　亜鉛はボルタ電池の電極のひとつ。二クロム酸カリウムは分極を防いで、ボルタ電池の電圧がさがらないようにするための減極剤として使われる。酸化鉛は、鉛蓄電池の電極のひとつ。

20　第五巻第4章の記述によると、このクリスタルガラスの瓶は電池である。

があります。その分量については、例の説明書に書いてありますから、そちらを参考になさってください。この浄化剤を入れた水をハダリーに飲ませると、その効果はたちまち表れ、クリスタルガラスの器官に溜《た》まった水はきれいになります。

次は蒸発ですが、そのためには、このクリスタルガラスの器官に入った水に熱を加えて沸騰させなければなりません。そこで、あなたのすることは、ハダリーの右手の小指にはまった黒いダイヤモンドの指環に、先程のトルマリンの指環につないだ電線を結びなおすことです（ちなみに、この電線の端には黒鉛でできた放電棒がついています）。いや、それはともかく、このダイヤモンドの指環は電気伝導率がいちばん高くなるように設定されていて、プラチナ棒を一瞬にして燃やしてしまうくらいの熱量を生みだす電流が通じるようになっています。ええ、この指環を通じて、電流を通し、その熱でクリスタルの器官の中身を沸騰させるのです。その電気はおわかりのとおり、ハダリーを目覚めさせるのに使ったファラデー電池でつくります。したがって、先程の電池の電解液に、いったん取り出しておいた炭素棒を入れ、電解電流を発生させて、それがダイヤモンドの指環に結んだ電線に流れるようにしてください。そのためには、指環とつながった放電棒を電池の電解液に入れてやればいいのですが、これは大切なことなので忘れないようにしてください。そうすれば、電解液のなかで発生した電流が放電棒、そして指環を通じて、クリスタルの瓶を温めることになります。

　この時、はたしてクリスタルガラスは高熱に耐えられるのか？　その点を申しあげますと、いわゆる強化ガラスは普通のガラスより耐熱性が高いのですが、それでもせいぜい鉛が溶融する温度に耐えられるくらいです。ところが、ハダリーのふたつの肺の間にあるクリスタルガラスは、それよりもさらに耐熱性が高く、プラチナが溶融する温度でも持ちこたえるのです。しかも、ハダリーのクリスタルガラスは厚みを通常の倍にしているので、絶対に割れることがありません。というわけで、瓶の中身は、ダイヤモンドの指環を通じて送られた電気でつくりだされた四百度にも及ぶ熱で、あっというまに沸騰します。そうして、またたくまに蒸発してしまうのです。

　そのいっぽうで、溜まった水をきれいにするために使った浄化剤は、汚れの原因だった金属原子と結びついて、ほとんど目に見えないくらいの、粉末状の白い金属化合物になります。そうして、ハダリーが呼吸をすると、日光を受けてきらきら光る、白い呼気となって、ハダリーの半分開いた唇から、煙のように出てくるのです。この呼気にはもう金属の臭《にお》いはしません。水蒸気の匂いがするくらいです。先程、お話しした薔薇《ばら》油《ゆ》の近くを通ってくるので、その水蒸気にはほんのりと薔薇の香りがついています。こうして、ハダリーが目覚めて最初に純水を飲んでから六秒後には、肺の間のクリスタルガラスの瓶はきれいに洗浄されているわけです。そこで、ハダリーはまたそのクリスタルガラスの瓶に水を溜めるため、大きなグラスで純水を飲みます。その時に、あらためて錠剤とトローチを飲んで、〈食事〉をするわけです。すると、今度はようやく生き返って、いろいろな活動をしはじめます。私たちがいろいろな欲求に従って活動するように、十個の指環や首飾りの珠の指示に従って……」

「あの……。ハダリーは唇の間から煙を出すのですか？」エウォルド卿は尋ねた。

「私たちがするようにね」そう言うと、エジソンは大真面目な顔で、卿と自分が吸っていた葉巻を示した。「ほら、こんなふうに……。もっとも、ハダリーの場合は、口のなかに金属の粉も水蒸気も残さないようにするためですが……。最初に溜まっていた水は、電気の力であっというまに蒸発してしまうので、こうすればあとには何も残らないのです。そうですね。もし、ハダリーの口から白い煙が出てくるのが気になるなら、水煙管《みずぎせる》を持たせましょうか？　そうしたら、煙を吐き出しても不自然ではありませんから……」

「なるほど……。ハダリーの持ち物にはなんらかの意味があるのですね？　では、腰の三日月刀にも？　先程、抜き身で腰のベルトに刺さっていたような気がしたのですが……」

「あの三日月刀の一撃をかわせる者はひとりもいません。しかも、その一撃で、即死してしまいます。ええ、ハダリーはあの武器を自分を守るために使うのです。たとえば、あなたがしばらく席をはずしている間に、ハダリーが寝椅子でじっとしているとしましょう。そんな時に、ハダリーが眠っているのだと思って、訪問客の誰かがハダリーにいたずらをしようとするかもしれません。そうしたら、ハダリーは自分で自分の身を守るために、この武器を使うのです。ハダリーはあなた以外のどんな人間にも身体を触ることを許しません。あなたのことはちゃんと認識しますので、大丈夫ですが……」

「ということは、ハダリーは目が見えるんですか？」

「見えるということの意味によりますが……」エジソンは答えた。「私たちだって、目が見えると言っていいのかどうか……。ともかく、ハダリーは見通すことができるのです。少なくとも、自分が見通したということを証明することができます。いや、それについては、またいずれお話しすることにして、さっきも言ったように、ハダリーはまだ子供です。それだけに残酷で、死というものもよくわかっていません。だから、簡単に人を殺せるのです」

「では、最初にその三日月刀を取りあげてしまったら、どうでしょう？」

「やりたいという人がいたら、やってみるんですね」エジソンは笑いながら答えた。「世界じゅうのどんな怪力の持ち主でも、ハダリーから三日月刀を奪いとることはできませんよ。それどころか、空でも陸でも海でも、この地球上のどんな生物が襲ってきても、ハダリーはたちまち撃退してしまうでしょう」

「どうして、そんなことが？」エウォルド卿は尋ねた。

「この三日月刀の柄《つか》には、恐ろしい威力を持つ雷級の電気が好きなだけ蓄えられるようになっているからです」エジソンは答えた。「そうして、ハダリーが左手の小指にはまったオパールの指環に触れると、そのオパールの小さな石がスイッチになっていて、柄から刀身に強力な電気が流れる仕掛けになっているのです。刀身から放たれる稲妻は三十センチの長さにも達しましょうか。電流は肉の間を通ってくるので、その分、雷鳴は小さくなりますが……。しかし、完全な雷です。こうしてどこかのお気楽者が、ごくごく軽い気持ちで、『この眠れる森の美女に口づけをして、目を覚まさせてやろう』などと考えたとしたら、それを実行に移した瞬間、その〈眠れる森の美女〉が静かに放つ〈雷〉に打たれて、死んでしまうわけです。足は折れ、顔は黒こげになって……。ハダリーの服に指一本触れないうちに、その足もとで苦しみに悶《もだ》えながら……。ハダリーは貞淑な女なのです」

「それはつまり……」エウォルド卿は落ち着いて言った。「その色男の口づけが雷のスイッチになるというわけですね」

「そのとおりです。そのいっぽうで、この三日月刀の電撃力を無力化したいと思ったら、それにはこのガラス棒を使ってください。これは緑柱石[21]を材料としてつくった強化ガラスですが、その材料の性質もあって、外から大量の電気を取り込むことができます。そこで、このガラス棒をオパールの指環に当てると、指環を通じて、三日月刀の柄に蓄えられていた電気がガラス棒に流れ、そこに蓄えられるようになるわけです。このガラスは、ローマ皇帝ネロの時代にはよくつくられていたのですが、その後、製法がわからなくなっていました。それを私が見つけだしてきたのです。この製法を使うと、金属のように硬いガラスができるのですよ」

そう言うと、エジソンはその長いガラス棒をつかみ、黒檀のテーブルに激しく打ちつけた。棒はたわんだが、折れはしなかった。

しばらく、沈黙が流れた。話を変えようと、エウォルド卿は冗談まじりの口調で尋

21　六角柱状の鉱物で、ベリリウムを含む。宝石質のものはベリルと呼ばれる。アクアマリンやエメラルドもその一種。

ねた。

「ハダリーは入浴するのですか？」

「もちろんですよ。それも毎日ね。あたりまえのことですが……」まるで、その質問が意外だったかのように、エジソンは答えた。

「そうですか……。でも、全身を水に浸けたりして大丈夫なのでしょうか？」

「心配いりません。まず、皮膚ですが、先程も申しあげたように、皮膚は薄い素材にカラー写真の感光技術を使って、肌の色をプリントしたものを使っています。これは普通のカラー写真と一緒で、感光させた素材を、少なくとも数時間、現像液に浸けて、十分に発色させ、そのあとで表面にフッ素加工を施し、色が消えないようにしています。また、防水処置を行なっているので、水に濡れても大丈夫です。ということで、ハダリーが入浴しても、皮膚に影響はないのです。

また、首飾りの左側にある薔薇色《ばらいろ》の大理石の珠に触れると、外部とつながっている部分の口がガラスで密閉される仕掛けになっていますので、浴槽の水が内部の器官に入ってくることはありません。だから、安心して、この泉の精《ナーイアス》[22]を沐浴《もくよく》させてくださって結構なのです。入浴の時に使う、ハダリーのお好みの香料については、説明書に書いてありますので、それをご覧になってください。

そうそう、あなたはミス・アリシアが入浴後に、長い髪を後ろに払う仕草が好きだとおっしゃっていましたね。その仕草をハダリーがそっくりそのまま、ミス・アリシアのするとおりに再現するように、ハダリーの器官のひとつである〈円筒型動作記憶盤〉に保存しておきましょう」

「〈円筒型動作記憶盤〉ですって？」

「そうです。あとで下に行った時に、実物をお見せしますよ」笑みを浮かべながら、エジソンは言った。「実際に見ていただいたほうが、説明が簡単ですからね。よろしいですか？　ここであらためて言っておきますと、ハダリーは幻覚を生じさせる機械なのです。すなわち、ハダリーが〈人間であるという幻覚〉を生じさせる機械ということですが……。いや、ハダリーがどれだけ人間そっくりにふるまうか、これは驚くべきほどです。人類に対する礼儀上、私はハダリーに欠点まで与えましたよ。さまざまな種類の人間の女性が持っている欠点を……。いや、もちろん、その欠点は消すこともできますが……。しかし、さまざまな種類の女性が持っている欠点をその身ひとつに有しているということは、とりもなおさず、ハダリーのなかにはさまざまな女性

22　ギリシア神話に登場する妖精の種族で、泉や川の精霊。

がいるということを意味します。人間がいくつもの夢の世界を持つように、ハダリーはいくつもの女性の世界を持っているのです。言い方を換えれば、いくつもの〈幻覚〉を生じさせることができると言ってもいいでしょう。ただし、そのなかで、ハダリーだけは、そう言ってよろしければ、完璧です——欠点はありません。ハダリーはいくつもの女性の世界を支配して、その女性たちを演じるにすぎないからです。ええ、ハダリーは素晴らしい女優なのです。ミス・アリシアとはちがっていますが、しかし、ミス・アリシアと同じくらい、確かな才能のある女優なのです」

「しかし、それなら——ハダリーがさまざまな種類の女性を演じるだけなら、ハダリーは〈存在〉しないということでは？」

「おお、〈存在〉ですか？〈存在〉の概念それ自体については、多くの哲学者たちがつねにその意味を問うていますが、たとえばヘーゲルは、その驚くべき弁証法によって、純粋概念としての〈存在〉と、純粋概念としての〈無〉のちがいは、単に見方の問題にすぎないと言っています。したがって、ハダリーが〈存在〉するかどうかという問題の答えは、ハダリー自身が教えてくれるでしょう」

「それは言葉によって？」

「ええ、言葉によって……」

「普通の意味では、ミス・ハダリーには〈魂〉もないのに？　〈魂〉がなければ〈自我〉もないし、そこから出てくる言葉にも意味はないでしょう」

その言葉に、エジソンはびっくりしたような顔をした。エウォルド卿を見つめながら言う。

「しかし、エウォルド卿。あなたは先程、ミス・アリシアについて、『ああ、誰かが、あの〈魂〉をあの〈肉体〉からひきはがしてくれたらいいのに！』とおっしゃったじゃありませんか？　あなたは自分が求める、ミス・アリシアの〈幻影〉を呼びだしたのです。ミス・アリシアから、あなたを悩ませていた〈通俗的な自我〉を抜きだして、外見だけそっくりにした〈幻影〉を……。その呼びかけに応じて、ハダリーが現れた。〈理想のミス・アリシア〉を演じるために……。つまり、そういうことですよ」

それを聞くと、エウォルド卿は深刻な顔つきで、考えこんだ。

第10章　女はみんなこんなもの《コシ・ファン・トゥッテ》

女というものは、いつも好き嫌いで評価をする。

——ラ・ブリュイエール

「だいたい、ハダリーがミス・アリシアのような〈通俗的な自我〉を持たないからといって、何が失われると言うのです？」エジソンは軽い口調で続けた。「むしろ、得るもののほうが大きいのでは？　少なくとも、あなたはそうお思いになるはずです。なにしろ、あの芸術的な〈肉体〉からすれば、ミス・アリシアの〈自我〉は低劣な蛇足で、傑作を台無しにする染《しみ》にすぎないとお考えなのですから……。ただ、その染が最初からついていて、どうしても取ることができないので、お悩みになっていたわけです。

いや、それはともかく、だいたい、女などというものに、〈自我〉があるのでしょうか？　もちろん、今時の女にということですが……。まあ、これはちょっと言いすぎですかね？　そんな主張はかつて『女性に魂があるか』を問題にしたことがあるキリスト教の公会議であっても、口にするのをはばかられるようなものかもしれません。けれども、私が思うに、女はやはり気分でしか物事を判断しないし、その判断も自分が好意を持っている男の考えに従っているだけです。女というものは、十度結婚したら、十度ちがった女になれるのです。十度とも、自分がもともとそんな考えを持っていたと信じて……。

それでも、あなたはこうおっしゃるのですか？　『女に〈自我〉がある』と？　〈自我〉というのは、〈精神の深奥《しんおう》〉とも言うべきものですが、それは何よりも、〈知的な友情〉を持てるかどうかに表れます。だからこそ、古代ギリシアやローマの共和制国家では、二十歳になった時に、〈友人がいる〉ことを証明できない若者は、『自我がない』、すなわち『大人になっていない』という非難を免《まぬか》れなかったのです。〈友人〉は〈第二の自我〉なのですから……。歴史をひもとけば、処刑される友人が所用をすませる間、身替《みがわ》りを申し出て、また身替りをしてくれた友人のために処刑場に戻ってきたダモンとピュティアス、[23]父親の仇《かたき》を討つべく母親を殺したオレステスと、オレ

23　太宰治「走れメロス」の元になったエピソード。

ステスの仇討ちを手伝い、オレステスの頭がおかしくなっても真摯《しんし》な友情を捧げたピュラデス、親友のアキレウスの代わりにその鎧《よろい》を身につけて出陣したパトロクロスと、その戦いで死んだパトロクロスのために戦場に向かい、その仇を討ったアキレウスなど、男たちの友情に満ちた物語は枚挙に暇《いとま》がありません。では、女たちの友情はどうでしょう？　エウォルド卿、人類の歴史を振り返った時に、女の友情を描いた物語がありましたでしょうか？　いえ、そんなものはありません。どうしてか？　女には〈自我〉がないからです。〈自我〉のない者に〈第二の自我〉はできようがありません。しかも、女たちは互いに、自分にも相手にも〈自我〉がないことがわかりすぎるほどよくわかっているので、〈友人〉のふりをして、お互いに騙《だま》されることもないのです。そうなのです！　女たちは相手を競争相手だとしか思っていません。それは、現代の女たちがすれちがった女の服を振り返って眺める目つきを見れば、たちどころに理解できると思います。そして、この原理は恋愛においてもあてはまります。女は――本人たちがなんと言おうと――ほかの女に勝ちたいという見栄のために恋愛をします。そこにあるのは見栄だけです。相手の男から愛されるというのは、二の次でしかありません。ほかの女よりも愛されること――女が望んでいるのはそれだけです。そして、それこそが女というスフィンクスの謎を解く、ただひとつの鍵なのです。

そう考えたら、この文明化された現代の社会においても、幾人かの例外を除いて、女たちがいつも自分を愛する男を軽蔑する——その理由が簡単に説明できるでしょう。というのも、女を愛してしまったために、その男はほかの女とその女を比較することができないという取り返しのつかないミスを犯してしまったからです。生理学者たちは、『現代の恋愛は、結局のところ、粘膜の接触の問題にすぎない』と言いますが、物理学の立場からすれば、『現代の恋愛は、磁石と電気の間のバランスの問題だ』ということが言えるでしょう。ただし、男と女が引き合うという現象において、〈自我〉はもちろんこの電磁気学的な現象に影響を及ぼしてはいますが——しかし、それは磁石の両方の極に必要なものではありません。どちらかいっぽうの極にあればよいのです。あとは〈暗示の力〉です。暗示がどれほど威力を発揮するかは、毎日、多くの出来事が証明しています——これはいわば、自明の理です。つまり、〈自我〉を持つのはあなただけでよいのです。あとはご自分に〈暗示〉をかけて……」

そこまで言うと、エジソンは口をつぐんだ。それから、笑みを浮かべて、話を締めくくった。

「いや、このへんでやめにしておきましょう。私の言ったことは、女性に対して失礼でしょうからね。幸い、ここにいるのは、あなたと私のふたりだけですが……」

それを聞くと、エウォルド卿はつぶやくように答えた。

「確かに、ぼくはひとりの女性によって悲しい思いをさせられました。でも、そのぼくから見ても、エジソンさん、今の話は女性に対して、厳しすぎるように思いますよ」

第11章　騎士道的な話

悲しむ人の慰め　私たちのためにお祈りください。

——聖母連禱《れんとう》

その言葉に、エジソンは顔をあげた。

「ちょっと待ってください。エウォルド卿、今、私がしているのは、〈愛〉の話ではありません。〈恋〉の話です。もしこれが〈恋〉という肉体的な欲望に関係する話ではなく、もっと別の——たとえば、神や祖国に対する〈愛〉といったものでしたら、同じく女性について語るにしても、その語り方はまったくちがうものになっていたでしょう。いや、もちろん、私が話しているのは、我々と同じ人種に属する、先進地域の女性のことで、よその地域の女性のことではありません。我々がそんな女と結婚することは考えられませんからね。ですから、私は先進地域の女性について話しているのですが、そういった白人女性のなかには、自分の義務を進んで果たし、献身や自己犠牲もまったく厭《いと》わない、健全で、清く、また正しい女性がたくさんいます。子供を産むために腹を痛めるだけではなく、崇高な目的のためならいつでも腹を引き裂かれる覚悟のできている女性が……。そんな女性たちのことを忘れているというなら、それこそ、私は自分で自分をおかしいと思うでしょう。

ええ、忘れようたって、忘れられるものですか！　果てしない宇宙の深淵のなかに浮かぶ、地球というひと粒の星のなかで――宇宙全体から見たら原子ほどの大きさしかない冷たい星のなかで、崇高な愛に生きる、多くの選ばれた女性がいることを――私たちの人生の伴侶となる、多くの善良な女性がいることを、どうして忘れられるでしょう。歴史をひもとけば、炎に焼かれ、恐ろしい拷問に耐えながらも、信仰のために、笑みを浮かべて死んでいった乙女たちが大勢います、この乙女たちは天から選ばれ、女性ならではの直観によって、信仰に身を捧げたのですが、そのことによって、ついにはその〈直観〉を〈魂〉にまで高めたのです。あるいは、神秘のヴェールに包まれたヒロインたち――なかでも、祖国の解放のために戦ったヒロインたちのことは忘れることができません。それから、戦争に負け、奴隷となって鎖につながれた夫たちの前で、短剣でみずからの胸を刺し、血まみれの優しい接吻《せっぷん》を贈りながら、息も絶えだえに、『さあ、あなた、短剣など、痛くもなんともありませんわ[24]』と言って、自決を促した女性たちのことも……。そして、最後に、貧困や病に苦しむ人たちに寄りそい、故郷を追われた身寄りのない人々に手を差しのべて、ほかの女たちから軽蔑の笑みを向けられ、言いようのない屈辱を味わいながらも、決してその女たちの真似《まね》をしようとはせず、賢く聡明に生きた女性たちのことも……。そんな女性は数かぎりなくいます。いや、ここに挙げたのはほんの一例で、わざわざ歴史をひもといて、こういった女性たちの例を出さずとも、〈快楽的な本能〉よりも〈崇高な直観〉に従う女性はいつの時代にもいましたし、これからもいるでしょう。けれども、今、私たちが直面している問題に、そういった女性は関係ありません。私は別に、この実験室でそんな女性をつくりだそうとしているわけではないのです。だから、〈恋〉ではなく、〈愛〉の世界で輝く、人類が生みだした〈高貴な花〉とも言うべき、そういった素晴らしい女性たちのことは、この際、考えないことにしましょう。私が先程お話ししたのは、それとは別の女――お金で態度を変えさせることができる女のことです。この

24　作者の念頭には、第四代ローマ皇帝クラウディウスに反逆して自殺を命じられたパエトゥスの妻アッリアのことがあったと思われる。自殺をためらう夫に、アッリアは短剣でみずからの胸をつき、この言葉を残した。

女たちについての私の意見は、先程とまったく変わりません。それにまちがいないと断言できます。今から、その意見を繰り返してお話ししようとは思いませんが……。もう一度、ヘーゲルを引用するのであれば、《一度言うのも、何度も繰り返して言うのも、結局は同じこと》ですからね」

第12章　岐路――理想に向かう旅人たち

一行は暗い海に到着すると《アグレッシ・スント・マーレ・テネブラム》、その地を探検した《クイド・イン・エオ・エッセト・エクスプロラトゥリ》。

――ヌビアの地理学者、プトレマイオス・ヘファイスティオン[25]

その言葉には答えず、エウォルド卿は立ちあがると、熊の毛皮をはおって、帽子をかぶった。それから、手袋のボタンをはめると、片眼鏡《かためがね》の位置を直し、葉巻をくわえて、静かに火をつけた。

25　エドガー・アラン・ポー作、ボードレール訳「エレオノーラ」からの引用。ポーは晩年の論文『ユリイカ』のなかで、この言葉は、ヌビアの地理学者プトレマイオス・ヘファイスティオンのものだとしているが、これはポーのまちがいで、アレクサンドリアの地理学者クラウディオス・プトレマイオスのものだと思われる。なお「エレオノーラ」には《ヌビアの地理学者》としか書かれていない。

「エジソンさん、どうやらあなたは、すべてのことに答えを用意なさっているようですね。よろしかったら、出かけましょう」

「では、さっそく……」卿の言葉にエジソンも立ちあがった。卿と同じように、熊の毛皮をはおって続ける。「先程、出かけようとしていた時から、三十分近くもたってしまいましたからね。ニューヨークからメンロパークに向けて出発する汽車は、今から七十六分後には缶《かま》を焚いて、走りはじめます。そこから、メンロパーク駅までは一時間四十五分ですから、私たちに残されているのはあと百八十一分。つまり、三時間しかないことになります。

それはさておき、ハダリーは地下のかなり深いところに住んでいます。おわかりいただけますね。私は〈理想の国〉を誰もが簡単に来られる場所につくりたくなかったんです。毎晩、ほかの仕事が終わってから、長い年月をかけて、私はハダリーを生みだしました。しかしながら、それだけの労力をかけても、私はハダリーを秘密にしていました。いつかその時が来るまでは、〈理想の国〉に閉じ込めておきたかったからです。

これから行く、その〈理想の国〉というのは、地下百メートルほどのところにあって、ふたつの広い洞穴からなっています。この洞穴はその昔、何世紀にもわたってこの地に住んでいた部族、アルゴンキン族の首長たちの墓所となっていたのですが、それを私がハダリーの居場所としてつくりかえたのです。ええ、こういった地下洞穴はアメリカ大陸では決して珍しいものではなく、特にこのニュージャージー州には数多く見られます。それで、ある時、私はこの研究所の地下にそういった洞穴があるのを発見し、秘密の場所として利用することにしたのです。そのために、私はまずふたつの洞穴のうち小さなほうに、首長たちのミイラや粉々になった骨を運び、丁重に葬りました。それから、その霊廟《れいびょう》の入口を塞ぐと（この口を再びあけることはおそらく永久にないでしょう）、洞穴の大きいほうの壁をアンデス山脈の火山帯から運ばせてきた玄武岩で覆いました。そうして、こちらの洞穴をハダリーの部屋にしたのです。

そう、ハダリーと彼女の鳥たちの部屋に……。というのも、私は普段、縁起などかついだことがないのに、最後の最後になって、この知性を備えた娘を霊廟の隣にひとりで置きたくないと思ってしまったのです。だから、そこには鳥たちがいて、花が咲きみだれているのですが、そのせいもあって、この地下の王国は〈妖精の国〉のようになっています。ええ、〈電気の妖精の国〉です。そこでは、私がつくった強力な発電機によって稲妻が光り、電流が躍っています。そこにハダリーは住んでいるのです。普段はおしゃべりもせずに……。もうひとりの女性と一緒に……。この〈理想の国〉

に行く道を知っているのは、ハダリーと私、そして、そのもうひとりの女性だけです。この旅にはつねに危険な可能性が伴いますが――それはどうやってそこに行くのかがわかれば、あなたにもおわかりになることと思います――けれども、その危険が今夜、私たちに起きることはまずないと言っていいでしょう。とはいえ、そこに着くまでには寒いところを通っていかなければなりませんので、熊の毛皮が必要になります。これさえはおっていれば、風邪をひいて、肺炎になる心配もありません。何、昇降機を使って、まっすぐ下に降りていくだけなので、時間はかかりません。私たちは矢のように下に着いてしまいますよ」

「それは素晴らしい！」微笑を浮かべながら、エウォルド卿は言った。

おそらく、その顔を見逃さなかったのだろう、エジソンはこう言って、話を締めくくった。

「どうやら、お顔に笑みが戻ってきたようで……。これはよい徴《しるし》です」

ふたりはしばらくの間、葉巻を口にくわえたまま、その場で見つめあった。それから、胸の前で毛皮をかきあわせると、帽子の上にフードをかぶせた。

先に歩きだしたのはエジソンだった。エジソンは先程、ハダリーが現れた壁の前まで、エウォルド卿を先導していった。部屋の隅の暗がりのなかで、壁は今はぴったりと閉じていた。

「白状しますと」エジソンが続けた。「私はひとりになることが必要になると、この地下の〈理想の国〉に行くことにしているのですよ。そこには先程、話した女性がいて、あらゆる悩みを魔法のように消し去ってくれるのです。そう、特に〈発明のドラゴン〉が目に見えない〈閃《ひらめ》きの翼〉で私を打つ時には……。そんな時には、私は地下に降りていき、考え事に耽《ふけ》るのです。その女性にだけ聞こえるように、独り言をつぶやきながら……。そうして、地上に戻ってきた時には、悩みはすべて解決しているというわけです。ですから、私にとって、その女性は〈水の精エゲリア〉——聖域の木立に水を捧げると、知恵と預言を授けてくれるという〈水の精エゲリア〉のようなものなのです」

そう冗談まじりの口調で言うと、エジソンは壁に取りつけてあった器具の円盤《ダイヤル》を回した。すると、不思議な火花が散って、壁が扉のように開きはじめた。その向こうには、翡翠《ひすい》の天井から大理石の床まで、壁一面が豪華な黒いモワレ模様の天幕に囲まれた、半円形の〈奥の間《ま》〉が見える。

「降りましょう」エジソンが続けた。「〈理想の国〉に行くためには、〈モグラの王国〉を通っていかなければならないのです」

それから、明るい光に照らされた、この眩《まば》ゆいばかりの奥の間を示すと、もったいぶった会釈をして、つぶやくように言った。

「卿、どうぞ、お先に……」

第三巻　地下の楽園《エデン》

第1章　地獄に降りるは易し《ファチーリス・デシェンスス・サウェールニ》[1]

メフィストフェレス　降りるも昇るもひとつことだ。

――ゲーテ『ファウスト』（第二部）[2]

ふたりは敷居をまたいで、光り輝く、その小さな部屋に入った。先程は気がつかなかったが、半円形の部屋の周囲には、台形に四本の鉄柱が立っていて、その鉄柱の中程には金属の輪がついていた。

「どうか、これにつかまってください」

その輪を指さしながら、エジソンが言った。エウォルド卿は言われたとおりにした。

いっぽう、エジソンは天幕の後ろに隠してあった鋳鉄のハンドルをつかむと、縄目模様のところに指をかけて、思いきり引っ張った。

すると、突然、大理石の床がゆっくりと動きはじめた。鉄柱がはめこんである四本のレールに沿って、恐ろしい音をたてながら、下に降りていく。先程、ハダリーが現れる前に聞こえてきた地下の霊廟《れいびょう》を地上にひきずりだすような音は、この大理石の床が下からあがってくる音だったのだ。

ふたりはこうして、しばらくの間、地下に下っていった。天井の明かりはだいぶ小さくなっている。洞穴はそれほど深いのだ。

《《理想の国》に行くにしては、不思議な行き方をするものだ》エウォルド卿は考えた。その隣では、エジソンが黙って立っている。

その間も、大理石の床は地下に潜りつづけている。

闇は次第に濃くなっていき、もうほとんど何も見えない。ただ、空気の冷たさに、吐く息が白くなることだけはわかった。どこからか、湿った土の匂いがしてくる。闇はじめじめしていた。

床の下降は止まらない。天井の明かりは、もう星のように小さくなっていた。あの

1　ウェルギリウス『アエネーイス』第六巻一二六。

2　ネルヴァル訳をアレンジしたもの。ネルヴァル訳では、《さあ、降りろ！「昇れ！」と言ってもかまわないが……。いずれにしろ、同じことだからな》となっている。

星は人類が手に入れた〈最新の火〉だ。その人類が住む世界からは、今はもう遠く隔たった場所に来てしまったのだ。

やがて、その星も消えた。エウォルド卿は地獄の底にいるように思った。

だが、それでも、隣にいるエジソンに話しかけないように自制した。エジソンの沈黙を邪魔したくなかったのだ。

降りる速度はますます速くなっている。今や、降りているというよりは、落ちているようだ。床だけが先に落ちていって、自分の足が宙に浮いているような気さえする。聞こえるのは、地鳴りのような、ごろごろという単調な音だけだ。

が、そこで、エウォルド卿は急に耳をすました。その単調な音のなかに、誰かの歌うような声が交じっているように思えたからだ。笑い声や、ほかの人の声も聞こえる気がする。

そのうちに下降の速度はだんだん遅くなり、ついには軽い衝撃とともに、大理石の床が止まった。

すぐ目の前には扉がある。その扉は「開け！　ごま」と魔法の呪文を唱えたかのように、蝶番《ちょうつがい》を中心にして、くるりと開いた。すると、鼻先に薔薇《ばら》の香りと龍涎香《りゅうぜんこう》の香り、それから大麻の匂いが漂ってきた。

〈ここは喩《たと》えて言うなら、その昔、バクダードの宮殿の地下に、カリフたちが気まぐれでつくった秘密の空間のようだ〉エウォルド卿は思った。

いっぽう、エジソンはふたりがつかまっていた金属の輪を壁に埋めこまれた頑丈そうな鉤釘《かぎくぎ》に引っ掛けると、卿のほうを向いて言った。

「エウォルド卿、ようこそ、いらっしゃいました。どうぞ先にお入りください。私は用事をすませてから行きますから……」

第2章　魔法の国

これほど空気が馨《かぐわ》しいと、死ぬこともできないね。
――ギュスターヴ・フローベール『サランボー』

地下室の床にはライオンの毛皮が敷きつめてあった。その毛皮の上を歩きながら、エウォルド卿はあたりの様子を見まわした。

部屋は広く、青白い光で明るく照らされている。

形は円形だが、ふたつの半円に分かれていて、手前の半円では壁から少し離れたところに太い柱が間隔を置いて立っていて、玄武岩の丸天井まで伸びている。その結果、この広間の入口からはもうひとつの半円のところまで、右と左に半円形の柱廊ができていた。柱の模様はシリア風のデザインを現代的にしたもので、青みがかった地に銀色の朝顔と長い蔓《つる》をモチーフにした絵が下から上まで描かれている。丸天井の中央には金色の長い棒の先に、大きな青い電球が吊りさげられていた。下から見あげると、それは青白い星のように見えた。実際、丸天井は、目が眩《くら》むほどの高さにあり、色は深い墓穴を覗《のぞ》きこんだように黒一色なので、天井というよりは、夜の天空を思わせた。その漆黒の闇のなかに青白い星がひとつ光っているのを見ると、惑星の世界を離れて、暗い宇宙空間にいるような気がしてきた。

入口から見て奥の半円は、庭園によくあるようなすり鉢状の花壇になっていて、そこには東洋の薔薇《ばら》や西インド諸島の花々、何千もの蔓草が、空想の風にそよぐかのように、電気仕掛けで揺れていた。というのも、この草花は本当のものではなく、ほのかに光る美しいめしべも、馨しい露を置いた花びらも、緑の葉も、柔らかい生地などでつくられた人工的なものだったからだ。花壇はすり鉢状になっているので、花々は赤や黄色や紫に咲きみだれながら、だんだんと色合いを変え、色彩が織りなすナイアガラの滝となって、壁の中程から広間の中央に流れ落ちていた。そこには雪花石膏《アラバスター》の噴水があって、噴きだした水が白い雪のような雫《しずく》になって、水盤に落ちていた。そうして、この人工の花園の上では、フロリダ半島や西インド諸島のユニオン島にいるような色とりどりの南国の鳥たちがところどころに植えられた木々の枝にとまっていた。

いっぽう、手前の半円では、庭園が始まるところまで、入口から見て右側も左側も、床から天井まで玄武岩の壁に革が張られていた。革はスペインのコルドバ製で、美しい金箔《きんぱく》の模様が押されていた。

ハダリーは柱のそばにいた。あいかわらず長いヴェールで全身を覆い、二本のろうそくに照らされて、黒いグランドピアノの縁に肘をついて立っている。エウォルド卿を認めると、ハダリーは初々しい乙女のような優美な仕草で、軽く会釈をした。

その肩には、これももちろん人工の鳥だろう――しかし、それとはわからないほど精巧にできた極楽鳥が一羽、美しい宝石でできた冠羽《かんむりばね》を左右に揺らしながらとまっていた。鳥はハダリーの耳もとに、貴婦人に仕える小姓のような声で、何か知らない言葉を囁《ささや》いて、ハダリーと話しているように見えた。

部屋の中央の噴水の近くには、天井から金色の棒で吊りさげられた大きな電球の光のもとで、斑岩《はんがん》の長い一枚板のテーブルが青白く輝いている。その端には、何に使うのか、上で見た、あの人工の腕をのせていたのと同じような絹のクッションが固定してあった。クッションの近くには象牙の板があって、その上にはガラスの用具を入れた道具箱が蓋をあけたまま、のせてあった。また、反対側の端には、これも何に使うのか、鋼鉄の輪がふたつ取りつけてあった。

　テーブルから離れた場所には、電熱線を人工の炎のかたちにしたストーブが、銀の反射鏡によって熱を輻射《ふくしゃ》して、部屋を暖めていた。

　あとは黒い繻子《サテン》の寝椅子とそこにのせたクッション、丸椅子が二脚とその間にある小型円卓、そうして黒檀《こくたん》の額縁にはまった白い布のスクリーンがあるだけで、そのほかには家具と呼べるようなものは何もなかった。額縁は〈黄金の薔薇〉で飾られ、壁面のちょうど電球が吊りさがったくらいの高さに掛けられていた。

第3章　鳥たちの歌声

朝の鳥たちの歌も、夜の鳥たちの
荘厳な歌声もまた……

——ミルトン『失楽園』[3]

さて、すり鉢状の花壇では、たくさんの鳥たちが木々の枝にとまって、人工の嘴《くちばし》を羽毛につっこんで、毛づくろいをしていたが、それはあまりに精巧にできていたので、〈生命〉というものを嘲弄《ちょうろう》しているようにも思えた。いや、まちがいなく嘲弄していたにちがいない。鳥たちは、さえずりの代わりに、人間のような笑い声をたてていたからだ。

だが、驚きはそれだけではすまなかった。エウォルド卿が一歩、中に向かって歩を進めると、すべての鳥が静かになり、いっせいに卿のほうを向いて、興味深げに見つめたのだ。と思うまもなく、あちらこちらから同時に笑い声があがった。男の声もすれば、女の声もする。エウォルド卿は一瞬、花壇のなかに大勢の人間が隠れているのかと思った。

　そして、このあまりにも思いがけない出迎えに、思わず立ち止まって、まわりの光景を見ながら考えた。

〈もしかしたら、エジソンさんは魔法を使って、悪魔の一団を、ここにいる鳥たちのなかに閉じ込めてしまったのだろうか？〉

　が、その瞬間――おそらく昇降機にストッパーをかけていたのだろう――入口の暗がりのなかから、エジソンの声がした。

「エウォルド卿、蓄音機のスイッチを切るのを忘れていましたよ。このままだと、この連中、あなたに敬意を表するために朝の讃歌《オーバード》でも歌いだしかねませんね。今夜、あなたがここにいらっしゃることがわかっていましたら、蓄音機の電源を切って、この鳥たちに笑い声などたてさせませんでしたのに……。ええ、ハダリーの鳥たちは翼のある蓄音機なのです。ただ、この楽園をつくった時、私はここにいる鳥たちに、なん

3　ミルトン『失楽園』第四巻。ただし、正確な引用ではなく、近くにあったふたつの詩句を抜粋している。

の意味もないさえずりをさせるつもりはありませんでした。そんなのは時代遅れですからね。進歩の精神に反します。ですから、ここにいる鳥たちには人間の言葉をしゃべらせ、人間の声で歌わせ、人間の笑い声をたてさせたかったのです。実際、本物の鳥たちは、いくらこちらが言葉を教えようとしても、おかしなイントネーションで繰り返すのが関の山ですからね。そこで、私は自宅や研究所を訪ねてくる客がたまたま口にした言葉を蓄音機に録音しておいて、そのなかの面白いものや変わったもの、感心したものを、ここにいる鳥たちにしゃべらせることにしたのです。ええ、上にある、私が発明した未発表の装置を使ってね。まあ、これは私が昇降機をこの地下に繋《つな》ぎとめている間のつまらない余興と考えてください。この鳥たちの笑い声をやめさせるより、昇降機を係留するほうがよっぽど重要ですからね。昇降機が変ないたずら心を起こして、私たちをこの地下に残したまま、はるか地上にのぼっていったりしたら、大変なことになりますから……。そうですね。もうひとつ余興をお見せしたところで、この笑い声はハダリーにやめさせましょう」

そう言うと、エジソンはハダリーに声をかけた。その言葉に、エウォルド卿はハダリーのほうを見た。ハダリーは銀色の胸を静かに上下させて、呼吸をしている。

と、突然、ピアノがひとりでに音を鳴らして、豊かな和音とともに曲を演奏しはじめた。その様子は、透明な指が鍵盤を叩いているように見えた。

やがて、その曲に合わせて、ハダリーが歌いはじめた。ヴェールをつけたまま……。

この世のものとは思われないほど、優しく、女らしい声と歌い方で……。

どうぞ　お帰りになって　怖れを知らないあなた
この扉を入っても　希望は叶《かな》わず　悲しみに暮れるだけ
わたしは愛に呪われた身　天上には参れぬ身なれば
どうぞ　お帰りになって　両目を閉じて
わたしは愛に呪われた身　枯れた花にも劣る身なれば

その歌の内容が歓迎とは程遠いものだったので、エウォルド卿は驚きのあまり、身体が固くなるのを感じた。

すると、その瞬間、この歌に呼応するように、地獄で開かれた魔女の集会のような恐ろしい声が、すり鉢状の花壇のあちらこちらであがった。

エジソンのところに来た客たちの声が、鳥たちの喉から聞こえてくるのだ。それはエジソンの発明に対する賞賛であったり、つまらない質問だったり、あるいは突飛《とっぴ》な感想だったりした。そのなかには、感嘆のあまり拍手をする音、感激して手鼻をかむ音、さらには発明品を利用しようとして、「金を出そう」という声もあった。だが、そこでハダリーが合図をすると、エジソンを讃《たた》える鳥たちの声は、すぐさまやんだ。

エウォルド卿は何も言わず、ただハダリーのほうをじっと見つめた。

その時、突然、どこかから小夜啼鳥《ナイチンゲール》の澄んだ歌声が聞こえてきた。鳴き声からすると、おそらくこの地下室のどこかの暗がりに、本物のナイチンゲールが潜んでいるにちがいない。この夜の貴公子の出現に、ほかの鳥たちはもう声をたてようともしなかった。夜のしじまを破る、この鳥の声を耳にした森の小鳥たちのように、しっかりと口をつぐんでいる。だが、この鳥はどこで鳴いているのだろう？　夜啼鶯《よなきうぐいす》、あるいは墓場鳥《はかばどり》と呼ばれる、この鳥は……。この地下室にいるのはまちがいないのだが……。もしかしたら、ハダリーの黒いヴェールを見て、夜になったと思ったのかもしれない。天井の電球を見て、青白い月だと……。

ナイチンゲールはそれからしばらくの間、美しい声でさえずっていた。そして、その声が激しく、哀調を帯びてきたところで、その歌は終わった。あいかわらず、どこにいるのかはわからない。だが、それはまちがいなく自然の声だった。その声を聞いていると、目の前に森が浮かんできた。はてしなく広がる空が浮かんできた。
だが、その声は……この人工の楽園には不釣り合いに思われた。

第4章　神

空間が肉体の場所であるように、神は精神の場所である。

――ニコラ・ド・マルブランシュ『真理の探究』

ナイチンゲールの歌が終わっても、エウォルド卿はうっとりとしていた。

「ねえ、きれいな声ではありませんこと？　セリアン様」ハダリーが卿に対して、苗字ではなく名前で呼びかけて言った。

「そうですね」ハダリーの顔を見ながら、エウォルド卿は答えた。「まさに神のおつくりになった声です」

「そうお思いになるなら、その声を楽しまれることね」ハダリーは言った。「でも、どんなふうにして、その声がつくられたのか、興味を持たれたりはしないことよ」

「そうしたからと言って、どんな不都合があるでしょう？」微笑を浮かべて、エウォルド卿は尋ねた。

「せっかくの素晴らしい歌声から、神様が姿を消してしまいますわ」ハダリーは落ち着いた声で、つぶやくように答えた。

と、そこに、エジソンが戻ってきた。

「エウォルド卿、どうぞ毛皮をお脱ぎになってください。この地下室は室温が快適になるように調整されていますからね。ここはいったん失われて、そして回復された楽園《エデン》なのです」

そう言うと、エジソンは重い熊の毛皮を脱いだ。エウォルド卿もそれにならった。

すると、エジソンは、『セビリアの理髪師』に出てくるドン・バルトロが、姪《めい》に話しかけているアルマヴィーヴァ伯爵を見るような警戒のこもった目つきで卿を見つめながら、こう続けた。

「それにしても、エウォルド卿、あなたはもうハダリーと仲よく、やりとりをなさっているようですね。おお、私にはかまわず、どうぞお続けください。どうぞ、どうぞ」

だが、エウォルド卿はハダリーとの会話を中断して、エジソンに話しかけた。

「しかし、エジソンさん。本物のナイチンゲールをアンドロイドに与えるとは！　ずいぶん奇妙なことをお考えになりましたね」

「ああ、あのナイチンゲールのことですか?」エジソンは笑いながら答えた。「こう見えても、私は〈自然〉が大好きでしてね。あのナイチンゲールの歌声を心から愛していたのです。ですから、二カ月前に、あの鳥が死んだ時には、もうそれは悲しくて……」

「なんですって?」エウォルド卿は思わず大声を出した。「さっき、ここで歌っていたナイチンゲールは、二カ月前に死んでいるのですって?」

「ええ。私はあの鳥の最後の歌を録音して、ここで流しているのです。けれども、その歌を再生している蓄音機は、ここにはありません。ここから四十キロメートル離れたニューヨークにあります。ええ、ニューヨークのブロードウェイにある、私の家の寝室のなかです。私はその蓄音機の線を電話につなぎ、その線は空を渡る電線につながって、私の研究所までやってきます。そうして、所内の配線を通じて、この地下室までやってくると、まずは花壇に入り、最後にこの花につながっているのです」

そう説明すると、エジソンは手もとの花のひとつをエウォルド卿に示した。

「そうなのです。この花がナイチンゲールの歌をうたっていたのです。茎の部分が電線になっていまして……。でも、大丈夫、触れてごらんになることもできますよ。この茎は絶縁体でできていますから……。ええ、強化ガラスの管のなかに電線を通してあるのです。それから、花の萼《がく》のところが、星が瞬くようにほのかに光っているでしょう？　あの部分はスピーカーになっているのです。ええ、蘭《らん》の造花ですが、よくできているとは思いませんか？　どうです？　この輝きはブラジルの高原やペルーの高地で朝靄《あさもや》を香気で染める、本物の蘭にもひけをとりません。いや、それ以上ですよ」

そう言いながら、エジソンは近くに咲いていた椿の花を手もとに引き寄せると、その中心にある電熱線で葉巻に火をつけた。

だが、エウォルド卿はそれより何よりナイチンゲールのことのほうが気になって、独り言をつぶやくように、エジソンに尋ねた。

「あのナイチンゲールが……。まさしく、本物の〈魂〉の歌を聞かせてくれたと思っていた、あのナイチンゲールが……。死んでいたと？」

「ええ。でも、それは必ずしも正確な言い方ではないかもしれません」エジソンは答えた。「なにしろ、あの鳥の魂は、こうして私が記録したのですからね。私は電気の力で、あの鳥の魂を呼びよせることができるのです。〈交霊術〉としては、なかなかのものだと思いませんか？　〈交霊術〉で言う〈霊気〉の流れは、ここでは〈電流〉と呼ばれています。そして、その〈電流〉は馨《かぐわ》しい香りを放つ、この蘭の造花のなかで、二カ月前に死んだナイチンゲールの〈魂〉をよみがえらせるのです。ただ、それと同時に熱と光も生みだします。そう、あなたはこの花のなかで赤く燃える〈魂〉の熱で、葉巻に火をつけることもできるのですよ。さあ、ナイチンゲールの〈魂〉で、葉巻に火をおつけになってごらんなさい」

それだけ言うと、エジソンはまた昇降機の入口のほうに、すたすたと戻ってしまった。扉のそばの壁に取りつけられたスイッチ盤の前で、番号のついたガラスのボタンをいくつか押している。

いっぽう、エウォルド卿はエジソンの説明を聞いて、冷たい手で心臓をぎゅっとつかまれたような思いでいた。あのナイチンゲールの声が録音だと知って、心が乱れ、悲しい気分が去らなかったのだ。

と、突然、誰かの手が肩に触れるのを感じて、エウォルド卿は驚いて、振り返った。

それはハダリーだった。

「ほら、ご覧なさい」聞いているほうが思わず震えてしまうくらい悲しそうな声で、ハダリーは言った。「あの素晴らしい歌声から、神様が姿を消してしまわれたでしょう?」

第5章　電気

おお、聖なる光よ！《ヘール・ホリー・ライト！》　最初に生まれし《ヘヴン・ドーター！》天上の娘よ！《ファースト・ボーン！》

——ミルトン『失楽園』[4]

と、その時、戻ってきたエジソンがハダリーに声をかけた。

「ミス・ハダリー」軽く頭を下げながら続ける。「私たちは、はるか地上からこの地下の世界にやってきたのだ。旅のせいで、私は喉が渇いたのだが……。おそらく、卿もね」

それを聞くと、エウォルド卿のそばに行って、ハダリーが尋ねた。

「エールになさいますか？　それとも、シェリーのほうがよろしいですか？」

4　ミルトン『失楽園』第三巻。英語からの引用。ただし、正確な引用ではなく、offspring（子孫）という言葉の代わりにdaughter（娘）という言葉が入っている。

とっさのことに、エウォルド卿は一瞬、ためらった。だが、すぐに気持ちを落ち着けて言った。

「では、よろしかったら、シェリーを……」

ハダリーは部屋の隅に行くと、壁につくりつけられた棚の前に立った。その棚には乳白色のオパールのように色を霞《かす》ませたヴェネチアングラスの小さなワイングラスが三つ、藁《わら》を巻いたシェリー酒の瓶、それから香りがよく、どっしりとしたキューバの葉巻の入った箱がひとつ、盆の上にのせてあった。

その盆を二脚の丸椅子の間にある小型の円卓まで運んでくると、彼女は盆にのっていたスペインの古いシェリー酒をふたつのグラスに注ぎ、銀色に輝く両手でそのグラスを持って、エウォルド卿とエジソンに渡した。

それから、また円卓のところに戻ると、もうひとつのグラスにシェリー酒を注ぎ、魅力的な仕草で、ふたりに背を向けた。そうして、柱廊のところまで行って、柱のひとつに身をもたせると、ヴェールをかぶった顔の前に、高くグラスをあげて、少し憂いを帯びた声でこう言った。

「セリアン様、あなたの恋のために！」

ハダリーのしたことは決して礼儀にかなっているとは言えなかったが、エウォルド卿は眉をひそめる気にはなれなかった。ハダリーの乾杯の言葉は厳粛で、この静かな楽園のなかで聞くと、その響きは礼儀などをはるかに超えた上品なものだったからだ。上品で、しかも甘美だった。エウォルド卿は心のなかで賛嘆した。

するとハダリーが優美な仕草で、青白く輝く天井の太陽に向かって、ワインのグラスを放り投げた。ヘレス・デ・ロス・カバジェロスの銘酒は[5]、空中でグラスから飛びだし、朝日に輝く黄金の露のように、電球の光を受けてきらめいた。そうして、床を覆っていたライオンの毛皮の上に、小さな雨となって降りそそいだ。

「ええ、私はこんなふうにしてお酒をいただきますのよ」快活な声で、ハダリーが言った。「お酒を光に変えて、心のなかで……」

その言葉に、エウォルド卿はエジソンのほうを向いて、尋ねた。

「いや、しかし、エジソンさん。ミス・ハダリーはどうしてぼくの言ったことに返事

5　ヘレス・デ・ロス・カバジェロスはスペインの町で、テンプル騎士団に与えられたという歴史を持つ。すると、このシェリー酒は騎士団によってつくられたものか。あるいは、近くにあるシェリー酒の名産地、ヘレス・デ・ラ・フロンテーラと作者が勘違いしたのかもしれない。

をすることができるのでしょう？　ぼくがどんな言葉を発するのか、前もって知ることは、誰にしたって不可能なのではないでしょうか？　ミス・ハダリーの言葉があらかじめ、肺にある蓄音機の金属のリボンに録音されているにしろ——いや、それなら、なおさら、当意即妙に返事をすることはできないと思われますが……。この現象を前にしたら、ミス・アリシアがよく口にする〈現実的な人間〉だって——この話は先程、上でしましたね——そう、現実的なもの以外は信じないという人間だって、起こったことを認めないわけにはいかないでしょう。アンドロイドが人間のことばに返事をすると……」

それを聞くと、エジソンはエウォルド卿を見つめ——だが、卿の質問には答えず、こう言った。

「そこにはまだハダリーについて秘密が隠されているのです。そのことをもうしばらくの間、秘密のままにしておいてよろしいですか？」

エウォルド卿はかすかにうなずいた。そうして、〈これだけ不思議なことを目の当たりにしたのだから、もう何事にも驚くまい〉そう決心すると、ひと息にシェリーを飲みほして、空のグラスを円卓に置いた。それから、もう消えていた葉巻を灰皿に捨てると、盆の上に置いてあった葉巻の箱から一本、取り出し、エジソンにならって、近くの花を手もとに引き寄せ、赤く光る電熱線で葉巻に火をつけた。心のうちでは、もう完全に開きなおっていた。〈こうなったら、あとはエジソンかミス・ハダリーか、どちらかこの家の者が客に対して事情を説明してくれる気になるのを待つだけだ〉そう考えたら、落ち着いた気持ちになって、エウォルド卿は象牙でできた丸椅子のひとつに腰をおろした。

だが、ハダリーのほうはまったく話をする様子はなく、またピアノのそばに戻ってしまった。最初に見た時と同じように、ピアノの縁に肘をついている。

と、エジソンが口を開いた。

「ほら、あそこに白鳥がいるでしょう？　あの白鳥はマリエッタ・アルボーニの声を持っているのですよ。ヨーロッパで開かれたコンサートのおりに、アルボーニは、あの有名なベッリーニのオペラ『ノルマ』のなかで歌われる祈りの歌『清らかな女神《カスタ・ディーヴァ》』を歌ったのですが、私は自分の発明した新しい蓄音機で、こっそりその歌声を録音したのです。まさに素晴らしい歌声で、こんなふうに名歌手の歌が録音できるなら、もう五十年早く生まれて、マリア・マリブランが歌っていた時代に居合わせたかったと、つくづく残念に思いますよ。

その白鳥にかぎらず、ここにいる鳥たちの声帯は、スイスのジュネーヴでつくられた精密時計のように精巧に組み立てられています。もちろん、動力は電気で、庭園の木々の小枝や草花の茎に仕込んだ電線を通じて、電気を取り込んでいるのです。

それで、この声帯は小型ではありますが、スピーカーと増幅器を内蔵していて、この増幅器を使うと、大音量を発生させることができます。ですから、ハダリーの肩にとまっている極楽鳥などは、一羽だけで、ベルリオーズの交響合唱曲『ファウストの劫罰《ごうばつ》』を演奏することができるのです。オーケストラも、合唱団も、弦楽四重奏団も、すべて入っているのですからね。歌い手としては、合唱団の歌手全員の能力を合わせたくらいの能力を持っているわけです。もちろん、独唱曲も歌えますし、聴衆のアンコールやカーテンコールで指揮者を呼び戻す声、拍手喝采、はては小声でつぶやかれる演奏に対する感想まで伝えることができます。ええ、その声がはっきり聞こえるようにするには、先程も言ったように、増幅器を使って、音を大きくしてやればいいのですから……。したがって、あなたがご旅行に出かける時でも、この鳥をホテルのテーブルに置いておけば、その場でオーケストラの演奏を楽しむことができるわけです。耳にはめる特別の小型スピーカーを使えば、隣の部屋の宿泊客を起こすこともありません。音はあなたにだけ聞こえるのです。それはもうすごい迫力ですよ。実際はあのピンクの嘴《くちばし》から出ているのに、あなたはまるでオペラハウスにいるのかと思うでしょう。人間のほかの感覚同様、聴覚もまた〈幻覚〉なのです。

それから、ほら、あそこにいる蜂鳥《はちどり》――あの蜂鳥はシェイクスピアの『ハムレット』を朗誦することができるのです。最初から最後まで休憩を入れることなく、しかも、当代きっての悲劇俳優たちの抑揚で……。

ただ、ここにいる鳥たちは、本来の鳴き声を発することはありません。本来の声でさえずるのは、先程、お聞きになったナイチンゲールだけです（自然の声で歌うのが許されているのはナイチンゲールだけだと、私には思われるからです）。ナイチンゲールの声は、先程もお話ししたように、ブロードウェイの私の部屋で再生されて、蘭の花から出てくることになっています。だから、ここにいる鳥たちは、鳥ではなく、音楽家、もしくは俳優なのです。ハダリー専属の音楽家、ハダリー専属の俳優なのです。あなたにもおわかりでしょう？　なにしろハダリーは地下百メートルの場所でひとりで暮らしているわけですからね。気晴らしも必要でしょう。そこで、私はこの鳥たちの楽園を用意したというわけです。この楽園をどう思われますか？」

「いや、驚きました」エウォルド卿は大きな声で言った。「あなたは『千夜一夜物語』を凌駕《りょうが》してしまわれた。この不思議な〈現実〉の前では、シェヘラザードの〈空想〉など、色あせてしまいます。〈電気〉という〈現実〉の前では……」

それを聞くと、エジソンは即座に答えた。

「いや、そうとも言えません。この場合、むしろ電気がシェヘラザードなのですよ。電気に勝るシェヘラザードはおりません。電気なのです、エウォルド卿。電気が触発する〈空想〉のおかげで、世の中は毎日、着実に変わっていきます。格式や伝統を重んじる人々が気づかないうちに……。ちょっと想像してみてください。電気のおかげで、そのうちに専制政治はなくなりますよ。大砲もモニター艦[6]も、ダイナマイトも、軍隊さえなくなるはずです」

「それは夢でしょう？　ぼくはそう思いますけど……」エウォルド卿はつぶやいた。

「卿、夢などというものは、ひとつもありません」

エジソンは低い声で答えた。それから、少し考えて、こう言った。

「では、そろそろ始めましょうか？　卿もお望みだと思いますので、これからハダリーの器官がどうなっているのか、実際にご覧に入れて、きちんとご説明しましょう。この〈新しい創造物〉――〈電気人間《エレクトロ・ユメーヌ》〉の器官がどうなっているのか……。そう、これは〈新しい創造物〉です。私たち人類は密《ひそ》かに〈新しい人類〉の誕生を夢見てきました。最近流行の〈人工生殖〉もそのひとつかもしれません。そして、その〈人工生殖〉の力などを借りれば、私たちの密やかな望みは、少なくとも先進国においては、あと一世紀もしないうちに叶《かな》うでしょう。ですから、これは――この〈未来のイヴ〉は、〈新しい人類〉のための第一歩なのです。

ですが、さしあたっては、ハダリーの器官に直接関係のない議論は忘れましょう。議論というものはどんなに脱線してもかまわないものですが、必ず元のところに戻ってこなければなりません。そうはお思いになりませんか？　ちょうど子供たちが投げて遊ぶブーメランのようなものです。ブーメランは勝手な方向に飛んでいってしまうように思えますが、〈ブーメランを投げる〉という行為のなかに、〈戻ってくるという本質〉が刷りこまれているので、それを投げた者のもとにまちがいなく返ってくるのです。だから、私たちもハダリーの器官を検討するという元のところに戻りましょう」

「その前に、もうひとつだけ、質問をしてもよろしいでしょうか？」エジソンの言葉が終わるのを待って、エウォルド卿は尋ねた。「というのも、今のぼくにとっては、ミス・ハダリーの器官がどうなっているかということより、ずっと気になることがあるのです」

6　南北戦争（一八六一―一八六五）の時に初めて使われた喫水の浅い小型装甲船。

「それは今、ここでお答えしなければならないことですか？」驚いた声で、エジソンは言った。「ハダリーがどういう仕掛けになっているのか、その秘密を実際にお見せしようという段になって、いざこれからという、今ですか？」

「ええ」

「いったい、どんなご質問です？　時間がありませんので、急いでお話しください」

その言葉に、エウォルド卿はエジソンをひたと見据えて言った。

「ハダリーは確かに謎の存在ですが、ぼくにはもっと謎だと思えることがあるのです。それはあなたがハダリーをつくることにした動機です。ぼくはまず何よりも、どうしてあなたがこんな途方もない考えを思いついたのか、その理由をうかがいたい」

それを聞くと、エジソンは長い間、じっと黙っていたが、やがてゆっくりと答えた。

「ああ、エウォルド卿、それは私の個人的な秘密です」

「でも、ぼくはあなたに請われて、ぼくの個人的な秘密を打ち明けましたよ」

その言葉に、エジソンは肩をすぼめた。

「わかりました。確かにおっしゃるとおりです。それでは、私も個人的な秘密を打ち明けましょう。実を言うと、ハダリーは〈肉体〉から先にできたわけではありません――つまり、人間のような外見を持ち、人間のように動くものをつくろうと思ってできたものではないのです。まずハダリーの〈精神〉のようなものが私の頭に浮かんで、それについていろいろ考えているうちに、〈肉体〉ができたのです。つまり、ハダリーの〈肉体〉は、ハダリーの〈精神〉の結果なのです。これはあとでハダリーの〈肉体〉の秘密が明らかになったところで、いっそうはっきりとおわかりになると思います」

そう曖昧に言うと、エジソンはピアノのそばに立っていたハダリーに向かって声をかけた。

「ハダリー、すまないが、しばらく席をはずして、エウォルド卿と私をふたりだけにしてくれないか？ これから話すことはうら若い女性に聞かせることではないのでね」

それを聞くと、ハダリーは何も言わずに、テーブルに背を向けた。それから、肩の極楽鳥を銀の指にのせて、その指を高くあげると、地下室の奥に歩いていった。その後ろ姿を見とどけると、寝椅子の上のクッションをとってきて、エジソンが言った。

「どうぞ、このクッションを下に当ててください。この話は二十分くらいかかりますからね。でも、確かに興味深い話だとは思います」

それから、エウォルド卿がクッションを敷き、丸椅子に座りなおして、テーブルに両肘をつくのを見ると、こう続けた。

「それでは、どうして私がハダリーをつくろうと思ったのか、私の個人的な秘密を打ち明けましょう」

第四巻　秘密

第1章　ミス・イヴリン・ハバル

もし悪魔に髪を一本つかまれたら、祈るがよい！
さもなくば、頭を丸ごと取られることになる。

——ことわざ

エジソンはしばらく黙って考えていたが、やがて、おもむろに話しはじめた。
「昔、ルイジアナに友人がいましてね。まあ、幼なじみといったところなのですが、名前はエドワード・アンダーソンと言います。このアンダーソン君は見た目もさわやかで、良識を備え、多少の苦難には動じない、強い心を持った青年でした。学業を終えた時にはまだ貧しかったのですが、それから六年間、苦労を重ねることによって、見事に貧乏から抜け出し、ついには以前から思いを寄せていた素晴らしい女性と結婚するに至ったのです。私は結婚式の立会人を務めましたが、ふたりの幸せそうな様子は今でも覚えていますよ。

アンダーソン君は仕事のほうも順調で、結婚してから二年もたつと、手がけていた事業はどんどん発展していきました。そうして、バランス感覚のある、頭のよい男として、業界でも一目置《いちもく》かれるようになったのです。また、技術者としても優れていて、綿布《コットン》の生産をおもな業務にしていたのですが、新しいゴム引きの技術や布に光沢を出す技術を開発するいっぽう、新しい工法を取り入れて、従来のものより十六・五パーセントも工程を短縮するのに成功しました。その結果、ひと財産を築きあげたのです。こうして社会的な地位も獲得し、家庭では献身的な妻との間にふたりの子供に恵まれたわけですから、アンダーソン君はまさに幸福を勝ちとったと言ってよいでしょう。ええ、男にとって、これ以上の幸せはありません。

さて、そんなある夜のこと、ニューヨークで南北戦争の終結と勝利を祝う会が開かれました。一八六五年の四月のことです。アンダーソン君はその当時、すでにニューヨークに住んでいて、その会合に出席していたのですが、それが終わったところで同席者のうちふたりが『これからオペラを見にいこう』と言いだしました。

アンダーソン君は仕事熱心で朝も早いし、また模範的な夫でもありますので、普段でしたら、こういう誘いに乗ることは、めったにありません。だいたい、劇場などに行っても退屈するだけで、早く家に帰りたいと思うだけだからです。けれども、その日の朝は、出がけにミセス・アンダーソンとつまらないことで夫婦喧嘩をして、なんとなく胸にわだかまりがありました。ミセス・アンダーソンは、『今日の会合には行かないでほしい』と懇願したのです。しかも、アンダーソン君が尋ねても、その理由をはっきり言うことができませんでした。そこで、〈この機会に、妻の言いなりにならないところを見せてやる〉と思ったのか、あるいはオペラというものに気を惹《ひ》かれたのか、アンダーソン君はその誘いに乗り、劇場に行くことにしました。まあ、しかし、自分のことを心配してくれている妻から、たとえ理由がなくても、いや、むしろはっきりした理由がないのに、何かをしないでほしいと懇願されたら、真の男たるもの、その願いを叶《かな》えるべきだと思いますね。アンダーソン君もそうすべきだったのです。

その夜、ニューヨークでは、シャルル・グノーのオペラ『ファウスト』が上演されていましたが、なにしろアンダーソン君にとっては初めての経験です。眩《まばゆ》い照明に目を丸くし、素晴らしい音楽に圧倒され、また豪華なロビーやそこに集う人々が発する、オペラハウス独特の雰囲気に魅せられて、すっかり陶然としてしまいました。

一同はボックス席に陣取っていましたが、隣で交わされる会話を聞いて、アンダーソン君は友人たちが話題にしていた端役《はやく》の踊り子のひとりに目をやりました。それは赤金色《あかがね》の髪をした若い娘で、友人たちはその娘をとっても可愛《かわい》らしいと言うのです。そこで、アンダーソン君はオペラグラスを手に取り、ほんの一瞬、その娘を眺めましたが、たいして気を惹《ひ》かれなかったので、また舞台に集中しました。

そうして、上演が終わったあとのこと――友人たちが舞台裏を訪ねると言うので、アンダーソン君もついていくことになりました。実を言うと、シェリー酒の酔いで、自分が何をしているのかもわからなかったのです。

ただし、それまで舞台裏というものは見たことがなかったので、そこで繰り広げられる光景にはおおいに興味を持ちました。

そのうちに、先程の赤毛の娘と話をするようになったのですが、友人たちがその娘と冗談まじりにくだらないやりとりをしている間、アンダーソン君のほうは、娘にはまったく興味を示さず、ひたすらまわりの様子を眺めていました。ただ、その娘の名前がイヴリン・ハバル[1]だということはわかりました。

やがて、会話が一段落したところで、友人たちがごくごく自然な調子でミス・イヴ

1　『旧約聖書』「伝道の書」の第十二章に、Habel habalim（空の空）という言葉がある。ハバル（Habal）の名はここから来ている。すなわち、「空――虚無」の意味である。

リンを誘って、『これから牡蠣《かき》でも食べて、うまいシャンパンを飲もうではないか』と言いだしました。この友人たちは結婚してもう長いのですが、当世風に愛人を囲っているような男たちで、いわば遊び人だったのです。

それを聞くと、さすがのアンダーソン君も、その申し出は辞退することにしました。そこで、最初のうちは、しつこく誘ってくる友人たちの言葉を頑としてはねつけていたのですが、しばらくするうちに、ふと今朝の夫婦喧嘩の場面を思い出してしまったのです。その場面はいったん浮かんでくると、劇場の雰囲気に高揚していることもあって、実際よりおおげさなかたちでアンダーソン君の頭のなかで再現されました。それを思うと、気持ちがささくれだって、〈今から帰ったとしても、どうせ妻は先に寝てしまっているだろう〉アンダーソン君は、心のなかでつぶやきました。〈だったら、逆に遅く帰ってやったほうが、向こうにとってもいいのではないか？　何、つきあうと言ったって、一時間か二時間のことだ。ミス・イヴリンという娘の相手は、ふたりに任せておけばいいわけだし……。どうしてだかわからないが、この娘は容姿を見ているだけで嫌《いや》な気持ちになる。だから、こちらは酒を飲んでいればいい。ともかく、今日は国をあげてのお祝いだ。ちょっとくらい羽目をはずしても悪いことはあるまい〉

そう思いながらも、アンダーソン君は、実は少しばかり迷ったのですが、その時はまだミス・イヴリンが慎み深い態度をとっていたので、警戒心がゆるみ、一緒に行く決心をしました。そこで、一同はさしたる目的は持たず、夜食をとりに出かけたのです。

ところが、夜食のテーブルにつくと、ミス・イヴリンはアンダーソン君があまり話をしようとしないのを見て、それとなく気を惹きはじめました。ふとした拍子に相手が気づくようなかたちで、自分の魅力が伝わるようにしたのです。しかも、あいかわらず慎ましやかな態度は崩さないものですから、ひとつひとつの仕草や表情がなんとも魅惑的に思え、六杯目のシャンパンを飲みおわる頃には、アンダーソン君の頭にも、〈この女と一夜の情事を楽しんでもいいかな〉という思いが――いや、ほんの少し頭をかすめた程度ですが――なんとなく浮かんできたのです。

先程も申しあげたように、アンダーソン君はミス・イヴリンの容姿にどことなく嫌なものを感じていたのですが、のちに本人から聞いたところによると、アンダーソン君はミス・イヴリンの容姿に嫌悪感を抱いていただけに、〈浮気を楽しむということなら、むしろ、こういう女を相手にしたほうがいいかもしれない。ただ、それには努力が必要だ〉と考えたと言います。つまり、アンダーソン君にしても、ミス・イヴリンに〈ひとめ惚《ぼ》れ〉をしてしまったわけではないということです。

それに、アンダーソン君は、もともと真面目《まじめ》な男です。可愛い妻を愛してもいます。だから、〈一夜の情事〉などという考えが、炭酸の泡のように頭のなかで弾けたとしても、すぐにその考えを押し返しました。

けれども、それからさらにグラスを重ね、夜も更けて、ミス・イヴリンが醸《かも》しだす雰囲気もますます魅惑的になってくるにつれて、再びその考えが頭をかすめるようになり――誘惑は次第に強くなってきました。

アンダーソン君はなんとかレストランを辞去して、家に帰ろうとしました。しかし、この時にはもうミス・イヴリンに対する欲望は高まって、ほとんど焼けつくようになっていました。こうなったら、もう抵抗することはできません。しかも、その時、友人のひとりに、『この男は堅物だから』と冗談を言われたことが決定的になって、アンダーソン君はそのまま居つづけることにしました。

そのうちに、ふと気づくと、友人のひとりがテーブルの下で寝ていました（おそらく、遠くの我が家のベッドよりも、レストランの絨毯《じゅうたん》のほうが寝心地がよいと思ったのでしょう）。また、もうひとりの友人は――ミス・イヴリンがあとから笑いながら教えてくれたところによると――突然、顔面蒼白になって、なんの言い訳もなく帰ってしまったということでした。アンダーソン君はこういった夜遊びには慣れていないので、ぼんやりとお酒を飲んでいて、気がつくとそんなことになっていたのです。

そうなると、さすがのアンダーソン君も家に帰ろうと思い、馬車を一台、呼んだのですが、黒人の給仕が馬車が来たことを知らせに来た時、ミス・イヴリンが、『その馬車で、家まで送ってくださらない?』と、控えめな口調でアンダーソン君に尋ねました。こういう状態で、ご婦人が紳士に家まで送ってほしいと頼むのは、決しておかしなことではありません。

いっぽう紳士のほうは、よほどの不作法者でもないかぎり、可愛らしい女性から家まで送ってと言われたら、その依頼を断るのは難しいものです。その女性と二時間も楽しく食事をし、また食事の間、その女性があばずれのようではなく、終始、礼儀正しくふるまっていたとしたら、なおさらです。

〈家に送るだけなら、どうということはない。戸口の前でおろして、それでおしまいだ〉アンダーソン君は思いました。

そこで、ふたりは馬車に乗りました。

外気は冷たく、外は真っ暗で、通りには人っ子ひとりいません。そんななかで馬車に揺られているうちに、次第に酔いがまわって、レストランにいた頃はそれほどでもなかったのに、アンダーソン君は気分が悪くなり、意識も朦朧《もうろう》としてきました。そうして、気づいた時には、ミス・イヴリンが、その白い手で淹《い》れてくれた熱い紅茶を飲んでいたのです（驚きのあまり、アンダーソン君は夢かと思ったそうです）。ミス・イヴリンは、甘い香りのする暖かい寝室で、ピンクの繻子《サテン》の部屋着を着て、暖炉の前に座っていました。

〈いったい、どうしてこんなことになってしまったのだろう？〉アンダーソン君は思いました。そうして、ようやく我に返ると、何があったのか尋ねることもしないで、急いで帽子をつかみました。ところが、それを見ると、ミス・イヴリンは、『お加減がお悪いようでしたので、馬車はもう帰してしまいました』と言うのです。

そこで、アンダーソン君は、『通りに出れば、ほかの馬車が見つかるだろう』と、答えました。

すると、その言葉に、ミス・イヴリンはさっと顔色を変えると、下を向きました。見ると、そのきれいな睫毛《まつげ》からは、涙がこぼれているではありませんか！　アンダーソン君はちょっと自惚《うぬぼ》れた気持ちになって、まずはその場を取りつくろって、いきなり帰ろうとしたことを詫びました。

それが〈紳士〉の取るべき態度だと思ったのです。

ミス・イヴリンはアンダーソン君の意識が朦朧としている間、世話をしてくれたのですから、考えてみれば、当然の態度です。

ただ、夜も更けていますし、そのまま部屋に居つづけるわけにはいかないので、アンダーソン君は穏便なかたちでその場を辞去しようと、ティーセットをのせるための丸テーブルに、お札《さつ》を一枚、置きました。ところが、ミス・イヴリンは無造作にお札をつかむと、肩をすぼめ、にっこり笑って、まるでなんでもないことのように、そのお札を暖炉に放りこんでしまったのです。怒っているのは明らかです。

それを見ると、アンダーソン君のほうはすっかりあわてて、もうどうしたらよいのか、わからなくなりました。ミス・イヴリンの行動に、自分のふるまいが〈紳士〉としての配慮に欠けていたことに気がつかされたのです。〈これまで実業家として、まわりから立派な紳士だと思われていたのに……〉そう考えると、アンダーソン君は耳まで赤くなりました。そうして、〈自分は親切にしてくれた女性を心から傷つけてしまったのだ〉と胸を痛めました。まあ、そんなふうに思うくらいですから、この時のアンダーソン君がどのような精神状態にあったか、想像がつくというものでしょう。アンダーソン君は飲みすぎの重い頭を抱え、帰るに帰れず、その場に立ちつくしていたのです。

と、その時、ミス・イヴリンが思いがけない行動に出ました。まだ少し怒ったような顔で、寝室のドアに内側から鍵をかけると、その鍵を窓から放り投げてしまったのです。アンダーソン君を帰さないようにするためだとしても、あまりに常軌を逸した行動でした。

これにはアンダーソン君も、たちまち普段の生真面目な自分を取り戻して、怒りだしました。

けれども、そこで、レースの枕に顔を押しつけて、すすり泣いているミス・イヴリンの様子を見ると、その怒りはすぐに収まってしまいました。では、どうするか？　アンダーソン君は考えました。

〈ドアを足で蹴破ろうか？　だめだ！　この夜中に、そんなことをしたら大騒ぎになるだけだ。そんなみっともないことはできない。だとしたら、せっかくきれいな女と一夜の情事を楽しむ機会を得たのだ。この機会を喜んで利用したらどうか？〉

というわけで、アンダーソン君の気持ちはいつのまにか、普段からは絶対に考えられないような、とんでもない方向に傾いていったのです。

〈所詮、これは一夜の情事だ。そう考えたら、本当の意味で妻を裏切ったとは言えまい。ドアがあかないんじゃ、退路は絶たれているわけだしな。それに、誰かに知られる心配もない。だとしたら、結果を恐れることは何もない。よくあるようなことだ。ミス・イヴリンにはダイヤモンドのひとつでもプレゼントすれば、それでけりがつくだろう。明日の朝、家に帰った時も、祝勝会が盛大で長引いたとかなんとか言えば、使用人たちはそれ以上、訊《き》いてきたりはしまい。そこで、もう少し詳しく尋ねられたら……。ああ、そうだ！　確かに妻に対しては、それらしい嘘をつく必要があるな。謝ればすむような嘘を……。ああ、でも面倒くさい！　これは明日、考えよう。今夜はもう遅い。ともかく、明日以降、この寝室で朝を迎えるなんてことは、絶対にないのだから……。いや、それだけは名誉にかけて、絶対にそうするぞ〉

と、そんなふうにアンダーソン君があれこれ考えていると、ミス・イヴリンがベッドから身を起こして、静かに近づいてきました。そうして、いきなりアンダーソン君の首に手を回すと、瞼《まぶた》を軽く閉じ、互いの唇が触れあわんばかりに口を近づけてきて、しなだれかかるように身体を預けてきたのです。まあ、これは運命だったのですね。

そうなったら、あとはアンダーソン君がこの機会を利用して、楽しい時間を過ごしてくれたことを願うほかありません。運命が与えた、この〈甘い危険〉と槍を交える〈恋の騎士〉として……。

そうですね。この話から教訓をひとつ引き出すとしたら、《いくら真面目でも愚かな男は、ろくな夫にならない》ということですね」

そこまで言うと、エジソンは地下室の奥に向かって声をかけた。

「ミス・ハダリー、もう一杯、シェリー酒をいただけませんか?」

それから、黙ってエウォルド卿を見つめた。

第2章　浮気の代償

「金」という言葉を聞いて、彼女は目を光らせた。それは砲煙のなかで砲火がきらめくようだった。[2]

——オノレ・ド・バルザック『従妹ベット』

「どうぞ、先をお続けになってください」エジソンの話にうなずきながら、エウォルド卿は言った。それほど真剣になって、話を聞いていたのだ。その言葉に促されて、「アンダーソン君は、いわば性格的な弱さにつけこまれて、つい浮気をしてしまったわけですが、それでは、このことについての私の考えをお話ししましょう」とエジソンは言った。

2　引用は正確ではない。正しくは《ユロ夫人という言葉と二十万フランという言葉に、ヴァレリーは重い瞼《まぶた》の隙間から目を光らせた。それは砲煙のなかで砲火がきらめくようだった》。

と、そこに部屋の奥からハダリーが現れ、エジソンとエウォルド卿のグラスにシェリー酒を注いだので、エジソンは話すのをやめた。そうして、ハダリーがまた奥へさがると、続きを始めた。

「確かに、こういった浮気というのは、ほんの少し後悔して、百ドルも払って相手と話をつけてしまえば、たいした問題のようには見えません。それこそ、一日もたてば忘れてしまうようなものでしょう。けれども、だからと言って、こういった過ちがそれからの日々にまったく悪い影響を残さないということはないように思います。いや、私はないと断言します。実際、アンダーソン君は、これほど取るに足らない、どこにでもあるような浮気をたった一度した結果、その一度目で不幸な運命に陥ってしまったのです。

その始まりは妻に浮気がばれたことです。もともとアンダーソン君は馬鹿正直な人間ですから、隠し事をするということができません。目つきや表情、態度を見れば、嘘をついているのがすぐにわかってしまうのです。

その夜、ミセス・アンダーソンは古きよき伝統に従って、けなげにも夜を徹して、夫の帰りを待っていました。そして、翌朝、食堂に入ってきたアンダーソン君を見ただけで——たったそれだけで、すべてを理解してしまったのです。ええ、夫が裏切ったと妻の直感が囁《ささや》くには、一瞥《いちべつ》するだけで十分でした。あとから聞いたところによると、ミセス・アンダーソンは、冷たく悲しい思いで、胸が締めつけられるような気がしたと言います。

身振りひとつで使用人たちをさがらせると、彼女は夫に『昨日の夜は何をなさっていたのです？』と尋ねました。アンダーソン君のほうは、口もとに心もとない笑みを浮かべ、『祝勝会が盛りあがったので、友人の家でその続きをすることになって、そのまま帰れなくなってしまったのだ』と答えました。すると、ミセス・アンダーソンは大理石のように真っ白な顔になって、こう答えたのです。『今度のことはどうせつまらない浮気だと思いますので、これ以上とやかく言って、事を大きくするつもりはありません。けれども、嘘をおつきになるのは、これが最初で最後になさってください。あなたはこういったことをなさるのにふさわしい方ではありません。そうであることを私は願いますし、今のあなたのお顔を拝見すれば、そうあってくださると、私には思えます。子供たちは昨日も一日、元気に過ごしました。今は子供部屋でおとなしく眠っています。今、この場であなたの話をうかがうと、どんなひどい言葉を言ってしまうかわかりませんので、今日は何も聞かないことにいたします。私はあなたをお赦《ゆる》ししますが、その代わりに、たったひとつお願いがあります。それはもうこんなことは二度となさらないでいただきたいということです』

そう言うと、ミセス・アンダーソンは声を押し殺して、寝室に入り、そのまま閉じこもってしまいました。

ミセス・アンダーソンの言葉は、正しく、聡明で、また威厳に満ちたものでした。しかし、それだけに、この言葉は我が友アンダーソン君のプライドをいたく傷つけました。非難の言葉は鋭い錐《きり》となってアンダーソン君の心に突き刺さり、ついにはこの素晴らしい妻に対するアンダーソン君の愛にまで、深い傷を与えてしまったのです。その翌日から、ふたりの間には冷たい空気が流れるようになり、数日たってようやく仲直りをした時も、それはもはやうわべだけのぎごちないものでした。そして、その時にはもう、アンダーソン君は妻を〈子供たちの母親〉としか見ないようになっていたのです。

そうなると、アンダーソン君にしても、ほかに気持ちのやり場がなく、仕事が終わると、足は自然とミス・イヴリンの家に向かうようになりました。そのいっぽうで、ますます家にいるのが耐えがたいものになって、ついにはおぞましいとさえ感じるようになりました。まあ、こういった場合の事態の展開というのは、こんなものです。その結果、それから三年もたたないうちに、その影響は今度は仕事にも表れて、アンダーソン君は不注意を重ねて莫大な赤字を出し、まずは自分の財産を、それから夫人の財産を失い、最後には会社に投資してくれた人々の財産まで使いはたしてしまって、意図的に会社をつぶしたのではないかと、詐欺の疑いまでかけられるようになってしまいました。

そうして、この事態を知ると、今度はミス・イヴリンがアンダーソン君に別れを告げました。はたして、そんなことがあってもよいものでしょうか？　少なくとも、それまでの間、ミス・イヴリンはアンダーソン君に本物の愛を示しつづけたように見えたのに……。もしミス・イヴリンが本当にアンダーソン君のことを愛していたというなら、どうして別れるなどと言いだしたのか、いまだによくわかりません。アンダーソン君も信じられない気持ちだったでしょう。

アンダーソン君は変わりました。外見的にというだけではありません。心の底から変わってしまったのです。かつての面影はひとつもありませんでした。もともと持っていた性格の弱さが油の染《しみ》が浮きでるように、表に出てきたのです。元気のほうも、ミス・イヴリンとの関係を続けているうちに、金と一緒になくなってきて、アンダーソン君の言葉によれば、『財政的な危機に直面したところで、理由もわからず女から捨てられた』ことで、すっかり意気消沈してしまったとのことです。せめて、最初のうちに友人の私に打ち明けてくれていたら、その泥沼からアンダーソン君を救いだすことができたかもしれないのですが、おかしなプライドが邪魔をしたのでしょう、昔の友情に頼ってくることもありませんでした。そうこうするうちに、極端に神経過敏になり、自分がもう若くなく、心身ともに衰弱し、人からも見くびられ、しかもひとりぼっちだと思うと、『初めて目が覚めたような気がした』と言うのですが――その言葉も本当だったかどうか――ある日、絶望の発作に襲われると、アンダーソン君は、あっさりと自分の命を絶ってしまったのです。

ああ、エウォルド卿、ここであらためて言っておきますと、ミス・イヴリンに出会う前は、アンダーソン君は意志も強く、まっすぐな性格の男でした。本当に素晴らしい男だったのです。いや、私は『そうだと思う』と言っているわけではありません。『そうだ』と、事実を言っているのです。アンダーソン君がまだ生きていた頃、仕事仲間だという男と話をしたことがありますが、その男はアンダーソン君をさんざん腐して、『あんなにくそ真面目《まじめ》だというのは、ちょっと考えられないね。このあたりがおかしいんじゃないか』と、頭を指さして言っていましたが、その実、その男はアンダーソン君を心のなかでは尊敬していて、密《ひそ》かに見習っていたのです。いえ、これはどうでもいいことでした。ちょっと思い出したので、言っただけです。

それはともかく、アメリカやヨーロッパの統計によりますと、アンダーソン君と同じケース――あるいは、ほぼ同じようなケースは、一年に数万件ほどで、毎年、増えています。すなわち、毎年、どこかの町で――頭がよく勤勉な青年だろうが、暇をもてあましている資産家だろうが、一家の父親だろうが――数万人の男たちが、性格の弱さからこういった浮気に手を出し、追いつめられた結果、まっとうな判断力を失って、自殺をしているのです。さもなければ、浮気相手の夫や恋人に殺されたり、反対に殺して死刑になったりしています。どうです？　すごい数でしょう？　浮気というのは阿片《あへん》と同じくらい中毒性がありますからね。一夜かぎりなどと思っても、そこでやめられないのです。

そうなったら、妻や子供たちなど、愛する家族ともおさらば、地位も名誉も財産も失い、人間としての務めも果たすことができず、国にも神にも見捨てられます。まあ、浮気というのは感染病のようなものです。この病に感染すると、病原菌がゆっくりと脳のあらゆる感覚を冒し、病人は最後に一瞬、身体をぶるっと痙攣《けいれん》させて死んでしまうことになるのです。しかも、よろしいですか？　この統計は、浮気の結果、死んだ者しか勘定に入れていません。

そのほかの者たち――相手を怪我《けが》させただけだったり、会社をつぶして投資家から訴えられて詐欺罪に問われた者たちは、刑務所に収容されています。要するに、浮気の結果、監獄行きになった者たちですが、こういった連中はいわば小物なので、数には入っていないのです。したがって、先程の数字は浮気が原因で死んだ者たちだけで（正確にはここ数年の平均で、毎年五万二千から三千ですが）、しかも、この数字は年々増加する傾向にあり、数年後には二倍になるのではないかと考えられています。この増加傾向は、地方の小都市に小さな劇場が建っていく比率に匹敵します――ええ、最近では国民の教養のレベルをあげるために、あちこちで劇場が建てられていますからね――それと匹敵するのです。

さて、エヴォルド卿、我が友、エドワード・アンダーソン君が踊り子の誘惑に負けて、人生を破滅させてしまったという出来事は、私にとっては大きなショックでした。私は深く胸を痛め、そのことばかりを考えるようになりました。そうして、あんまりそのことばかり考えた結果、ついには〈あの品行方正なアンダーソン君を惑わせたミス・イヴリンの魅力〉とは何なのか、分析してみようと思いたちました。アンダーソン君の心を惑わせ、感覚を狂わせ、常識はずれの行動をとらせて、最後には自殺に追いこんだミス・イヴリンの魅力とは何か？　正確に知りたくなったのです。

それで、これからその分析の結果をお話しするのですが、その前に言っておきますと、分析を始めた時、私はミス・イヴリンを実際にこの目で見たわけではありません。したがって、ミス・イヴリンがどのような容姿をしているか、その特徴を知ろうと思ったら、あの女がどうやってアンダーソン君を虜《とりこ》にしたのか、その過程から計算して、推測するという方法がとられることになります。『推測する』、あるいは『予見する』と言ってもかまいませんが……。これは決して不可能なことではありません。実際にミス・イヴリンを見なくても、計算でその〈容姿の特徴〉を推測することは難しくはないのです（ちなみに、私の言っているのは容姿そのものではなく、その特徴です）。いや、もちろん、〈計算〉で求めたミス・イヴリンの〈容姿の特徴〉と、人々の目に映るミス・イヴリンの容姿がちがっていることもあるでしょう。計算上の天体の位置と見かけ上の天体の位置がちがうことを天文学ではなんと言いましたか？――そう、〈光行差《こうこうさ》〉でしたね。その〈光行差〉のように……。しかし、その場合は、おそらく計算上のもののほうが正しいでしょうし、私はたぶんそちらのほうが正しいことを確かめたかったのです。ということで、私は〈計算〉によってミス・イヴリンの〈容姿の特徴〉を推測できると思ったのですが、天文学の話が出たついでで言うと、海王星の位置を計算で推測したユルバン・ルヴェリエの例を挙げれば、私の言わんとすることはわかっていただけるでしょう。数学者にして天文学者のルヴェリエは、望遠鏡を使った観測に重きを置かず、ひたすら計算によって、のちに海王星と名づけられる新惑星の存在と、軌道計算上、その惑星が天空で出現する位置を予見しましたが、実際にそれはルヴェリエの計算と一分とちがわない位置で発見されたのです。確かに望遠鏡ははるか遠くを見通す〈千里眼〉であると言えますが、ルヴェリエはその計算によって、世界じゅうのどの望遠鏡よりも優れた〈千里眼〉の持ち主になったと言えましょう。

ですから、ミス・イヴリンの〈容姿の特徴〉も、〈計算〉で求められるのです。たとえば、その〈容姿の特徴〉をxとして、すでにわかっている項目として、〈アンダーソン君の人となり〉と〈アンダーソン君の自殺〉を使えば、非常に簡単な方程式ができあがります。あとは、実際にそれを解いてやればいいだけです。

ところで、アンダーソン君の友人で、何人かの遊び好きの男たちに訊《き》くと、『ミス・イヴリンは男好きのする、とっても可愛《かわい》らしい女で、生きている間に一度は抱いてみたいと密かに思っていた。それは誓ってもいい』と、誰もが口をそろえて言います。けれども、残念なことに、私は懐疑的な人間ですので、その男たちがいくら誓って力説しようと、その言葉を真に受けたりはしません。〈もしかしたら、男たちの言うとおりなのかも〉とも思いません。そもそも、ミス・イヴリンを褒《ほ》めそやした時点で、この男たちの言うことは信用できなくなっているのです。だって、そうではありませんか？　ミス・イヴリンとつきあった結果、アンダーソン君がどんな悲惨な目にあったのか、私は知っていますし、この男たちだって知っているはずです。それなのに、その連中の口からミス・イヴリンが魅力的な女だと聞かされても、そんな冷たい人間の言葉を信用できるわけがありません。力説する相手の顔が間抜けに見えるだけです。

そこで、私は事態を論理的に考えてみました。こんなことは少しばかり論理的になれば、すぐにわかることですからね。問題の核心は、アンダーソン君が常識的な感覚を備えた普通の人間で、しかもその打ち明け話によると、最初にミス・イヴリンに出会った時に嫌悪感を抱いたということです。このことから私は、男たちが力説していたミス・イヴリン・ハバルの〈見かけの印象〉と〈実際にそうであるはずの姿〉には、奇妙なちがいがあるのではないかと、〈予見〉したのです。ちょうど、見かけ上の天体の位置と計算上の天体の位置がちがうように……。つまり、『ミス・イヴリンが魅力的だ』というのは〈見かけ〉だけで、それは哀れにも、遊び好きの連中が集団催眠にかかって、そんなふうに騒いでいるだけだと……。どうして、そう考えたのか、もう少し詳しく説明しましょう。

最初にミス・イヴリンを舞台で見た時、アンダーソン君はこの踊り子にほとんど関心を払いませんでした。それから、祝勝会の雰囲気に酔って、ちょっとした冒険心から最後は取り返しのつかないところまで行ってしまうわけですが、その間も、ミス・イヴリンの容姿に直感的に嫌悪感を抱いていて、この女を相手にするには〈努力が必要だ〉と考えていました。つまり、アンダーソン君はミス・イヴリンが魅力的だとはまったく思わなかったのです。このことからすれば、『ミス・イヴリンは色っぽい』とか『刺激的だ』とか『男心をそそる』とか『抵抗できない』とか、ミス・イヴリンの信奉者たちがいっせいに口にする魅力は、その男たちが感じたもので、誰もが共通して感じるものではないとわかります。あくまでも、その男たちの個人的な感覚です。

では、この男たちの感覚と、アンダーソン君の直感はどちらが正しいのか？　先程も言ったように、この男たちが人間として信用できないのであれば、その感覚もまた信用できないことになり、その言葉が真実を表しているとは、とうてい言えません。

いや、確かに、男と女の問題で、誰のどんなところに魅力を感じるかについては、細かいところまで含めれば、〈絶対的な価値基準〉はないと言えましょう。しかし、それだけに、論理的に考えると、ああいった陽気に騒ぐだけの、心の冷たい連中が持っているのは、退廃して腐った感覚ですから、その感覚をもとに感じた魅力などは、そっくりそのまま退廃して腐った魅力にちがいありません。つまり、それがあの連中の言う魅力の実際の姿なのです——私はそういう悲しい結論に達せざるを得ません。

そして、当然のことながら、その魅力とは、あくまでも〈見かけの印象〉です。なにしろ、あの連中は、その場かぎりの関係を求める、行きずりの遊び人で、表面的なところしか見ないのですから……。

ちなみに、その連中がミス・イヴリンにひと目で魅力を感じ、ミス・イヴリンがいい女だと言ったということは、とりもなおさず、あの連中とミス・イヴリンの間には共通するものがあるということです。ミス・イヴリンは容姿にも、また心《こころ》根《ね》にも俗悪なところがあって、それがあの連中を惹《ひ》きつけたのです。そうそう、ミス・イヴリンがどれほど俗悪か——それを示す小さな証拠がひとつあります。それは年齢に関することなのですが（アンダーソン君はその話題になると、言葉を濁して、本当のことを教えてくれませんでした。そこで、私は自分で調べたのですが）、ミス・イヴリンはその頃、なんと三十四歳になったところだったのです。

それでは、ミス・イヴリンの〈見かけの印象〉ではなく、〈実際にそうである姿〉というのはどんなものだったのでしょう？　アンダーソン君は最終的にはミス・イヴリンの魅力にすっかり惑わされてしまったのですが、これまでの話でおわかりのとおり、その魅力は〈見かけの印象〉から来たものではありません。〈見かけ〉よりは、その〈見かけ〉をつくりだしている〈実際の姿〉から来たものだと思われます。ええ、その〈実際の姿〉のことを、私は〈容姿の特徴〉と言っているのですが〈繰り返しますが、容姿そのものではなく、その特徴です〉、その特徴は、先程も申しあげたように、〈計算〉によって——あるいは分析によって推測できます。それを明らかにするためにも、どうやってミス・イヴリンがアンダーソン君を虜にしたのか、その過程を分析してみましょう」

第3章　ウパスの木陰

あなた方は、偽善者たちをその実によって見わけられるだろう。
——「福音書[3]」

「ミス・イヴリンはどうやってアンダーソン君を虜《とりこ》にしたのか？　これについては、まず『人は正反対のものに惹《ひ》かれる』という原理をこの種の情熱にあてはめ、その光で照らしてみれば、容易に推測できると思います」エジソンが続けた。「この推測はおそらくまちがっていないので、それが正しいことに、私は人間研究家《モラリスト》として〈良心〉を賭《か》けてもよいと思っています。たとえ、その賭けに相手が一ペニーしか賭けないとしてもね。

そこで、最初に押さえておくべきは、ミス・イヴリンに出会う前は、アンダーソン

3　『新約聖書』「マタイによる福音書」第七章。

君の好みや感覚は、素朴で、単純で、きわめて自然なものだったのに（これはアンダーソン君の骨相や行動を仔細《しさい》に分析してみればわかります）、ミス・イヴリンに出会ったあとは、退廃して腐ったものになってしまったということです。その理由は、今も申しあげたように、アンダーソン君が自分の好みや感覚とは〈正反対のもの〉に惹かれてしまったからだとしか考えられません。では、どうしてそんなことが起こったのか？

私の考えでは、そこには〈無〉の力が働いていると思います。すなわち、ミス・イヴリンが〈空っぽ〉であったこと――それしかありません。ミス・イヴリンという〈無〉を前にして、アンダーソン君は眩暈《めまい》を起こし、まるで〈虚空〉に身を投げるように、本来の自分を捨ててしまったのです。

ええ、ミス・イヴリン・ハバルは〈無〉なのです。男たちが見ているのは人工的につくられたもの――いわば〈虚飾〉にすぎません。この私の結論は厳密ではないと思われるかもしれませんが、いったんその〈虚飾〉をはぎとってミス・イヴリンを眺めれば、それは明らかです。ミス・イヴリンの信奉者たちは、あの女を祭壇にまつりあげ、お香を焚《た》いて、お祈りを捧げていますが（なんと連中は私の鼻先でそのお香を焚いてくれたわけですが）、その祭壇を壊し、お香を消して、たった一度でもよく目を開いて、ミス・イヴリンを眺めてみれば、あの連中でさえ、〈虚飾〉の向こうにある、その本当の姿に驚き、呆《あき》れ、嘲りながら、たちまちミス・イヴリンのもとから逃げ去るでしょう。

ミス・イヴリンは〈無〉であり、その〈虚飾〉によって、男たちを惹きつけているだけなのです。男たちは〈錯覚〉に騙《だま》されているだけなのです。〈虚飾〉によって、確かに男心をそそる外見にはなっているかもしれませんが、それでも〈錯覚〉にちがいありません。要するに、ミス・イヴリンは〈無〉であるという本質を隠すために、表面をごてごてと飾りたてているのですが、その手際があまりにも鮮やかなので、あの女の信奉者たちのように、表面的なところしか見ないで、その場かぎりの関係を求める、行きずりの遊び人たちは、簡単に騙されてしまうのです。では、アンダーソン君の場合はどうか？　アンダーソン君もこの〈錯覚〉に騙されて、しかも、長い間、どうしてもその〈錯覚〉から逃れることはできなかったのですが、そうなったのはいたしかたのないことだったと思います。

というのもミス・イヴリンのような女は、行きずりの遊び人ではなく、むしろアンダーソン君のような生真面目《きまじめ》でまっすぐな男を相手にして、堕落させることを得意としているからです。ええ、アンダーソン君のような男は、直感的にこの手の女の〈虚いっぽう、女のほうはと言うと、こんなふうに男を騙すことができるからには、よっぽど頭がよくて、物事を緻密に進めていくことができる、素晴らしい才能を備えていて、そのことがよくわかっていて、きわめて巧妙な方法を用います（あまりに巧妙なので、行きずりの遊び人などは、それが〈虚飾〉であると気づくことさえありません）。そうやって、この女たちは相手にわからないよう、ほんの少しずつ微妙に色合いを変えて、甘ったるい光で愛人の目を慣らしていきます。そして、この光こそが愛人の網膜を騙し、心に映る像をゆがめてしまうのです！　しかも、その過程で、この女たちは自分の醜いところをひとつひとつすべて可愛《かわい》らしく見せていくという、秘密のこつを心得ています。こうして最後には、現実のおぞましい姿さえも、最初に飾って見せた魅力的な姿に見せてしまうわけです。あとは〈慣れ〉の問題です。そのせいで、愛人の目には霧がかかり、〈錯覚〉が続くことになるのです。その結果、アンダーソン君のような不幸な愛人は、最初はこういった女の〈虚飾〉に反発しながらも惹かれ、次第にそれに慣らされていって、最後にはその〈虚飾〉こそが実体で、愛《いと》おしいものになってしまうのです。こうなったら、もう取り返しがつきません。

相手に〈虚飾〉を見せる時も、小出しにして見せ方を調節していくという、飾〉に気づいて嫌悪感を覚えるのですが、女のほうはそのことがよくわかっていて、ているように思えるかもしれません。ところが、それはそれで、この種の女たちに対する大きな〈錯覚〉なのです。

というのも、この女たちは頭を使ってそうしているわけではなくて、それしかできないのです。そのやり方しか知らず、このやり方以外にはどうしたらよいのか、まったくわからないのです。興味もありません。純粋に、動物的な本能に従って行動しているのです。

ほら、蟻だって、蜂だって、ビーバーだって、巣をつくったり、ダムをつくったりして、素晴らしい仕事をしますが、できることと言ったらそれだけです。ほかのことはしません。自分のするべきことを正確にする。そんなふうに、生まれた時から運命づけられているのです。そう、正確に……。たとえば、いかなる幾何学者でも、蜜蜂のつくった巣にあらたな巣房《すぼう》を加えることはできません。蜜蜂の巣はすでに完璧な形につくられていて、最小の空間に最多の巣房が含まれるよう正確に設計されているからです。蟻やビーバーのすることだって同じです。この点、動物はまちがえません。試行錯誤をすることもありません。人間とはまったくちがうのです（人間の場合は試行錯誤をするところが素晴らしいのです。神に選ばれた万物の霊長となったのは、まさにその能力が与えられたからです）。人間はまちがえます。そして、やりなおします。その結果、成長します。あらゆることに興味を持ち、また夢中になります。いつでもさらに高いところを目指し、この宇宙のなかで、自分だけには限界がないと感じています。いわば、かつては天上にいたのに、今はそのことさえ忘れ、すべてを失ってしまった〈神〉のようなものです。そのことから、人間はきわめて自然な――そして、人間にしかない高邁《こうまい》な精神で、自分がどこにいるのかを問い、自分がどこから始まったのかを思い出そうとします。太古の昔に天から墜落して、記憶を失ってしまった〈神〉のように、かつては知っていたすべてのことに〈疑問〉を投げかけ、〈疑問〉を投げかけることによって、失われた〈知識〉を手探りで取り戻そうとしている――それが本当の人間というものです。ところが、人類のなかにはまだ動物のように、本能の世界で生きている者がいるのです。そういった連中は、本能が命ずることであれば完璧にやりとげますが、それ以外のことはまったくできません。

ええ、その代表が、先程お話しした[4]ミス・イヴリンのような女たちです。この女たちは現代におけるスチュムパリデスであると言えますが、ひとたびこの女たちに惹きつけられて、その餌食となってしまったら、あとはもうこの女たちの言いなりになるしかないのです。いっぽう、女たちは自分の本能にやみくもに従い、男たちをいたぶるという暗い欲望を満足させるわけです。

人間が神から転落した存在だと言うのであれば、この女たちは人間から動物に転落した存在です。低劣でおぞましい本能しかない、人間としては〈空っぽ〉の存在です。その本能に従って、この女たちは男たちの淫らな欲望に火をつけ、退廃した喜びを与えようと、男たちが気がつかないうちに、その腕のなかに忍びこみます。いや、この時、この女たちの相手が行きずりの遊び人だった場合は、まだいいのです。そういう男たちは、この女たちの魅力に惹かれたとしても、たまたま誘いに乗って一夜を過ごしたくらいですから、この女たちとの出会いが〈楽しい思い出〉になることさえあるのです。けれども、アンダーソン君のように、最初は反発していても、いったん女に惹かれたあとは別れることができず、〈この女の腕から逃れたくない〉という気持ちでいっぱいになってしまった者には、不幸しかもたらされません。

その腕のなかで、この女たちはまるで赤ん坊をあやすように、罠にかかってしまった男を揺すり、〈後悔する気持ち〉を眠らせてしまうのです。そうして、ただ本能が命じるままに手練手管を用いて、相手を手玉にとり、うわべだけの偽りの魅力で、相

4 ギリシア神話に出てくる、人間を襲う怪鳥。ヘラクレスによって、多頭竜《ヒュドラ》の毒で退治された。ヘラクレスはヒュドラもみずからの手で退治し、その毒を得ている。

手の心に毒を注ぎこむのです。罠にかかるような男たちは、純粋で清廉なのですが、この毒によって次第に心を蝕《むしば》まれていきます。いっぽう、女たちは男たちが十分、毒されたところで、その忌まわしい本性《ほんしょう》を現します。かわいそうなのは、獲物になった男たちですよ！

いや、もちろん男たちのなかにも、血が騒ぎ、肉が求める、けがらわしい欲望がぼんやりとしたかたちで眠っています。千の頭を持つヒュドラの卵のような欲望の卵が……。したがって、我が友エドワード・アンダーソン君がミス・イヴリンの誘惑に屈してしまったというのは、アンダーソン君の心のなかにもこの卵があって、そのなかで欲望がはっきりしたかたちをとらないまま、うごめいていたということになります。ですから、そのことについては、私はアンダーソン君を弁護するつもりはありません。けれども、弾劾するつもりもありません。弾劾すべきは、やはり女のほうではないかと思うからです。だって、そうでしょう？　アンダーソン君を誘惑して、〈淫らな欲望〉という千の頭を持つヒュドラの卵を孵《かえ》したのはミス・イヴリンのほうではありませんか！　この〈誘惑〉は死刑に値します。

ええ、これはアダムに〈善悪を知る木〉の実を食べさせたイヴの〈誘惑〉とはちがいます。この〈誘惑〉によって、イヴは確かに悲劇をもたらしましたが――しかし、その動機はあくまでも無邪気な〈愛〉によるものです。イヴはアダムが〈善悪を知る木〉の実を食べることによって、偉大になり、ついには神と同じになれると考えたのです。それにひきかえ、ミス・イヴリンは生まれつき、隠しもっている欲望によって——ですから、本人にも抑えることはできないのだと思いますが——そういった欲望によって、アンダーソン君を本能の世界にひきずりおろし、魂を穢《けが》すために、わざと〈誘惑〉したのです。そして、その結果、アンダーソン君が破滅し、絶望と悲しみのあまり自殺したのを見て、〈わたしの魅力も捨てたものではない〉と満足を覚えたのです。ミス・イヴリンは、そのためにアンダーソン君を〈誘惑〉したのです。

　この手の女はみんなそうなのです！　行きずりの遊び人たちにとっては、単なる浮気相手にすぎませんが、アンダーソン君のような男たちにとっては恐ろしい存在なのです。有害で有毒なのです。というのも、ひとたびこの手の女たちから発せられる〈ゆるやかな官能の刺激〉に魅せられ、目が見えなくなってしまうと、この毒が発散する瘴気《しょうき》に冒され——その瘴気は刻一刻と濃度を増していくのですが——男たちは必ずや頭がおかしくなってしまうのです。それがこの女たちの暗い役目であり、そうなってしまうのを、女たち自身、止めることができないのです。そして、その結果、男たちのほうは、精神の衰弱や屈辱的な事業の破産、あるいはアンダーソン君のような自殺という事態に追い込まれるわけです。

さて、そこで大切なことは、女たちのほうは、この〈誘惑〉がどんなふうに行なわれ、またどんな結果をもたらすか、すべて承知しているということです。獲物を前にすると、女たちはどこにでもある〈リンゴ〉を勧めるように、初心《うぶ》な男たちが、まだ知らない〈快楽〉を差しだします。その〈快楽〉は、すでに堕落の香りがするので、男たちは困惑しますが、しかし、あらかじめ後悔するとわかっていても、弱々しい笑みを浮かべながら、受け取ってしまいます。あたりまえです。もしかしたら後悔するかもしれないといった、そんな些細《ささい》なことで、この魅力的な申し出が断われましょうか? けれども、この女たちこそ――男と女は出会うべくして出会うとはいえ――絶対に出会ってはならない女たちなのです。たとえば、獲物にしようと思った男を〈誘惑〉のテーブルにつけようとする時、こういった女たちはそれが商売であるとはもはやわからないほど、言葉巧みにおねだりし、それを断わったら、上手にすねてみせますが、これはほとんど〈強制〉なのです（私は今、『ほとんど』と言いましたが、この『ほとんど』という言葉がすべてを語っています。つまり、ほとんど例外はないのです）。そして、実際にテーブルにつくと、ありていに言って、今度は女たちのなかにいる悪魔が女たち自身をも支配し、男たちのグラスに毒を注がせてしまうのです。

こうなったら、女たちのお役目は完了で、あとは不幸が始まり、事態が悪化していくだけです。これを救えるのは、どこかの神様しかいません。それも奇蹟《きせき》が起こったらの話です。

　こういった事実を踏まえ、十分に分析を行なった結果、私は次のように宣言したいと思います。

《この女たちは人間としての権利を持たない》と……。というのも、この女たちはいつでも腰のあたりで考えます。〈考え〉は腰のあたりで始まり、腰で終わります。つまり、人間としての〈考え〉をすべて腰のあたりに集中させてしまうわけです。したがって、その〈考え〉はいつでも淫らなものにしかなりませんし、その〈淫らな考え〉を腰のあたりで締めつけているベルトは、〈さもしい損得勘定〉です。そう考えると、この女たちは実体としては〈人間〉よりも〈動物〉に近いのではないでしょうか？　もしそうなら、正真正銘〈人間〉の名にふさわしい、私たちのような人間は――そりゃあ、ちょっとしたためらいもあるでしょうが――この手の女たちに対して、大小さまざまな罰を与えてもよいということになります。ええ、〈人間〉が〈動物〉を好き勝手にしてもかまわないのと同じように……。

　ですから、こういった女のひとりが、どれほど強い意志を持った男でもつい誘惑に負けてしまうという、いわば〈男の弱み〉につけこんで、たまたま出会ったアンダーソン君のような、若く、ハンサムで、精力的で、社会に対する義務を果たし、財産を成し、高い知性と、世間から何ひとつ非難されることのない上品な感覚を身につけた男を騙し、手練手管を用いて、ついには情欲に目が眩《くら》んで何も見えなくなってしまうほど堕落させたとしたら——その場合はさっきも言ったように、その女に対して〈人間としての権利〉を認めなくてもよいと思います。少なくとも、その女が無意識にせよ、自分のやりたい放題にかわいそうな男をいたぶり、地獄に落としてしまったことを許すべきではありません。

男の弱みにつけこんで、相手を破滅させてしまうことは、この女たちの本能に組み込まれています。先程もお話ししたように、この女たちにはそれしかできないのです。そして、悪いことに、その破滅は伝染病が広がるように、連鎖的に男の生活を蝕んでいくのです。というわけですから、結論として、私はあらためてこう宣言したいと思います。もし、相手の男が——もちろん、奇蹟的にでしょうが——決定的な破滅を迎える前に、こういった女たちの餌食になっていることに気づいたら、その男は即座に女を殺してもかまわないと……。もちろん、人には知られないようにですが、確実な方法で、ためらいもなく、裁判にかけることもなく……。だって、そうではありませんか？　この女たちは吸血鬼のようなものです。吸血鬼を殺すのに、毒蛇を殺す以上の理屈が必要でしょうか？

では、ここで、あの晩、我が友アンダーソン君とミス・イヴリンとの間で起こったことをもとに、もう少し深く、この問題を考えてみましょう。これは重要なことです。あの晩、ほとんど偶然の巡り合わせによって、アンダーソン君はミス・イヴリンと夜食をともにすることになったのですが、慣れない状況にいるせいもあって、シャンパンに酔い、少しばかり理性を失ってしまいました（そんなふうになったのは、おそらく生涯で初めてのことでしょう）。その様子を見ると、ミス・イヴリンのほうは、アンダーソン君のなかに、まだ目覚めてはいないものの、密《ひそ》かに欲望がうずいているのに気づき、〈これなら獲物にすることができるかもしれない〉と思いました。そこで、蜘蛛が巣をつくるように罠を張ると、獲物がその罠に引っ掛かった瞬間を見はからって、襲いかかったのです。嘘をついて、相手を陶然とさせて……。すなわち、本能の命じるままに、自分の仕事を成し遂げたのです。それはまた、そこから離れた場所で、結婚以来初めて帰りが遅くなった夫を心配しながら待っている、別の女に対する復讐であったかもしれません。働き者で、貞淑で、ふたりの立派な子供を持つ、非の打ちどころのない女に対する復讐であったかも……。しかし、いずれにせよ、ミス・イヴリンはその晩、猛毒を一滴、獲物の上にたらし、その毒でアンダーソン君の心身の健康を破壊してしまったのです。

これは紛れもない犯罪ですが、翌日になって、仮にどこからか判事がやってきて、昨晩の出来事について尋問したとしても、ミス・イヴリンはなんの罪の意識もなく、こう答えるでしょう。『でも、その男の人だって、朝、目を覚ましたら、もうここには来ないことにして、身を守れるじゃありませんか？　そうするのは男の人の自由なのだから』と……。ただし、そう言いながらも、この女は〈そんなことは絶対にない〉と知っているのです。男のなかでもアンダーソン君のような男は、朝、目が覚めても、情欲からは覚めることがなく、もし覚めようとしたら、想像もつかないような努力がいることを……。そして、女のせいで堕《お》ちれば堕ちるほど、覚めるのは難しくなっていくということを……。そのことを知っているのです――というより、その恐ろしい本能で、そんなふうにしかならないことを知っているのです。いっぽう判事のほうは、女にそう答えられたら、それ以上、追及することはできません。もちろん、判決を下すこともできません。こうして、この女は無罪放免。自分に目が眩んだ相手の男をさらに騙しつづけ、その当然の結果として、男を崖っぷちに追いつめる権利を手にするわけです。

ええ、私が問題にしているのは、この女たちが罪に問われないということです。なにしろ、この女たちほど悪辣《あくらつ》なことをしたわけではないのに、これまで何千という女が罪に問われ、処刑されているのですから……。それなのに、どうしてこの女たちだけが無罪放免になるのでしょう？　そこで、私は考えました。アンダーソン君のような男には、この毒蛇のような女を成敗する権利があるのですが、あいにくその毒に痺《しび》れてしまって抵抗することができません。だから、アンダーソン君に成敗できなかったのであれば、男同士の連帯で、私が成敗する方法を考えなければならないと……。

いや、この言葉を聞いたら、行きずりの遊び人のような男たちは、鼻で笑うでしょう。『我こそは現代人』と称して、道徳を信じず、自分のことしか考えない男たちは……。そういう男たちは、こう叫ぶに決まっています。

『なんだって？　法律で縛れないからと言って、いきなり道徳を振りかざしたりして……。そんなものは古くさいだけだ。いったい、あの女たちが何をしたって言うんだ？　あの女たちは、美しくて、可愛らしい。だから、それを利用して、生活の手段にしただけじゃないか！　今の世の中では、それがいちばん現実的なやり方なんだ。そんなことは誰でも知っているだろう？　とりわけ、現代社会の仕組みがああいった女たちに、ほかに生活の手段を提供できない現状を考えたら……。それに、だいたい、そのやり方がどうしていけないんだ？　これはつまり、生きるための闘いなんだろう？　食うか食われるかの……。自分の身は自分で守らなきゃならない。今はそういう時代なんだよ。その闘いに敗れたってことは、あんたの友だちは、ただ考えが甘かったというだけだ。おまけに、そいつは劣情に負けて、どうすることもできなくなったあげく、自分を保つことができなくて、頭がおかしくなってしまったんだろう？　それは全部、そいつのせいじゃないか。たぶん、パトロンとしても、つまらない男だったろうね。自殺してしまったのはかわいそうかもしれないが、まあ、安らかに眠れ《レクイエスカト》ってなとこだ』

　なるほど、いいでしょう。しかし、この男たちの言葉は、一見、もっともらしく聞こえますが、かなり粗雑だとしか言いようがありません。今、私たちが関わっている問題からすれば、なんの意味も価値も見いだせない、空疎な言葉のように思えます。ちょうど、『雨が降っているのか？』とか、『今、何時だろう？』というのと同じレベルの言葉のように……。それに、そんなもっともらしいことを言う男たちだって——自分では気づいていないでしょうが——アンダーソン君と同じように、ミス・イヴリンのような女に騙されているのです。それはこの男たちが『あの女たちは美しくて、可愛らしい』と言っていることでわかります。

　この男たちは、アンダーソン君とはちがって、行きずりの遊び人として、この手の女たちと一夜を過ごすくらいでしょうが、可愛らしいはともかく、美しいとは！〈美しい〉という言葉は、〈芸術〉や〈人間の高潔な魂〉を形容する時に使うものです。もちろん、当世風に色香を商売にしているご婦人たちのなかには、そういった境遇にしては品があって、本物の〈美しさ〉のヴェールをかぶっている人たちもいます。けれども、そんなご婦人たちを見ても、今、言った行きずりの遊び人たちには、その美しさがわかりません。これまでにわかったこともなかったのです。このご婦人たちは、男を惹きつけようとして、手練手管を用いたりはしません。男を誘いはしますが、そのやり方ははにかむようで、どうにもぎごちないのです。また、嘘をついたとしても、それは罪のないもので、徹底的に男を騙すようなものではありません。ですから、ミス・イヴリンのような女たちと比べると、はるかに危険が少ないのです。人間としてごく自然な思いやりがあって――献身的ですらあります。とうていアンダーソン君のような男を破滅に導くことはできません。それができるのは、ミス・イヴリンのような女たちだけです。あの女たちだけが、あそこまで男を堕落させることができるのです。おわかりでしょう？　このことからすれば、ミス・イヴリンのような女たちが〈美しい〉ということはあり得ないのです。〈美しい〉という言葉が許容できる範囲では……。

仮に、そういった女たちのなかに、一見したところ、美しいと思われる者がいたとしても、その顔や身体の美しさのなかには、必ずや、何か低劣で、おぞましい特徴が出ていて、それが〈美しさ〉を台無しにしているはずだと、私は断言します。そこには女たちの本性が現れていて、それは女たちの不摂生で自堕落な生き方によって、さらにひどいものになっています。そして、ここで大切なことは、アンダーソン君のような男を破滅に導く、この種の情熱を考えた場合、そういった男が夢中になり、骨抜きにされてしまうのは、この女たちの〈見せかけの美しさ〉のせいではないということです。そうなのです！　男たちが夢中になり、あとで抜き差しならなくなってしまうのは、この女たちの〈低劣でおぞましい本性〉のせいなのです。アンダーソン君のような高潔な男たちは、それとは正反対の低劣でおぞましいものに惹かれるのです。だからこそ、こういった男たちは、女たちの美しさが見せかけにすぎず、本当は美しくないとわかっても、別に気にしないのです。行きずりの遊び人たちは、この〈見せかけの美しさ〉に欲情しますが、アンダーソン君のような男たちはそうではありません。そもそも、容姿にも心根にも、この手の女たちに、〈美しさ〉など求めないのです。

では、この女たちが〈可愛らしい〉というのは、どうでしょう？　ミス・イヴリンのような女を見ると、行きずりの遊び人たちはそう言いたてます。

　確かに、〈美しい〉という言葉とはちがって、〈可愛らしい〉という言葉はかなり広い意味で使えます。したがって、この手の女たちを〈可愛らしい〉と言うのはかまわないのですが、ひとつだけ、誰も言わないので、私が指摘しておかなければならないことがあります。それはこの手の女たちが〈可愛らしい〉と言われるために、どんな対価を支払っているかということです。少女の頃ならともかく、大人になって三年もすれば、〈可愛らしく〉いるためには、対価が必要です。その対価とは何か？　それが今、私たちが考えている問題にも重要な影響を与えている——私はそう思います。ええ、ミス・イヴリンの〈容姿の特徴〉とは何か？　という問題です。

　もはや少女ではなくなった、この手の女たちが、それでも〈可愛らしさ〉を保つには、〈人工的なもの〉に頼るしかありません。これが女たちの支払う対価です。そして、この支払いは時がたつほど多くなり、女たちはますます〈人工的なもの〉に頼って、男たちの目を欺《あざむ》くことになります。白粉《おしろい》だとか、口紅だとか、かつらだとか……。もちろん、ちょっと見ただけでは、化粧でごまかしているとは思えません。でも、ごまかしているのです！　それでも、行きずりの遊び人たちであれば、『化粧でごまかしたって、なんの問題がある？』と叫ぶでしょう。『要するに、見た目さえ、可愛らしければ、それでいいんだから……。だいたい、その手の女たちとは、ほんのつかのま、楽しい時を過ごせりゃいいんだ。こいつは料理とおんなじでね。化粧や何かで味つけがしてあっても、できあがったものの味が嫌《いや》でなければ、おいしくごちそうになれるってわけだ』と……。

　まあ、なんともお気楽なものですが、しかし、こんなふうに行きずりの遊び人たちが考えるほど、この問題は簡単ではないことは、のちほど証明してご覧に入れましょう。だいたい、少女のように〈可愛らしく〉見せかけている、この女たちだって、その瞳を見れば、そこには淫らな雌猫の光が輝いていて、全体がアンバランスだという印象を受けると思います。そうなったら、この女たちの見せかけの〈可愛らしさ〉がもたらしている中途半端な魅力は一気に吹き飛んでしまうでしょう。

　その証拠に、少々、冒瀆的《ぼうとくてき》ではありますが、この女たちの隣に、本物の少女をひとり座らせてみましょう。初めての恋の告白に、朝の薔薇《ばら》のような色に頬を染めてしまうような少女です。そうすれば、ミス・イヴリンのような女たちを〈可愛らしい〉と言うのは褒《ほ》めすぎであることが、誰にでもわかると思います。白粉や口紅を厚く塗り、義歯を入れ、毛を染め、あるいは赤毛や金髪や栗色の髪のかつらをかぶって外見をごまかし、偽《にせ》の笑みや偽の眼差《まなざ》しで、偽の恋を伝える女たちに、〈可愛らしい〉という言葉を使うのがやりすぎであることが……。

したがって、この女たちが〈美しい〉とか〈醜い〉とか〈可愛らしい〉とか〈若い〉とか〈若くない〉とか〈金髪だ〉とか〈栗色の髪だ〉とか〈太っている〉とか〈痩せている〉とか言うのは意味がないことになります。この女たちはあっというまに、その身体的な特徴を変化させてしまうからです。また、そのことをあらかじめ知っていて、〈この女たちの外見は所詮、つくりものだ〉とわかっていても、この女たちに魅力を感じなくなるわけではありません。というのも、アンダーソン君のような男を破滅させる、この女たちの魅力は、外見そのものにあるわけではないからです。むしろ、外見とは関係がないと言ってもいいでしょう。

そうです！　理性では想像もつかないことですが、この女たち――アンダーソン君のような男の血を吸って生きる吸血鬼たちの魅力は、容姿にはないのです。もちろん、心根にもありません。この女たちの魅力は〈虚飾〉にあるのです。容姿においても心根においても、〈虚飾〉――つまり、〈人工的であること〉――それこそが、この女たちの魅力なのです。そして、この〈人工〉の魅力は、本来女たちが持っているわずかな魅力を引き立てることもありますが、たいていの場合はそんな魅力には関係なく、その圧倒的な力で、アンダーソン君のような男を支配します。また、その支配の力は、〈人工〉の度が高まれば高まるほど強くなります。

ええ、これがこの手の女たちから引き出せる〈公理〉です。すなわち、この手の女たちには、みんなこの〈公理〉があてはまるのです。

これは大切なことなので、もう一度、言いますが、アンダーソン君のような男がこの手の女に夢中になり、ほかに何も目に入らなくなって、ついには破滅してしまう場合、女が美しかろうが、醜かろうが、可愛かろうが、そんなことは関係ないのです。女の容姿のせいで、地獄に引きずりおろされるということは、絶対にないのです。今までの話のなかでは、これがいちばん重要な点なので、このことだけは強調しておきたいと思います。

さて、先程の〈公理〉――この手の女たちの魅力は人工的であるという〈公理〉は、当然のことながら、ミス・イヴリンにもあてはまります。いや、あてはまるというようなものではありません。私はもともとミス・イヴリンに反感を抱いていますので、見方が厳しくなりますし、また、発明家でもありますので、想像力にも富んでいます。しかし、正直に言いますと（今なら、素直に告白できますが）、その私の想像力をもってしても、ミス・イヴリンがあれほど、その〈公理〉に忠実で、本当の姿からしたらもはや幻覚を見ているとしか思えないほど、〈人工的〉にその容姿を変えていたとは、思いも寄りませんでした。ええ、その証拠は、見て、聞いて、触って確かめられるよう、これから実際にご覧に入れます。

けれども、その実演証明《デモンストレーション》を行なう前に、ここでひとつ、ミス・イヴリンの〈容姿の特徴〉について、比較による分析をしたいと思います。

自然界に存在する〈あるもの〉の特徴を見きわめるなら、そのひとつ下の〈界〉に、そのものと〈対応するもの〉を見つけるのがいちばんよい――と、形而上学者はそう考えます。つまり、人間でしたら、〈動物界〉のなかにその人間に対応する動物を見つける。動物でしたら、〈植物界〉にその動物に対応する植物を見つけるという具合です。こうして、〈あるもの〉と、そのひとつ下の〈界〉の〈対応するもの〉を比較することによって、形而上学者の目には、特徴を見きわめたい〈あるもの〉の現実の姿がくっきりと浮かびあがってくるわけです。〈対応するもの〉の見つけ方は、別にそれほど難しいものではなく、〈あるもの〉の存在がまわりにどんな影響を及ぼしているかを考え、それと同じような影響を及ぼしているものをひとつ下の〈界〉で探せばよいだけです。したがって、あのキルケのような女たち――オデュッセウスの部下を豚に変えた、ギリシア神話の魔女キルケのような女たち――すなわち、ミス・イヴリンのような女たちは、〈植物界〉にその〈対応するもの〉を探せばよいということになります（あの女たちは姿は人間でも、実質は本能だけで生きる動物なので、探す場所は〈植物界〉になるわけです）。そこで、〈植物界〉において、あの女たちがまわりに及ぼす影響と同じ影響を周囲に与えているものと言ったら、それはウパスの木をおいて、ほかにはありません。ええ、あの女たちは有毒の葉が繁《しげ》るウパスの木のようなものなのです。

この木は太陽の光に美しく輝きますが、その木陰にいると、身体が痺《しび》れてきて、高熱にうなされている時のように幻覚が生じ、最後には死んでしまいます。そうして、実は、この木の美しさというのも、木が本来持っているものではなく、よそから借りてきた美しさなのです。

そうなのです！　この木が太陽の光に美しく輝くのは、なんと、この木についている何百万という毛虫が太陽の光を反射するせいなのです。ですから、この毛虫を取り除いてしまったら、このウパスの木は、ただの黒っぽい樹皮と、薄汚いピンクの花しか咲かない、みすぼらしい木にすぎないわけです。またこの木が毒を持つには、それにふさわしい土壌が必要で、そうではない場所に移しかえられたら、人を殺すという特性まで失い、やがては人々から忘れられて、枯れてしまうのです。

ええ、この木には毛虫が必要なのです。というより、ウパスの木は、毛虫をおのれの一部としているのです。木と毛虫は切り離すことができません。太陽の光にきらめく毛虫の美しさで人を惹きつけ、葉叢《はむら》から発散される毒で、木陰に寄ってきた人を酔わせて殺してしまう――この不吉な影響を及ぼすという目的で木と毛虫はひとつになり、また現実的にこの不吉な影響を及ぼしているという点で、ひとつの存在になっているのです。ウパスの木はこんな特性を持っています（同じように毒のあるマンチニール[6]の木もそうだと思いますが……）。そして、このように考えると、アンダーソン君は、まさに毛虫の美しさに惹かれて、ウパスの木陰に寄ってきた人のようなものだと言っていいでしょう。

5　ウパスはクワ科の常緑樹。樹液は猛毒で毒矢などに使われる。この植物は十四世紀にヨーロッパで知られるようになったが、その毒性の強さからさまざまな伝説が生まれた。「木陰にいるだけで身体が痺れ、やがては死んでしまう」というのは、その伝説のひとつである。「何百万という毛虫がついたり、移しかえると毒性がなくなる」というのも、伝説だと思われる。

6　マンチニールはトウダイグサ科の常緑樹で、樹液や果実に猛毒が含まれ、降雨中に木陰にいると、毒の溶けた雨水で皮膚がただれてしまう。

おわかりでしょうか？　ミス・イヴリンのような女たちは、毛虫のような〈人工的な〉魅力で、アンダーソン君のような男を惹きつけ、木陰におびきよせると、その毒で男を麻痺させ、ついには殺してしまうウパスの木のようなものなのです。したがって、その〈虚飾〉を――〈人工的な魅力〉をはぎとってしまったら、毛虫を除去したウパスの木のように、あとはみすぼらしい姿しか残りません。

もうひとつ。実はウパスの木を魅力的に見せていたのは、毛虫だけの影響ではありません。毛虫をきらめかせる太陽の影響もあったのですが、では、ミス・イヴリンのような女たちの場合、この太陽の役目を果たしているのはなんでしょうか？　それはこの女たちを見る人の〈想像力〉です。この〈想像力〉がまさに女たちの思惑どおりに働いてしまう結果、女たちが見せようと思っている〈虚像〉が〈実像〉になり、アンダーソン君のような男にとって、女はますます魅力的に輝いて見えるようになってくるのです。しかし、当然のことながら、これは〈錯覚〉です。ですから、何がこの〈錯覚〉をつくりだしているのか、少し冷静になって確かめてみればいい……。そうすれば、たちまちこの〈錯覚〉は消え、あとには女に対する嫌悪感しか残らないでしょう。そうなったら、この手の女たちに欲望を抱くことなど、もはや不可能になります。

というわけで、ミス・イヴリンがどうやってアンダーソン君を虜にしたのか、その過程を〈計算〉した――あるいは分析した結果、私はミス・イヴリンにまだ会っていない状態で、ミス・イヴリンの魅力と〈容姿の特徴〉を〈予見〉することができました。その魅力、その特徴とは〈人工的であること〉です。これはミス・イヴリンがアンダーソン君にしたことを考えれば、先程の〈公理〉によって明らかです。そこで、私は分析対象であったミス・イヴリンに興味を持ち、実際に会いにいこうと考えました。〈ある種の女たちが人工的である〉という〈公理〉の正しさを証明するためではありません（それは〈公理〉なのですから、正しいに決まっているのです）。そうではなく、理想的な条件のもとで、まさにこの〈公理〉が見事にあてはまる女として、ミス・イヴリンがどのような女なのか、実際に見て確かめたかったのです。『このような〈公理〉があてはまる女とは、いったいどんな女なのだろう？』私は心のなかでつぶやきました。

そうして、ミス・イヴリン・ハバルの足跡《そくせき》を追うことにしたのです。

調べてみると、ミス・イヴリンはニューヨークから百五十キロメートルほど離れたフィラデルフィアの町にいることがわかりました。アンダーソン君を破産させ、死に追い込んだことは、その町でも評判になっていたので、すぐに住所を突きとめることもできました。私はフィラデルフィアに行き、ミス・イヴリンに会って、数時間の時を過ごしました。ミス・イヴリンは苦しそうにしていました。病気が身体を――もちろん、精神ではなく、身体を――蝕んでいたのです。〈これではアンダーソン君のあとを追って、まもなく死んでしまうのではないか?〉そう思われるような状態でした。そして、その時、私が感じたように、それからしばらくして、死んでしまいました。ええ、今から数年前のことです。

しかし、それでも私はミス・イヴリンが死ぬ前に、〈あの手の女は人工的だ〉という〈公理〉を確かめ、その〈公理〉にあてはまるミス・イヴリンが〈人工的〉だという、私の〈予見〉がまちがっていなかったことを確認することができました。それに、ミス・イヴリンは確かに死にましたが、ある観点からすると、その死はあまり重要な意味を持ちません。私はいつでも簡単に、ミス・イヴリンをここに呼びよせることができるからです。

それではいよいよ、先程、申しあげた実演証明《デモンストレーション》を始めましょう。まずはタンバリンとカスタネットを手に、歌いながら踊る、ミス・イヴリンの魅力的な姿をご覧ください」

その言葉と同時に、エジソンは立ちあがった。そうして、コルドバ製の革が張られた壁ぎわまで行くと、壁に沿って天井から降りている紐《ひも》を引っ張った。

第4章　死の舞踏

美女でいるのは　辛いお仕事

——シャルル・ボードレール[7]

すると、天井から下がった大きな電球の前に、二本の鋼鉄の棒に巻きつけられて、ぴんと横に張った幅の広い帯が降りてきた。帯はゴム引きの布でできていて、小さなガラス板が一列にたくさんはめこんである。ガラス板には幻灯用の写真が焼きつけられていて、画像には色がついていた。また、天井から下がった電球の後ろには強力な反射鏡が降りてきて、帯の前にはガラス板の画像を拡大するためのレンズが下がってきた。要するに、この反射鏡で電球の光をガラス板に集め、そこに焼きつけられた写真の画像をレンズで拡大して、壁にある黒檀《こくたん》の額縁にはまった白い布のスクリーンに映しだす仕組みになっているのだ。やがて、二本の鋼鉄の棒に張られた帯が、時計のように精巧な仕掛けで片方から片方に一定の速度で巻きとられていくと、スクリーンにはまだ若く可愛《かわい》らしい赤毛の女が現れた。

　女はタンバリンとカスタネットを持ち、スパンコールで飾られたきらびやかな衣装を身につけていた。ガラス板を光が透過してくるので、肌は透きとおって見える。が、何よりも不思議だったのは、スクリーンに映った女の写真が動きだしたことだ。女はスペインの民俗舞踊であるファンダンゴを踊っていた。動きもダイナミックで〈生命〉そのものが躍動しているように思える。実は、女の踊りを連続写真に撮り、その画像をレンズと反射鏡でできた映写機で次々とスクリーンに映しだしていくので、写真が動いているように見えるのだ。連続写真を撮るには、小さなガラス乾板をつなげたリボンを被写体の前で移動させていき、乾板を順番に感光させていくという方法がとられた。この方法をとると、三メートルのリボンで十分間の踊りが撮影できるのだ。

　と、エジソンが額縁の花輪模様の浮き彫りに触れた。その浮き彫りは何かのスイッチだったのだろう、黒い額縁を飾っている〈黄金の薔薇《ばら》〉の真ん中でバチッと火花が散った。

　その瞬間、平板でぎこちない女の声が聞こえてきた。あまり知性の感じられない、

7　『悪の華』「告白」。

硬い声だ。ファンダンゴを踊っている女がタンバリンを肘に打ちつけ、カスタネットを鳴らし、「アサー！」とか「オレー！」とか掛け声をはさみながら、歌をうたいはじめたのだ。

スクリーンには、女の様子が忠実に映しだされていた。手足の振りも、目つきも、唇の動きも、まばたきも、腰の動きも、口もとに浮かんだ笑みも――女が踊り、歌った時そのままに、そっくり再現されているのだ。

これを見ると、エウォルド卿は言葉を失った。と、すぐにエジソンが声をかけた。

「どうです？　これがミス・イヴリンです。なかなか魅力的な女でしょう？　こうして見ると、我が友エドワード・アンダーソン君が取り憑《つ》かれたのも不思議ではないと思われます。ご覧なさい、この見事な腰つきを！　赤毛も素晴らしい！　まさに赤金《あかがね》色です！　熱くほてった白い肌、美しい切れ長の目。小さな爪は薔薇の花びらのようで、暁《あかつき》の光に輝いているようではありませんか！　踊りの興奮できれいに浮きでる静脈は？　あの首や腕の若々しい動きは？　微笑《ほほえ》んだ時に口もとからこぼれる、真珠のように白く濡れた歯は？　あの赤い唇は？　金茶色の細い三日月のような眉は？　蝶が羽ばたくようにぴくぴくと震える、可愛らしい小鼻は？　衣擦《きぬず》れの音をたてる繻子《サテン》のドレスの上からでもわかる、あのはちきれそうな胸は？　彫刻を思わせるような長い脚は？　形のよい小さな足は？　これこそ、〈自然〉というものではありませんか？　〈自然〉はかくも素晴らしい女性をつくりだしたのです。ああ、〈自然〉とはなんと美しいのでしょう？　〈傾城《けいせい》の美女〉とは、まさにこのような女のことではないでしょうか？」

そう言いながら、深いため息をつくと、エジソンはまるで恋する男のように、うっとりとした表情になった。それは自分自身に陶酔しているようにも見えた。

「まあ、そうやって好きなだけ〈自然〉をからかってください」エウォルド卿は言った。「確かにこの女性はきれいです。踊りに比べると、歌のほうはそれほどでもありませんがね。でも、これだけの魅力を前にしたら、あなたのお友だちが心を惑わされたのも無理はありません。快楽を追求する目的でしたらこれで十分です。お友だちにはこの若い女性がとっても可愛らしく見えたことでしょう」

「本当にそうお思いになりますか？　この女が魅力的だと……」あいかわらず陶酔した顔で、卿を見つめながら、エジソンが尋ねた。その口調には奇妙な響きがあった。

それから、また壁ぎわに行くと、エジソンは壁に沿って天井から降りている紐《ひも》を引っ張った。紐は革製の紐通し《クリス》のなかを通っていたので、革が擦《こす》れる音がした。と、すぐに幻灯用のガラス板をはめこんだ帯が二本の鋼鉄の棒とともに上にあがり、動いていた写真の映像がスクリーンから消えた。その代わりに、やはり二本の鋼鉄の棒とともに、カラー写真のガラス板をはめこんだ別の帯が降りてきて、天井から下がった電球の前で止まると、片方の棒に巻きとられるかたちで電球の前を水平に移動しはじめた。すると、反射鏡で集められた光がガラス板を透過して、スクリーンに踊りをおどる女が現れた。だが、今度の女は血色が悪く、身体もしなびて、女というよりは老婆と言ったほうがよかった。頭にはほとんど毛がなくなり、すっかり歯の欠けた口もとは、だらしなく緩んで、唇も色あせている。頬はげっそりこけて、目は落ちくぼんで光がなく、瞼《まぶた》はたるんで、全身にしわが寄っていた。その姿は陰気でみすぼらしいとしか、表現のしようがなかった。

だが、今はその陰気でみすぼらしい女が、先程の可愛らしい女と同じように、タンバリンを肘で打ち、カスタネットを叩きながら、酔っぱらった声で、ファンダンゴを歌い、踊っているのだ。

「では、この女はどうです?」笑いながら、エジソンが尋ねた。

「これは……」エウォルド卿は口ごもった。「この魔法使いのようなおばあさんは誰です?」

「同じ女ですよ」落ち着いた口調で、エジソンが答えた。「まったく同じ女……。ただし、こちらが本物です。ええ、この女がさっきの可愛らしい女に化けていたのです。エウォルド卿、どうやら卿は現代の化粧術がどれほど進歩を遂げたか、まったくご存じなかったようですね？」

それからまた先程の熱を帯びた口調になると、エジソンは続けた。

「この娘を見よ《エッケ・プエッラ》ですよ。これが太陽の光に輝いていたミス・イヴリン・ハバルから美しい毛虫を取り除き、魅力を奪ってしまった姿なのです。こんな女に死ぬほどの欲望を抱くとは、考えられないでしょう？　こんなみすぼらしい恋人《ポヴェーラ・インナモラータ》に欲望を抱くとは……。この女が潑剌《はつらつ》として見えますか？　甘い夢に思えますか？　この女を見て情熱を抱くことができますか？　この女と恋に落ちて、至高の感情を味わうことができますか？　ええ、これが〈自然〉というものです。どうです？　これでも〈自然〉は美しいでしょうか？　これよりひどいものを考えることができますか？　まあ、無理でしょうね？　この〈自然〉よりひどいものを探せと言われたら、絶望するしかありません。お手あげです。そうは思いませんか？

実は、こちらのほうの踊りは、ミス・イヴリンに催眠術をかけて、かつらとか化粧とか、〈人工的なもの〉をすべてはぎとったうえで踊ってもらったのですが、とんだ猿芝居ですよ。最初に見たのがこちらの姿だったら、アンダーソン君だって、今頃は奥さんや子供たちに囲まれて、家で幸せに暮らしていたのです。そのほうがずっとよかったでしょう。ああ、でも、〈化粧〉のせいで……。〈化粧〉ひとつであれほど変われるのですから、女性というのは〈妖精の指〉を持っていますよ。そして、ひとたび〈化粧〉のせいで〈可愛らしい〉という印象を持ってしまったら、その〈錯覚〉はいつまでも続くのです。こうなったら、男のほうはもうどうすることもできません。〈錯覚〉をもとに〈妄想〉が広がり、その〈妄想〉はどれほどおぞましい女の欠点も美点に見せてしまうのです。ええ、女がぞっとするほど醜くても、〈妄想〉のせいで美しく見え、そのまま女にしがみついてしまうのです。

そういった状態ですから、騙《だま》すほうの女にしたら、たいした苦労はいりません。自分の醜さをどぎつく飾って、それとは気づかず自分に目の眩《くら》んだ初心《うぶ》な男の欲情をかきたててやればいいだけです。そうなったら、もはや自分の醜さを隠す必要もないのです。これはもう言葉の問題にすぎません。つまり、〈痩せこけている〉のは〈華奢《きゃしゃ》〉なことになり、〈醜い〉のは〈刺激的〉なことになります。〈下品〉なのは〈率直〉なことに、〈裏表がある〉のは〈洗練された〉ことに——まあ、そういったようなものです。そして、こんなことが繰り返されているうちに、男のほうはいつのまにか、アンダーソン君のようになってしまうわけです。その行きつくところは、〈不幸な死〉

です。それは新聞を読めばわかることでしょう。世界じゅうの何千という新聞が、毎朝、この手の不幸を報じています。それを見たら、一年に数万人の男がこのようなケースで亡くなっているといった、先程の統計の数字が誇張ではないことがおわかりになるでしょう。その数字はむしろ実際よりも低く見積もっているくらいです。エウォルド卿、そうはお思いになりませんか？」

だが、それには答えず、エウォルド卿は気になっていたことを口にした。

「エジソンさん、先程のスクリーンに映っていた女性と今の女性が同一人物であることを、どうか証明してもらえませんか？」

それを聞くと、エジソンはあらためてエウォルド卿の顔を見つめた。だが、その顔には、今度は深い憂愁の影があった。

「ああ、エウォルド卿、あなたは本当に、〈理想の女性〉という観念が、心に染《し》みついていらっしゃるのですね。わかりました。それではそのことを証明してご覧に入れましょう。いえ、実は初めからそうするつもりだったのです。エウォルド卿、どうぞこれをご覧ください。これがあのかわいそうなアンダーソン君をたぶらかして、心身を破壊し、名誉や威信を傷つけ、財産を失わせ、ついには命まで奪ってしまったものの正体です」

そう言うと、エジソンはまだ不吉な踊りを映写しているスクリーンの下にかがみこみ、壁にはめこまれた、つくりつけのタンスの大きな引き出しをひとつあけた。

「これがあのアルミーダ[8]が──ミス・イヴリンが魔法を使うのに用いた道具です。ミス・イヴリンの遺品というか、〈遺骸〉のようなものです。いや、〈遺骸〉だと言いきっても、まちがいありません。私はこれをミス・イヴリンのところから持ってきました」そう説明すると、エジソンは地下室の奥にさがっていたミス・ハダリーに声をかけた。「ミス・ハダリー、よかったら、手もとを明かりで照らしてくれないか？」

その言葉に、香木《こうぼく》でできた松明《たいまつ》を手に、ミス・ハダリーが姿を現した。そのまま花園に行くと、花のひとつを引き寄せ、中心にある電熱線で火をつける。それから、エウォルド卿の手をとって、エジソンのいるところに優しく案内した。

「先程スクリーンで最初の女性を見た時、あなたはその魅力的な女性がミス・イヴリン・ハバルの〈自然〉な姿だとお思いになったでしょう？」エジソンが続けた。「けれども、スクリーンで二番目のみすぼらしい女性を見た今、最初の印象はまちがいだったとお考えになっているはずです。しかし、ひとりの女性がそんなふうに変身することができるのでしょうか？　それができるのです！　ミス・イヴリンのような女性は、真鍮《しんちゅう》の硬貨を金貨に──それも標準金となる金貨に変えてしまうように、自分の〈醜さ〉を〈美しさ〉に変えてしまうことができるのです。それ以外の女性――いわば普通の女性は、化粧によって、せいぜい銅貨に変えるくらいしかできないのに……（それはそれでありがたいことですがね）。いや、それよりも、ミス・イヴリンが魔法に用いた、この小道具をご覧ください。ミス・ハダリー、明かりを……」

それを聞くと、ミス・ハダリーは、ヴェールをかぶった頭の上に高々と松明を掲げて、暗い引き出しのなかのミス・イヴリンの〈遺骸〉を照らした。その姿は墓地に立つ彫像のように見えた。

8　イタリアの詩人タッソによる叙事詩『エルサレムの解放』の登場人物。魔法を使う絶世の美女で、最初はその魔法で十字軍を苦しめるが、最後はキリスト教に改宗する。

第5章　遺体の掘りだし

嘆け《ルジェーテ》！　おお《オー》！　愛と欲望《ウェーネレス》の神たちよ《クーピディネスクェ》！

――カトゥルス『詩集』

松明《たいまつ》の光に、引き出しのなかが照らしだされると、エジソンがオークションの競売人のような鼻にかかった声で説明を始めた。

「さて、こちらにございますのが、アンダーソン君をたぶらかすのに使ったミス・イヴリンの魔法の小道具の数々でございます。これはいわば、〈美の女神ヴィーナスの魔法の腰帯〉、〈三美神の胸帯《ストロフィウム》〉、〈愛の神キューピッドの矢〉であると申せましょう。[9]最初にお目にかけますのは、この赤毛のかつら。まさしく、赤金《あかがね》に燃える、エロディアード[10]の髪のようではございませんか？　あるいは、星のごと、きらきら光る滝の流れ。秋の日の木漏れ日揺れる、葉叢《はむら》のざわめき。夕陽に染まる朱色《あけいろ》の苔《こけ》……。そう、この美しいかつらはすべての女性の祖、永遠に輝くイヴの思い出と言えましょう。

赤毛のイヴの……。どうです？　このかつらを振れば、髪の毛の一本いっぽんが赤い光線となって揺れるようではありませんか？　見ているだけで、陶然となります」

そう言うと、エジソンは本当にかつらを振ってみせた。だが、そのかつらは実のところ、色あせた馬の尻尾《しっぽ》のようなもので、赤紫になった巻き毛の塊や、酸化で黄ばんだ汚らしいオレンジ色の髪の毛の間からは、銀の針金がのぞいてみえた。そのかつらを壁につくりつけになっている半円形のタンスの上に置くと、エジソンは続けた。

「こちらは百合のように肌を白くし、その肌をば恥じらう乙女の薔薇色《ばらいろ》に染め、赤く濡れた唇の魅力で欲望を刺激し、情熱の炎を燃えたたせるためのメークアップ用品で

9　ヴィーナスの〈魔法の腰帯〉は、〈鏡〉とともにヴィーナスの象徴で、男を惹《ひ》きつける魅力が込められている。三美神はヴィーナスの随神。胸帯《ストロフィウム》は乳房を包みこんで、形をつぶさないようにするための布。キューピッドはヴィーナスの息子とされる。
10　『新約聖書』に登場するヘロディアのフランス語読み。ヘロディアはヘロデ王の妻でサロメの母。洗礼者ヨハネを憎み、サロメが宴会で見事な踊りを披露した時、踊りの褒美にヨハネの首を所望するよう娘に指図した。以下はマラルメの詩「エロディアード」（一八七一年）の一節。《私の無垢《むく》の滝つ瀬の金髪が／この孤独の肉体《からだ》に打ち寄せると、恐怖に／凍る想いなの。光にからまれた頭髪は／不死身だわ》『マラルメ詩集』（加藤美雄訳　彌生書房）。

ございます」

そう言って、引き出しのなかから、使いかけの口紅の容器を取り出す。それから、もうすでに半分ほどなくなっている、さまざまな色の舞台用のドーランや、つけぼくろの箱も出して、タンスの上に並べた。

「次なるは髪をきれいに留めて、秀でた額に三日月のような眉を引き、その下の瞳に深い落ち着きを与えて、美しく輝かせるための道具でございます。また、こちらのシャドーを使って、頬や瞼《まぶた》に影を落とせば、恋にやつれて、眠れぬ夜を過ごしたと、恋人の男に思わせるのも自由自在。さらには、こめかみにきれいな青い静脈を描き、恋人の足音を聞いて、喜びに震える小鼻を薔薇色にすることもできるのでございます」

その言葉とともに、エジソンは黒く燻《いぶ》したヘアピンや青いペンシル、紅を刷《は》く筆や刷毛《はけ》、トルコのスミルナでつくられた眉墨の箱を見せた。それから、また引き出しに手を入れると、言葉を続けた。

「さて、こちらは入れ歯でございます。これを使えば、にっこり微笑《ほほえ》んだ口もとから、白く輝く、愛らしい歯がこぼれ、その魔法の魅力に、男は思わず最初の口づけをしてしまうでしょう」

そう言うと、エジソンは歯医者のショーケースに陳列されているような見事な入れ歯を取り出し、バネの部分をカチカチと鳴らしてみせた。

「その次は襟首や喉もと、肩や腕を際立たせて見せる道具でございます。これを使えば、襟首は真珠のように白く、繻子《サテン》のようになめらかに光り、肩や腕には若わかしい張りが出て、喉のラインも美しく、雪花石膏《アラバスター》のように白く見えるのでございます」

そう言いながら、引き出しのなかを覗《のぞ》きこむと、エジソンは白粉《おしろい》を厚塗りするための不気味な道具をひとつひとつ取り出してみせた。それから、また引き出しに手を入れて、薄汚れた綿の塊を引っ張りだした。

「こちらは夜明けの光に包まれた海の精《ネレイデス》たちもかくやと思われるような見事な乳房……。ネレイデスたちは〈海から生まれたヴィーナス《ウェヌス・アナデュオメネ》〉のお伴で泡立つ波のなかから現れたのですが、おお、波の向こうに垣間見《かいまみ》えたネレイデスたちの胸のなんと美しいことか！　そう、これがあの乳房のもとだったのです」

そう言うと、エジソンは、すえた臭《にお》いのする、灰色にすすけた綿の塊を振ってみせた。

「お次にご覧に入れますのは、酒神バッカスにつきしたがう女たちさながらに淫らに腰を振り、狂乱の踊りを見せたミス・イヴリンの締まったウエストと豊かな腰をつくりあげたものでございます。そう、女神アテネの彫像も完璧とは言えなくなるような、あのウエストと腰の線はこれでつくられたのでございます」

そう口にすると、エジソンは鋼鉄のワイヤや鯨のひげを曲げて、スカートをふくらませるためにつくったパニエやバッスル、ウエストを絞るためにつくったコルセットなどを次々に手にとっては高く掲げてみせた。コルセットは紐《ひも》やボタンを使った凝ったつくりになっていたが、今では紐も切れかかっていて、まるで弦が切れて、風が吹くと奇妙な音をたてる、古いマンドリンを思わせた。それをまたタンスの上に並べると、エジソンは続けた。

「それでは、あの激しくステップを踏む、すらりと伸びた、美しい脚はどうやってつくられていたのでしょう？」

そう言って、自分でもステップを踏むと、ひどい臭いのする重そうなタイツをふたつ、できるだけ身体から離して振ってみせる。タイツは麻のくず糸で巧みに編んであり、もとは肌色だったにちがいないが、今ではすっかり変色していた。

「お次は手足の指の爪に塗るエナメル質の塗料でございます。この塗料は東洋から来たもので、あの可愛《かわい》らしい手足の爪を輝かせていたのは、おお、これもまた東洋――東洋の光だったのでございます」

そう言うと、エジソンは真珠の光沢を持つ、ピンクやオレンジがかったエナメル塗料の入った分厚い缶と、それを塗るための刷毛を取り出してみせた。刷毛は使いふるされていて、ほかの色の塗料の滓《かす》もついていた。

「今度は足でございます。先程、スクリーンに映った足は小さく、土踏まずの線もきれいでした。あれを見たら、エウォルド卿、まさかあの足の持ち主が下劣な金の亡者だとは想像もできますまい。けれども、それはこの靴のせいなのでございます」

その言葉と同時に、エジソンは踵《かかと》の高さがメドックワインのコルク栓ほどもあるハイヒールを両手に持って、コツンと鳴らしてみせた。その靴は驚くほど小さく、これに無理やり足を入れたら、どんな大足でも可愛らしく見せることができそうだった。また、薄いコルクの底敷を見ると、土踏まずの部分がきれいに切り取られていて、底がこんな形になっているなら、どんなドタ足でもきれいに見えると思われた。この底敷をハイヒールとともにタンスの上に並べると、エジソンは次に大きな手鏡を取り出した。

「これを使って練習すれば、どんな笑みでもお好み次第。無邪気な笑みも甘えた笑みも……。いたずらっぽく笑ってみせることもできますし、天使のように優しい笑顔をすることも、はては悲しげに微笑を浮かべてみせることもできるのでございます。あるいは、この鏡を見つめて、男心を惹《ひ》きつける、ちょっとした表情を研究すれば、男たちはもうその魅力に抵抗することはできないのでございます」

おそらく、ミス・イヴリンはその手鏡を使って、しわのひとつひとつまで、丹念に調べ、自分の容貌の価値を高めようとしたにちがいない。その手鏡を掲げて、タンスの上に置くと、エジソンは言葉をついだ。

「さて、エウォルド卿、先程、スクリーンで踊っていたミス・イヴリンは、〈踊る花〉とも言ってよかったと思いますが、ミス・イヴリンが花なら、花には香りが必要でございます。そして、ここにあるこの香水こそがその香り。若さと健康、命の香りでございます」

そう言うと、エジソンはまるで商品の見本を並べるように香水の入った瓶を、白粉や青いペンシル、紅を刷く筆のそばに置いていった。だが、その香水とは実は、薬学の知識をもとに、生まれながらに持っている嫌《いや》な体臭を消すためにつくられたものであった。エジソンが続けた。

「次なるは同じく薬学の粋を集めてつくられた薬の小瓶でございます。ヨードのようなこの色とにおい、それからどの小瓶もラベルがはがされているところを見れば、男たちに忘れられないよう、ミス・イヴリンがどんな努力を払っていたか、わかるというものでございます。その意味で、この何本かの小瓶は、ミス・イヴリンが男たちに贈る〈忘れな草〉の花束であったとも言えましょう。

また、ここにありますのは、何かをつくる、奇妙な形の道具と、その材料。私はもちろん、これで何をつくったのかはわかっていますが、ミス・ハダリーがいるので、それは口にしないことにいたしましょう。それが紳士の嗜《たしな》みというものです。そうですね？　ただ、先程の薬といい、この道具や材料といい、こういったものを見ると、ミス・イヴリンが男の気持ちをかきたてる術に長《た》けていたことがおわかりになることと思います」

そう説明すると、エジソンはいったん口をつぐみ、すぐにまた続けた。

「最後にお見せしますのも、それと同じ系譜に属するもので、こちらはいくつかの薬草ですが、その効果はつとに知られているところでございます。ええ、こういった薬草を使用していたのであれば、ミス・イヴリンは『自分は結婚して、家庭の幸福を味わうタイプではない』と、謙虚にも、認めていたことになるでしょう」

こうして、すべての説明を終えると、エジソンはタンスの上に並べたミス・イヴリンの〈遺骸〉を、また引き出しのなかにしまっていった。そうして、まるで石棺の蓋《ふた》を閉めるように、引き出しを玄武岩の壁にはめこまれたタンスのなかにしまった。それから、エウォルド卿のほうを向くと、言った。

「どうです？　エウォルド卿。これをご覧になったら、さすがのあなたも、幻想から目が覚めたのではないでしょうか？　もちろん、きれいにお化粧をして、美しく着飾る女たちが、みんなミス・イヴリンと同じだとは思いません。また、思いたくもありません。ミス・イヴリンは特別なのです。けれども、そういった女たちは誰もがミス・イヴリンの仲間であることはまちがいないし、今はそうではなくても、何かきっかけがあれば、そうなってしまうのです」

そう断言すると、エジソンはテーブルのところに行き、水差しの水で指をすすいだ。いっぽう、エウォルド卿はこのエジソンの話に茫然《ぼうぜん》としていた。ミス・イヴリンのことを思うと、死ぬほど胸が悪くなったが、それを口に出すこともできず、ただハダリーのほうを見つめていた。

そのハダリーは、花園の片隅にある人工のオレンジの木の根もとにいた。引き出しを照らしていた松明がもう必要なくなったので、オレンジを植えた花壇の土で、火を消していたのだ。

と、そこにエジソンが戻ってきた。

「故人を偲《しの》んで、墓や霊廟《れいびょう》の前でひざまずく人がいることは、私もまあ、なんとか理解できます。必要であれば、私もするでしょう。けれども、この引き出しの前に――この〈遺骸〉の前にひざまずくのは、まっぴらごめんですね。そう思いますでしょう？　ええ、これはまさしく〈ミス・イヴリンの遺骸〉なのです」

　そう言いながら、エジソンは壁に沿って天井から降りている紐を引いた。すると、スクリーンから連続写真の映像が消え、音もやんだ。エジソンのそっけない弔辞とともに、埋葬は終わったのだ。

「私たちは、あの純真な恋が成立した〈ダフニスとクロエ〉の時代からは、もう遠いところにいるのですよ」

　そうつぶやくように口にすると、エジソンは落ち着いた口調で、こう話を締めくくった。

「アンダーソン君は名誉と財産を失い、古くから人々が大切にしてきた〈生きる希望〉を忘れて、みずから命を絶つという、あの忌まわしい行為に踏み切りました。それはいったいなんのせいでしょう？

　そうです。この引き出しのなかに入っているもののせいです。

　アンダーソン君のような男は現実的すぎるほど現実的なはずですが、ひとたび自分も雲に乗って天上の気分を味わおうなどと思うと、すっかりたががはずれてしまうのです。まったく、詩人も顔負けではありませんか！　しかし、これは珍しいことではありません。実際、先程も言いましたが、ヨーロッパやアメリカでは、アンダーソン君のようなケースで、毎年、五万二千人から三千人の男たちがつまらない女のために命を落とし、その数は次第に増えているのです（そのすべてがアンダーソン君のケースほどひどくはないかもしれませんが、でも、ほとんど似たようなものです）。つまらない女のために……。道徳心などかけらもない、卑劣な女の餌食となって……。その魅力に抵抗もできずに……。ところが、そういった男たちというのは、そうなる前は、もっと地に足がついた考えをして、常識を備え、実際的で、むしろ自分たちとは正反対の詩人や夢想家を軽蔑していたのです。いっぽう、本物の詩人や夢想家のほうは、みずから求めた孤独のなかで、そういった男たちを黙って見つめていたわけなのですが……。それを思うと、不思議な気がしますね」

第6章　悪意を抱く者に災いあれ！

されぱこそ　遠く離れて　苛立《いらだ》つ視線を投げあいながら
男と女は　離ればなれに死ぬ運命にある
——アルフレッド・ド・ヴィニー『運命』[11]

そこでいったん口をつぐむと、エジソンは息を吐いた。それから、また話を続けた。

「さて、我が友アンダーソン君は、今、私が証拠としてお見せしたような〈人工的なもの〉に騙《だま》されて、ミス・イヴリンに対する〈幻想〉を抱いたまま亡くなったわけですが、そういった、いわば〈つくりもの〉を寄せあつめてできあがったミス・イヴリンという存在は、愛情はもちろん、その存在そのものも〈偽物《にせもの》〉ではないか？　私は

11　『運命』のなかの「サムソンの怒り」の一節。この前の行は《女はゴモラに　男はソドムに》。

そう思いました。見かけだけは生きているように思える〈人工物〉ではないかと……。そして、もしそうなら、次のようなことが言えるのではないかと考えたのです。

　実は私がハダリーをつくろうとした動機はそれに関係してくるのですが、これまで何度も申しあげたように、ヨーロッパやアメリカでは毎年、何万、何千という善良な男が、時には自分にはもったいないような素晴らしい女性を捨てて、つまらない女に走り、その女に殺されています。ええ、ミス・イヴリンに殺されたアンダーソン君のように……。そういったケースが数えきれないほどあるわけです。ですから……」

「いや、待ってください」エジソンの言葉に、エウォルド卿は思わず口をはさんだ。

「あなたのお友だちのケースは、むしろ特殊なのではないでしょうか？　つまり、ああいったケースはめったにあることではなく、お友だちがあんなふうになった原因は、悲しい恋の結果、精神が異常をきたしたと考えたほうがよいのではないでしょうか？　すなわち、精神科医が取り扱うケースだと……。ぼくにはそうとしか思えません。というのも、男を自分に夢中にさせて殺してしまうような女は、〈人工的な〉魅力ではなく、〈本物〉の魅力を持っているわけですから、ミス・イヴリンから一般的な法則を導きだすのは無理があるように思います」

「そうでしょうか？」エジソンは答えた。「私には無理があるように思えませんが……。だいたい、卿ご自身も、最初にミス・イヴリンの連続写真を見た時には、〈本物〉だとお思いになったではありませんか？　そのことをお忘れではありませんまい。それに、女性というのは化粧をするための部屋で、何をしているのか、わからないものです。こんなことわざがあるのをご存じですね？　《女にとって化粧部屋は聖域である。たとえ夫や恋人でも、男は決してそこに入ってはいけない》。普通の女性でもそうなのですから、ましてやミス・イヴリンのような道徳心などかけらもない、男に災いをもたらすような女は、ほとんど褒《ほ》めるところのない自分の〈容姿の欠陥〉を、虚飾で相手をたぶらかすという〈卑しい精神〉で埋め合わせるのです。この手の女たちには、動物ほどの愛情もありません。あるのは、ただ男を貶《おとし》め、破滅させようという意志だけです。その結果、確かにアンダーソン君は〈病気のようなもの〉にかかりました。世間の人はそれを〈恋〉と呼びます。けれども、私はその言葉を安易に使いたくありません。その言葉は体《てい》のよい〈社交辞令〉のようなもので、〈現実〉から目をそむけさせるからです。アンダーソン君のような不幸の原因は、そのひとつに、この状態を〈恋〉と名づけることにあるのではないでしょうか？　けれども、現実は〈恋〉などとは関係ありません。ミス・イヴリンのような女が〈人工物〉の助けを借りたり、あるいは〈人工物の寄せ集め〉になることによって、男に〈幻想〉を抱かせること――それがこの不幸な事態の本質なのです。

そこで、私は考えました。そして、これがまさにハダリーをつくろうとした動機なのですが、ミス・イヴリンほどではないにしても、精神的に、あるいは肉体的に、男に〈幻想〉を抱かせて、男を破滅に導く女たちは、誰でも〈人造人間〉――アンドロイドの要素を持っているわけです。ならば、最初から〈幻想〉であることを認めて、アンドロイドそのものをつくってしまったらどうでしょう？ ミス・イヴリンのような女がつくりだす〈幻想〉に、こちらも〈幻想〉で対抗するのです。こういった種類の情熱は（あえて恋ではなく情熱と言いますが）、個人的な〈幻想〉によって成り立っているものですし、この情熱が生まれるためには、〈人工的なもの〉が不可欠です。また、当の女たち自身が『みずからを〈人工物の寄せ集め〉に置き換える』という模範を示してくれています。もしそうなら、アンドロイドという〈人工物〉をつくって、女たちの負担を減らしてやってもいいではありませんか！ あの手の女たちがしていることは、口紅を塗った〈人工的な唇〉で、私たちの唇を赤く染めることだけです。女たちが死んだり、あるいは気まぐれで別の愛人をつくってどこかに行ってしまったりした時、男たちは辛い涙を流しますが、それは単に女たちが白粉《おしろい》でつくった〈人工的な顔〉が見られなくなったということなのです。女たちのほうも、それくらいしか望んでいないのです。ですから、もう〈嘘〉はやめましょう。そのほうが女にとっても、こちらにとっても簡単です。

そうして、男を破滅に導く女たちの代わりに、もっと健全な、男に救いを与える〈電気仕掛けのアンドロイド〉をつくるのです。そんなアンドロイドをつくることができたら、私たちは〈科学〉の力で、〈恋に等しいもの〉を手に入れることができます。この〈科学による恋〉はミス・イヴリンのような女たちとちがって、際限なく男の情熱をかきたてていくことがないので、不幸な結果をもたらすことがありません。これまでお話ししてきたように、ミス・イヴリンのような女に捕《つか》まってしまったら、不幸は避けられないのです。ええ、この不幸を避けるためには、人類にとってあらたな発明品であるアンドロイドに頼るほかないのです。

ですから、こういったアンドロイドをつくって、世間に普及させることができたら、わずか数年の間に、何千人、何万人という男の命が救えるようになるわけです。

もちろん、世の中には『いったい、そんなアンドロイドをつくって、何に使うつもりだ？』と、遠回しに下劣な非難を私に浴びせる者もいると思いますが、私がつくったアンドロイドを見れば、わずか数時間で、その非難は当たらないことがわかると思います。というのも、私のアンドロイドの本質は、どんな情熱的な男の心にも、下卑《げび》た欲望を抱かせないことにあるからです。その代わり、男たちの心は、これまでに経験したことのない、厳粛な気持ちで満たされるはずです。この気持ちがどれほど素晴らしいかは、想像もできないと思います。これぱかりは、実際に体験してみないと、わからないのです。

というわけで、私はそういったアンドロイドをつくろうと、仕事にかかりました。けれども、それは簡単にできるものではありませんでした。私はいくつもの問題を前に、考えに考え、奮闘に奮闘を重ねました。そうして、先程、お話ししたハダリーと一緒に住む女性、ソワナという名の〈千里眼〉の女性の助けを借りて――この女性については、その不思議な能力と併せて、のちほどご説明しますが――ともかく、そのソワナという女性の助けを借りて、私にとって〈理想のアンドロイド〉をつくる方法を見つけたのです。そして、その瞬間、〈闇〉のなかからハダリーが生まれたのです」

第7章　驚嘆

純理派哲学は、あらゆる可能性を考察したうえで、こう言った。

「光は分解することはできない」

それを聞くと、実践哲学は反論することもなく、それから何世紀も黙していたが、ある日、突然、プリズムを指さしながら、こう言った。

「光は分解できる」

――ディドロ[12]

「そう、誰も知らないこの地下室で、ハダリーは生まれたのです」エジソンが続けた。「それ以来、私はハダリーにふさわしい男性が現れるのを待ちつづけました。自分の知性に自信があって、しかも、人類初めてのこの計画に挑戦してもよいと思うくらい

12　『自然の解釈に関する思索』。ただし、引用は正確ではない。

絶望している男性が現れるのを……。そうして、今日、あなたがやってきたのです。かつて私を救ってくださり、発明家として私が成功して、アンドロイドをつくる可能性を開いてくださった恩人である、そのあなたご自身が……。世界でいちばん美しい女性を恋人に持ちながら、その女性に失望して、自殺することまで考えて……。ですから、あなたがこの計画に挑戦してくだされば、アンダーソン君の自殺をきっかけに、ハダリーをつくった私の目的は達せられることになるわけです」

そう言って、この長い話を締めくくると、エジソンはエウォルド卿のほうを向いて、手でハダリーを示した。ハダリーは両手で顔を覆って、ただでさえヴェールで見えない顔を隠そうとしているように見えた。

と、エジソンが尋ねた。

「さて、エウォルド卿、この話を聞いても、まだハダリーがどんな仕組みで人間そっくりに動くか、実際にご覧になりたいと思いますか？ その仕組みを見て、説明を聞いてもなお、あなたは『ハダリーが人形ではなく――アンドロイドという人形ではなく――人間だ』と、みずから進んで〈幻想〉を抱きつづける自信を持てますか？」

「持てます」沈黙のあと、エウォルド卿は断言した。

それから、ハダリーのほうを向いて、〈幻想〉という形而上学的な存在でありながら、アンドロイドという〈現実〉の衣もまとっている、この不思議な存在を興味深く見つめた。だが、そこで、ふとハダリーがあいかわらず顔を覆ったままでいることに気づいて、エジソンに尋ねた。

「ミス・ハダリーは具合が悪いのではありませんか?」

「いいえ。顔を隠すことによって、ハダリーはこれから生まれる子供の姿勢をとっているのです。まだ人生が目の前に広がっていない子供の姿勢を……」

一瞬、静寂が訪れた。

「ハダリー、こちらにおいで」突然、エジソンが叫んだ。

それを聞くと、あいかわらずヴェールで全身を覆ったまま、ハダリーは密《ひそ》やかな足どりで、斑岩《はんがん》のテーブルのほうに歩いてきた。

その間、エジソンはテーブルの端に置いてあった道具箱を円卓に移すと、中を覗《のぞ》きこんでいた。中にはきらきら光るガラス製のメスや鉗子《かんし》が入っている。

いっぽう、ハダリーはテーブルのところまで来ると、エウォルド卿のほうを向いた。頭のうしろで両手を組むと、優雅な口調で言う。

「セリアン様、これからわたしの〈非現実的〉な部分をお目にかけますが、どうかがっかりなさらないでください。そうして、『こんなに非現実的なものを相手に恋をすることなどできない』などとおっしゃる前に、あなたにこの決断をさせた〈人間の女性〉のことを思い出してください。その女性との間でなくした〈恋〉を取り戻すために、あなたはたとえ〈幻影〉だとわかっていても、わたしをお求めになったのですから……」

その言葉と同時に、甲冑《かっちゅう》で覆われたハダリーの全身に稲妻のようなものが走った。すると、そばにいたエジソンが両手に持った長い鉗子で、その稲妻を挟み、放り捨てた。稲妻は消えた。

それはまるで、この人型《ひとがた》の存在から、魂が抜き取られたように見えた。と、その時、テーブルの端が持ちあがって、縦に傾いていった。そうして、すっかりテーブルが縦になると、ハダリーがそこに固定されていた絹のクッションに頭をつけるようにして、テーブルの前に立った。

それを見ると、今度はエジソンがハダリーの足もとにしゃがみこんで、やはりテーブルに固定されていた鋼鉄の輪にハダリーの足を通した。それから、テーブルの上のほうを押して、元の位置に戻した。テーブルはまた水平になり、ハダリーは円形教室の中央に置かれた解剖台の死体のように、仰向けに横になった姿勢になった。

「アンドレアス・ヴェサリウスの『人体の構造について』の扉絵にある公開解剖の様

子をご覧になっているみたいでしょう？」エジソンが言った。「あの絵では大勢の見物人がいましたが、今は私たちふたり……。けれども、やろうとしていることは、あの時とほぼ同じです」

そう説明すると、エジソンはハダリーの指環《ゆびわ》のひとつに触れた。すると、甲冑の胸の部分がゆっくりと開きはじめた。

その光景に、エウォルド卿は思わず身体を震わせた。衝撃のあまり、全身から血の気が引くのがわかった。

これまでは、いくらエジソンに説明されても、〈この甲冑の下には生きた人間が隠れているのではないか？〉という疑いが消えることはなかった。いくらエジソンが天才で、その努力が人並みはずれていても、〈科学〉の力で〈新しい人間〉を生みだせるとは、とうてい認めることができなかったのである。

ところが、今、目の前にあるものを見ると、これは空想をはるかに超えた〈現実の可能性〉で、〈意志の力があれば、なんでもできないことはないのだ〉と、目くるめく思いで認めるよりほかなかった。今、目の前にあるものは、まさしく〈奇蹟《きせき》〉だったのである。

第五巻　ハダリー

第1章 人類初の機械人間の出現

ただふたり、人の住む場所から遠く離れて、彼らは神に祈ることも《ソールス・クム・ソーロ・イン・ローコ・レモーテ・ノン・コーギタブントゥール・オラエ・》
忘れるだろう。《パーテル・ノステル》

——テルトゥリアヌス

「まだ完成した姿にはなっていませんが、すべてができあがると、アンドロイドは四つの部分に分けられることになります」ハダリーの腰の部分を覆っていた薄いリネンの黒い布をはずして、甲冑《かっちゅう》の中身がよく見えるようにすると、エジソンが言った。

「第一はいちばん内部にある〈生命システム〉で、そこには〈平衡〉〈歩行〉〈発声〉〈身振り〉〈感覚〉、顔面に表れる〈表情〉、〈内面の調整機構〉などをつかさどる機械が含まれています。〈内面の調整機構〉というのは、内面に合わせてすべての動きを調整するシステムで、その意味では〈魂〉と言ったほうがいいかもしれません。

第二はその〈生命システム〉を覆う部分で、〈皮膚〉と〈肉〉を除いたもの。いわば〈骨格〉にあたるものです。関節によって自由に動く、金属製の甲冑のようなもので、〈生命システム〉はその内側にしっかりと固定されます。また象牙の骨もこの内側に取りつけられます。ハダリーは今、この部分までできあがっています。

第三は〈肉〉で（正確に言えば〈人造肉〉ですが）、ハダリーはこれからその〈肉〉で全身を覆われていきます。ええ、金属製の甲冑に張りつけるかたちで、身体じゅうを覆っていくのです。この〈肉〉のなかには、その隅々にまで生命の源泉である〈電流〉が行きわたるよう、電線が張りめぐらされます。この〈肉〉の主要な役割は、モデルになった人間にそっくりの身体の線をつくりだすことで、性別はもちろん、どんな骨格をして、どんな肉づきをしているかまで、モデルの特徴を細部まできちんと再現します。また、血管の浮きだし方もモデルにそっくりにし、モデルだけが持つ個人的な体臭も、この〈肉〉から発散されることになります。

第四は〈皮膚〉で、これは身体を包み、その形を保持する役割をします。肌の色や肌理《きめ》も、この〈皮膚〉によって決まります。また、素敵な微笑や微細な表情の変化も、この〈皮膚〉の動きによってつくりだされます。言葉を話す時の唇の動きも、これに関係しています。それから、〈眼球〉の動きをつかさどり、モデル固有の〈眼差《まなざ》し〉

を再現するシステムも、この〈皮膚〉の動きと連動しています。〈皮膚〉ではありませんが、髪の毛や体毛などの〈毛髪〉や、〈歯〉や〈爪〉なども、この第四の部分に含まれます」

エジソンはこの言葉を、〈事実上、すでに証明が終わっている幾何学の定理をあらためて証明する〉かのように、淡々とした口調で述べた。いっぽう、エウォルド卿は、エジソンがこの途方もない説明をあたりまえのように話すのを聞いて、心のなかでこうつぶやいた。〈この人はモデルにそっくりなアンドロイドをつくるのが理論上可能だと考えているだけではない。それが現実的にも可能で、これからその証拠を見せようとしているんだ〉。

そう考えると、エジソンがあまりにも落ち着いているのとあいまって、〈科学〉の冷たい手で、心臓をぎゅっとつかまれたような気がした。だが、自身も冷静な性格だったので、この驚くべき説明がなされている間、途中で口をはさむようなことはしなかった。

と、エジソンの口調が急に深刻になった。声も憂鬱《ゆううつ》そうだ。

「エウォルド卿、このあと、私は先程のような〈出し物〉は用意していません。ミス・イヴリンの本当の姿を見せて、あなたをびっくりさせるような〈出し物〉は……。

なぜなら、そんなことをしても意味がないからです。現実というものは、これからご覧いただくように、ただそれだけで不可思議なものでして、その不可思議なものを別の不可思議なものでくるむ必要はないのです。あなたはこれから、〈理想の女性〉の〈始原の姿〉を目撃することになります。ハダリーの内部をご覧になって、説明を聞くというのはそういうことなのです。まあ、ジュリエットがこんなふうに解剖されるのを見たら、どんなロミオでも気を失ってしまうでしょうがね。

実際、恋人の女性が生まれる前にさかのぼって、その〈始原の姿〉を見たら――母親の胎内で、どんな形をしていたのかを見たら、ほとんどの男は情熱が冷めて、悲痛な気持ちと不合理な気持ちと信じられない気持ちが交互に襲ってくるような、複雑な気分にとらわれるでしょう。

いや、人間の話はともかく、アンドロイドの場合は、〈始原の姿〉を見ても、それほどおぞましい印象は与えません。生まれる前に人間の器官が形成されていくのを見るような生々しいところがないからです。アンドロイドの器官はどれも高価で精巧ですが、人間の器官と比べたら、生命の輝きに満ちていないだけ、ずっと暗い印象がします。それではどうぞ、内部の器官をご覧ください」

そう言うと、エジソンはハダリーの首の中央に固定してある金属製の器官にメスを当てた。

「ここは人間であれば頸椎《けいつい》と呼ばれている場所です。頸椎というのは、人間にとっては〈生命の中心〉とも言えるところで、そこには生命を維持するために不可欠な〈延《えん》髄《ずい》〉が通っています。その〈延髄〉に注射の針を刺したらどうなるか、卿はもちろんご存じですね？ そう、たったそれだけで、人間は命を失ってしまうのです。〈延髄〉には呼吸をつかさどる神経中枢があるので、そこに針を刺すと、我々は呼吸困難に陥ってしまうのです。では、ハダリーの〈頸椎〉はどうなっているか？ ご覧ください。いかに私が〈自然〉をお手本にしているか、よくおわかりになると思います。ここからは神経のように二本の電線が延びていますが、この電線はハダリーの〈黄金の肺〉につながって、肺の活動を支えています。ちなみにこの二本の電線はこの場所で、強化ガラスの円盤でできた、電流の〈断続器〉と接続しています。

いや、いきなり細かいことを言ってしまうとわかりにくくなるので、まずこの器官の全体像を把握しましょう。ちょうど、鳥が空から地上を眺めるように……。細かいことはそのあとで詳しく説明します。

ハダリーの〈頸椎〉は、いくつかの金属の円盤を重ねたかたちでできています。そして、この器官のなかでつくられた不思議な力——すなわち電気がハダリーの全身に網のように張りめぐらされた電線を通じて、熱や動きを生みだしているのです。[1] この電線網は私たちの身体で言えば、神経や動脈、静脈にあたります。

さて、〈頸椎〉と神経や血管である〈電線網〉の間には、今言った強化ガラスの〈断続器〉がいくつも配置されていて、この〈断続器〉はガラスの円盤を電磁石のモーターで回すことによって、それぞれの電線に電流を通したり、切ったりすることができるようになっています。その仕組みはきわめて単純なものですが、[2] ともかくそれによって電流を通したり、切ったりした結果、ハダリーは身体全体の動きや、あるいは四肢の一部の動きを始めたり、やめたりするのです。ええ、ここにあるのがそのモーターです。非常に強力なものですが、私はここまで小さく、軽くすることに成功しました。結局、このモーターにはハダリーの基本的な動きに関係する、あらゆる装置がつながっていることになります。

1　この器官とはボルタ電堆《でんたい》のことだと思われる。ただし、ハダリーには胸のところにもうひとつ電池があって、どちらが主電池になっているかは不明。

2　ガラスの円盤は一部が金属になっていて、金属の部分が電線に触れた時、電流が通じる仕組みになっているのではないかと思われる。

では、ここから少し細かい説明に入りますが、ハダリーの呼吸はどのように行なわれるのか、見てみましょう。それには電磁石という〈魔法の棒〉が関係しています。この〈魔法の棒〉は、電流を通すと磁性を帯びます。そう、現代のプロメテウスが天から盗んだ〈電気の火花〉の力で、コイルを巻いた鉄棒が磁石になるのです。そこで、呼吸の話になりますが、ハダリーのふたつの乳房は針金のスポンジでできていて、表面はニッケルの薄い板で覆われています。そして、このふたつの乳房の間には今、説明した電磁石が縦に一本通っているのですが、ここに電流を通すと、電磁石はニッケルを引き寄せます。ところが、電磁石に通じた電流は、先程お話しした強化ガラスの円盤――すなわち〈断続器〉によって、一定の間隔で遮断されたり接続されたりするので、ニッケルは定期的に引き寄せられたり離れたりして、胸が上下するわけです。ああ、私はほかのシステムと連動させて、この呼吸が一回だけ大きくなるような工夫もしましたよ。ハダリーが悲しみのあまり、深いため息をつけるようにね。ハダリーは性格がおとなしく無口なので、気持ちを表現する時には、よくこのやり方を使うことになります。また、ハダリーがため息をつく姿は魅力的で、それがとっても似合うのです。それに、女性なら誰でも簡単に、ため息をついてみせますからね。女優だったら、さらに上手なため息をついてみせることでしょう。ええ、私たち男に〈幻想〉

を与えるために……。ですから、これは必要なことなのです。

　そうそう、呼吸の話が出たついでに、ここで先程言いかけた肺の話をしましょう。このふたつの肺は黄金でできていて、胸の中央に向かって傾いていますが、人間とはちがって呼吸をするためにあるものではありません。これについては、前にもお話ししましたね。そう、この〈黄金の肺〉は、どちらも蓄音機なのです。この二台の蓄音機の間を薄い錫《すず》のリボンが片方から片方へと移動していくわけですが（ええ、ちょうど印刷の輪転機がロール紙を機械から機械へと送っていくように）、そうすると、耳に心地よい――おお、天上の調べとも言うべき――ハダリーの声が聞こえてくるのです。一本のリボンには七時間分の言葉が録音できるのですが、その言葉はすべて、現在存命中の偉大な詩人や、洞察力の鋭い哲学者、人生の深淵を知る小説家など、いずれ劣らぬ天才たちに、私が個人的に持ちかけ、書いてもらったものです。そうです。私は莫大な報酬を支払って、この人々に、まだどこにも発表されていない、珠玉の言葉を書いてもらったのです。

　上の実験室にいた時、私はこう申しあげました。ハダリーは『独自の知性は持ちませんけれども、普遍的な知性を持つことはまちがいありません』と……。あれはこういう意味だったのです。

見てください。蓄音機にはごくごく小さな針があって、錫のリボンに刻まれた溝から録音された言葉を読みとっていきます。いっぽう、リボンは片方の蓄音機からもうひとつの蓄音機に自動的に巻きとられていく仕掛けになっています。〈頸椎〉から絶えず発する不思議な力――電気の力で……。また、この蓄音機はリボンの言葉を再生するだけではなく、リボンに言葉を刻むこともできます。ですから、今、この蓄音機は、将来のハダリーの言葉となる、ミス・アリシア・クラリーの言葉を録音せんと、その機会を待っているところなのです。その機会がまいりましたら、この蓄音機はミス・アリシアの知らないうちに、その言葉を錫のリボンに刻みつけます。先程の天才たちの珠玉の言葉を……。ミス・アリシアはまだ誰にも知られていない、その美しい言葉をひとりの女優として、まるで役柄を演じるように巧みに朗誦してくれることになるのですが、その言葉はハダリーの言葉として、この〈黄金の肺〉から発せられることになるわけです」

そう言うと、エジソンは今度はその〈黄金の肺〉の下にある円筒形の機械を指さした。

「さて、ここにあるのは、〈円筒型動作記憶盤〉です。ハダリーは〈言葉〉だけではなく、〈仕草〉や〈表情〉も、ミス・アリシアそっくりにならなければなりません。

そこで、ミス・アリシアに固有の〈仕草〉や〈表情〉をこの円筒に記録しておくのです。何、原理は簡単です。オルゴールのなかにある円筒形の記録盤を精巧にしたものだと考えていただければよいでしょう。オルゴールは円筒形の記録盤の上に何千という金属製の突起がつくられていて、円筒が回転するとともに、その突起が円筒の上にある櫛形《くしがた》の楽器の歯を弾《はじ》くことによって、音楽を奏でます。円筒のどこに突起をつくるかによって、櫛の歯のどの音を鳴らすかはお望み次第、全音符や六十四分音符、休止符も記録することができます。つまり、突起の位置を計算して、楽譜を記録盤に移しかえてやれば、バレエやオペラの曲を一ダースほども記録し、演奏することができるわけです。この〈円筒型動作記憶盤〉も基本的には同じ原理で、円筒の突起が櫛の歯を弾くことによって、さまざまな〈動き〉をつくるスイッチが入って、ハダリーはそのとおりの〈仕草〉をしたり、〈表情〉を浮かべたりします（詳しくはまたそれぞれの動作のところで説明しましょう）。というわけですから、この記憶盤の櫛の歯には、そのひとつひとつに首を傾《かし》げたり、微笑を浮かべたりする装置とつながる電線が接続されています。この電線はハダリーの〈大交感神経〉[3]だと言えますが、その役割はもちろん、〈円筒型動作記憶盤〉の指示を身体の各部に伝えることです。

　実際、この〈円筒型動作記憶盤〉には、すでに七十くらいの基本的な〈動き〉が記録されていて、あとは細かい調整をして、ミス・アリシアの〈個性〉を写すだけになっています。七十と言うと少ないようですが、育ちのよい女性が普段する仕草や、浮かべる表情というのは、合わせてもそんなものです。よほど発作的な動きをする人や、性格的に神経質な人は別ですが、人間の動作などというものは、ほとんど同じようなものなのです。ただ、その時々の状況でその動作を見ると、ちがっているように見えるだけです。私の計算によれば、基本的な〈動き〉をさらに細かく分けてやって、あらたに二十七、八の〈動き〉をつけ加えてやれば、かなり個性的な人間ができますよ。けれども、身振りや手振りが多すぎて、表情が変わりすぎる女性というのは、いかがなものでしょう？　見ているだけで、耐えられないと思いますよ。ハダリーの〈仕草〉や〈表情〉は控えめで、調和のとれたものでなければなりません。それ以外の人目を引くようなものは不必要です。

ところで、実を言いますと、先程ご説明したハダリーの肺――つまり二台の蓄音機と、この〈円筒型動作記憶盤〉は、やはり電気の力で連動するようになっています。というのも、まず蓄音機のほうから言うと、ここにある何本かの錫のリボンには、録音が消えないように電気めっきをされて、ハダリーが日常よく使う言葉が二十時間分、記録されることになります。女性らしく、何かをほのめかしたり、少しだけ気を惹《ひ》いたりするような口調で……。いっぽう、こちらの〈円筒型動作記憶盤〉のほうには、唇の動きも含めて、その言葉や口調にふさわしい〈仕草〉や〈表情〉が記録されることになります。円筒の表面に突起をつくって……。だとしたら、このふたつが連動していなければ奇妙なことになりませんか？　言葉と唇の動きが合わなかったとしたら？　何かをほのめかしたりするのであれば、ちょっとした〈眼差し〉や〈表情〉も、それに合ったものでなければなりません。ですから、蓄音機と〈円筒型動作記憶盤〉は同時に動くようになっていて、しかも、〈動き〉が言葉に合うように、突起の位置をマイクロメーターを使って、微細に調整する必要があるのです。最初に〈内面の調整機構〉と言ったのは、このことです。

　この作業をさまざまな会話で交わされる言葉のひとつひとつに対して、正確に、また完璧に行なっていくのですから、これがどれほど大変かはおわかりでしょう？　オルゴールをつくるのに、メロディーに合わせて、伴奏の突起をつくっていくのもかなり難しい作業だと思いますが、これはその比ではありません。けれども、私にはマイ

3　肋間神経のこと。〈円筒型動作記憶盤〉は肺の下にあるので、この装置につながる電線は人間で言えば肋間に集中していることになる。

クロメーターという素晴らしい道具があります。強力なルーペもあります。このふたつを使って、微分計算の結果をもとに根気よく作業を進めていけば、最後には必ず達成することができるでしょう。その点は、私を信じてください。

今の私は円筒の突起を見るだけで、そこにどんな〈動き〉が刻まれているか、わかるようになっています。印刷工場の親方が左右反転した文字が並んだ活版を見て、そこに何が書いてあるかわかるように……。要するに、これは慣れの問題です。そこで、先程も申しあげたように、私はすでに七十ほどの〈動き〉を円筒に記録していて、あとはミス・アリシアの実際の〈仕草〉や〈表情〉を見て、突起の位置を修正すればいいだけになっています。ミス・アリシアの〈仕草〉や〈表情〉は、さっき映写してご覧に入れた〈連続写真〉で撮影する予定ですから、この作業もさほど困難ではありません」

「ちょっと待ってください」説明の途中だったが、エウォルド卿は口をはさんだ。「先程、『さまざまな会話で交わされる言葉のひとつひとつ』とおっしゃいましたが、ということは、ハダリーは誰かと会話を交わすわけですね。でも、いったい誰と？」

「誰とですって？」エジソンは驚いたような声を出した。「それはあなたに決まっているじゃありませんか」

「でも、それでしたら、ハダリーは――アンドロイドは、ぼくが尋ねることや答えることをどうやって予測するのです？　ぼくが何を言うか、前もって知っていなければ、それに合う言葉を見つけることはできないでしょう」

「ああ、ちょっと考えてみれば、おわかりになると思いますが、それは問題のたて方がまちがっているのですよ。主語のたて方が……」

「なんですって！」エジソンの言葉に、エウォルド卿は叫んだ。「主語のたて方がちがうというのは――ぼくのほうが、ハダリーの答えを予測して、それに合った質問をするということでしょうか？　もしそうなら、ぼくの思考の自由はどうなるのです？　ぼくは恋愛における自由さえ奪われてしまう。そんな状態は認められません！」

「いいじゃありませんか。それであなたの〈幻想〉の現実性が保たれるのであれば……。それに、〈自由〉とおっしゃいますが、はたして〈自由な存在〉なんているのでしょうか？〈自由〉などというものを認められているのは、天使たちくらいしかいません。実際、天使たちは〈思考をする者が堕ちる地獄〉を見て、〈誘惑〉から解放されました。だから、〈自由〉なのです」

　そう言うと、エジソンは口をつぐんだ。エウォルド卿もしばらく黙っていたが、やがて呆《あき》れたように言った。

「もう一度、はっきりと確認しておきますが、要するにあなたは、ハダリーがぼくの言葉に合わせるのではなく、ぼくがハダリーの言葉に合わせなければならないとおっしゃっているのですね？　何かを尋ねたり、答えたりするのに……」

「ええ。普段なさっているように、あなたはそれと同じように、あなたが望む話の流れに合わせて、ハダリーの言葉を解釈し、それに合わせて質問や返事をしていけばいい。実際、これは絶対にまちがいないと保証しますが、あらゆる言葉はあらゆる言葉の返事になるのです。これが人間の言葉という〈万華鏡〉の不思議なところでして……。〈万華鏡〉のなかの同じビーズがさまざまな色や形になるように、同じ言葉がさまざまなニュアンスや意味を帯びるようになるのです。だから、あなたのほうがどんな話をしたいのかわかっていれば、相手の言葉はそこにぴったりと収まるのです。人生における会話の言葉なんて、そのくらいおおざっぱなものですからね。ほとんどの言葉は曖昧で、暗示に満ち、奇妙なほど含蓄《がんちく》に富んでいます。言葉の魅力や深さというのは、どんなことを答えたかにはありません。どんなことに対する答えになっているかにあるのです。意味やニュアンスを決めるのは、話すほうではなく、聞くほうなのです。

たとえば、ハダリーの口から『まあ、そんなに？』という言葉が出た時のことを考えてみましょう（今、私は話を単純にするために、簡単な言葉を選びましたが、これは文になっても同じことです）。この『まあ、そんなに？』という言葉がハダリーの口から、ミス・アリシアの優しく真剣な声で、またあなたを見つめるミス・アリシアのいちばん魅力的な眼差しとともに発せられたとしたら、どうでしょう？

この『まあ、そんなに？』という言葉が、あなたが口にした、どれほどたくさんの言葉に答えているか、すぐにおわかりになると思います。どれほどたくさんの言葉に見事に答えているか……。会話から魅力を引き出し、それを深めていくのは、あなたが何を口にして、ハダリーの答えをどう解釈するかにかかっているのです。すなわち、会話をつくっていくのはあなたなのです。

だいたい、これまであなたはミス・アリシアと暮らしていて、それと同じことをなさっていたのではありませんか？　こういう状況では、自分の言ったことに対してこういう返事が欲しい、こういう返事があれば教養にあふれる知的な会話が成り立つと考えて、ミス・アリシアからその言葉を引き出そうと、必死に水を向けていたのでは？　ところが、ミス・アリシアは決して、その言葉を口にしなかった……。そういった時、ミス・アリシアは本来の性格のままに、あなたの望んだのとはちがう、分別くさい、常識的な別の言葉を口にして、会話の流れをぶちこわし、あなたをがっかりさせたのです。

けれども、未来のミス・アリシアは──本来そうあるべき、あなたの魂のミス・アリシアは、そんな不毛な返事をして、あなたに悲しい思いをさせることはありません。ハダリーが口にする言葉は、いつでもあなたが期待している言葉になるでしょう。もちろん、それはあなた次第なのですが……。この場合、ハダリーの〈自我〉があなたの〈自我〉を否定することはありません。むしろ、それは憂鬱《ロマンティック》なあなたの魂にぴったりと寄り添うものになるでしょう。あなたはハダリーのなかに、今度こそ、あなたが夢見る〈生涯一度の恋〉を見つけることができるのです。ハダリーはあなたの夢を傷つけたりはしません。ハダリーの言葉はあなたの期待を裏切りません。あなたが〈霊感〉によって、ハダリーの言葉から啓示を受け取ることができるかぎり、その言葉は至高のものとなるのです。ミス・アリシアと話していた時とはちがって、あなたはもう自分の言葉が理解されていないという幻滅を味わうことはありません。あなたはただ言葉と言葉の間に、自分にとって大切なニュアンスを読みとればいいのです。その意味では、あなたはもうご自分で言葉を口にする必要さえありません。黙って考えていれば、その思考に、あるいはその沈黙にふさわしい言葉をハダリーが言ってくれるはずです」

だが、それを聞くと、エウォルド卿は答えた。

「ああ、でも、もしそんなふうにアンドロイドを相手に永遠にお芝居を続けなければならないのだとしたら、ぼくとしては、このお申し出をお断りするしかありません。それははっきりと言っておきます」

第2章　日のもとに新しきものなし

しかし、これもまた空《むな》しかった。

――「伝道の書」[4]

その言葉に、エジソンはハダリーの寝ているテーブルにメスを置くと（アンドロイドの解剖にはこのガラス製のメスと鉗子《かんし》があれば十分なのである）、顔をあげてエウォルド卿に言った。

「お芝居ですって？　しかし、エウォルド卿、あなたはこれまでずっとミス・アリシアとそのお芝居を続けていたのではありませんか？　あなたが最初に打ち明けてくださったお話からすれば、あなたは心の奥底で感じていることをミス・アリシアには隠していた、あるいは黙っていたのではありませんか？　そんなことをしたら、礼儀作法にもとるという理由で……。

ああ、しかし、この太陽のもとで、死ぬまで芝居をしないでいられる人がいるものでしょうか？　もしいるとしたら、それは自分の役を知らない連中です。生きているからには、誰もが芝居をするのです。いやおうなくね。それぞれが自分自身を相手に演技をするのです。それは誠実ではない？　いや、そもそも〈誠実である〉ということが、実現不可能な夢なのです。そんなことは絶対にできません。だいたい、自分では何もわからず、『これが自分のすべきことだ』と心から納得しているわけでもないのに、自分のことすら知らないくせに、どうして〈誠実である〉ことができるでしょう？　『これが自分のすべきことだ』と納得していると言う人は、自分が納得しているということをまわりの人にも納得してもらいたいだけなんですよ（それでも、まだ良心が残っているので、いろいろなことを見聞きしているうちにまた不安になって、本当に『これが自分のすべきことか』と疑ってしまったりするわけです）。

　では、どうして人は、わざわざそんなことを宣言しないといけないのでしょうか？　『これが自分のすべきことだ』などと……。それは、自分には信念があると思わせて、そのことで自分を立派に見せようとするからです。もちろん、その信念なるものはいい加減なもので、そんなものは誰も本気にしませんし、聞いているほうだって適当に

4　『旧約聖書』「伝道の書」第二章。その前の文章は《愉快に楽しもう》。

あいづちを打っているだけです。自分のほうも信念があると相手に思わせるためにね。つまり、嘘つき同士の騙《だま》しあいです。まさに芝居です。

もっとも、それなら人間は誠実であるほうがいいのかと言うと、みんなが誠実にならないといけないということになったら、この社会は一時間だって存続しないでしょう。なにしろ、この社会では誰もが自分に嘘をついて生きているのですからね。だいたい、この社会で一分間でも誠実であろうとして、率直な物言いをする男がいたら、その男はその一分の間に、誰かに顔を殴られているか、反対に誰かの骨を折らずにはいられない状況に陥っているでしょう。そんな男がいたら、お目にかかりたいものですね。それに、私たちは精神的にもそのほかのことでも、〈時代〉や〈環境〉の影響を受けていますから、私たちが何を言おうと、その言葉は相対的にならざるを得ません。すなわち、私たちは〈誠実〉ではいられないということです。

それでは、恋愛についてはどうでしょうか？　もし恋人たちが〈相手がどんな人か本当の姿を見たら……〉〈相手が考えていることをそっくり知ったら……〉〈お互いに相手からどう思われているか、わかってしまったら……〉――そういったことがあったら、ふたりの情熱はいっぺんに冷めてしまうでしょう。物理学の法則で〈ふたつの原子は絶対に触れ合うことができない〉ように、恋人たちがひとつになることはないのです。けれども、幸いなことに、恋人たちはこの法則を忘れて、〈恋愛〉という果てしない〈幻想〉のなかで、お互いにひとつになったと感じます。その結果が子供になって、人類は永遠に続いていくのです。

　そうです。だから、〈幻想〉がなければ、すべてはなくなってしまうのです。それは避けられません。〈幻想〉とは〈光明〉なのです。夕暮れの空をご覧なさい。地上から一万五千メートルから二万メートルの上空にはすでにインクのように深い紺色の空が広がっていますが、そこには熾火《おきび》のような鈍いオレンジ色の雲がところどころに散らばっています。雲というのは〈幻想〉のシンボルですが、その雲が〈光〉を宿しているのです。そして、この雲がなければ、空には〈闇〉が広がるばかりです。そうなのです。空でさえ、芝居をしているのです。〈幻想〉という〈光〉で……。ですから、私たちも天が示したこの〈神聖な模範〉に従うべきなのです。

　そこで、恋人たちに話を戻すと――恋人たちは最初の段階で、まずお互いに〈わかりあった〉と信じてしまえばよいのです。そうしたら、あとは〈習慣〉がなんとかしてくれます。ここで大切なことは、〈相手がどんな人間であるか〉ということだけではなく、それをもとに〈相手をどんな人間だと想像するか〉ということです。大切なのは自分が相手に対して抱くイメージ――つまりは、相手に対する〈幻想〉です。相手は永遠にわかりあえない他人なのですから、そうするしかありません。もしそうなら、本当に〈わかりあっているかどうか〉などは、もはやどうでもいいことなのです。そう、大切なのは芝居をすることなのです。相手が自分の台本に沿ったかたちで演技をしてくれるように、こちらも芝居をする。ミス・アリシアについても、あなたはミス・アリシアが女優として、あなたの台本どおりの演技をしてくれている瞬間だけ、彼女に魅力を感じていたのではないでしょうか？　その瞬間だけ、彼女を賞賛し、愛していたのではないでしょうか？　だとしたら、ハダリー以上に、あなたの愛を保証してくれる存在はありますまい。なにしろ、ハダリーはこの私の〈魔法〉によって、ミス・アリシアのその瞬間だけを凝固させたのですから……」

　このエジソンの言葉に、エウォルド卿は悲しげに口をはさんだ。

「おっしゃっていることはわかりますが……。しかし、そうなると、いつでも同じ表情で、同じ言葉が発せられるのを聞くことになるのでしょう？　その表情がどれほど素晴らしく、その言葉がどれほど美しくても、それは……。そんな芝居は……単調のように思えますがね」

「そうでしょうか？」エジソンは答えた。「恋人たちにとって、新しい要素は、反対に、恋の魅力を半減させるような気がします。新しいものは、むしろ情熱を冷まし、夢を壊してしまうのではないでしょうか？　長くつきあっている間に、何か新しいことがあるたびに、恋人たちは相手の〈本当の姿〉に少しずつ気づいてしまいます。あるいは、気づいたと思ってしまいます。そうしたら、相手にうんざりするのは時間の問題ではないでしょうか？　何か新しいことがあるたびに、それまで相手に気に入られようと思って、ヴェールで覆っていた部分が見えてしまうのです。そのヴェールの内から見えた部分は、それまで抱いていた夢とはほんのわずかなちがいしかないかもしれません。しかし、それでも、そのちがいのせいで、相手を嫌いになったり、憎むようになったりすることがあるのです。

どうしてでしょう？

その理由は、〈恋〉というのは、〈お互いに相手をある特別の見方で見る〉ことだからです。したがって、恋人たちは心の奥底では、自分や相手の見方がそのまま変わらないことを望みます。相手に対する見方は、今のままで、悪くなることはもちろん、よくなることも望みません。この場合、〈よりよくなること〉は、現在の〈よい状態〉の敵なのです。だからこそ、新しいことがあるたびに、恋人たちは失望していくのです」

「それはそうかもしれませんね」エウォルド卿は小さく笑うと、考え深げに答えた。

「そうなのです！　そうなったら、ハダリーの素晴らしさはよくわかるでしょう。ハダリーは先程も言ったように、〈恋の最初の状態〉で、時を凍結させることができるのですから……。〈理想の瞬間〉を凝固させ、閉じ込めることができるのです。それなのに、あなたはせっかく捕《つか》まえた、その移り気な〈瞬間〉に翼を与えて、どこかに飛びたたせるほうを望んでいらっしゃる。いやはや、人間のわがままというものは……」

「では、こう考えてください」エウォルド卿はあいかわらず小さな笑みを浮かべて言った。「このテーブルに横たわっているのは、確かに素晴らしい発明品を寄せあつめたものですが、それでもやはり、ただの空しい寄せあつめにすぎません。そこには生命がなく、寄せあつめだという意識もありません。また、将来、自分がミス・アリシアそっくりのアンドロイドになるという〈奇蹟《きせき》〉を起こすという自覚もありません。このテーブルに横たわっているものは、将来動きはじめた時に、その奇蹟的な光景によって、ぼくの目や耳を――五感や気持ちをごまかすことはできるかもしれません。けれども、ぼくの理性をごまかすことはできません。ぼくはここにあるものに〈人格〉がないということを知っているからです。その意味では〈無〉です。どうやったら、〈無〉を愛せるのでしょう？　今、ぼくの理性は冷たくそう言っています」

それを聞くと、エジソンはエウォルド卿を見つめた。

「ああ、エウォルド卿、私はこれまで、恋愛というのは〈虚構によって支えられた空《くう》〉だと言ってきたではありませんか？ 〈理性とは関係のないところで成り立つ幻想〉だと……。〈蜃気楼《しんきろう》を信じる病気〉だと……。それなのに、あなたは〈無〉を愛せるかとおっしゃる？ 愛してもいいではありませんか？ あなたは今ひとつの〈実体〉として、〈無〉の前にいます。あなたが自分以外のあらゆる〈無〉の前にいる時のように……。しかし、この〈無〉は――これだけは、あなたを失望させることも、裏切ることもないのです。

エウォルド卿、あなたのなかではまだ〈所有〉という観念が消えてなくなっていないのでしょうか？ はっきり申しあげますが、私はただあなたの愛するミス・アリシアの〈肉体〉をそっくり写したものを差しあげるだけです。すなわち、ミス・アリシアの〈幻影〉を……。それはあなたがミス・アリシアについて、『ああ、誰かが、あの〈魂〉をあの〈肉体〉からひきはがしてくれたらいいのに！』とおっしゃったからです。それなのに、あなたはせっかくその望みが叶《かな》うというのに、それができる前から、『それは単調のように思える』と心配なさっている。〈本物のミス・アリシア〉は気まぐれで、あなたの思いどおりにはなりませんが、あなたは〈幻影のミス・アリシア〉にも、気まぐれであることを求めていらっしゃる。

よろしい！　それでは私は今すぐ、あなたが〈現実〉に対して〈幻想〉を抱いて、自分を騙そうとしていることを証明してご覧に入れましょう。あなたは〈現実〉というものが、ご自分で思っているより、変化に富んだものではないということをよくご存じのはずです。新しいものはほとんどないし、多様性に満ちているわけでもないと……。愛の言葉も、それを口にする時の表情も、それほど多彩なものではないと、あなたは知っていらっしゃるはずなのです。ただ、あなたは、ミス・アリシアとの不幸な経験を通じて感じた深い絶望をこのまま持ちつづけていたいという密《ひそ》かな願望から、そうお思いになりたいだけなのです。〈現実の恋〉はもっと多彩だと……」

そう言うと、エジソンは息を継いだ。それから、また話を続けた。

「〈恋〉を多彩にするのではなく、むしろ、たったひとつの〈恋の瞬間〉を永遠にすること。それこそが人類の夢ではないでしょうか？　なかでもいちばん美しい瞬間――たとえば、互いの愛の告白が輝きを放ちながら、最初の口づけに溶けていく瞬間をそこで止め、身も心もその瞬間とひとつになったまま、その瞬間を永遠化してしまうこと。人類なら、誰もがそれを夢見るのではないでしょうか？　この〈理想の瞬間〉をもう一度、手に入れようとして、人々はそれに続く瞬間が理想とはちがっていても、最初ほど喜びをもたらさないとしても、なおも愛しつづけるのです。

ああ、〈あの瞬間〉をもう一度、味わいたい。人々は願います。〈その瞬間〉だけが大切で、たとえ恋人と一緒にいようと、そのほかの瞬間は、〈その瞬間〉の素晴らしさを思い出させ、〈その瞬間〉を輝かせるためにあるのです。〈その瞬間〉があるからこそ、ほかの瞬間もかろうじて甘やかなものになるのです。おお、〈あの瞬間〉の喜びが味わえるのだったら、それに飽きるということなどがあるのでしょうか？　いえ、何度でも繰り返し味わいたい。それが〈単調〉だと言うなら、〈偉大な単調〉です。〈恋人〉――〈恋の相手〉というのは、〈この瞬間〉を具現化するためにいるだけにすぎません。〈この瞬間〉を手に入れたいと絶えず願い、〈この瞬間〉をもう一度、よみがえらせたいと空しく追い求める時に、〈恋人〉はその表象として必要なだけなのです。〈この瞬間〉が〈黄金〉だとするなら、そのほかの瞬間は、その〈黄金〉から鋳造した貨幣にすぎません。〈この瞬間〉にいくつかの瞬間を――そのあとに続く夜の時間のなかから選びだした〈最良の瞬間〉を添えて、〈この瞬間〉をさらに輝かせるのであれば、〈理想〉が現実化した〈至上の恋の時間〉が訪れるでしょう。

　エウォルド卿、この点はお認めになりますね。でしたら、ひとつお聞かせください。もしどこかの神がミス・アリシアに、本人には理解できない素晴らしい言葉を吹きこんで、あなたと会話をすることができるようにしたとしたら――すなわち、そのかたちで、ミス・アリシアが〈至上の恋の時間〉を永遠に体現することができるようになったとしたら、あなたはそれを受け入れますか？　ただしそれには条件があって、ミス・アリシアの素晴らしい言葉に対して、あなたもまたこの〈至上の恋の時間〉を保つために――ただそれだけのために、ミス・アリシアの言葉にふさわしい言葉を返さなければならないのですが……。ええ、それはつまり、芝居をするということです。どうでしょう？　エウォルド卿。〈至上の恋の時間〉を得るためなら、あなたはこの〈神との契約〉を受け入れて、芝居をするのではありませんか？　日常生活で交わされる、ほかの言葉など、どうでもいいと思うのではありませんか？　その時、このミス・アリシアとの会話は単調だと思いますか？　思うとしたら、それとはまったくちがうミス・アリシア――そのためにあなたが命を捨てようとまでした〈現実のミス・アリシア〉と過ごした時間のほうがよかったと考え、その時間を懐かしみますか？　そうではないでしょう。あなたにとっては、〈至上の恋の時間〉を一緒に過ごすミス・アリシアの言葉があれば、眼差《まなざ》しがあれば、美しい笑みがあれば、声があれば――要するに、ミス・アリシアがいれば、それで十分なのではありませんか？　それ以上、何がお望みだと言うのでしょう？　それとも、あなたは、〈至上の恋の時間〉

が過ぎ去ったあとに続く、色あせた〈日常の時間〉で交わされる、たまたま口にされた、どこにでもあるような、ほとんど意味のない言葉を返してほしいと、〈運命〉に願うのでしょうか？　そんなことはありますまい。恋する男は恋人に向かって、いつでも同じ言葉を繰り返すものです。これまで何度も口にしてきた、甘い愛の言葉を……。そうして、恋人が同じように甘い愛の言葉を囁《ささや》くか、あるいは黙って喜びに頬を染めてくれるのを求めるのです。そのほかに、いったい何を求めると言うのでしょう？

実際、私たちはそういった、自分をうっとりとさせてくれる言葉を何度も聞くのが好きなのです。なぜなら、その言葉はかつて耳にした時に、うっとりとさせてくれたからです。人間とはそういうものなのです。簡単な例で言えば、絵画や彫刻はどうでしょう？　美しい絵画や彫刻は毎日見ていても、その美しさを何度も深く味わえるので、決して飽きることがありません。音楽についても、美しい曲は何度も聴きたくなって、新しい曲よりもそちらのほうを繰り返し聴いてしまうものです。素晴らしい書物も、それを何度も読み返して、ほかのつまらない本はページを開く気も起こりません。というのも、美術にしろ、音楽にしろ、書物にしろ、美しいもの、素晴らしいものには、ほかのあらゆるものの〈魂〉が含まれているからです。それと同じで、恋する男にとって、相手の女性は、その女性ひとりのなかに、すべての女性を含んでいます。そうして、あの絶対的な〈恋の瞬間〉のひとつが訪れた時、私たちはもう〈その瞬間〉以外のものを望まなくなり、それが過ぎたあとも、〈その瞬間〉を追い求めて、空しく一生を過ごすことになります。あたかも、過去から〈その瞬間〉をひきはがすことができるように思って、〈その瞬間〉だけを追い求めて……」

「おっしゃることはわかりますが……」エジソンの言葉にちょっと顔をしかめながら、エウォルド卿はつぶやいた。「しかし、会話をしている時に、ふと思いついた言葉も口に出せないとなると……。いくら〈至上の恋の時間〉を保とうと、固く決心していても、それだけで気持ちが白々しくなってしまうのではないかと思うのですが……」

それを聞くと、エジソンは大声を出した。

「『ふと思いついた』ですって？　はたして、普段使っている言葉のなかに、新しく〈思いついた〉ものがあるでしょうか？　どれもが以前の言葉の繰り返しです。たとえば、あなたが毎日のお祈りの言葉を口になさる時、その言葉は祈禱書《きとうしょ》に書かれていて、あなたが子供の時に暗誦なさったのと同じもののはずです。要するに、あなたは『お祈りの言葉はこれが最高だ』と、お祈りの専門家が考えて祈禱書に書いたものを、朝に夕に、読んだり暗誦なさっているだけなのです。毎朝、毎晩、同じものを……。

ということは、神自身がお祈りのための〈決まり文句〉を私たちに与えて、『お祈りの時は、この言葉を口にしなさい』と言っているようなものです。そして、この状態がもう二千年も続いてきたのです。そのほかのお祈りの言葉は、この祈禱書の言葉をただ薄めたものにすぎません。

日常生活のなかで交わす言葉も〈決まり文句〉の繰り返しにすぎません。手紙の結語のようなものです。

ええ、ほとんどの言葉は、以前、どこかで口にされた言葉の繰り返しなのです。何もハダリーが相手ではなくても、人は相手がそこにいないかのように、〈決まり文句〉を口にするのです。そんな会話をするなら、ハダリーは必要ありません。

仕事の場でもそうです。どんな職業にも、その業界特有の〈決まり文句〉があって、その職業に就く人は、その言葉のまわりをぐるぐる回りながら、一生を過ごすのです。その言葉はずいぶんたくさんあるように思えるかもしれませんが、よく口にされるのはせいぜい百ほどで、その〈決まり文句〉が何回も繰り返されるわけです。

たとえば、六十歳の床屋がその歳になるまでに、いったいどのくらいの時間、同じ言葉を口にしてきたか、お考えになったことがありますか？　いや、もちろん、そんなことは考えたこともないでしょうが、面白いので、ここで試しに計算してみましょう。その床屋は毎日、客の顎鬚《あごひげ》を剃りながら、『今日はお天気ですね』とか『ひどい天気ですね』といった、決まりきったおしゃべりをするのですが、その床屋が十八歳の時から毎日八時間、休みなく働き、その間ずっと天気の話をしていたとすると、六十歳までの四十二年間に、合計してまるまる十四年分、同じような言葉を繰り返していたことになります。この十四年というのは、それまでの人生の約四分の一にあたります。つまり、この床屋は人生の四分の一をそういった〈決まり文句〉を口にすることに費やし、あとの四分の三で、生まれ、育ち、食べて、飲んで、眠って、時には選挙で清き一票を投じていたわけです。

そう考えたら、何か新しいことを思いついて話すなどということは誰もしていないことがおわかりになるでしょう？　その言葉はすでに何十億という人々が口にしたものなのですから……。その決まりきった言葉に何かを加えたり、そこから何かを削ったり、あるいはそれをさらに凡庸なものにして、もぐもぐと口のなかで言う——それが話すということです。そんな言葉を口にして、何か面白いことがありますでしょうか？　そんな言葉が聞けなくなったとして、それは残念なことでしょうか？　私たちは、ただ〈自分が思いついた〉と信じて、言いふるされた、つまらない言葉を繰り返しているだけなのに……。そんな言葉は話している人が死ねば、一緒に墓のなかに葬られて、それでおしまいですよ。

それに比べると、ハダリーが口にする言葉は、人類が永遠に記憶すべき名言です。なにしろ、現在存命中の詩人や哲学者、小説家に頼んで書いてもらったのですから……。しかも、世間にはまだ発表していないものを……。もしそうなら、〈決まり文句〉の繰り返しにすぎない日常の言葉を耳にするより、そういった詩人や哲学者、小説家など、言葉や思考の専門家による、人類の叡智《えいち》の結晶とも言うべき言葉を聞くほうが、人生の貴重な時間を無駄にしないという意味で効率的ではありませんか？もちろん、ハダリーはその言葉を何度も口にしますが、それは繰り返し聞くのに堪える言葉です。だって、そうではありませんか？　なんと言っても、偉大な詩人や哲学者、小説家だけが、喜びや悲しみ、気高さといった人間の心のありようを言葉で表現することができるのです。ええ、この人々は人間の気持ちを分析し、その機微を言葉で表現することができます。この世に何千という書物があろうと、その書物のなかからいちばん大切なもの――〈真髄〉だけを取り出し、たった一ページに凝縮できるのです。その意味で、私たちがどういう人間であろうと、この人々は〈私たち〉なのです。将来を見通す能力を持ち、あらゆるものに変身できる海の神プロテウス――そう、偉大な詩人や哲学者、小説家たちは、このプロテウスの化身なのです。私たちの心の奥底には、私たちがその奥底まで深く降りていけないせいで、取り出すことのできない、さまざまな考えや言葉、気持ちが眠っていますが、この人々はそれを取り出し、自分たちの頭のなかで価値を測り、細かい系統樹に分類し、〈名札〉をつけてくれるのです。私たちの気持ちのなかにある、まだ言葉にならない、強烈で、魔術的で、空想的なもの——それを私たちよりもよく知っていて、私たちよりも前に言葉にしてくれるのです。まちがいありません。そんなことは私たちにはできません。それなのに、どうして私たちはわざわざ自分たちには不得意な言葉を操って、不器用な会話を続けなければならないのでしょう。その言葉が〈自分だけの言葉〉だという口実で……。けれども、その〈自分だけの言葉〉というのが、そもそも〈幻想〉なのです。ならば、偉大な詩人や哲学者、小説家の言葉があれば十分ではありませんか？　そして、ハダリーはその言葉を話すのです」

これを聞くと、エウォルド卿はしばらく黙って考えていたが、やがて言った。

「わかりました。ハダリーの解剖をお続けください。あなたの理屈には降参しました」

第3章　歩行

歩むにつれて、《インチェースー・》女神の姿が明らかになった《パトゥーイット・デア》。

——ウェルギリウス『アエネーイス』[5]

このエウォルド卿の言葉に促されて、エジソンは今度はガラスの鉗子《かんし》をつかんだ。

「そうですね。確かに時間がありませんから、ハダリーの仕組みについての話を続けましょう。ハダリーがどのようにして動くのか、理論的なことだけを説明します。そのくらいしか時間が残っていませんから……。けれども、理論的なことさえおわかりいただければ、それで十分です。あとはその理論をもとに実際につくるだけの話ですから……。さて、そこで何よりも注目していただきたいのは、ハダリーを動かすために私が考えたシステムというのが、びっくりするほど単純だということです。

5　『アエネーイス』第一巻四〇五。

というのも、人体の仕組みについては素晴らしい学者の皆さんが多くの知識を残していらっしゃいますが、私はそういった知識をほとんど知りません。ですから、その〈無知〉ゆえに、現実の人体とは関係のない、ごくごく単純なシステムを考えたわけです。その点、私は自分の〈無知〉に誇りを持っています。

ということで、まずはハダリーが歩く仕組みから説明していきましょう。最初にハダリーの足をご覧ください。どうです？　美しい夜のようにきらめく銀色の足をしているでしょう？　あとはくるぶしの部分を突起させて、肉をかぶせ、雪のように真っ白な皮膚でくるんでやるだけです。薔薇色《ばらいろ》の爪をつけて、静脈なども浮きたたせてね。この足でハダリーは歩くわけですが、そう考えると、さぞや軽い物質でできていると思われるでしょう。けれども、この足のなかには、密封したプラチナの容器に詰めて、水銀が入っているのです（その容器は足のなかにすっぽり入って、足首からふくらはぎの始まるところまで、先が細くなっていくかたちで上に伸びています）。水銀が鋼鉄よりも比重が大きいことはご存じですね？　ですから、こうして足を重くして、全体を安定させているのです。また、これは〈平衡〉にも関係しています。重さは両方で五十キログラムあります。まあ、重い金属の編みあげ靴をはいていると思っていただけばよいでしょう。ただ、そう言うと、今度は『それなら、足を持ちあげるだけでも大変ではないか』と思われるかもしれません。でも、その点についてはご心配なく。強力な電磁石が簡単に腿《もも》を持ちあげてくれますので、ミス・アリシアの姿をまとったハダリーの動きは、小鳥のように軽やかに見えるはずです。

それでは、次に歩行をする時の〈腰の動き〉について見てみましょう。先程は腰布で隠れていたので、よくわからなかったと思いますが、甲冑《かっちゅう》は胸部と臀部《でんぶ》、それから四肢を覆っているだけで、胴部はまたちがったつくりになっています。見てください。胸の甲冑――人間で言えば肋骨――の下には、ラッパの先を数センチだけ切り取ったような金属製のリングが蛇腹のように積み重なって、臀部の甲冑のところまで続いているのがおわかりになると思います。ご覧のとおり、ひとつひとつのリングは薄い鋼鉄でできていて、前から見た時にウエストのくびれがはっきりと見えるように、少しずつ大きさのちがうリングを重ねてあります。ええ、上のリングを下のリングにはめ込むかたちです。また、上から見た時、リングの口は円形ではなく楕円形で、お腹のほうがへこんで、背中のほうが丸くなっています。重ね方は水平ではなく、少しずつ前面に傾くようにしてあります。ちょうど数センチ幅のリングを重ねていって、コルセットの形にしたものをイメージしてもらえばよいでしょう。

こうしてこのリングを重ねていきますと、これに肉をつけた時（丈夫で弾力性のある人造肉ですが）、ハダリーのウエストは美しい曲線を描くことになるわけです。美しいウエストの線というのは、女性の大きな魅力のひとつですからね。腰をかがめた時の優美な線、まっすぐ立った時のたおやかな線、歩く時に波打つ、しなやかな線――こういったものは、男たちを魅了するのです。また、それぞれのリングの縁は腰のまわりにある真鍮《しんちゅう》の針金につながれていて、その針金の引っ張り具合によって、ひとつひとつ独立して前後左右に動くようになっています。その結果、リングは垂直に重なったり、前後左右に傾いて重なったりするので、ハダリーはポプラの木のようにまっすぐに立つことも、歩いたり腰をかがめたりすることもできますし――また、その姿勢に応じて、いちばんふさわしいウエストの線や動きを表現することもできるわけです。ええ、この姿勢の時には、どのリングがどの方向にどのくらい傾ければよいと、あらかじめ細かく計算してあるのです。そして、ハダリーがどんな姿勢をとって、どんな動きをするかは、先程ご説明した〈円筒型動作記憶盤〉に記録されていて、その動力には中枢部にある電池の力が使われます。つまり、こういった一連の過程をへることによって、ハダリーはミス・アリシアの優雅なウエストの線や、その魅力的な動きを再現できるようになるわけです。

この話をお聞きになって、もしかしたら、卿は女性の魅力の正体を明かされて、びっくりなさっているかもしれません。女性の〈優美な仕草〉というのが、こんな些《さ》細《さい》なことで決まってしまうのかと……。でも、もしこの点をお疑いになるなら、コルセットをつけた時の女性の歩き方や身体の線を、そうでない時と比べてごらんになるとよろしいかと思います。ああいった人工装具というのは、ほんのわずかなことで、女性の魅力を引きたたせる役目を果たしているのです。

ご覧ください。ウエストの部分にかぎらず、このリング型の可動システムは身体を曲げたり回したりする部分には必ず使われています。その部分を自然に動かして、女性らしい、優美な動きを可能にするためです。ただし、これはなかなか調整が難しく、特に腕などは、さりげない、ふとした動きが魅力を発揮しますので、それをすべて再現するのに、私は幾晩も徹夜しました。

そう、腕の動き――それに、首の動きもそうですね、これには苦労しました。電流を通して〈円筒型動作記憶盤〉の指示どおりに動くようにするにはどうすればよいかと……。しかし、そうやって、試行錯誤を重ねた結果、ハダリーの首の傾《かし》げ方は、優雅で非の打ちどころのないものになりました。まさに白鳥のような首の曲げ方です。〈嫣然《えんぜん》〉とは、あのようなもののことを言うのでしょう。その言葉にちょうどふさわしい首の傾げ方をするのです。

それでは今度は四肢の骨の話もしましょう。どうです？ 甲冑を開いた状態で見ると、見事な骸骨でしょう？ 一本いっぽんの仕上がりも美しい。骨は象牙でできていて、このクリスタルガラスの環《わ》を使って甲冑に留められています。このクリスタルガラスの環は関節にもなっていて、〈円筒型動作記憶盤〉の指示に従って、必要な角度に四肢を曲げる役割も果たしています。

さて、ハダリーを立たせて、歩かせようと思ったら、前にもお話ししたように、右手の人差し指にはまっている紫水晶の指環に触れてくだされぱよいのですが——そうしたら、電気の力でハダリーは立ちあがり、登録された歩幅で足を運び、お望みの場所まで歩いていきます。ですが、今、ここではハダリーがどうやって立つかはおいといて、まずはハダリーが立って、じっとしている状態だと考えてみてください。

そのうえで、これからハダリーが歩行をする時に、どんな仕組みになっているか、細かい注釈は抜きにして、おおまかに説明していきましょう。まあ、歩く時に、ハダリーのどの部分がどう動くかということなのですが、それを簡単に説明したあとで、そのひとつひとつの動きがどうつながれば歩行が可能なのかを証明します。可能なのは明らかなのですが……。

そこで、最初に両脚の大腿骨《だいたい》を見てください。この大腿骨の上にはちょうど一ドル硬貨くらいの大きさの金の円盤があります。ただし、円盤と言っても、ご覧のように平たいものではなく、ちょうど懐中時計の裏蓋をあけた時のように、皿形にくぼんでいます。

　この金の円盤は、実は電流を通すためのスイッチになっているのですが、その仕組みはあとで説明するとして、まず構造からお話しすると——ご覧ください、円盤は大腿骨のなかから出ている長い金属の棒の上にのっていますね。そうして、今の状態ですと、大腿骨より三センチくらい上に出ています（実はこの棒は大腿骨のなかを上下するのですが、今はいちばん上に来ているのです）。また、円盤はこの棒の上で水平になっているわけではなく、脚の付け根の線に沿って、両方の円盤が向かいあうかたちで斜めになっています。

　ええ、ここで重要なのは、今のように寝ている時にしろ、立っている時にしろ、ハダリーがじっとしている時には、この金の円盤は大腿骨のいちばん上の部分には接触していないということです。

　さて、このふたつの円盤は今もお話ししたように脚の付け根の線に沿って向かいあっているわけですが、左の円盤の直径にあたる部分と右の円盤の直径にあたる部分は、薄い鋼鉄の板でつながっているのがわかると思います。つまり、斜めになっている左の円盤の上から薄い板がおりてきて、両脚の付け根の線が合わさったところで一度、水平になり、また右の円盤の上に向かってのぼっていくわけです。ええ、この薄い板はV字形を描いて左の円盤と右の円盤をつないでいるのです。そして、その上には、この板をレールにして、レールの上を自由に移動するクリスタルガラスの玉が置かれています。この玉は重みをつけるために中に水銀が入っていて、重さは四キログラムあります。おわかりでしょうか？　要するに、この玉は普段はハダリーの両脚の付け根の中央にありますが、歩行の指示が来ると、左か右の円盤のほうにころがり、それによって歩行の動作を開始させるのです。また、ハダリーが歩いている時には、いつでも左と右の円盤の間を行ったり来たりしています。ちなみに、この板は薄いので重みがかかるとたわむようになっていて、板の長さは玉の重みでたわんだ時のために、その分、余裕をとってあります。

では、次に歩くために太股《ふともも》を持ちあげながら前に出す仕組みについて説明しましょう。それには背中とお尻と大腿骨の前頂部を結ぶ、このコンパスのような部品が使われます（この部品は右と左にそれぞれひとつずつあります）。素材は金属で、中心の回転軸のところが磁性の強い鋼鉄でできていて、コンパスの両方の〈脚〉にあたる部分は磁性の弱い金属でできています。で、この部品は、コンパスの片方の〈脚〉の先端が甲冑の臀部の内側上部——つまり、ウエストのリング型可動部分の下に固定され、中心の回転軸の部分は甲冑の臀部の底のあたりにあります。そうして、そこから斜め上にあがるかたちで、大腿骨の前頂部にコンパスのもう片方の〈脚〉の先端が留められています。

ですから、ハダリーがまっすぐ立って、脚を伸ばしている時には、このコンパスは臀部の底を中心にして、鋭角を成していることになります（したがって、この時、コンパスの中心軸は、先程も説明したように、コンパスの二本の〈脚〉の先端よりは低い位置にあります。このことはどうぞ頭に入れておいてください）。また、このコンパスが開く時は、中心軸が斜め上に移動していくかたちで開いていきます。そうすると、自然に太股が持ちあがり、同時に前に出るわけです。それにともなって、お尻も持ちあがります。このコンパスの開閉は《尻の美しいヴィーナス《ウェヌス・カッリピュゴス》》[6]の聖所——すなわち臀部の甲冑の内部で行なわれます。

6　古代ローマの大理石の彫像で、腰と尻をあらわにしている。オリジナルから多くの複製が作成され、頭部を欠いたオリジナルは皇帝ネロの黄金宮殿の廃墟から見つかったとも言われている。

次は太股を前に出すと同時に、身体が少し前に傾くようにする仕組みです。ほら、ハダリーのお腹のところで二本の真鍮のワイヤが交差しているのが見えるでしょう。このワイヤはハダリーの背中の甲冑の内側、ちょうど両側の肺の後ろあたりに留めてあって、そこから前部に来て、お腹のあたりで交差すると、両脚の大腿骨の前頂部――つまり、コンパスの〈脚〉の先が固定されているところに達します。ただ、実はこのワイヤは二本ではなく一本で、左の胸から来たワイヤは右の大腿骨の前頂部に達すると、そこに取りつけられた小さな輪のなかを通って、左の大腿骨の前頂部まで行きます。そうして、そこに取りつけられた小さな輪のなかを通って、お腹のあたりですでに張られている部分と交差して、右の胸に達するわけです。

胸の部分には肋骨《ろっこつ》があって、甲冑を閉じると、人間の肋骨のように前で合わさるようになっていますが、ワイヤはその肋骨に取りつけられた小さな輪を通って、背中に向かうようになっています。つまり、肋骨は背中から来るワイヤを胸郭のなかにある部品に触れないようにして、うまく肺の下――蓄音機の下を通して、ぴんと張り、胸の前で支える役をしているわけです。

ここまで説明すれば、もうおわかりですね。ハダリーが歩く時には、人間と同じように、ほんの少し身体を前に倒さなければならないのですが、それにはこの真鍮のワイヤを使うのです。太股が前に出れば、真鍮のワイヤは前に引っ張られて、上半身を少し前と下に引き、その結果、身体が前に傾くというわけです。

ええ、人が歩く時には、ほんの少し上半身が前に倒れますからね。これはその状態をほぼ忠実に再現したものです。いや、もちろん、人間の場合はもっと複雑で、よくわからない部分も多いのですが、少なくとも見た目に関して言えば、ハダリーの動きも人間の動きも変わりありません。だとしたら、これで問題はないことになります。そうでしょう？　大切なのはハダリーが歩いて、その歩き方が人間そっくりに見えるということなのですから……。

それでは、ハダリーが太股を前に出す時、そこにはどんな仕掛けが働いているのか、その点を見てみましょう。ハダリーは今はまっすぐに脚を伸ばしているので、お尻のコンパスは鋭角を成していますが、その鋼鉄の中心軸の斜め上に電磁石があるのがわかりますね。この電磁石にコンパスの中心軸が引き寄せられると、コンパスの〈両脚〉が開いて、太股があがると同時に前に出るのです。それにつれて、お尻も持ちあがります。ただし、この電磁石はいつでも磁性を帯びているわけではありません。磁性を帯びるのは、コイルに電流が通じている時だけです。そこで、状況に応じて電流を通したり、切ったりする〈断続器〉が必要になります。また、〈断続器〉が作動するためのスイッチも用意しなければなりません。このスイッチには先程説明した脚の付け根にある金の円盤とクリスタルガラスの玉を使います。また、〈断続器〉には、例のガラスの円盤を使用します。この円盤は厚みが三センチ。これが胸郭内にあるモーターの力で回転することによって、胸の電池から電線を通してやってくる電流を電磁石に伝えたり、遮断したりするわけです。ほら、磁石とガラスの円盤が電線で結ばれているのがわかりますね。この電線がいわば〈歩行発動線〉となるわけです。

この電線はガラスの円盤を隔てて、胸の電池と結ばれているのですが、この時の電気の流れをあらためて説明すると、胸の内部でつくられた電気は、ちょうどいいタイミングで電流を通したり、遮断したりする、このガラスの円盤のところまで来ます。そうして、この円盤が電流を大腿骨の上部――コンパスの中心軸の斜め上にある電磁石に伝えてくれた時、電磁石は初めて磁性を帯びるというわけです。ちなみに、電磁石は右脚と左脚の大腿骨の上にそれぞれひとつずつありますが、どちらかの電磁石に電流が通っている時には、もうひとつの電磁石には電流が来なくなるように、ガラスの円盤は同期されています。

もうひとつ、前提になる仕組みを説明しておきますと、ハダリーが直立不動の姿勢でいる時、あるいはガラスの円盤によって電磁石が絶縁されている時、両脚の付け根の中央にあるクリスタルガラスの玉はその場所でじっとしています。逆に言うと、どちらかの電磁石が磁性を帯びて、ハダリーが脚を動かしている時には、このクリスタルガラスの玉はレール上を左右に移動し、それぞれの大腿骨の上にある金の円盤の間を行ったり来たりしているわけです。この時、レールは玉の重さでたわむので、左の金の円盤に行った時には、玉はその窪《くぼ》みにすっぽり収まり、右の金の円盤に行った時には、そちらの窪みにすっぽり収まることになります。そして、実はハダリーが歩行を開始する時、この玉が窪みに収まったほうの脚が最初に前に出るのです。

というわけで、ここまではハダリーが歩く時に各部分がどう動くのか、その仕組みの説明をしてきましたが、ここからはいよいよ各部の動きがどうつながって、ハダリーが歩くことになるのか、それを説明して、ハダリーに歩行が可能なことを理論的に証明してご覧に入れましょう。

まずは、ハダリーがまっすぐに立っているとして、この時にハダリーを歩かせようと、右手の人差し指の紫水晶の指環に触れたとします。すると、それがスイッチになって、ハダリーの身体のなかで軽い振動が起こり、両脚の付け根の中央にあったクリスタルガラスの玉が――そうですね、たとえば右に移動したとしましょう（もちろん左でもよいのですが、これはその時に応じて、どちらに移動するかはまったく予想がつかないのです）。

さて、クリスタルガラスの玉の重みを受けると、右側の金の円盤は大腿骨の上にぴったりと重なります。円盤は最初、それを支える金属の棒のせいで大腿骨の三センチくらい上に押しあげられていたのですが、この金属の棒が玉の重みで下がったわけです。これによってふたつのことが起こります。ひとつは金の円盤と大腿骨の上部にある電極が接することによって複雑な電気回路を通じて、〈断続器〉が作動し、電磁石に電流が通じる状態になります。もうひとつは金属の棒が下がったことによって、その先が大腿骨の下部――膝蓋骨の内部にある電極と接し、脚の各部の装置が電池から来る電流を受けることができるようになります。すなわち、クリスタルガラスの玉が右脚の付け根にある金の円盤の窪みに収まるというのは、歩行のために右脚が動くスイッチが入るということを意味しているのです。

ということで、そのスイッチが入った結果、まず右の太股の上部にある電磁石に強い電流が通じて、電磁石は強力な磁性を帯びます。その結果、さっきも言ったように、コンパスの回転軸を引きつけ、コンパスの〈脚〉を開かせます。その〈脚〉の一方は大腿骨の前頂部に固定されているわけですから、コンパスが開くと同時に、太股があがり、前に突きだされるのです。ただし、そのままでは、右脚があがりっぱなしになってしまいます。それがそうならないのは、太股が前に出るのと同時に大腿骨の前頂部の輪を通っている〈真鍮のワイヤ〉が上半身を前に引っ張り、また、プラチナの容器に充填されて足先に収められた水銀の重みが全体を下に引くために、身体が前に倒れるからです。こうして、ハダリーの爪先は、おおよそ四十センチの歩幅で、必然的に地面に着くことになるわけです。この時、ハダリーがどうして左右に倒れないかは、またあとで〈平衡〉の話をする時に説明しましょう。

　さて、足先が地面に着くと、そこにあるスイッチによって、今度は膝に電気が流れ、膝の関節部分にある電磁石が磁性を帯びます。その結果、膝蓋骨のなかで関節が回転し、膝がまっすぐに伸びることになります。

　この太股が前に出て、膝が伸びるまでの一連の動作には、ぎくしゃくしたところはありません。タイミングを計算して、動作がなめらかになるように調整してあるからです。また、ハダリーが完成した時には、脚は弾力のある肉で覆われますので、その動きは人間にそっくりなものになります。そもそも人間の脚でも、足先が地面に着いた時、膝が曲がったままだとぎくしゃくするのですが、膝の関節が回転しながら、すっと膝を伸ばすので、なめらかになるのです。ハダリーもそれと同じです。嘘だと思ったら、ご自分で歩いて確かめてください。膝がかくんとして、それから自動的に伸びるのがわかると思います。この膝を伸ばすのをハダリーは電磁石の力で行なうのです。それから、人間の場合も、肉や服がこの動きを自然に見せるのに役立っています。

いずれにせよ、こうした一連の動きで、ハダリーはともかく右足を一歩、前に踏みだしたわけですが、そのままですと、この状態で止まってしまいます。そこで、今度は左足を前に出すことになるわけですが、それには今度は左脚が動くスイッチを入れる必要があります。それは次のような過程で行なわれます。まず右脚の膝が伸びると、脚の付け根にある金の円盤を支えている金属の棒が上に伸びて、円盤を三センチ上に押しあげます。すると、円盤は大腿骨のいちばん上の部分から離れ、左の円盤と向かいあうかたちで斜めになります。その結果、右の円盤にのっていたクリスタルガラスの玉は、薄い鋼鉄の板のレールを通って、両脚の付け根の中央に向かってころがり落ちます。ここまでご説明したら、あとはもうおわかりですね。ころがり落ちた勢いで、クリスタルガラスの玉は左の円盤の窪みに収まり、左脚の動きが引き起こされるのです。

こうして左脚にスイッチが入って、大腿骨の上部にある電磁石が磁力を得ると、例のガラスの〈断続器〉の働きによって、右脚のほうの電磁石は磁力を失います。その結果、磁石にくっついていた右のコンパスの中心軸は、自身の重みで磁石から離れ、コンパスを閉じて、再び鋭角をつくりながら、臀部の底に落ちます。コンパスの中心軸は、また銀の甲冑の奥底に閉じ込められるわけです。これによって、右脚は元のまっすぐな状態に戻るわけですが、その間に左脚は大腿骨の上部にある電磁石がコンパスの中心軸を引きつけることによって、太股があがると同時に前に突きだされ、それにともなって、真鍮のワイヤに引っ張られて、また身体が前に傾くという、右脚の時と同じ動きをして、足を一歩、前に出します。これが右脚と左脚で交互に繰り返された結果、ハダリーは指環の指示——あるいは〈円筒型動作記憶盤〉の指示によって、定められた歩数分だけ、足を進めるのです。

　そうそう、この時に、両脚の膝は、片方が曲がっている間にもう片方が曲がらないよう、〈断続器〉によって調整されていることは言っておく必要があります。そうしないと、ハダリーは両膝をついて、ひざまずいてしまうからです。ちょうど、例の動物磁気を伝えて治療を行なう催眠術師[7]によって術をかけられた人々が、奇妙な恍惚状態となった時のように……。あるいは、神経症患者が、脳髄から十センチのところに密封したさくらんぼ水の小瓶を近づけられた時に、反射的に膝をついてしまうように……。いや、もちろん、あなたがハダリーをひざまずかせたいと思った時には、話は別です。でも、その時には、また別の指示の出し方があります。

いずれにせよ、こんなふうにして、右脚と左脚が順番に前に突きだされ、右膝と左膝が交互に伸びたり、曲がったりすることによって、ハダリーは人間と同じように歩くことができるのです。

クリスタルガラスの玉がレールを通って左右の金の円盤を行ったり来たりする時の音については、甲冑に張りつけた肉が吸収してしまうので、拡声マイクで拾わないかぎり、たとえ甲冑がなかったとしても、聞こえることはないでしょう」

7 「動物磁気」とはドイツ人医師メスメル(一七三四―一八一五)が提唱したもので、メスメルは宇宙には〈生命現象をつかさどる物理的流体〉(動物磁気)が存在して、これが人体にも作用していると考えた。そして、病気はこの流体の乱れによって起きるとして、動物磁気の操作による治療法を考えだした。その後、この動物磁気による治療の際に、患者が一種の催眠状態に入ることから、メスメルの弟子のピュイセギュールによって《動物磁気催眠》という技法が開発された。

第4章　永遠の女性

カイン　して、あなた方は幸せか？
悪魔　力を持っているからな。

――バイロン卿『カイン』

この説明を聞きながら、エウォルド卿は額に汗を浮かべ、まるで涙を流しているかのように、その汗で頬を濡らしながら、今では冷淡とも言えるエジソンの顔を見つめていた。そうして、このけたたましい冗談のような〈実検解剖〉を通じて、たったひとつ、どんなことがあってもエジソンが伝えようとし、また自分が理解したものがなんであるのか、はっきりと感じとった。それがなんであるのか、そしてまたその裏には何が隠れているのかを……。隠れているのは次のふたつだ。

ひとつは、〈人類に対する愛情〉。

もうひとつは、激しい〈絶望の叫び〉。おそらくは、〈天〉にまで届くことを願った、冷たく、強烈な、かつて人類が誰ひとりとして発したことのなかった〈絶望の叫び〉だ。

実際、エジソンは〈人類に対する愛〉と〈天に対する絶望〉を科学的な計算によって、アンドロイドというかたちにしてみせることによって、エウォルド卿に伝えた。いっぽう、エウォルド卿はエジソンが伝えたかったものを理解すると、沈黙というやり方でそれに同意した。そして、この時にふたりの男が了解したものを言葉にすれば、それはあらゆるものの第一原因である大文字のX——すなわち、〈神〉に向かって、無意識のうちに放たれた、次のような叫びであったろう。いや、それ以外のものではなかったにちがいない。

《おお、神よ！　天地創造のおりに、あなたが許嫁《いいなずけ》として与えてくださった〈イヴ〉は、それから数十世紀をへて、今やできそこないの〈模造品〉でしかなくなってしまいました。私は現代の〈イヴの子孫〉にあなたの痕跡を認めることができません。そこにあるのは、みすぼらしい形骸にすぎません。私はそれが自分の伴侶だとはとうてい思えないのです。ああ、それを思うと、〈エデンの園〉を追放されたことは、なんと辛く感じられることでしょう。〈エデンの園〉を追放されて以来、空《むな》しく天を見あげる私にとって、〈イヴの子孫〉である女性は、本来なら、その〈聖なる魅力〉で失った楽園を思い出させ、私の目を慰めてくれるはずのものでした。それなのに、現代の〈イヴの子孫〉には、創造者であるあなたの息吹は感じられず、粘土でつくられた私の目に見合った、ただの玩具《がんぐ》にしか思えないのです。ああ、〈エデンの園〉を追放されて、数十世紀をへて、この地上でみじめな暮らしを続けた結果、このできそこないの〈模造品〉がつきつづける嘘にいつまでも悩まされるなんて！　もうこれ以上はたくさんです。もうこの女たちが仕掛ける〈本能〉の罠にはまって、もがきつづけるつもりはありません。女の誘いに乗り、その魅力に惹《ひ》きつけられて、「この女こそが我が愛だ」と空しく信じたりするつもりは……。
だからこそ、私は——どこから来たともわからず、つかのま、この世を生きることになった私は、神よ、今夜、この地下の墓場で、私にとっては手慣れた禁断の〈科学〉の助けを借りて、奇妙にも寛大なあなたが私に残してくれた希望である〈イヴ〉の蜃気楼《しんきろう》だけでも出現させせようとしたのです。残念ながら、蜃気楼にすぎませんが、せめて、それだけでも……。あらゆる〈アダム〉の憂いがこもった笑い声とともに……》
エウォルド卿には、そのことがわかった。そうなのだ。これがハダリーの〈実検解剖〉を通じてエジソンが伝えようとしたことで、エウォルド卿が沈黙のうちに同意したことなのだ。

その間に、エジソンはハダリーの胸の中央前部にある液体のいっぱい入った透明なガラスの容器[8]の一箇所に手を触れた。すると、容器の上にあって、それまでほんのわずか水面から高いところにあった固い炭素の板が液体のなかに入った。それによって、電気が発生して、水が沸騰しはじめた。

そして、甲冑《かっちゅう》の内部は人間の身体のなかのように靄《もや》のかかったような状態になり、金や鋼鉄の部品が金茶色や鈍色《にびいろ》に光りはじめた。

エジソンが続けた。

「どうです？　甲冑のなかに煙が充満しはじめたでしょう。ほんのり香りがついて、真珠色をした煙が……。ハダリーの黒いヴェールの下で……。この煙は胸の器官に入っていた液体の蒸気です。胸の器官は電池になっているのですが、その電池がハダリーの生命現象そのものである〈電気の火花〉――すなわち〈電流〉によって、みずからのなかにある液体を熱して、その成分である金属原子とともに、蒸発させているのです。純水とそこに溶けた紫がかった金属原子を……。〈電気の火花〉はハダリーの身体じゅうを巡っていますが、そこから外に出ることはありません。その意味では

8　第二巻の第９章で出てきたクリスタルガラスの瓶。

安全です。ご覧なさい」

そう言うと、エジソンは、蒸気のなかでハダリーの神経である何千という電線が、あちらこちらで眩《まばゆ》い火花を放っているのにもかかわらず、にっこりと笑いながら、ハダリーの手を取った。[9]

「まさに天使だとはお思いになりませんか？」重々しい口調で続ける。「キリスト教の神学では、《天使は光と炎でできている》ことになっていますが、そのとおりですね。それに、スウェーデンの神学者のスウェーデンボルグ伯爵は、《天使は両性具有で、子供を持たない》と言っていますが、これもあてはまるのではないでしょうか？」

そこで一瞬、言葉を止めると、エジソンはあらたまった口調で、こう言った。

「それでは、次に〈平衡〉の問題に移りましょう。ハダリーの場合、身体が倒れないようバランスをとるシステムは、〈側面平衡器〉と〈循環式平衡器〉のふたつで支えられています。物理学において、〈平衡〉には三つの状態があるのはご存じですね？〈安定〉〈不安定〉〈中立〉[10]の三つです。ハダリーの場合も、この三つの状態を総合的に考えたうえで、ハダリーの姿勢や動きにかかわらず、そう簡単には倒れないようにしています。ええ、ハダリーを倒そうと思ったら、ものすごい力が必要ですよ。もちろん、あなたがハダリーに倒れてほしいと思った時は別ですがね」

9　この巻の最後の章に出てくるように、作者はこの蒸気を電池の〈煙〉とし、〈魂〉と見なしている節がある。また、電線は裸線である。

10　〈中立〉の平衡とは、平面上に置いたビー玉のように、〈安定〉でも〈不安定〉でもない状態。ビー玉は半球状のサラダボールの底に置けば安定する。

第5章　平衡

ちゃんと、まっすぐ立ちなさい。

——娘に対する、ある母親の言葉

「さて、今も申しあげたように、ハダリーのバランスは、〈側面平衡器〉と〈循環式平衡器〉というふたつの器官によって保たれています。〈側面平衡器〉はハダリーの臀部《でんぶ》にあり、〈循環式平衡器〉は甲冑《かっちゅう》の背中の内部にあります。このふたつはどちらも電流と磁石によって制御されていて、それによって必然的に、〈平衡〉が保たれるようになっています。

つまり、第一に、ハダリーが横に身体を傾けた時、人間と同じように、鎖骨の一点から椎骨の先（仙骨）を通り、両足のくるぶしの内側に垂線をおろすことができるのであれば、その姿勢がどんなものであっても、ハダリーが倒れないよう、重心を移動させる。[11]

第二に、ハダリーが歩行している時、どんな姿勢で、どんな歩き方をしようと、両足を結んだ直線の中点から垂線をあげたところに、ハダリーの実際の重心が来るように、重心を調整する。[12] ええ、あの素敵な足がどんなふうに歩を進めてもね。

こんなふうに、重心を移動したり、その位置を調整できたりするのは、次のような理由《わけ》です。ここではおもに、ハダリーが身体を横に傾けた時に、〈平衡〉を保つ仕組みについてお話ししましょう。これには主として〈側面平衡器〉が使われます。

この〈側面平衡器〉は、ハダリーの臀部の銀の甲冑のなかにあります。そう、狩り

---

11 たとえば、思いきり左に身体を傾けた場合、右の鎖骨のいちばん端の一点から仙骨を通り、左のくるぶしの内側に垂線がおろせるなら、ハダリーが倒れないよう、上半身と下半身の重心を〈側面平衡器〉と〈循環式平衡器〉によって調整するということ。なお、この状態をぎりぎりで保っているのであれば、それは〈中立〉の平衡で、この時、肩を左に押して、垂線が左のくるぶしの外側に出たら、ハダリーは倒れてしまう。

12 片足があがっている時、あるいは片方の足だけに体重がかかっている時ではなく、地面についた両足に体重がかかっている時のことだと思われる。大股で歩こうが、前かがみの姿勢で歩こうが、両足に体重がかかっている時には、このような状態になるよう、ふたつの〈平衡器〉で全体の重心の位置を調整するのだろう。

の女神ディアーナの臀部にも比すべき、この素晴らしいお尻の空洞のなかに……。ご覧なさい。右と左の窪みにひとつずつ、管のついたプラチナの容器があるでしょう。この容器は少し変わった円錐形をしていて、その円錐の底が上になるようにして、臀部の窪《くぼ》みにはめこんであります。ちなみに、この円錐はあとからご説明する理由で、臀部の窪みの曲線に沿ってスライドするかたちで、ほんの少し上下するようになっています。

　その働きについてはこれから説明することにして、もう少し容器自体の説明をすると、今も言ったように、この容器は円錐を逆さにした形なので、容器の上の部分はほぼ臀部の上部にはまりこんでいるのですが、容器の下の部分は、臀部の空洞のなかでだんだん細くなっていきます。そうして、この容器の下の部分は最後のところ――つまり円錐の先端が底面から垂直におりてくるのではなく、四十五度の角度で、身体の中心に向かってなだらかに曲がっているのです[13]。したがって、左右の容器の先端からこの四十五度の角度で〈仮想の線〉を引くと、そのふたつの線はハダリーの両脚の付け根の中央で直角に交わることになります。

　つまり、そこでまた〈仮想の線〉を引くならば、左の容器の上部の左端（臀部上部の左端）と右の容器の上部の右端（臀部上部の右端）、それから先が曲がった円錐の

〈仮想の交点〉を線で結ぶと、仙骨の上部を底辺とし、両脚のつけ根の中心を頂点としたさかさまの直角二等辺三角形ができあがります。そして、この三角形の底辺は――底辺にあたる水平の線は、その線によって、ハダリーの身体を上下に二分することになります。

いや、確かにこういった線は〈仮想〉のもので、実際には存在しません。しかし、《赤道線》だって、実際には存在しないでしょう？　頭で考えた、あくまで想像上のものです。それなのに、まるで目に見えるように〈現実〉として捉えることができる……。私がお話ししているのも、そういうことです。私たちは――ハダリーだけではなく、私たち自身もまた――こうした〈仮想の線〉を〈現実〉のものとして、その線に合わせて、毎秒毎秒、重心を移動し、倒れないようにバランスをとっているのです。

さて、そこでハダリーの臀部上部の両端と両脚の付け根の中心を結んでできた直角二等辺三角形に話を戻すと、この三角形は底辺にあたる水平な直線でハダリーの上半身と下半身を分けているのですが、実はこの直角三角形（腰の部分にできた三角形）

13　角笛《つのぶえ》のような形。

の上にも、両肩を底辺として、腰の部分の三角形の底辺の中点を頂点にしたさかさまの三角形を仮想することができます。いわば上半身にできた三角形です（この場合はただの二等辺三角形ですが……）。で、この上半身の三角形を仮想した時、上半身の各器官はその重さを考慮に入れて、どのような傾きにすれば各器官の重みがこの二等辺三角形の頂点に集まるか、正確に計算したうえで配置されています[14]。そして、このふたつの三角形の頂点を結ぶと、その線は水平な地面に対する垂直な線になります。

ここまではよろしいですね？　ただし、これまでの話は、ハダリーが普通に立って、じっとしている時の話です。この時、ハダリーの身体は、額の中央から腰の中央を通って、両足の真ん中におりる〈仮想の垂直線〉に貫かれています[15]。この場合、重心はこの線上にありますので、ハダリーは非常に倒れにくい状態にあります。

けれども、この状態から、ハダリーがどちらかに身体を傾けたら、どうなりますでしょうか？　人間はある程度傾いても、〈重心を移動させる〉ことができますので倒れたりはしませんが、物体は少し傾いただけでも、倒れる危険性が高くなります。またハダリーは、どんな動きであろうと、動く時には身体を傾けることになります。そこで、ハダリーが倒れないようにするには、〈重心を移動させる〉必要が出てきます。と、ここまで言えば、もうおわかりですね？

そうです。この〈重心を移動させる〉時に使うのが、最初にお話しした〈側面平衡器〉——円錐をさかさまにしたプラチナの容器なのです。実はこのプラチナの容器には、ぴ、っ、た、り、半分だけ、水銀が入れられています。重さはひとつの容器で十二・五キログラムです。そして、この左右の容器は、ちょうど容器の半分の高さのところから出ている管で結ばれています。この管は鋼鉄にプラチナをかぶせたもので、左右の容器が上下するのに合わせて、多少、伸び縮みができるようになっています。ほら、それぞれの容器から出ている管が真ん中のところで、地面に対して水平につながっているのがわかるでしょう？

〈重心の移動〉は、この管を通じて、容器の水銀が片方から片方に流れることによって行なわれるわけですが、その仕組みをお話しする前に、もう少しこの容器について

14　それぞれの器官をどのように傾けても、その器官の重みは真下に向かうので、これは作者の勘違いだと思われる。ただし、それによって、作者が考えた〈平衡〉の論理が破綻するわけではない。ハダリーが普通に立っている時には、重心を通る垂線は、額の中心から上半身の二等辺三角形の頂点を通り、それから下半身の直角三角形の頂点を通って、両足の真ん中におりるからである。

15　普通に立って、じっとしている時、人間の重心は仙骨の中心にある。

説明しておかなければならないことがあります。この容器は上部が密閉されていますが、そこには弓型をした鋼鉄製の強力なバネが取りつけられていて、そのバネで甲冑とつながっています（より正確に言うと、弓型のバネの片端が容器の縁に固定され、もう片方の端が臀部の甲冑の最上部にしっかりと留められています）。その結果、容器は水銀が入っていなければ、甲冑の最上部まで引きあげられてしまうわけですが、入っている時には、その重みで臀部の窪みの曲線に沿って、下にスライドするようになっているのです。ただし、そこでひとつ工夫がありまして、このバネの強度は、左右の容器に同量の水銀——つまり十二・五キログラムの水銀を入れた時でも、まだ上に引きあげる力があって、片方の容器の水銀の嵩《かさ》が一センチ分増えたところでも容器を臀部の甲冑の最上部に引っ張りあげる力を持っています（もっとも甲冑の最上部と容器の上部の間には鋼鉄のストッパー[16]があるので、容器は最上部までは行かないようになっていますが……）。

すなわち、この容器は水銀が左右同量の十二・五キログラムの時から始まって、どちらかの容器に水銀が流れて、その嵩が同量の時より一センチ分増えるまで——つまり、その分、重くなるまで、甲冑の同じ位置にあります。別の言い方をすると、どちらかの容器の水銀の嵩がそれよりもさらに増えて、さらに重くなると、下にスライドします。

こういったことを頭に入れていただいたうえで――それでは、ここからハダリーが重心を移動して、横に倒れない仕組みをお話ししましょう。

たとえば、ハダリーが何かの動作をした時に少しだけ横に傾いて、片足があがったとします。その時に、もし重心の位置がそれまでと変わらなければ、ハダリーは傾いたほうとは反対側に倒れてしまいます。[17]けれども、〈側面平衡器〉は傾いた側の容器に水銀を送る仕組みになっているので、重心がそちらの側に移動して、その傾いた姿勢で安定したバランスを保つことができるようになるのです。〈側面平衡器〉の左右の容器は真ん中の管を通じて、ハダリーが動くと、絶えずその動きに応じて片方から片方へと水銀を移動させているので、ハダリーはどんな姿勢でも瞬間的にバランスがとれるようになっているわけです。

ただし、その傾きが大きくなってくると、水銀は傾いた側の容器にどんどん溜《た》まっ

16　作者はこの鋼鉄のストッパーを水銀の嵩が一センチ分増えるまで容器を同じ位置に保つための部品と考えていたようであるが、そのための役には立たない。だが、そう考えたせいで、次の段落でも勘違いをしている。訳文では修正した。

ていき、その結果、ハダリーはそちらの側に倒れてしまうことになります。そこで、そうなるのを防ぐために、ここでもまた〈側面平衡器〉が活躍するのです。ハダリーがどちらかに傾いた結果、容器に水銀が溜まってくると、その嵩が最初より一センチ増えたところまでは甲冑内の容器の位置は変わりませんが、そのあとは増えた分の重みで、甲冑のなかを下にスライドしていきます。そうして、水銀の嵩が二センチまで増えた時、容器の先端が甲冑の臀部の底にあった電極に接触します。すると、たちまち電気が流れ、その電気は反対側の甲冑の壁に取りつけてあった電磁石に磁力を与えます。つまり、この容器は電磁石に電流を通すスイッチにもなっているわけです。いっぽう、電磁石のほうは、その働きによって、ハダリーが倒れないように、増えすぎた水銀をいわば強制的にもう片方の容器に送り返します。この結果、ハダリーはバランスを回復し、倒れることがないのです。片方の容器に水銀を送って重心を移してバランスをとり、さらに水銀が送られて倒れそうになったら反対の容器に水銀を送り返す――ハダリーが立って動いている間、絶えずバランスを修正し、少しくらいのことでは倒れないでいられるのは、このシステムのおかげなのです。

さて、ここであらためて〈重心〉について確認しておきますと、ハダリーの〈側面平衡器〉――先の曲がった円錐の容器の配置からすると、ハダリーの〈重心〉はふたつの容器の真ん中にあるような印象があるかもしれません。しかし、ハダリーが直立している場合を除いて、これは〈見かけの重心〉にすぎません。今もご説明したように、ハダリーが動いている時、〈重心〉は片方の容器からもう片方の容器に移る水銀の量によって、絶えず移動しているのです。そうでなければ――ハダリーの〈重心〉が身体のいつも同じ場所にあるなら――ハダリーはたちまち倒れてしまうでしょう。そうならないために、片方から片方へと水銀を送るのです。

17　これは一見、逆のように思えるかもしれないが、この記述でまちがっていない。人間でも人形でも、倒れずに立っていることができるのは、重心からおろした垂線が接地面（片足で立っている場合はその足が地面と接している部分。両足で立っている場合は両足が地面と接している部分とその間の部分）の上におりている時だけである。この垂線を重心線と言うが、重心線が接地面をはずれて、その右におりていれば右に倒れ、左におりていれば左に倒れる。したがって、ハダリーが少しだけ左に傾いて、左足一本で立った時、重心があいかわらず真ん中にあって、そこからおろした垂線が左足の右側にあったら、右側に倒れてしまう。そこで、少しだけ左に傾いたら、水銀を送って左側を重くし、重心を左にずらして、倒れないようにするのである。ただし、これは傾きが小さい時の話で、左に大きく傾いた時は、左に倒れる。

つまり、私が言いたいのは、ハダリーの〈現実の重心〉は、この〈側面平衡器〉のおかげで絶えず移動しているということです。その位置は計算してみると簡単にわかります（これは基本的な三角形の計算で求められます）[18]。たとえば、ハダリーが左に傾いて、右足をあげた場合、〈現実の重心〉は〈見かけの重心〉からは離れて、左の円錐形の容器からハダリーの左足が地面に接する部分に垂線をおろした、その線のどこかにあります。この時、ハダリーの姿勢によっては、この〈現実の重心〉は、ハダリーの体内から外に出ることもあります。しかし、いずれにしろ、その〈重心〉はハダリーの左足の接地面からまっすぐ上にあがったところにあり、ハダリーはその〈現実の重心〉を中心に左に傾いた身体の重みと右の下半身の重みでバランスをとっているのです。

これで、ハダリーが電磁石の力で、水銀を片方の容器からもう片方の容器へと送って重心を絶えず移動させ、それによってどちらかに倒れないよう、身体の傾きを調整していることがおわかりになったと思います。動いた時の姿勢に合わせて、水銀は休みなく移動し、円錐形の容器を支えるバネは容器の重さによって伸び縮みし、それによって電磁石に電流を通したり、切ったりします。そういう意味からすると、左右の円錐形の容器をつなぐ鋼鉄の管は、綱渡りの芸人が持っている長い棒のようなものだと言えるかもしれません。ただ、綱渡りの芸人とちがって、管のなかを水銀が動いてバランスをとっているところは、外からはわかりません。私たちの三半規管に体液が流れてバランスをとっているのが、外からわからないのと同じことです。

さて、次は〈循環式平衡器〉ですが、時間もなくなってきましたので、こちらについては手短にお話しします。こちらは〈身体全体の平衡〉を保つための装置で、ご覧のように、鎖骨から腰椎《ようつい》の先まで、曲がりくねった管が運河のように張りめぐらされているのがわかるでしょう？　この管には水銀が流れているのですが、〈側面平衡器〉と同じように電磁石をもとにした精巧なシステムによって、重力に逆らって、その流れを変え、一瞬にして身体のバランスをとる仕組みになっています。これによって、ハダリーは私たちと同じように、寝たり、起きたり、かがんだり、立ったままでいたり、歩いたりできるのです。ハダリーが倒れたりしないで花を摘むことができるのは、電磁石によって水銀が瞬間的に流れを変える、この複雑なシステムのおかげなのです」

18　重心を求めるのに三角形の計算は必要ない。作者の勘違いだと思われる。

第6章　衝撃

賢者が笑うのは、度を失った時だけだ。

――ことわざ

「本当はもっと詳しく説明したいのですが、今も言ったように時間がありません。もう午前零時です。ですから、〈循環式平衡器〉については、今の簡単な説明だけでやめておくことにいたします」そう言うと、エジソンは口調を変えて、言葉を続けた。「いずれにしろ、アンドロイドの作成において、いちばん大変なのは、最初のモデルをつくることなのです。それさえできれば、あとはもう労働力の問題なのですよ。このハダリーをもとにして、何千というアンドロイドがつくられるのはまちがいないでしょう。きっと、そのうちどこかの実業家が製造工場を建てることになるでしょう。ええ、〈理想人間〉製造工場を……」

この冗談に、エウォルド卿は口をゆがめて笑った。先程からすでに神経が高ぶっていたので、笑わずにはいられなかったのだ。だが、そこでエジソンが笑っているのを見ると、エウォルド卿の笑いは奇妙な哄笑《こうしょう》に変わった。今いる場所も時間も、ここにいる目的も、エジソンとの間で交わされた議論の内容も、何もかもが恐ろしく、また馬鹿げていて、おそらくは生涯で初めて、高笑いの発作に駆られたのである。その声は、墓地のように静かな〈地下の楽園《エデン》〉に響きわたった。

「まったく、恐ろしい冗談をおっしゃいますね」エウォルド卿は言った。

だが、それには答えず、エジソンは続けた。

「では、急ぎましょう。これまでの説明で、ハダリーがどういう仕組みで動くかはおわかりになりましたね？　ここからはハダリーをどうやって、あなたの愛するミス・アリシアに似せるかということです。つまり、ハダリーの外面をどうするか……」

そう言うと、エジソンは甲冑《かっちゅう》の一部に軽く触れた。甲冑はゆっくりと閉じていった。そして、エジソンがまた操作をすると、今度は斑岩《はんがん》のテーブルが縦になった。

ハダリーは背中をテーブルにくっつけたまま、ふたりの間に立つことになった。

全身をヴェールに覆われて、静かにじっとしているその姿は、ヴェールで顔が見えないせいもあって、暗闇の奥からふたりを見つめているように思えた。

と、エジソンがハダリーの銀色の手にはめられた指環《ゆびわ》のひとつに触れた。

その瞬間、ハダリーの全身が震えた。ハダリーはまたこの世界に戻ってきた。〈幻影〉はまた命を持ちはじめたのだ。

実を言うと、エジソンの説明を聞いて、エウォルド卿は幻滅を味わっていた。ハダリーが動く仕組みがわかって、神秘性が失われたように思ったからだ。だが、今、ハダリーがまた命を取り戻したのを見ると、その印象はだいぶ弱まった。

そして、しばらくするうちに、その印象はまったく姿を消し、ハダリーが動くのは当然だと頭でわかってはいても、最初にハダリーを見た時のなんとも言えない気持ちがよみがえってきた。エウォルド卿は厳粛な面持ちで、ハダリーを見つめた。

最初の時と同じ道筋をたどって——また〈夢〉が始まった。

「生き返ったかね？」冷静な口調で、エジソンが言った。

「そのようですわ」黒いヴェールの下で、ハダリーはうっとりするような声で答えた。

「なんという返事をするのだ」エウォルド卿はつぶやいた。

見ると、ハダリーの胸は呼吸のため、静かに上下している。

と、その時、エウォルド卿のほうに身をかがめながら、ハダリーが笑いを含んだ声で言った。

「セリアン様。解剖台の上でじっと我慢していたご褒美にひとつお願いしてもよろしいでしょうか？」

「もちろんです、ミス・ハダリー」

そうエウォルド卿が答えると、エジソンが〈解剖〉に使ったガラス製のメスや鉗子《かんし》を片づけている間に、ハダリーは半円形の花壇の斜面のほうに向かっていった。それから、灌木《かんぼく》の茂みを捜して、枝のひとつに、ビロードと絹でできた巾着袋《きんちゃくぶくろ》――募金に使うような黒い大きな袋が掛かっているのを見つけると、それを首にかけて戻ってきた。この思いがけない出来事にエウォルド卿は目を丸くした。

「セリアン様、今夜は素晴らしい夕べですが、その夕べの魅力はその裏に慈善の心があってこそ、完璧になるものだと思います。ですから、今、ここである若く素敵な女性――まだ若い未亡人と、そのふたりの子供たちにお恵みをいただけませんでしょうか？」

「これはどういうことです？」いきなりの申し出にわけがわからず、エウォルド卿はエジソンに尋ねた。

「さあ、私にもよくわかりません」エジソンは答えた。「まあ、ハダリーの話を聞いてみましょう。ハダリーは時おり、この私でさえびっくりするようなことを言うのです」

するとと、エウォルド卿が尋ねる前に、ハダリーが言葉を続けた。

「わたしはかわいそうなその女性のために、ぜひともご寄付をいただけないかと、こうしてお願いしているのです。その女性は人生に深く絶望し、今はふたりの子供を養うためだけに生きているのです。子供たちにパンを与えなければならないという気持ちがなければ、もはや一日だって、〈この世〉にいることに耐えられないでしょう。というのも、本来であれば受けなくてもよい恐ろしい不幸に魂がちぎれ、ただ死への渇望だけがその女性の心を満たしているからです。いえ、その女性はもう〈この世〉にいるとは言えません。永遠に魂を奪われたような一種の恍惚状態で、〈この世〉を離れ、高みに昇っているからです。生活の糧《かて》を得るために仕事をすることもできませんし、そもそも辛い窮乏生活にも無関心なのです。ただ、子供たちに対する気持ちだけで、かろうじてこの世とつながっているのです。ええ、精神的にはもはや〈あの世〉の世界に行っていて、自分の名前さえ忘れているくらいなのです。その代わりに、〈この世〉での名前ではない、別の名前を持って……。その名前は声が――不思議な声が、夢のなかで与えてくれたそうなのですが……。セリアン様、どうかわたしの最初のお願いを聞いてくださいますでしょうか？　わたしもこれからその女性に寄付をいたしますが、そのわたしの寄付に、〈生者の世界〉からいらした、あなたの寄付を加えていただけませんでしょうか？」

　その言葉と同時に、ハダリーは壁ぎわに行き、棚にあった金貨を数枚、手に取ると、黒い募金袋のなかに入れた。エウォルド卿はハダリーに近づいて尋ねた。

「ミス・ハダリー、あなたはいったい誰のことをお話しになっているのです？　その女性とは誰のことなのです？」

「ミセス・アンダーソンのことですわ、セリアン様。この引き出しに入っている〈悲しい目くらまし〉に引っ掛かって自殺を遂げた、あのかわいそうな男の妻ですわ。ええ、先程ご覧になった、この引き出しに入っている……」

　そう言うと、ハダリーはミス・アリシアの〈遺骸〉が入っている、壁につくりつけられたタンスの引き出しを指さした。

　エウォルド卿は動揺を隠しきれず、思わず後ろにさがった。ハダリーは募金袋を掲げて、深くお辞儀をしている。

　それにしても、こういった寄付に頼らなければならないというのは、なんと痛ましいことなのだろう。ミセス・アンダーソンや残された子供たちのことを考えると、エウォルド卿は心が深く傷つくのを感じた。これは知らないふりをすることはできない。

　何も言わずに財布から紙幣を数枚、抜き出すと、エウォルド卿は黒い募金袋のなかに入れた。

「ありがとうございます。ふたりの子供たちに代わって、お礼申しあげます」ハダリーは言った。

それから、列柱の間に消えていった。

第7章　わたしは黒い、《ニーグラ・スム》けれども美しい《セド・フォルモーザ》[19]

世の中には、決して語ることを許さない秘密がある。

――エドガー・アラン・ポー[20]

ハダリーの姿が消えるのを見届けると、エウォルド卿は言った。

「ああ、エジソンさん、ぼくは今、本当にびっくりしています。こうして、あらためてハダリーが話すのを聞き、動くのを見ると、どうしてそんなことができるのか、根本的な疑問が涌《わ》いてきてしまうのです。ハダリーはどうしてぼくに呼びかけることができるのでしょう？　ぼくに話しかけ、ぼくの言葉に返事をすることができるので

19　『旧約聖書』「雅歌」第一章。

20　一八四〇年の短篇「群衆の人」。フランス語にはボードレールが訳した。

しょう？　前方に障害物がある時、それをよけて歩くことができるのでしょう？　もしハダリーが〈状況を自分で判断する力〉を持っていないのであれば、そういったことはできません。現実的には不可能だと思います。ハダリーの肺は蓄音機になっているということでしたが、エジソンさん、まさかあなたはハダリーがぼくに返事をする直前に、『その蓄音機に人間の声で、その返事の内容を吹きこんだ』とは、おっしゃりますまいね？　あるいは、ハダリーの動きが記録されているという《円筒型動作記憶盤》でしたか——その記憶盤に、先程、ハダリーがしたことが『細かい仕草や歩いた時の歩数まで、あらかじめ決められていた』とは……。いや、記憶盤のオルゴールがそういった指示を与えることは、長くて複雑な計算によって可能かもしれませんが、その時々の状況に応じてそれを精密に、ほんの少しの狂いもなく行なうことは、不可能ではないでしょうか？」

「なるほど」卿の質問にエジソンはうなずいた。「その疑問にお答えすることは、別に難しいことではありません。どうしてハダリーが的確に行動し、的確に会話をすることができるのか、その理由はハダリーが歩いたり、バランスをとったり、あるいは人間そっくりの外見を持つことなどに比べたら、はるかに簡単なことだからです。それについては、いつかご説明しましょう。お約束しますよ。もし、今それをしたら、その説明があまりに単純なことに、あなたはこれまで以上にびっくりなさると思います。これまでの説明で、ハダリーの表面的な謎が解明された時以上に……。しかし、前にも申しあげたように、あなたがハダリーを受け入れてくださるためには、〈幻想〉が必要です。その〈幻想〉を保つために、先程の疑問にお答えするのは、今しばらく先のことにしたいと思います。と言いますのも、エウォルド卿、逆に私のほうからご質問しますが、卿はハダリーが、今、どんな顔をしているのか、いっこうにお尋ねになりませんね？　顔をご覧になりたいとはおっしゃらない。それはどうしてですか？」

その言葉に、エウォルド卿はぎくりとした。

「いや、それは……。ハダリーの顔がヴェールに覆われているので……。そんなことをお尋ねしては失礼にあたるかと思ったからです」

それを聞くと、エジソンは口元にかすかな笑みを浮かべた。真剣な目つきで、エウォルド卿を眺める。

「そうですか。私はまた、今、ハダリーの顔を見てしまうと、将来、ハダリーがミス・アリシアの顔になった時、どうしても今の顔を思い出してしまうので、それであえて見ないことになさっているのかと思いました。今のハダリーの顔が脳裏に焼きついてしまったら、いずれハダリーとお暮らしになった時、あなたが理想とするミス・アリシアの顔の下から、今のハダリーの顔が透けてみえてしまうことになりますからね。そうなったら、ハダリーはアンドロイドの顔とミス・アリシアの顔を持つということが絶えず意識されて、せっかくの〈幻想〉が崩れてしまいます。だからこそ、卿はたとえこのヴェールの下に、〈理想のベアトリーチェ〉[21]の顔が隠れていると聞いたとしても、決して見たいとはおっしゃらないと思います。そうですね？ 先程の疑問に対する答えを、今しばらく秘密にしておきたいと私が思う理由も、それと同じことです」

「わかりました」エウォルド卿は答えた。

それから、エジソンに言われて浮かんできた考えを振り払うように続けた。

「それでは、あなたはこれからハダリーに、ミス・アリシアそっくりの肉を着せるのですね？」

「そのとおりです」エジソンは答えた。「おわかりだとは思いますが、ミス・アリシアにそっくりにするために大切なのは、〈皮膚〉ではありません。本当に大切なのは〈肉〉なのです。〈皮膚〉はいわば、それに付随するものだと言ってよいでしょう」

21　イタリアの詩人ダンテの想い人。ダンテはこの女性に激しく恋をし、『新生』でこの女性のことを歌ういっぽう、生涯をかけた傑作『神曲』でも、〈永遠の女性〉として讃《たた》えた。

第8章　肉

あらゆる形を生みだす理想の粘土――ああ素晴らしきかな、女の肉は。

――ヴィクトル・ユゴー[22]

「エウォルド卿、先程、あなたは上の実験室で、〈右腕〉に触って、びっくりなさっていましたね？　覚えていらっしゃいますか？　ハダリーの〈肉〉には、あの〈右腕〉と同じものを使うのです。

本物のミス・アリシアの〈肉〉は、黒鉛と硝酸、水、それから、これは皮下組織の検査の結果、わかったものですが、そのほか数種類の化学物質でできています。[23]しかし、あなたがミス・アリシアを愛しているのは、そういった理由からではありませんね。ミス・アリシアの〈肉〉がどんな成分でできていようと、あなたには関係がない。それと同じで、ハダリーの〈肉〉がどんな成分でできていようと、あなたにとっては、まったく意味がないだろうと思われます。〈生命〉というものが、私たちの〈肉〉の成分をこねてひとつにしてしまうように、ハダリーの〈肉〉もそれぞれの成分が〈水圧〉によってひとつになり、〈均質な塊〉になってしまうからです。その状態では独立した要素に分けることはできません。ひとつにまとまった〈肉〉として感じることができるだけです。

さて、先程も申しあげたように、ミス・アリシアにそっくりにするためには〈肉〉が大切なのですが、それはこういうわけです。ハダリーの〈肉〉のなかには、色を白くした還元鉄の粉が万遍《まんべん》なくまきちらしてあって、その粉は磁気を帯びているので、電流に対して敏感に反応するようになっています。そのいっぽうで、ハダリーの〈肉〉には、甲冑《かっちゅう》にあけた目に見えないくらいの小さな穴から毛細血管のような電線が通してあって、〈肉〉の繊維の一部となっています。そして、ハダリーの半透明の〈皮膚〉はこの〈肉〉に貼りついて、〈肉〉が動くとおりに動くようになっているわけです。すると、どうなるか？ 〈肉〉のなかを電流が通った時、その強さに応じて、

22 『諸世紀の伝説』「女の祝典」。

23 実際には、人間の肉の組成に黒鉛や硝酸は含まれていない。

鉄粉が動き、それによって、〈円筒型動作記憶盤〉に記録されているとおりに、〈肉〉がわずかに伸縮します。その結果、〈皮膚〉が引っ張られて、それが顔の皮膚でしたら、さまざまな表情がつくりだされるというわけです。また、〈円筒型動作記憶盤〉の指示によって、幾種類かの〈肉〉の伸縮がたてつづけに行なわれれば、表情に変化を与えることができます。ただし、この指示は円滑に出されないと、表情がぎくしゃくしてしまうので、それを防ぐために、例のガラスの〈断続器〉が使われています。すなわち、〈円筒型動作記憶盤〉によって同時に出された、いくつかの指示を、〈断続器〉を用いて、少しずつ、遅らせていくのです。その意味では、〈断続器〉というよりは、〈遅延器〉と言ったほうがいいでしょう。いずれにしろ、こうして表情の動きがなめらかになるように、電流をコントロールすることによって、私はアンドロイドの頬に〈モナ・リザの微笑〉を浮かべさせ、それを自然に消し去ることもできるのです。そうなったら、どんな美しい表情をつくることも思いのままです。その結果、ハダリーはミス・アリシアにそっくりの——ミス・アリシアにしかできない表情をすることができるようになるわけです。

それだけではありません。この〈肉〉は電気のせいで、ほんのり温かくなっています。また、素材や水圧のせいで、柔らかく、生きているような弾力があり、人間の

〈肉〉が持つ、なんとも言えない感触も持たせることができます。

色は雲母《うんも》の粉末に、やはり粉末にした石綿をほんの少量加えて、素材に練りこんでいますので雪花石膏《アラバスター》のようで、半透明の〈皮膚〉を通して見ると、琥珀《こはく》のように鈍い光沢を放ち、ほんのりと薔薇色《ばらいろ》がかった雪を思わせます。それに、前にも言ったように、〈皮膚〉はカラー写真の感光技術を使って、太陽の光を受けた時に微妙な色合いを出せるようにしてあります。その結果、ハダリーの肌は人間そっくりに見え、ここでも〈幻想〉が生まれるのです。

もちろん、ハダリーの外見をミス・アリシアにそっくりにしようと思ったら、ご本人にもこの計画に協力していただく必要がありますが――ハダリーのモデルになっていただかないとなりませんからね――それについては、今夜、もうじき、ミス・アリシアがここにいらしたら、ご本人に直接、お願いしましょう。どんな計画かはまったく知らせず、喜んで協力していただけるようにね。何、女性などというのは虚栄心の塊ですから、ちょっとそのあたりをつついてやれば、決して難しいことではありません。そばでご覧になっていれば、あなたにもおわかりになりますよ。

そこでミス・アリシアの協力が得られることになったら、明日からでもさっそく第一助手に作業にかかってもらいましょう。第一助手は彫刻家で、まだ無名ですが、素晴らしい腕を持っています。それに当然のことながら女性です。作業の性質上、ミス・アリシアには裸になってもらわないといけませんからね。で、この助手がひとりでミス・アリシアの型をとり、その型どおりにハダリーに〈肉〉をつけていくわけです。その時に、助手はミス・アリシアの体型をことさら理想化することはありません。ただ、あるがままに写しとるのです。そのためには、まず身体の各部の形状を数字に置きかえていく必要がありますが、私の冷徹な監視のもとで、助手はマイクロメーターを始めとする精密な測定器を使って、ミス・アリシアの身長や胸囲、胴回り、手足と指の寸法、顔の大きさ、目や鼻の位置や寸法、脚や腕の長さ、さらには正確な体重まで測っていきます。この作業は三十分くらいで終わることになると思います。

その間、ハダリーは何台かの大きな写真機[24]の後ろに隠れて待っています。ミス・アリシアの寸法を測りおわったら、いよいよミス・アリシアに変身することになるからです。

そうです。先程からご説明している、人間のものとしか思われない、素晴らしい〈肉〉をハダリーの甲冑に細心の注意を払って貼りつけていくのです。ミス・アリシアの〈肉〉の厚み、そのままに……。この作業には精巧な細工のできる道具を使いますし、また素材も塑造《そぞう》にはうってつけのものなので、ハダリーはまたたくまにミス・

アリシアの顔かたちになっていきます。顔だちや肢体の特徴がはっきりと表れ、ミス・アリシアそっくりになってくるのです。ただし、この状態ではまだ顔には表情がなく、のっぺりしたものになっています。ちょうど最後にピュグマリオンの手が加えられるのを待っている、つくりかけの塑像のように……。[25]

ええ、顔の部分は大変なのです。それだけで、身体のほかの部分をつくるのと同じくらいの手間と時間がかかってしまうでしょう。なにしろ、瞼《まぶた》の微妙な重なり、耳たぶの冷たい感触、息をした時の小鼻の優しいふくらみ、〈皮膚〉をかぶせたあとの透きとおるような白さ、こめかみに浮いた静脈、唇のしわなど、細かいところがたくさんありますからね。それに顔の部分の肌は、特に張りを持たせることが大切なので、ほかの部分に比べて、強い水圧をかけることが必要になってくるのです。また、最初に説明したように、喜びや悲しみなどの表情や、その変化は、〈肉〉のなかに万遍な

24　このあとに出てくる〈彫刻写真〉を撮るためのものだと思われる。

25　キプロスの王ピュグマリオンは現実の女性に失望し、女神アフロディーテに似せた理想の女性ガラテアの像を彫刻したが、その彫像に恋をして憔悴《しょうすい》する。その姿を見かねたアフロディーテは彫像に命を与えて、ピュグマリオンの妻とさせた。

くまきちらした、磁気を帯びた鉄粉を内部で移動させることによってつくりだされますが（たとえば、誰かが微笑している写真を拡大してみると、無数の点が浮かびあがって見えますね。イメージで言うと、この鉄粉はその点のようなものなのです）、この鉄粉の移動は毛細血管のような細い電線を通って伝わってくる電流によって行なわれます。この時、〈肉〉のなかに張りめぐらされることになる電線がお互いに接触することなく、また〈円筒型動作記憶盤〉の指示にしたがって、そのなかを通ってくる電流で変幻自在に鉄粉を移動させるには、このおびただしい電線の配置をどうすればよいのか？ 考えただけでも、大変な作業だということがおわかりになると思います。

もちろん、そのための素材はもうすべてそろっていますし、どうすれば今、お話ししたことができるのか、その方法もわかっています。しかし、この作業は完璧に行なわなければならないので、一瞬も気を抜くことのできない緊張した状態で、きわめて慎重に進めていく必要があります。そう考えたら、ハダリーをミス・アリシアに変身させて〈未来のイヴ〉をつくるには、神がこの世界を創造した時と同じように、七日はかかると思います。といっても、これは決して長くはありません。あの偉大なる〈自然〉でさえ、美しい女性をつくりあげるのに、みずからの持てる力をすべて使って、十六年と九カ月はかかるのですから……。しかも、完成までに毎日、毎日、少しずつ手直しをしていって、せっかくできあがっても、病に倒れて亡くなってしまえば、ろうそくの火が風で消えるように、あっというまにいなくなってしまうのです。

いや、これは少し話が脱線しました。こうして一週間くらいかけて、ミス・アリシアにそっくりの状態ができあがったとしても、微細に見れば、まだ完璧とは言えない点が残ります。そこで、ミス・アリシアとの〈類似〉を絶対的なものにするために、私たちにはまだなすべきことがあります。

エウォルド卿、あなたは〈彫刻写真〉[26]について、ご存じですね？　そうです。あれを使えば、誰かの〈外見〉を寸分たがわず彫刻に写すことができるのですが、私はきわめて精巧な新型の〈彫刻写真機〉を持っています。かなり以前に自分で設計図を描

26　フランスの写真家で彫刻家のフランソワ・ヴィレーム（一八三〇―一九〇五）が一八六〇年に開発した技術。そのやり方は、まず円形に配置した何台もの写真機で中央にいる被写体を撮影し、その画像を紙に写しとる。次に像の素材となる粘土やろうをモデルの代わりに中央に置き、製図用のパンタグラフを使って、紙に写した画を次々に素材に写していく。そうして最後に、写した画をもとに素材を削っていくと、モデルと同一のものができあがる。

いてつくったものですが、それを使えば、もう奇蹟《きせき》的なほど完璧に、モデルにそっくりの彫刻をつくることができるのです。ですから、最後の仕上げには、この〈彫刻写真機〉の助けを借りることにしましょう。そうすれば、ミス・アリシアの顔や肢体の起伏を十分の一ミリ単位まで正確に、ハダリーに写しとることができるでしょう。ミス・アリシアは、いわばハダリーの身体に直接、〈彫刻写真〉化されるわけです。こうして、ハダリーの〈変身〉は静かに始まるのです。

ええ、静かに……。〈彫刻写真〉を使うと、ハダリーがモデルとどうちがうのか、そのちがいが十分の一ミリ単位ではっきりします。それよりさらに細かいちがいを発見するために、マイクロメーターや強力なルーペも用います。というのも、この転写は鏡のように忠実でなければなりませんからね。マイクロメーターやルーペでも発見できないくらいのずれでなければいけないのです。この作業には、ある才能豊かな芸術家の力を借りることになっています。その芸術家は、以前、私がハダリーのような人形をつくった時に、それを修正する作業をして、この特殊な芸術に夢中になってくれたのですが、ハダリーをミス・アリシアに〈変身〉させる最後の仕上げは、その芸術家がやってくれることでしょう。

話は前後しますが、ハダリーの〈肉〉をつくる時には、色合いの調整もきちんとしておかなければなりません。というのも、ハダリーの肌はこの〈肉〉に〈皮膚〉をかぶせることによって、美しくつやのあるものになりますが——その意味で、〈皮膚〉は肌の真髄《しんずい》とも言えます——しかし、〈皮膚〉は半透明なので、それをかぶせた時に〈肉〉の色がそのまま出てくるわけではありません。したがって、〈肉〉の色は〈皮膚〉をかぶせた時の変化をあらかじめ予想して、いちばん美しくなるように調整しておく必要があるわけです。前にもお話ししたように、〈皮膚〉は太陽の光を受けて、微妙に肌の色合いを変える働きもしていますが、ここでお話ししているのは、それとは別のことです。〈皮膚〉と太陽の光については、またあとで〈皮膚〉の説明をする時に、もう一度お話ししましょう。

ということですから、まだ〈皮膚〉をかぶせる前のハダリーは、いわば霧に包まれたロンドンで、夕方に見かけたミス・アリシアのようなものにすぎません。太陽の光を反射しないのですから……。

そこで、いずれは〈皮膚〉の話をしなければならないのですが、まだハダリーが夕方の霧のロンドンにいるうちに、ミス・アリシアが普段お使いの香水に混じって、ほのかに漂ってくる身体の匂いについて、お話ししておくのがよいと思います。

ほら、イタリアの詩人、ロレンツォ・ダ・ポンテの書いた『ドン・ジョバンニ』のセリフにもありましたでしょう？ 《女の匂いがする！》と……。女性の匂いはそのえも言われぬ香りで、男たちにその存在を知らせます。そして、女性を花に喩《たと》えるならば、どの花も独特の香りを持っているのです。

ただし、その香りの魅力はその女性を愛する者にしかわからないのだろうと思います。卿は上の実験室で、『ミス・アリシアの香気は胸を焼き、気持ちを陶然とさせて、心を魅惑する』と——いえ、今はともかく、かつてはそうだったとおっしゃっていましたが、それはあなたがミス・アリシアの美しさに惹《ひ》かれて、ミス・アリシアを愛していたからこそ、その身体の匂いが魅力的だと思われたのではないでしょうか？ ミス・アリシアに無関心な者なら、そんなふうには感じないことでしょう。

したがって、当面の問題としては、ミス・アリシアの体臭の成分を化学的に突きとめて、それを忠実に再現することです（その匂いを魅力的だと感じるかどうかは、あなたの恋愛感情の問題ですから……）。ええ、体臭を化学的に分析して、それと同じものをつくるのは、決して難しいことではありません。調香師が花やくだものの香りのする香水をつくるように、簡単にやってみせましょう。ただ、そのためには、ミス・アリシアの体臭を手に入れなければなりませんが、その方法はこれからご説明しましょう」

第9章　薔薇《ばら》の唇と真珠の歯

その寵《ちょう》をめぐって、貴族の子弟たちが決闘さえ厭《いと》わぬ美しき貴婦人。この貴婦人の魅力は花の香りのする口元にあるが、なんとこの貴婦人、毎朝、ボト水[27]を使っているのである。

——昔の広告

「その前にひとつお尋ねしますが、エウォルド卿、ミス・アリシア・クラリーはすべてご自分の歯でいらっしゃいますか?」

この思いがけない質問に、エウォルド卿は一瞬、びっくりしたが、肯定のしるしにすぐにうなずいて見せた。

27　ルイ十五世の侍医エドム・ボトが一七五五年につくったバルサム水をもとにした口内洗浄液。これが評判になったので、ボトは大々的に売り出した。

「それは結構なことです」エジソンはこちらも大きくうなずくと、話を続けた。「アメリカの流行には反しますがね。というのも、こちらの若く美しいご婦人方は、たとえ〈太平洋の真珠〉のような美しい歯を持っていても、ほとんど例外なく、自分の歯を全部抜いてしまって、それより軽く、きれいにそろった人工の歯を入れてしまうのです。

いや、ミス・アリシアの歯がご自分のものかどうかはどちらでもかまわないのですが、なにしろ、急にこういうことになったものですから、お口のなかを早急に確かめて、そっくりのものをつくらなければなりません。でも、これについてもお任せください。できあがったものをご覧になったら、きっとびっくりなさいますよ。

というのも、この歯の問題に関しては、作業が始まってから六日目に、私の知り合いのサミュエルソン博士が歯科医のW・ペジョア[28]氏を伴って、私の実験室に来てくださることになっているからです。

その日には、私のつくった無害ではありますが、強力な麻酔薬を使って、ミス・アリシアを眠らせておきます。ご本人も気がつかないうちにね。こうすれば、その間にミス・アリシアの口のなかを覗《のぞ》いて、宝石のように輝く歯はもちろん、舌の色や形まで調べることができるでしょう。そのあとは、ハダリーの口のなかに、それとそっくりのものをつくるだけです。

卿は上で、ミス・アリシアが笑みを浮かべると、『若い獣《けもの》のような真っ白な歯』が覗くとおっしゃっていましたね。作業が終わったところで比べてごらんになったら、どちらが本物か、見分けがつかないと思いますよ」

28　Pejor。フランス語の père（父親）と英語の junior（ジュニア）を組み合わせた造語。意味は「最悪の」。folio 版の注によると、作者は、父子が同姓名の時、senior（シニア）と junior（ジュニア）と呼びわける習慣を馬鹿にして、それを揶揄《やゆ》するために、この Pejor を使ったという。したがって、姓ではない。

第10章　体臭

あなたにあげようと思って／今朝　ドレスの帯に挿した薔薇《ばら》は／帯がほどけて　風に乗り／海に運ばれ　波に乗り　沖の彼方に／今夜私のドレスには　薔薇の残り香／その香を嗅《か》ぎに　どうぞいらして[29]

——マルスリーヌ・デボルド＝ヴァルモール

「いっぽうミス・アリシアのほうですが」エジソンは続けた。「麻酔から覚めたら、『少しの間、失神なさっていた』とご説明しましょう。ちょっとしたことで貴族のご婦人が気絶なさるのは、決して珍しいことじゃありませんからね。そこで、いよいよサミュエルソン博士の登場です。実はサミュエルソン博士は〈匂い〉の専門家で、ミス・アリシアに麻酔をかけたのは、口のなかを調べるほかに、もうひとつの目的があったのです。それはもちろん、〈匂い〉に関することなのですが、ミス・アリシアの目が覚めたところで、サミュエルソン博士は『不意の失神を予防するには、熱い蒸気のお風呂に入るのがいちばんです』と言って、ご自分の設立した蒸気風呂の施設に来るように言います。

それを聞いたら、ミス・アリシアは翌日からさっそく、その施設に行くことになるでしょう。

ここまでお話ししたら、あとはもうおわかりですね。ミス・アリシアが蒸気風呂に入って汗をかいたら、サミュエルソン博士は、ちょうどリトマス試験紙を使って酸を集めていくように、特別な器具を使ってミス・アリシアの汗の混じった蒸気を集めます。頭から足の先まで——身体のどの部分の汗かわかるようにして……。

それから、その蒸気を冷やして液体にして、どんな成分が含まれているのか、研究室に戻って、じっくり分析するのです。つまり、ミス・アリシアの汗を調べて、身体の各部の匂いがどんな成分でできていて、それがどのくらいの分量で混ざっているのか、化学式を用いた詳しい成分表をつくるわけです。実際の汗を用いてつくったのですから、この成分表にはまったく誤差はありません。きわめて正確なものだと言ってよいでしょう。

29　『遺作集』「サアディーの薔薇」。引用は正確ではない。

こうして匂いの成分表ができたら、あとはそれをもとに〈匂いの素〉になる液体をつくり、それをまたさらに蒸発させて、ハダリーの〈肉〉に染みこませていくだけです。〈自然〉がミス・アリシアの身体の各部に特有の匂いをつけていったように、ハダリーの身体の各部にひとつひとつちがった匂いを染みこませていくのです。さっきも言ったように、腕のよい調香師が花の香りのする香水をつくって、造花にふりかけるのと同じことです。その結果、たとえばハダリーの上腕は、ミス・アリシアの上腕とまったく同じ匂いがするようになるわけです。

〈肉〉はこのあと〈皮膚〉に包まれますので、匂いは抜けることがありません。〈香り袋〉よりもずっとずっと長持ちしますよ。半永久的にね。あとはハダリーが理想的な匂いになるように、卿がご自身で香りをおつけになるとよいでしょう。ミス・アリシアが普段使ってらっしゃる香水をふりかけて……。そうそう、サミュエルソン博士がどれほど優秀な〈匂い〉の専門家であるのか、それを示すエピソードがありますので、ご紹介しておきましょう。博士は私が見ている前で、何度も猟犬の嗅覚《きゅうかく》を騙《だま》したことがあるのです。たとえば、ある時、私がつくった〈肉〉に博士が自分で調合した〈狐の匂い〉をつけたことがあるのですが――その匂いはもちろん化学的に合成したものですが――その〈肉〉をバセット・ハウンドの鼻先に突きつけてやったら、犬はがぶりと嚙《か》みついたのです」

それを聞くと、エウォルド卿はまた笑いの発作にとらわれた。

「いや、失礼！　どうぞお気になさらずに……」大きな声で言う。「どうぞ、エジソンさん、話をお続けください。それは素晴らしいお話です。まさに夢のような……。それなのに、私は……。笑うつもりなど、本当になかったのに、どうしても笑いをこらえることができなかったのです」

「ああ、あなたのお気持ちはよくわかりますよ。私も同じ気持ちです」深くため息をつきながら、エジソンは答えた。「偽物の肉に偽物の匂いをつけたのに、本物に思えてしまうのですからね。〈無〉から〈有〉が生みだされたということでしょうか？　恋愛というのも、そういうものかもしれません。それを思うと……。

ところで、話は変わりますが、〈自然〉は変化しますが、ハダリーは変わりません。私たち人間はこの人生を生きて、やがて死にます。まあ、そういうことです。けれども、ハダリーは生きることもなければ、死ぬこともありません。病気になることもありません。人間は完璧でいることはできませんが、ハダリーにはそれができます。人間にはさまざまな拘束がありますが、ハダリーにはそれがありません。ハダリーは永遠にその美しさを保つのです。その夢のような美しさで、人々の心をかきたてます。

天才のように歌い、また話します。いや、それ以上でしょう。なにしろ、ハダリーのなかには幾人もの天才の言葉が詰まっているのですから……。また、ハダリーの心は変わりません。ハダリーは心を持っていないのですから、必然的にそうなります。したがって、よろしいですか？　エウォルド卿。ハダリーと暮らしたあとで、あなたがしなければならないことは、あなたが死を迎えた時に、ハダリーを壊すことです。それには薬莢《やっきょう》に、少し強力なニトログリセリンかパンクラスチット火薬を入れて爆発させれば十分です。ハダリーはたちまち粉々になり、太古から吹く風に塵《ちり》となって、まきちらされるでしょう」

第11章　ウラニア[30]

涙のように光る星

――ジョルジュ・サンド[31]

その時、半円形の花壇の奥から、ハダリーが姿を現した。先程とはうってかわって、全身に襞《ひだ》のある黒い繻子《サテン》の布をゆったりとまとい、肩には例の極楽鳥をのせている。ハダリーは、灌木《かんぼく》の茂みを抜け、冬を知らずに咲き乱れる、美しい花々の間を通って、エジソンとエウォルド卿のほうに近づいてきた。

そうして、ワインやグラスを置いてある棚のところまで来ると、いったんそこで立

30　ギリシア神話に出てくる文芸《ムーサ》の神のひと柱。ウラニアとは「天上の神」の意味で、その名にふさわしく天文と占星術をつかさどっている。

31　ジョルジュ・サンドの作品のなかに、この言葉があるかどうかは不明。

ち止まって、ワイングラスにシェリー酒を注ぎ、エジソンとエウォルド卿に黙って差しだした。

　だが、ふたりが「結構！」と言うように手を振ると、また棚のところに持ってかえり、金メッキを施した銀の盆にのせた。

　と、その時、エジソンがつぶやいた。

「零時十二分だ。それでは急いで〈眼〉の話をしましょう。といっても、この〈眼〉には二種類あるのですが……。ハダリー、君の眼を使って、ミス・アリシアの姿を見てくれないか？　君の〈千里眼〉を使って、ミス・アリシアの現在の姿を……。見えるかね？」

　その言葉にハダリーは神経を集中させるように、一瞬、動作を止めた。

「はい、見えます」すぐに答える。

「それでは、ミス・アリシアが今、どんな服装をしているか、どこで何をしているか、教えてくれないか？」

「はい、アリシアさんは今、こちらに向かう列車に乗っていらっしゃいます。手にはセリアン様のお名前であなたが送った電報を持って、その電報をもう一度、読もうとなさっています。あら、今、立ちあがって、ランプのほうにお近づきになりましたわ。

けれども、列車が速いので……バランスを失って、また座席にお座りになってしまいました。もう一度、立ちあがろうとはなさいません」

　そう言うと、ハダリーは小さな笑い声をたてた。すると、それに合わせるかのように、ハダリーの肩にとまっていた極楽鳥がよく響くテノールで、鼓膜が破れるかと思うような声を出した。

　エウォルド卿はハダリーが口にした言葉の内容より、アンドロイドも人間と同じように笑うのだと、そのことに気をとられた。

「どうやらはっきり見えているようだね」エジソンが続けた。「ハダリー、君はそうやって〈千里眼〉を持っているのだから、ミス・アリシアがどんな服装をしているか、話してくれないか？」

「アリシアさんは薄いブルーのドレスをお召しになっていますが、ランプの光のせいでドレスは淡いグリーンにも見えます。今は黒檀《こくたん》の扇でお顔をあおいでいらっしゃいますわ。扇は仲骨のところに黒い花が彫られていて、布の部分には何かの像が描かれています」

「これはすごい！」エウォルド卿はつぶやいた。「ドレスの色も扇もすべてそのとおりです。おそらく、電報で知ったんですね？　でも、ほんの少し前にアリシアが列車のなかで何をしたか、それも電報で知ったとすると、エジソンさん、あなたは超特急の電報システムを持っていらっしゃるんですね？　それとも、あれはただの推測だったとか……」

「エウォルド卿、それについては、ミス・アリシアがこちらにいらしたら、列車がメンロパーク駅に到着する二十分くらい前に、客室で何をしたか、ご本人に訊《き》いてみるとよいでしょう。ハダリーの言ったとおりのことをしたかどうか……」そう答えると、エジソンは口調を変えて続けた。「それはそうと、〈千里眼〉ではなく、〈肉体的な眼〉の話をするために、〈眼球〉の見本をとってきたいのですが……。私は精巧な義眼をいくつもそろえているのです。その間、ハダリーとしばらくお話をなさっていてくださいませんか？」

その言葉にエウォルド卿がうなずくと、エジソンは柱廊の最後の柱のところに行き、壁の石をひとつ動かして、その後ろの棚に雑然と並んでいる品物を見まわした。それから、真剣な面持ちで、〈眼球〉の見本を捜しはじめた。

エウォルド卿はしばらくの間、その棚を眺めていたが、やがて、ハダリーに尋ねた。

「ミス・ハダリー、ひとつ教えていただきたいことがあるのですが、あの棚に並んでいる、あの複雑そうな機械はなんでしょうか？」

それを聞くと、ハダリーは棚のほうを向いて、黒いヴェールの下からエウォルド卿の言った機械をじっと見つめるような仕草をして答えた。

「セリアン様、あれはやはりエジソンさんが発明したもので、星の光の温度を測るためのものですわ[32]」

「ああ、その話なら、雑誌の記事を読んだことがあります」エウォルド卿はあいづちを打った。ハダリーと話すのに、不思議なほど違和感はなかった。

ハダリーが続けた。

「ご存じのとおり、地球がまだガスの塊で、形もできていない頃、宇宙にはすでに幾多の星が永劫《えいごう》の昔から続くと思われる輝きを放っていました。けれども、その星は残念なことに、あまりにも、あまりにも遠い場所にあるので、その光が地球に届くには毎秒三十万キロメートル近くの速度で進んだとしても、かなり時間がかかります。地球が生まれた頃の光がつい最近になってようやく届くこともあるわけです。そうなる

32　〈微圧計〉のこと。アメリカの天文学者の求めに応じて、エジソンが提供した機械。この機械は一八七八年七月に日食が起こった時、太陽コロナの微小な温度の変化を測定するために使われた。

と、こういった星のなかには、もう消滅してしまったものもあるので、その星の住人は生きている間に地球を見ることはできなかったことになります。ええ、わたしたちがその星を見る時、その星はもうなくなり、ただ光だけが残っているのです。そして、この光は決して消えることなく、いつまでも宇宙空間に広がりつづけます。ですから、夜空を眺める時、人はもうすでにそこには存在しない星々を見て、愛《め》でているわけです。〈幻想〉の宇宙のなかに〈幻影〉の光を見て……。

セリアン様、あの機械は大変精密にできていますので、ほとんどわからないくらいの光の温度ですら測れてしまうのです。本体の星が消えてしまった結果、もはや想像のなかにしかない光の温度ですら……。本体が消えたのに、光だけが残っているというのも、悲しいことですけど……。でも、それだって、地球に届くだけ、まだよいと言えるかもしれません。なかには、その星と同様に、地球もなくなってしまうため、誰にも見られないまま宇宙を突きすすんでいく光も出てくるはずです。その光のことを思うと、心から悲しくなりますわ。

夜空の星がとってもきれいに輝いていると、わたしはこの機械を手にこの家のお庭を散歩することがあるのです。ここから上の世界に行って……。お庭に誰もいない時を見はからって……。そうして、芝生のうえを歩き、コナラの並木道にあるベンチに座って、この機械を夜空に向けます。そうやって、わたしはひとりで、今はもう死んだ星の光の温度を測るのが好きなのです」

そう言うと、ハダリーは口をつぐんだ。

エウォルド卿は眩暈《めまい》を覚えた。目の前で起こっていることがどうしても信じられない。こんなことは不可能だ。しかし、それが不可能であるなら、自分が見たことや聞いたことは、きわめて自然なことではないのか？　そう思った。この地下の世界にいるうちに、いつのまにか、「不可能なことは自然なことだ」という考えに慣れてしまったのだ。

と、その時、エジソンが小箱を手に、ふたりのところに戻ってきた。

「さあ、このなかに〈眼球〉が入っています」

その言葉に、ハダリーは黒い繻子《サテン》の寝椅子のところに行って、横になった。その様子は、自分はふたりの会話に加わるつもりはまったくないと言っているように見えた。

第12章　精神の眼

恋人よ　おまえの目は　はてしない夜空のように
暗くて　深くて　広い　そしてまた
はてしない夜のように　きらめきに満ちている

——シャルル・ボードレール[33]

エジソンに視線を戻すと、その顔をじっと見つめて、エウォルド卿は言った。

「前にあなたは、〈ハダリーの仕組みを理解することは難しくない。そのあとが謎だ〉といったことをおっしゃいましたね？　いや、まったくそのとおりです。ぼくはハダリーが動く仕組みを理解しました。でも、目の前のミス・ハダリーを見ていると、その仕組みからは、まったく考えられないような言動をしていると思われます」

「そのとおりです。ちょうどよい機会ですから、ここでもう一度、確認しておきましょう」エジソンは答えた。「これまで私が説明してきたのは、ハダリーが肉体的にどう動くのか、その基本的な仕組みに関することだけです。これについてははっきりと説明することができますからね。けれども、すでに申しあげたように、ハダリーはただ機械的な仕組みだけで動いているわけではありません。それよりもひとつ次元が上の現象がいくつかあって、それがあるからこそ、ハダリーは〈驚くべき存在〉になっているのです。そして、そういった現象のうちひとつは、私にもわかっていません。その現象がどれほど不思議な結果をもたらすかはわかりますが、その現象そのものについては、よくわからないのです。ええ、かろうじて、仮説をたてることができるくらいで……」

「それは〈電流〉のことをおっしゃっているのですか？」

「いいえ、エウォルド卿。それとはまた別の〈流体〉です。今のハダリーは、その〈流体〉の影響を受けているのです。それはわかっているのですが、この〈流体〉の正体をはっきりしたかたちで突きとめることはできないのです」

「先程、ミス・ハダリーがアリシアの服装を言いあてましたね？ あれは電報で知ったからではないのですか？ あなたが超特急の電報のシステムを持っていらっしゃる

---

33 『悪の華』の補遺詩集『漂着物』「ベルトの眼」。

からでは……」

「もしそうでしたら、あの時にそうお答えしていますよ。そんな手品のようなことをして、あなたの目を欺《あざむ》いてもしかたがありませんから……。いえ、確かに私はあなたの目を欺いて、ハダリーをミス・アリシアだと思わせようとしています。でも、それはあなたの〈夢〉を叶《かな》えるために、そうすることがどうしても必要だからです」

「しかし、ハダリーがアリシアの服装を当てたのは事実なのですから――エジソンさん、まさか目に見えない精霊が人間のために働いていて、列車のなかの様子を教えてくれたとはおっしゃいませんよね？」

「もちろん、言いません。そんなことはあり得ませんから……」エジソンは答えた。

「しかしながら、エウォルド卿、あなたはウィリアム・クルックス博士のことはご存じですね？　ええ、〈固体〉でも〈液体〉でも〈気体〉でもない、第四の状態である〈放射体〉を発見した博士です。博士は心霊現象の研究もしていて、自分を補佐する人々とともに、交霊実験のおりに自分が見たこと、聞いたこと、自分で触って確かめたことについて語っていて、その話の内容はイギリスやアメリカやドイツの名のある学者たちにも支持されています。よくわかりませんが、ハダリーが列車のなかのミス・アリシアを見ることができたのは、何かそういったことと関係しているのではないでしょうか？」

だが、その言葉には直接答えず、エウォルド卿は話を続けた。

「いずれにしろ、ハダリーがアリシアを見たことだけはまちがいないようですね。この地下室から見たのか、あるいはほかの場所で見たのか、それはわかりませんが……。さっきも言ったように、アリシアの服装は、ハダリーが言ったとおりだったからです。ひとつのまちがいもありません。でも、そういったものが見えるのは、その箱にある〈眼球〉のせいではありませんよね？　いくらその〈眼球〉が素晴らしいものだとしても、それは考えられません。だとしたら、どうして、ハダリーにはアリシアの服装が見えたのです？」

「現在のところ、その質問に関して、私がお答えできることはひとつしかありません。ハダリーが離れた場所にあるものを、その間にある障害物を通して、ヴェールの下から見ることができるのは、〈電気の力〉によるものではないということです」

「では、なんの力によるものです？　いつか、そのことについて、もう少し教えていただけますか？」

「お約束しますよ。もしかしたら、ハダリー自身がご説明することになるかもしれませんね。静かな星の夜に……」

「わかりました」エウォルド卿は答えた。「でも、その星の夜にハダリーの言うことは、夢のなかで聞いて、目が覚めて思い出そうとした時には消えてしまっているような、そんなつかみどころのない説明なのではないかと思います。ついさっきも、ハダリーは天文学で言うコールサック[34]のことでしょうか、死んだ星の話をしていましたが、あまり科学的ではないと言いますか、少なくともとらえ方が独特で、ぼくたち人間の理論とはちがうように思えました。そういった状態ですから、ぼくにハダリーが理解できるでしょうか？」

「できますよ、エウォルド卿」エジソンは言った。「私よりも、理解できます。まちがいありません。それに、ハダリーの天文学のとらえ方については――そうですね、ハダリーの理論はほかのものにも負けないくらいの価値があるんですよ。宇宙については、立派な学者だって何も知らないのに等しいですからね。嘘だと思ったら、宇宙形状誌学者に〈同じ太陽系なのに、それぞれの惑星の自転軸の傾斜が異なっているのはなぜか？〉とか、もっと単純に、〈土星の環《わ》はなんでできているのか？〉と質問してみてください。学者というのがどこまで物を知っているのか、すぐにおわかりになりますから……」

「お話をうかがっていると、エジソンさん、ハダリーは〈無限〉の観念さえ持っているということになりそうですね」口元に笑みを浮かべながら、エウォルド卿は言った。

「ハダリーはほとんど〈無限〉の観念しか持っていないのですよ」エジソンのほうは、真剣な口ぶりで答えた。「ただし、そのことを確かめるには、〈ハダリーが我々とはちがう〉ということを頭に入れて、それに合った質問の仕方をする必要があります。すなわち、専門用語をふりまわすのではなく、もう少し砕けた訊《き》き方をするのです。そうしたら、世間で普通に教養のある人とか、もっと言えば最高に学識のある人の考えより、ずっと知的で魅力的な答えが返ってきますよ」

「それではひとつ、その例を見せてください」エウォルド卿は頼んだ。「見かけは人間にそっくりでも、ハダリーはアンドロイドです。そのアンドロイドがどんな形にせよ、〈無限〉を理解しているということを、適切な質問をして証明してください」

「喜んで」エジソンは答えた。

それから、寝椅子で目を閉じているハダリーの近くに行って、質問した。

「ハダリー。仮にある種の神が——古代の神々のような神だが——その神がエーテル

34　暗黒星雲のこと。ただし、ここでは寿命が尽きて、ガスや塵《ちり》の塊になってしまった星のことを言っている。

の充満するこの宇宙に、目には見えないかたちで、また宇宙いっぱいに広がるようなかたちで、突然現れ、今、君を動かしているような電気の稲妻を私たちの世界にあらゆる方向から浴びせかけてきたとしよう。その稲妻の威力というのは、ほかには比べもののないほど強烈で、引力の法則をも無化し、太陽系をまるごと、ちょうどリンゴの袋か何かのように、宇宙の底に叩《たた》きおとしてしまうほどのものなのだが――そんな強烈な電気の稲妻が私たちの世界に浴びせかけられたとして……」

「それで？」ハダリーは尋ねた。

「それで」エジソンは続けた。「もし、その時、君がこの恐ろしい現象の結果を見ることができたとしたら、この現象について、君はどう思うだろうか？」

「そうですね」ハダリーはその銀色の指に極楽鳥をとまらせると、低い声で答えた。「そのような出来事も〈無限〉のなかではいずれ消えてしまうものなのですから、農家の暖炉で火の粉が一瞬きらめいて、すぐに炉床に落ちるほどの重要性しか持たないと思われます。あなたが農家の暖炉の火の粉に注意を払わない以上に、わたしはこの出来事に注意を払いません」

この言葉に、エウォルド卿はひと言も言葉を発することなく、ハダリーを見つめた。

「これでおわかりになったでしょう？」エウォルド卿のそばに戻ってくると、エジソンが言った。「ハダリーはあなたや私のように、ある種の観念を理解しているらしいのです。けれども、その観念を、ハダリーは〈印象〉としてしか語りません。少し変わった〈印象〉としてしか……。ハダリーの言葉は、言ってみれば、イメージの助けを借りて、聞く者の精神に〈印象〉を残すのです。そういった表現の仕方をするのです」

「わかりました」短い沈黙が流れたあと、エウォルド卿は言った。「いったい、自分のまわりで何が起こっているのか、ぼくはもう理解しようとするのをあきらめました。エジソンさん、あなたは本当に魔法使いだ。こうなったら、ぼくはもうあなたにすべてをお任せしますよ」

「では、話を次に進めましょう。これが〈眼球〉です」

そう言うと、エジソンはバネのボタンを押して、小箱の蓋《ふた》をぱちんと開いた。

第13章　肉体の眼

おまえの目はアーモンドの形をした　サファイアだ
——詩人たちの言葉

蓋《ふた》が開くと、箱のなかにあったいくつもの〈眼〉がいっせいにエウォルド卿を見つめた。

「どうです？　ヌーアマジャドの谷のガゼル[35]でさえ羨《うらや》みそうな〈眼球〉でしょう？」

エジソンが言った。「全体を覆う白い強膜と濡れた瞳……。まさに宝石ですね。あまりの素晴らしさに不安を覚えるくらいです。ええ、これは腕のよい義眼職人につくってもらったものです。義眼をつくる技術は、今日《こんにち》では〈自然〉を超えたのではないでしょうか？

ええ。これほど美しく輝いているのを見ると、まるで魂がこもっているようではありませんか！

あとはカラー写真の技術を使って、ミス・アリシアの瞳の色——つまり〈虹彩《こうさい》〉の色をその微妙な色合いまで含めて、ハダリーの〈眼球〉にプリントすればよいだけです。もちろん、虹彩のきらめきについても考えなければなりませんが……。本当の個性は〈虹彩〉の色だけではなく、そのきらめきに表れるからです。どんなふうに〈虹彩〉が光るか、それがその人らしさを決定するのです。そこで、ひとつお尋ねしますが、あなたはこれまで世界じゅうでたくさん美しい眼を見ていらっしゃいますね？」

「ええ。とりわけ、アビシニア遠征に行ったおりに……」エウォルド卿は答えた。

「でしたら、同じように美しい眼をしていると言っても、〈瞳の輝き〉と〈眼差《まなざ》しの美しさ〉のちがいがおわかりになりますね？」

「もちろんです。あなたももうじきご覧になると、おわかりになると思いますが、ミス・アリシアはぼんやりした〈眼差し〉と言うか、遠くのほうを無意識に眺めている

35 エドガー・アラン・ポーの短篇「ライジーア」の一節《ヌーアジャハドの谷に住むガゼルのなかで、いちばん美しい眼を持つものより、さらに美しい眼》からとられたもの（ただし、「ヌーアジャハド」ではなく、「ヌーアマジャド」になっている）。この短篇はボードレールが編訳したポーの短篇集『奇妙な物語』に収められている。

時には、それはそれは素晴らしい眼をしています。時おり、瞳がきらりと光ってね。あれほど〈美しく輝く眼〉は見たことがありません。ところが、何かに気づいてそれを注視すると、その時の〈眼差し〉は、美しいどころか、そこに眼があることも忘れたいくらいなのです」

それを聞くと、エジソンは嬉しそうに叫んだ。

「そういうことでしたら、話が早い！　いや、それについては、これからご説明します。

一般的に言って、人間の〈眼差し〉というのは、瞼《まぶた》をかすかに震わせたり、逆に眉毛をまったく動かさなかったりするだけで、あるいは睫毛《まつげ》の長さがちがうだけで――つまり、ほんの少しのことで、さまざまな表情を持ちます。また、その人間がどこで誰といて、それが楽しいかどうかといった、まわりの状況も〈眼差し〉に影響します。そういったことが、もともと持っている〈眼の表情〉に関係してくるわけです。

ただし、優雅に洗練された現代のご婦人方は、瞼や眼の動きなどを工夫して、社交界の女性として自分たちが持つのにふさわしい、たったひとつの〈眼差し〉をつくりあげました。それはいかにも上品で、魅力的な眼差しなのですが、一緒にいる男性に何かを伝えようとするものではありません。反対に、その〈眼差し〉を見た男性が、その意味を自分の好きなように解釈できる——そこが魅力的なのですが——そういった〈眼差し〉なのです。そう、ある種、感傷的な〈眼差し〉です。そうしておけば、逆にご婦人方にしてみれば、相手の男性に注意を払っているように見せながら、心のなかでは別のことを考えていればいいわけです。

　そして、こういった〈眼差し〉はつくることができます。もともとそれ自体がつくられたものだったのですから……。そうではありませんか？」

「おっしゃるとおりです」微笑を浮かべて、エウォルド卿は答えた。

「ですから、この〈眼差し〉をハダリーの〈眼差し〉にしようというのです。それはまたミス・アリシアが遠くを見ている時の〈眼差し〉でもあります。上の実験室にいらした時、あなたは確か、ミス・アリシアは『長い睫毛の奥から、夢見るように遠くを見つめる』とおっしゃっていましたね。それを再現するのです。したがって、私たちがすべきことは、ミス・アリシアが何かを注視している時の〈眼差し〉をハダリーに写すことではありません。むしろ、ミス・アリシアのぼんやりした〈眼差し〉をハダリーの〈眼差し〉とするのです。ええ、ミス・アリシアの夢見るような〈眼差し〉を……。

では、ミス・アリシアをモデルに、〈虹彩〉のきらめきと、夢見るような〈眼差し〉をどうつくっていくのか、これからそれをご説明しましょう。

先程、私は〈固体〉でも〈液体〉でも〈気体〉でもない、第四の状態である〈放射体〉のお話をしました。この状態はクルックス博士が発明した、内部をほとんど完全な〈真空〉にした回転楕円体の管――すなわち長細い球形の管のなかでつくりだされるのですが（この場合、〈真空〉は管のなかの空気を非常に高温にすることによって得られます）、この管のなかには何も存在しないはずなのに、管の内部が〈放射体〉になっていることで、ある不思議な現象が起こります。つまり、この管の両端に電極をつけて通電してやると、何もない空間に火花が散るのです。[36] まさに始原の宇宙で起こった物理学的な出来事を再現するように……。

ここまではよろしいですね。さて、この箱のなかには泉のように澄んだ卵形の義眼がいくつもありますが、このなかにはきっとミス・アリシアの〈眼〉とそっくりなものがあると思います。

そこで、その〈眼球〉の瞳の部分にミス・アリシアの瞳のきらめきを持たせようというのですが、それは次のような方法で行なわれます。この〈眼球〉はクリスタルガラスでできていますので、まず中の空気が高温になるまで加熱して、先程ご説明したような〈真空〉の状態にします。それから、瞳の中央と〈眼球〉の反対側に電極をつけて、毛細血管のように細い電線を取りつけます。そうして、電流を通してやれば、〈真空〉のなかに電気の火花が——ほんのかすかに、ほとんど気がつかないくらいに電気の火花が走ります。そうすると、あらかじめ虹彩に入れておいた白い点——画家が眼の光を描くために入れる〈眼の星《ポワン・ヴィジュエル》〉がきらりと光って、ハダリーの瞳はまるで生きているように美しくきらめくというわけです。あとは、このきらめき方を調整することによって、ミス・アリシアの瞳のきらめきを再現するのです。

それでは次に、〈眼球〉がどのように動くのかについて、ご説明しましょう。〈眼球〉はほとんど筋肉のような、鋼鉄製の懸架装置《サスペンション》によって支えられていて、この装置

36　物質の第四の状態である〈放射体〉とは〈プラズマ〉のこと。気体を構成している分子が電離して、電子と陽イオンが独立して運動している状態で、気体を超高温にするか、あるいは密封した管のなかで放電することによっても得られる。この場合は、〈真空〉にした管のなかで放電したために、〈プラズマ〉の状態になったと考えられる。文中では〈真空〉をつくりだすのに〈空気〉を非常に高温にしたとあるが、これはむしろ「プラズマ」の状態をつくりだすための方法。密封した管のなかに少量の水を入れ、沸騰させてゆっくりと冷やしても〈真空〉はできるので、作者はそのあたりで勘違いをしたのかもしれない。

によって、落ち着かなげに動いたり、流し目で見たり、あるいは相手をじっと見つめたりという動きがつくりだされます。そして、これは〈瞼の動き〉などと合わさって、〈眼差し〉をつくり、ちょっとした身体の〈仕草〉と連動するようになっています。ええ、こういったある一連の動きが同時に行なわれるよう、〈円筒型動作記憶盤〉に記録して、蓄音機の〈言葉〉と同期させるのです。〈眼差し〉については、もちろん、ミス・アリシアがぼんやりと夢見るように、遠くを見る時のものを再現しましょう。この〈眼差し〉は、〈円筒型動作記憶盤〉の指示によって、あくまでも機械的に行なわれるのですが、その仕組みは外からは見えません。ちょうど優雅なご婦人が、一緒にいる男性にはどうにでも解釈できる〈感傷的な眼差し〉を見せておきながら、心のなかでは別のことを考えて、それを表には出さないのと同じことです。また、〈眼球〉を覆う美しい〈肉〉のせいで、機械的な動きはそれとわからないようになります。あとはルーペを使って、微細な部分を修正すれば――ああ、エウォルド卿、〈本物〉のミス・アリシアの眼差しに比べて、その〈幻影〉であるハダリーの眼差しのほうがはるかに夢見るようで、見ている者に訴えかけるものになっていることはお約束しますよ。しかも、その瞳のきらめきについては、どちらもまったく同じなのです」

第14章　毛髪

乱れた髪を細い紐で結んで《ヴィッタ・コエルチェバット・ポジートス・シーネ・レージェ・カ》

——オウィディウス[37]

「次は毛髪についてです」エジソンは続けた。「人工の毛髪は、今や本物と見分けがつかないものが簡単につくれるようになっていますので、これについてお話しすることはほとんどありません。

最初にミス・アリシアの毛髪とそっくりなものを選んで——色は確か、少し鳶色《とびいろ》がかった黒でしたね——それに普段、ミス・アリシアがお使いになっている頭髪用の香油をかけて、最後に本人の体臭を噴霧すればよいだけです。これだけで、どちらが本物か、比べてみてもわからなくなるでしょう。

37　『変身物語』一巻四百七十五。

ただ、こういった人工毛の使用は頭髪などに限るつもりです。睫毛《まつげ》や眉毛などは、あらかじめミス・アリシアから頭髪のいちばん黒い部分をひと房いただいておいて、そこからつくることにしましょう――これについては、髪の毛をひと房、プレゼントしてほしいと卿から言ってください。人工のものがいつもよいとはかぎりません。〈自然〉には〈自然〉のよさがあります。それを認めて、時には〈自然〉に敬意を払うことにしましょう。

というわけで、ほんの少し特別な準備をしてやれば、細かいところまでミス・アリシアにそっくりの毛髪をつくりだすことができます。睫毛はルーペを使って、ミス・アリシアのものとまったく同じ長さにします。睫毛の長さは〈眼差《まなざ》し〉に関係してきますからね。また、柔らかいうぶ毛や、雪のように白い襟足に残る後れ毛も――白い象牙のパレットに中国の真っ黒な墨を流したような後れ毛も、それから髪全体の鳶色と黒の微妙な色合いも、魔法のように再現してみせましょう。

さて、その次は……。その次は手足の爪ですが、これについては〈イヴの子孫〉であるすべての女性のなかで、これほど素晴らしい爪を持った者はいないというような――そんな上質の爪を用意しましょう。その爪はミス・アリシアのものと同じように薔薇色《ばらいろ》で、生きいきとしていて、ダイヤモンドのような輝きを放っています。もちろん、形もミス・アリシアのものにそっくりなものにします。それが特別に難しい作業ではないことは、もう十分おわかりですね？　ですから、具体的にどうやってそっくりなものをつくっていくかは、ここでは割愛いたします。

では、最後に〈皮膚〉の説明に入りたいと思いますが、ミス・アリシアが駅から馬車に乗ってこの館に到着するまで、あと二十分くらいしか時間がありません。急いでお話しすることにしましょう」

そこで一瞬、沈黙が訪れた。エジソンが話を続ける前に、エウォルド卿は尋ねた。

「エジソンさん。こんなふうな観点から〈愛〉の問題を語ったりして、ご自分で恐ろしいとは思わないのですか？」

すると、エジソンは顔をあげて、真剣な面持ちで答えた。

「私は〈愛〉の問題について語っているのではありません。〈恋すること〉の問題について語っているのです。その点は、今一度、申しあげておきましょう。ええ、私がお話ししているのは、〈恋すること〉の問題で、その問題でしかないのです。ならば、どうしてその問題の前でためらうことがありましょう？　解剖学の授業で解剖台の前に立った医者が心を乱さないのと同じことです」

それを聞くと、エウォルド卿はしばらくの間、黙って考えこんだ。

第15章　皮膚

白妙の　雪かと思う　君の手の　窪《くぼ》みに汲んだ　水を望まん
その水で　雪が溶けねば
——トリスタン・レルミット『恋愛詩集』「恋人たちの散歩道」

いっぽう、エジソンはストーブのそばの壁に立てかけられた長い楠《くすのき》の箱を指さした。
「〈皮膚〉はそこに入っています。そう、人間の〈皮膚〉と見まがうばかりの〈皮膚〉がその箱のなかに収めてあるのです。先程、あなたは上の実験室で、〈人工の腕〉を握って、その生きているような感触にびっくりなさったでしょう？　けれども、あの〈人工の腕〉を太陽の光のもとで見たら、その〈皮膚〉の色合いにもびっくりなさるはずです。というのも、上でご説明したように、あの腕の〈皮膚〉は最近目覚ましい発展を遂げたカラー写真の技術を使って、くすんだ乳白色にしてあるのですが、その写真技術と〈皮膚〉の素材に目に見えないほどの網目を入れているせいで、太陽の光を受けると、本物の人間の皮膚のように微妙に変化するのです。ある時は冷たい雪のように白く、ある時は乙女の肌のように薔薇色《ばらいろ》に輝いて見えることもあります。

カラー写真の技術を使って、〈皮膚〉の素材に肌の色をプリントすること自体は決して難しくありません。風景を撮った写真で、風景のとおりの色を紙にプリントすることを考えたら、どれほど簡単か、ご想像がつくと思います。そもそも、私たち白色人種の肌の色は太陽の光の具合によって、青白く見えるか、薔薇色に見えるかのふたつのニュアンスしか持たないので、先程の技術によって、容易にその色合いの変化を表現することができるのです。

さて、このプリントは〈皮膚〉を〈肉〉の起伏に合わせて、ぴったりと張りつけたあとに行なわれます。すなわち、ハダリーの身体を〈皮膚〉でくるんだあと、カラー写真のガラス乾板に写したミス・アリシアの身体の各部の肌の色をそっくりそのまま、この人工の〈皮膚〉に焼きつけていくのです。すると、柔らかく、弾力のあるハダリーの肌は繻子《サテン》のようにつややかになって、人間の感覚ではミス・アリシアの肌と見分けがつかなくなります。こうなったら、もはやどちらが〈本物〉で、どちらが〈幻影〉か識別できないでしょう。まさに自然で、モデルよりも多くも少なくもない。良くも悪くもない。自然でしか、なくなってしまうのです。ええ、まったく同じものであるとしか言えません。しかも、〈本物〉とちがって、この〈幻影〉は決して衰えることがありません。横顔も正面から見た顔も、手足や背中も、〈本物〉をすべてそっくり受け継いで、それを見た人が死んだあとも、〈本物〉とそっくりでいつづけるのです。誰かにばらばらに壊されでもしないかぎり、その状態は変わりません」

そこまで言うと、エジソンはいったん口をつぐんだ。それから、エウォルド卿を見つめながら、こう尋ねた。

「さて、エウォルド卿、それでは、あの箱に入った〈皮膚〉の素材をご覧になりますか？　お望みでしたら、それがどんな材料でできているか、ご説明しますが……」

第16章 〈時〉は来たり

メフィストフェレス　時計の針が時を告げている。ほら、針が落ちる！　落ちた。

——ゲーテ『ファウスト』[38]

「それには及びません」立ちあがりながら、エウォルド卿は言った。「ぼくはいずれ、その素晴らしい、ハダリーの〈皮膚〉のつやを見ることになると思いますが、それをまとったハダリーを見る前に、〈皮膚〉だけを見たいとは思いません。ハダリーがあなたのつくった〈傑作〉だとするなら、細かい部分だけを切り離してみることに意味はありません。それに完成したハダリーの全体の姿がどうなっているのか、ぼくにとってまだヴェールに包まれているのですから、全体を見もしないうちから、この部

38　第二部第五幕「宮殿の大きな庭」の場面。

分はおかしいなどと言いたくありません。

エジソンさん、これまでにうかがったことは常軌を逸したことばかりですが、説明を聞いてみると、あまりにも単純で納得のいくことばかりです。ですから、これから何が起ころうと――そう、これからまだ予想もつかないことが起こるのですよね？　ぼくとしてはそれを受け入れていくしかないように思います。というのも、あなたはハダリーに絶対的な自信を持ち、『そんなことをしたら、ハダリーという〈幻想〉が壊れてしまうのではないか』というほど、ハダリーがなんでできているのか、どうして動くのか、説明してくださいました。『そんな奇妙な人形は相手にしたくない』と笑われるのを承知のうえで……。ですから、ぼくのほうは、今のところ、あなたのご説明に満足して、約束の期限が来てあなたの〈作品〉を拝見するまでは、それについて論評を控えたほうがいいように思います。ただ、今、現在の気持ちを言えば、あなたがなさろうとしていることは、最初にそれを知った時よりははるかに、あり得ないこと、いや、とだとは思われなくなりました。それだけは申しあげておきたいと思います」

それを聞くと、エジソンは静かな声で答えた。

「エウォルド卿、そうおっしゃっていただけるとは……。今夜、私はあなたが高い知性を備えていらっしゃることに期待して、このお話をしたのですが、それはまちがいではありませんでした。というのも、世の中には『我こそは現代人』と称して、どういう理屈によるものか、私がつくったものも見ずにアンドロイドを否定したり、私の考えをよく理解もせずに、『あなたは社会の規範を冷笑している』と、私を非難したりする連中がいるのです。ええ、本当でしたら、私はそういった連中をびっくりさせてやれるのですよ。そう、たとえば、次のような演説をして……。

《諸君！　諸君はアンドロイドを愛するのは不可能だと言う。人間の女性より、その女性をモデルにしたアンドロイドのほうを愛するのは……。そんな命のない人形のようなもののために、〈愛〉や〈信仰〉など、人間として大切だと考えてきたものを捨てることはできない。人間の〈魂〉と電池から出る〈煙〉[39]を一緒にすることはできないと……。

だが、諸君！　それを言う資格はすでに諸君からは失われている。というのも、諸

39　この巻の第4章で、作者は電池の電解液を蒸発させ、その蒸気をハダリーの胸に充満させている。また、電池の〈煙〉はここでは〈電池のエネルギー〉の意味にも使われていて、それが次の段落の蒸気機関の蒸気の〈煙〉＝エネルギーというかたちでイメージがつながっていく。この蒸気の〈煙〉とは、〈科学〉や〈進歩〉の言い換えである。

君は蒸気缶《かま》から出る〈煙〉のために、これまで六千年以上にわたって、数百万の英雄たちや思想家たち、殉教者たちが信じ、守ろうとしてきた〈価値観〉をあっさりと捨ててしまったからだ。そうして、自分たちは〈過去〉ではなく、〈未来〉に生きる、〈明日〉に生きると言っている。その〈明日〉の太陽は決して昇らず、諸君のもとに〈明日〉が来ることはないであろうに……。ところが、その諸君が、昨日あたりから突然、〈神々〉や〈王〉や〈家族〉や〈祖国〉などという、これまでこの地球上で不変のものとして信じられてきた〈価値観〉を再び持ちだして、私を非難しようとしている。そんな一度、捨てたものを大切にして、諸君はいったい何を否定しようとしているのか？　今度は逆に、そういった〈不変の価値観〉を吹きとばした蒸気缶《かま》の〈煙〉を否定しようと言うのか？　〈これまで人類が信じてきたもの〉を、汽笛と同時に、風に任せて吹きはらい、線路の上にまきちらし、波のまにまに消失させた蒸気の〈煙〉を……。だが、考えてもみるがいい。その〈煙〉こそが——この二十五年の間に五十万回も蒸気機関から吐き出された、その〈煙〉こそが、諸君の魂に明かりをともして、諸君を〈現代人〉にしたのではないか？　諸君はその〈煙〉を見ただけで、〈これまで六千年以上にわたって人類が信じてきたもの〉を疑い、捨てようとしたのではなかったのか？　『科学がすべてに勝る』と賢《さか》しらに考えたのではないか？

確かに〈科学〉はこれまでの〈価値観〉を疑わせた。しかし、『科学がすべてに勝る』というのはまちがっている。そんなものは一時の妄信だ。だいたい人間というのは、これまでずっとそうだったように、急に自分が賢くなったと思って、まちがいを犯すものなのだ。

しかしながら、仮に諸君の主張を認めて、『科学がすべてに勝る』とするなら、諸君がその同じ口で、電池の〈煙〉が——その力によって動くハダリーが、人間の〈愛〉を揺るがすと主張するのも正しいとは思わない。諸君は言うだろう。良心に誓って、〈愛〉とは〈神〉のひとつのかたちであり、アンドロイドによって、その〈愛〉を揺るがし、曇らせることは、〈不滅のもの〉〈至高のもの〉を破壊し、人間の〈希望〉——人間が太古から抱いてきた、来世に対する本来的な〈希望〉さえも打ち砕くものだと……。しかし、最初の主張を認めるならば、この主張はまちがっている。ハダリーを動かす電池の〈煙〉は、元をたどれば、あの有名な〈パパンの缶《かま》[40]〉から生まれた蒸気の〈煙〉に行きつく。つまり、本質的には同じものだ。もしそうなら、片

40　蒸気機関のこと。パパンはフランスの物理学者ドニ・パパン（一六四七—一七一二頃）で、蒸気機関の原理の開発者。

方で蒸気の〈煙〉のために〈人類が信じてきたもの〉を否定し、もう片方で、そのうちの〈愛〉のために、電池の〈煙〉を否定するのは矛盾しているではないか！　私は諸君のそんな矛盾した主張を信じない。矛盾に気づかず、いかにもわかったふうにハダリーを否定する態度も正当だとは思わない。だいたい、『〈愛〉とはもっと崇高なものだ』と説く諸君の言葉は、諸君の日々の生活のなかで裏切られているではないか！　だから、私はただ諸君にこう言いたい。現代の〈神〉や〈希望〉がもはや科学的なものでしかないのであれば、どうして現代の〈愛〉が科学的になってはいけないのだろうと……。いけないことはあるまい。だから私は、伝説の彼方に忘れられた〈従来のイヴ〉に代わって――〈科学に冷たくされたイヴ〉に代わって、〈科学的なイヴ〉を諸君に提供しようというのだ。そう、『我こそは現代人』と称する諸君は、〈科学〉を信奉して、真っ先に〈叙情的なもの〉を冷笑し、排除しようとしたが、その〈叙情的なもの〉は、諸君が今なお〈心〉と呼ぶ衰弱したもののなかで、弱々しく鼓動を打っている。その〈叙情的なもの〉の名残である〈心〉にふさわしい〈イヴ〉を諸君に提供しようというのだ。〈科学〉によって衰弱した心にふさわしい〈科学的なイヴ〉を……。

　といっても、私はこの〈新しいイヴ〉によって、男性の妻たちに対する〈愛〉を抹殺し、奪ってしまおうというわけでは決してない。妻を愛することは、我が白人種が子孫を残して、永続的に繁栄するためには、絶対に必要なことだからだ（少なくとも、夫婦制に代わる新しい制度ができるまではそうしなければならない）。だから、私はこの〈新しいイヴ〉によって、夫婦を否定しようとしているわけではない。むしろ、反対に、これから生産される何千という女性アンドロイドの助けを借りて、妻たちに対する男たちの愛を保証し、夫婦の絆を強くし、夫婦の関係を永続させ、完全なものとし、夫婦の物質的な利益を確保しようとしているのだ。本物の女性の〈幻影〉である、このアンドロイドたちは、人間の愛人たちが持つまやかしの美しさは備えているが、有害な部分は持ち合わせていない。〈科学〉の力で、愛人としてより美しく、完璧な存在になっているのだ。したがって、この〈科学〉が生みだした、いわば健全な愛人によって、諸君の偽善的な夫婦生活から必然的にもたらされる〈弊害〉は、少なからず解消されることになるだろう。男たちはもはや恐ろしい愛人を持つことによって、家庭を壊し、財産を奪われ、命まで失うようなことはなくなるのだ。

だから、諸君！　私はここで――〈メンロパークの魔法使い〉と呼ばれる私は、今ここで、〈科学〉の発展によって進歩した、この新しい時代に生きる人類に――私の同類である現実的な人々に、ひとつ提案をしよう。見かけだけで、それほど優れているわけでもなく、変わりやすい、まやかしで粉飾された〈本物〉よりも、現実的で、素晴らしく、永遠に変わることのない〈幻影〉を恋することにしようと……。〈幻想〉には〈幻想〉を、〈罪〉には〈罪〉を、〈蜃気楼《しんきろう》〉には〈蜃気楼〉をだ。どうして、それがいけないと言うのか？　〈科学〉によって〈幻想の恋〉をつくりだし、それを〈現実〉とすることが……。

それがいけないと言うのであれば、今から三週間後にハダリーができあがった時に、〈進歩〉を肯定する、この新しい時代に生きる人類は、それがいけない理由をハダリーに対して、はっきり答えてほしい。といっても、もちろん、それはできないだろう。〈進歩〉を是とする人類は、未来の蜃気楼のような〈幸福〉のために、ついこの間まで、私たちが〈苦悩〉や〈恭順〉、〈愛〉や〈信仰〉、〈祈り〉、〈理想〉と呼んで大切にしていたものを捨ててしまったからだ。未来の蜃気楼のような〈正義〉と言われるもののために……。それから、あいかわらず自分たちが持っている、子供っぽくつまらない、吹けば飛ぶような〈自尊心〉のために……。そういった人類は、人間が本来的に持っている、太陽の彼方に存在する来世の〈希望〉さえも、〈進歩〉のために捨ててしまったのだ。だとしたら、この新しい人類が、同じく〈進歩〉がつくりだしたハダリーに向かって、それは未来の蜃気楼のような〈愛〉だと言って、どうしてその存在を否定できよう。そう、諸君が〈現代人〉を自称するなら、はたして、この私の演説にまっとうに反論できるだろうか？　私はそれを諸君に問いたい》」

最後まで黙って、このエジソンの演説を聞くと、エウォルド卿は考え深げに、この不思議な天才発明家の顔を眺めた。時には燦然《さんぜん》と輝き、時には暗い情熱がほとばしる、その並はずれた天才の陰に隠れてこれまでは見えなかったが、エジソンはその天才のヴェールの下で、このようなことを考えていたのだ。

その時、柱廊の奥で、ベルが鳴った。〈地上〉から呼び出しがかかったのだ。

その音に、ハダリーがまだ半分まどろんでいるように、ゆっくりと起きあがった。

「セリアン様、ミス・アリシアがお見えになったようです。今、メンロパークのお庭にお入りになりました」

エウォルド卿はしばらくその場に立ちつくしていたが、やがてエジソンが物言いたげな視線を向けてきているのに気づいて、あらたまった口調で言った。

「それでは、ハダリー、ごきげんよう」

いっぽう、エジソンはハダリーの手を握ると、声をかけた。

「では、ハダリー。今度は、君が生まれる時に……」

それを聞くと、花壇の茂みや、光り輝く色とりどりの花にとまっていた機械仕掛けの鳥たちが、いっせいに声を出しはじめた。蜂鳥《はちどり》、炎のように赤いコンゴウインコ、キジバト、極楽鳥――それから、噴水の水が白い雪のような雫《しずく》になって落ちるその水盤で、一羽ゆうゆうと泳いでいた白鳥までが、それまで熱心に話を聞いていたその緊張から解かれたように、急に口を開きはじめたのだ。

「さようなら、旅のお方! さようなら!」鳥たちは男や女の声で、エウォルド卿に別れの挨拶をした。

「それでは地上に戻りましょうか?」毛皮をはおりながら、エジソンが言った。

その言葉に、エウォルド卿が毛皮を身につけると、エジソンが続けた。

「ミス・アリシアが館に到着したら、実験室までご案内するよう、申しつけてあります。さあ、行きましょう」

そうして、昇降機のなかに入ると、鋳鉄《ちゅうてつ》製の重いレバーをあげた。地中深く眠っていた霊廟《れいびょう》は、その扉を閉めて、地上に昇りはじめた。

その間、エウォルド卿は、〈自分は今、エジソンの案内で死者の国の旅を終えて、これから生者の国に戻るところなのだ〉と感じていた。

第六巻　幻あれ！

第1章　魔法使いの家の夜食

今は飲め　自由な足で　床踏みならせ《ヌンク・エスト・ビベンドゥム・ヌンク・ペデ・リーベロー・プル》

——ホラティウス[1]

数分後、エジソンとエウォルド卿は、実験室の明かりのもとで、肘掛椅子に熊の毛皮を脱ぎすてていた。エジソンは南側の壁は開いたままにして、昇降機になっている半円形の奥の間《ま》は、暗紅色《ガーネットいろ》のビロードの壁掛けで隠していた。と、細長い実験室の隅の暗がり——ちょうど、ガラス戸の近くの壁掛けのあたりを見ながら、エジソンが言った。

「そこにミス・アリシア・クラリーがいらっしゃいますね」

「どこにです?」エウォルド卿は尋ねた。

「ほら、そこの鏡のなかですよ」

そう小さな声で言うと、エジソンは暗がりにある鏡を指さした。鏡は月の光を反射する池の水面のように、そこだけきらきらと輝いていた。

「ぼくには見えませんが……」

「少し特殊な鏡でしてね。特別な見方があるのです」エジソンは言った。「それはともかく、ミス・アリシアがまず鏡に映る姿を私に見せてくださるとは、これは決して偶然とは言えませんね。なにしろ、私はこれから、まるで鏡に映すようにして、ミス・アリシアの姿をそっくり奪ってしまおうというのですから……」その言葉と同時に、エジソンは手もとのつまみを回して、ドアの掛け金をはずした。それから、こうつけ加えた。「ミス・アリシアはもうこの建物に入って、この部屋の扉を探していきます。今、ガラスの取っ手を見つけました」

と、その瞬間にドアが開いて、背が高く、若く素敵な女性が戸口に現れた――ミス・アリシアだ。

ミス・アリシアは薄いブルーのドレスを着ていた。だが、その色は光線によって変わり、ランプの光の具合で、海の色を思わせる淡いグリーンにも見えた。髪は鳶色《とびいろ》がかった黒で、赤い薔薇《ばら》の花が挿してある。耳にはダイヤモンドのイヤリングが輝き、

1　『カルミナ』第一巻三十七歌。

大きく開いた胸元には、やはりダイヤモンドのネックレスが飾られていた。肩は貂《てん》の毛皮のマントで隠され、顔はイギリス編みの見事なレースのヴェールで包まれている。その姿をひと目見たら、ルーヴル美術館から《勝利のヴィーナス》が抜けだしてきたのかと、誰もが驚嘆するだろう。ミス・アリシアは見ている者が神秘的な思いにとらわれるほど、あの大理石の女神にそっくりだった。四時間前に、この実験室でスクリーンにその〈幻影〉を投射されたミス・アリシアの〈本物〉がついにその同じ場所に現れたのだ。

ミス・アリシアはまさかこんなところに連れてこられるとは想像もしていなかったのだろう、この実験室の奇妙な光景にびっくりしたようで、その場で身じろぎもしなかった。

「どうぞ、入ってください。ミス・アリシア・クラリー」エジソンが声をかけた。

「先程から私の友人のエウォルド卿が首を長くして待ってますよ。でも、失礼を承知で言わせてもらえば、今、あなたのお姿を拝見したとたん、どうしてエウォルド卿があんなにじりじりしていたのか、わかりましたよ」

「あの、あたくし、まあ、なんて言えばいいんでしょう。舞台女優として、こちらにやってきたんですのよ」

あまり上品とは言えないイントネーションで――だが、美しく澄んだ鈴の音のような声で、ミス・アリシアは言った。その声はクリスタルガラスの円盤に金の礫《つぶて》を落としたようによく響いた。まさに理想的な声だ。エウォルド卿を見ると、部屋に入ってきながら、ミス・アリシアは続けた。

「エウォルド様。突然、電報なんて送ってらっしゃるから、びっくりしてしまいましたわ。だって、あたくし……ここがどこなのかも知らないんですもの」

そうして、ちょっと不機嫌に見せようというのか、冷たい笑みを浮かべた。だが、それは本人の意図には反して、氷原で時おり見える、美しい星の光のように見えた。

「私の家ですよ」ざっくばらんな口調で、エジソンが答えた。「このトーマス会長の……」

その言葉に、ミス・アリシアの笑みは、さっきよりも冷たくなったように思えた。だが、その様子には一顧だにせずに、エジソンのほうは、あいかわらず砕けた口調で続けた。

「そうです。このトーマス会長の家です。いや、もしかしたら、あなたは私の名前をご存じない？　舞台の仕事をしていて、私の名前を聞いたことがないなんて、そんなことは信じられませんな。これでも、私はイギリスやアメリカにあるすべての大劇場の総代理人を務めているのですがね」

「あら、それはお目にかかれて光栄ですわ……」

そう困ったように小さな声でつぶやくと、ミス・アリシアはエウォルド卿の耳もとに口を近づけて言った。

「そういうことでしたら、どうして前もって教えてくださらなかったの？　でも、こんな素敵なお膳立てをしてくださって、お礼申しあげますわ。だって、あたくし、有名になりたいんですもの。けれども、やっぱり突然で……。こんなふうなご紹介のしてくださり方は、普通ではありませんし、良識的だとは思えませんわ。こういった人の前では、ただの上流階級の奥様のように見えてはいけないんですもの。エウォルド様、あなたはやっぱり〈お星様の世界〉に住んでいらっしゃるのね」

「失礼しました」おおぎょうに頭を下げながら、エウォルド卿は答えた。「残念ながら、そのようです。あいかわらずね」

その間に、ミス・アリシアは帽子を脱いで、貂の毛皮のマントも肩からはずしていた。

と、その時、突然、エジソンが壁掛けのほうに行って、その裏に隠れていた鋼鉄のリングを引いた。すると、床が開いて、燭台のろうそくに照らされた重厚なつくりの円卓が、ゆっくりと下からあがってきた。その上には、贅《ぜい》を尽くした豪華な夜食がのっている。

魔法の食卓とはこのようなことを言うのだろうか？　それはまさに芝居の一場面でも見ているかのようだった。

ろうそくの光に輝く三組のナイフとフォーク。マイセンの磁器に盛りつけられた猟獣肉《ジビエ》や、珍しいくだもの——そういったものがのった円卓が地下からせりあがってきたのだ。円卓のまわりには三脚の椅子も配置されていて、そのうちの一脚の手の届くところには格子型のワインラックがあって、そこにはいかにも年代ものといった、埃をかぶったワインの瓶が六本と、リキュールの瓶が何本か納められていた。

「トーマス会長、それではあらためてご紹介します」ミス・アリシアに促されるようにして、エウォルド卿は言った。「こちらはミス・アリシア・クラリー。前にもお話ししたように、オペラ歌手、そして女優として、並はずれた才能を持っています」

それを聞くと、エジソンは軽く頭を下げて、これまでよりもさらに砕けた口調で言った。

「それは素晴らしい！　ミス・アリシア・クラリー、それでは一刻も早く、私どもの主要な劇場のひとつで、華々しいデビューを飾ることを期待しておりますぞ。ですが、その話は食卓についてからにしましょう。ミス・アリシアも長旅でおなかがへったでしょう? メンロパークは空気もうまいので、食欲もわいてきますからな」

「本当ですわ。あたくし、おなかがすきましたわ」ミス・アリシアは答えた。

その言い方があまりにも率直だったので、エジソンのほうはびっくりして、エウォルド卿の顔をちらっと見た。ミス・アリシアは先程の不思議な笑みを顔に残したまま、この言葉を口にしたのだ。その美しい顔には似つかわしくない言葉を——だが、若い人としては自然で、生きる喜びにあふれた、魅力的な言葉を……。これはどういうことなのか? まさにヴィーナスとしか言いようのない、この最高の美しさを備えた女性が、「あたくし、おなかがすきましたわ」と、こんなふうに率直に口にできるというのは、この女性に対するエウォルド卿の見立てがまちがっていたということではないだろうか? こんなに素直に、生きいきと、思っていることを明かせるというのは、この女性には〈心〉があるという——〈魂〉があるという、何よりの証拠ではないのか?

しかし、エジソンがそんなことを考えている間、エウォルド卿のほうは、ミス・アリシアの性格を知りつくしているので、何が起こったかがよくわかり、平然としていた。アリシアは言葉の選択をあやまっただけなのだ。その証拠に、今のアリシアは、

〈芸術的な人たち〉の前で、自分が低俗な言葉を口にしたのではないかと心配そうな顔をしている。と、思ったとおり、さっそくその失敗を取り繕おうとして、アリシアが言った。

「今のはあまり〈詩的な〉表現とは言えませんでしたわね。でも、時にはこの〈地上〉に降りてくることも大切ですもの」

だが、その言葉は〈才気〉があるように見せようとして、ものの見事に失敗し、ただ滑稽な印象を与えただけだった。そう、まるで、せっかくの美しい顔を冒瀆《ぼうとく》するように……。

この言葉ひとつで、ミス・アリシアは自分でも知らないうちに、すっかり本性をさらけだしてしまっていた。このような才気ばしった言葉を赦《ゆる》し、贖罪《しょくざい》の血で洗いきよめることができるのは、もはやキリストだけだ。この言葉ひとつで、重い墓石が落ちてきて、ミス・アリシアはその美しい姿とともに、その下に埋められてしまったのだ。ミス・アリシアの言葉を聞くと、エジソンは〈やはり、エウォルド卿の見立てにまちがいはなかったのだ〉とわかって、ほっとした。

「しゃれたことをおっしゃいますな。いや、素晴らしい！」

満面に笑みを浮かべて、そう言うと、エジソンは自分が先に立って、優雅な仕草でふたりを席まで案内した。

その途中で、ミス・アリシアの薄いブルーのドレスが電池を軽くかすめていった。すると、たちまち電気の火花が散って、部屋のなかが一瞬、輝いた。だが、その輝きもすぐに部屋の明るい照明に吸いこまれてしまった。

三人は席についた。ミス・アリシアの席には、ティーローズ[2]の花束が飾ってあった。まるで、妖精《エルフ》がこしらえたような蕾《つぼみ》の花束だ。

「トーマス会長」椅子に座って、手袋をはずすと、さっそくミス・アリシアは言った。「もし、あなたのおかげで、たとえばロンドンでデビューすることができたら、それはもうなんとお礼を申しあげたらよいか……」

「おお」エジソンは答えた。「新しいスターを誕生させるというのは、最高の喜びですから……」

だが、その言葉が終わらないうちに、ミス・アリシアが口をはさんだ。

「あたくし、これまでに高貴な方々の前で歌ったこともありますのよ」

「まさに歌姫《ディーヴァ》ですな」あいかわらず陽気な調子であいづちを打ちながら、エジソンは客たちのグラスにシャンパンを注いだ。

すると、気取った口調で、ミス・アリシアが答えた。

「トーマス会長。歌姫《ディーヴァ》というのは、所詮、〈遊び女《め》〉のようなものですわ」そう言いながらも、ミス・アリシアの顔は嬉しそうだった。「あたくし、歌はうたっても、そのような者の真似《まね》はしないつもりですわ。本当でしたら、こんな仕事にも就かず、もっと人様から褒《ほ》められるような生活をしたかったんですの。でも、こうするしかなくて……。しかたなく、歌をうたったり、お芝居をしたりしているんです。今はそういう世の中ですから……。それに、お金を稼げるのに使える手段があるなら、その手段が人様から見て少し変わったものであっても、つまらない仕事というのはないように思うんですのよ。ええ、今の世の中では……」

ランプにきらめく、薄いグラスの縁から、シャンパンの泡があふれた。[3]

「おっしゃるとおり。誰もが生きていかなければなりませんからな」エジソンは答え

2　薔薇の品種。紅茶のような匂いがする。
3　原文では最初、エジソンがグラスに注いだのは、ブルゴーニュの赤ワイン、コート・ド・ニュイ。そして、ここでグラスから泡があふれたのは、ボルドーの貴腐ワイン、リュル・サリュース。途中で銘柄が変わっている。また、どちらも発泡酒ではない。書いている途中で勘違いがあったと思われる。シャンパンとして訳した。

た。「私だって、こういった芸術に関わる仕事に就くとは思ってもいませんでしたよ。もともと、そちらに興味があったわけではありませんでしたからね。でも、あなたのように優れた方は、どんなことでもできるでしょうし、また、そこでお金を稼ぐことができます。まあ、あなたもしかたなく、〈栄光〉を受け入れるんですな。ほかの歌姫《ディーヴァ》たちのように……。彼女たちも、別にその気がなかったのに、突然、〈栄光〉が手に入って、びっくりしているんですから……。では、ミス・アリシア、あなたの成功に乾杯！」

そう言うと、エジソンはグラスをあげた。

エジソンが穏やかな笑みを浮かべて、しきりに持ちあげてくれるので（エウォルド卿から見ると、そのエジソンの笑みは仮装舞踏会で使われる、黒いビロードの仮面のように思われたが）、ミス・アリシアは好感を持ったらしい。グラスをあげると、エジソンのグラスに軽く合わせた。だが、その仕草は優雅で慎み深く、ミス・アリシアの指で持ちあげられると、奇蹟《きせき》が起こって、シャンパンのグラスが突然、紅茶のカップになったように思われるほどだった。

三人は黄金に輝く美酒を口にした。先程までの冷たい雰囲気はたちまち消え去ったように見えた。

食卓のまわりでは、シリンダーや反射鏡、ガラスの大きな円板の上に、部屋のランプの光が輝いている。沈黙が一瞬、大きな翼を広げて、食卓の上を通りすぎる瞬間、三人はそっと目と目を交わした。その様子はほかに誰もいないこの深夜の実験室で、密儀を行なっているように見えた。

第2章　催眠暗示

被験者に何かをさせようと思う時、催眠術師は〈言葉〉という、薄布のように頼りがいのないものを用いる。したがって、絶対にそうさせてやるという強い意志を両目の間に宿し、その意志を剣のように、まっすぐに相手に突きつける必要がある。

——現代生理学

食事の間、ミス・アリシアはずっとにこやかに微笑《ほほえ》んでいた。そして、彼女が金のフォークを口に運ぶたびに、指にはめたいくつものダイヤモンドがきらめいた。その様子をエジソンは伝説の蛾《が》を発見した昆虫学者のような、相手を射抜くような目で見つめた。さっそくこいつを捕《つか》まえて、明日になったら背中に銀の針を刺して、標本箱に飾ってやろうという目つきで……。

「ところで、ミス・アリシア」エジソンは言った。「ニューヨークの劇場はいかがですか？　舞台背景や歌い手たちは……。歌い手たちは、なかなかのものでしょう？」

「ひとりか、ふたりはもう少し聴いてみてもいいと思いましたわ。まあ、どうしてもと言うならですけど……。でも……衣装は少し古くさい気がいたします」

「そうでしょうな。いや、おっしゃるとおりです。昔の衣装というのは、どれもおかしなものですからね。『魔弾の射手』については、いかがでした？　今夜、ご覧になったんでしょう？」

「テノールの歌手はきれいな声で、品がありましたわ」ミス・アリシアは答えた。

「少し冷たい感じはいたしましたけれど……」

それを聞くと、エジソンはエウォルド卿に小声で囁《ささや》いた。

「女性が『冷たい』という男には、気をつけなければなりません」

「今、なんておっしゃいましたの？」ミス・アリシアが尋ねた。

「確かにあのテノールには気品があると……。気品がね。人生においては大切なことです」

「ええ、もちろん、大切なのは気品です」東洋の空より深い、その青い瞳で、実験室の天井を見あげながら、ミス・アリシアは続けた。「あたくしなども、品のない人は好きになれませんもの」

「歴史に名を残すような偉人は、アッティラでも、シャルルマーニュでも、ナポレオンでも、ダンテでも、モーセでも、マホメットでも、クロムウェルでも、みんな素晴らしい気品に満ちあふれていたそうですな。物腰も優しく、ていねいで、繊細な心遣いができて、うっとりするほど魅力的で……。だからこそ、成功したのでしょう。それはともかく、先程、お尋ねしたのは、『魔弾の射手』の作品のことだったのですが……」

「ああ、作品のことですの」そう繰り返すと、ミス・アリシアは〈美の女神ヴィーナス〉が〈女性を保護する女神ユーノー〉や〈狩りの女神ディアーナ〉を見下す時のように、魅力的に口をとがらせて見せた。「ここだけの話ですが、作品はちょっと……」

「そうでしょうな」眉をあげながら、つまらなそうな目つきで、エジソンはあいづちを打った。「作品としては、ちょっとね」

「そのとおりですの」ティーローズの花束を両手で持つと、蕾《つぼみ》の匂いを嗅《か》ぎながら、ミス・アリシアは答えた。

「確かに現代的ではありませんからな」エジソンは冷たい口調で断言した。

すると、ミス・アリシアが続けた。

「だいたい、舞台の上で銃を撃つなんて、そんな作品は好きになれませんわ。銃声がしたら、びっくりしてしまいますもの。それなのに、あの作品と来たら、幕があがったと思ったら、三発の銃声が鳴り響くんですのよ。舞台の上で、あんな大きな音をたてるなんて、とても芸術とは言えませんわ」

「そうでなくても、いろいろな出来事が次から次へと起こっていきますからな。確かに最初の銃声がなければ、作品としてはもっとよくなったかもしれません」

「それに、あの作品は空想的すぎますわ」

「そう、背景になった十七世紀は空想的な時代でしたからね。おっしゃるとおり、現代とはちがいます。現代は、現実的であることが、唯一の価値になっている時代ですからな。〈空想〉など、入りこむ余地がありません」そうきっぱり言うと、エジソンは話題を変えて尋ねた。「音楽はどうでした？　歌や演奏は？　おそらく、それほど感心なさらなかったのではありませんか？」

それから、答えを求めるように、唇を突きだして見せた。すると、ミス・アリシアは簡単に言った。

「ああ、あたくしワルツ[4]が始まる前に出てきてしまったんですの」

4　第一幕第三場のこと。

そう答えたら、「もう音楽について論評する必要はない」とでも言うように……。美しいコントラルトの声で……。その抑揚があまりに豊かで、端正で、まるで天上の調べのように妙なるものだったので、言葉の意味がわからない外国人が聞いたら、たちまち不思議な幻想に取り憑《つ》かれたにちがいない。《ああ、これはキリスト教徒によって惨殺されたアレクサンドリアの女性哲学者ヒュパティアの亡霊が、星明かりのもとで「ソロモンの雅歌」の忘れられた一節を朗誦しているのだ。知の女神アテネのような美しい相貌で、異郷の聖地エルサレムの夜を彷徨《さまよ》い、シオンの廃墟《はいきょ》にやってきたヒュパティアの亡霊が……》そのような幻想に取り憑かれたろう。[5]

その間、エウォルド卿は、普段は日常的な光景にまったく注意を払わないのに、今はただグラスのなかで弾ける黄金の泡と、その泡をきらめかせる虹色の光を見つめていた。

「ワルツの前に劇場を出ていらしたと？」気のない口調で、エジソンが言った。「それでは音楽について、感想をうかがっても仕方がありませんな。最初から最後まで聴くのではなく、断片的に聴いただけでは正しい判断などできませんからね。最初の森の場面を聴いただけでは……。あなたは、魔弾を鋳造する場面も、ヒロインのアガーテが歌うアリア『静かに清らかに』も聴かずに出ていらしたんでしょう？」

「あら、『静かに清らかに』は、あたくしのレパートリーのひとつですのよ」そう言うと、ミス・アリシアはため息をひとつ、ついて見せた。「あたくし、ほかのところで、この歌をニューヨークの歌い手さんが歌うのを聴いたことがありますけど、ちょっと力を込めすぎたのでしょうか、途中で疲れてしまって、最後まで歌いきれなかったようですわ。あたくしなら、疲れたなんて、まったく感じさせずに、十回でも歌えますのに……。ねえ、エウォルド様、そうじゃありませんこと？　いつか、あなたの前で『清らかな女神《カスタ・ディーヴァ》』を歌った時のように……」そうエウォルド卿のほうを向いて言うと、ミス・アリシアは最後につけ加えた。「あたくし、歌手が〈熱唱〉って言うんですの？　そんなふうに力いっぱい込めて歌っているのを真面目《まじめ》に聴いている人たちの気が知れませんの。ああいったものが拍手喝采を受けているのを見ると、頭のおかしな人たちの集まりのなかにいるような気がしますわ」

5　ヒュパティアは四世紀から五世紀にかけて、エジプトのアレクサンドリアで活躍した数学者、天文学者、哲学者。アレクサンドリアでユダヤ人が追放されたおりに、その哲学がキリスト教から異端と見なされ、総主教のキュリロスの部下によって惨殺された。「ソロモンの雅歌」は『旧約聖書』の「雅歌」のこと。

「それはよくわかりますよ、ミス・アリシア」エジソンが言った。

だが、その続きは言わずに、エウォルド卿に目配せをした。エウォルド卿は、この時にはもうグラスの泡に映った虹色の光を見つめるのをやめ、気晴らしの対象をミス・アリシアの指にはまったダイヤモンドの指環《ゆびわ》に移していた。

しかし、もちろん、心はそこにはなかった——ハダリーのことを考えていたからだ。

「それでは、このあたりで、大切な話をしましょう」エジソンが顔をあげて言った。

「これまではちょっと忘れていたようですからな」

「どんなお話でしょう?」ミス・アリシアが尋ねた。そうして、これまでエウォルド卿が何も話していないことに気づいて、急にびっくりしたような顔を卿のほうに向けた。ただし、その顔にはあいかわらず笑みが貼りついていた。

と、その時、エジソンが注意を促すような声で続けた。

「給料と特別手当についてです」

その言葉に、ミス・アリシアは、あわててエウォルド卿から視線を戻して言った。

「ああ、あたくしは、別にお金が目的じゃありませんのよ」

「おお、それは素晴らしい！　あなたは黄金の心をお持ちだ」丁重に頭をさげながら、エジソンは答えた。それを聞くと、

「といっても、まったく必要がないとは申せませんけれど……」ミス・アリシアは、シェイクスピアの『オセロ』に出てくるデズデモーナもかくやとばかりの素晴らしいため息をついて言った（劇作家なら登場人物につかせたくなるようなため息だ）。

「確かに必要ですな。生きるためには……」ミス・アリシアの言葉にエジソンはうなずいた。「まあ、でも、芸術家であれば、それほどお金に執着することはないでしょう。大切なのは芸術なのですから……。あなたのように……」

だが、自分のことを芸術家だと言われても、ミス・アリシアの心には響かなかったようだ。彼女はたちまち反論した。

「でも、偉大な芸術家の価値というのは、その人がどのくらいお金を稼いでいるかで測られますのよ。ですから、あたくしも、本来なら、それほどお金を望んでいないんですけれど、その望み以上にたくさんいただいて、ある程度のお金持ちになっていますの。だって、お金をたくさんいただけるということは、あたくしの仕事にそれだけの価値があるということですもの。いえ、あの、あたくしの芸術にということですけど……。あたくし、自分の芸術に対して責任を持ちませんと……。つまり、自分の芸術には価値があると証明してやらないと……。ええ、あたくしの芸術のために……」

「それは立派なお心がけで……」エジソンは答えた。

「そうですわね。そういったことからいたしますと……」そこまで言うと、ミス・アリシアは一瞬、ためらうように、エジソンの顔を見た。それから、思いきって続けた。

「一万二千……」

だが、そこで、エジソンがわずかに眉をあげたのを見ると、すぐに言いなおした。

「六千？」

エジソンは少しだけ表情を明るくして見せた。すると、ミス・アリシアは少し大胆になって、こう提案した。

「まあ、一年で、五千ドルから二万ドルといったところでしょうか」

もちろん、その間も、顔には〈海から生まれたヴィーナス《ウェヌス・アナデュオメネ》〉の微笑を絶やさない。曙光《しょこう》と波を従えて、光り輝くヴィーナスの微笑を……。それから、こう続けた。

「そのくらいでしたら、あたくし、非常に満足できると思うのですが……。いえ、これはあたくしの芸術のために、ということですけれども……」

この提案に、エジソンは表情を輝かせて、満面の笑みをたたえて見せた。

「おお、なんという謙虚なお申し出でしょう。もっと高額なご要求になるかと思っていましたよ」

それを聞くと、ミス・アリシアのほうは、その美しい顔を曇らせた。

「あたくしにとっては、デビューになりますので、そうたくさんはお願いできませんもの」つぶやくように言う。「でも、次からは……」

エジソンはまた表情を暗くして見せた。すると、ミス・アリシアはあわててこうつけ加えた。

「いずれにしろ、あたくしのモットーは、《すべては芸術のために》ですから……」

その言葉に、エジソンは手を差しだした。

「いや、まさに気高いお心を持っていらっしゃる。芸術のためなら、お金のことにはこだわらない。素晴らしいお気持ちです。まあ、でも、あなたの徳を褒《ほ》めたたえるのは、このくらいにしておきましょう。最初から調子のいいことばかり考えていたら、とんでもないことで足をすくわれないともかぎりませんからな。ということで、仕事の話はまたにして、とりあえずはこのワインでもいかがですか？　こいつはカナリー諸島のワインでしてね」

仕事の話が終わったので、ミス・アリシアはほっとしたようにあたりを見まわした。それから、急に怪訝《けげん》な顔をして尋ねた。

「あの、ここはどこですの？　いろいろと見慣れない道具が置いてありますけれど……」

「ああ、彫刻家のアトリエですよ」エジソンは答えた。「制作の仕方は独創的ですが、アメリカで最も偉大な彫刻家だと言ってよいでしょう。女性でしてね。名前を聞けば、ああ、あの人かとあなたにもおわかりになるでしょう。ミス・エニー・ソワナ[6]ですよ。私はこのミス・エニー・ソワナに館の一部をアトリエとしてお貸ししているのです」

「でも、あたくし、イタリアで彫刻家のお道具を見たことがありますけれど、ここにあるものとは、まったく似ても似つかないものでしたわ」

「そうなんですよ。ミス・エニー・ソワナはまったく新しいやり方で、彫刻をつくるのです。現代的で、時間をかけない、簡単なやり方で……。それでも偉大な芸術家として、世間では知られているのですが……。エニー・ソワナの名前を聞いたことがありませんか？」

「あると思いますけれど……」ミス・アリシアは答えた。

「そうだと思いましたよ」エジソンは言った。「なにしろ、ソワナの名声は海を越えて、世界じゅうに広まっていますからな。大理石や雪花石膏《アラバスター》を素材にしているのですが、素晴らしい作品をあっというまにつくってしまうのです。その速さが神わざで……。さっきも言ったように、新しいやり方をしていますからね。ええ、最近、開発された制作法です。そう、たった三週間で、動物でも人間でも、細部に至るまでモデルにそっくりのものをつくりあげてしまうのです。あんまりそっくりなので、もちろん、あなたはご存じでしょうが、ミス・アリシア、上流階級の人々の間では、肖像画の代わりに彫刻をつくらせることが流行《はや》っているとか……。今は大理石のものが人気だそうですがね。モデルになるのは大貴族のご婦人方や、舞台芸術のほうでは超一流と言われる歌手や女優ですが、どなたもこの話を聞いたとたん、女性としての直感で、ご自分の美しい身体の線をそのまま彫刻にすることが、決してショッキングなことではなく、むしろ見る人をして厳粛な気持ちにさせると理解なさるようです。実はミス・エニー・ソワナは、今夜も高貴なご婦人の彫像を作成するために、ニューヨークに出かけております。ええ、タヒチの王妃がちょうどニューヨークにご滞在中なので、その立像を仕上げに行っているのです。王妃は魅力的なお姿をしていらっしゃいますからね。きっと素晴らしいものができあがりますよ」

「あら？ 上流階級では、女性がそんなことをしてもいいいいいいと、本当にそうなりました

6 原文のつづりはAny Sowana。Anyは英語。あとから出てくるように、ソワナが個別的な存在ではなく、普遍的な存在、すなわち、すべての女性の原型であることを示していると思われる。

の？」エジソンの言葉に、ミス・アリシアは心からびっくりしたように言った。

「もちろんです。舞台芸術のほうもそうですよ」エジソンは続けた。「フランスの舞台女優ラシェルの彫像を見たことはありませんか？《スウェーデンのナイチンゲール》と呼ばれたオペラ歌手ジェニー・リンドの彫像は？ あるいはダンサーでバイエルン国王ルートヴィヒ一世の愛人だったローラ・モンテスの彫像は？」

ミス・アリシアは記憶をたぐっているようだった。

「たぶん、見ているはずですけど……」自信なさげに言う。

「では、ボルゲーゼ侯爵夫人の彫像は？ 夫人はナポレオンの妹で……」

「それでしたら、はっきりと覚えていますわ。スペインでだったかしら？ いえ、フィレンツェ[7]ですわ」相手の言葉をさえぎって、ミス・アリシアは夢見るように言った。

「侯爵夫人が模範を示されているのですから……」そうなんでもないことのように口にすると、エジソンは続けた。「おわかりでしょう？ 上流階級ではごく普通に受け入れられることになっているのです。王妃ですら、ポーズをとることを厭《いと》わないのですからな。容姿が美しく、また才能に恵まれた歌手や女優はぜひ彫像のモデルにならなければなりません。たとえ、デビュー前でもね。そう言うあなただって、ミス・アリシア、彫像のモデルになったことはあるはずです。たとえば、ロンドンで毎年開かれる美術展に出品する彫刻家のために……。ああ、でも、おかしいな。ロンドンの美術展なら毎年行っているので、あなたをモデルにした彫刻を見たら、絶対に覚えているはずなのに……。一度見たら、忘れられるはずがありませんからね。それなのに……。恥ずかしながら白状しますと、あなたの彫像を見た記憶がないんです」

それを聞くと、ミス・アリシアは目を伏せた。

「いいえ、そういった彫像はないんです。あるのは、白い大理石の胸像と写真くらいで……。まさか、そんなものが流行りになっているとは知らなかったものですから……」

「彫像がない？　それは人類に対する犯罪ですぞ！」エジソンは大声を出した。「それだけではない！　本格的に舞台女優や歌手としてやっていくためには、〈宣伝〉が必要ですが、そういった観点からも問題があります。これは重大なミスですな。才能のある人というのは、〈宣伝〉さえきちんとできていれば、莫大な値がついて、名前だけでひと財産築けるくらいになるんです。なるほど、あなたがまだそうなっていな

7　実際はローマのボルゲーゼ美術館にある。イタリアの彫刻家アントニオ・カノーヴァがボルゲーゼ侯爵夫人ポーリーヌ・ボナパルトを〈勝利のヴィーナス〉に見立てて作成した。

い理由がよくわかりましたよ」

そういい加減なことを言いながら、エジソンはその薄い色の落ち着いた瞳から、相手の瞳に強い光を放つように、ミス・アリシアの目を見つめた。

と、ミス・アリシアがエウォルド卿のほうを向いて言った。

「そんなに大事なことなら、どうして教えてくださらなかったの？」

「でも、ミス・アリシア。ぼくは前に君をルーヴル美術館に連れていって、君にそっくりの彫像を見せたことがあったと思うが……」

「ああ、そうでしたわ。腕はなかったけれど、あの彫像はあたくしにそっくりでしたわ。でも、あれを見た人が、この彫像はあたくしがモデルだということを知らなければ、〈宣伝〉にはならないじゃありませんの」

すると、あいかわらず、ミス・アリシアの目をしっかりと見つめながら、エジソンが割って入った。

「それでは、私からご提案しましょう。彫像をつくるんですよ！」

「ああ……。でも、それが流行りなら、つくりたいですわ」

「わかりました。そうなったら、《時は金なり》ですから、さっそくその作業にかかりましょう。もちろん、あなたに出演していただく新作の準備もしなければなりませんので、その作品の魅力を引き出すにはどうすればいいか、一緒に考えて、稽古に入りながら……。それはそうと、この千鳥の胸肉はいかがですか？　もし、よろしかったら……。で、そうそう、ミス・エニー・ソワナが戻ってきたら、私の指示のもとに、あなたの彫像をつくってもらうことにしましょう。三週間もあればできますよ。ミス・エニー・ソワナは仕事が早いのです！」

「では、明日から……。明日からでもよろしいですか？」勢いこんで、ミス・アリシアは言った。それから、赤い薔薇《ばら》のような美しい唇をグラスにつけながら尋ねた。

「どんなポーズをとったら、よろしいでしょう？」

「さっそく、その気になってくださったようですな。これは頼もしい」エジソンは言った。「あなたがその気なら、私のほうもやりがいがあるというものです。こうなったら、言葉を飾るのはやめて、はっきり言いましょう。私たちは未来のライバルが羽ばたく前に、地面に叩《たた》きおとしてやるのです。アメリカとイギリスの観衆にガンと一発、強烈なパンチをぶちこんでね」

「願ってもないことですわ」ミス・アリシアは答えた。「あたくし、成功するためだったら、どんなことでもいたしますわ」

「ところで、完成した彫像をどこに置くかですが、〈宣伝〉のことを考えるなら、公演を行なうコヴェント・ガーデンの《王立オペラハウス》か、ドルリー・レーンの《王立劇場》のロビーがいいでしょうな。そのくらいのことはしなければなりません。オペラが始まる前に、ロビーに見事なほど美しい歌手の彫像があったら、オペラの愛好家はこれはすごい歌手だと思ってくれますし、大衆はそれだけで魅了されますからね。劇場の支配人は大喜びですよ。そうそう、ポーズの話でしたな。あなたにはイヴのポーズをとってもらいましょう。イヴなら神々しくて、あなたにふさわしいですからね。あなたがこの役をやったら、どんな歌手もどんな女優も、そのあとで〈未来のイヴ〉を歌ったり、演じたりしようとは思わんでしょう」

「イヴとおっしゃいましたの？　トーマス会長。それは新しい作品に出てくる登場人物でしょうか？」

「そのとおりです」エジソンは答えた。それから、にっこり笑って、つけ加えた。「出番は少ないですがね。でも、存在感のある役です。肝心なのは、そのことですからね。それに、あなたくらいきれいな人に似合うのは、イヴをおいてほかにありません。ここはどう考えても、イヴのポーズをとっていただくのがいちばんだと思います」

「確かに、あたくしはきれいですから……。現実的に考えれば、それがいちばんいいのかもしれません」少し悲しそうな顔をしながら、ミス・アリシアはつぶやいた。

それから、エウォルド卿のほうに顔をあげて言った。

「エウォルド様は、どうお考えかしら？」

「トーマス会長の言うとおりにしたらいいじゃないか」ミス・アリシアが彫像のモデルになっても、そんなことは気にしていないという風《ふう》を装って、エウォルド卿は答えた。「会長のアドバイスは素晴らしいと思うよ」

「そのとおりですよ」エジソンがだめ押しした。「芸術のためでしたら彫像のポーズをとるのは不道徳でもなんでもありませんし、その彫像が美しければ、どんな厳格な人々も大目に見てくれるものなのです。その証拠に、バチカン美術館にだって、〈三美神〉の裸像が飾られているではありませんか？　また、ギリシアの娼婦フリュネは、アレオパゴスの丘で裁判にかけられた時、裁判官たちの前で着ているものを脱ぎ、その美しさで無罪を勝ちとったのではなかったでしょうか？　もし、彫像のモデルになることがあなたの成功にとって必要なら、エウォルド卿は反対するようなことはないと思いますよ。そんなことをするような冷たい人間ではありませんからね。私の友人は……」

「じゃあ、これで決まりですわね」ミス・アリシアが言った。

その言葉に、エジソンはうなずいた。

「では、明日から始めましょう。ミス・ソワナの帰りは昼頃になると思います。帰ってきたら、さっそくお伝えしますが、あなたは何時頃にいらっしゃれますか？　ミス・アリシア」

「二時でしたら……。もし、それでご都合が……」

「二時ですね。結構」エジソンは言った。それから、唇に人さし指を当てて、つけ加えた。「今回のことは絶対に秘密にしておいてください。もし、あなたのデビューのお膳立てをしたことがわかったら、私はマイナデスに囲まれたオルフェウスのようになりますからね。酒神ディオニュソスを崇拝しなかったために、おつきの狂乱した女《マイナデス》たちに殺された吟遊詩人のオルフェウスのように……。本当に殺されてしまいますよ」

「おお、誰にも言いませんわ。ご安心ください」ミス・アリシアは叫んだ。

それから、エウォルド卿のほうを向いて、小声で言った。

「トーマス会長は本気でデビューを考えてくださっているのね？」

「本気だとも！」エウォルド卿は答えた。「だからこそ、急いで電報を送ったのだ」

食事はデザートに移っていた。

エウォルド卿はちらっとエジソンを見た。エジソンはテーブルクロスに何か数字を書いていた。

「何をお書きになっているのです」笑みを浮かべながら、エウォルド卿は尋ねた。

「別になんでもありません」エジソンは小さな声で言った。「ちょっと気づいたことがあったものですから、忘れないうちにメモをしただけです」

その返事を聞きながら、何気なくミス・アリシアのほうを見ると、エウォルド卿はミス・アリシアの目が上着のボタンホールに注がれているのに気づいた。そこにはハダリーが挿してくれた純金製の不死花《イモルテル》の造花がつけたままになっている。うっかりして、はずすのを忘れてしまったのだ。

「それはなんですの？」カナリー諸島のワインが入ったグラスを食卓に置くと、造花のほうを指さしながら、ミス・アリシアが尋ねた。

と、その時、突然、エジソンが立ちあがって、庭に面したガラス戸の鎧戸《よろいど》とカーテンをあけた。ガラス戸もあける。たちまち、冴《さ》えざえとした月の光が差しこんできた。エジソンはテラスに出て、葉巻に火をつけると、星空に背を向けて手すりに肘をついた。

いっぽう、エウォルド卿はミス・アリシアの質問にびくっとして、ハダリーからもらったこの造花を守ろうと、思わず身を引いていた。すると、魅力的な笑みを浮かべながら、ミス・アリシアが言った。

「きれいな造花ね。それはあたくしにくださるおつもりなのでしょう？」

「いえ、ミス・アリシア。この花にとって、あなたは本物すぎますから……」エウォルド卿はただそれだけ答えた。

が、そこではっとした。

正面にある、暗紅色《ガーネットいろ》をしたビロードの壁掛けがあがって、その奥にある昇降機の入口に、壁掛けの裾を手に持って、ハダリーがいたからだ。エウォルド卿は思わず目をつむり、それから、おそるおそる目をあけた。

まちがいない。銀色の甲冑《かっちゅう》を黒いヴェールで隠して、そこにはハダリーが立っていた。まるで〈幻〉のように……。

幸い、ミス・アリシアはエウォルド卿のほうを向いていたので、ハダリーには気づいていない……。

おそらく、ハダリーは料理をのせた円卓があがってくる時に、その音に紛れて地上にあがってきたのだろう。エウォルド卿が目をあけると、ハダリーは手でキスを投げてよこした。エウォルド卿は驚いて立ちあがった。

「どうしたの？　何があったの？」ミス・アリシアが声をあげた。「びっくりするじゃないの」

だが、卿はその言葉には答えなかった。

ミス・アリシアは後ろを振り返った。けれども、その時にはもう壁掛けがさがって、ハダリーは姿を消していた。ミス・アリシアは何が起こったのかわからず、呆気《あっけ》にとられていた。

と、いつのまにかテーブルの近くに戻っていたエジソンが、ミス・アリシアの額に手を当てて、ゆっくりとその手をおろした。

ミス・アリシアの瞼《まぶた》が静かに閉じて、曙光《しょこう》のような光を放つ、美しい瞳が見えなくなった。それと同時に、ミス・アリシアの腕が白い大理石のように固くなった。片方の手は食卓についたまま、もう片方の手はティーローズの花束を握って、床のクッションの上に垂らしている。

その姿は美の女神ヴィーナスが現代的な衣装をまとっているのを彫像にしたようだった。そのせいか、ミス・アリシアの美しい顔は、もはや人間のものとは思われなくなっていた。そう、エジソンが催眠術をかけたのである。

エウォルド卿はこうした〈動物磁気催眠〉の実験を見たことがあったので、特に驚くこともなく、ミス・アリシアの冷たくなった手をそっと握った。エジソンに言う。

「これまで何度かこういった実験に立ち会っていますが、こんな見事なものは初めてです。これほどの〈神経流〉――〈動物磁気〉を送るには、ものすごいエネルギーと意志が必要でしょう」

「いやいや」エジソンは答えた。「程度の差こそあれ、こういった能力は、誰もが生まれながらに持っているものなのですよ。私はその能力を辛抱強く開花させていった。それだけのことです。そこで、ひとつつけ加えておきましょう。明日、二時頃、ミス・アリシアはこの実験室にやってきて、そこの壇に立って、私たちの計画に協力してくれます。ええ、そのように催眠術をかけましたので……。これは誰にも邪魔できません。本人は必ずそうしようとするので、誰かが邪魔をしようとしたら、必死になって抵抗するでしょう。そうしたら、最終的にミス・アリシアの命を奪ってしまうことにもなりかねません。つまり、この状態を続けて、そのようなことになったら、もうあと戻りはできないのです。けれども、そうなるまでにはまだ時間があります。そこで、お尋ねするのですが、このまま私たちの計画を続行なさいますか？　今でしたら、まだ中止することができるのですが……。どうぞ、ここにいるのは私たちふたりだけだと思って、忌憚《きたん》のないお気持ちをお聞かせください。この会話はミス・アリシアには聞こえていませんからね」

　計画を本当に実行に移すのか、いよいよ最終的な決断を迫られて、エウォルド卿はしばらくの間、押し黙った。と、エウォルド卿の正面にあった暗紅色《ガーネットいろ》をしたビロードの壁掛けの裾が持ちあがり、白っぽいハダリーの姿が現れた。ハダリーは喪服のような黒いヴェールの下の、ちょうど胸のあたりで銀色の腕を組み、エウォルド卿の様子をうかがうようにじっとしていた。

　それを見ると、エウォルド卿は女神の彫像のように動かずに眠っているミス・アリシアのほうを指さして言った。

「エジソンさん。ぼくの気持ちは変わりません。先程の契約どおりにします。ハダリーがこのアリシアに変身する間――つまり、これから三週間は、決して自殺しないと、お約束しますよ。

　アリシアは大変美しい〈容姿〉を持っていますが、それを除けば、何百万、何千万という、ほかの女性と変わるところはありません。それに見合う〈知性〉があればよいのでしょうが、そういった意味で選ばれた人間ではなかったのです。〈知性〉に関して選ばれた人間というのは、そうそう多くいるものではありません。エジソンさん、ぼくたちはそのことを知りすぎるほど知っています。したがって、美しい女がいて、幸いにもその女を恋人にできたとしても、男のほうからすれば、その女に〈知性〉を期待することは難しいし、また自分自身の〈知性〉に関しても、ある程度、目をつむる必要が出てきます。その結果、男のほうからも、女のほうからも、さまざまな理由で〈知性〉は軽く扱われるようになる。その意味では男も女もお互いさまだと言えるでしょう。

ですから、ぼくは普通、女性に対して——それがどんなに素晴らしい女性でも、知的な方面では、あまり多くを期待していません。いや、その〈美しさ〉に見合う〈知性〉を持っている女性がいれば最高でしょうが、現実的には無理だと思っています。なので、ここで眠っているアリシアにしても、〈知性〉は望むべくもないとして、せめてほんのわずかでも〈愛情〉を示してくれる可能性があれば、それでよかったのです。動物的な〈愛情〉でも、子供に対するような〈愛情〉でもいいから……。もし、それがあったなら、エジソンさん、ぼくはあなたの計画を冒瀆的《ぼうとくてき》だと言って、聞いたとたんにしりぞけたでしょう。

けれども、先程の会食でおわかりのように、この女はどうしようもなく自己中心的で、他者に対する愛情のかけらもありません。それは生まれつきのもので、もう治らないのです。しかも、それがあのうんざりするような自惚《うぬぼ》れと一緒になっているのですから、始末におえません。ええ、この自惚れと自己中心主義が、あの現実とは思われないほどの美しい〈肉体〉を動かしているのです。この悲しい自我によって、アリシアは何も愛することができません。その内側に根付いた、いかがわしい本性のせいで、人間を人間たらしめている唯一の感情――〈愛情〉を感じることができないのです。

そして、この自己中心的な考えによって、アリシアの心は乾いていき、意味もなくとげとげしくなっていったのだと思います。また、それは周囲にも影響を及ぼし、その呪うべき特質によって、この女が近づくものすべてに毒をまきちらすのです。本人の容姿に対してさえも……。そのせいで、ぼくはアリシアが美しいとは思えなくなるほどでした。ああ、この女の内側に隠れた、自分のことしか考えない、不純で、狡猾《こうかつ》な、哀れむべき本性をいったいどうしたらよいのでしょう？　あまりにも凡庸なこの精神は、おそらく彼女が死んでも治らないでしょう。この女はそんなふうにできているのです。これを変えることができるのは、神だけです。心からの〈信仰〉を持って、神に懇願した時――その時にだけ、この女の本性は変わるのではないでしょうか？

しかし、同時にこの女はやはり美しい。ぼくはその美しさに恋をしました。では、それなのに、どうしてぼくはこの恋から解放されたいと思ったのでしょう？　ええ、みずから命を絶つという決心までして……。どうして、〈肉体的な美しさ〉だけで満足しようとしなかったのでしょう？　その美しい〈肉体〉を動かしている〈精神〉などは、どうでもよいと考えないで……。そんなことは、ほとんどの男がやっているというのに……。

それはぼくが心の奥底に、深い確信を秘めているからです。その確信はいつも目に見えないかたちで、ぼくという人間のすべてに影響を及ぼしていて、ぼくがそれに反したことをしようとすると、耐えがたい良心の呵責《かしゃく》で、ぼくを苦しめるのです。そうして、ぼくはどんな理屈をつけても、この確信を弱めることはできないのです。その確信とは次のようなものです。

まずは、〈愛〉というのは〈肉体的な欲望〉だけで成り立っているものではないということ。次に、〈肉体的な欲望〉に負けて、相手と肉体を交えることを受け入れた時、その〈肉体〉からそれを動かす〈精神〉を切り離すことができると考えるのは傲慢であり、みずからを危うくするものだということ。最後に、その〈精神〉こそが〈肉体〉に生気を与え、またそこから生じる〈欲望〉をつくりだす唯一のものであるということ。要するに、人は〈肉体〉と〈精神〉を合わせた、すべてで結ばれるということです。ぼくは心でも、身体でも、精神でも、そのことを確信しています。いや、これはぼくだけの確信ではなく、恋する人間は誰でもこのことを知っています。すなわち、相手の〈肉体〉と交われば、それとともに必ず相手の〈精神〉の影が自分のなかに入りこんできて、いくら快楽の邪魔になるからと言って、相手の〈肉体〉から〈精神〉を切り離そうとするのは無駄なことだと……。そのことは、自分が自分であるのと同じように、決して変えられないことだと知っているのです。

したがって、ぼくのことに話を戻せば、アリシアに恋をしている間、ぼくは毎日の生活のなかで片時も、アリシアの〈精神〉の影から逃れることはできませんでした。ぼくの自我は――この身体のどこかにある、ぼくという存在は、泥沼のようなアリシアの魂に呑《の》みこまれてしまったのです。知性などひとかけらもない、本能だけの、美しいものとそうではないものを見分けることもできない魂に……。まあ、何かが美しいというのは、誰かがそれを美しいと思ったということにすぎないわけで、してみれば、ぼくたちがどんな人間かというのは、何を美しいと思うかで決まる――すなわち、何を見た時に、そこに自分を見つけるかということなのですが……。

というわけですから、白状すると、アリシアとつきあっている間、ぼくは取り返しのつかないあやまちを犯している気がしてしかたがありませんでした。そして、このあやまちをどう償ってよいかわからないまま、自分の弱さを罰するために、死んで魂を浄化することにしました。人から見れば、馬鹿なことをと笑われるでしょう。けれども、ぼくはこの〈愛〉という問題については、自分の考えを貫きとおしたいのです。それに、我がエウォルド家のモットーは、《たとえ皆が従うといえども《エティアンシ・オムネス》、我は拒否する《エゴ・ノン》》ですから……。

ああ、だから、エジソンさん、もしあなたが〈電気の魔法〉で、この夢のような不思議な提案をしてくださらなかったら、ぼくは青白い朝の風が運んでくる〈明日〉の鐘をこの耳で聞くことはなかったでしょう。〈明日〉の鐘ははるか遠くで鳴るのですから……。

そうです、エジソンさん。ぼくはもう〈明日〉が嫌《いや》で嫌でたまらなくなっていたのです。

でも、こうして今、ミス・アリシアとの〈愛〉の戦いの果てに、ぼくはかろうじて勝利を収め（勝利を収めるのが遅すぎたせいで、ぼくはかなり深い傷を負ってしまいましたが……）、戦利品として、素晴らしい権利をひとつ手に入れたわけです。すなわち、これからハダリーがミス・アリシアの理想的な肉体をまとったところを見る権利を……。そこで、今夜のこの比類なき夕べの感想をひと言で述べさせていただければ、エジソンさん、ぼくの言いたいことはひとつだけ、『ミス・アリシアの理想的な肉体をまとったハダリーをぼくのものにしたい』――それだけです。そのうえで、ぼくの胸にあふれる気持ちをお伝えするなら、こういうことになるでしょう。『だって、エジソンさん、あなたにはそれができるのでしょう？　たぐいまれなあなたの才能をもってすれば……。信じられないような奇蹟《きせき》を起こして、まだ青白い〈幻影〉にすぎない、この人造人間《アンドロイド》の銀色の身体を〈至高の肉体〉に変えることが……。ぼくはあなたを信頼しています。そして、もしあなたがそういうやり方で、ミス・アリシアの〈病みきった魂〉から、〈美しい肉体〉を解放してくださったら、ぼくは――今度はぼくのほうが誓います、ぼくがこれまで持つことができなかった〈希望〉の息吹とともに、この〈幻影〉を――〈愛〉の救世主である、この〈幻影〉を現実のものにしてみせると……』ぼくの言いたいことは、これですべてです」

「わかりました」エウォルド卿の言葉に、エジソンは考え深げに答えた。

「わたしも承りました」歌うような悲しげな調子で、そうハダリーが唱和した瞬間、壁掛けが閉じて、電気の火花が散った。奥の間の白い大理石の床は、鈍い、地鳴りのような音をたてて、地下に消えていった。数秒後には、その地鳴りのような音も消えた。

それを確かめると、エジソンは二、三回、ミス・アリシアの額に軽く触って、催眠術を解いた。その間、エウォルド卿のほうは、何事もなかったような顔で、すでに手袋をはめていた。

と、ミス・アリシアが目を覚まして、眠っている間のことはまったく覚えていない様子で、「その造花はどうするの?」という、質問の続きを始めた。

「どうして、あたくしが言ったことに答えてくださらないの。エウォルド卿伯爵卿!」

〈伯爵〉に〈卿〉をつけるというのは無教養もいいところで、エウォルド卿のような大貴族だったら、軽蔑のしるしに唇をゆがめても不思議ではなかった。だが、この馬鹿げた敬称を聞いても、エウォルド卿は眉ひとつ動かさなかった。

「ああ、愛しいアリシア、すまないね。ぼくは少し疲れているんだ」卿は言った。

ガラス戸はまだ開いていた。空には星が残っていたが、地上に近いあたりはそろそろ白みかけている。と、馬車が一台、庭園の砂を固めた並木道を、車輪をがたごと言わせながら近づいてくる音が聞こえた。

「ほら、馬車が来ましたよ」外を見ながら、エジソンが言った。「きっとあなた方をお迎えに来たのでしょう」

「なるほど、もう夜明けが近づいてきてしまいましたね」葉巻に火をつけると、エウォルド卿は言った。「アリシア、眠くないかい?」

「ええ。あたくし、少しお休みしたい気分ですわ」

いっぽう、エジソンは宿の番地を書いた紙を渡しながら、ふたりに言った。「これからあの馬車があなた方をお宿にご案内しますが、住所はこちらになります。私も知っていますが、素敵な貸し別荘ですよ。旅のお宿としては、かなり満足していただけることと思います。では、また明日、どうぞゆっくりとお休みください」

まもなく、馬車はふたりの恋人たちを乗せ、メンロパークの楓《かえで》の並木道を抜けて、仮の宿に連れていった。

ひとりになると、エジソンはしばらくの間、黙考し、それからガラス戸を閉めると、独り言をつぶやいた。

「まったく、なんという夜だったのだ。なんという頑《かたく》なな若者だろう。あの魅力的な貴族は……。だが、《勝利のヴィーナス》の姿を刻印したようなミス・アリシアの肉体の美しさを愛《め》でながら、その美しさについて、あの若者にはひとつ気づいていないことがある。それはあのミス・アリシアの肉体の美しさは、肉体的な病気にすぎないということだ。たとえば、妊娠中の母親が欲望を抱くと、その欲望は生まれてくる子供の皮膚の病気になって表れるというが、そういったようなものだ。あるいは、血統のせいで、生まれた時から皮膚に虎斑《とらふ》があったり、指の間に水かきがついている人間もいるが、アリシアの肉体の美しさとは、要するにそういうことだ。巨人症に生まれついたと言ってもよい。生まれながらに《勝利のヴィーナス》の美しさを持っているということは、象皮病に罹《かか》っているようなもので、ミス・アリシアはそうやって生まれ、そのために死んでいくのだ。[8]つまり、ミス・アリシアの肉体的な美しさとは先天異常の一種で、かわいそうに、そのせいで、性質のほうもゆがんでしまったのだ。だが、そんなことはどうでもいい。重要なのは、その〈美しい先天異常〉がまさに絶好のタイミングで、私の前に現れたということだ。私がアンドロイドを世に出すための格好の理由とともに……。それを思うと――これは神の思し召しではないだろうか。さあ、必要なものはすべてそろった。さっそく、仕事に取りかかろう。《幻あれ！》だ。[9]とはいっても、今夜は十分働いた。私のほうも、これから数時間、睡眠をとっても罰《ばち》はあたるまい」

それから、部屋の真ん中に戻ると、エジソンは特別な抑揚をつけて、小声で誰かの名を呼んだ。

「ソワナ！」

すると、この呼びかけに、低く、美しい、女性の声が答えた。夕暮れ時に、エジソンと話した女性の声だ。あいかわらず姿は見えない。

「ここにいますわ、エジソンさん」声は言った。「あれでよろしかったでしょうか？どう思われます？」

「私のほうが騙《だま》されるくらいだったよ」エジソンは返事をした。「期待をはるかに超えていた。まさに魔法だ」

「これからですわ」声は続けた。「ハダリーの〈変身〉が終わった時、本当の奇蹟が起こるのです」

「では、目を覚まして、休んでいてくれ」一瞬の沈黙のあと、エジソンは言った。

それから、スイッチ盤のボタンを押した。実験室を明るく照らしていた三つの照明がいっぺんに消えた。

あとは常夜灯が闇のなかに小さな光の影をつくっているだけだ。光はすぐ近くにあ

8　象皮病はリンパ管やリンパ節にフィラリアなどの寄生虫がついた結果、その後遺症として起こる病気。先天的なものではない。また、この病気が直接の原因で死亡することはない。

9　『旧約聖書』「創世記」第一章にある「光あれ」をもじったもの。フランス語の単語はombreで、ここでは「光」に対する「影」という意味と、ハダリーのことを指す「幻」という意味の二重の意味が込められている。この第六巻のタイトルも同じ。

る黒檀《こくたん》のテーブルを照らしていた。そして、そのテーブルのそばにある紫がかったクッションの上を……。そこには毒蛇を模した七宝焼の金の腕輪をはめた人工の腕があって――その毒蛇の青い目は、闇を通して、この偉大な電気学者エジソンの上に注がれているように見えた。

第3章　栄光の陰に雑事あり

一日に二十五時間働かない者は、私の研究室に来る必要はない。

――エジソン

この夕べに続く二週の間、秋の日差しはニュージャージーの豊かな大地を黄金色《こがねいろ》に染めていた。

秋は深まっていた。メンロパークの楓《かえで》の並木道も紅葉で真っ赤に染まって、その美しく彩色された葉を晩秋の冷たい風が朝な夕なに散らしていた。

その風に、エジソンの館の木々もずいぶん葉を散らし、庭園はすっかり淋しくなっていた。小鳥たちはあいかわらず遊びにくるものの、わずかに残った葉叢《はむら》の間で、羽毛をふくらませ、すでに冬の歌をうたいはじめていた。

厳しい冬の寒さがやってくる前の、ほんのつかのまの穏やかな日々。だが、実はこの間、アメリカの人々は――とりわけ、ボストン、フィラデルフィア、そしてニューヨークの人々は、落ち着かない気持ちで過ごしていた。というのも、二週間前から——つまり、エウォルド卿がエジソンの館を訪ねた日から、エジソンがすべての面会を取り消し、外からの客を誰も館に入れなくなってしまったからである。技師や実験助手たちとともに研究所に閉じこもって、エジソンはまったく姿を現さなかった。ゴシップ新聞や雑誌の記者たちはあわててメンロパークの館に駆けつけ、応対に出てきたマーチン氏に向かって、閉まった格子門の外からさまざまな質問を浴びせかけた。だが、マーチン氏はにこやかに笑っているばかりで、質問にはひとつも答えず、記者たちはなんの情報も得られなかった。そうなったら、あとは憶測で書くしかない。新聞や雑誌には、《蓄音機のパパに異変？　メンロパークの魔法使いは何をしているのか？》といった見出しが躍り、ついには「電気による〈計算機〉が発明されたのではないか」という噂まで流れる始末だった。

そういった噂に、今度は企業に雇われたスパイたちがやってきて、エジソンの研究所から少し離れたまわりの家に、窓を貸してくれと頼みはじめた。そこから実験室を覗《のぞ》いて、エジソンが何をしているのか確かめようとしたのである。だが、それは金の無駄遣いだった。まわりの家の窓からは、中の様子はまったく見えなかったのだ。それでも、「エジソンが電気による新しい照明を発明したとしたら大変だ」と心配した

《ガス・カンパニー》社は、周囲の小高い丘に巨大な望遠鏡を据えつけ、スパイたちに偵察させた。強力なレンズを通して、実験室の様子をうかがおうとしたのである。

　だが、研究所の前にはまだ葉叢の残る、広い並木道が通っていたので、それに邪魔をされて、実験室の様子は見ることができなかった。その代わりに、スパイたちが目にすることができたのは、絹のブルーのドレスを着た、非常に美しい女性が庭園の芝生の真ん中で、静かに花を摘んでいる姿だけだった。そして、この報告は《ガス・カンパニー》社の幹部たちを恐怖におとしいれた。

　幹部たちは、その美しい女性をエジソンが目くらましに使ったと思ったのである。

「そうに決まっているじゃないか！」ひとりが言った。「きれいな女が花を摘んでいるんだぜ！」すると、「そりゃ、そうだ！」誰かが答える。「絹のブルーのドレスだもんな。まちがいない」そうなったら、あとはもう非難の嵐である。「これはおとりだ。奴は私らをからかっているんだ」「奴は電流を七色に分解する方法を発見したんだろう。あの悪魔めが！」「だが、そんな目くらましを使ったって、私らは騙《だま》されないぞ」「奴は社会の災厄だ！」「対応策を考えなくては！」「これ以上、奴に発明させてはならん」等々《エトセトラ》。

　ところが、そんなある日、あのサミュエルソン大博士が歯科医のＷ・ペジョア氏を伴って、エジソンの館を訪れたことがわかると、今度はまた別の意味での心配が持ちあがった。W・ペジョア氏と言えば、アメリカの上流階級お抱えの歯医者で、義歯が軽くて丈夫なこと、決して悪意はないが、乱暴に歯を抜くことで有名な医者である。いや、それは別として、問題なのは歯医者がやってきたことである。

噂はたちまち広がった——口から口へと伝わるその速さのすさまじいこと、たとえ電気の翼にのせても、これほど早くは広まらなかったろう。すなわち、そんな有名な歯医者がやってきたからには、エジソンは恐ろしい歯の病気になって、日夜歯痛にうめいているのではないかというのである。いや、歯の痛みは脳膜炎から来たもので、顔全体が腫れあがり、ワシントンの国会議事堂のように大きくなっていると言う者もいた。

そんな状態なら、今にも脳が破裂するのではないか？　人々は心配した。エジソンはもう終わったのだと……。そのいっぽうで、《ガス・カンパニー》社の株主たちは喜びに胸を躍らせた。エジソンが危ないという噂に、ここ数日間、暴落の一途をたどっていた《ガス・カンパニー》社の株価が一気に跳ねあがったからである。株主たちはお互いに抱きあい、嬉し涙を流しながら、言葉にならない言葉を口にした。

その喜びがあまりに大きかったせいだろう、株主たちは費用を分担するかたちで、

〈感謝の会〉を催すことにして、その会で〈感謝の歌〉をうたうことにした。そうして、みんなで知恵をふりしぼって、株価があがったことに熱烈に感謝する歌詞を考えようとしたのだが、いくら頭をひねっても適当な歌詞が思い浮かばず、結局、歌のほうはあきらめることにした。だが、その代わりに何人かの人々は名案を思いついて、急いで会場を飛びだしていった。エジソンが関連している会社の株がいちばん安くなるところを狙って、《エジソンの知的財産にもとづく発明とその開発》社の無記名株をできるだけ購入することにしたのである。

ところが、その翌日にサミュエルソン大博士と歯科医のW・ペジョア氏が館から出てきて、ニューヨークに戻って会見を行なうと、また事態は一変した。サミュエルソン大博士は、自分たちがメンロパークに行ったのは、ブルーのドレスを着た若い女性に、エジソンが発明した麻酔薬を吸入させる実験をするためで、エジソン自身はきわめて健康で、なんの病気にも罹《かか》っていないと、名誉にかけて断言したからである。この知らせに、《ガス・カンパニー》社の株価は再び暴落し、何百万ドルという金が一瞬にして消えた。前日、《ガス・カンパニー》社の株を買った者は脳天から突きでるような悲鳴をあげた。株主たちはこの不幸を慰めあうために、さっそく〈暴落株主友の会〉を開いたが、その会の最後では、〈エジソンに対して、公式に三度、不満を表明する〉という動議が提出され、満場一致で可決されると、その場にいた全員がエジソンに対して、三度、不満を表明した。いや、アメリカのように、国家の基本が事業で成り立っていて、その事業が企業の発明や株式に支えられている国においては、こういった出来事は珍しくないのである。

とはいえ、この暴落の騒動が収束して、株式市場が落ち着くと、人々は半ば安心して、エジソンの館を探る行為はいくぶん治まったかに見えた。

だからこそ、それに続く、ある美しい晩に、ニューヨークからエジソン宛てに送られた、かなり大きな荷物がメンロパーク駅に到着したおりに、そこで企業が雇ったごろつきのスパイたちが見せた行為は、すべての人の度肝を抜いたのである。この機会に、そのごろつきのスパイたちがしたことは、予想もつかないほど穏やかなもので、「よくもまあ、なんの計画性もなく、たまたま居合わせた連中が、手ぬるいことをしたものだ」と非難されるようなものだった——というのは皮肉を込めた反語的な表現で、ごろつきのスパイたちがしたことは、実は予想もつかないほど残酷なもので、「よくもまあ用意周到にあんな計画を立てて、あそこまでひどいことができたものだ」と非難されるようなものだった。

実際、このごろつきのスパイたちはエジソンの館に荷物を運ぶ馬車をメンロパーク駅の近くで待ち伏せして、御者と荷物を守っていた黒人の護衛たちを、いきなり棍棒《こんぼう》で殴り殺すと、死体を道端に放りだして、荷物を奪ったのである。それから、松明《たいまつ》の明かりのもとで、荷物の入った木箱をあけたのだが、この時も、自分たちにできる、最も洗練された方法がとられた。すなわち、木箱の板と板の間にたがねを差しこむと、えいっとばかりに力を込めて、板を割ったのである。

いよいよ、これで〈電気計算機〉をつくるために、エジソンが注文した部品を拝むことができる——ごろつきのスパイたちは目を凝らした。

だが、スパイたちが目にしたものはそんなものではなかった。襲撃隊の隊長が荷物の中身をひとつひとつ取り出して調べてみると、中から出てきたのは、まずブルーの絹のドレス（まったく新品のものだ！）。それから、同じ色のアンクルブーツ。女性用の繊細で上質の靴下。香りのついた手袋ひと箱。仲骨に美しい彫刻が施された黒檀《こくたん》の扇。黒い絹のレースのスカーフ。赤いリボンのついた、軽くて素晴らしいコルセット。薄いリネンの部屋着が数枚。ダイヤモンドの耳飾りや指環《ゆびわ》やブレスレットなど、かなり高価な装身具を入れた宝石箱。香水の小瓶が数本。Ｈの文字が刺繍されたハンカチが数枚……。中身は全部そういったもので、要するに、女性が身につけるものばかりだったのである。

この思いがけない光景に、スパイたちはすっかり気が抜けて、しばらくの間、箱のまわりで茫然《ぼうぜん》としていた（箱の中身のほうは、隊長の厳格なチェックのもとに、すべてまた元の場所に収められていた）。だが、みんなで顎《あご》に手を当てながら、ぼんやりと箱を見ているうちに、おそらく悔しさがこみあげてきたのだろう、全員が苦虫をかみつぶしたような顔をした。そうして、落ち着かなげに腕を組んだり、赤く長い指を広げて、両脇に当てたりしながら、誰もが眉をつりあげ、お互いに探るような目つきで、近くにいる者と睨《にら》みあったのである。しかし、仲間のなかでも下っ端の者たちが持っていた松明の煙に息が苦しくなってくると、朦朧《もうろう》とした頭で、まるで蜜蜂たちがあちこちの花から蜜を集めてくるように、ようやく言葉をかきあつめて、口々にこうつぶやいた。「こいつは、蓄音機のパパにいっぱい食わされたにちがいない」と……。

だが、事態がこうなってしまったのなら、ここは逆に慎重に行動する必要がある。隊長は嗅《か》ぎ煙草をたっぷり嗅ぐと、口のなかにたまっていた唾をどうにか飲みこんだ。そうして、手下のスパイたちを怒鳴りつけて、ようやく現実に引き戻してやると、悪態をまきちらしながら、こう言ったのである。「いいか、てめえら、この荷物を宛先に送りとどけるんだ。電光石火の早業《はやわざ》でな。この命令に従わねえ奴は、リンチを食らわしてやるぞ！」と……。

そこでさっそく、何人かで木箱をかつぐと、一行はエジソンの館に急いだ。そうして、鉄格子の門まで来たところで、マーチン氏と四人の陽気な技師に迎えられたのである。技師たちは愛想よく十二連発の拳銃をスパイたちに向けると、ここまで荷物を運んできてくれたことに厚く感謝の言葉を述べた。それから、手早く荷物を中に入れると、スパイたちの目の前で、ぴしゃりと門を閉めた。スパイたちは思わず後ろにさがったが、その時、想像だにしていなかったことが起こった。研究所のほうからマグネシウムのフラッシュがたかれて、スパイたちのもじゃもじゃで、ぼうぼうで、ぼさぼさの髯面《ひげづら》を写真に撮ったのである。

悪意の報いはまぬかれない。この愉快な集合写真は検事のもとに送られたので、立派な行ないをしたスパイたちは、それから数カ月の間、本物の鉄格子のなかで過ごすことになった（検事の提案を受けると、スパイたちは一も二もなく刑務所に行くことを承知したということである）。いっぽう、スパイたちを雇った連中は、検事の前で、「やり方がひどすぎる。いくらなんでも、こんなことは頼まなかった」とスパイたちを非難して、保身をはかった。しかし、いずれにしろ、この事件でまた火がついて、人々の興味はいやがうえにも高まったのである。

いったい、エジソンは研究所に閉じこもって、何をしているのだろう？　今度はいったい、何を発明しようというのか？　いっそのこと、鉄門の錠を壊してでも、敷地の内部に忍びこんで確かめてやろうか――知りたがりの人々のなかには、そんなことを夢想する者さえ出てきた。だが、エジソンのほうは、そういったことはもうとっくの昔にお見通しで、〈夕方になったら、敷地を取り囲む鉄柵のいたるところに高圧電流を通す〉と、新聞を通じて告知していた。そこで、実際には敷地の内部に侵入しようとする者はなく、無謀な連中を阻止するために、夕方になって鉄柵に電流が通されると、人々はそこに近寄らないよう、遠巻きにして歩いた。どんな守衛も、どんな夜警も、どんな門番も、〈電気〉という番人に勝ることはできない。この番人はどこにいるかもわからないし、買収することさえできないのである。避雷針をたくさん身体に巻きつけるか、厚いガラスの服で全身を包めば別だが、そうでもしないかぎり、鉄門の錠を壊したり、鉄柵を乗り越えたりしたら、悲惨な結果に終わるのは目に見えている。たとえ死ぬことはないにしても、要するに、中に入ることはできないのである。

そこで、また人々はエジソンが何をしているか知りたくて、寄ると触るとこの話題でもちきりになった。「あの男はいったい何をしているのだ？」「今度は何を企んでいるのだ」「エジソン夫人に訊《き》いてみるというのはどうだろう？」「まさか、館に入れてくれるとは思えないが……」「それに、どうやって夫人に連絡をとるのだ？」「そもそも、夫人は何か知っているのだろうか？」「じゃあ、子供たちはどうだ？」「だめだろう。小さい頃から、『誰かに質問されたら、生まれつき耳が聞こえないことにしなさい』と言われているみたいだからな」「それなら、しかたがない。あとはエジソンの発表を待つしかないというわけか」

ところが、そんなおりもおり、アメリカ北部で一大事件が発生したため、人々の興味はしばらくの間、そちらに移った。アメリカ・インディアンのスー族の支族ハンクパパ族の戦士、シッティング・ブルが、スー族の討伐にやってきたアメリカ軍の部隊を予想に反して全滅させ、ご存じの習慣で、アメリカ人の若い兵士の頭の皮をはいだのである。[10]このニュースは世界じゅうに流されたのだが、ともかくこの驚くべき知らせに、人々の関心は恐ろしいインディアンのほうに向かい、エジソンのことは数日間、忘れられたのである。

10　一八七六年六月に起きた《リトルビッグホーンの戦い》のこと。この戦いで、カスター中佐率いる第七騎兵隊は全滅した。ただし、この戦いにシッティング・ブルは参加していない。また、この小説は一八八三年の十一月のことなので、史実には合わない。

この間を利用して、エジソンのほうは、助手のひとりを密《ひそ》かにワシントンに送っていた。この町でいちばん高級なかつら屋に、ハダリーの髪をつくらせるためである。かつら屋を訪ねると、助手はエジソンから託された、ウェーブのかかった豊かな髪の見本を、細かい注意書きとともに主人に渡し、この鳶色《とびいろ》がかった黒髪とまったく同じ髪が欲しいと言った（注意書きには、ミリメートル、ミリグラム単位まで長さや重さが記されていた）。また、顔を隠して撮った四枚の実物大の写真も添えられていて、そこには髪をシニョン[11]に結った時とほどいた時の画像が写っていた。その写真を指さすと、助手は結った時にはこう、ほどいた時にはこうなるようにと言って、その条件に合うかつらをつくってくれと頼んだ。

なにしろ、あの有名なエジソンの依頼である。それから二時間もしないうちに、かつら屋はウェーブをかけて見本とそっくりにした人工毛を、ちゃんと重さをはかったうえで、ひとつに束ねて戻ってきた。

そこで、助手は今度は人工の薄い頭皮をかつら屋に渡した。その頭皮がまるで本物に見えたので、かつら屋は何度もひっくり返しながら、ためつすがめつ眺めて、しまいにはこう叫んだ。

「いや、こいつはどう見たって、本物としか思えない。今はぎとってきたばかりの頭皮にしか見えません。それにしても、どんななめし方をしたんだろう！　びっくりです。まさか、本物の……。いや、これを使えば、かつらづくりの難しさは全部消えてなくなりますよ」

それを聞くと、エジソンの助手は答えた。

「いいですか？　この頭皮はあるご婦人の頭に合わせてつくられたものです。頭頂部も後頭部も側頭部も、それぞれぴったり頭蓋骨に合うようにしてね。そのご婦人は熱病のせいで、髪の毛がなくなってしまうことを心配しておられて、そうなったら一時的にかつらを使うことを考えておられます。これがそのご婦人がお使いになっている髪油と香水です。ともかく、素晴らしいかつらをつくってください。金に糸目はつけません。お宅の工房のいちばん腕のよい職人を三、四人使って――必要でしたら、徹夜で仕事をしてもらって――この頭皮にこの髪の毛を植えて、誰が見ても本物に見えるようなものにしてください。この写真そっくりに……。写真よりもよくしようなんて思っちゃいけません。そんなことは望んでいません。写真どおりのものが欲しいのです。それ以上でも以下でもいけません。できあがったら、ルーペを使って、写真と

11　髪を束ねて後頭部や頭頂で結う西洋風の髷《まげ》。

見比べてください。後れ毛も前髪のほつれ毛も、鳶色と黒の濃淡の具合も、どこからどこまでそっくりになっているかどうか……。エジソン氏は今日から三日で完成させてほしいと言っています。私はそのかつらをいただかないと、研究所には帰れないことになっています」

三日と聞いて、かつら屋はまず悲鳴をあげた。だが、三日後にエジソンの助手が店に行くと、もうかつらはできあがっていて、助手はその日の夕方にはかつらを入れた箱を手にして、メンロパークに戻っていた。

この頃になると、館の様子をうかがおうとする者はだいぶ少なくなっていたが、それでも何人かはあらたな情報を手にしていて、そういった事情通たちは、「庭園の塀に秘密の門がつくられて、その門のところに毎朝、奇妙な馬車が横付けになる」と、互いに囁《ささや》きあっていた。事情通たちによると、その馬車にはいつもブルーのドレスを着た、非常に美しく、また上品な女性が乗っていて、その女性は馬車からひとりで降りると、門をくぐり、時おり庭園を散歩したりするほかは、エジソンや助手たちと研究室で一日を過ごすという。そうして、夕方になると、また同じ馬車が迎えにきて、その馬車はこの美しいご婦人を、イギリスの若い貴族が借りた豪華な別荘に送りとどけるというのである。なお、その貴族というのが、これもまた日輪のように美しいということだった。「エジソンが外に出なくなったのは、若い女性と密会するためだったのか？」事情通たちはいぶかった。「そんなことでここまで厳重に秘密を守ろうとするなんて、いったいどういうことだ？」「まったく不思議だ。この色恋沙汰は、科学的な発明に何か関係しているのだろうか？」「いや、これは何かの冗談にちがいない」「それにしても、奇妙な男だ。エジソンという男は……」「そうだ、奇妙だ」

結局、いくら考えても、エジソンの家に美しい女性が訪ねてくる理由がわからず、人々は詮索に疲れて、エジソンの情熱の嵐が治まるのを待つことにした。

第4章　日食の日の夕方に

だが、ある秋の夕暮れ時のこと——風がなく空気も重く沈んでいる、その夕暮れ時のことだ。私は最愛の人に呼び寄せられた。地平線の近くには薄い霞《かすみ》がたなびき、森の木立の繁《しげ》みは十月の木漏れ日に美しく彩られていた。夕陽に染まって、池の水面《みなも》は熾火《おきび》のように赤く輝いている。それはまるで天空から虹が堕《お》ちて砕けたかのようであった。

「とうとうその日がやってまいりました」私がそばに寄ると、彼女は言った。「生きるには最良の日。そして、死ぬにも最良の日でございます。今日という日は、おそらく、この地上の〈生〉の息子たちから見ても美しい日でありましょう。けれども、天上の〈死〉の娘たちから見ると、さらに——おお、さらに美しい日なのでございます」

——エドガー・アラン・ポー「モレラ」

そして、約束の三週間も終わりに近づいたある日の夕暮れ時のこと――エウォルド卿はエジソンの館の門のところで馬を降りると、門番に名前を告げ、庭園の小道を通って研究所に向かった。

実を言うと、十分ほど前に、まだ別荘で新聞に目を通しながら、ミス・アリシアの帰りを待っている時に、卿は次のような電報を受け取っていたのだ。

《メンロパーク・シティ、エウォルド卿宛て。十一月二十七日午後三時五十二分。セリアン様、ほんの少しお時間をいただけますでしょうか？　ハダリー》

そこで、愛馬に鞍を置くように命じると、さっそくエジソンの館に駆けつけたのである。

風の強い午後のことで、日はそろそろ落ちかけていた。それはこれから起こる出来事を暗示しているかのようだった。エジソンはわざわざそんな天候と時間を選んだのだ。

いや、それより何より、その日は日食であった。西の空に傾いた太陽は月に覆われ、真っ暗になった空の四方八方に、骨だけになった扇を広げたように、オーロラのような光を投げかけていた。地平線はまるで舞台の書割りのようで、強い風が落ち葉を巻きあげている。風は生暖かく、吹きすさぶ音が妙に心をざわつかせた。南から東、さらには北東あたりにかけての空には、縁《ふち》が金色に染まった、紫色の綿のような雲がゆっくりと動いていくのが見える。北方の小高い丘の上空では、どこか遠くのほうで光ったのか、いくつもの青白い雷光が剣を交えるように交錯していた。空もまた書割りのように人工的だった。あたりは暗く、不吉だった。

研究所に向かいながら、エウォルド卿はふと空を見あげた。日食の空は、今の自分の考えていることをそのまま映しているようだった。小道を通って、研究所の玄関まで来ると、卿は一瞬、ためらった。だが、その時に、ガラス戸ごしにミス・アリシアの姿が見えたので、建物のなかに入っていった。ミス・アリシアは、おそらくトーマス会長の指示のもとに、初舞台のセリフの稽古だと思って、最後の暗誦をしているのだろう。

実験室の扉をあけると、エジソンは部屋着姿で肘掛椅子に腰をおろし、落ち着きはらっている様子だった。手には台本を持っている。

と、扉があいた音に、ミス・アリシアが振り返った。

「あら、いらしたんですの？」驚いたように言う。

というのも、三週間前のあの日以来、エウォルド卿はこの実験室を訪れたことがなかったからだ。

エウォルド卿は微笑《ほほえ》みを浮かべながら、優雅な足取りで、エジソンに近づいた。囁《ささや》くように言う。

「先程、電報をいただいて、その意味があまりにもはっきりしていましたので、取るものも取りあえず、駆けつけたというわけです。馬の上で手袋をはめたのは、人生で初めての経験ですよ」

それから、ミス・アリシアのほうを向くと、声をかけた。

「ごきげんよう。お稽古の最中だったんですか？」

「ええ。でも、もう終わりますわ。最後にもう一度、読み合わせをしていただけですから……」

その言葉にうなずくと、エウォルド卿はエジソンの袖を引いて、少し離れた場所に移動した。声を低めて尋ねる。

「あれはできあがったのですか？　あの偉大な作品は？　電気による〈理想の女性〉は？　ぼくたちの――というより、あなたの〈宝石〉は？」

「ええ」エジソンは簡潔に答えた。「ミス・アリシア・クラリーがいなくなったら、ご覧に入れます。あとで私たちがふたりきりになれるように、先にミス・アリシアをお帰しください」

「できあがったのですね」考え深げに、エウォルド卿は言った。

「私は約束を守ります。ただ、それだけのことです」あっさりした口調で、エジソンは答えた。

「アリシアは彫像のこととか、疑っていないのでしょうか？」

「前にもお話ししたように、採寸をしながら、粘土で像をつくっていく過程をお見せしたら、簡単に信じてくださいましたよ。その間、ハダリーは何台か並んだ写真機の後ろに隠れていましたから、ミス・アリシアには気がつかれていません。ミス・エニー・ソワナも天才的な彫刻家としてふるまってくださいました」

「あなたの助手の技師たちは？」

「彫刻写真の簡単な実験だと言ってあります。それ以外のことは秘密にしてあります。だいたい、完成品に電気を入れて、ハダリーが呼吸をしだしたのは、今朝のことですから……。ええ、太陽の最初の光が差した時です。まあ、ハダリーの姿を見て、太陽もびっくりしたのでしょう、それで日食になって隠れてしまったのではないかと……」そう言って、エジソンは笑った。

その言葉に、一瞬、間《ま》をおいて、エウォルド卿は答えた。

「白状しますと、ハダリーがどんなふうになったのか、早く、この目で見たい気持ちでいっぱいです」

「今夜にはご覧になれますよ。いや、三週間前とはすっかり変わっていますので、ハダリーだとはおわかりにならないでしょう」エジソンは言った。「あらかじめ申しあげておきますと、それはもう恐ろしいほど、ミス・アリシアにそっくりで……。思った以上によくできたのです」

と、その時、ミス・アリシアがふたりに声をかけた。

「どうなさったの？　おふたりとも小声でお話しになって、何か企んでいらっしゃるの？」

「いえいえ、ミス・アリシア。私はあなたがよく言うことを聞いて、熱心に稽古に取り組んでくださったと、エウォルド卿にお話ししていたのですよ」ミス・アリシアのそばにもどりながら、エジソンが言った。「そういった稽古態度に加えて、あなたの恵まれた才能にも、天性の声にも、心から満足していると……。ええ、この分なら、将来、あなたが成功するのはまちがいないと、保証していたところです」

「あら、トーマスさん。それでしたら、もっと大きな声で言ってくださらなくては……。わたくしのことを褒《ほ》めてくださっているのですから……」

そう言うと、ミス・アリシアはにっこり笑って、女性らしく人さし指でとがめるような仕草をした。それから、エウォルド卿のほうを向くと、こう続けた。「そうそう、あなたにも申しあげたいことがありますのよ。今日はこちらに来てくださって、嬉しいですわ。ええ、この三週間、身のまわりでいろいろなことが起こったもので、わたくしもいろいろと考えましたの。それで、少し気になることがあって……。先程も、電報がどうとか、謎めいたことをおっしゃっていたでしょう？　わたくし、あることでちょっとした疑いを持っていますのよ」

その言葉を口にしながら、ミス・アリシアはわざと冷たく、高圧的な態度をとろうとしているかのように見えた。だが、そういった態度は、その美しい顔にはそぐわなかった。ミス・アリシアの美しさは、それほど完璧だったのである。エウォルド卿の顔をまじまじと見つめると、彼女は続けた。

「ねえ、わたくしと一緒に、お庭をひとまわり、散歩してくださらないこと？　今、あることでちょっとした疑いを持っていると申しあげましたでしょう？　どうしても、その疑いを晴らしていただきたいんですの」

「いいでしょう」ミス・アリシアの言葉に少し困惑しながら、エジソンとすばやく視線を交わすと、エウォルド卿は答えた。「しかし、ぼくは今夜、トーマス会長と相談しなければならないことがあってね。知ってのとおり、トーマス会長はお忙しい方だから……」

「あら、それほど時間はとらせませんわ」ミス・アリシアは言った。それから、エウォルド卿の腕をとると、耳もとで囁くように言った。「トーマスさんの前では、話さないほうがよいことですから……」

ふたりは腕を組むと、実験室を出た。そうして、庭園に出ると、木立が地上に影を落とす、暗い並木道に向かって歩いていった。

その間、エウォルド卿は地下の魔法の楽園のことを考えていた。あと一時間もすれば、〈新しいイヴ〉に会える。そう思うと、待ちどおしくてならなかった。

実験室からふたりが出ていくと、エジソンは心配そうな表情を浮かべ、じっと考えこむような顔つきをした。それはまるで、女のほうが馬鹿な真似《まね》をして、余計なことをしゃべってしまうのではないかと、不安に思っているかのようだった。あるいは、ほかのことを心配したのか？　ともかく、エジソンは急いでカーテンをあけると、大きなガラス戸ごしに、どんな些細《ささい》なことでも見逃すまいというように、庭園の奥に消えていくふたりの姿を目で追った。

それから、ガラス戸を離れると、急いで小さなテーブルのところにとってかえした。テーブルの上には、航海用の望遠鏡と新しいシステムによるスピーカー、それに電気信号を送る操作盤が置いてある。そこからは数本の電線が出ていて、その電線は壁を通り抜け、遠くまで地上を這《は》うと、そのうちに見えなくなり、やがては並木の梢《こずえ》の方に張られている電線に紛れて、どれがその電線だったのか、わからなくなった。だが、そのどこかにマイクロフォンが仕掛けられているのだ。〈たぶん、ふたりはちょっとした仲たがいをするだろう。それは避けられない。だとしたら、最終的にハダリーを引き渡す前に、ふたりの会話を聞いておこう〉――エジソンは、そう考えたのである。

実験室からかなり離れたところまで来ると、エウォルド卿は尋ねた。

「いったい、ぼくに何を訊《き》きたいのです?」

「ああ、もう少しお待ちくださいな」卿の言葉に、ミス・アリシアは答えた。「あの並木道に入ったら、お話ししますわ。あそこは闇が濃いので、誰もわたくしたちの姿を見ることができませんから……。いえ、わたくしが気になっていることというのは、それはもうとっても奇妙なことですの。わたくし、本当に心配で、こんなことは生まれて初めてですわ。ですから、ぜひ教えていただきたいのですが、でも、もうしばらくお待ちになって」

「どうぞお好きに」エウォルド卿は答えた。

あいかわらず風が強く吹きつけるなか、太陽はちょうど姿を消したところだった。地平線の上には、オーロラのように腕を伸ばす、薔薇色《ばらいろ》の光だけが見える。雲の間の群青の空には、早くもいくつかの星が輝いていた。木々の梢では、吹きぬける風に、さわさわと木の葉が音をたてている。少しだけ降った雨に、草や花の香りが匂いたち、あたりの空気を甘く鮮烈に染めていた。

「なんていう素晴らしい夕間暮れなのでしょう」身体をびくっと震わせて、ミス・アリシアがつぶやくように言った。

だが、エウォルド卿はほかのことを考えていたので、ミス・アリシアの言葉はほとんど耳に入っていなかった。

「うん、まあそうだね」戸惑ったように言う。だが、その声は不機嫌に相手を見下したようにも聞こえた。「どうしたんだい？　アリシア。ぼくに言いたいことがあったんだろう？」

「今夜はずいぶん、せっかちでいらっしゃるのね？　あそこに苔の生えたベンチがありますから、そこに座りませんこと？　そのほうがゆっくりお話しできますわ。それに、わたくし、少し疲れてしまって……」

そう言うと、ミス・アリシアはエウォルド卿の腕に身体をもたせた。

「気分が悪いのですか？　ミス・アリシア」

だが、彼女は答えなかった。

これほど心配に胸を痛めているところは見たことがない。普段のミス・アリシアとはまったくちがっていた。

もしかしたら、女性の本能で、何か危険が迫っていると察知したのだろうか？　どうして、胸に抱えている心配をなかなか打ち明けないのだろう？　エウォルド卿には彼女の心の内が読めなかった。ミス・アリシアは途中で摘んだ花の茎を口にくわえ、きつく嚙《か》みしめていた。その姿はたとえようもなく美しかった。絹のドレスの裾で、芝生の花々を撫《な》でていきながら、彼女は今、エウォルド卿の肩に、その端正な顔をもたせていた。黒い絹のレースのスカーフの下では、鳶色《とびいろ》がかった黒髪が、ほんの少し乱れている。その魅力は陶然とするほどで、悲しいくらいに美しかった。

苔の生えたベンチのそばまで来ると、ミス・アリシアは先に腰をおろした。おそらく、またいつものように、自分勝手なくだらない話を延々と聞かされるのだろう。そう覚悟して、エウォルド卿はミス・アリシアが話しはじめるのを辛抱強く待った。

だが、そこではたと思いあたった。もしかしたら、この三週間で、エジソンと身近に話しているうちに、アリシアは変わったのかもしれない。魔法使いのような、あのエジソンの説得力のある言葉に影響されて……。エジソンの言葉が彼女の蒙昧《もうまい》な精神にこびりついていたタールのような汚れをほんの少しにせよ、洗い流してくれたのではないか？　その証拠に、彼女は今、口をつぐんでいる。それだけでも、たいした進歩ではないか！

　そう心のなかでつぶやくと、エウォルド卿は彼女の隣に腰をおろした。と、突然、彼女が言った。

「ねえ、最近、何か気がかりなことがおありなのでは？　だって、このところ、あまり元気がなさそうなのですもの。ええ、わたくし、そう感じるんですの。でも、あなたは何もおっしゃらないし……。わたくし、これでもあなたの心の友だと思っておりますのよ」

　しかし、この時、エウォルド卿は、ミス・アリシアから何千キロも離れた場所にいた。ハダリーが待っているはずの地下の秘密の花園のことを考えていたのだ。といっても、ミス・アリシアの言葉が聞こえていなかったわけではなかったので、アリシアがこんなことを言いだしたのは、エジソンが余計な入れ知恵をしたせいではないかと思って、どきりとした。エジソンはアリシアに対して、「恋人の心をつなぎとめるには、もう少し賢くふるまう必要がある」というようなことを言ったのではないだろうか？

いや、そんなことはあり得ない。エウォルド卿はすぐにその考えを否定した。初めて会った夜、エジソンは最初からアリシアに厳しく当たっていた。アリシアにはわからないようにしていたが、辛辣《しんらつ》な言葉でからかっていた。そうして、それから三週間もの間、実験室でほとんど鼻を突きあわせるようにして、一緒にいたのだ。アリシアの〈精神〉を矯正しようなどという、無駄な試みをするはずがない。

だが、もしそうだとすると、今のアリシアの言葉は、誰の示唆も受けない本心から出たことになる。おお！　だとしたら、この優しい心遣いはどうだろう？　アリシアと知り合って以来、こんなに思いやりのある態度を見せてくれたのは、これが初めてだった。ということは、やはり女の直感で、何か怪しいと、危険の匂いを嗅《か》ぎとったのだろうか？　そこで、自分から態度をあらためようと……。

しかし、エウォルド卿は結局、その考えもとらなかった。ミス・アリシアがどうして急に優しくなったのか、もっと単純なやり方で納得したのである。そのやり方とは、事態を詩的に解釈するということであった。

〈詩人〉として、エウォルド卿はこう考えた。この夕暮れ時は美しい。若い恋人たちが陶然となって、しばしの間、〈現世〉を離れても不思議ではない。とりわけ、女性は〈理知的なもの〉より、〈神秘的なもの〉に惹《ひ》かれるものだ。もしそうなら、ミス・アリシアのように昏《くら》い精神の持ち主でも、〈天上〉のようなこの美しい夕間暮れの影響を受けて、〈精神〉に光が差して、これまでは知らなかった〈優しさ〉を示すようになったのではないだろうか？　穏やかで、心地よい、この夕暮れの薄闇は、そんな〈天上〉への思いをふと誘ってしまうものだからだ。おそらく、ミス・アリシアも自分ではまったく気がつかないうちに、この〈神の呼びかけ〉を全身に感じ、〈天上の優しさ〉を身にまとったのだ。だとしたら、自分のほうは、これから訪れる夜の名のもとに、今までは目も見えず、耳も聞こえなかった、このかわいそうな女性の魂に手を差しのべ、いわば死んだ状態で生まれたこの女性の魂をよみがえらせる努力をしなくてはいけないのではないだろうか？　今までは苦しみながらでしか愛せなかった、この女性の魂に手を差しのべて……。さあ、今こそ、それをするのだ！

　その思いに突きうごかされて、エウォルド卿はミス・アリシアを優しく抱き寄せた。

「愛しいアリシア。君を想うと、ぼくは静かな喜びを感じるんだ。そう、今日のこの夕暮れよりも静謐《せいひつ》で、深い喜びを……。だから、ぼくが今、君に伝えなければならないことがあるとしたら、それは静かに君を想う、この気持ちだけだ。愛しているよ、アリシア。おお、ぼくの愛しい人、君にも、それはわかっているはずだ。君を愛している。それはつまり、君がいるから、ぼくは生きていられるということだ。さあ、この夕間暮れのなかにある〈天上の時〉を感じてほしい。天の光を見て、天の調べを聞き、天の香りを嗅いで、天の腕に抱かれてほしい。そうすれば、アリシア、ぼくたちは一緒に幸福を味わうことができるだろう。この幸福には幻滅というものがない。この恋には……。今のこの一瞬のぼくたちの恋は、一世紀の間に成される、ほかのすべての恋に匹敵するんだ。

こういうふうにお互いに愛し合うというのはおかしなことだろうか？　ぼくは非現実的なものに憑《つ》かれて、高揚しているだけなのだろうか？　いや、アリシア、君はおそらくそう言うだろう。『あなたはやっぱり〈お星様の世界〉に住んでいらっしゃる』と……。でも、ぼくにとっては、この愛し方はきわめて自然なもので、なんの憂いもないし、なんの後悔もないものだと思われるんだ。こういった愛し方をすれば、抱擁がもたらす激しい熱情は、さらに高まり、現実的なものになり、それどころか、高貴で、輝かしいものとして、認められることになる。それなのに、君は自分のなかにある最良のもの、永遠に輝くものに、決して目を向けようとしない。そういったものを軽蔑している。いったい、何が楽しくて、そんなことをしているんだ？　ああ、『実際的ではない』と言ってぼくのことを馬鹿にする、君の笑い声を聞くのが恐ろしくなかったら――残酷で、けれども耳に心地よく響く、若くて美しい君の笑い声を聞くことが恐ろしくなかったら、ぼくはもっといろいろなことを君に話すよ。いや、話すかわりに、ただ黙って、今のような〈天上の時〉を――〈至高の瞬間〉を君と一緒に味わおうとするよ」

だが、それを聞いても、ミス・アリシアは何も答えなかった。

「でも、こんなことを言ったって、君の耳にはヘブライ語のようにしか聞こえないんだろうね」悲しげに微笑して、エウォルド卿は話を続けた。「ならば、どうしてぼくに質問するんだ？　ぼくは君になんと言えばいいんだ？　どんな言葉よりも、君の接《せっ》吻《ぷん》のほうが価値があるというのに……」

エウォルド卿が接吻の話をするのは、ずいぶんひさしぶりのことだった。おそらく、次第に闇を増していく夜の魅力のせいだろう、ミス・アリシアは夕方出会ってから初めてエウォルド卿の力強い抱擁に身を任せた。

そうして、エウォルド卿の情熱にあふれた、優しい言葉が胸に届いたのか、突然、涙を流した。涙は睫《まつ》毛《げ》の先からこぼれ、白い頬を伝った。

「ああ、わたくしのために、そんなに苦しんでいらしたのね」小さな声で、彼女は言った。

この言葉に、この涙に、エウォルド卿は気持ちを突きうごかされた。心の底から喜びがわきあがってくる。この瞬間、エウォルド卿はもはや〈もうひとりの女〉のことは考えていなかった。〈電気で動く人間〉のことは……。アリシアの言葉は卿の魂に触れた。人生に対する希望を取り戻すには、このアリシアの言葉がひとつあれば十分だった。

「おお、愛しているよ！」エウォルド卿は何かに取り憑かれたように叫んだ。

アリシアの唇に唇を重ねる。軽く合わせるように……。かつてはこの唇から出た言葉に苦しみ、この唇に触れることによって、ほんのわずかに慰められた。だが、今ようやく、この唇は贖罪《しょくざい》の言葉を口にし、喜びを与えてくれた。その唇に、エウォルド卿は唇を重ねた。もうこれまでの長い苦しみは忘れていた。愛はよみがえったのだ。

突然、歓喜の思いが胸を満たし、思ってもみなかった幸せに、卿は陶然となった。ミス・アリシアのこのたったひとつの言葉が、空を渡る風のように、苛立《いらだ》ちや憂いを吹きはらったのだ。エウォルド卿は生きる気力がわいてくるのを感じた。ハダリーや彼女が起こすはずの奇蹟《きせき》は、今や記憶の彼方にある、遠くの出来事にすぎなかった。

ふたりはそのまましばらくの間、静かに抱きしめあった。アリシアが息をするたびに、その胸が触れて、そのうっとりするような感触に、くるおしい思いが勝ってくる。彼女の身体を、卿はいっそう強く抱きしめた。

空はすっかり晴れわたり、木々の枝の間からも、星が瞬いているのが見えた。闇は刻々とその濃さを増している。夜は宝石のようだった。感動に我を忘れ、エウォルド卿はこの美しい世界にもう一度、生まれなおしたような気がした。そう、今、自分は生まれかわったのだ。

だが、その瞬間、エジソンのことが頭に浮かんだ。エジソンはあの地下の墓場でアンドロイドを見せようと、その準備を進めて待っていることだろう。自分が発明した、あの〈不吉な奇蹟〉を見せようと……。

「ああ、ぼくはなんて馬鹿だったのだろう！　あんなものに期待して、〈愛〉を冒瀆《ぼうとく》するなんて……」エウォルド卿はつぶやいた。「アンドロイドなんて、あれはおもちゃみたいなものじゃないか！　だから、完成したものを見せられても、たぶん外見を目にしただけで、『ああ、やっぱりこんなものか』と笑ってしまうようなものだろう。そうに決まっている。あんなものは、所詮、心のない人形にすぎないのだから……。それなのに、ぼくは――アリシア、君のように、この世にふたりといない美しい女性を前にしても、ついさっきまで、まだあんな〈動作記憶盤〉だかなんだか、電気で動く人形が〈理想の恋〉を叶《かな》えてくれると夢見ていたんだ。水圧で調整された〈肌の肉感〉を本物だと思えると……。やっぱり、これは〈愛〉に対する冒瀆だ。実験室に戻ったら、エジソンさんに『ありがとう』と言って、それでおしまいにしよう。ハダリーなど見る必要もない。君の〈幻影〉など……。いくらエジソンが素晴らしい発明の一端を見せて、言葉巧みにぼくを説得したからと言って、アンドロイドが〈本物〉の君の代わりになるだなんて、そんなことを信じてしまうとは、ぼくはよっぽど心が弱っていたにちがいない――そう、君に幻滅したと思って、ぼくの心は弱りきっていたんだ。ああ、アリシア、ぼくの愛する人。いくらハダリーが君の身替《みが》わりを務めても、ぼくはそこに君を見ることはできない。そこに君は存在しない。でも、今、ぼくは君を見ることができる。君はぼくの目の前に存在しているんだ！　アリシア、君は骨と肉を備えている。ぼくと同じように……。ぼくは君の心臓の鼓動を感じることができる。おお、君の眼はさっき、涙を流したじゃないか！　ぼくが唇を重ねた時、君の唇は喜びに震えたじゃないか！　ああ、〈愛〉があれば、君は精神的にも〈理想の女性〉になれるんだ。肉体的に、〈理想の女性〉であるように……。ああ、アリシア。ぼくは君を愛している。君を……」

感動のあまり、エウォルド卿はそれ以上、言葉を続けることができなかった。

胸が熱くなって、涙があふれてくる。とどめようと思っても、とどめられない喜びの涙が……。アリシアの身体を抱きしめながら、エウォルド卿は、その涙に濡れた目をアリシアに向けた。アリシアは頭をまっすぐにして、こちらを見つめていた。卿は思わず、アリシアに口づけをした。今度はしっかりと……。だが、そこに、ほんのりと龍涎香《りゅうぜんこう》と薔薇の香りを感じたとたん、全身を雷に貫かれたような衝撃が走った。その衝撃の理由がなんだったのか、わからないまま、卿は唇を離した。

それと同時に、ミス・アリシアが立ちあがって、卿の肩にその白い両手をのせた。見ると、そこには一指も余さず指環が光っている。その瞬間、悲しげな声で――だが、一度、聞いたら忘れられない、この世のものとは思われない声で、彼女が言った。

「セリアン様、おわかりになりませんこと？　わたくし、ハダリーですのよ」

第5章　人間の姿をしたスフィンクス

確かなことを言おう。この人々が黙れば、代わりに石が答えるだろう、と。

――『新約聖書』[12]

この言葉に、エウォルド卿は地獄から挑発されたように感じた。実際、今、目の前にエジソンがいたら、人間としての〈倫理〉などかなぐりすてて、冷酷な悪魔となって、その喉笛をかき切っていただろう。全身の血が逆流するのを感じ、視界までが赤黒く染まったほどだ。これまでの二十七年間にあったことが一瞬にして、走馬灯のように駆けめぐった。もはや生きている心地がしない。恐怖に目を見開いたまま、エウォルド卿はアンドロイドを見つめた。得たいの知れないものに心臓をぎゅっとつかまれたようで、まるで氷の塊が燃えているように胸が焼けた。

卿は無意識の動作で片眼鏡《かためがね》をかけなおすと、アンドロイドを頭の先から足の先までじっくり観察した。それから、アンドロイドのまわりを一周して、さらに詳しく観察すると、最後は正面からじっと見つめた。

次いで、卿はアンドロイドの手をとった。それはまさしくアリシアの手だった。うなじの香りを嗅《か》ぎ、激しく上下する胸の匂いを吸いこんだ。どちらもつくりもののはずだ。だが、それはアリシアのものだった。そうして、最後に両の眼を見つめる、両の眼もやはりアリシアのものだった。ただ、眼差《まなざ》しだけは、アリシアのものより素晴らしかったが……。態度や物腰、それから、ハンカチで静かに涙を押さえる仕草も……。その涙が伝う、百合のように白い頬も……。すべてアリシアだった。ちがっているのは、その美しさにふさわしい内面を持っていることだ。理想の内面を……。

気が動転して、どうしたらいいかも皆目見当がつかず、エウォルド卿は目をつむった。それから、熱っぽい手のひらで、こめかみにたまった冷たい汗をぬぐった。

危険な山登りの途中で力尽き、ガイドが小声で「左側は見ないように」と注意してくれたのに、思わず見てしまったら、自分の足もとに垂直に崖が切り立っていた時の気分――そんな登山者の気分に、卿は襲われた。崖の下のほうは深い靄《もや》に包まれてい

12　『新約聖書』「ルカによる福音書」第十九章。

て、見ているだけで吸いこまれそうになる。恐怖の深淵を覗《のぞ》いてしまったような気分だ。

顔からは血の気が引いていた――それは自分でもわかった。胸は不安に押しつぶされている。心のなかで呪いの言葉を発しながら、エウォルド卿は立ちあがった。それから、何も言わずに、また腰をおろした。何をするにせよ、行動に移すのはあとにすることにしたのだ。

ああ、せっかくアリシアから〈本物の愛情〉を受けたと感じたのに――〈理想の愛〉と〈生きる希望〉を手に入れたと感じたのに……。そう思ったのもつかのま、その愛情は、愛と希望はたちどころに奪われてしまったのだ。だが、もともとそう感じたのは、この命のないアンドロイドが恐ろしいほどアリシアに似ていたせいだ。その外見に自分がすっかり騙《だま》されてしまったせいだ。

そう考えると、卿は混乱した。心が引き裂かれ、侮辱されたような気分になった。卿は空を見あげ、あたりの風景を見まわして、冷たく、馬鹿にするような笑い声をたてた。それが不当に自分の心を傷つけた、この〈未知の物体〉に対する、せめてもの仕返しだった。だが、そうしたことによって、卿は完全に自分を取り戻した。

と、その時、知性の奥底から、突然、あるひとつの考えが浮かんできて、その考えに、卿はびっくりした。それは先程、起こった出来事以上に、不思議な考えだった。その考えとは、〈自分は今、隣に座っているこの人形のせいで、《本物の愛情》を受けたと感じ、《理想の愛》と《生きる希望》を手に入れたと感じた。だが、この人形のモデルである《本物のアリシア》からは、ついぞそんなことを感じたことはなかった〉というものだ。

電気で動く、この〈理想の女性〉がいなければ、自分は先程のような喜びをおそらく一生、感じることはできなかったはずだ。エジソンの説明によれば、さっきハダリーが口にした言葉は、〈本物のアリシア〉が女優として蓄音機に吹きこんだものだ。その言葉の意味もわからず、その言葉に真心を込めることもなく、アリシアはただ芝居で〈役〉を演じるつもりで、紙に書かれたセリフを口にしたにすぎない。だが、その舞台の後ろには〈幻影のアリシア〉がいて、その〈役〉をすべて自分のものにしてしまった。それは〈理想のアリシア〉の役だ。〈本来そうであるべきアリシア〉の役だ。だからこそ、〈幻影〉のほうが〈本物〉より自然に思えるのだ。その役が〈現実〉で演じられ、それが〈現実〉だと思った時には……。

その時、すぐ近くで優しい声がして、エウォルド卿は考えから引き戻された。卿の耳もとで、ハダリーがこう言ったのだ。

「これでもまだ、わたくしが存在しないと、そうお思いになりますの？」

「いや、思わない！」エウォルド卿は叫んだ。「だが、君はいったい誰なのだ？」

第6章　夜に潜む影たちが示すもの

人間は天から墜落した神
おりあらば天を思い出す

——ラマルティーヌ[13]

すると、ハダリーはエウォルド卿を覗《のぞ》きこむようにしてこう言った。まさしくアリシアの声で……。

「わたくしが誰かですって？　その質問にお答えする前に、セリアン様、わたくしのほうからお話ししたいことがあります。

あれはあなたがミス・アリシアとお知り合いになってからのことでございます。エセルウォルドのご領地で一日じゅう狩りをなさったあと、あなたは疲れた身体で古い

13　『瞑想詩集』「人間」。

館にお戻りになり、ひとりっきりで夜食を召しあがることが何度もございましたわね？　けれども、あまり食欲がお出にならないのか、たいていの場合は、すぐに席をお立ちになり、松明《たいまつ》をかざして寝室にお戻りになりました。松明の明かりが眩《まぶ》しすぎて、早く暗がりに身をゆだねて、心から休まりたいと思いながら……。そんな時、部屋に戻ると、あなたはまず神様にお祈りを捧げ、部屋のランプを消して、うとうとと微睡《まどろみ》はじめます。ところが、そこで……。

そこで、あなたの眠りのなかに、突然、心配な影たちが現れ、あなたを驚かす——そんなことがございませんでしたでしょうか？

あなたはベッドの上にはね起きて、血の気が引くような思いで、まわりの闇を見まわします。

すると、そこにはいくつもの影が浮かんでいて、そのうちのひとつは顔のように見えることがあります。そして、その顔のようなものは、じっとあなたを見つめているのです。あなたは『こんなものは単なる錯覚にすぎない』と考え、すぐに自分の見たものを否定しようとなさいます。あるいは『何かの具合で、そう見えるだけだ』と合理的にご自分を説得しようとなさいます。

けれども、その説明に納得がいかない場合は、覚めたばかりの夢の続きを見ているような暗い不安で、死ぬほど気持ちが乱れます。

　そこで、この不安をふりはらうために、あなたは明かりをおつけになります。すると、あなたはご自分の見たものが、カーテンに映る遠くの雲の影だったり、早くベッドに入ろうと、椅子の上に脱ぎすてた上着が人の姿に見えただけだったり、ともかく静かな夜がつくりだした〈影の戯れ〉にすぎないことがわかります。不思議な〈夜の蜃気楼《しんきろう》〉だったことが……。

　あなたは安心して、馬鹿な心配をしたものだとお笑いになり、また明かりをお消しになります。そうして、『あれは夜のいたずらだったのだ』という説明にすっかり満足して朝までぐっすりお休みになります。そんなことがございましたでしょう？」

「ありました」エウォルド卿は答えた。「よく覚えています」

「おお、もちろん、その説明は合理的なものだと思います。けれども、そこでその説明に満足なさった時、あなたはひとつ大切なことをお忘れになっていたのです。あらゆる〈現実〉のなかでいちばん確かな〈現実〉は、ただ〈合理的〉であるだけではないということを……。その確かな〈現実〉というのは、わたくしたちがいやおうもなく〈その現実〉に組み込まれていて、また、わたくしたちのなかにある〈その現実〉の本質は、つねに観念的なものでしかない——そういった〈現実〉です。ええ、つまり、わたくしは〈無限〉のことを言っているのです。わたくしたちは〈無限〉に組み込まれていて、〈無限〉とはつねに観念的なものですから……。そうです。わたくしは〈今、生きている世界〉とは別の〈無限の世界〉のことを言っているのです。といっても、この〈無限の世界〉はあまりにも弱い光しか送ってこないので、いかなる〈理性〉も、容易にその光を捉《とら》えることができません。わたくしたちは〈無限の世界〉が存在して、いつかはそこに行くと無条件で認めているのに、〈無限の世界〉を予感したり、またその世界のことを思って足がすくんだり、早く〈無限の世界〉に行きたいと願望することでしか、それを想像することができないのです。

ただし、これは〈理性〉や〈感覚〉がはっきりしている時のことで、さっきお話ししたような眠りに入りかけた時、精神が〈理性〉や〈五感〉の重みから解放されて、夢と現《うつつ》の中間にいるような時はちがいます。闇のなかにいくつもの影が見えるような微睡《まどろみ》の時には……。ええ、〈あの世〉と〈この世〉の〈混合流体〉である、あのいくつもの影が現れて、精神がそれに浸《ひた》されている時には……。こうした時、〈今、生きている世界〉にいる人のなかには、自分が〈無限の世界〉を通じて生まれかわることを感じる人がいます。あるいは、そう言ったほうがよければ、自分が別の姿かたちで継続していくことを感じる人がいます。そういう人は、〈今、生きている世界〉にいながら、その次に生まれる時の〈種〉がすでに自分のなかで芽を出しているのを感じます。また〈自分の行為や内心の考えが、次に生まれる時の自分の姿かたちを織りあげていく〉ということも感じます。そして、こういった人々はひとり残らず、自分のまわりに、〈言葉では表現できない世界〉があることを実際の感覚として理解します。その〈言葉では表現できない世界〉からすると、〈現在、自分が閉じ込められている空間〉は、いわば泡沫《うたかた》のようなものにすぎないのですが、そういった不思議な世界を感じとるのです。ええ、そうです。その不思議な世界こそが、〈無限の世界〉にほかなりません。

さて、この世界――つまり、〈無限の世界〉は自由で、空間的にも時間的にも果てしがなく、また混沌としているのですが、ちょうどあなたのように、微睡《まどろみ》を通じて、〈今、生きている世界〉からここに迷いこんだ特別な人間は、仮の世界にすぎない〈現世〉での自分の存在の目の前に、将来生まれかわるべき人の予兆というか、前触れの〈影〉が姿を現すのを感じることがあります。すなわち、この不思議な世界で、自分が将来生まれかわる人たちの姿を見たように思うことがあるわけです。〈五感の世界〉は〈無限の世界〉と密接な関係にあるので、こういったことが起こりやすいのです。そして、ここにおいて〈今、生きている世界〉と〈無限の世界〉はつながるのですが、〈今、生きている世界〉の人間からすると、このふたつの世界は、その人の〈精神〉のなかでつながっていることになります。〈精神〉こそが、このふたつの世界をつなぐ橋なのです。ただし、この橋のことを〈精神〉の一部である〈理性〉は、〈空想〉と呼んで馬鹿にして、つかのまの勝利に酔っておりますが……。ええ、〈空想〉のように大空を羽ばたく力がなく、重い鎖につながれた〈理性〉は……。

ですから、セリアン様、あなたが眠りと現実の不思議な境界で、暗闇のなかに影のようなものを見て、あれは人の顔ではないかと思って恐怖にとらわれた時、その直観にまちがいはなかったのです。あの人たちは――あなたの未来に属するため、まだ名前のないあの人たちは――確かにあの場にいたのです。あなたの寝室に……。あなたのまわりに……。

ええ、もちろん、未来からやってくる、あの人たちは、昼の間はたとえぼんやりとでも姿を現しません。〈予感〉とか〈偶然〉とか〈象徴〉として、将来生まれかわる自分の姿を垣間《かいま》見《み》せるだけです。

ああ、けれども、夜になって静かになると、あの人たちは〈空想〉の橋を渡って、夢と現《うつつ》の合《あわい》に現れ、〈今、生きている世界〉の人々と自分たちをつなぐ相互的な作用によって、将来生まれかわる人の目の前に姿を見せます。〈無限の世界〉が〈空想〉

を通じて、〈今、生きている世界〉のなかに入りこむのは、〈闇〉と〈沈黙〉が好都合だからです。といっても、もちろん、あの人たちは、将来生まれかわる人のなかに入るのではありません。そんなことは、生まれかわる時が来るまではできませんから……。〈理性〉が眠っている間に、〈無限の世界〉における〈本質的な存在〉とひとつになっている、その人の目の前に姿を見せるのです。ああ、その時、あの人たちが夢と現《うつつ》の間にいるその人に――つまり、夢と現《うつつ》の間にいるあなたに、どれだけ……」

そこまで言うと、ハダリーは闇のなかで、エウォルド卿の手を握った。

「あの人たちがどれだけ、あなたの前に、そのぼんやりした姿を現そうとしているか――〈夜の恐怖〉という方法を使ってまで、あなたの寝室の暗闇のなかにあるものを身にまとって、自分たちが確かにこの寝室にやってきたということをあなたに印象づけようとしているか、そのことをあなたが知ったら……。

いいえ、あなたはそのことを知らなければなりません。あなたはあの人たちに〈眼〉がないと思っているのですか？　そんなことはありません！　あの人たちはたとえば、宝石の指環《ゆびわ》の爪を〈眼〉として、あなたを見ているのです。ランプの金属のボタンを〈眼〉として……。鏡に映る星を〈眼〉として……。指環の爪も、金属のボタンも、鏡に映る星も、翌朝には指環の爪やボタンや星に思えるかもしれませんが、実はあの人たちの〈眼〉だったのです。あの人たちには話をする声がない？　そんなこともありません。あの人たちは吹きすさぶ風や、古い家具の軋《きし》みや、突然、銃架から落ちた拳銃に姿を変えて、声を出すのです（あの人たちは、いつ風が吹き、いつ家具が軋み、いつ拳銃が落ちるか、知っているのです）。あの人たちには、目に見える姿も顔もないはずだ？　そんなこともありません。あの人たちは上着の姿をしたり、葉の繁《しげ》る灌《かん》木《ぼく》の幹に形を変えたり、何かの輪郭をまとったり、あなたの寝室にある、あらゆるものの影になったりすることができます。ともかく、そうやって、自分たちが訪ねてきたことをあなたに知らせるためだったら、なんでもするのです。

では、そこであなたのほうはどうすればよいか？　闇のなかをあの人たちが訪れて、恐怖を感じた時に……。そういった時、あなたは――あなたのほうは、この聖なる〈恐怖〉によって、あの人たちが存在することに気づき、この〈恐怖〉のなかに、あの人たちの姿を認めればよいのです。あなたにとっては、それがいちばん自然です。夢と現《うつつ》の境にいる〈魂〉にとっては……」

第7章　天使との格闘

現実主義とは、「我々の鼻の下を通る水平な直線が始まりもなければ終わりもない」という、唯一、絶対的な真実を無用なものとして忘れることである。

――誰かの言葉[14]

そこで、いったん口をつぐむと、ハダリーはますます力を込めて続けた。

「ところが、夢と現《うつつ》の合《あわい》にあの人たちが襲来したことに気づくと、この事態を警戒して、もうひとつの〈自然〉があなたのもとに駆けつけてきます。現実という名の〈自然〉――〈超自然〉と対立する〈自然〉が……。あなたの魂はまだ夢と現《うつつ》の境にいるのに、あなたの肉体が現実にいることを理由に、この〈自然〉はあなたの心に力

14　ラマルティーヌ『瞑想詩集』「人間」。

を及ぼします。そうして、おもちゃのガラガラを使って、赤ん坊をあやして、気をそらすように、〈理性〉というガラガラを使って、論理的にあなたの恐怖をそらし、あなたがまだ現実の〈自然〉と一体であることを思い出させようとするのです。

あなたの恐怖ですって？　いいえ、恐怖を感じているのは〈自然〉のほうです。〈無限の世界〉——つまり、〈今、生きている世界〉から見たら〈超自然〉の存在に、〈自然〉はみずからの貧しさを思い知らされます。ですから、〈自然〉こそが恐怖におののいて、夢と現《うつつ》の世界から、あなたを目覚めさせようとするのです。そうして、あなたがまだ〈自然〉のなかにいることをあなたに思い出させ（あなたの肉体はまだ現実の〈自然〉のなかにいるのですから、そういうことになります）、あなたを目覚めさせるという、まさにその行為によって、〈無限の世界〉から訪れたあの人たちを〈現実〉の貧しい世界から追い返すよう、あなたに仕向けるのです。

おお、『常識で判断するなら、そんな者たちがやってくるとは思えない』あなたはそうおっしゃるかもしれません。〈常識的な判断〉ですって？　そんなものはローマの戦闘士が使った投げ網のようなもので、〈現実〉から逃げだそうとするあなたをもう一度、〈現実〉の牢屋に入れるために、〈自然〉が放った網にすぎません。こうして、〈自然〉は、あなたが〈空想〉の翼に乗って飛びたとうとするのを阻止して、自分の身を守ろうとするのです。あなたが部屋の明かりをつけて、あの影は家具の輪郭にすぎなかったと苦笑してしまえば、あなたは〈自然〉のもっともらしい説明を受け入れて、また貧しい〈現実〉の牢屋に戻ったことになります。あなたは〈自然〉の罠にはまり、手足をもがれて、〈現実〉に幽閉されたのです。そうやって、とにもかくにも、〈自然〉はとりあえず、〈無限の世界〉からの脅威に勝利を収めたわけです。

あなたは安心してもう一度、眠りにつき、ご自分のまわりからあの人たちを追い払ってしまいます。将来、あなたが生まれかわることに決まっていて、絶対にそうなるとわかっている、あの人たちを……。〈無限の世界〉からやってきた、貴重な存在である、あの人たちを……。ですが、その時、あなたが追い払ったのは、あの人たちだけではありません。あなたはそれと同時に、ご自分のまわりから、あなたの〈空想〉を客観的に裏づける、厳とした〈事実〉を追放してしまったのです。そうして、それによって、あなたはかけがえのない、ご自分の〈無限〉を否認してしまわれたのです。では、その代わりに、あなたは何を手に入れたというのでしょう？〈安心した気分〉でしょうか？

いずれにせよ、こうしてあなたはまた地上の〈現実〉に戻っていらっしゃいました。卑俗な誘惑に満ちた地上の〈現実〉の世界に……。ただ、あなたを失望させる世界に……。ええ、この世界はちょうどあなたの先人たちを失望させてきたように、あなたを失望させるだけです。せっかく、夢と現《うつつ》の合《あわい》で魂が震える〈奇蹟《きせき》〉を体験したのに、目が覚めて、完全に合理的な目でその体験したことを眺めてみると、あなたにとって、その〈奇蹟〉は意味のない、つまらないものにしか思えないのです。あなたはご自分に向かって言うでしょう。『あれは夢のなかの出来事だ。単なる幻覚にすぎない』と、まあ、そのようなことを……。そうして、そんなありきたりな説明に満足して、あなたは軽はずみに、ご自分のなかにある〈超自然〉の感覚を衰弱させてしまわれます。けれども、あなたのほうは、ご自身と結んだ、この怪しげな平和条約に安心した気分になって、光あふれる朝の窓辺に肘をついて、新鮮な空気を胸いっぱいに吸いながら、遠くのほうから聞こえる生者たち（つまり、あなたのお仲間の人間たち）のたてる生活の物音に耳をすまします。あなたのお仲間の人間たちは、朝の光に目を覚まし、それぞれの仕事に出かけていきます。〈理性〉に酔い、現実的な〈五感〉の欲求にくるったように突きうごかされながら、現代の産業社会がもたらした、さまざまな玩具《がんぐ》に夢中になって……。そう、〈人類〉がもはや成熟して衰退期を迎えた、この現代がもたらした、くだらない玩具に夢中になって……。

そうです！〈無限の世界〉から来た――未来から来た、あの人たちを追い払った時、あなたもまた、あのレンズ豆の料理を手に入れるために、弟のヤコブに長子権を売ってしまったエサウのように[15]、目の前の欲求と、大切なことの区別がついていなかったのです。だから、この世界に失望して、ただ〈物質的な快楽〉に身を捧げる人々が、冷たい笑みを浮かべながら差しだす、呪われた料理に手を出してしまわれたのです。〈信仰〉をないがしろにし、〈天〉のことなど気にもかけない人々が差しだす料理に――自分自身から逃げ、〈神〉の観念も持たない人々が差しだす料理に……。すなわち、つまらない〈現実〉に……。

　おお、〈神〉の〈無限の聖性〉の観念など、人生を嘘で固めて、死ぬほど腐りきった、あの人々に持てるはずがありません！　それなのに、あなたはあの人々のように〈神〉を忘れ、何が本当に大切なのかも忘れて、今はもう冷たくなった地球が回るのを、おもちゃを与えられた子供のように、ただ面白がって、人ごとのように眺めていらっしゃるのです。この広い宇宙のなかで、かつて天罰を与えられて赤く燃え、今はかつての〈罰の栄光〉を讃《たた》えるために回る地球を……。ええ、あなたは〈無限〉とも〈神〉とも関わりのないところで、この地球における日々を過ごされています。けれ

15　『旧約聖書』「創世記」第二十五章。

ども、引力に導かれて、太陽のまわりを回る、この地球も哀れな泡沫《うたかた》のようなもので、すぐに消え去ることは、考えてもいらっしゃいません。それどころか、その軌道の中心で赤く燃える太陽さえも、すでに〈死〉に脅かされていて、やがて消滅することは、頭に思い浮かべてみようともしません。そんなことは辛く、また価値がないと思っていらっしゃるからです。とりわけ、その地球が何回か公転すれば、あなたご自身がこの地球から消えてしまうことは、気にかけようともなさいません。

そうです！　あなたは〈神秘〉としか思えないかたちで、この地球に現れましたが、やはり〈神秘〉としか思えないかたちで、この地球から消えていくのです。その意味では、この泡沫《うたかた》のような地球は、あなたご自身の明らかな運命でもあるわけです。

それなのに、あなたはまだそのことを鼻先で笑って、ひと粒の麦から生まれたあなたの命と同じくらい儚《はかな》い、つかのまの〈理性〉のほうを大切になさろうとしています。〈無限〉というのは、形もなく、意味を理解することもできず、しかし、それでいて避けられないものです。それなのに、あなたは、その〈無限〉を明白な〈法〉のもとに理解しようとする、〈理性〉の言うことのほうをお聞きになろうとしているのです」

第8章　助けに来た女

人が生まれかわるというのは、まったく自然な考えなのです。一度生まれたほうが不思議なのですから、二度生まれるというのは、驚くことでもなんでもありません。

――ヴォルテール『不死鳥』[16]

ハダリーの話は延々と続いていた。いったい、この話はどこに行くのだろう？「君はいったい誰なのだ？」というさっきの質問に、どこかでつながっていくのだろうか？　そう思いながらも、エウォルド卿は心を大きく揺さぶられながら、ハダリーの話に熱心に耳を傾けていた。

16　引用のタイトルは作者の勘違い。正しくは『バビロンの王女』で、引用文は第四章に出てくる不死鳥の言葉。

だが、そんな卿の気持ちはまったく意に介さぬように、ハダリーは啓示を受けたように話しつづけた。まるで、〈闇〉の扉をあけてしまったかのように……。

「こうして、あなたはご自分がもともといらした場所も、本来の目的も忘れ、ご自身を放棄なさることをお選びになりました。〈無限の世界〉の者たちが夜になると、時には昼でさえも、あなたのもとを訪れ、警告を発したというのに……。あなたはミス・アリシアのせいで——今、わたくしが顔と声をいただいているミス・アリシアのせいで、自分自身でいることをあきらめてしまわれたのです。今、この世界にいるあなたというのは、胎児として母親の胎内に入り込む前にいろいろな可能性を探っている子供のようなものです。ええ、わたくしは〈今、生きている世界〉にいるあなたと、〈無限の世界〉の関係についてお話ししているのですが、あなたは〈今、生きている世界〉で、〈無限の世界〉のことを思い、次に生まれかわる準備をしなければなりません。自分の行為や内心の考えが、次に生まれる時の自分の姿かたちを織りあげていくからです。したがって、〈今、生きている世界〉で、さまざまな苦難を乗り越えた時、次に生まれかわる時に〈素晴らしい可能性〉が生じ、〈最高の選択〉ができるようになるのですが、あなたはあのつまらない女のために、神聖なものを穢《けが》すような行為をして、次に生まれかわる時の〈選択の可能性〉を捨ててしまおうとなさいました。

そうです。あなたは、あのつまらない女のために、ご自分の人生の最後の鐘を早く鳴らそうとなさったのです。あなたを思って、〈無限の世界〉から警告にやってきた、〈将来、あなたが生まれかわる人たち〉のことは無視して……。

ええ、だからこそ、わたくしが今、ここにいるのです。〈将来、あなたが生まれかわる人たち〉の使いで……。本当は唯一、あなたの〈思い〉を暗黙のうちにわかっているのに、やってくるたびにあなたに追い払われる、あの人たちの使いで……。おお、セリアン様、あなたは本当に忘れっぽいお方ですのね。どうか、今、わたくしがお話ししたことを思い出して――みずから命を絶とうとなさる前に、どうかそのことを思い出して、もう少し、わたくしの話を聞いてくださいまし……。

わたくしは〈無限の世界〉から送られて、ここにやってまいりました。あなたのもとに……。人間が夢と現《うつつ》のぼんやりとした境界にいる時にしか、垣間見《かいまみ》ることのできない世界から……。

その世界では〈時〉はひとつに溶けあっています。〈空間〉も、もはや空間ではありません。そこでは、〈生〉や〈死〉という幻想ですら、消えてなくなっているのです。

おわかりでしょうか？　その世界で、わたくしは、あなたの絶望の叫びを聞いて、ここにやってくることにしたのです。ええ、あなたがお望みになった〈美しい肉体〉を身にまとって、あなたの前に現れることを承知したのです。

いいえ、承知したというのは正しくないかもしれません。わたくしはエジソンさんが自分おひとりでわたくしをつくったと思うようなかたちで、エジソンさんの頭のなかに名乗りでたのです。エジソンさんが、ご自分でも知らないうちに、わたくしに従ってくださるようなかたちで……。そうして、エジソンさんの助けを借りて、あなたがわたくしに夢中になってくださるために最適だと思われる〈外見〉をすべて手に入れたのです。そう、これはわたくしが自分で決めてしたことなのです」

そうにっこり笑いながら口にすると、ハダリーは卿の肩の上に両手を置いた。それから、低い声で言った。

「わたくしが誰かですって？　わたくしは〈夢〉のなかにいる者。あなたの〈思い〉のなかで、半ば目覚めている者です。あなたを救いにきた〈影〉なのです。もちろん、あなたはこの〈影〉を〈理性〉が編みだした見事な理屈でけちらしてしまうこともできるでしょう。そうすれば、わたくしはいなくなり、その代わりに、あなたには〈真理〉とか言われるものが残って、あなたは空虚で殺伐たる思いをなさることでしょう。ですから、どうぞ、わたくしから目覚めないでくださいまし。〈理性〉を口実にして、わたくしを追い払わないでくださいまし。ええ、すでに〈理性〉があなたの耳もとで、何かよからぬことを吹きこんでいるのは知っていますが、〈理性〉などというのは所詮、裏切者で、日に日に衰弱していくものです。そんなものに耳を貸さないでくださいまし。そもそも、〈真理〉などというものは怪しげなもので、人間にとってはさまざまな〈真理〉のうち、自分が信じようと思ったものだけが、〈真理〉だと思えるのでございます。ですから、あなたがほかの国にいらしたら、ほかの考え方をなさって、今とは別の〈真理〉をお見つけになることでしょう。どうぞ、そのことをお考えになってくださいまし。そして、あなたを〈神〉にするような〈真理〉をお選びくださいまし。

〈わたくしは誰か？〉と、あなたはお尋ねになりました。この地上では、少なくともあなたにとって、わたくしは〈あなたがなってほしいと思うもの〉になれる者です。ですから、わたくしに〈存在〉を与えてくださいまし。わたくしが『存在する』と言ってくださいまし。そうした、あなたご自身のお力で、わたくしの〈存在〉を確かなものにしてくださいまし。そうした、あなたの〈創造の神〉のような意志があれば、その時、突然、わたくしは〈命〉を得て、あなたの目に〈現実〉と等しいものとして映るようになるでしょう。

女性としては、わたくしはあなたが自分にとってこうあってほしいという女性にしかなりませんの? それでも、あなたはミス・アリシアのことをお考えになりますの? この地上に〈存在〉して、あなたが〈所有〉できる女性のことを……。どうぞあの方とわたくしを比べてごらんになってくださいまし。あの方に恋することに倦《う》んで、あなたは〈地上の愛〉すら、手に入れることができなかったではありませんか! それにひきかえ、わたくしのほうはあなたの意志がなければ〈存在〉しない女なので、〈所有〉することもできません。地上的な意味では、わたくしは〈無〉なのですから……。ですから、わたくしはあなたに〈天上の愛〉を思い出してもらうようにいたします。わたくしにできることはそれだけですから……。わたくしは絶えずあなたに働きかけるでしょう。何度でも、決して倦むことなく……」

そこまで言うと、ハダリーはエウォルド卿の両手を握った。エウォルド卿は茫然《ぼうぜん》とし、それから暗い思いにとらわれた。しかし、そこには賛嘆の念も入り混じっていて、なんとも言えない、落ち着かない気分になった。ハダリーの熱い吐息が頬にかかる。その吐息は、一面の花畑を渡ってきた、穏やかな風のように甘い香りがした。その香りに陶然として、卿は言葉を発することもできなかった。

「わたくしがあなたに〈天上の愛〉を思い出させるのを途中でやめてしまうと、そのことをご心配ですの？」ハダリーは続けた。「でも、わたくしが生きて動きまわるか、それとも人形のようにじっとしてしまうのかは、あなた次第ですのよ。あなたはそれをお忘れですわ。ですから、そんなご心配をなさるというのは、それだけでわたくしを殺すことになるのです。だって、あなたがわたくしの〈存在〉を疑ったら、その時点でわたくしは〈存在〉しなくなってしまうのですから……。それはつまり、あなたがわたくしのなかに見つけることのできる〈理想の女性〉を失うことも意味します。ええ、あなたがわたくしのなかに〈理想の女性〉がいると信じて、わたくしを呼んでくだされば、わたくしはあなたの〈理想の女性〉になれるのです。

そのために必要なのは、ただわたくしの〈存在〉を信じてくださることです。小賢《こざか》しい〈理性〉の言葉から、わたくしを守ってくださることです。そうしたら、おお、わたくしはなんと素晴らしい存在になれることでしょう！

わたくしを選ぶのか、それとも〈現実〉のミス・アリシアを選ぶのか？　これまで毎日のように、あなたに嘘をつき、あなたをもてあそび、あなたを絶望させてきた女を……。選ぶのはあなたです。

わたくしのことがお嫌いになりまして？　わたくしの言葉があまりに説得力があって、真実をうがちすぎているとお感じでしょうか？　でも、それは当然ですわ。わたくしは真実というものをよく知っているのですから……。だから、説得力があるのです。実際、わたくしの眼は〈死〉の領域にまで達して、その世界のことを深く知っているのですよ。

いかがでしょう? こんなふうに考えたり、お話ししたりするのが、わたくしにとっては、いちばん自然なことですの。ええ、これしかないというくらい……。それとも、あなたはもっと可愛らしくて、小鳥のように楽しげにおしゃべりをする女性をお望みでしょうか? もしそうでしたら、簡単ですわ。わたくしが身につけている三連の首飾りのブルーのサファイアを指で押してください。そうしたら、わたくしは、たちまちそんな女になってみせますわ。でも、そうなりましたら、あなたはその女の代わりに消えてしまった女を惜しむことになるでしょう。わたくしのなかには、どんなハーレムにも負けないくらい、たくさんの女がいるんですのよ。ですから、あなたがお望みになれば、どんな女でも現れるのです。わたくしという〈幻影〉のなかに、どんな女を見るかはあなた次第なのです。

ああ、でも、わたくしのなかに眠るそんな女たちを、どうか起こさないでくださいまし。わたくし、その女たちのことは少しばかり軽蔑していますの。どうか、この〈園《その》〉に生《な》っている、死をもたらす〈果実〉には、手をお触れにならないで。そんなことをなさったら、わたくしのなかから次々に女が現れて、あなたはさらに驚かれるでしょうし――わたくしの〈存在〉はあなたがわたくしを信じるかどうかにかかっているのですから、わたくしのなかのほかの女たちを見て、あなたが驚いたりしたら、それだけでわたくしは消えてしまいます。ほかの女たちの陰に隠れて、見えなくなってしまいます。だって、しかたがありませんわ。あなたの〈想像力〉にかかっている分、わたくしの〈命〉は、人間の〈命〉より、さらに消えやすいのですから……。

わたくしという〈謎〉は〈謎〉として、どうぞあなたの目に映るまま、認めてください。ちょっと分析すれば、その〈謎〉を説明するのは簡単ですが（あまりに簡単で、びっくりなさるでしょう！）、でも、その〈謎〉が説明されても、そこにはもっと大きな〈謎〉が待っているだけです。それなのに、わたくしという〈謎〉を説明してしまったら、あなたのなかで〈わたくし〉は確実に消えてしまいます。あなたは〈わたくしが存在する〉ことをお望みにならないのでしょうか？　もし、お望みになるなら、〈わたくしが存在する〉ことに、合理的な説明をつけようとなさらず、気持ちよく、わたくしをお受け入れください。

わたくしの〈未来の魂〉と過ごす夜が、どれほど甘やかなものか――これまでご覧になった夢のなかで、どれほどあなたがわたくしのことを待ちのぞんでいらしたか——ああ、あなたがそのことをご存じでしたら……。わたくしにはひとりの女性としての〈個性〉はありませんが、その〈個性がない〉ということの裏に、どれほどの宝が隠されているか——あなたがご存じでしたら……。ええ、そこには目くるめく思いや、憂愁に沈んだ気分、期待に胸躍る気持ちなど、たくさんの宝が隠されているのです。わたくしは今、〈至高の肉体〉を持っていて、その肉体はあなたがご自分の〈魂〉を吹きこんで、〈命〉をくださるのを待っています。わたくしの声は、すでに魅力的なハーモニーを奏でられるよう、準備ができております。わたくしはあなたが生かしてくださっているかぎり、決して死ぬことはありません。そんなわたくしを、あなたは価値がないとおっしゃるのでしょうか？　馬鹿な〈理性〉が『そんな女は存在しない。それは明白だ』と言った論理をまともに信じて……。その言葉が否定できないものであるかのように感じて……。『明白』ですって？　それは所詮、〈現実〉の世界でしか通用しない論理ではありませんか！　だって、〈存在〉というものが何から成り立っていて、どこから始まるのか、その観念はどういうものか、明白に定義することは、誰にもできないのですから……。『明白』などということが、あるはずがありません。

ああ、あなたはそれでも、わたくしよりも、地上の女たちのほうをお望みでしょうか？　男を裏切る女たちのほうを……。夫が財産を残して先に死んでしまうことを計算に入れて、愛の誓いをたてるような女たちのほうを……。〈地上の愛〉に比べたら、わたくしの愛は〈天使の愛〉のように魅力的です。〈地上の愛〉というのは〈官能の愛〉で、そこには男を豚に変えるキルケのような魔女が待ち受けているのですから……」

この間、エウォルド卿は、呆気《あっけ》にとられて、ハダリーを見つめていた。そんな卿の様子をしばらく眺めると、ハダリーは突然、笑いだして言った。

「わたくしたちはお互いに、なんて奇妙なものを身につけているのでしょう？　セリアン様、わたくしを見るのに、そんな丸いガラスを目のところにお当てになって……。どうして、そんなことをなさるのかしら？　そんなことをなさっても、わたくしがよく見えるようになるわけではないでしょうに……。あら、わたくしときたら、まるで普通の女のように、つまらないことを言ってしまいましたわ。わたくしは普通の女になってはいけませんのに……。だって、そうなったら、今とはちがう〈存在〉になってしまいますもの……」

そう言うと、ハダリーはほとんど間《ま》をおかずに、低い声で続けた。

「ああ、セリアン様、早くご領地に連れていってくださいまし。ご領地の暗い館に……。わたくしは、あの黒い繻子《サテン》で内張りをした棺《ひつぎ》に横になって、一刻も早く大西洋を渡って、あなたのお国に行きとうございますわ。老僕しかいない、暗い館でふたりで暮らすために……。ほかの人間などは放っておいて……。ええ、ほかの人たちなんかは、狭い家庭に閉じ込めて、適当におしゃべりをしたり、笑ったりさせておけばよろしいのよ。ねえ、セリアン様、そうしてくださいましな。ほかの人たちが何をしていようと、あなたには関係のないことですもの。あの人たちが『我こそは〈現代的〉だ』と言って、あなたがそうではないと言うなら、あの人たちにそう言わせておきなさいな。あの人たちにはわからないのですわ。いくつもの世界がつくられる前から、時代というのはいつも〈現代的〉であったことが……。ええ、今日が〈現代的〉であるように——そして、明日が〈現代的〉であるように……。あの人たちにはそれがわからず、今の自分たちだけが〈現代的〉だと思っているのです。

ですから、セリアン様、そんな人たちのことは放っておいて、あなたの館の高い塀のなかにおこもりなさいまし。その館はあなたのご先祖が尊い血を流して戦って、築きあげたものなのですから……。

どうぞ、〈孤独〉でいることをお引き受けなさいまし。この地上には〈孤独でいる者〉にふさわしい場所があるのでございます。愚かな人たちのことは放っておいて……。あの人たちは愚かで無分別で、物事の善悪がわからず、嫌味で退屈で、救いようのないほど高慢で、子供っぽく、自分が偉いと思っていて、そのあまりの罪深さに対しては、利子をつけて罰を与えてやってもよいのですが、あの人たちのもとを去る今、あえてあの人たちのことは嘲弄《ちょうろう》しないことにいたしましょう。

そもそも、あの人たちのことを考えている時間が、わたくしたちにはないのですから……。それに、何かを考えると、その考えに影響されるものです。〈あの人たちのことを考えて、あの人たちのようになってしまう〉のは、何があっても避けなければなりません。さあ、まいりましょう。あなたのご領地に……。そうして、鬱蒼《うっそう》とした木立のなかに佇《たたず》む、古い館に到着したら、わたくしに口づけをして、起こしてくださいまし。その口づけは、おそらく〈世界〉を揺るがすでしょう。ええ、人間の意志は――たったひとりの意志でも、世界を揺るがす力を持っているのですから……」

そこまで言うと、ハダリーはエウォルド卿の額に唇をつけた。あたりを包む闇のなかで、エウォルド卿は茫然としているしかなかった。

第9章　抵抗

酒は問わぬ　酔いさえすれば

——アルフレッド・ミュッセ[17]

エウォルド卿は勇気があるというだけではなく、大胆不敵な男だった。《たとえ皆が従うといえども《エティアンシ・オムネス》、我は拒否する《エゴ・ノン》》というエウォルド家のモットーが示すように、何世紀にもわたって培《つちか》った、何事にも屈しない誇り高き血が、その身体に流れている。けれども、このハダリーの最後の言葉を聞いた時には、全身に衝撃が走り、震えがなかなか止まらなかった。だが、かろうじて態勢をたてなおすと、卿は乱暴とも言える口調でつぶやいた。

「なるほど、たいした奇蹟《きせき》じゃないか！　これじゃあ、魂は慰められるどころか、恐怖に怯《おび》えるだけだ。どんな金属板に刻まれた言葉だか知らないが、この不気味な自動人形が口にした言葉にぼくが感動するだろうだなんて、いったいどこの誰が思いついたんだ！　いったい、いつから神は機械に言葉を話すことをお許しになったんだ？　いったい、どんな傲慢な男が、こんなおかしなことを思いついたんだろう？　女性の姿をした機械仕掛けの人形が人間の仲間入りをすると、自分から言いだすようにするなんてことを……。おお、そうか、これは芝居だったんだ。ぼくはまだ劇場にいたんだ。だとしたら、拍手をしてやらなければいけないな。まったく奇妙な芝居だったよ。ブラヴォー、エジソン！　アンコールだ！　アンコール！」

それから、片眼鏡《かためがね》をしっかりかけなおすと、エウォルド卿はようやく気持ちを落ち着けて、葉巻に火をつけた。

今、人類はこのアンドロイドが起こした奇蹟によって、侮辱されたのだ。だから、エウォルド卿は人類の〈威厳〉のために、〈常識的〉になることさえ厭《いと》わず、先程の言葉を口にした。しかし、その言葉はすぐに反論されてもしかたがなかった。たとえば、卿がどこかの議会の演壇でこの発言を行なって、〈人類〉の立場を主張したとしたら、この論法ではたちまち反対する言葉が返ってきて、立ち往生してしまうにちが

17　『肘掛椅子のなかで見る芝居』のなかの戯曲「杯と唇」の冒頭にある、友人アルフレッド・タッテに捧げた献辞。

いなかった。「いったい、いつから神は機械に言葉を話すことをお許しになったんだ?」卿はそう言った。けれども、これに対しては、「人間がまちがった言葉の使い方をするのを見て、神が情けないと思ってからだ」と言い返されたら、ひとたまりもない。「おお、そうか、これは芝居だったんだ」という皮肉に対しても、「そのとおりだ。ハダリーはミス・アリシアが演じるはずだった役を、代役として、本人よりも上手に演じているにすぎないのだから、最初から芝居だったのだ」と言われてしまうだろう。そうなったら、どうすることもできない。

人間は――どんな優れた人でも、激しく動揺して、しかも、自尊心からその動揺を表に見せないようにすると、得てしてこうした罠にはまってしまうものだ。言っていることにまちがいはなくても、自分の言葉の正当性を訴えようとして一生懸命になるあまり、逆に足をすくわれてしまうのである。

少し冷静になったことで、エウォルド卿はすぐにそのことに気づいた。自分の言葉は説得力を持たないと……。そうして――今、自分が直面している状態が、考えていたより、はるかに恐ろしいものであることに、あらためて思いいたったのである。

第10章　呪文

そなたの眼は、神聖な私の愛を映す澄んだ淵だった。笑みをたたえる星だった。ならば、私はこの最後の口づけで、そなたの眼を閉じよう。

――リヒャルト・ワグナー『ワルキューレ』[18]

その間、ハダリーは両手で顔を覆って、静かに泣いていた。

それから、その涙に濡れた、ミス・アリシアにそっくりの顔をエウォルド卿に向けて言った。

「あなたはわたくしをお呼びになったうえで、こうして今、追い払おうとなさるので

18　『ワルキューレ』の最後で、ヴォータンがブリュンヒルデの瞼《まぶた》に口づけをして、その死を看取る場面。ただし、引用は正確ではない。

すね。あなたがわたくしの〈存在〉を信じてくだされば、わたくしは生きることができましたのに……。あなたはご自分の国の兵力を知らない王様のようなものです。ご自分が持っている力をお使いになろうともなさらない。〈空想〉の世界にお入りになれば、その力はわかるのに……。あれほど〈現実〉を馬鹿になさっていたのに、あなたはわたくしよりも〈現実〉のほうをお選びになるのですね？　おお、せっかく〈神〉になれるというのに、あなたは尻込みなさっているのです。〈理想〉をご自分の思いのままにできるという考えに臆していらっしゃるのです。〈現実〉の奴隷である〈常識〉にせがまれて、あなたは〈理想〉をお捨てになろうとしていらっしゃる。そうして、わたくしを破壊しようとなさっているのです。

ご自分のつくろうとした世界に疑いを持った〈創造者〉――それがあなたです。あなたはせっかくわたくしを呼びだして、新しい世界をつくろうとなさったのに、それができる直前になって壊そうとしていらっしゃるのです。そうして、その世界を壊したあとは、『自分は正しいことをした』という、ゆがんだ自尊心のなかにお逃げになって、わたくしに対しては、『まあ、あのアンドロイドには、かわいそうなことをした』と、笑いながら同情してくださるおつもりなのです。

けれども、ミス・アリシアが〈命〉をどんなふうに使っていらっしゃるか考えたら、あの方のためにわたくしの〈命〉を奪うことに意味があるとお思いでしょうか？　姿は同じでも、あの方に比べて、わたくしはあなたが何ひとつ恥じることなく愛する女になれましたのに……。あなたが死ぬまで、おそばにいられましたのに……。昔、巨神族《タイタン》のひとりであるプロメテウスが人間のために神から火を盗んできたことがありましたが、人間たちは恩知らずにも、その火を使って武器をつくり、戦争を始めました。でも、わたくしはその人間たちよりもずっとまっとうです。ええ、わたくしは〈新しい火〉を授かって、生きていっても誰に恥じることはないのです。〈電気の火〉を授かって、生きていっても……。セリアン様、もしわたくしが消えてしまったら、誰も〈虚無の世界〉から、わたくしを呼び戻すことはできません。たとえ、禿鷲に永遠に内臓をついばまれようと、神から火を盗んで、わたくしに授けようとする方は、この地上にはもうひとりもいないのです。ああ、プロメテウスの運命を嘆いた海の精霊《オケアニデス》たちのように、わたくしもその方の心を思って、泣こうと考えていましたのに……。もう、それもできません。さようなら、セリアン様、わたくしを追放なさったお方……」

そう言って、口をつぐむと、ハダリーは立ちあがった。それから、深いため息をつくと、並木に近づき、樹皮に手を当てた。そのまま、幹に寄りかかりながら、月光に照らされた庭園を眺める。

月光はハダリーの美しい顔も、青白く浮かびあがらせた。すると、夜に向かって、ハダリーがまるで親しい人に話しかけるように、呪《まじな》いの言葉を口にしはじめた。

「夜よ！　わたくしは六千年の苦しみの果てに、人類が生みだした尊《たっと》き娘――〈科学〉と〈天才〉から生まれた美しき花。おお、星よ！　明日には消えてしまう星よ。涙に霞《かす》んだわたくしの眼に、そなたの冷たい光を映しておくれ。おお、それから、婚礼の口づけを待たずして、死んでしまった乙女たちの魂よ！　そなたたちは、わたくしが消え去ることに驚いて、こうしてまわりに集まってくれたのですね。安心なさい。わたくしは、ただの〈幻影〉。わたくしが消えても、わたくしを思い出して、嘆く者はいないのですから……。わたくしの美しい胸は、決して乳を出すことはありません。わたくしの魅力的な口づけは、ひとり淋しく、〈虚無〉の世界で彷徨《さまよ》うことでしょう。わたくしの素晴らしい言葉は風に散り、わたくしは辛い思いで、雷鳴のとどろく〈闇〉を愛撫することになるでしょう。その時に、わたくしの空《むな》しい乙女の花を摘んでくれるのは、ただ稲妻だけです。わたくしはアブラハムの子イシュマエルを産んで親子ともども砂漠に追放されたハガルのように、この世界を追われますが、わたくしの行く砂漠にイシュマエルはおりません。わたくしは子供たちに捕《つか》まってしまった雌鶏たちのようなものです。その雛鶏たちは悲しい母心でそこにはない卵を孵《かえ》そうと、力尽きるまで大地を抱くのです。おお、魅惑に満ちた庭園よ！　木立が落とす影で、みじめなわたくしの額を清めておくれ。おお、可愛らしい草花よ！　その身にまとった玉のような露で、わたくしよりも輝いておくれ。おお、雪のように白い泡をたてて流れる水よ！　わたくしの頰を伝う涙よりも激しく流れ、きらきらと光っておくれ。おお、それから空よ！〈希望〉の空よ！　わたくしに〈命〉を与えておくれ。ああ、生きることができたら！〈命〉を持つことができたら！　おお、生きるのはなんと素晴らしいことなのだろう！〈命あるもの〉に、幸いあれ！　おお、光よ！　あなたの姿を目にしたい。おお、恍惚よ！　あなたの囁《ささや》きを耳にしたい。おお、愛よ！　あなたの歓びに身を浸《ひた》したい。おお、美しき、小さな薔薇《ばら》よ！　あなたたちが眠っている間に、一度でいいから、香りを胸に吸いこみたい。おお、わたくしは、夜の風が髪を吹きぬけていくのを感じたい！　ただ、それだけでいい。それだけでいいのです！　それなのに……。わたくしにできることは、死ぬことだけだなんて……」

そう言うと、ハダリーは星が見つめる下で、身をよじった。

第11章　夜の牧歌

祈れ《オラ》、泣け《リョラ》
言葉より《デ・パラーブラ》
理性は生まれる《ナセ・ラ・ソン》
歌は光を与える《ダ・ルース・エル・ソン》
ああ、ここに来て愛せよ《オー・ベン・アマ》
そなたは魂《エレス・アルマ》
私は心《ソイ・コラソン》

――ヴィクトル・ユゴー「デアの歌[19]」

　と、ハダリーが、突然、エウォルド卿のほうを向いて言った。
「お別れします。どうぞお仲間のもとに戻ってください。そうして、わたくしのことを『世にも奇妙な物を見た』とお話しください。そのくらいのことはなさってもかまいませんわ。どうせたいしたことではないのですから……。

それよりも、セリアン様、あなたはわたくしが失ったものをすべて失ってしまわれたのですよ。どうか、わたくしのことをお忘れになるよう、努力してみてくださいませ。そんなことはとうていできないと思いますが……。あなたはアンドロイドとして、わたくしをご覧になりました。でも、そういった目でアンドロイドを見たということは、ご自分のなかの〈女性〉というものを殺してしまったのと同じことになるのです。だって、それは〈理想の女性〉を殺したということなのですから……。〈理想〉を冒瀆《ぼうとく》したら、〈理想〉はそのことを決して赦《ゆる》しません。そうして、神をもてあそんだものには罰が下るのです。

わたくしは輝く地下の〈楽園〉に戻ります。さようなら。あなたはもう生きていくことはできませんわ」

そう言うと、ハダリーはハンカチで口もとを押さえ、よろよろした足取りで、ゆっくりと遠ざかっていった。

今は並木道を通って、明かりのついた研究所に向かっていく。闇に霞《かす》んだブルーのドレスが木々の前を通りすぎていく。と、しばらく晴れていた夜空に稲妻が光った時、

19　『笑う男』のなかで、デアがうたった歌。

ハダリーが振り向いた。その美しい手を重ねて口に当てると、ハダリーは静かに——だが、絶望的な仕草でエウォルド卿に接吻《せっぷん》を送ってきた。それを見ると、たまらない気持ちになって、エウォルド卿は我を忘れて、ハダリーのほうに向かっていった。そうして、すぐ近くまで来ると、ハダリーのウエストに手を回して、強く抱きしめた。その抱擁にハダリーは柔らかく腰を曲げた。

「ハダリー、ハダリー」エウォルド卿は口にした。「降参だ。君の魅力には勝てない。確かに、運命に与えられた〈本物〉のミス・アリシアよりも〈幻影〉のあなたを選ぶというのは、天と地の自然に逆らうことなのかもしれない。たとえ、〈本物〉のミス・アリシアがどんなにつまらない女で、〈幻影〉のあなたが素晴らしかったとしても……。けれども、天がどう思おうと、地がどう思おうと、好きなように思わせておけばよい。ぼくは君と一緒に隠棲《いんせい》しよう。ああ、〈闇の偶像〉よ。今日かぎり、ぼくは人間をやめる。時は勝手に過ぎさるがよい！ 〈本物〉と〈幻影〉を並べてみたら、〈本物〉のほうが、よほど〈幻影〉に思えてくる。ぼくは、今、それに気づいたのだ」

その言葉に、ハダリーは身を震わせると、エウォルド卿にすっかり身体を預けて、卿の首に両手を巻いた。卿はその身体を抱きとめた。ぴったりと押しつけられたハダリーの胸からは、呼吸とともに〈天国の花《アスフォデルス》〉[20]の香りが立ちのぼってくる。ハダリーの髪は今やシニョンが解けて、背中で豊かに波打っていた。

ハダリーは優しく、物憂げで、切々と心に訴えるような表情をしていた。その顔はあいかわらず完璧なほど美しかったが、今はその美しさに愛らしさが加わっていた。エウォルド卿の肩に頭をもたせて、ハダリーはその長い睫毛《まつげ》の下から、卿の顔を覗《のぞ》きこんでいた。女になった〈女神〉、肉体をまとった〈幻影〉――ハダリーは夜を脅《おびや》かしていた。その夜の静寂《しじま》に、ハダリーの息が聞こえる。ハダリーは息をしながら、エウォルド卿の魂を吸いとって、自分のものにしているように見えた。と、ハダリーが少しだけ開いた、その震える唇をエウォルド卿の唇に重ね、自分のほうから初めてのキスをした。

「ああ、愛する方……。ようやく、巡り会えましたわ。やはり、あなただったのですね」

20　地中海沿岸に咲くススキノキ科ツルボラン属の花。ギリシア語で「天国に咲く花」の意味。ギリシア神話では冥府に咲くと言われ、〈不死の花〉とされている。ハダリーがエウォルド卿に贈った金の造花の不死花《イモルテル》はまた別の花。こちらはカレープラントと呼ばれる。

第12章　沈思の人《ペンセローソ》[21]

さらば　また君に会う日まで
その日が来ると　固く信じて
来《きた》るべき
その日の朝まで

——シューベルトの合唱曲[22]

それからしばらくして、エウォルド卿はハダリーを抱えるようにして、実験室に戻ってきた。ハダリーは真っ青な、思いつめたような顔をして、エウォルド卿の肩につかまると、今にも失神しそうな、おぼつかない足取りで歩いていた。ふたりが部屋に入ると、エジソンは腕組みをして、黒檀《こくたん》の見事な棺《ひつぎ》の前で待っていた。棺は両側に大きく扉が開き、黒い繻子《サテン》の内張りがしてあった。そして、内部は女性がすっぽりと入るように、人型に刳《く》りぬかれていた。

現代の技術がつくりだした最高の棺――これが古代エジプトであれば、クレオパトラのような女王が納められたことだろう。棺の内側には、ちょうど古代のエジプトでパピルスに書かれた文書《もんじょ》を副葬品にしたように、電気めっきをした、薄い錫《すず》のリボンが十本ほど並べられていた。ほかには手書きの説明書やガラスの鉗子《かんし》などが入れられていた。エウォルド卿は棺から顔をあげて、エジソンを見た。エジソンは巨大な〈雷発生器〉の金属の輪の部分に寄りかかって、エウォルド卿を見つめていた。

ハダリーは今は少し落ち着いたようで、エウォルド卿の肩に頭をもたせている。それを確かめると、エウォルド卿はエジソンに言った。

「エジソンさん。ハダリーを人に贈ることができるのは、もはや〈神〉になりかけた人だけでしょう。ハダリーはそんな贈り物です。バクダッドでもコルドバの奴隷市場でも、カリフたちの前に、これほど素晴らしい女奴隷が引き出されたことはないでしょう。どれほど優れた魔法使いでも、このような〈幻〉をつくりだしたことはない

21　『失楽園』を書いたジョン・ミルトンの詩の題名。
22　本当の作曲者はシューベルトではなく、オーギュスト・フォン・ヴァイラウフ。歌詞はカール・フリードリヒ・ゴットロープ・ウェッツェルの詩「さらば《ア・ディユー》」。

はずです。シャフリアール王に『そんなことは起こるはずがない』と言われるのを恐れて、シェヘラザードだって、『千夜一夜物語』のなかでこんな話をしようとは思わなかったでしょう。どれほど財宝を積んでも、このような〈傑作〉は手に入りません。ぼくはこの〈傑作〉を見て、最初は怒りを抑えることができませんでしたが、最後には感嘆するしかありませんでした」

「ということは、この贈り物を受け取っていただけるのですね？」エジソンが尋ねた。

「お断わりしたら、頭がどうかしています。ええ、本当に……」

「では、これで私たちの間では、貸し借りなしですね」

そう真面目《まじめ》な顔で言うと、エジソンは手を差しだした。エウォルド卿はその手を握りしめた。

「ご出航は明日でしたね。夕食でも、ご一緒にいかがです？」口もとに笑みを浮かべながら、エジソンが続けた。「三人で……。この前の時と同じように……。よろしかったら、あの晩の会話の続きをしましょう。〈本物〉のミス・アリシアに比べて、ハダリーがどんな返事をするか、よくおわかりになりますよ」

だが、その言葉に、エウォルド卿は首を横に振った。

「いいえ、その必要はありません。ぼくはもう一刻も早く、早くエセルウォルドの館に戻って、この不思議な〈存在〉を独り占めしたい気分です。この〈存在〉の虜《とりこ》になって……。〈謎〉に満ちた、この〈存在〉の……」

それを聞くと、エジソンはうなずいた。それから、ハダリーに向かって言った。

「では、お別れだね、ハダリー。さようなら。あちらに行っても、君の地下の〈楽園〉のことを思い出しておくれ。私たちはあそこで、よく話したものだったね。いったい誰が君を目覚めさせて、この陽炎《かげろう》のような人間の世に連れだしてくれるのかと……」

「まあ、エジソン様」ドレスの裾をつまんで、お辞儀をすると、ハダリーは答えた。「いくら姿は人間に似ていましても、〈創造主〉を忘れるほど恩知らずではありませんわ」

その言葉に、エジソンはまたエウォルド卿のほうを見て言った。

「ところで、〈本物〉のミス・アリシアのほうですが……」

エウォルド卿は身震いした。

「そうでした。彼女のことはすっかり忘れていました」

「ミス・アリシアはかなり不機嫌なご様子で、ここを出ていかれました」エウォルド卿の顔を見ながら、エジソンは言った。「ちょうど、あなたがたが庭園の散歩に出かけたあとのことです。私がかけた暗示からは、すっかり覚めていましてね。あまりに大声でまくしたてるものですから、散歩の間、あなたがたが交わしていた会話がまったく聞こえなかったほどでしたよ。あなたがたは、もちろん、何かお話をなさっていたんでしょう？　私は会話を拾うために、新しい装置をつくって、マイクロフォンまで仕掛けていたのですが……。ハダリーがあなたときちんとした会話をするかどうか、確かめようと思いましてね。いえ、ハダリーがその人生の最初の瞬間から、〈未来の女性〉としてふさわしい受け答えをしたことはわかっています。実際に確かめることはできませんでしたが、その点についてはまったく心配しておりません。ハダリーの言葉を聞いたら、少なくとも、あなたにとっては、ミス・アリシアは死んでしまったのではないでしょうか？　外見は同じでも、そのなかにいるのはミス・アリシアではなくハダリーで、あなたはそちらのほうに魅力を感じたはずだからです。

で、そのミス・アリシアですが、つい先程、『この新しい役はあきらめることにします』と、宣言なさいました。こんなわけのわからないセリフはとうてい覚えることができないし、長さを考えただけでも、頭がくらくらするというのです。ご本人の言葉によれば、『じっくり考えてみたのですけれど、これまでにあたくしが演じたオペラ・コミックの何かの役でデビューさせていただければ、それでもう十分ですわ。こんなことを申しあげると、あたくしが謙虚だとお思いになるかもしれませんけど……』ということでした。まあ、そのあとで、『そういった役でしたら、これまで十分成功を収めていますし、目や耳の肥えた方々の注意も引くでしょうから……』と、つけ加えていらっしゃいましたがね。彫像については、ミス・アリシアがおっしゃるには、今日、あなたがお帰りになったら、あなたと一緒にメンロパークの別荘を引き払うので、『できあがったら、ロンドンのあたくし宛てに送ってくだされば、それでかまいませんわ』ということでした。ちなみに、私に対する報酬につきましては、『芸術家に対してはお金の交渉をするものではないので、あの人にたっぷり請求なさるとよろしいわ』とおっしゃっていました。それだけ言うと、ミス・アリシアは私に『さようなら』とお別れの挨拶をなさって、『もし、あの人がこのあとここに来るようなら、あたくしは先に別荘に戻って、ロンドンに帰る支度をしている、とお伝えくださいませ』と伝言を残して、おひきとりになりました。

　ということですので、ミス・アリシアと一緒の船でロンドンにお戻りになったら、エウォルド卿、あなたのほうはミス・アリシアが歌手や女優としてキャリアを積めるようお膳立てをして、あとは放っておかれるとよろしいと思います。そうして、エセルウォルドの領地にお戻りになったら、大貴族にふさわしい〈手切れ金〉とともに、別れの言葉をしたためた手紙をお送りになるとよいでしょう。それですべて終わりです。《愛人とは何か？　帯かケープのようなものだ》とスウィフトも言ってますからね[23]」

「ええ、ぼくもそうするつもりでした」エジソンの言葉に、エウォルド卿は答えた。と、その時、ハダリーが卿の肩からゆっくり頭をあげて、不思議な微笑を浮かべると、エジソンのほうを見ながら、細く透きとおった声で、卿に言った。

「ねえ、セリアン様。エジソン様はエセルウォルドの館に来てくださるかしら？　きっと来てくださいますよね？　わたくしたちに会いに……」

その言葉があまりに自然に話されたので、エウォルド卿はあらためて感心した。しかし、もうそれほど驚くことではあるまいと、表には出さず、同意のしるしにうなずくだけにとどめた。

だが、奇妙なことに、エジソンのほうは、ハダリーのこの言葉にあからさまに動揺したように見えた。呆気《あっけ》にとられたように、ハダリーを見つめている。

それから、突然、「忘れていた」とばかりに、自分の額を叩《たた》くと、笑みを浮かべて、ハダリーの足もとにかがみこんだ。ドレスの裾をあげ、ブルーのアンクルブーツの踵《かかと》の部分をいじりはじめる。不思議に思って、エウォルド卿は尋ねた。

「何をしていらっしゃるのです？」

「ハダリーの鎖を解いているのですよ」手を動かしながら、エジソンは答えた。「簡単に言えば、電線をはずしているのです。ハダリーはもうあなたのものですからね。これから先、ハダリーはただ指環《ゆびわ》と首飾りの宝石の指示だけに従って動きます。お望みの動きをさせるのにどの宝石を押したらよいか、詳しいことは手書きの説明書をご覧ください。そこに全部書いてあります。わかりやすくね。以前、ご説明した〈円筒型動作記憶盤〉には、ハダリーの動作が六十時間分、記録されていますが、その説明書をお読みになれば、ハダリーの動作のいちいちを知って、あなたのお望みの状況をつくり、ハダリーと理想のやりとりをすることができます。これは深いですよ。チェスの勝負のようなものです。展開は無限にあります。そう、本物の女性を相手にしているようにね。ハダリーのなかにはふたつのタイプの〈最高の女性〉が組み込んでありますので、そのふたつをうまく組み合わせれば、どんなタイプの女性でも簡単に出現させることができます。それがまた魅力的なのです」

23　『ガリバー旅行記』を書いたジョナサン・スウィフトのこと。ただし、スウィフトの作品にこの引用の言葉はない。

けれども、エウォルド卿は静かに首を横に振った。

「エジソンさん。ぼくはハダリーを〈幻影〉として認めています。つまり、この世界のものではない、本当の〈幻影〉だと……。だから、ハダリーがどんな仕掛けで動くのか、どのようにして動くのかという〈謎〉など、もうどうでもいいのです。ぼくはもう三週間前に、エジソンさんに説明していただいたことも忘れました」

すると、エジソンがまだ足もとで作業をしている間に、それまで黙っていたハダリーが卿の手を優しく握ると、耳もとに顔を近づけ、声を低めて早口で言った。

「さっき、あなたにお話ししたことはエジソンさんには言わないでくださいましね。あれはあなたにだけお伝えしたのですから……」

その言葉が終わるか終わらないかのうちに、ハダリーの両方の踵からはずした小さな銅のねじを手に、エジソンが立ちあがった。ねじには一本ずつ、絶縁材でくるんだ電線がついていた。その電線はあまりに細いので、ハダリーの後ろについて床や地面や草むらの上を這《は》っていても見えなかったのだ。おそらく、その先はどこか遠くの発電機につながっているのにちがいなかった。

と、ハダリーが全身を大きく震わせた。エジソンが首飾りの留め金に触れたのだ。

「肩を貸してくださいまし」

そうエウォルド卿に声をかけて、卿の肩につかまると、ハダリーは静かな笑みを浮かべて、美しい棺に足を入れた。その姿は夜のように優雅だった。

やがて、ハダリーは豊かに波打った、その長い髪を広げながら、ゆっくりと棺に横たわった。

航海中、顔が棺の内部にぶつからないように、絹のヘアバンドを巻いて、頭を枕に固定する。それから、側面から伸びている薄いリネンの帯を使って、棺が何かにぶつかっても身体が動かないよう、しっかりと身体を棺にくくりつけた。

「愛しい方」ハダリーが言った。「向こうに着きましたら、わたくしを起こしてくださいましね。それまでの間は……〈眠りの世界〉でお会いしましょう」

そう最後に口にすると、ハダリーはまるで眠りに落ちるかのように、目を閉じた。

両側から棺の扉が音もたてずにおりてきて、ハダリーの上でぴたりと閉まった。扉には昔から続くエウォルド家の紋章が描かれていて、その紋章のなかには、ペルシア語で〈理想《ハダリー》〉という文字が記された銀のプレートがはめこまれていた。エジソンが言った。

「以前、お話ししたように、この棺はこのあと、四角い大きな箱に入れられます。蓋《ふた》が丸くふくらんだ箱にね。そして、その箱と棺の隙間には真綿をぎっしりと詰めます。

四角い箱にするのは、航海中、この箱を見た人が不審の念を抱かないようにするためです。さあ、これは棺の鍵になります。錠は上からは見えないところ、この棺の前面、ちょうど枕の下あたりにあります。そこに鍵を差しこめば、バネがゆるんで、扉はゆっくりと開きます」

そう説明して、星の形をした黄金の鍵をエウォルド卿に渡すと、エジソンは棺の前面の下のほうを示した。そこには星形の黒い穴があいていた。

「どうぞお座りください」円卓の椅子のひとつを勧めながら、エジソンが続けた。「シェリー酒でも一杯いかがです? まだもう少し、お話しすることもあると思いますから……。そうではありませんか?」

その言葉にエウォルド卿がうなずくと、エジソンは電気式のガラスの点灯ボタンを押して、ライムライトのガス灯に火をつけた。酸水素ガスの炎の光にライムライトの強烈な光が合わさって、室内は真昼のように明るくなった。

それから、研究所の屋根に取りつけられた赤い警告灯の点灯ボタンを押すと、エジソンは庭園に面したガラス戸のカーテンを閉め、またエウォルド卿のそばに戻ってきた。

すでに昼間から用意してあったのだろう、円卓の上には藁《わら》を巻いたシェリー酒の瓶と、ヴェネチアングラスの小さなワイングラスが置かれていた。

「〈不可能〉に乾杯！」ふたつのグラスにシェリー酒を注ぐと、落ち着いた笑みを浮かべて、エジソンが言った。

同意のしるしに、エウォルド卿はグラスを手に取り、エジソンのグラスと合わせた。

一瞬のち、ふたりは黙って、向かいあわせに座っていた。

第13章　手短な説明

天でも地でも、ホレーシオ、この世界には君の考えなど、
まったく及びもつかないようなことがあるのだ。
——シェイクスピア『ハムレット』[24]

しばらく沈黙が続いた。エジソンは何か考えているようだった。その様子を見ながら、考えを巡らした結果、エウォルド卿は言った。

「最後にひとつだけ、質問させてください。あなたは先日、今度の計画には彫刻家のミス・エニー・ソワナの助けを借りるとおっしゃっていましたね？　彫像をつくるという口実で、アリシアの身体のサイズを測るために……。アリシアも最初の何日かは、そういうことをしていたと言っていました。

それで、そのソワナという女性についてなのですが、アリシアの言葉によれば、顔色が蒼白で、年齢は中年に差しかかったところ、ほとんどしゃべらず、いつも黒い服

を着ていて、若い時には大変きれいだったろうということでした。また、いつも目を閉じているので、瞳の色はわからないけれど、それなのに物はよく見えているみたいなので、びっくりしたとも……。そうそう、アリシアはこんなことも言っていました。アリシアがそこの壇の上でポーズをとっている三十分くらいの間、そのソワナという女性彫刻家は、まるでロシア式蒸気風呂のマッサージ師のように、アリシアの身体を頭のてっぺんから足の爪先まで触っていき、時おり、鉛筆で数字を書きとって、衝立《ついたて》の向こうにいるあなたに伝えるほかは、手を休めることがなかったと……。

しかも、その間、女性彫刻家がその冷たい手を動かすと、長い炎のような光が身体の上を走って、女性彫刻家はまるでその光でアリシアの輪郭を描いているみたいだったと……」

「それで、ご質問なさりたいことというのは？」エジソンが尋ねた。

「もちろん、そのミス・エニー・ソワナのことです」エウォルド卿は答えた。「ぼくが最初にハダリーに会った時に耳にした、あの遠くから聞こえてくるような不思議な声からすると、あの時の声はミス・ソワナの声ではないかと思うのですが……。いか

24　第一幕五場。亡き父親の亡霊が現れたあとのハムレットのセリフ。

がでしょう？ それに、アリシアの話でも、ミス・ソワナはずいぶん〈超自然的〉な力を持っているようですが……」

「なるほど！」卿の言葉にうなずいて、エジソンは言った。「三週間、別荘でお暮しになっている間に、ハダリーの〈秘密〉について、ご自分でもお考えになったのですね？ エウォルド卿、あなたは確かに〈秘密〉の一部を見抜いていらっしゃいますよ。しかも、かなり本質的な部分をね。けれども、いかなる偶然で、奇蹟的に、私がその〈秘密〉を手に入れたか、その点は誰にも想像できないでしょう。〈強く望めば、どんな願いでも叶《かな》う〉と言いますが、あの格言は本当なのです。

それで、ミス・エニー・ソワナのことですが、あなたはエドワード・アンダーソン君のことを覚えていらっしゃいますか？　ええ、私が地下でお話しした、かわいそうな男の話です。実は卿がお尋ねになったことは、その話のいわば〈結末〉にあたるものなのです。ですから、その少し前くらいから、お話ししましょう」

そう言うと、エジソンは少しの間、考えに耽《ふけ》り、それから続けた。

「ミス・イヴリン・ハバルのせいで夫が破産して自殺したあと、ミセス・アンダーソンは突然、家を取りあげられて、それこそ食べるものもなく、幼い息子をふたり抱えて、夫の仕事仲間に慈悲を乞う生活をするしかありませんでした。しかし、おそらく気苦労のせいでしょう、病気のせいで身体が動かなくなってしまったのです。その病気とは――重篤《じゅうとく》な神経症の患者が罹《かか》る〈眠り病〉です。

ミセス・アンダーソンがどれほど素晴らしい女性であるかは、エウォルド卿、前にお話ししました。賢く、また、けなげで貞淑な女性なのです。そこで、私はミセス・アンダーソンが不幸な境遇に陥ったと聞いた時、すぐに援助の手を差しのべたいと思いました。ええ、かつて、あなたが私を助けてくださったように……。アンダーソン君は昔からの私の友人ですし、その友人の家族が不遇をかこっているなら、アンダーソン君に対する友情のためにも、助けてやりたいと思うのが人情というものです。ですから、私はできるだけのことをすることにして、まずふたりの子供をしかるべきところに預け、ミセス・アンダーソンのほうも、みじめな暮らしをしないですむように家を借りて、世話をする人を頼みました。

それから、かなり長い年月がたちました。

ミセス・アンダーソンは〈眠り病〉に罹ったまま、執拗《しつよう》に繰り返される〈睡眠〉の発作に、一日のほとんどを眠っているという状態を続けていました。そういったこともあって、私もなかなかお見舞いに行くことができなかったのですが……。ところが、たまたま――本当にひさしぶりに、ミセス・アンダーソンに会いに行った時のことです。私は彼女が深い睡眠状態にあるのに、目をつむったまま、私に話しかけ、私の言葉に答えるという奇妙な現象を目の当たりにしたのです。といっても、これは〈眠り病〉の患者には時おり見られる症状で、奇妙な感じはしますが、それほど不思議ではありません。この病気の患者はいろいろな症状を示して、なかには三カ月から九カ月の間、眠ったまま、まったく食事をとらない者もいるのです。いずれにしろ、私はこうなったら、ミセス・アンダーソンの病気を治すためにできるだけのことをしよう――いや、いつか必ず治してやろうと決心して、治療の研究を始めることにしました。そうして、いつもの癖で、たちまち夢中になってしまったのです。ええ、ミセス・エニー・アンダーソンの[25]〈眠り病〉の治療をすることに……」

エジソンがミセス・アンダーソンのファーストネームを強調したことに、エウォルド卿はびっくりした。ということは、ミス・ソワナとミセス・アンダーソンは同一人物であるということだ。

「〈治療〉ですか?」エウォルド卿はつぶやいた。「むしろ、別の人物に〈変貌〉させようとしたのでは?」

「そうかもしれません。そう言えば、エウォルド卿、あなたは〈動物磁気催眠〉にお詳しかったのですね。この間の夜に、私がミス・アリシアに催眠術をかけて、一時間ほど身動きひとつしない状態で眠っていただいた時に、あなたが落ち着いていらしたので、本当によく知っていらっしゃるんだなと思いました。実験にも何度か立ち会ったことがあるとおっしゃっていましたね。〈動物磁気〉の考えは十八世紀に提唱されたもので、最近はまた実証的に疑いのない科学として見直されてきていますが、そこで証明されたのは、我々の身体のなかにある〈神経流〉——すなわち、〈動物磁気〉というものは、〈電流〉と同じくらい、確かに存在するものだということです。

そうです。お察しのとおり、ミス・ソワナとミセス・アンダーソンは同じ人物なのです。ただ、正確には、同じと言っていいかどうかわかりませんが……。それはもう少しあとで説明することにして、今の話に戻ると、ミセス・アンダーソンの〈眠り

25　原文もAny Andersonで、Anyはフランス語読みすれば、「アニー」。あとから出てくるミセス・アンダーソンのファーストネームはAnnie（アニー）である。作者はAnyとAnnieが同じ発音だと思っていた節がある。ここでAnyを使ったのは、一義的にはエニー・ソワナとアニー（エニー）・アンダーソンのファーストネームが同じだと伝えるため。さらにその奥では、ミセス・アンダーソンが個別的な存在ではなく、普遍的な存在、すなわち、すべての女性であることを示していると思われる。このことから、あとから出てくるファーストネームAnnie（本来ならアニー）も「エニー」と訳した。

病〉の治療にあたって、私は〈催眠術〉を用いることにしました。どうしてそんな考えが浮かんできたかはわかりませんが、ともかくそれがいいと、とっさに閃《ひらめ》いたのです。そうして、まずは自分の〈催眠術〉の能力を高めるため、あらゆる資料を集めて知識を獲得し、また実践を通じて腕を磨きました。それから、実際に治療を開始し、およそ二カ月の間、粘り強く、また辛抱強く、ほとんど毎日のように、ミセス・アンダーソンに〈催眠術〉を施しつづけたのです。ところが、最初はこのかわいそうな女性の病気を治してあげたいという、純粋に治療の目的でやっていたのですが、そのうちに不思議な現象が現れるようになってきまして——そうなると、私の興味はそちらのほうにも向かいました。さっきも言ったとおり、〈眠り病〉の患者には奇妙な現象が現れるのですが、そうしたよく知られた現象とは別に、〈催眠術〉をかけた時に特有の〈超自然的〉な現象がいくつか出てくるようになったのです。ええ、〈科学〉の進歩によって、いずれは解明されるのでしょうが、今のところはまだ不、思、議、と、し、か、言、い、よ、う、の、な、い現象です。たとえば、本人はベッドに横になって長い間、深く眠ってい、る、状態なのに、遠くで起こっていることが見通せてしまうという、いわゆる〈千里眼〉のような現象……。ともかく、そんな現象が現れるようになったのです。これは今の科学では、まったく説明することができません。そして、もうおわかりだと思いますが、その現象は、ソワナに関係しているのです。

　ということで、その時からミセス・アンダーソンは、患者というよりは、私の〈秘密〉になりました。私はミセス・アンダーソンと――いや、ソワナとよく話をしました。ミセス・アンダーソンは深く眠っていますが、感覚は異様に鋭くなっています。いわば、深い〈催眠状態〉にあるようなものなのですが、そのおかげで、私はちょうど〈催眠術〉をかけた相手にするように、〈動物磁気〉――〈神経流〉を送り、ソワナと話をすることができるようになったのです。私はもともと〈神経流〉を発して、自分の意志を人に伝えることができましたが、おそらくソワナとやりとりをしているうちに、その能力が鍛えられたのでしょう。今では何人かの人たちに離れたところから〈神経流〉を送ることによって、その人たちをほとんど無条件に支配することができるようになっています。それも何日もかけてというのではなく、わずか数時間の間に……。

　いや、それはともかく、そうしたやりとりを続けているうちに、私はミセス・アンダーソン――というより、ソワナともっと深く交信するために、おそろいの〈指環《ゆびわ》〉を使うことを思いつきました。そう言うと、お話に出てくる〈魔法の指環〉みたいでしょう？　でも、そうではないのです。私はまったく同じ品質の鉄を使って〈指環〉

をふたつつくり、その〈指環〉を〈動物磁気〉で満たしました。そうすると、〈指環〉を通じて、〈神経流〉のやりとりがしやすくなるからです。この〈指環〉をミセス・アンダーソンの指にはめると——やはり私が〈指環〉をしている場合にかぎってですが——私が思っただけで、瞬間的に意思が伝わるばかりか、たとえ身体は百キロメートルくらい離れた場所で眠っていたとしても、私の言葉が伝わって、私の言いつけを聞いてくれるようになったのです。肉体的にはちがう場所にいても、精神的、あるいは霊的には、そばにいるのと同じことになったのです。ただ、離れた場所にいる時には、私のほうはほとんど声に出さなくても、口のなかでつぶやくようにして話さなければなりませんし、彼女のほうは電話の送話器を口に当てていないといけませんが……。彼女の言葉は電気にのってやってくるのです。しかし、いずれにしろ、こうした手段を用いることによって、私と彼女は実質的に〈空間〉を無視して、話すことができるようになったわけです。私たちは何度も話しましたよ。私と〈霊的な存在〉になったミセス・アンダーソンは……。

ところで、私はその〈霊的な存在〉になったミセス・アンダーソンをソワナと呼んでいるわけですが、それにはこういうわけがあります。エウォルド卿、あなたは、〈催眠術〉に深くかかった人々が自分のことを名前で呼ぶのはご存じですね。まるで小さな子供がするように、三人称で……。それは〈催眠術〉にかかった人が〈自分の身体や感覚を自分からは切り離して見ている〉ということを示しています。中には、自分の肉体的な人格——社会的な人格と言ってもかまいませんが、〈催眠状態〉になる前の人格から遠ざかるために、三人称で自分の名前を呼ぶのに飽きたらず、まるで新しい人格として生まれたように、自分に名前をつけてしまう者もいます。そういう者たちのなかには眠りの世界で〈この世〉ではない世界と通じ、そのために〈千里眼〉を獲得することもあるらしいのですが（科学ではまだ証明されていませんが）、ともかく、そういう者たちは、〈あの世〉で名乗っていたという名前にこだわり、〈催眠状態〉にいる時は、その名前で呼ばなければ、返事をしないということさえあります。ミセス・アンダーソンにも、そういったことが起こりました。忘れもしません。ある日、彼女は話しはじめた言葉を途中でやめると、突然、人が変わったようになって、簡潔な口調でこう言ったのです。普段なら不思議な現象を否定する者でも、思わず信じてしまうような口調で……。

『そう言えば、〈そちらの世界〉で眠っているミセス・エニー[26]・アンダーソンのこと、

26　原文はAnnie。

私も覚えていますのよ。でも、私は〈こちらの世界〉では、もう長いこと、ソワナと名乗っていますの』と……」

エジソンの言葉に、エウォルド卿は呆然《ぼうぜん》として、言葉も出てこなかった。そうして、しばらくしてから、ようやく独り言のようにつぶやいた。

「今夜は恐ろしい話を聞かされる……」

「そうなのです」エジソンが続けた。「これ以上、不思議なことは、もう〈空想の世界〉でしか起こらないでしょう。その意味では、これは〈現実〉と〈空想〉の境を示している出来事と言えるかもしれません。ソワナが本当に〈あの世〉から来たのか、それとも〈催眠術〉に見られるように、深い〈睡眠状態〉にいる人が自分の社会的な人格から距離を置くために、そう言っているだけなのか、いずれにせよ、私は、『ソワナと呼んでほしい』という、この奇妙な願いに応じるべきだと考えました。そこで、離れた場所にいて〈指環〉を通じて話している時には、なるべくこの名前で呼ぶようにしたのです。

それに、ミセス・アンダーソンが覚醒している時に現れる〈人格〉と、睡眠状態にいる時に現れる〈人格〉は、まったく別の〈人格〉のように思われるので、私のほうも呼びわけたほうが自然だと考えました。実際、以前、私が知っていたミセス・アンダーソンは、謹厳実直で、非常に賢いとはいえ、視野が狭いところがありましたが、眠っている時に現れるソワナのほうは、広範な知識を持ち、深い考察力を備えて、びっくりするほど巧みに言葉を操るのです。ええ、本当に奇妙なことですが、肉体的には同じ人物なのに、精神的には別の人物なのです。ミセス・アンダーソンを知っている人の目から見れば、見知らぬ女としか思えないでしょう。いや、もちろん、さっきも申しあげたように、〈催眠術〉に深くかかると、こうした現象が起きることがあります。その意味では、ミセス・アンダーソンのなかに、ふたつの〈人格〉というか、〈精神的な存在〉があったとしても不思議ではありません。ただ、ミセス・アンダーソンの場合は——神経症から〈深い睡眠〉がもたらされたという特別な状態だからでしょう——ふたつの〈人格〉の分離が、生理学的な意味で完璧の域に達しています。ええ、それぞれの〈人格〉が〈肉体〉と有機的に別個のつながりを持っているという意味で……。そこが〈催眠術〉にかかった場合とはちがっているところです。

さて、それでは、このことがハダリーにどう関係してくるのか、その点について、お話ししましょう。アンダーソン君を破滅に追いやったミス・イヴリン・ハバルが死んだあと、私はフィラデルフィアから戦利品として持ちかえったミス・イヴリンの〈遺骸〉——すなわち、あの女が男の目を欺《あざむ》くために使った、さまざまな人工物をソワナに見せたほうがいいと考えました（ソワナに見せたのはミセス・アンダーソンがほとんど眠っていたからです）。すると、ソワナが興味を示してきたので、その機会に、ハダリーについて――アンドロイドについて、頭に描いていた構想を話すことにしました。ソワナはたぶん、ミス・イヴリンのような女に対する復讐の気持ちからでしょうか、この構想に暗い喜びを抱いたようで、計画を推し進めるよう、強く、私に言いました。『まだ始めないのか？　まだ始めないのか？』とあまりにせっつくので、すぐに取りかからないわけにはいかなかったくらいです。そこで、私はさっそく作業にかかり、たちまちそれに夢中になってしまったのですが、そのために電球をはじめとするさまざまな照明装置の製品化が二年ほど遅れ、〈人類の幸福〉に少なからず損害を与えたほどでした。私のほうも――まあ冗談半分で言えば――照明装置を売ることができなかったせいで、数百万ドル、損をしています。それはともかく、こうして本来の仕事を遅滞させたおかげで、アンドロイドを動かす複雑な機構ができあがり、すべての部品を身体のなかに収めると、私はソワナに銀色の甲冑《かっちゅう》に身を包んだアンドロイドを見せました。甲冑に包まれて、まだ〈命〉のない――そして、その時点ではどんな女性の姿にも変貌できるアンドロイドを……。

この世に新しく生まれた、この〈存在〉を見ると、ソワナはたいそう興奮し、

『いったい、このアンドロイドはどういう仕掛けで動くのか、その秘密を教えてほしい』と私に頼みました。そうして、『自分はその仕掛けや操作の方法をしっかり学習するので、機会があったら、一度、自分自身がアンドロイドの身体に入り、〈超自然的な存在〉である自分の力で、ハダリーに〈命〉を与えてみたい』と言いました。

ソワナの言うことはよくわかりませんでしたが、私はとにかく、ソワナの望みはハダリーをしゃべらせ、ハダリーの〈身体〉を自分で動かしてみたいということだろうと考え、まずはハダリーのなかからソワナの声が聞こえるようにするために、ほとんど目に見えない極細の電線と、新しいシステムによるスピーカーをいくつか用意しました。それから、ソワナがハダリーを動かせるように、ハダリーの身体のなかに仕込んだ〈円筒型動作記憶盤〉に対応する〈キーボード型動作記憶盤〉をつくって、ソワナが――ミセス・アンダーソンの手が、その〈キーボード型動作記憶盤〉を操作して、ハダリーに信号を送れるようにしました。すると――その頃には、私はミセス・アンダーソンの身柄をひきとって、地下の楽園に寝かせておりましたが――〈キーボード型動作記憶盤〉の扱いをすっかり覚えたソワナが、ある日のこと、いきなりハダリーを私のところに送ってきたのです。ええ、私には何も知らせずに……。私はちょうど仕事をひとつ終えたところだったのですが、この光景には震えが走りました。もしかしたら、私の生涯で、いちばん戦慄《せんりつ》を覚えた瞬間かもしれません。そうです。〈作品〉が〈創造者〉を驚かせたのです。

『ああ、まだ〈影〉としか言えない、この〈存在〉が、どこかの女性の姿をまとって、その女性に変身したらどうなるのだろう?』そう考えて、私はそれまでよりもいっそう熱心に、この計画を推進することにしました。

しかし、そのためには、女性の姿になったハダリーを〈恋人〉として受け入れてくれる勇気のある男性が必要になります。また、何よりも、そういった機会が訪れた時、ハダリーがどこの誰でも、誰かに変身した時に、肉体的にその女性にそっくりになるように、素材を吟味し、肉づけが完璧にできるように準備をしておかなければなりませんでした。というのも、ここがとっても大切なところですが、ハダリーは自動人形《オートマタ》のように、〈人間と機械をつぎはぎにした怪物《キマイラ》〉に見えては、絶対にいけなかったからです。そうして、三週間前、私の前に、その勇気のある男性が現れました。それがエウォルド卿、あなたです。そして、その夜、あなたの前に、まだミス・アリシアに変身をする前のハダリーが姿を現しました。ハダリーが……。〈理想の女《ハダリー》〉として……。銀色の甲冑に包まれ、電気のヴェールで全身を隠して、人間の女性のようにふるまって……。それは私にとっても〈見知らぬ女性〉でした。あの時、ハダリーのなかで話をしていたのはソワナで、私はミセス・アンダーソンの姿はよく知っていますが、ソワナの姿は見たことがないからです」

この話には重大な意味が含まれていたので、エウォルド卿は震えあがった。考え深げな口調で、エジソンが続けた。

「あの時、色とりどりの花が咲く、地下の楽園の葉陰で、ソワナは目を閉じて——ミセス・アンダーソンの身体のなかにいながら、そこからは自由になって、いわば〈幻の流体〉として、ハダリーのなかにいたのです。ミセス・アンダーソンの手に——そう、死人のように固く握りしめられたミセス・アンダーソンの手に、ハダリーを動かす〈キーボード型動作記憶盤〉を持って……。電話の送話器を使って、ハダリーのなかで話して……。ええ、そういった意味では、あの時、ソワナはハダリーとして歩き、ハダリーとして話していたのです。深い睡眠状態にいる時に特有の、あの奇妙な、遠くから聞こえるような声で……。その声がハダリーの唇を震わせていたのです。そして、あの時、私のほうは、あなたの言ったことがソワナに聞こえるように、ほとんど声には出さず、ただ口のなかだけで、あなたの言葉を繰り返していました。私たちふたりにとって〈見知らぬ女性〉——まるで〈幽霊〉のような女性に、あなたの言葉が聞こえるように……。

あの時、ソワナはどこにいて話をしていたのでしょう？　どこにいて話を聞いていたのでしょう？　いったい、誰になっていたのでしょう？　ハダリーなのか、ソワナなのか、ミセス・アンダーソンなのか、それともほかの女なのか、いったい誰に？　伝説の〈ギュゲスの指環〉をはめた者のように姿が見えず、どこにでも同時にいて、なんにでもなれる、知的な〈流体〉――〈流体〉であることはまちがいないのですが、あの〈流体〉はなんでしょう？　要するに、ソワナというのは、何者なのでしょう？　そこで、一緒に考えてみましょう。そう、これは三週間前に、いつかハダリーの〈謎〉について、あなたの質問にお答えすると申しあげた、その答えですよ。ハダリーはどうして自然なふるまいをするのか？　あなたの言葉に対して、即座に返事をするのか？　星について語ったり、突然、思いがけない行動をとったりするのか？　エウォルド卿、あなたは覚えていらっしゃいますね。三週間前にこの実験室で、ミス・アリシアの写真をスクリーンに映した時、ハダリーがいかにも自然に、そちらに足を踏みだしたことを……。それから、地下の楽園で、私が〈眼球〉の見本を探している時に、あなたが〈微圧計〉に目を留めたのに気づくと、すぐさまあなたの質問に答えて、その機械の説明をしたことを……。あるいは、突然、募金袋を持ちだしてきて、あなたに寄付を募ったことを……。あれはすべてソワナがしたことです。もちろん、あなたの言葉に合わせてやりとりができるように、あらかじめ録音していたわけではありません。

　そう、それから、〈千里眼〉についても、説明しなければなりませんね。あの時、ハダリーはニューヨークからメンロパークに向かう列車のなかで、ミス・アリシアがランプの光であなたからの電報を読もうとしていたこと、その時のミス・アリシアが薄いブルーのドレスを着て、黒檀《こくたん》の扇を手にしていたことを、地下の楽園にいながら見通しました。ハダリーはいったい、どうしてあんな不思議なことができたのでしょう？　まったく、驚くべき能力です。そして、答えはもうおわかりでしょうが、これにもやはりソワナが関係しているのです。ただし、私もまだあの現象を科学的に解明したわけではないのですが……。ですから、これはあくまでも仮説です。

　あの時、私はあなたの質問に対して、ハダリーの〈千里眼〉は〈電気の力〉によるものではないと言いましたが、それではなんの力によるものでしょう？　わたしの仮説はこうです。まず、これまでミス・アリシアと一緒に暮らしていたせいで、あなたの身体にはミス・アリシアの〈動物磁気〉――すなわち〈神経流〉が浸透しています。そこで、思い出していただきたいのですが、あの日、やはり地下の楽園でミス・イヴリン・ハバルの〈遺骸〉をお見せした時、〈遺骸〉の入った引き出しの前まで、ハダリーがあなたのお手をとって、ご案内しましたね？　すると、そこで何が起こったのか？　おそらく、ハダリーの手を通して、あなたの〈神経流〉とソワナの〈神経流〉がつながったのです。ところが、あなたの身体のなかにはミス・アリシアの〈神経流〉が浸透して、あなたの〈神経流〉とつながっていますから、ソワナの〈神経流〉は、そのつながりをたどって、メンロパークに向かう列車のなかにいるミス・アリシアにたどりついたわけです〈人間は〈神経流〉――〈動物磁気〉によって、お互いに網のようにつながっているのです。その網の目がひとりひとりの人間です〉」

「まさか、そんなことが……」エウォルド卿は茫然《ぼうぜん》として、つぶやいた。

「しかし、そう考えると、つじつまが合うのです」エジソンは答えた。「また、〈千里眼〉自体は、現実に〈現象〉として存在するものです。だいたい、私たちのまわりでは、一見すると不可能なことが、たくさん起こっているではありませんか？　それに比べたら、〈千里眼〉などは、まったく驚くべきことではありません。特に、私にとっては……。そもそも、宇宙というのは、何もないところから――〈無〉からつくりだされたのです。私は決して、そのことを忘れたことがありません。ですから、〈千里眼〉くらいで、びっくりすることはないのです。

そうです。ミス・アリシアが列車のなかで何をしているか、見通した時、ソワナは地下の楽園のガラスの円板に横たわって、ミセス・アンダーソンの身体を使って、〈キーボード型動作記憶盤〉を操作し、ハダリーを動かしていました。大きなガラスの円板に敷いたクッションの上で……。さて、この時、ガラスの円板のせいで、ミセス・アンダーソンの身体は床からは絶縁されていましたが、〈キーボード型動作記憶盤〉の〈キーボード〉を通じて、ソワナとハダリーは電気的につながっていました。そうなると、必然的に、ソワナの〈神経流〉は〈電流〉を通して、あなたの〈神経流〉、それからミス・アリシアの〈神経流〉とつながることになります。〈電流〉と〈神経流〉――すなわち〈動物磁気〉は非常に高い親和性がありますからね。そう考えたら、私たちがミス・アリシアのことを話していたあの状況で、ハダリーがミス・アリシアのしていることや、その時の服装を見通したのは、決して不思議なことではないと言えると思います」

「ちょっと待ってください」エジソンの言葉に、エウォルド卿は口をはさんだ。「確かに、電気は膨大なエネルギーをどれほど遠くに離れた場所でも、どれほど高いところにある場所でも、際限なく送ることができます。新聞や雑誌などが伝えるところによれば、近い将来には、急流や滝、場合によっては引き潮など、これまで人類がほとんど活用することができずに、無駄に放っておいた莫大なエネルギーを電気に変えて、十万本もの送電線を使って地球上のすべての工場に送ることができるようになるそうです。それは大変素晴らしいことだと思います。しかし、そういったことが可能なのは、その電気を運んでくれる、〈電線〉という魔法の乗り物があるからだということは、絶対に否定することはできません。電気は現実に存在する〈電線〉のなかを伝わってくるのです。それなのに、エジソンさん、あなたはぼくとアリシアが〈神経流〉――〈動物磁気〉でつながっていて、そのつながりをたどっていけば、遠く離れた場所からアリシアのしていることや、アリシアがどんな服を着ているか、わかると言うのですか？　その間をつなぐ〈伝導線〉もないのに……。ふたりの間の〈距離〉をつなぐには、どんな細いものでもよいから、やはり〈伝導線〉が必要なのではないでしょうか？[27]」

「いいえ、この場合、〈距離〉は、まったく関係ありません」エジソンは答えた。「〈距離〉などというものは、ただの幻想です。それに、エウォルド卿、あなただって、〈催眠術〉をかける時には、術者が被験者に〈動物磁気〉――〈神経流〉を送ると、ご存じのはずでしょう？　いや、それだけではありません。最近の科学研究では、〈神経流〉どころか、ある薬剤の〈効果〉が、その薬を飲みもしないのに、また暗示にかかったわけでもないのに、もちろん、〈伝導線〉で送りこんだわけでもないのに、離れたところにいる人に表れるという実験が行なわれて、その結果が公式に認められています。その実験とは、中身が洩《も》れないように密封した薬の瓶を何本も用意し、その瓶をきちんと栓をしたまま、患者の脳髄から十センチくらいのところに近づけたら、はたしてその薬の〈効果〉が出るかというものでしたが、現役の医師たちの前で、実際にこの実験を行なったところ、本当に〈効果〉を発揮したのです。たとえば、どんな薬でもかまわないのですが、私がそのうちのひと瓶を手に取って、そうですね、神経症患者の後頭部に近づけたとしましょう。すると、何分もたたないうちに、その患者はそれぞれの薬の〈効能〉によって、ひきつけを起こしたり、吐き気を催したり、くしゃみをしたり、あるいは、わめきだしたり、眠ってしまったりするのです。もし、その瓶に入っているのが毒薬だったら、患者はそれを飲んだ時と同じ症状が出て、死んでしまうでしょう。もし、それが麻薬だったら、患者はすぐに興奮にとらわれて、一種の宗教的なトランス状態に陥ります。その時にはもちろん、幻覚症状も現れるはずです（これはある特定の宗教がもたらすトランス状態ではありません。仮に、その

27　この小説が書かれた当時、無線通信はまだ実用化されていない。実用化されるのは、一八九五年にイタリアのマルコーニが無線電信機を発明したあとのことである。

患者がそういった宗教の信者だとしても、その宗教には関係ありません。あくまでも、麻薬のせいなのです)。あるいは、もし私が手に取った瓶が、たまたま塩化物——たとえば金の塩化物である四塩化金酸の瓶で、それを患者に近づけたとしたら、患者は喉をかきむしって、苦悶《くもん》の叫び声をあげるでしょう。

では、いったい、どうしてこんなことが起こるのでしょう？　薬の〈効果〉と患者の身体の間に、〈伝導線〉はありません。それなのに、患者の身体には、直接、薬を飲んだ時のような症状が現れるのです。今、言ったように、この驚くべき事実は科学的な実験によって確認されているのですが、もしそうなら、ある〈流体〉によって、〈動物磁気〉と〈動物磁気〉——〈神経流〉と〈神経流〉のつながりをたどっていくことができると考えるのは、それほど突飛《とっぴ》なことではないと思うのですが……。ええ、そうなのです。私は〈電流〉と〈神経流〉が混じりあって、ひとつになった、新しい〈流体〉の可能性を想定しているのです。この〈流体〉の属性は、あらゆる磁針を北極に向ける力や、鷹が上空を通りすぎた時に、その下にいる小鳥をすくませてしまう力とも似ています。

おそらく、神経症患者と薬の〈効果〉の間には、患者の〈神経過敏性〉が〈伝導線〉の役割をしているのでしょう。その〈伝導線〉が実際には〈距離〉があるのに、患者の身体と薬の成分を結びつけ、先程言った症状を起こしてしまうのです。それはちょうど、間にガラスや羊皮紙を置いても、磁石がそのガラスや羊皮紙の小さな孔《あな》を通して、鉄の分子に影響を及ぼし、鉄でできたものを引きつけてしまうのと同じことです。あるいは、〈植物〉が――場合によっては〈鉱物〉が、その見えない力を発揮して、〈伝導線〉なしに、また間に〈距離〉があっても、〈障害物〉があっても、人間を魅了してしまうのと同じことです。ええ、花や宝石が……。だとしたら、あなたの〈神経流〉とミス・アリシアの〈神経流〉を、ソワナの〈流体〉がつなげたとしても――〈電流〉と〈神経流〉がひとつになった、ソワナの〈混合流体〉が、いわば〈伝導線〉となってつなげたとしても、なんの不思議があるでしょう。〈電流〉と〈神経流〉と、そのふたつを混合した新しい〈流体〉は、ほとんど同じものなのですから……。そして、ソワナはこの〈混合流体〉そのものなのだと、私は思います。

この点について、もう少し詳しくご説明すると、前にも申しあげたとおり、ミセス・アンダーソンの治療の最中にソワナが現れた時、私は離れた場所にいるソワナと話をするため、〈指環〉を使うことを思いつきました。ただ、その場合でも、ソワナのほうは送話器を口に当てなければならないので、ソワナの〈神経流〉は〈電流〉の影響を受けることになりました。ところが、その時から、ソワナはほかの刺激の影響をいっさい受けなくなったのです。つまり、その時まで、私は〈ソワナはミセス・アンダーソンの身体のなかにいるので、ミセス・アンダーソンの《肉体》がなんらかの刺激を受けると、ソワナにも影響がある〉と思っていたのですが、この時からは――すなわち、ソワナの〈神経流〉が〈電流〉の刺激を受けて、その影響をこうむるようになった時からは、〈電流〉以外の刺激は、ソワナにはなんの影響ももたらさないことがわかったのです。そう、たとえば、ミセス・アンダーソンの〈肉体〉を生きたまま焼いたとしても、ソワナは熱いと感じることさえないだろうと……。ただし、ソワナがその気になれば、ミセス・アンダーソンの〈肉体〉を動かすことはできましたが……。

いえ、話を戻すと、このことから、私はふたつの結論を得ました。ひとつは〈神経流〉と〈電流〉はそれほどちがったものではないこと。もうひとつは、それゆえ、〈神経流〉と〈電流〉はそれぞれの属性のいくつかが混合して、その混合の割合がうまくいった時、ある未知の〈性質〉と〈力〉を備えるのではないかということです。そして、そのうまく混合した〈流体〉が、おそらくソワナではないかと……。また、この結論をもとに、私はこうも考えています。もし、この〈流体〉――〈神経流〉と〈電流〉が適切な割合で混合された新しい〈流体〉をうまく取り出したり、反対に

〈神経流〉と〈電流〉を適切な割合で混合して、この新しい〈流体〉をつくりだすことができたら、その人はインドのヨガの行者やチベットの仏教僧、あるいは同じくインドでもコロマンデル海岸の托鉢《たくはつ》呪術僧《じゅじゅつそう》、中央エジプトのイスラム修行僧に匹敵する、不思議な力を持つことになるだろうと……。ええ、もし、その人がこの新しい〈流体〉を自分の思いどおりに使うことができたとしたら……」

　このエジソンの言葉に、エウォルド卿はしばらくの間、じっと考えこんだ。それから、エジソンの仮説には論評を加えず、ただこう言った。

「わかりました。いずれにしろ、ミセス・アンダーソンがそうやって〈深い睡眠状態〉にいるままだとしたら、これから先、ぼくがミセス・アンダーソンにお目にかかることはありませんね。でも、ソワナのほうは、仲のよい女友だちになってもらえそうです。ですから、ソワナがそういった〈魔法の存在〉なら、どこかこのあたりで、今のぼくの話を聞いていて、ぼくの気持ちが届いていることを願います。ええ、ソワナにぼくの気持ちが届いているとよいのですが……。

　それから、エジソンさん、最後にあとひとつだけ質問してもよろしいですか？　先程、ぼくはハダリーと一緒に、あなたのお庭を散歩しましたが、あの時、ハダリーが口にした言葉は、ミス・アリシア・クラリーが朗読したものなのでしょうか？」

「もちろんです。その証拠に声はまさにミス・アリシアそのままだったでしょう？」エジソンは答えた。「いや、確かに〈キーボード型動作記憶盤〉を操って、ハダリーを動かしたり、話をさせたりしたのはソワナですが、その話の内容はすべてミス・アリシアが朗読して、ハダリーの肺の蓄音機に吹きこんだものです。ソワナが辛抱強く、強烈な暗示をかけたおかげで……。そうでなければ、ミス・アリシアは最後まで朗読できなかったかもしれません。なにしろ、本人はさっぱり意味がわからないと、朗読するのを嫌《いや》がっていましたから……」

それを聞くと、エウォルド卿はあらためて呆然とした思いにとらわれた。これまで同じような疑問を口にして、うまくはぐらかされたり、適当な説明をされて、そういうものかと思ってきたが、今度ばかりは納得する気になれなかった。このエジソンの説明はおかしい。もし、エジソンの言うとおりであれば、エジソンは今日の夕方、ハダリーと自分の間に、あのようなやりとりがあることを予測して、先程、ハダリーが口にした言葉をミス・アリシアに朗読させていたことになる。けれども、その録音の段階で、ハダリーと自分の間に、あんなやりとりが交わされるなど、あらかじめわかるはずがない。

そう考えると、エウォルド卿は庭園での〈、、、〉やりとり〈、、、〉を例に引いて、〈そんなことは絶対に不可能だ〉と、エジソンに証明しようとした。〈それだけは、あり得ない〉と……。だが、それを言おうとした瞬間、ハダリーが棺《ひつぎ》に入る前に、「さっき、あなたにお話ししたことはエジソンさんには言わないでくださいましね。あれはあなただけお伝えしたのですから……」と、奇妙な言葉を口にしたことを思い出した。

そこで、頭のなかがくらくらするのを抑えて、何も言わずにいたのだが、それでも棺のほうにちらっと視線を向けてみずにはいられなかった。ハダリーのなかには、〈この世のものではない存在〉が入っている——それが今、はっきりとわかったからだ。

その間、エジソンのほうは、エウォルド卿の視線には気づかず、話を続けていた。

「ソワナには暗示をかける力があるのです。ソワナはある意味では〈霊的な存在〉で、すべてを見通す力を持っていますからね。そのために、強烈な暗示をかけることができるのです。それに、ミス・アリシアの頭には私がかけた〈催眠術〉がまだ半分、残っている状態でしたからね。そのせいで、ソワナの暗示がさらに強力になって、ミス・アリシアの知性に多大なる影響を与えたのです。その効果はすぐに表れました。

ええ、朗読の間、ソワナが絶えずそばにいて、暗示をかけつづけていなければ、ミス・アリシアは十日以上にわたって、何日もセリフを言いつづけることはできなかったでしょう。知らないうちに何台ものスピード写真機に囲まれながら、ミス・アリシアがそこの壇の上で最後まで朗読を続けることができたのは、ソワナのおかげなのです。そして、そこでミス・アリシアが発した言葉は、ハダリーの性格をかたちづくり、これから起こるさまざまな場面で、あなたの操作によって、ハダリーが口にするものなのです。ソワナは巧みに暗示をかけて、あの美しいだけで木偶《でく》の坊のミス・アリシアにセリフを朗読させただけではなく、そのセリフがまさにそうあるべき口調や抑揚になるように、ニュアンスまで演じわけさせました。それだけではありません。そのセリフにふさわしい仕草や眼差《まなざ》しまで、ミス・アリシアから引き出したのです。そうなったら、声のほうはハダリーの黄金の肺がニュアンスまで忠実に、錫《すず》のリボンに刻んでいきます。ええ、完璧なものができるまで、ソワナは同じセリフを二十回、朗読させたこともあります。

その間、私のほうはマイクロメーターを手に、強力なルーペを目にはめて、瞬間的に現像されたスピード写真機の画像を見ながら、〈円筒型動作記憶盤〉に金属製の突起を植えていきました。ミス・アリシアが嬉しそうな様子や真剣な態度を見せた時に、その時の表情や仕草、眼差しがすべて同期しながら、自然に移り変わっていく――その一連の流れを完璧に再現できるように……。正確に言うと、この作業には十一日かかったのですが、この間に甲冑《かっちゅう》の基盤に〈肉〉を貼りつけ、〈皮膚〉で覆う〈肉づけ〉の作業も行なわれました。胸の部分などはソワナに任せましたが、それ以外の部分は私も作業に立ち会って、〈幻影のミス・アリシア〉たるハダリーが〈本物のミス・アリシア〉そっくりの〈外見〉を持つよう、入念な指示をしました。

そうそう、ミス・アリシアの基本的な笑みのパターンをつくるのに使ったカラー写真が数十枚残っているのですが、ご覧になりますか？　そのパターンは五つか、六つあるのですが、実際にどんな作業をしていくかと言うと、たとえば〈にっこりと微笑《ほほえ》む〉パターンでしたら、まず、その笑みをつくるための表情の変化を十枚ほどの写真に撮ります。次に、この写真を拡大すると、細かい点が集まっているのが見えますので、そのうちの表情の変化に関わる点に数千分の一ミリの間隔で印をつけていきます。一枚の写真につけられたこの印は、ハダリーがにっこりと微笑む時のその瞬間の〈肉のなかにまきちらしてある鉄粉〉のあるべき位置を示しているので、十枚の写真につけられた印を見ながら、それぞれの瞬間で鉄粉の位置が変わっていくよう、〈円筒型動作記憶盤〉で調整していくのです。〈悲しそうに微笑む〉パターンの場合も、同じことが行なわれます。写真はこの紙ばさみのなかに入っていますので、よろしかったらお持ちください。ただ、ついでに言っておきますと、笑みをつくるには、それだけでは足りません。それぞれのパターンに合わせて、眉毛も動かしていかなければなりませんし、何よりもどんなパターンの笑みを浮かべるかは、どんな言葉を口にしているかに関係しています。そのあたりを総合的に考えていかなければならないのです。

そう言うと、細かいところまで、ずいぶん複雑で難しい作業だと思われるかもしれませんが、しっかりと分析したうえで、根気よく、注意深くやっていけば、それほど大変だということはありません。微分を用いて計算する必要があったため、パターンの基本設計には時間がかかって苦労しましたが、それができたあとは、写真を見ながら入念に表情をつくっていくこの作業は、興味深く、嫌なことでも辛いことでもありませんでした。

こうして、表情や眼差しにニュアンスを持たせるための準備をしながら、同時に甲冑に肉づけをする作業が行なわれていったのですが、その手順はまず、甲冑の内部にあるうぶ毛のように細い電線を、甲冑に無数にあいている小さな孔から引っ張りだします。それから、甲冑に人工肉の最初の層を貼りつけたあとで、その肉の上に今、言った細い電線を毛細血管のように張り巡らします。次に、やはりその人工肉の層の上に鉄粉をまきちらし、その上からまた人工肉の層を貼りつけます。そうして、最後に全体を〈皮膚〉でくるむわけです。

この作業は数日前に終わったのですが、私が指環や首飾りに触れて、いろいろな動作をさせてみると――おお、その時まだ〈あちらの世界〉と〈こちらの世界〉の境界にいたハダリーは、まるで〈魂〉があるかのように、自然な表情、自然な仕草、自然な眼差しで、将来、再現される〈場面〉を完璧に演じきったのです。これから、あなたとの間で繰り返される〈場面〉を……。

そして、今日、この館の庭園やこの実験室で、ミス・アリシアがやってくるまでの間、ハダリーはミス・アリシアと同じ薄いブルーのドレスを着て、ソワナと一緒に最後の稽古をしていたのですが、私はそれを見て、心の底から驚きました。

ああ、そこにはまさに〈理想の女性〉がいたのです！ 私たち人間が持っている醜悪なところはひとつもありません。下劣なところもひとつもありません。〈理想の女性〉として、ハダリーに欠けているものはひとつもありませんでした！ 正直に言って、私は詩人のような興奮にとらわれました。ハダリーの口にする言葉は憂愁に満ちていて、夢のなかの悦楽が現実に姿を現したようでした。そして――ああ、あの声は！ あの吸いこまれるような眼差しの深さは！ あの歌は！ そしてもちろん、女神の彫像のような、あの美しい姿は！ ゆったりと心を包んでくれる、あの女らしい魂は！ 初めて耳にする、あの不可能な恋への誘《いざな》いは？ ソワナはハダリーの指環や首飾りに触れるだけで、ハダリーから夢のように魅惑的な姿を引き出し、その姿を次々と変えていきました。そうです！　今日の午後、私が耳にしたのは、当代きっての小説家や思想家が書いたなかでも、最高の知性に輝く言葉でした。私が目にしたのは、当代きっての詩人や劇作家が書いたなかでも最高の場面でした。前にもお話ししたように、ハダリーの肺の蓄音機にはそういった素晴らしい言葉が入っているのですから、それは当然のことなのですが……。しかし、それがあの美しい外見と合わさり、しかるべき口調や仕草で演じられると……。

エセルウォルドのご領地にある古い館に戻られて、ハダリーの口に一杯の純水と錠剤を含ませたら、エウォルド卿、あなたにもおわかりになりますよ。ミス・アリシアの〈幻影〉が、どれほど素晴らしい女性になって現れたかということに……。ハダリーという〈存在〉に慣れて、また、ハダリーの〈操作〉に習熟したら、ハダリーと仲よくなって、素敵な会話ができますよ。そうなったら、おそらく、ハダリーはあなたの〈理想〉の恋人となるでしょう。というのも、そのために、まずは私がハダリーにミス・アリシアそっくりの〈外見〉を与えたからです。それから次に、ソワナの不思議な力のおかげで、その〈外見〉にひとつの〈魂〉が加わったからです。ミス・アリシアが朗読している間、ソワナが暗示をかけて、将来ハダリーがあなたを相手に演じる魅力的な〈場面〉を細部に至るまで見通して、ハダリーの声や仕草を調整したせいで、ミス・アリシアの〈肉体〉のなかに、私の知らない〈魂〉が宿ったのです。そう、人間の想像力を超える、ソワナの不思議な力のおかげで……。その〈魂〉はいったん宿った以上、決してこの〈肉体〉から離れることはありません。

その意味では、ミス・アリシアにそっくりな機械人間という、私のつくった作品のなかで、ある〈超人的な存在〉が生まれ、その〈存在〉がそこに住みついたのです。そして、その〈存在〉は、私たち人間には想像することもできない〈神秘〉によって、この新しく誕生した芸術作品に命を与えていくのだと思います」

第14章　別れ

悲しい時が来たり
今はただ　思いおもいの方《かた》に立ち去らん
――ヴィクトル・ユゴー『リュイ・ブラース』[28]

「というわけですから」エジソンは続けた。「ハダリーが機械仕掛けで動くといっても、つまらない〈模造人間〉というわけではありません。ハダリーがミス・アリシアそっくりの口調や抑揚で話をする時、そっくりの表情を浮かべ、そっくりの仕草をする時、モデルになったミス・アリシアにソワナが強力な暗示をかけたせいで、そこには〈魂〉が加わっているからです。ハダリーが微笑《ほほえ》んだり、あるいは顔から血の気が引いて、蒼白になる時でさえ、そこには〈魂〉がこもっています。けれども、ミス・アリシアのほうは――普段のミス・アリシアの立ち居ふるまいには〈魂〉はこもっていません。〈魂〉や〈精神〉に関するものは、ミス・アリシアのなかでは、すべてが死んでいます。ミス・アリシアは分別くさく、下品で、あなたのような人を幻滅させる女にすぎません。

　では、ハダリーの場合、どうしてその立ち居ふるまいに〈魂〉がこもるのか？　それはそういった立ち居ふるまいの下に〈女性の本質〉が隠されているからです。ミス・アリシアとはちがうハダリーの美しさは、おそらくこの〈女性の本質〉のひとつの顕《あらわ》れだと言えるでしょう――その〈女性の本質〉が、ミス・アリシアそっくりのたぐいまれな美しさに生命を与えているのです。そして、もしハダリーがそのような〈女性の本質〉を内側に秘めているのだとすると、その〈女性の本質〉をハダリーに授けたのはソワナだということになります。

　ソワナがミセス・アンダーソンの身体に宿っていたことを考えると、〈人工的な女〉――ミス・イヴリン・ハバルの犠牲になったミセス・アンダーソンは、同じく〈人工的な女〉――ハダリーによって、復讐を遂げたことになります。〈現実〉の淫らで卑しい恋のせいで夫に裏切られ、捨てられた女が、至上の恋を可能にする〈幻想〉のなかで、大きな力を得たのです。健康にも恵まれ、財産もあり、希望に満ちた人生

28　第一幕三場。ドン・セザールに向けたリュイ・ブラースのセリフ。

を送っていた、そのさなかに夫の自殺によって不幸のどん底に突きおとされた女が、今度は逆に、自殺をしようとしていた男を救ったのです。もし、そうなら、〈現実〉と〈幻想〉のどちらが素晴らしいでしょう？　ハダリーはミス・アリシアの〈幻影〉ですが、〈本物〉と〈幻影〉のどちらがよいでしょう？　こういった〈幻影〉であれば、この世にとどまり、生きていく価値があるとは思いませんか？」

それを聞くと、エウォルド卿はこのエジソンの質問に答えるかわりに、椅子から立ちあがった。それから、ポケットから象牙のケースを抜きだし、そのなかから素晴らしい小型のピストルを取り出すと、エジソンに差しだした。

「エジソンさん。あなたは本当に素晴らしい魔法使いだ。ぼくたちが遂行した、この輝かしい計画の記念に、どうぞこのピストルをお受け取りください。ぼくは武器を捨てて、降参します。このピストルはあなたのものです」

すると、エジソンは自分も椅子から立ちあがって、ピストルを受け取った。だが、すぐには何も言わず、しばらくの間、考え深げな顔つきで、そのピストルをいじっていた。それから、いきなり、開いたガラス戸に向かって、ピストルを向けた。ピストルの先は夜の闇を狙っていた。

「このピストルには今、弾丸が一発、入っています」エジソンは言った。「この弾丸を悪魔にくれてやりましょう。もし、悪魔がいるものならね。いや、私はきっとこのあたりに悪魔が潜んでいるのではないかと思っているのです」

「おお、まるで『魔弾の射手』みたいだ」思いがけないエジソンの機智ににやりとしながら、エウォルド卿はつぶやいた。

その言葉と同時に、エジソンのほうは闇に向かって、銃弾を放った。すると、「やられた！」庭園のどこかからか、奇妙な声が聞こえた。

「どうしたんです？」ちょっとびっくりして、エウォルド卿は尋ねた。

「いや、なに、私の古い蓄音機がいたずらをしたんですよ」あいかわらず、真面目《まじめ》くさった調子で、エジソンが答えた。

「それでは、ぼくはこの傑作をあなたから奪っていくことにします。この人間を超えた人間を……」

「いえ、私は奪われたわけではありません」エウォルド卿の言葉に、エジソンは答えた。「つくり方を知っていますからね。とはいえ……私はもうアンドロイドはつくらないでしょう。あの地下の楽園は、私がひとり静かに引きこもって、新しい発明を考えるのに使うことになるでしょう。

では、セリアン・エウォルド伯爵、最後にシェリー酒で、お別れの杯《さかずき》を交わすことにいたしましょう。あなたは〈夢の国〉をお選びになった。ですから、その夢を見させてくれる女性を一緒に連れていらっしゃい。私は色あせた〈現実〉につながれたままでいます。イギリスにお帰りになる船に積む荷物のご用意はできています。〈幻影のミス・アリシア〉――ハダリーの入った棺《ひつぎ》もすぐに馬車に積ませます。馬車には助手と護衛をつけて、ニューヨーク港までお送りしましょう。途中で、〈本物のミス・アリシア〉を拾ってね。〈幻影〉だけではなく、〈本物〉のほうも、一緒の船でロンドン港までいらっしゃるのでしたね。ニューヨーク港では、《ワンダフル号》の船長があなた方の到着をお待ちしております。この次にお目にかかるのは、ご領地のエセルウォルドの館でしょうか？　どうぞ、お手紙をください。さようなら」

その言葉を合図に、エウォルド卿とエジソンは固く握手を交わした。

数十分後、エウォルド卿はハダリーの棺を積んだ馬車の隣で、馬に乗っていた。馬車は護衛の松明《たいまつ》の火で囲まれていた。

一行はゆっくりと出立《しゅったつ》した。馬車を囲んだ騎馬隊は、庭園の並木道を遠ざかり、館を出ると、メンロパークの別荘に向かう道に入っていった。

電気の魔物たちの殿堂《パンデモニウム》――真昼のように輝く、その実験室の中央にひとり残されると、エジソンは暗紅色《ガーネットいろ》をしたビロードの壁掛けのところに行って、壁掛けを吊るしているリングを横にすべらせた。

するとそこにはガラスの大きな円板があって、その上には喪服のような黒い服を着た女がひとり、黒い繻子《サテン》の寝椅子に横たわっていた。女は中年に差しかかっていたが、まだ若くほっそりしていた。こめかみのあたりに銀髪が混じっていたが、それ以外の部分は美しい黒髪をしている。顔は純粋な卵形で、目鼻立ちは端正で魅力的だった。おそらく眠っているのだろうが、その表情は超自然的な静けさに満ちていた。右手には電話の送話器を握っている。話している声が近くにいる人に聞こえないようにするためだろう、送話器の口には綿が分厚く巻かれていた。そして——送話器を握ったその手は、下にだらりと垂れていた。

「おお、ソワナ」眠っている女性に向かって、エジソンは声をかけた。「これで〈科学〉は〈恋の病〉を治すことができると、有史以来、初めて証明できたのではないだろうか！」

だが、ソワナが返事をしないので、エジソンはソワナの——ミセス・アンダーソンの手を取った。その手は氷のようで、あまりの冷たさに、エジソンはぞっとした。すぐにかがんで、脈を測ってみる。しかし、脈は打っていなかった。心臓も止まっている。

エジソンは、それからしばらくの間、ミセス・アンダーソンの額のあたりで手を動かし、催眠術を使って、ソワナを目覚めさせようとした。しかし、ソワナは返事をしなかった。

不安な気持ちを抑えながら、エジソンはそのあと一時間も無駄な努力を続けた。そうして、最後にある事実に気づいて、愕然《がくぜん》とした思いにとらわれた。ソワナは永久に、〈こちらの世界〉から去ってしまったのだ。

第15章　運命《ファトゥム》

神は地上に人間をつくったのを悔いて、心を痛め、こう言われた。《ポエニトゥイト・アウテム・デウス・クォード・オーミネム・フェ》
「私は人間を消し去ろう《デレーボ・インクイト・オーミネム》」

――『旧約聖書』「創世記」[29]

それから、およそ三週間たっても、エウォルド卿からはなんの連絡もなかった。手紙も来なければ、電報も届かない。エジソンはそろそろ心配になりはじめていた。そんなある晩、夜の九時頃に、実験室のランプのそばで、ひとりで新聞を読んでいた時のことだ。ある記事が目に留まって、エジソンは衝撃を覚えた。それは海難事故を知らせる記事で、エジソンは一度読んだだけでは信じられず、茫然《ぼうぜん》としながら、もう一度、読みなおした。その記事には次のように書かれていた。

29　『旧約聖書』「創世記」第六章。

ロイズ保険組合――特電。海難ニュース

蒸気船《ワンダフル号》の遭難に関する続報。昨日、報じたとおり、蒸気船《ワンダフル号》は火災による遭難の可能性が心配されていたが、本日、我々が受け取った情報によると、残念ながら、遭難は確実なものとなった。以下、この悲報について、詳細をお知らせする。

火災が発生したのは午前二時頃で、発生した場所は船尾にある貨物倉庫。この倉庫にあった石油やアルコールの樽《たる》に原因不明の火がついて、爆発が起こったのである。

その時間は海が荒れていて、船は激しく揺れていた。そのため、火の回りが早く、火はたちまち隣の荷物室に燃えうつった。おりしも、海上には強い西風が吹いていて、その風にあおられて、火は一気に燃えあがり、煙と炎に包まれて、一寸先も見えないといった惨状を呈した模様である。

船尾で火災が発生したのに気づくと、およそ三百人の乗客は、わずか数分の間に、ベッドから飛び起き、不安な気持ちに追いたてられながら、甲板に集まった。

だが、そこで恐ろしいことが起こった。

船尾で燃えていた火がバチバチと音をたてながら、乗客たちがひしめきあっている甲板のほうにまでやってきたのである。それを見ると、女性や子供たちの口から恐怖と絶望の悲鳴があがった。

船長は、このままでは五分もしないうちに船が沈没すると判断し、乗客にその旨を告げると、すぐに救命ボートをおろした。

そこで、女性と子供から先にボートに乗っていったのだが、こうして乗客たちが恐怖にとらわれて、少しでも早く船から脱出しようと、押しあいへしあいしている間、中甲板のあたりで、奇妙な事件が起こった。E卿と名乗る、若いイギリス人の貴族が荷物室に降りる昇降口の扉を開いて、行李《こうり》や木箱が燃えている炎の真ん中に飛びこもうとしたのである。

それに気づくと、航海士と水夫長のひとりが、あわててこの貴族を止めに入ったが、すぐさま、このE卿という貴族に殴りたおされてしまった。E卿は何があっても、燃えさかる火のなかに身を投じようとしていたのだ。そのせいで、この若い貴族を押さえつけるのに、六人もの水夫の力が必要となった。

だが、水夫たちに身体の自由を奪われても、この若い貴族はなおも抵抗を示し、〈自分はどんな犠牲を払っても、この猛火のなかから、木箱に入った大切なものを救いだしたい。その木箱を運びだすのを手伝ってくれる者がいたら、十万ギニーの大金を提供する〉といったことを叫びつづけた。だが、もちろん、そんなことは不可能であったし、だいいち、荷物室から木箱を運びだしても、救命ボートには乗客と乗組員が乗るだけのスペースしかなかったので、そうすることに意味はなかった。

結局、水夫たちはこの若い貴族の手足を縛って（といっても、若い貴族が暴れつづけたので、決して簡単ではなかったが）、ようやく気を失って、ぐったりしたところで、最後の救命ボートに乗せた。こうして、この若い貴族は救命ボートに乗ったほかの乗客たちとともに、救助に来たフランスの護衛艦《ルドゥータブル号》に、朝の六時に引きあげられたのである。

だが、このようにして、乗客は全員、《ワンダフル号》から脱出したものの、そのあとで大変、悲しい出来事が起こった。女性や子供を乗せた最初の救命ボートが、どうやら人を乗せすぎたらしく、《ルドゥータブル号》に救出される前に転覆してしまったのである。この事故で七十二人が溺死した。以下に、現在判明している犠牲者の名前を記しておく。

そのあとには、その転覆事故で亡くなった人々の名前が連ねてあったが、その先頭のほうには、〈ミス・エンマ・アリシア・クラリー。女優、歌手〉という記載があった。

エジソンは乱暴に新聞を投げつけた。そのまま五分間、暗い気持ちに沈みながら、身を固くする。その間、頭にはひとつの言葉も浮かんでこなかった。しばらくして、目の前にあったスイッチ盤のクリスタルガラスのボタンを押すと、エジソンは部屋の明かりをすべて消した。

それから、暗がりのなか、部屋のなかを歩きまわりはじめた。

と、その時、電信機が鳴った。電報が届いたのだ。

エジソンは電信機のそばの小さなランプをつけた。

三秒後、受信機から電報を印刷した紙が出てきた。その紙を手に取ると、エジソンは読んだ。


リヴァプール発。アメリカ合衆国、ニュージャージー州、メンロパーク・シティ一番地宛て。一八八三年十二月十七日。技師トーマス・アルヴァ・エジソン殿。

友よ。ハダリーのことだけが残念でならない。あとはただ、この〈幻影〉の喪に服すのみ。ただ、この〈幻影〉のためだけに。

電報を読みおわると、エジソンは電信機のそばの椅子に腰をおろした。ぼんやりと空中に視線をさまよわせる。と、その視線は電信機からさほど離れていない、黒檀《こくたん》のテーブルのそばにあるクッションの上に留まった。そこには青白い月の光に照らされて、白い五本の指に指環《ゆびわ》をはめた、魅力的な腕が置いてあった。すると、これまでに経験したことがないような悲しみにとらわれて、エジソンは思わず視線を腕からそらし、開いたガラス戸の向こうの〈夜〉を見つめた。そうして、しばらくの間、冬の木立の黒い枝を震わせる、冷ややかな風の音に耳を傾けた。夜空には雲の合間に、太古から輝く星々が何事もなかったように冷たく燃えていて、その光はただ〈無限〉に向かって、人智の及ばない〈神秘〉の空間に、幾条《いくすじ》もの軌跡を残していく。その星々に目を向けながら――おそらく寒さのせいだろう――エジソンは静かに身震いをした。

解説

海老根 龍介
（仏文学者・白百合女子大学教授）

『未来のイヴ』は一八八六年、オーギュスト・ヴィリエ・ド・リラダンが四七歳のときに、パリのモーリス・ド・ブリュノフ書店から刊行された。当時、一世を風靡していたアメリカの発明家トーマス・アルヴァ・エジソンとその発明品に想を得て書かれた作品である。

はじめて「アンドロイド」という語を用いた、先駆的サイエンス・フィクションといわれることも多いが、こうした見方には若干の注意が必要だ。というのは「アンドロイド（仏 androïde）」という語自体は、一八世紀以来、生体の動作を模倣する自動人形（オートマタ）を指すために使われていたし、ヴィリエもよく知っていたエドガー・アラン・ポーのエッセー「メルツェルのチェス・プレイヤー」（ボードレールによる仏訳）の中に出てきたりもして、当時けっして目新しいものではなかったからである。『未来のイヴ』で用いられている語は、この「アンドロイド」ではなく実は

「アンドレイド（andréide）」で、ヴィリエ・ド・リラダンの造語といってよい。作中にあらわれる人造人間に、すでに多くの用例をもつ「アンドロイド」ではなく、「アンドレイド」なる呼び名を与えることで、既存の概念にあてはまらない、独自の対象として印象づけようとしたのである（「アンドレイド」では日本語の訳文になじまないので、本書では「アンドロイド」という訳語があてられている）。もっとものこの「アンドレイド」は、その後の文学の流れの中で「アンドロイド」にもどって、生身の人間とほとんど変わらない人造人間を指す用語となり、戯曲『ロボット（R. U. R.）』（一九二〇年）でカレル・チャペックがはじめて用いた「ロボット」という語とともに、多くの作家たちの想像力を刺激することになった。アイザック・アシモフの『われはロボット』（一九五〇年）やフィリップ・K・ディックの『アンドロイドは電気羊の夢を見るか』（一九六八年）をはじめとする、人造人間を主題とするサイエンス・フィクションの系譜の起源のひとつとして、『未来のイヴ』を考えるのはその意味で間違いではない。

作者の名字は「ヴィリエ・ド・リラダン」なので、略称する場合は「ヴィリエ」とするのが正しいが、日本では長い間「リラダン」と呼ばれてきた。彼の作品の邦訳は東大で教鞭をとっていた辰野隆や渡辺一夫、鈴木信太郎らによって一九三〇年代にはじめられ、『未来のイヴ』は渡辺訳で一九三八年に岩波文庫に入っている。ボードレールの翻訳やダンディズムの研究でも知られる齋藤磯雄も、早くからヴィリエの翻訳をライフワークとし、一九四一年に研究書『リラダン』を出版しただけでなく、戦前から個人訳全集の刊行を開始している（三巻ほど出したところで戦争によって頓挫したが、戦後も推敲や改稿をくり返しながら翻訳の刊行を続け、一九七〇年代半ばに念願の個人訳全集を完成させた）。辰野や渡辺、鈴木、齋藤らの紹介と翻訳により、卑しく愚鈍な近代社会に呪詛と諧謔をもって対峙する精神の貴族「リラダン」の名が、学生や若い文学者たちに熱狂をもって迎えられたのである。小林秀雄は学生時代に受けた辰野の「リラダン」の授業が刺激的だったと回想しているし、三島由紀夫も新人時代に渡辺に短編集『宝石売買』（一九四九年）の序文を依頼した理由を、「リラダンの翻訳者として尊敬していたから」だと澁澤龍彦に明かしている。小説家の中村真一郎が「リラダンは日本では流行作家になっちゃったんですよ（笑）。やっぱり翻訳がとても良かったですからね」と語っているように、ある時期まではフランス本国でも限られた愛好家を除いてあまり読まれていなかったヴィリエが、戦中戦後の日本ではフランス文学を代表する作家のひとりと見なされていたのだ。「眠狂四郎」シリーズなど多くの作品を残した時代小説作家で、齋藤の義兄でもあった柴田錬三郎も折にふれヴィリエへの愛着を語っており、戦争中、衛生兵として南方に輸送される途中、船が潜水艦に撃沈され七時間漂流した経験を「ただ、茫然と海上に浮いていた」としか語れない自らの非力を、「今日のパンにさえありつけぬ、洗うがごとき赤貧の橋下ぐらしで、その夢想を、いよいよ壮麗にして典雅なるものに昇華させたリラダンならば、愚劣な戦争の犠牲者となったその時、おそらく、すばらしい夢想と痛烈な嘲罵の言葉を生んだに相違ない」ともどかしげに表現しているのは、とりわけ印象深い。

ヴィリエの翻訳にもっとも心血を注いだ齋藤磯雄の仕事は、フランス語原文への深い理解に支えられ、ヴィリエの貴族精神を文体そのものに体現させたまぎれもない名訳だが、今日の読者からすると、馴染みの薄い漢語が旧かなづかいの古風な文章の中に矢継ぎ早にあらわれて（齋藤は最後まで現代かなづかいを受け入れなかった）、読むのに相当の忍耐を強いられるというのが正直なところだろう。この文体は「リラダン」という呼称とともに、低俗で愚かしい近代社会に敢然と立ち向かう孤高の精神という、ある時期までの文学青年を引きつけたヴィリエ像とも強く結びついている。しかし一九九〇年代以降、『未来のイヴ』はそれとは別の文脈で、再び日本の読者の関心を引いているように見える。フランスのシュルレアリストであるミシェル・カルージュが一九五四年に出版した『独身者機械』(一九七六年に増補改訂版)は、『未来のイヴ』を含む、一九世紀後半以降のさまざまな芸術作品を分析した論考だが、エロティシズムを追求しながらそれを機械化することで、生殖が否定され異性との交流が切断されるという共通のモチーフを、「独身者機械」の名のもとに鮮やかに指摘してみせた。この本の邦訳(旧版)が刊行されたのが一九九一年で、映画監督の押井守は二〇〇四年に発表した長編アニメーション作品『イノセンス』の冒頭で、「われわれの神々もわれわれの希望も、もはやただ科学的なものでしかないとすれば、われわれの愛もまた科学的であっていけないいわれがありましょうか」という『未来のイヴ』の一節を、カルージュの邦訳から引用している。映画では少女型の男性用愛玩ガイノイド(人造女性)が、『未来のイヴ』の人造人間の名である「ハダリ」と名付けられてもいて、アニメやゲーム、ヴァーチャル・アイドルが巨大な市場を形成する、高度に情報化された現代社会、それが特に顕著な日本社会において、愛と欲望の諸条件を考えるための古典のひとつとして、ヴィリエの作品を位置づける可能性が示唆されている。

『未来のイヴ』の概要

以上のことは、古典というものが時代や状況によって、さまざまな文脈と結びついてその生命を維持することを、というより、時代や状況次第でさまざまな意味を獲得し得る作品こそが古典の名に値することを例証しており、可能な限り分かりやすい訳文を目指した今回の新訳によって、『未来のイヴ』のさらに新しい読み方が、今後数多く生まれることに期待を抱かせる。しかしやや逆説的に聞こえるかもしれないが、時代や状況に応じた解釈へと開かれた状態に作品を保つためには、状況依存的な読み方をカッコに括ることもいったんは必要であろう。以下で『未来のイヴ』をなるべく「中立的」に読むために、作品が書かれた背景などにも留意しながら、いくつかの補助線を引いてみたい。ここからは物語の内容と結末にふれるので、本編を未読の方は注意していただきたい。

まず物語のあらすじをおさらいしておく。アメリカのニュージャージー州メンロパークの実験室でエジソンが物思いにふけっていると、旧知のイギリスの青年貴族エウォルド卿が訪ねてきて悩みを打ち明ける。歌手で女優の恋人アリシア・クラリーは、古代ギリシアのヴィーナス像を思わせる容姿といい、聞く者を恍惚とさせる魅力的な声といい、「美」の完璧な体現者である。ところがその中身は、愛の精神性も芸術の神聖さも理解できない、打算的で俗物的な女性であった。このアンバランスに絶望し、自殺願望まで口にするエウォルド卿にエジソンは、容姿も声もアリシアそのもので、愚劣な魂だけを取り除いた人造人間を提供しようと申し出る。すでに製造中の人造人間ハダリー（ペルシア語で「理想」を意味する）に、アリシアのあらゆる肉体的特徴をうつし入れるというのだ。三週間後にエウォルド卿がふたたびメンロパークを訪れてみると、そこにはアリシアがいて、ふだんとまったく異なる優美な様子を見せる。生身のアリシアであることを疑わず、愛情を再燃させたエウォルド卿が、なぜ人造人間などに期待をかけてしまったのかと反省しはじめたとき、恋人は驚くべき言葉を口にした。「おわかりになりませんこと？　わたくし、ハダリーですのよ」と。ハダリーは自分を受け入れるよう求め、抵抗していたエウォルド卿も最後にはその魅力に屈する。イギリスの古城で二人だけの暮らしを送るため、ハダリーを棺に入れて連れ帰る道中、船が火災で難破し、ハダリーの身体は消滅してしまう。同じ船に乗っていたアリシアも死に、エウォルド卿だけが生き残った。「この〈幻影〉」〈ハダリー〉の喪に服すのみと宣言するエウォルド卿からの電報をエジソンが受け取ったところで、物語は幕を閉じる。

ヴィリエとエウォルド卿

『未来のイヴ』の柱のひとつは、〈理想の愛〉を追い求めるエウォルド卿の物語である。この若き貴族に、作者であるヴィリエ・ド・リラダン自身の姿、それもいささか理想化された姿が反映されているのは間違いない。すでに家運が衰えていたとはいえ、中世にまで遡る名門貴族の家に生を享《う》けたヴィリエは、そのことに強い思い入れがあった。一八七五年にパリのシャトレ劇場が、オーギュスト・アニセ・ブルジョワとジョゼフ・ロクロワ共作の歴史メロドラマ『ペリネ・ルクレール』を上演した際に、先祖であるジャン・ド・ヴィリエ・ド・リラダン元帥の描かれ方が不当であると抗議文を発表し、その後訴訟まで起こしたエピソードは、この作家にとって出自がいかに重要だったかを物語るものだろう。

　エウォルド卿は気品を備えた「きりりとした美しい若者」で、兵役から帰ってからというもの、昔からの領地のひとつにある湖沼と松の林に囲まれた古城で、家に伝わる「たとえ皆が従うといえども《エティアンシ・オムネス》、我は拒否する《エゴ・ノン》」という銘さながらの、俗世間と切り離された生活を送っている。そんなエウォルド卿にエジソンは「あなたはこの地上で私が出会った、いちばん高貴な方だと思います」と語りかけるのだが、先祖から引き継いだ城館やラテン語の銘句は、肉体的ならびに精神的な高貴さが、優れた個人的資質というにとどまらず、由緒正しい貴族の血筋と結びついていることを象徴的に表現している。そしてそこには、没落した貴族の一人である作者ヴィリエの、自負を伴う憧憬の念がおそらくは混ざり込んでいた。

エウォルド卿と恋人アリシアの関係にも、作者の実人生は反映している。ヴィリエは一八七三年に、アンナ・エール・パウエルという女性と知り合い魅了され、最後に別れを告げられるというつらい経験をした。友人の詩人ステファヌ・マラルメに宛てて、「ずいぶん遅くなったが、僕は生まれてはじめて恋をしている」と書き送ったことからも窺えるように、このときのヴィリエはアンナ・エールを生涯で唯一無二の女性と考えており、〈理想の愛〉を追い求めるエウォルド卿の姿をたしかに連想させる。どうやらアンナ・エールはヴィリエが信じたとおりの女性ではなかったようで、『未来のイヴ』執筆時には彼自身がそのことを十分に分かっていた。ヴィリエと離れたのち、彼女はオペラ歌手としてヨーロッパ各地の舞台に立つものの、一八七六年にパリでヴェルディの『イル・トロヴァトーレ』を演じて酷評を受け、歌手としてのキャリアは絶たれてしまう。そして今度は『母親たちの新聞』なる定期刊行物の編集長となって、花売り娘にほろりとする類の感傷主義を基調とする、何本もの記事を自ら執筆したのである。『未来のイヴ』のアリシアは、歌手として自ら芸術の舞台に立ちながら、その価値を理解しようとしない散文的性格と、安っぽいメロドラマにいとも簡単に心を揺さぶられる凡庸さとをあわせ持っているが、こうした人物造型にアンナ・エールに対するヴィリエの幻滅の痕跡を認めることは難しくないだろう。

〈理想の愛〉の物語

ともあれエウォルド卿の悩みは、アリシアの心が俗悪なブルジョワ精神に支配されているため、自身の追い求める高貴な愛の対象にはなり得ないところにあった。エウォルド卿の家には最初の恋こそが最後の恋、すなわち唯一の恋だと考える伝統があり、彼自身も自分は未来の妻となる女性以外には興味を引かれないよう生まれついたと思っている。彼の恋愛観そのものが、貴族という出自に結びついていることに注意したい。アリシアの外見は「人間として理想の域に達している」とまでいわれているが、エウォルド卿にしてみれば、そのような完璧な美を備えた女性は、うちに気高い魂を宿していなければならない。というのも、理想とはそもそも分割不可能な統一体であり、精神性を伴わない美は完璧とはいえないからである。アリシアの外面的な完全性は、由緒正しき理想へのエウォルド卿の志向を保証する要素として当初あらわれるものの、その精神の醜悪さを知ってなお彼女から離れられないとなれば、むしろ時代を特徴づけるブルジョワ的堕落への誘惑と化してしまう。だからこそ彼に対して、エジソンはこう警告するのだ。「実は、私は心配なのです。ミス・アリシアは〈良貨〉より〈悪貨〉のほうがお好きなようです。だから、その嗜好があなたにも伝染しまいかと……。そうなったら、それがいちばんの不幸です」

エウォルド卿はアリシアから魂を取り除くことを望むようになる。この望みを字義どおりに解釈すれば、彼は魂を取り除いた純化された肉体を求めていることになり、実際アリシアの姿かたちが目の前にありさえすれば、それで十分だと宣言もしている。しかしこうした姿勢は、エウォルド卿の本音ではない。人造人間の製造をエジソンが打ち明けたとき、エウォルド卿は肉体や声、歩き方といった外面的特徴を再現できることよりも、機械的な人工物が魂を持ち得るということに不信感を示している。彼の真の望みは、美しい肉体から魂を取り除き、彫像のように嘆賞することではなく、その美しさに見合う魂を持つ女性と、〈理想の愛〉によって結ばれることなのだ。

人造人間ハダリーは、エウォルド卿の願いに対する、ひとつの解決の試みといえるだろう。彼女の二つの肺は蓄音機でできていて、さらにその下には「円筒型動作記憶盤」が仕込まれている。蓄音機には「現在存命中の偉大な詩人や、洞察力の鋭い哲学者、人生の深淵を知る小説家など、いずれ劣らぬ天才たち」に頼んで書いてもらった言葉が、アリシアの朗読で記録されており、「円筒型動作記憶盤」にはアリシアの身振りや歩き方、顔の表情やしぐさなどが刻み込まれている。エジソンから見れば、アリシアのうちにエウォルド卿が求めていた魂とは、彼の精神が作りだした幻影にすぎず、その願望を満たすためには、あらかじめ記録された言葉やしぐさなどを組み合わせて、エウォルド卿の働きかけに彼が望むとおりの反応をとらせるシステムを実現させれば十分だったのである。

こうしたエジソンの発想に、エウォルド卿は納得できない。メンロパークで再会したとき、別人のような魅力を放つアリシアが実はハダリーだと知ると、「地獄から挑発されたように」感じて、エジソンに殺意さえ抱いたのはそのためだ。エウォルド卿は最後にはハダリーの魅力に屈するのだが、実はこのときに重大な変化が生じている。ハダリーはエウォルド卿に自分の存在を信じるように誘いかけ、エウォルド卿もハダリーのうちに「この世のものではない存在」を感じとるようになっているのだ。ハダリーは自らの願望を具現化するシステムではもはやなく、完璧な声や容姿、しぐさに高貴な魂を備えた自立的人格としてあらわれているのである。ここにいたってエウォルド卿は、〈理想の愛〉にふさわしい相手をはじめて見いだし、ブルジョワ的低俗さの支配する世の中から離れて、先祖がその栄光を築いてきたイギリスの古城で、二人だけの生活を送ることを決意する。海難事故でハダリーを失う結末は悲劇的だが、少なくともエウォルド卿の視点に立てば、『未来のイヴ』は人造人間というテクノロジーによって、テクノロジーを超えた理想的な魂、すなわち完璧な美しさを備え、自らの出自に見合う崇高な愛を共有し得る魂と、出会うまでの物語と見なすことができる。

科学技術への両面感情

『未来のイヴ』のもうひとつの柱は、いうまでもなく科学者エジソンによる、人造人間製造の物語である。この作品の最大の逆説は、近代精神を特徴づける科学技術への妄信またそれに付随する進歩主義のイデオロギーに対して、批判的な見解を隠さなかった作者ヴィリエが、まさにその科学による理想の追求を主題に据えたところにある。しかしそもそも科学技術を前にしたヴィリエの姿勢は、完全なる拒絶というものではなかった。その点をまず確認しておきたい。

一八五〇年代後半、故郷のブルターニュ地方からパリに生活の基盤をうつしたヴィリエは、ほどなくして従兄であるイヤサント・デュ・ポンタヴィス・ド・ウセー伯爵のサロンに通うようになる。ポンタヴィスは科学技術の発展が人類に明るい未来をもたらすという、サン・シモン主義的な進歩思想の持ち主で、科学と産業を称える多くの詩を執筆していた。もともと反時代的傾向の強かったヴィリエであったが、この年上の従兄からは多くを学び、一八六〇年には「鉄道」と題された詩篇を発表している。レンヌ―ガンガン間の路線開設に際して、三年後に加筆され再発表されたこの詩篇の内容は、科学技術のほぼ全面的な礼賛であった（さらに三年後には大幅に縮小され、タイトルも変えて、若き一流詩人たちが多く寄稿した有名なアンソロジー『現代高踏詩集』に収録される)。

一方、同じ頃に執筆され、第一巻だけが自費出版された長編小説『イシス』は、ポンタヴィスに献じられてはいるものの、科学技術への妄信を批判する長大な注を含んでいる。ヴィリエは、エルネスト・ルナンやマルスラン・ベルトロといった進歩主義者の公開講義にも足を運んで、従兄の信奉する楽観的進歩主義を検証し、徐々に距離を取るようになっていったようだ。科学技術は人間の精神性や宗教心を破壊し、ブルジョワ的な現世主義を蔓延させる。これがヴィリエによる科学批判の中心的命題であり、一八六〇年代末から七〇年代にかけて立て続けに発表された、「機械のコント」と呼ばれる一連の短編においても、この主題は繰り返し展開された。実際、これらの短編小説はすべて、近代精神を内包した発明家あるいは発明品を、戯画的に風刺する点において共通している。

ここで注意したいのは、ヴィリエがときとして、科学技術をある種の詩的魅力とともに描きだすばかりか、科学の論理を突きつめることによって、ありきたりの合理主義を脱し、神秘的領域へと到達する逆説的道筋をも探っていることである。ヴィリエは若い頃からオカルティズムに傾倒しており、神秘主義者であるエリファス・レヴィやジャン・レノの著作、さらに後年には心霊現象の研究をしたイギリスの物理学者ウィリアム・クルックスに多大な関心を寄せていた。科学が人々の精神性や信仰心を蝕んでいくことに警鐘を鳴らしながら、精神性や信仰心を保証する別種の科学の可能性を追い求めたようにも見えるのである。

『未来のイヴ』の執筆過程

科学をめぐるヴィリエの姿勢が複雑であるのに加え、『未来のイヴ』執筆の経緯にも紆余曲折はあった。ヴィリエが『未来のイヴ』の構想を最初に抱いたのは、一八七七年のことと考えられている。おそらく翌七八年に、研究者たちが「分身（Le Sosie）」、あるいは「婦人とその分身（Madame et son sosie）」と呼んでいる短い草稿が書かれ、そこに主要な登場人物としてはじめてエジソンが登場した。恋人の不誠実を嘆くバル男爵という貴族に、エジソンが機械でその分身を作ろうと提案する筋立ては、『未来のイヴ』を予告するものだが、変人科学者エジソンを皮肉な筆致でこき下ろす滑稽譚の趣が強く、物語の調子には大きな違いがある。この年にヴィリエの友人で、詩人で科学者でもあったシャルル・クロが、蓄音機をどちらが先に発明したかについてエジソンと争い敗れ、深い落胆を覚えたという事情もおそらくはあったのだろう。この草稿を発展させたのが、直後に書かれた「エジソンの逆説的な人造人間(L'Andréide – Paradoxale d'Edison)」と題された別の草稿であり、一八八〇年から八一年にかけて今度は『新しいイヴ』というタイトルのもと、結末をのぞいた全篇が新聞に連載された。完結しなかった大きな理由は、エウォルド卿がハダリーと結ばれるという幸福な結末に、ヴィリエが疑問を覚えはじめたことにあるようだ。一八八五年から八六年にかけて、大幅な加筆と修正を施したヴァージョンをはじめて『未来のイヴ』の題で連載するが、ここでヴィリエは棚上げにされていた結末を悲劇的な内容にして付け加え、オカルティズムの要素を大胆に取り入れた。その一方で人造人間の構造を説明する箇所では、文体をより論理的なものとし、用語も専門性の高いものに置き換えるなど、奇想天外な滑稽譚として始められた試みに科学的リアリティを与える努力の痕跡も認められる。同じ八六年にようやく単行本として刊行されたのは、このヴァージョンにさらに加筆修正を加えたもので、最初の構想から数えて足かけ十年にもおよぶ仕事となった。

エジソンの造型

科学に対する複雑な姿勢や執筆における紆余曲折が反映してか、物語を通じてエジソンの造型は一貫しているとはいえない。単行本に付された緒言（「読者に」）において、ヴィリエは小説中のエジソンは人々の熱狂が生みだした「〈伝説〉の人物」であり、実在の彼の姿とは異なると述べている。エジソンの実像を描いたものではないと宣言しているように見えるが、同時代の人々が共有しているイメージを利用して物語を紡ぐといっているとも読める。事実ヴィリエは一八七八年に発表されたいくつかの紹介記事や、とりわけピエール・ジファールという人物の書いた蓄音機に関する入門書を参考に、実験室の様子やエジソンの服装、息子たちの名前、助手たちの数などを書いたことが分かっている。

ヴィリエが最初に『未来のイヴ』を構想したとき、科学者エジソンの奇抜さを皮肉に描いた滑稽譚を考えていたことはすでに述べたとおりである。稿を重ねていく過程でその痕跡は薄まってはいくのだが、エジソンのモノローグには最後まで過剰な悪ふざけが散見されるし、向かい合って全速力で進む二つの列車を停止させるための実験が人為的ミスで失敗に終わった際に、沢山の人が死んでいるのに「へたくそめ！　操作をしくじって！」と口にして、即座に実験のやり直しを願う場面などでは、発明家のグロテスクな冷徹さを強調するブラックユーモアが発揮されている。

他方でエジソンは科学技術による社会の改革者という側面も持っている。彼がエウォルド卿を救おうとしたのは、友人であるエドワード・アンダーソンがイヴリン・ハバル（イヴリンには旧約聖書における原初の女性の名「イヴ」が含まれ、「ハバル」はヘブライ語で「虚無」という意味）なる踊り子に誘惑され、妻子を裏切ってついには自殺してしまったという苦い経験にもとづくものでもあった。エジソンによれば、イヴリンのような女性に囚われると「妻や子供たちなど、愛する家族ともおさらば、地位も名誉も財産も失い、人間としての務めも果たすことができず、国にも神にも見捨てられ」る運命をたどることになるが、その中で命まで落とした人の数は、ヨーロッパとアメリカで毎年大幅に増加しているという。統計的言及をとおして、個人の破滅や没落だけではなく、社会全体の堕落が問題とされているのが分かるだろう。イヴリンのような女性たちの現実の姿は実は醜悪なもので、化粧や義歯や染毛、つくり笑いや目つきといった人工的手段によって、偽りの美しさをまとっているにすぎない。エジソンの人造人間もまた、人工物であるという点でイヴリンと共通するところがあるが、社会全体を堕落の方向ではなく、むしろ天上的愛へ導こうとしているという意味で、正反対の価値を持つものと位置づけられる。人類を罪へと誘った女性イヴの末裔に、堕落から救いだす新たなイヴを対置するというモチーフが、ここには見られるのである。

近代科学を体現するエジソン自身が、反時代的精神をあわせ持つという両義性も、見落としてはならない。物語冒頭で展開される長い夢想の中で、エジソンは自らの蓄音機の発明が遅すぎたことを嘆く。科学技術の進歩によってあらゆる言葉と声が記録可能になったとしても、記録するに足るような言葉も声もすでに失われてしまっているし、仮にそのような言葉や声がなお存在するとしても、人類はそれを正しく受け取る能力を手放してしまっている。このように考えるエジソンは、科学の申し子でありながら、画家のギュスターヴ・ドレと容姿を比較されたり、「科学のベートーベン」と呼ばれたりと、作中でしばしば芸術家と同一視されている。自らが作り出す人造人間を「生きた芸術品」と呼び、「ホフマンの『クレスペル顧問官』に出てくる女性歌手アントニエの歌」、「エドガー・アラン・ポーの『ライジーア』の主人公の情熱に満ちた神秘性」、「ワグナーの歌劇『タンホイザー』に出てくるヴィーナスの焼けつくような魅力」を与えると宣言するとき、彼はエウォルド卿に手を差しのべているばかりではなく、近代社会が顧みなくなった芸術の、時代を超えた価値を自ら追い求めているのである。

ハダリーの曖昧さ

人造人間ハダリーの大きな特徴は、機械でありながら「魂」を持っているところにあるが、そこにはソワナという謎の登場人物が深く関わっている。イヴリン・ハバルのせいで夫と家と財産を失ったアンダーソン夫人が「眠り病」を患ってしまい、同情したエジソンが催眠術による治療を施しているうちに、覚醒時のアンダーソン夫人とは別のソワナという人格があらわれて、〈神経流〉の作用で物理的距離の一切関与しない意思の伝達ができるようになった。〈神経流〉は〈電流〉と溶けあったとき、現状の科学では知り得ない能力を備えた〈混合流体〉を構成すると、エジソンは主張する。ソワナという存在は実はこの〈混合流体〉そのものであり、流体の回路でつながったアリシアに対して、強い暗示をかけることができるというのだ。ソワナはアリシアにさまざまなセリフを朗誦させ、声の抑揚や身のこなし、眼差しにいたるまでを引き出した。そしてそれらを記録・録音したハダリーの身体を操り、さまざまな場面を演じる訓練を繰り返して、ついにエジソンのいう〈理想の女性〉を完成させたのである。

ハダリーの口にする言葉や身のこなしが、すべて記録されたものの組み合わせならば、ハダリーの「魂」と呼ばれるものは、結局のところ、エジソンの科学技術とソワナの訓練が生みだした、ひとつのメカニズムに違いないだろう。だがアリシアの外見をまとう以前、銀色の甲冑《かっちゅう》をまとい、電気のヴェールで全身を隠して、地下の楽園に案内されたエウォルド卿の前にハダリーが姿を見せたとき、実際に動き話していたのはソワナであったことが、のちにエジソンの口から説明される。素直に読めば、アリシアの美しさを授けられ、〈理想の女性〉となってからも、ハダリーのうちにはソワナの精神が宿っていたと考えられるのである。ハダリーがエジソンのもとを去ったのち、アンダーソン夫人の肉体からソワナが消え去っていたという設定も、こうした解釈を裏付ける。ソワナはエジソンとともにハダリーを作ったのではなく、ハダリーの内面そのものと化したのであり、別の言い方をすれば、ハダリーはひとつの自立した人格として、話し行動していたことになる。

不思議なのは、地下の楽園でハダリーとして動き話していたのがソワナであったことを認めたエジソンが、アリシアの姿をまとったのちのハダリーが独立した人格であることについては、執拗に否定を続けたことだ。エジソンの主張によれば、ハダリーの「魂」は書き込まれた記録の組み合わせから生まれるにすぎず、訓練によってその声や仕草を統御するソワナは、ハダリーに対してあくまでも外在的でなければならない。エウォルド卿が〈理想の愛〉を成就させるために必要なのも、ハダリーの〈操作〉に習熟することであり、その意味でハダリーは最後まで機械なのである。エジソンはこのような自分の説明に本当に納得しているのだろうか。「エジソン様はエセルウォルドの館に来てくださるかしら？　きっと来てくださいますよね？　わたくしたちに会いに……」というエウォルド卿へのハダリーの言葉を耳にして動揺する場面では、自らの思惑を超え機械に自立した人格が宿ってしまった可能性を、エジソン自身が感じ取っているようにも見える。いずれにせよ、ハダリーのうちに独立の人格を認めるエウォルド卿と、それを否認するエジソンとのずれは、読み手のうちにも、何か曖昧で未消化な印象を残すように思われる。

「魂」がいかなるものであれ、これを備えた人造人間の製造は、神ならぬ人間にとってひとつの冒瀆的行為であるには違いない。『未来のイヴ』はエピグラフや引用・言及によって、多くの神話・伝説・先行作品へと関連づけられた作品だが、中でもプロメテウスとファウストの二つの神話を重要な枠組みとしているのはそのためだ。たとえば自分を受け入れようとしないエウォルド卿に対して、「たとえ、禿鷲に永遠に内臓をついばまれようと、神から火を盗んで、わたくしに授けようとする方は、この地上にはもうひとりもいないのです」と言い放つハダリーの挑発は、火を盗んだプロメテウスがゼウスの怒りを買い、毎日禿鷲に肝臓をついばまれる罰を受けたという神話を踏まえている。また、人造人間の製造についてエウォルド卿がエジソンと交わした約束を「契約」と表現し、第二巻の巻名としているのは、ゲーテの『ファウスト』における悪魔との契約との重ね合わせを、ヴィリエが強く意識していたことを示すものだろう。エジソンとエウォルド卿の試みが悲劇に終わった大きな原因のひとつが、神が与えた秩序に挑む「傲慢さ」にあったのはたしかである。

おわりに

『未来のイヴ』を、近代の社会や価値観に幻滅したエウォルド卿が〈理想の愛〉を見いだすまでの物語と見るとき、古くから続く貴族の家柄と結びついたその精神に、作者であるヴィリエ自身が強い共感を抱いていたことは容易に見て取れる。一方でそれにふさわしい女性を人工的に作りだそうとする科学者エジソンの挑戦は、ときとして相矛盾する多様な意味をまとっている。科学への妄信にヴィリエが強い危機感を覚えている以上、エジソンの科学もグロテスクに戯画化して告発する対象にならざるをえない。しかし同時にエジソンにはまさにその科学を堕落した近代への処方箋にするというモチーフがはっきりと認められる。人造人間ハダリーはこうした試みの成就と捉えることができるが、エジソンの意図を超えてハダリーが自立的人格を獲得してしまったとすれば、むしろ科学の限界を示唆しているともいえる。そして完璧な身体と魂をともに備えた人造人間の創造は、理想への上昇的接近であると同時に、神が与えた秩序への悪魔的挑戦という側面を明らかに持っている。このような矛盾は瑕疵《かし》とはいえず、逆にエジソンの試みの多義性を積極的に提示したところに、『未来のイヴ』という作品の魅力があると考えるべきだろう。

最後に『未来のイヴ』の今日的な意義について、筆者なりの見解をごく簡単に述べておきたい。作品の冒頭にヴィリエは「夢見る人に、嘲弄《ちょうろう》する人に」という献辞を置いている。夢を見ながらそれを嘲弄すること、嘲弄しながら夢見ることを止めないこと。献辞が示すとおり、『未来のイヴ』は両義性に満ちている。この作品が現代の目から見て納得のいかない要素を多く含むのは否めない。ブルジョワ社会の凡庸さを攻撃する筆致は、それ自身型にはまった凡庸さを免れていないし、女性に対する偏見によってしばしば不快な気持ちにもさせられる。けれどもたとえば人工知能や遺伝子操作の問題を考えてみれば、科学と時代精神の関係、科学的操作によってその操作の及ばないものを生み出してしまうという逆説、科学になにがどこまで許されるのかをめぐる倫理など、この作品に描き出されたさまざまな葛藤が、現代にいたって解決されるどころか、ますますその重みを増しているのに気づく。時代に背を向けた、ときに鼻白むような反動的精神が、未来をも見とおすかのような広い射程を備えた鋭い批評精神と結びついているさまもまた、『未来のイヴ』を特徴づける両義性のひとつといえるだろう。

《主要参考文献》

Villiers de l'Isle-Adam : *Œuvres complètes*, édition établie par Alain Raitt et Pierre-Georges Castex, avec la collaboration de Jean-Marie Bellefroid, Gallimard, Bibliothèque de la Pléiade, 2t., 1986.

Villiers de l'Isle-Adam : *L'Ève future*, édition établie par Nadine Satiat, avec une introduction, des notes, une bibliographie et une chronologie, coll. GF-Flammarion, 1992.

Villiers de l'Isle-Adam : *L'Ève future*, édition présentée, établie et annotée par Alain Raitt, Gallimard, coll. Folio, 1993.

Jacques Noiray : L'Ève future *ou le laboratoire de l'Idéal*, BELIN, 1999.

ミシェル・カルージュ『独身者機械』新島進訳、東洋書林、二〇一四年（訳者の新島進氏による解説「ミシェル・カルージュと独身者機械」にも多くを教えられた）

木元豊「人造人間の魂―ヴィリエ・ド・リラダン『未来のイヴ』考」、香川檀編『人形の文化史　ヨーロッパの諸相から』、水声社、二〇一六年、所収

小林秀雄「『ヴィリエ・ド・リラダン全集』」、『小林秀雄全作品　第26巻　信ずることと知ること』、新潮社、二〇〇四年、所収

柴田錬三郎「わが生涯の中の空白」、『柴田錬三郎選集　18　随筆・エッセイ集』、集英社、一九九〇年、所収

澁澤龍彦「三島由紀夫をめぐる断章」、『日本作家論集成　下巻』、河出文庫、二〇〇九年、所収

中村真一郎「若き日の夢と文学」（インタヴュー）、東雅夫編『幻想文学講義「幻想文学」インタヴュー集成』、国書刊行会、二〇一二年、所収

ヴィリエ・ド・リラダン年譜

一八三八年

一一月七日、ジャン・マリ・マティヤス・フィリップ・オーギュスト・ド・ヴィリエ・ド・リラダン、フランス西部、ブルターニュ地方の町サン＝ブリユーで生まれる。父はジョゼフ・トゥサン・シャルル侯爵（当時三六歳）、母はフランソワーズ・ル・ネプヴー・ド・カルフォール（当時二七歳）。生家は洗礼時の代母を務めた、大伯母でかつ母の養母のマリ・フェリックス・ダニエル・ド・ケリヌー（通称「ケリヌー伯母さん」）の所有であった。一人っ子のヴィリエは家族からマティヤスと呼ばれたが、後年、作品を書く際にはオーギュストと名乗る。

一八四三年　五歳

ヴィリエの母、裁判所に父との財産分離を請求する。訴状の文面には、父は危険な投機によって全財産を大きく超える額の負債を抱えており、このままでは、養母ド・ケリヌーからの相続・贈与などによって、母に将来生じうる財産も危険にさらされると記されている（財産分離の判決は一八四六年八月に下される）。

一八四六年　八歳

ド・ケリヌー、ブルターニュ地方の町ラニオンに家を購入。一家全員で移り住み、生活にかかる費用もド・ケリヌーが出した。

一八四七年—五五年　九歳—一七歳

一八四七年に学業を開始するが、度重なる転居に加え、ヴィリエ自身の難しい性格もあり、ブルターニュ地方のさまざまな町の学校を転々とする。一八五二年からは大都市レンヌでいろいろな教育施設に通う。聖職者の家庭教師についていた時期もあったらしい。

一八五五年　一七歳

家族がヴィリエをたびたびパリに連れて行くようになる。カフェや劇場に出入りし、劇作家を夢見る。この頃、二つの恋愛を経験したようだが、うち一つは相手の少女の死によって悲劇的な結末を迎えたという。

一八五六年　一八歳

ヴィリエの父、負債によりクリシーの債務者用留置所に収容される。

一八五七年　一九歳

家族とともにパリに滞在。カフェや劇場に入り浸るヴィリエの様子に不安を感じた家族は、ソレーム修道院に送ることを画策するが、このときは実現しなかった。

一八五八年　二〇歳

パリのティエルスラン書店より小冊子『二篇の試作詩（*Deux essais de poésie*）』を出版。これが文壇デビューとなる。父の若い友人であった代訴人、アメデ・ル・ムナン・デ・シェネの招きで、ブルターニュ地方のモンフォール・シュル・ムーに数カ月滞在。しばしパリから離れ、叙情詩の作成に励む。

一八五九年　二一歳

パリで従兄の進歩主義者で科学・産業の擁護者イヤサント・デュ・ポンタヴィス・ド・ウセー伯爵のサロンに通いはじめる。一二月、リヨンのシューラン書店より、『処女詩集（*Premières Poésies*）』を自費出版。同じ月、『ラ・コーズリ（*La Causerie*）』誌に二篇の音楽評論を発表する。この年以降、家族とともにパリに居を定めるが、ブルターニュにも頻繁に滞在した。

一八六〇年　二二歳

カフェ「ブラッスリ・デ・マルティール」に通い、常連であったボードレールと知り合う。以後、数年にわたって親しく付き合い、大きな影響を受ける。八月、叔父エフレム・ウエル・デュ・アメル男爵の所有する定期刊行物『馬のフランス（*La France hippique*）』に詩篇「鉄道（Chemins de fer）」を発表。この詩は、書き直しやタイトルの変更を加えながら、別の媒体に以後二度にわたって掲載された。ヴィリエの他の作品とは異なり、科学ならびに産業の進歩を称える内容の詩篇である。作家のカチュール・マンデスとジャン・マラスに出会い、生涯の友となる。長編小説『イシス（*Isis*）』に取りかかる。

一八六一年　二三歳
この頃、ルイーズ・ディヨネという娼婦との関係がはじまる。

一八六二年　二四歳
長編小説『イシス』の第一巻をダンテュ書店より自費出版する。続巻は出なかった。イヤサント・デュ・ポンタヴィスに献じられているが、「進歩」をめぐる長大な注を含め、科学・産業の信奉者である従兄に対する批判的姿勢が明らかな作品である。ルイーズから引き離すため、両親によってソレーム修道院に送られ、八月末から三週間ほど滞在。著名な修道士ドン・ゲランジェと哲学や神学について対話し、トマス・アクィナスを熟読したことで信仰を取り戻す。

一八六三年　二五歳
ギリシアに王位継承問題が起こる。後継に立候補して運動を展開し、ナポレオン三世の謁見を求めるところまでいったというが、おそらくはヴィリエ自身が広めた作り話である。八月、ソレーム修道院に二度目の滞在をするが、耐えきれずパリに逃げ戻る。

一八六四年　二六歳
父が破産。ルイーズの不誠実な態度と借金とに絶望し別離を決意する。九月、資産家の女性と結婚しようとリヨンへ赴くが、計画倒れに終わった。フロベールと知り合う。マラルメとも親交を深め、以後、親しい友人となる。ヴェルレーヌ、ルコント・ド・リール、フランソワ・コペなどの詩人と付き合いを持つ。

一八六五年　二七歳

パリのプパール・ダヴィル書店より、三幕からなる散文劇『エレン（*Elën*）』を非売品として刊行する。

一八六六年　二八歳

二月、リシャール侯爵のサロンで、五幕からなる散文劇『モルガーヌ（*Morgane*）』を朗読し、翌月、サン・ブリユーのギュイヨン・フランシスク書店より非売品として刊行する。『エレン』第二版を同じくギュイヨン・フランシスク書店より刊行。ボードレール、ヴェルレーヌ、マラルメ、ルコント・ド・リールなどが寄稿した第一次『現代高踏詩集（*Le Parnasse contemporain*）』に三篇の詩を発表する。春にオランダへ旅行。作家テオフィル・ゴーティエの娘エステルと婚約する。

一八六七年　二九歳

一月、家族の反対にあい、エステルとの結婚を断念する旨、ゴーティエに書き送る。一〇月、雑誌『文芸美術雑誌（*Revue des lettres et des arts*）』を刊行（翌六八年三月廃刊）。編集長となり、ヴェルレーヌ、マラルメ、マンデス、ゴンクール兄弟、ジュディット・ゴーティエなどの協力を得る。小説「クレール・ルノワール（Claire Lenoir）」、「前兆（L'Intersigne）」（完結は六八年一月）を同誌に発表。

一八六八年 三〇歳

ニナ・ド・ヴィヤールのサロンに通いはじめる。おそらくはこのサロンで、数年後、詩人で科学者のシャルル・クロと出会う。社会劇『誘惑（*La Tentation*）』の創作を開始するが完成には至らず。

一八六九年 三一歳

一幕劇『反抗（*La Révolte*）』を書き上げる。デュマ・フィスの協力を得て、ジムナーズ座での上演を模索するが失敗に終わる。六月より、マンデス、ジュディット・ゴーティエ夫妻とスイスならびにドイツを旅行。トリプシェンにワグナーを訪ね、九日間をともに過ごす。その後、ミュンヘンでワグナーの歌劇を鑑賞、ふたたびトリプシェンに寄ってからパリに戻る。留守中、パリの新聞『自由（*La Liberté*）』に小説「アズラエル（Azraël）」が発表される。九月、女優のマチルド・ルロワが子どもを産むが、おそらくはヴィリエの私生児だと考えられている。

一八七〇年 三二歳

三月、共和派の新聞『市民（*Le Citoyen*）』の特派員として、マンデス、ジュディット・ゴーティエ夫妻とブリュッセルでワグナーの歌劇『ローエングリン』を観る。五月、デュマ・フィスの熱烈な推挙により、『反抗』がパリのヴォードヴィル座で上演されるが酷評を受け、五公演で打ち切りとなる。台本は七月に序文を付してルメール書店より刊行。六月、ふたたびマンデス、ジュディット・ゴーティエ夫妻とドイツを旅行し、ワイマールでワグナー音楽祭に参加、ミュンヘンでも歌劇『ワルキューレ』を鑑賞した。その後トリプシェンに立ち寄るが、普仏関係が悪化してドイツを去り、マラルメを訪ねて南フランスの都市アヴィニョンで一夏を過ごす。普仏戦争はじまる。ヴィリエはパリ国民衛兵一四七部隊斥候隊の司令官となる。

一八七一年　三三歳

発足直後はパリ・コミューン政府を支持するが、すぐに批判的な態度をとるようになる。八月、ド・ケリヌー死去。一家の財政状況は壊滅的となる。

一八七二年　三四歳

資産家の女性との結婚を試みるがまたもや失敗に終わる。『文学的・芸術的ルネサンス（*La Renaissance littéraire et artistique*）』誌に散文劇『アクセル（*Axël*）』第一部を掲載。

一八七三年　三五歳

一一月、「グラーヴ氏の発見（La Découverte de M. Grave）」（大幅な修正のうえ、「天空広告（L'Affichage céleste）」

のタイトルで『残酷物語（*Contes cruels*）』に収録）を『文学的・芸術的ルネサンス』誌に発表。以後、数年にわたり、さまざまな雑誌に後に『残酷物語』に収められる短編小説を掲載する。その中には科学をテーマとする風刺的短編、たとえば「栄光製造器（La Machine à gloire）」（一八七四年）、「エ・エ博士の手になる断末魔の吐息の化学的分析機（L'Appareil du docteur Ê. Ê. pour l'analyse chimique du dernier soupir）」（大幅な修正のうえ、「断末魔の吐息の化学的分析機（L'Appareil pour l'analyse chimique du dernier soupir）」のタイトルで『残酷物語』に収録）（一八七四年）、「トリスタン・シャヴァシュス博士の治療（Le Traitement du docteur Tristan Chavassus）」（「トリスタン博士の治療（Le Traitement du docteur Tristan）」のタイトルで『残酷物語』に収録）（一八七七年）なども含まれる。結婚を斡旋するラ・ウーセー伯爵なる人物の仲介で、イギリス人資産家の女性アンナ・エール・パウエルとロンドンで出会い恋に落ちる。マラルメにこの女性への激しい恋情を綴った手紙を送る。

一八七四年　三六歳

一月、アンナ・エール・パウエルに結婚を拒絶され、傷心のうちにパリに戻る。ポルト・サン・マルタン劇場に『モルガーヌ』上演を働きかけるが失敗、『王位要求者（*Le Prétendant*）』のタイトルのもと、脚本を書き直すことを決意する。シャルル・クロの創刊した雑誌『新世界評論（*Revue du monde nouveau*）』に「見知らぬ客人（Le Convive inconnu）」（修正のうえ、「最後の宴の客人（Le Convive des dernières fêtes）」のタイトルで『残酷物語』に収録）を発表。

一八七五年　三七歳

アメリカ合衆国建国一〇〇周年を記念する戯曲のコンクールへの応募を決意、三月と四月、ナントにて戯曲『新世界（*Le Nouveau Monde*）』の執筆に集中する。七月、パリのシャトレ劇場で再演された、オーギュスト・アニセ・ブルジョワとジョゼフ・ロクロワ共作のメロドラマ『ペリネ・ルクレール』が、ヴィリエの祖先であるジャン・ド・ヴィリエ・ド・リラダン元帥の名誉を毀損しているとして、『フィガロ（*Le Figaro*）』紙上で抗議、八月に二人の劇場支配人を告訴する。

一八七六年　三八歳

一月、『新世界』にコンクールの二等賞が授与される。一等賞の該当作はなかった。アンビギュ座での上演交渉に入るが、支配人の度重なる交代などで不首尾に終わる。『ペリネ・ルクレール』をめぐる裁判のために、図書館や文書館で調査に多くの時間を割く。一二月、アンナ・エール・パウエル、パリのイタリア劇場にて、ヴェルディの歌劇『イル・トロヴァトーレ』のレオノーラ役をつとめるが、酷評を受け、以後、舞台から身を引く。

一八七七年　三九歳

八月、『ペリネ・ルクレール』をめぐる告訴が棄却される。上告を望むが実現に至らず。この頃、ジョルジュ・ド・ヴィリエ・デシャンなる人物により、ヴィリエ・ド・リラダン姓を名乗る正当性について疑義を呈され、証拠を示して謝罪させた。イヤサントの息子、ロベール・デュ・ポンタヴィスをボルドー近くに訪ねる。その折、ボルドー大劇場に『新世界』の上演を引き受けさせるが、パリに戻った後に自らこれを取り下げ、オデオン座での上演を目指し不首尾に終わる。カルマン・レヴィ書店に短編集の出版を打診するが、拒否される。目次用リストに「ミス・ハダリー［アバル］（Miss Hadaly [abal]）」のタイトルが含まれていた。

一八七八年　四〇歳

この頃、エジソンを主人公とした風刺的短編（「分身（Le Sosie）」あるいは「婦人とその分身（Madame et son sosie）」と呼ばれる）の草稿が書かれ、これが『未来のイヴ（*L'Ève future*）』の第一段階と考えられる。秋から冬にかけて、「エジソンの逆説的な人造人間（L'Andréide – Paradoxale d'Edison）」と題され、新たに書き直されるが未発表に終わる。アンビギュ座での『新世界』

上演がふたたび検討されるが実現せず。
パリで万国博覧会が開催され、エジソンの蓄音機をはじめ、多くの発明品が展示される。ヴィリエが足を運んだ証拠はないが、『未来のイヴ』執筆に影響を与えた可能性は大きい。リシャール・レスクリッド書店より、「アズラエル」の豪華版出版を計画するが不首尾に終わる。

一八七九年　四一歳
自らの家系とその歴史、またジャン・ド・ヴィリエ・ド・リラダン元帥の伝記を出版しようと調査を進めるが実現せず。資産家の女性との結婚をまたもくろむが不首尾に終わる。

一八八〇年　四二歳
『新世界』をリシャール・レスクリッド書店より刊行、上演の機会を探るが失敗する。九月、『ル・ゴロワ（*Le Gaulois*）』紙に『未来のイヴ』の原型となる小説を、「新しいイヴ（*L'Ève nouvelle*）」のタイトルで連載するが、不評であったため打ち切りとなる。次いで、一二月から翌年二月まで『フランスの星（*L'Étoile française*）』紙に結末をのぞき全体が連載される。

一八八一年　四三歳
パリ市会議員に正統王朝派として立候補するが敗れる。ベルギー人御者の未亡人マリ・ダンティーヌとの間に私生児ヴィクトル・フィリップ・オーギュストが生まれ、マリとその連れ子とともに暮らしはじめる。一〇月、『王位要求者』をコメディ・フランセーズで上演しようと試みるが失敗に終わる。この頃、降霊術を実践していた精神科医ラティノ博士と親しく付き合い、病院の待合室で「快復した狂人」の役を演じたという。

一八八二年　四四歳
四月、母逝去。

一八八三年　四五歳
二月、カルマン・レヴィ書店より短編集『残酷物語』を刊行。ナシオン座にて『新世界』を上演するが、評判はきわめて悪く、一七公演で打ち切られる。四月、『フィガロ』紙への協力を開始し、以後、短編小説を定期的に掲載する。

一八八四年　四六歳
ユイスマンスの『さかしま』刊行。主人公デ・ゼッサントのお気に入りの作家の一人として、ヴィリエが登場する。ユイスマンス、レオン・ブロワと交友はじまる。二月、完成間近の『アクセル』についての講演を行う。八月、『ジル・ブラース(*Gil Blas*)』紙への協力を開始。

一八八五年　四七歳
七月から翌年三月まで『現代生活(*La Vie moderne*)』誌に『未来のイヴ』を連載。少なからぬ相違はあるものの、タイトルを含め内容はかなり最終形に近づく。一一月から翌年六月まで『アクセル』を『若きフランス（*La Jeune France*）』誌に連載。一二月、父逝去。

一八八六年　四八歳

五月、モーリス・ド・ブリュノフ書店より、『未来のイヴ』を刊行する。同書店から七月に短編『アケディッセリル女王（*Akëdysséril*）』の豪華版と短編集『至上の愛（*L'Amour suprême*）』を立て続けに上梓。翌年にかけて多くの短編小説を雑誌に発表する。一一月、ベルギーへの講演旅行を計画し、ジョルジュ・ローデンバックと協議するが、体の不調により断念する。

一八八七年　四九歳

五月、トレス・エ・ストック書店より、短編集『トリビュラ・ボノメ（*Tribulat Bonhomet*）』を刊行する。一〇月、「自由劇場」を旗揚げしたばかりのアンドレ・アントワーヌにより、ヴィリエの散文一幕劇『脱走（*L'Évasion*）』が上演され成功を収める。

一八八八年　五〇歳

一月、『脱走』がブリュッセルのモリエール劇場で再演され、この機会を利用して、ベルギーで講演旅行を行う。旅行中にパリのモデルヌ書店から、短編集『綺談集（*Histoires insolites*）』を刊行する。九月、英国首相のソールズベリー侯爵を訪ね、助成金を求めるが不首尾に終わる。一一月、イリュストレ書店から、短編集『新残酷物語（*Nouveaux Contes cruels*）』を刊行。年末、ベルギーへの再度の講演旅行を打診されるが、健康状態がすぐれず実現しなかった。

一八八九年

消化管の悪性腫瘍により体調さらに悪化。ほぼ寝たきりの状態となる。パリから離れて暮らしたいとの希望により、家族とともにパリの東にある町ノジャン・シュル・マルヌに移り入院。八月、死期の近いことを悟り、遺言状をしたため、息子を認知する。嫡出子とするために、マリ・ダンティーヌと結婚。遺言執行人として、マラルメとユイスマンスを指名する。八月一八日、五〇歳で死去。

訳者あとがき

まずは〈翻訳〉そのものの話をしたい。

翻訳とは何か？　ずいぶんと直截《ちょくせつ》な問いであるが、はたしてこの問いに答えられる翻訳者はいるのだろうか？　素直に答えれば、翻訳とは――たとえば仏和翻訳であれば――フランス語の原文を忠実に日本語にすることである。それはまちがいない。だが、本当にそんなことができるのだろうか？

先日、非常勤講師を務める大学の大学院生が言葉をめぐるパフォーマンスを行なって、その演目のひとつとして、フランス語の詩とその訳詩を続けて朗読するのを聴く機会があった。詩は名詩であり、訳は名訳である。しかし、それを聴いて真っ先に思ったのは、「原文と訳文はまったくちがう。同じものとはとうてい思えない」というものだった。原詩と訳詩では音がちがう。リズムがちがう。音とリズムがつくりだす雰囲気がちがう。そう言えば、翻訳をしていて、ふと原文と訳文を見比べた時、

「このふたつが同じものだとはまったく思えない」とよく感じることを思い出した。原文と訳文では見た目もちがうのだ。

だが、音やリズムがちがっても、見た目がちがっても、原文と訳文が表している〈意味〉を同じにすることはできるだろう。せめて、そう思いたくなる。それが人情というものだ。だから、一般的に、翻訳者は原文の〈意味〉を忠実に訳文に移すことを考える。けれども、音やリズムや見た目がちがったら、〈意味〉だってちがってくるのが当然だ。少なくとも、完全には一致しない。

そう考えると、翻訳者にできるのは、音やリズムや見た目はあきらめ、〈意味〉をほぼ同じにすることくらいである。だが、本当にそうなのだろうか？　先程の公演で朗読された詩はヴェルレーヌの Chanson d'automne（秋の歌）で、訳詩は上田敏の「落葉」である。あらためて比べてみると、もちろん声に出した時の音やリズムはちがうし、見た目もちがう。意味はほぼ同じであるが、完全に一致するとは言えない。しかし、それにもかかわらず、「落葉」は Chanson d'automne と一致している。その理由は、〈意味〉の奥深くにある〈内容の本質〉を伝えていること、それから、原詩のリズムとはちがうが、訳詩には日本語としてのリズムがあり、リズムが内容と一体になっているという〈詩の本質〉を伝えているということである。「落葉」が名訳であるという所以《ゆえん》である。

もう少し、〈翻訳〉の話を続ける。訳者は、これまで長い間、原文と訳文の関係は、楽譜と演奏の関係に近いと思ってきた。つまり、翻訳とは〈演奏〉だと……。同じ楽譜を使用しても、人によって演奏はちがう。そこには演奏者の解釈が表れるからだ（ちなみに、「演奏する」は、フランス語では interpréter で、これは「解釈する」という意味である）。その結果、同じ楽曲でも、演奏者によってちがった印象を与える。翻訳とはそのようなものではないかと……。しかし、最近、考えをあらためた。翻訳とは〈編曲〉である。もちろん、〈演奏〉でもあるのだが、それだけでは足りない。その理由は言語のちがいである。言語のちがいは、楽器のちがいに比せられる。ピアノのために書かれたある楽曲を、そのピアノのための楽譜を使って、ギターで演奏できるのか？　その逆も同じである。ピアノのための楽曲をギターで演奏するなら、ギターのために編曲すべきではないのか？　また、そのほうが〈原曲の本質〉を伝えるのに、よりふさわしいのではないか？　そして、このように〈編曲〉と比較して、翻訳を考えてみると、翻訳のひとつの姿が見えてくる。翻訳とは、原作と形がちがってしまうことを受け入れたうえで、ともかく、その〈本質〉を伝えようとするものなのではないだろうか？　現在の訳者の翻訳観はこれに近い。

前置きが長くなったが、この作品の訳者がどんな翻訳観を抱いているのか、この『未来のイヴ』が翻訳作品である以上、読者に知っておいていただいたほうがよいと思い、以上の文章を書いた。長々と書いたが、簡単にまとめると、原作と翻訳はまったく同じものにはなりえない。翻訳にできることは、原作の本質を伝えようとすることである。要はこの二点である。

しかし、何が原作の〈本質〉かを見定めるのは翻訳者であるし、翻訳が〈編曲〉だということになると、原文と訳文を単語レベル、文レベルで対応させることはできなくなる。同じ曲のピアノのための楽譜とギターのための楽譜が細かいところではずいぶんちがうように、原文と訳文は細かいところでは一致しない部分が多くなる。この時、翻訳者の解釈がまちがっていたり、いい加減だったりしたら、どうすればよいのか？　「翻訳は編曲だ」などと言い逃れをされて、勝手に原文の細部と一致しない訳文をつくられたら、誤訳を誤訳として指摘することすらできないのではないか？　おそらく、そう心配する読者はいるだろうし、その心配は当然である。

そこで、訳者としては、自分ができるだけ誤訳を避ける努力をしたこと、できるだけ恣意的な解釈に陥らず、原文に沿ったかたちで、その〈本質〉を見定める努力をしたことを明らかにしておく必要があると思われる。

通常の場合、翻訳者が自分自身で誤訳に気づく方法は、たったひとつしかない。それはできあがった訳文を見て、文脈的に矛盾がないかどうか、あらゆるレベルでチェックすることである。もしそこで矛盾があれば誤訳だと考え、もう一度原文に戻って、考えなおす。そうすると、語学的にとりまちがっていたり、文脈的に読みまちがっていたりすることに気づくことになる。つまり、語学的な解釈と文脈的な解釈が一致した場合に、「おそらく自分はまちがっていない」と考え、翻訳の作業を進めていくのである。そして、ここに訳者の恣意的な解釈が入る余地はあまりない。というのも、文脈というのは、情報と情報のつながりのことなので、原文のどの情報に重きをおくか、またどの情報とどの情報がつながっていると考えるかによって、確かに局部的には訳者の恣意的な解釈（原文には沿わない解釈）が出てくる可能性があるのだが、恣意的な解釈の結果、ある部分の文脈をまちがって解釈すると、今度は別の部分の文脈の解釈と矛盾してくる。そこで、訳者は自分が誤訳したことに気づくのである。また、この作業を丹念に続けていくと、全体の文脈から原作の〈本質〉が見えてくる。文脈は〈本質〉から発しているので、それは当然である（ついでに言うと、古典の場合、訳者がこれまでとはちがう、あらたな文脈を見つけることもある。その文脈はその作品の〈本質〉から発しているので、訳者はその作品のあらたな〈本質〉を発見したことになる。その作品が傑作であればあるほど、そういうことが起きる蓋然性は高い）。

ということで、今回の翻訳についても、訳者は通常のかたちで誤訳チェックを行ない、原文に沿ったかたちで〈本質〉を見定めることに力を注いだが、それに加えて、今回は古典新訳ということで、より強力なサポートを得ることができた。それは既訳の存在である。『未来のイヴ』には、渡辺一夫訳（岩波書店）と、齋藤磯雄訳（東京創元社）のふたつの既訳があるが、訳者は一章訳しおわるごとに、両氏の訳を参照し、誤訳のチェックに努めた。実を言うと、原作は構文が複雑で、またフランス語特有の発想（それを極致にまで高めたもの）で書かれた文も多く、訳者がこれまで訳してきたもののなかでも、格段に意味がとりにくかった。したがって、訳者ひとりの力では文脈的な解釈に頼りすぎ、語学的な解釈ミスをすることも避けられなかったと思われるが、既訳を参照することによって、明確に意味をとることができた。そして、意味がはっきりすると、「まったく、辞書もそろっていなかった時代に、よくこの原文からきちんとした解釈が引き出せたものだ」と感心することしきりで、あらためて昔の文学者の凄さを思い知った（この機会に渡辺一夫、齋藤磯雄両先達の功績を讃え、とりわけ、『未来のイヴ』を最初に訳した渡辺一夫氏に深く敬意を表したい）。いや、それはともかく、こうして語学的な解釈がしっかりすれば、文脈的な解釈の精度もあがり、それがまたほかの部分の語学的な解釈にも好影響をもたらす。今回の翻訳はそういった作業を積みかさねた結果、できあがったものだと考えていただきたい。

さて、これまで述べてきたように、この『未来のイヴ』の翻訳は「文脈的にあらゆるレベルで矛盾を解消する」方向で行なわれたが、そのやり方をしていくと、当然のことながら、ひとつの問題が生じる。それは原文自体に矛盾がある場合にどうするかという問題である。文脈に矛盾が出てきた場合、翻訳者はまず自分の解釈ミスを疑うが、どう考えてもミスがあるとは思えない時は、作者の勘違いなどで原文にまちがいがあったと考えることになる。本作でもそういったことがいくつかあった。その場合、基本的には文脈に合ったかたちで原文を修正し、訳注で断わりを入れた。具体的に言うと、第一巻第7章で、設定は晩秋なのに、届いた電報の日付が一月になっている部分、第六巻第1章で、エジソンがふたりの客に注いだブルゴーニュの赤ワインがいつのまにかボルドーの貴腐ワインになり、しかもグラスから泡があふれたという部分などである。それとはちがって、明らかに作者の勘違いではあるが、訳注を入れると煩雑になるので修正だけ入れた部分や、この程度の矛盾であれば問題ないと判断し、そのまま残した部分もある。

そういったなかで、最初から最後まで気になって、これは訳者の解釈が至らないせいなのか、それとも原作に矛盾があるのか、訳しながら悩みつづけた問題があった(以下、物語の結末に触れることになるので、まだ本文をお読みでない方は、ご注意いただきたい)。その問題とは本書の解説で海老根先生も触れていらっしゃる「エジソンは地下の楽園でハダリーを動かし、また話していたのはソワナだとわかっていたはずなのに、どうしてハダリーの言葉や動きは純粋に機械的なものであるとエウォルド卿に頑なに主張したか?」ということである。もしそうなら、エジソンはエウォルド卿に、最終的にはソワナ抜きの純粋に機械的なハダリーを引き渡すつもりだったことになる。これは釈然としない。そのため、訳者は自分の解釈にミスがあるのではと、原文の関係する部分を何度も読み返し、既訳にもあたった。だが、その解釈でまちがいないように思われる。これはいったいどのように考えればよいのだろう？　訳者の悩みは深まった。

この悩みが解消したのは、使用した二冊のテキスト（アラン・レイット校訂のガリマールのプレイヤード叢書と、同じ校訂者によるフォリオ版）の注釈を見た時である。それによると、『未来のイヴ』の前身である『新しいイヴ』にはソワナが登場せず、したがって、最後の庭園でのエウォルド卿とハダリーのやりとりも、アリシアの声で録音された詩人たちの言葉が再生されたと解釈するのが自然だという。だが、ヴィリエはこの設定に満足せず、解説の海老根先生がお書きになっているように、あらたな結末を書き加えるとともに、全体を大幅に加筆修正して、『未来のイヴ』という作品にした。矛盾はその時に生まれたのだ。実際、『新しいイヴ』は本書でいうと、第六巻第12章で、エジソンが本物のミス・アリシアは不機嫌な様子で出ていったと説明する場面から、第14章のエウォルド卿がエジソンに別れを告げる場面に話が飛んで、そのあとハダリーを入れた棺《ひつぎ》とともに屋敷を出るところで終わっている。いっぽう、『未来のイヴ』では、ハダリーを純粋な機械ではなく、独立した人格にするソワナという登場人物がつくりだされ、それに伴う加筆が行なわれた。また、庭園でのエウォルド卿とハダリーのやりとりをエジソンが聞かなかったことにするために、「あまりに大声でまくしたてるものですから、散歩の間、あなたがたが交わしていた会話がまったく聞こえなかった」という文章も加えられた。というわけで、『新しいイヴ』が『未来のイヴ』になる過程で、この矛盾は生まれた。矛盾は原作のうちにあったのである。それならば、訳者は自分の解釈ミスを疑う必要はない。

そうなると、あとはその矛盾をどうするかということである。といっても、単純な日付の矛盾とはちがって、この問題の場合、訳者にできることは限られている。この矛盾は作品にとって本質的なものであり、互いに矛盾する情報――〈エジソンが主張するように、ハダリーが純粋な機械であること〉と〈ソワナによってハダリーが独立した人格になっていること〉――はどちらも魅力的であることから、矛盾を解消するわけにはいかない。この作品は〈恋愛論〉としても卓越したものになっているが、その観点から見ても、ハダリーが純粋に機械であるならば、エウォルド卿は自分の恋の理想を追求するために、相手は関係なく自己完結的に恋をすることになり、恋愛のある本質的な一面をついていて面白い。反対に、ハダリーが独立して、しかも気高い人格を持っていて、エウォルド卿がそれに気づいた時に初めてハダリーを受け入れたというのは、理想の恋を肉体的に美しい相手との高い精神的な交わりに見出すということで、これもまた恋愛の本質に関わっている。また〈恋愛論〉から離れても、この矛盾するふたつの情報が、それぞれこの作品の本質をなし、魅力をつくりだしていることは明らかである。ということで、訳者は矛盾は矛盾と認識したうえで、それぞれの情報の魅力を損なわず、逆に魅力が強調されるよう、しかし、矛盾が目立ってしまって違和感を与えないよう、訳文のニュアンスを調整するかたちにした。

以上、本作を訳すにあたって、なるべく誤訳を避け、作品の〈本質〉を見定めることに努めたという話をしてきたが、そのなかでひとつだけ、原文とはちがったものを目指したものがあるので、それについて書いておきたい。その目指したものとは、わかりやすさである。訳者としてこの作品に関わってみると、原作はフランス語として構文が複雑で、また一般的に日本語と比べて不親切な書き方をするフランス語という言語のせいで、意味がとりにくかった。けれども、苦労の末にいったん意味がわかってみると、話のつながりもわかり、原作の素晴らしさが伝わってきて、その魅力に心酔した。訳者としてはこの素晴らしさ、この魅力を伝えたい。しかし、原文と同じわかりにくさのレベルで訳すと、訳者がしたのと同じ苦労を読者にしてもらうことになり、この作品を読みたいと思う人のハードルをあげてしまう。訳者は原文を読みとくのが本分なので、いくら苦労してもよいが、読者にはその苦労を負わせたくない。特に、できるだけ多くの人にこの作品の魅力を理解してもらいたいと思ったら……。ということで、一読して文章の意味がとれるくらいまで、わかりやすくすることを目指したのである。

具体的に言うと、第一巻第3章、第5章、第6章、第8章から第10章のエジソンの蓄音機や写真機に関する独白。この独白は、原文では固有名詞が羅列されるだけのことが多く、背景になる状況の説明がないため、わかりにくい。そこで、背景の知識を調べたうえで、訳注をつけるだけではなく、訳文に補足するかたちで、説明を入れた。また、全般的に話のつながりがわかりにくいところも、文章を補足して訳した。この時、補足する文章は、原文の文脈からしてほぼまちがいないと思われることで、原作の本質に関わることに限っていることは言うまでもない。第五巻のハダリーの機械的な仕組みの説明も、そういった意味でわかりやすくした。

わかりやすくするということは、読者に解釈を押しつけて、読者の想像の余地を奪うことではない。原文の伝えたいことをはっきりさせて、読者が想像を働かせる基盤をつくることである。その基盤のところで曖昧な理解しかできなかったら、読者は想像を働かせようがない。働かせても、まちがった理解のもとに、見当はずれの方向で働かせるだけである（それも読書であるから、それ自体は否定しないが……）。まずは読者が書いてあることをもとに、さまざまなことを考え、想像を働かせることができるところまでわかりやすくする。そこで大切なことは、そうしたからと言って、訳文が、原作から謎を奪ったり、原作をわかりやすくしただけの貧しいものになるわけではないということだ（そもそも、これほど謎に満ち、豊かな内容を持つ作品を簡単にわかるようにすることはできない）。わかりやすさとは、原作の豊かさに触れるための出発点なのである。もちろん、このわかりやすさを目指した訳は、ひとつの訳し方にすぎない。だが、この訳し方でしか見えない景色もあるのである。

以前、この古典新訳文庫の『八十日間世界一周』のあとがきで書いたことだが、翻訳は原作という太陽のまわりを巡る惑星である。太陽の光を受けて、惑星はそれぞれのやり方で輝く。そして、その真ん中で太陽はいつも変わらぬ姿でいる。だから、本書の翻訳に満足できない場合、フランス語ができるのであれば、太陽である原作に直接触れてみるといい。あるいは渡辺一夫、齋藤磯雄両氏による既訳を原作と対照させながら読むといい。そうでない方は、本書を読んだあとで、既訳を読んでみるといい。そうすれば、またちがったかたちで原作の豊かさに触れ、そのやり方でしか見えない景色が見えるはずである。

翻訳について、もうひとつ、原文の andréide（アンドレイド）を「アンドロイド」と訳したことについて触れておく。解説の海老根先生のご説明にあるように、当時、フランス語の androïde（アンドロイド）という言葉は、「自動人形（オートマタ）」を指すためにも使われていた。そこで、作者は andréide（アンドレイド）という言葉をつくって、androïde（アンドロイド）と区別したのだが、現代の日本では「アンドロイド」という言葉で、「自動人形（オートマタ）」を思い浮かべる人はいない。また、ハダリーは現代の日本語のイメージで言えば、まさしく「アンドロイド」（あるいは、その先駆）である。そういった状況を考えると、原作の意図を生かし、読者にすんなり受け入れられる「アンドロイド」と訳すほうがよいと判断した。

テキストは前にも書いたとおり、ガリマールのプレイヤード叢書版——アラン・レイット校訂と、やはりアラン・レイット校訂のフォリオ版を使用した。ほかにはＧＦ

フラマリオン版、メルキュール・ド・フランス版、ル・クラブ・デュ・メイユール・リーヴル版も時おり参照した。プレイヤード版、フォリオ版は、校訂者による注が充実していて、原文を読解するにあたって、おおいに参考になった。とりわけ、第一巻第14章のアリシアの言葉が自由間接話法（登場人物の思考内容や発言内容をElle dit que「彼女は～と言った」などの導入語なしに表す話法）であるという説明は、まさに天の助けとも言えるものだった。ここはエウォルド卿がミス・アリシアの言葉を直接引用して、ミス・アリシアが自分の身に起きたことを語っているはずなのに、原文を見ると、エウォルド卿がミス・アリシアの身に起きたことを説明しているように読めて、悩んでいた。しかし、この部分が自由間接話法であれば、それは結局、ミス・アリシアが語ったことなので、悩む必要はなくなる。それがわかったことで、安心して訳すことができた。ひとりの作家、ひとつの作品を細かく、丹念に読んでいく研究者というのは偉いものである。しかも、プレイヤード版、フォリオ版に書かれた注も、その膨大な研究の一部にすぎないはずだ。そう思うと、身が引き締まる思いがした。校訂をなさったアラン・レイット氏のお仕事に敬意を表するとともに、その恩恵にあずかったことを感謝したい。

最後になったが、この本の翻訳を強く勧めてくださった光文社翻訳編集部の元編集長の駒井稔氏にまず感謝の意を捧げたい。また訳文に関して貴重なアドバイスをいただいた編集部の小都一郎氏、今野哲男氏にも深く感謝の気持ちをお伝えしたい。それから、調べ物に関しては校閲部の方々に大変お世話になった。ここに感謝の意を表したい。本書をきっかけにして、読者の皆さんが、『未来のイヴ』の豊かな世界に触れていただくことになれば幸いである。

二〇一八年七月

高野　優

本文の一部には、今日の観点からすると不適切と思われる表現が含まれていますが、本作が書かれた一八八六年当時のフランスの時代背景と、本作の歴史的価値および文学的価値を考慮した上で、原文に忠実に翻訳することを心がけました。

編集部

kobunsha classics
光文社古典新訳文庫

未来《みらい》のイヴ

著者　ヴィリエ・ド・リラダン
訳者　高野《たかの》優《ゆう》

2018年9月20日　初版第1刷発行

発行者　田邉浩司
印刷　萩原印刷
製本　ナショナル製本

発行所　株式会社光文社
〒112-8011東京都文京区音羽1-16-6
電話　03（5395）8162（編集部）
03（5395）8116（書籍販売部）
03（5395）8125（業務部）
www.kobunsha.com

ISBN978-4-334-75384-9 Printed in Japan

いま、息をしている言葉で、もういちど古典を

長い年月をかけて世界中で読み継がれてきたのが古典です。奥の深い味わいある作品ばかりがそろっており、この「古典の森」に分け入ることは人生のもっとも大きな喜びであることに異論のある人はいないはずです。しかしながら、こんなに豊饒で魅力に満ちた古典を、なぜわたしたちはこれほどまで疎んじてきたのでしょうか。

ひとつには古臭い教養主義からの逃走だったのかもしれません。真面目に文学や思想を論じることは、ある種の権威化であるという思いから、その呪縛から逃れるために、教養そのものを否定しすぎてしまったのではないでしょうか。

いま、時代は大きな転換期を迎えています。まれに見るスピードで歴史が動いていくのを多くの人々が実感していると思います。

こんな時わたしたちを支え、導いてくれるものが古典なのです。「いま、息をしている言葉で」――光文社の古典新訳文庫は、さまよえる現代人の心の奥底まで届くような言葉で、古典を現代に蘇らせることを意図して創刊されました。気取らず、自由に、心の赴くままに、気軽に手に取って楽しめる古典作品を、新訳という光のもとに読者に届けていくこと。それがこの文庫の使命だとわたしたちは考えています。

このシリーズについてのご意見、ご感想、ご要望をハガキ、手紙、メール等で翻訳編集部までお寄せください。今後の企画の参考にさせていただきます。

メール　info@kotensinyaku.jp

光文社古典新訳文庫　好評既刊

地底旅行
ヴェルヌ
高野 優 訳

謎の暗号文を苦心のすえ解読したリーデンブロック教授と甥の助手アクセル。二人はガイドのハンスとともに地球の中心へと旅に出る。そこで目にしたものは……。臨場感あふれる新訳。

八十日間世界一周（上・下）
ヴェルヌ
高野 優 訳

謎の紳士フォッグ氏は、八十日間あれば世界を一周できるという賭けをした。十九世紀の地球を旅する大冒険、極上のタイムリミット・サスペンスが、スピード感あふれる新訳で甦る！

黒猫／モルグ街の殺人
ポー
小川 高義 訳

推理小説が一般的になる半世紀前、不可能犯罪に挑戦する探偵・デュパンを世に出した「モルグ街の殺人」。現在もまだ色褪せない恐怖を描く「黒猫」。ポーの魅力が堪能出来る短編集。

アッシャー家の崩壊／黄金虫
ポー
小川 高義 訳

ゴシックホラーの傑作から暗号解読ミステリーまで、めくるめくポーの世界。表題作ほか「ライジーア」「ヴァルデマー氏の死の真相」「盗まれた手紙」など短篇7篇と詩2篇を収録！

赤い橋の殺人
バルバラ
亀谷 乃里 訳

貧しい生活から一転して、社交界の中心人物になったクレマン。だがある殺人事件の真相がサロンで語られると異様な動揺を示し始める……。19世紀の知られざる奇才の代表作、ついに本邦初訳！

★続刊

いま、希望とは　サルトル、レヴィ／海老坂武・訳

二〇世紀を代表する知識人サルトルの最晩年の対談企画。ヒューマニズム、暴力と友愛、同胞愛などの問題について、これまでの発言、思想を振り返りながら、絶望的な状況のなかで新しい「倫理」「希望」を語ろうとするサルトルの姿がここにある。

三つの物語　フローベール／谷口亜沙子・訳

純粋な心を持った女性の慎ましい人生を描く「素朴なひと」。教会のステンドグラスに象られた人物の数奇な運命を綴った「聖ジュリアン伝」。サロメの伝説をモチーフとした「ヘロディアス」。作家の想像力と技量が存分に堪能できる短篇集。

チャンドス卿の手紙／アンドレアス　ホーフマンスタール／丘沢静也・訳

「ウィーン世紀末」を代表する作家が、ことばの不確かさ、頼りなさについて考え、自らの文学活動をやめるにいたった精神的な変化を、架空の友人宛ての手紙として綴った「チャンドス卿の手紙」、未完の小説「アンドレアス」を含む5作を収録。